Elisabeth Herrmann
Der Schneegänger

Elisabeth Herrmann

Der Schneegänger

Kriminalroman

GOLDMANN

Originalausgabe

Dieses Buch ist auch als E-Book erhältlich.

Verlagsgruppe Random House FSC® N001967
Das für dieses Buch verwendete FSC®-zertifizierte Papier
Munken Premium liefert Arctic Paper Munkedals AB, Schweden.

2. Auflage
Copyright © der Originalausgabe Januar 2015
by Wilhelm Goldmann Verlag, München,
in der Verlagsgruppe Random House GmbH
Umschlaggestaltung: Uno Werbeagentur, München
Umschlagmotiv: Dragan Todorovic; Paulo Dias/Trevillion Images
Satz: Uhl + Massopust, Aalen
Druck und Bindung: GGP Media GmbH, Pößneck
Printed in Germany
ISBN 978-3-442-31386-0
www.goldmann-verlag.de

Besuchen Sie den Goldmann Verlag im Netz

Für Shirin,
meine wunderbare Tochter!

Prolog

Ich finde dich. Verlass dich drauf, ich finde dich.

Darko trieb den Pick-up immer tiefer in den Wald. Die Schlaglöcher auf dem holprigen Weg ließen das Scheinwerferlicht über das Dickicht tanzen. Er warf einen Blick in den Rückspiegel – dunkle, umschattete Augen, gehetzter Blick –, der Motor heulte auf, als die Reifen eine morastige Senke durchpflügten. Wütende Verzweiflung ließ ihn viel zu schnell von der Kupplung gehen, der Wagen machte einen Sprung, der Motor ging aus. Hastig drehte er den Zündschlüssel, legte den ersten Gang ein und wollte weiterfahren. Die Reifen drehten durch, eine Schlammfontäne spritzte auf. Der Pick-up saß fest. Er schlug mit beiden Händen aufs Lenkrad. Alles ging schief, die Zeit lief ihm davon.

Darko stieg aus und zwang sich, ruhig zu bleiben. Kein Grund zur Panik. Er würde zu Fuß weitergehen. Den Wagen hätte er sowieso bald stehen lassen müssen. Er wollte sich anschleichen, den Überraschungsmoment ausnutzen, aber die Zeit wurde knapp. Vielleicht war er nicht schnell genug. Warum jetzt? Verdammt! Warum ausgerechnet jetzt und nicht ein, zwei Kilometer weiter?

Egal wo du bist, ich finde dich.

Er holte sein Handy aus der Tasche seiner Jacke und schaltete es ein. Eine Karte erschien und auf ihr der kleine, pulsierende Punkt. Sein Wegweiser. Der geheime Sender. Er verriet ihm alles. Jede Bewegung, jedes Ziel. Darko hatte geglaubt, mit diesem Sender die totale Kontrolle zu haben. Nun stand er nachts mitten im Wald und musste mit ansehen, wie sie ihm entglitt. Aber es war noch nicht zu spät. Er schaltete die Lichter des Pick-ups aus.

Tiefe samtene Dunkelheit hüllte ihn ein. Er schloss die Augen und wartete darauf, dass die letzten Reflexe auf seinen Pupillen verschwanden. Dass er eins wurde mit der Nacht. Dass er ruhig wurde. Ein Jäger. Fokussiert auf nichts anderes als seine Beute, diesen winzigen glühenden Punkt auf der Landkarte. Das war seine Aufgabe in dieser Nacht, die einzige, die jetzt noch zählte. Er atmete tief durch und stieg aus.

Er roch Laub und feuchte Erde. Alten Farn und frisch geschlagenes Holz.

Bis vor kurzem war es noch warm gewesen. Ein später Altweibersommer, der morgens aus dem Frühnebel stieg und die Steine über Mittag aufheizte, versonnen wie das Lächeln eines alten Mannes, dem der Wind ein paar Takte eines längst vergessenen Liedes zuwehte. Doch seit einigen Tagen war das vorbei, der Wind hatte sich gedreht und kam nun aus dem Osten. Es hatte geregnet, kein sanfter Landregen, sondern eisige, fast wütende Schauer, und nasse gelbe Blätter fielen von den Bäumen, als ob sie sich den letzten Rest des goldenen Oktobers aus den Ästen schütteln wollten. Der Himmel war den ganzen Tag bedeckt gewesen, sodass sich sofort nach Einbruch der Dunkelheit tiefe Nacht über die dünn besiedelte Landschaft gelegt hatte. Nacht, schwarz wie Kohle. Nacht, dicht wie die Einsamkeit, in der er lebte. Nacht, die schwarze Kathedrale, in der man das Rauschen des eigenen Blutes nicht mehr unterscheiden konnte von dem der dichten Wälder.

Nacht, in der er nichts lieber getan hätte, als allein vor seinem Laptop zu sitzen, zufrieden damit, einen Punkt auf der Landkarte zu sehen und nichts anderes zu tun, als ihn zu beobachten… bis sich die Ereignisse überschlagen hatten.

Nun stand er da, das Gewehr in der Hand, spürte sich, sein Fieber, seine Angst, seine Begierde vom Scheitel bis zur Sohle. Er war bereit. Die Jagd konnte beginnen.

Ein leiser, kalter Wind kam auf. Er kroch unter die Plane auf der Ladefläche und hob sie an. Darko vermied es, den Körper anzusehen. Das Blut, das in die Ritzen des Blechs geronnen war, trocknete bereits. Er zwang sich, noch einmal zurückzugehen und die Plane festzuzurren. Vielleicht kam jemand vorbei und wunderte sich über das verlassene Auto auf einem Waldweg. Wunderte sich, was der Wagen geladen hatte, war neugierig, wollte nachsehen... Egal. Er musste das Risiko eingehen.

Keine Zeit. Später.

Er lief los, hinein in die Dunkelheit. Trockene Zweige knackten unter seinen Sohlen. Die Geräusche schienen sich zu vervielfachen, eilten ihm voraus, waren Warnung und Ankündigung zugleich. Er versuchte leiser zu sein, langsamer zu werden. Je tiefer er in den Wald eindrang, desto mehr übertrug sich die Stille auf ihn, ließ ihn ruhiger werden. Er dachte an den toten Körper auf der Ladefläche, und der Zorn loderte in ihm auf. Er dachte an den kleinen grünen Punkt auf der Landkarte, und ein heiserer Schrei der Ohnmacht saß in seiner Kehle, den er nur mühsam unterdrücken konnte. Er dachte an seinen Sohn und an das, was er vorhatte, und für einen Moment glaubte er, seine Füße wollten ihn nicht mehr tragen.

Er wusste, was er tun musste.

Töten... töten, was man liebt.

Die Last des Gewehrs schien zentnerschwer. Darko blieb stehen und musste sich an einem Baum abstützen. Der Wind trieb die Wolken vor sich her, und für einen kurzen Moment schimmerte silbernes Mondlicht durch die kahlen Äste. Wie viel Schuld trug er selbst? Alle. Er war unterwegs, um die Unschuld zu töten.

Ich habe dich großgezogen. Ich habe dich ins Leben begleitet. Es wird so sein, als würde ich mir mein eigenes Herz aus dem Leib schneiden. Es tut mir leid. Entsetzlich leid.

Er sah das Blut an seinen Händen. So viel Tod in einer Nacht. Der raschelnde Wald um ihn herum war das Bühnenbild zu einer Tragödie. Als er sein Telefon noch einmal herausholte, zitterten seine Hände.

Es gibt keine andere Lösung. Vertrau mir. Es wird schnell gehen. Du wirst es gar nicht merken. So oft haben wir uns hier getroffen. Du wirst kommen, mich sehen, und in der Kürze eines Atemzugs wird alles vorbei sein. Frag nicht, warum es so ist. Ich kann dich nicht weiterleben lassen, nicht in dieser Welt. Frag die Welt, nicht mich…

Sie waren nur noch fünfhundert Meter Luftlinie voneinander entfernt.

Er streifte das Gewehr ab und überprüfte den Bolzen. Die Lichtung lag direkt vor ihm. Wenn er daran dachte, wie oft er hier schon mit seinem Sohn gewesen war… aus, aus, vorbei. Nicht daran denken. Das war Vergangenheit.

Er wartete. Es war das Vertrauen, das sein Gegenüber auf die Lichtung locken würde. So oft hatten sie dieses Spiel gespielt. Er kniff die Augen zusammen. Ein Schatten löste sich aus der Dunkelheit. Er spürte, wie ihm eine Träne übers Gesicht lief. Der Körper unter der Plane. Das Blut an seinen Händen. Sein Sohn, der ihm vertraute. Graue Augen in der Nacht, die zu ihm herübersahen und ihn erkannten. Er legte an. Er spannte den Hahn. Er schoss.

Vier Jahre später

I

Die Kälte erwürgte die Stadt.
Verlassen die Boulevards, klirrend die Einsamkeit über den Straßen und Plätzen. Die Schneeberge am Rand der Bürgersteige waren nur mühsam zu erklimmen. Es war noch dunkel, der Schein der Straßenlaterne erhellte kaum die Kreuzung und schon gar nicht die vereisten Spurrillen, in denen die Autos herumschlingerten wie in schlecht ausgehobenen Gleisbetten. Kriminalhauptkommissar Lutz Gehring rutschte mehrfach aus und hielt sich mühsam balancierend an seinem Wagendach fest, um auf die Fahrerseite zu gelangen. Wie viel Restalkohol hatte er wohl noch im Blut? Seine Mordkommission war in Bereitschaft. Er als ihr Leiter hätte um 05:30 Uhr morgens fit und ausgeschlafen den neuen Unbekanntfall übernehmen sollen.
Stattdessen glitt ihm auch noch der Autoschlüssel aus den klammen Fingern. Die Fahrertür bekam er erst im dritten Anlauf und mit ziemlicher Kraftanstrengung auf. Die Dichtung dankte es ihm mit einem unheilvoll reißenden Geräusch, das an das Öffnen eines Klettverschlusses erinnerte. Endlich hatte er sich hinter das Lenkrad gezwängt, behindert von der dicken Winterkleidung, startete den Motor und lenkte die eiskalte Heizungsluft auf die zugefrorenen Scheiben. Er hoffte, dass ihn niemand bei diesem umweltpolitischen Frevel beobachtete. Sein Handy klingelte. Mühsam wühlte er in der Tasche seines Wintermantels, bis er es gefunden, einmal in den Fußraum fallen gelassen und endlich am Ohr hatte.

»Ja?«, bellte er.

»Ich bin's.« Die glockenhelle Stimme von Angelika Rohwe klang exakt so, wie er sich eigentlich fühlen sollte.

Seit der Weihnachtsfeier vor sechs Wochen meldete sie sich nicht mehr mit ihrem Namen, wenn sie bei ihm anrief. Ein weiteres Indiz dafür, dass er an jenem Abend eine Grenze überschritten hatte. Sie hatten das Vereinsheim eines Schützenverbandes am Müggelsee gemietet. Es hatte von Anfang an kein guter Stern über diesem Abend gestanden, zumindest nicht für ihn. Die rustikale Enge, eine weit jenseits von Geschmacksdiskussionen liegende Musikauswahl und die Aussicht, in seine halb leere Wohnung mit halb eingepackten Weihnachtsgeschenken zurückzukehren, hatten ihn unvorsichtig werden lassen. Ein trunkener Gang über den Parkplatz weit nach Mitternacht, einer den anderen stützend, ihr keckes Lächeln, als sie seinen Wagen als Erste erreicht hatte, der flüchtige Abschiedskuss, der sich zu einer veritablen Knutscherei ausdehnte, blonde Haare, blaue Augen, Sommersprossen, sogar die Größe kam hin. Beim Aufwachen hatte er sie mit Susanne angesprochen, und bis heute hoffte er inständig, dass sie den Ausrutscher überhört hatte. Er hatte eine Entschuldigung gestammelt und war überstürzt aus ihrer Wohnung geflohen. In stillschweigender Übereinkunft hatten sie diese Nacht nie wieder angesprochen. Doch seitdem meldete Angelika sich mit »Ich bin's«, und Gehring wusste nicht, wie er sie dazu bringen konnte, das bleibenzulassen. Er wollte sie nicht verletzen, redete er sich seine Feigheit schön.

»Ich muss sowieso über Köpenick. Soll ich dich mitnehmen?«

Gehring erinnerte sich nicht daran, Angelika gegenüber jemals erwähnt zu haben, wo er wohnte.

»Danke. Ich bin schon im Wagen. Bis gleich.«

Er legte auf und sah in den Rückspiegel. Ihm blickte das entgegen, was er im Stillen sein Montag-alle-zwei-Wochen-Gesicht nannte. Das, was von ihm übrig blieb, wenn er die Kinder am Sonntag bei seiner Ex und ihrem Neuen abgeliefert hatte und den Rest des Abends nicht in einer Wohnung verbringen wollte, in der benutzte Müslischalen und zerwühlte Betten Zeugnis ablegten von dem, was im Allgemeinen Umgangsrecht genannt wurde.

Auf seiner rechten Wange klebte noch ein winziges, blutdurchtränktes Stück Toilettenpapier. Nassrasur. Mit steifen Fingern pflückte er es ab.

Im Eis der Scheibe erschien ein dunkles Loch mit verblassenden Rändern. Die Wetterlage versprach als einzigen Trost Beständigkeit: Das Tief lag wie ein Gletscher auf der Polkappe. Es rückte nicht von der Stelle und hielt die Stadt in seinem Klammergriff. Vielleicht ging es noch Wochen so weiter. Gehring schaltete das Licht ein und versuchte, seinen Wagen aus der Parkbucht herauszuzwingen. Nach mehreren Anläufen mit aufheulendem Motor gelang es ihm schließlich. Im Schritttempo fuhr er aus der Wohnstraße auf die breitere, gestreute Köpenicker Landstraße.

Skelettfund im Grunewald. Am anderen Ende der Stadt. Er berechnete die Fahrtzeit mit circa vierzig Minuten und versuchte sich an die mageren Fakten zu erinnern, die man ihm durchgegeben hatte. Schutzpolizei und Kriminaldauerdienst waren schon vor Ort, die Rechtsmedizin und der Tatortfotograf informiert. Vier seiner acht Mitarbeiter befanden sich ebenfalls auf dem Weg Richtung Schildhorn. Um diese Uhrzeit war es besser, das Treffen gleich am Fundort auszumachen. Es würde eine Menge los sein im verschneiten Wald. Er hatte die Pressestelle gebeten, die Meldung so lange zurückzuhalten, bis er sich persönlich ein Bild gemacht hatte. Als sein Navigationsgerät ihn von der Heerstraße auf die Havelchaussee leitete, konnte er am Himmel bereits das fahle Licht der Morgendämmerung erahnen. Im Auto war es warm, und er spürte einen überwältigenden Unwillen bei dem Gedanken, es bald wieder verlassen zu müssen.

Eine Straßensperre. Wütende, graugesichtige Pendler, die auf der engen Fahrbahn wendeten. Blaulicht. Gehring zeigte seinen Ausweis und wurde durchgelassen. Er sah eine Polizistin mit Thermoskanne auf dem Weg zu dem blausilbernen Kleinbus, in dem ein verstörter Mann mit einem Hund saß. Vermutlich der Revierförster. Er parkte ein paar Meter weiter. Erst wollte er an den Fundort. Zwei Kollegen, die Kommissare Manteuffel und Kramer, unterbrachen ihre Unterhaltung und kamen auf ihn zu. Die Begrüßung fiel wohltuend kurz aus. Angelika war noch nicht eingetroffen. Sie beschlossen, nicht zu warten, sondern gleich einem der Männer vom KDD ins Dickicht zu folgen.

Der Wald musste eine majestätische Ruhe ausstrahlen, wenn sie nicht gerade durch die anlaufende Operation einer Mordermittlung gestört wurde. Tiefe Spuren im verharschten Schnee zeugten von regem Wildwechsel. Hasen, Rehe, Wildschweine… Gehring hätte vielleicht die Fährte eines Fuchses von den Abdrücken einer Krähe unterscheiden können, doch zu mehr reichte sein Wissen über die heimische Fauna nicht. Es war so gottverdammt kalt. Glücklicherweise hatte er daran gedacht, zwei Paar Socken und eine lange Unterhose anzuziehen, aber selbst diese Ausstattung reichte nicht. Er spürte, wie seine Wangen taub wurden und die Nasenhaare beim Luftholen knisternd zusammenfroren – es roch nach brennendem Frost, trockenem Schnee und bleichem Licht. Diese Kälte tötete alles, sogar die Gerüche.

Manteuffel, groß, kräftig, auf jeden Fall von der Kondition her besser für diesen ungewöhnlichen Ausflug geeignet als sein schwächelnder Vorgesetzter, fasste zusammen, was bis jetzt bekannt war. Seine sonst dröhnende Stimme klang gedämpft, fast so, als ob sie eine Kirche betreten hätten. Für einen Moment hatte Gehring das Gefühl, in Feindesland einzudringen. Dabei war es nur ein Winterwald. Doch in diesem fahlen Zwielicht kurz vor Morgengrauen wirkte die Umgebung wie eine andere Welt jenseits der großen Stadt. Ehrfurchtgebietend. Einschüchternd. Heilig.

Um 05:22 Uhr hatte der Revierförster Egon Schramm (was um Himmels willen trieb selbst einen Revierförster um diese Uhrzeit an einem Februarmorgen vor die Tür?) einen Notruf abgesetzt. Sein Hund war laut bellend in den Wald gestürmt. Er musste irgendetwas Außergewöhnliches gewittert haben – vermutlich einen Zwölfender, juxte Kramer und lachte. Jedem seiner Witze schickte er ein trockenes Lachen hinterher, als ob er dem dünnen Flachs, den er spann, selbst nicht ganz traute. Kramer war ein zäher, magerer Mann Ende dreißig, der seine frühe Halbglatze damit begründete, dass seine fünf Kinder ihm die Haare vom Kopf fräßen. Fünf Kinder. Als er in Gehrings Team gekommen war, hatte Kramer gleich den ersten seiner brüllend komischen Witze nachgeschoben: Ja, er habe auch noch andere Hobbys.

Egon Schramm, fuhr Manteuffel ungerührt und mäßig erheitert fort, war seinem Hund gefolgt. Quer hinein ins verschneite Dickicht, bis er in einer Senke mit der Ursache des Gebells konfrontiert wurde: einem halb ausgegrabenen menschlichen Schädel.

»Tierfraß?« Gehring hatte das Gefühl, dass sogar seine Kiefer eingefroren wären.

»Haussmann ist schon da«, antwortete Manteuffel mit einem vagen Schulterzucken. Es bedeutete, dass er genauso wenig wusste wie der Leiter seiner Truppe. »Der Boden ist zwanzig, dreißig Zentimeter tief gefroren. Ein Glück, denn es waren wohl schon Tiere dran. Viel können sie im Moment noch nicht sagen, nur dass jemand die Leiche vergraben hat.«

Gehring nickte und stapfte weiter. Damit war die Möglichkeit eines Unfalls oder Suizids ausgeschlossen. Er hätte die Kollegen gerne gefragt, wie lange sie noch durch den Schnee stiefeln mussten, aber er wollte nicht dastehen wie ein Weichei. Die Polizisten an der Straße hatten wattierte Jacken an, Mützen mit Ohrenschützern, dicke Handschuhe und Stiefel, um die er sie trotz der plumpen Hässlichkeit glühend beneidete.

»Da vorne.«

Der Kollege vom KDD blieb so abrupt stehen, dass Gehring fast in ihn hineingelaufen wäre. Schnee stäubte wie Puderzucker von den dürren Zweigen. Mehrere Superlites erhellten die Szene. Hinter Baumstämmen tauchten ab und zu geisterhafte Gestalten in Weiß auf, die Spurensicherung durchkämmte den weiteren Umkreis. Eine Kamera klickte, der Fotograf nickte den Neuankömmlingen kurz zu und machte ihnen Platz. Gehrings Blick wurde vom Mittelpunkt der Szene angezogen, der Plastikplane, die um eine Senke gespannt war. Zwei unförmige Männer in weißen Overalls saßen in der Hocke nebeneinander und begutachteten das, was der Schäferhund kurz zuvor vor den Augen seines verstörten Herrchens schwanzwedelnd ausgescharrt hatte: einen skelettierten Schädel. Einer der Kollegen ließ gerade ein Maßband ins Gehäuse zurückschnurren.

»Guten Morgen.« Gehring nickte zwei weiteren Uniformierten zu.

Zähneklappernd traten sie von einem Fuß auf den anderen und wünschten sich wahrscheinlich nichts sehnlicher, als zurück auf der Wache zu sein. Einer der beiden Männer in der Senke stand auf und drehte sich um. Gehring erkannte Professor Haussmann erst jetzt – in dem prall sitzenden Overall sah der hochgewachsene, schlanke Rechtsmediziner aus wie ein Michelin-Männchen.

»Herr Gehring.« Haussmanns helle Augen, fast unerträglich wach, leuchteten auf. Er hob den Arm zu einem kurzen Gruß, weil er die Handschuhe nicht ausziehen wollte. »Kommen Sie, kommen Sie.«

Manteuffel und Kramer wechselten einen kurzen Blick. Ihnen war nicht entgangen, dass der Rechtsmediziner sich ausschließlich an ihren Chef gewandt hatte.

Der zweite Mann in der Senke richtete sich nun ebenfalls auf und war ... eine Frau: Dörte Kapelnik von der Spurensicherung. Die tief ins Gesicht gezogene Wollmütze reichte ihr fast bis an die weiße Nasenspitze, und auch ihre Gestalt hatte durch die Schutzkleidung eine unförmige Kompaktheit bekommen. Kleine haselnussbraune Augen musterten ihn nicht ganz so wohlwollend wie Haussmann. Das mochte an der Kälte liegen oder daran, dass er sie gestört hatte, oder vielleicht auch an dem, was sie gerade entdeckt hatten. Ihr Gesicht war vom Frost gerötet. Gehring bemerkte aus den Augenwinkeln, dass sowohl der Folienkoffer als auch der »Chemiebaukasten« noch geschlossen waren. Ein sicheres Zeichen dafür, dass sie entweder noch gar nicht richtig angefangen hatten oder es im Moment nicht viel zu bergen gab. Die Asservatentüten sahen ebenfalls relativ übersichtlich aus. Vielleicht würden sie mit Generatoren und Heizgebläsen anrücken müssen oder gleich mit Schneidfräsen, um einen Block aus der tiefgefrorenen Erde zu schneiden.

»Skelettierte Leiche eines schätzungsweise acht- bis zehnjährigen Kindes. Ein Junge. Er war einen halben Meter tief vergraben. Tierspuren, vermutlich Füchse. Obere Erdschicht aufgewühlt und zum Teil abgetragen. Der strenge Frost hat eine weitere Offenlegung verhindert.«

Haussmann sah kurz zu der Senke, Gehring folgte seinem

Blick. Schnee, gesprenkelt mit Laub und Erde, mehr nicht. Aber die Superlites blendeten, und Gehrings Augen tränten plötzlich, weshalb er sich mit dem Handrücken darüberwischen musste.

»Der Förster wartet im Bus an der Straße. Wenn Sie hier fertig sind, würden wir mit der Bergung beginnen.«

In Gehrings Magen rumorte es. Manteuffel und Kramer kamen näher. Der Kommissar spürte, dass sich gerade etwas veränderte. Da unten lag ein Kind. Erst jetzt erkannte er einzelne Teile des Skeletts, die aus der Erde ragten. Brustkorb, Becken, Oberschenkel, zum Teil bedeckt von Kleidungsfetzen.

»Wie ... Also, können Sie mir Näheres über die Todesumstände sagen?«

Kapelnik, etwas kleiner als Gehring und trotz ihrer einengenden Kleidung wesentlich gewandter, nickte. Haussmann trat einen Schritt zur Seite, um dem Kriminalhauptkommissar den Vortritt zu lassen. Die Frau mit dem ernsten Gesicht steckte mit ziemlicher Mühe eine Nummerntafel neben den Schädel, in dem hinter dem Schläfenbein ein zwei Zentimeter großes Loch klaffte.

»Umschriebener lochartiger Bruch, nach erstem Dafürhalten vital, nicht postmortal«, erklärte Haussmann. »Ich vermute so etwas wie einen Baumarkthammer.«

»Keine Bisse? Verletzungen durch Tiere?«, murmelte Gehring.

Die letzte absurde Hoffnung auf etwas anderes als Mord verflog. Was hatte er denn geglaubt? Dass jemand den Grunewald mit einem Friedhof verwechselt hatte? Er ging in die Knie. Haussmann und Kapelnik hatten vorsichtig begonnen, das Skelett freizulegen. Ein Teil befand sich immer noch unter der krümeligen, gefrorenen Erde.

»Post mortem, ja. Einige Kratzer an der Schädeldecke, vermutlich Füchse. Wir haben schon Fotos von den Spuren ringsherum gemacht. Die meisten stammen wohl vom Schäferhund des Försters.« Kapelnik war eine der Erfahrensten und Ruhigsten unter den Kollegen. Umso erstaunter war Gehring, dass ihre Stimme leicht zitterte. »Für mich sieht das nicht nach dem Tatort aus.«

»Warum nicht?«, fragte er und blickte sich um.

Die Straße war nah genug, um nach vollbrachter Tat schnell zu fliehen, die Senke bot zu allen Jahreszeiten genügend Schutz vor neugierigen Blicken. Wer brachte ein Kind im Wald um? Was hatte der Täter ihm zuvor angetan? Er wappnete sich, diesen Gedanken weiterzuverfolgen. Aber nicht jetzt. Jetzt war es wichtig, sich alles einzuprägen. Die Lage des Skeletts. Die Umgebung. Das Gefühl beim Betreten des Leichenfundortes. Fass es in ein Wort. Der Letzte, der dieses Kind lebend gesehen hat, ist sein Mörder. Hier liegt das Zeugnis seiner Tat. Und wir sind die Ersten, die den Ort dieses schrecklichen Geheimnisses wieder betreten. Dies ist der Moment, in dem wir einander so nah sind wie nie. Der Mörder und die Jäger. Was hast du zurückgelassen? Was hast du gefühlt, als du dich zum letzten Mal umgedreht und in diese Senke geblickt hast?

Kälte, schoss es ihm durch den Kopf. Eine entsetzliche, bittere Kälte. Sie schien ihm wie ein Menetekel der Tat.

Kapelnik nahm einen Pinsel und strich vorsichtig über das Schläfenbein des Schädels. »Er liegt auf dem Rücken. Mit dieser schrecklichen Wunde im Kopf. Er ist nicht gefallen. Er wurde hier hineingeworfen.«

Gehring hörte einen leisen, unterdrückten Seufzer von Haussmann. Der Rechtsmediziner hatte ihm einmal anvertraut, dass ihn trotz aller Routine getötete Kinder immer noch aus der Fassung brachten.

»Natürlich kann der Täter das Opfer auch gezwungen haben, sein eigenes Grab zu schaufeln.« Haussmann zog das Maßband zwanzig Zentimeter aus seinem Gehäuse und ließ es zurückschnalzen.

Bei dem Geräusch zuckte Gehring zusammen. Haussmann und Kapelnik fiel es gar nicht mehr auf.

»Wann?«, fragte Gehring. Bei Kapelnik war es die Stimme, bei Haussmann der Atem, bei ihm der Magen. Er hätte wenigstens eine Kleinigkeit frühstücken sollen. Nein, besser nicht.

Haussmann zog die Schultern hoch. Zumindest versuchte er es. »Unter den üblichen Vorbehalten und wenn wir davon ausgehen, dass der Junge die ganze Zeit über hier gelegen hat, nehmen Sie eine Zeitspanne von nicht unter drei Jahren.«

Wie viele Jungen in dem Alter blieben so lange vermisst? Nicht viele. Natürlich konnte es auch ein nicht gemeldetes Kind sein, eines, das offiziell nie in die Bundesrepublik eingereist war.

»Was ist das?« Gehring deutete auf einen Stoffrest, dunkelblau, mit einem etwas heller schimmernden kleinen Emblem.

»Ein Pullover. Pullover, Jeans, Stiefel.« Aus der Erde ragte der Schaft eines braunen Lederboots. »Keine Jacke. Bis jetzt nicht. Aber wir haben ja noch gar nicht richtig angefangen.«

Der Stiefel war aus echtem, robustem Leder, gefüttert mit etwas, das wie Kunstfell aussah. Das Kind war nicht im Hochsommer gestorben. Der Pullover schien aus dicker, wärmender Wolle gestrickt zu sein. Gehring kannte das Emblem. Es gehörte zu einer angesagten amerikanischen Sportmodefirma, die ihre Massenware einzig und allein durch den Preis exklusiv machte. Solche Kleidung trug kein Flüchtlingskind. Der Junge war nach bundesrepublikanischen Maßstäben leicht überdurchschnittlich gut gekleidet. Eine Ahnung breitete sich in ihm aus.

Aber Haussmann war noch nicht fertig. Er deutete mit seinem Pinsel auf das Gebiss des kleinen Schädels. »Sehen Sie das?«

Gehring beugte sich vor, schüttelte dann den Kopf.

»Die Zähne. Erkennen Sie den Farbunterschied? In der Pathologie kann ich es Ihnen genauer zeigen. Der Junge hat eine Klebebrücke getragen.«

Die beiden oberen Schneidezähne sahen heller aus als der Rest. Während Witterungseinflüsse und Erosion den Zahnschmelz des natürlichen Gebisses angegriffen hatten, strahlten diese beiden Zähne in einem fast unnatürlichen Weiß.

»Man setzt eine solche Brücke ein, wenn das Kieferwachstum noch nicht abgeschlossen ist. Später wird sie meist durch Implantate ersetzt. Der Junge hat die oberen Schneidezähne verloren, und zwar nach der Diphyodontie.«

»Der ... was?«

»Dem Zahnwechsel. Er hat seine bleibenden zweiten Schneidezähne verloren. Ich vermute, durch einen Unfall, denn sein Gebiss sieht ansonsten einwandfrei aus.«

Gehring nickte. Einwandfrei hätte er in diesem Fall nicht gesagt. Er wandte den Blick ab von der schwarzen Erde und den Geweberesten rund um das, was einmal ein fröhlicher, lachender Mund gewesen war.

»Vielleicht können Sie ihn so schneller identifizieren.« Haussmann stand auf und gab damit das Zeichen, dass er jetzt gerne weiterarbeiten würde.

Gehring kam nur mit Mühe auf die Beine. Er war fit, trainiert. Warum nur hatte er dann das Gefühl, an diesem schändlichen kleinen Grab keine Kräfte mehr zu haben?

Dörte Kapelnik schenkte ihm ein, wie sie wohl glaubte, aufmunterndes Lächeln. Es wirkte in ihrem frostroten Gesicht wie eine Maske. »Sie haben Kaffee im Wagen.«

»Danke.«

Er drehte sich um und stapfte zurück zu seinen Kollegen.

Bevor er den Mund öffnete, holte er tief Luft. Der Frost brannte in seiner Lunge. »Wahrscheinlich ein Junge. Etwa neun

Jahre alt. Seit mindestens drei Jahren tot.« Dabei sah er Manteuffel an, weil Kramer noch nicht so lange bei ihnen war.

Der bullige Polizist verzog keine Miene. »Abwarten«, brummte er.

Gehring nickte. Doch er hatte in Manteuffels Augen etwas aufblitzen sehen. Eine Erinnerung. Einen Zusammenhang. Eine Erkenntnis.

Wenn man seinen Beteuerungen glauben wollte, kannte Egon Schramm selbst den letzten Eichelhäher noch mit Namen. Kriminalkommissarin Angelika Rohwe, mittlerweile eingetroffen, war bei ihm und zog die Schiebetür des Vans hinter Gehring wieder zu. Sie schenkte ihrem Chef ein strahlendes, frisch gewaschenes Lächeln, das er mit einem knappen Nicken beantwortete. Wie immer seit Weihnachten, wenn sie beide in einem Raum waren, meinte Gehring, eine leise Anspannung zu spüren. Er bat den Revierförster, sich in seinen Ausführungen nicht stören zu lassen und fortzufahren.

»Dann hat meine Rita angeschlagen. Ich sag noch, bei Fuß, aber sie war die ganze Zeit schon so nervös. Das liegt an den Wölfen, die ja jetzt wieder überall rumstreunen dürfen. In so einem Winter kommen sie bis an die Stadtgrenze.« Grimmig verzog er das Gesicht und wartete darauf, dass man ihm zustimmte. »Irgendwas war da. Meine Rita spurt sonst wie eine Eins. Aber heute…«

Schramm trank schlürfend den letzten Schluck Kaffee. Er hatte die ganze Thermoskanne geleert, was Gehring ihm übel nahm. Ansonsten schien er ein korrekter Forstbeamter zu sein, in Loden, gewalkter Wolle und eingefetteten Stiefeln unterwegs, Ende fünfzig, von der Kraft und Statur eines Mannes, der sich den größten Teil seines Lebens in der Natur aufgehalten hatte, aber mit einem seltsam leeren, leicht abwesenden Ausdruck auf dem kantigen Gesicht. Seine Stimme klang etwas zu laut. Seine breiten Hände ruhten etwas zu selbstbewusst auf seinen Knien. Er würde niemals zugeben, unter Schock zu stehen, weil es diesen Gemütszustand bei Männern seines Schlages schlicht nicht gab.

»Heute hat sie erst gebellt, als ob sie etwas gestellt hätte, und dann ist sie einfach losgerannt.«

»Was hat sie gewittert? Ein Tier? Einen Menschen?«, fragte Angelika und notierte etwas auf ihrem Klemmbrett. Wenn sie Gehrings angespannte Stimmung spürte, so ließ sie es sich nicht anmerken.

»Weiß ich nicht.« Der Jäger tätschelte den Kopf seiner Schäferhündin.

Rita lag zu Schramms Füßen, was die Befragung in der Enge des Wagens noch unangenehmer machte. Die Standheizung lief auf vollen Touren, trotzdem hatte Gehring lediglich die Handschuhe ausgezogen. Nach der Kälte draußen am Fundort und dem Marsch durch den Wald war ihm in der stickigen Enge des Wagens nur noch heiß. Und schlecht. In seinem Kopf spukte etwas herum, dem er gerne in einer ruhigeren Minute als dieser nachgegangen wäre. Aber dieser Schramm war ein Mensch, der sogar schweigend dröhnte.

»Ist ja ein kluges Mädchen, die Rita. Aber reden kann sie noch nicht.« Schramms nervöses Lachen erstickte noch im Ansatz, als er in Gehrings müdes Gesicht blickte. »Entschuldigung. Keine Ahnung. Ein Tier, nehme ich mal an. Irgendwas, das ihr nicht alle Tage vor die Nase läuft. Kein Mensch. Menschen geht sie nicht an. Was, meine Süße?«

Wieder ein Tätscheln. Rita schüttelte den Kopf und sabberte Gehrings Stiefel voll.

»Also ein Tier.« Gehring kapitulierte vor der Mühsal und der Sinnlosigkeit dieser Befragung.

Mehrere Jahre hatte die Leiche eines Kindes keinen halben Meter unter der Erde im Wald gelegen. Der Mann hatte nichts gesehen, nichts gehört, hatte noch nicht einmal seinen Hund im Griff und war nur durch Zufall über den Schädel gestolpert. Das hätte er auch einem der Polizisten da draußen erzählen können. Gehring öffnete die Tür und stieg aus. Er wusste, dass er auf der Suche nach jemandem war, dem er die Schuld an seinem Ärger und seiner Resignation zuschieben konnte, und Schramm hätte sich hervorragend dafür geeignet.

»War's das schon?«

»Ja. Ihre Personalien haben wir. Nehmen Sie sich den Tag frei.«

Schramm schüttelte den Kopf. Diese Möglichkeit schien ihm nicht in den Sinn zu kommen. Angelika verabschiedete sich etwas höflicher und besaß die Geistesgegenwart, ihn aus dem Van zu bitten, sonst hätte er gegen Mittag womöglich noch nach Streuselkuchen verlangt. Kopfschüttelnd stapfte der Förster davon. Erst jetzt bemerkte Gehring, dass der Mann ein Gewehr bei sich trug.

»Und?«, fragte Angelika. Die Munterkeit in ihrer Stimme verursachte ihm Kopfschmerzen. Es war kurz nach acht, und er hatte immer noch keinen Kaffee.

»Wir warten noch die Drohne ab. Besprechung um zehn, bis dahin müssten zumindest die ersten Ergebnisse der Spurensicherung vorliegen. Gibt es irgendwo noch Kaffee?«

»Ich frag mal nach.«

Sie stürmte davon in Richtung Absperrband und hinterließ, nach all ihrer unerträglichen Munterkeit, um Gehring herum ein Vakuum. Kramer und Manteuffel waren schon auf dem Weg zu ihrem Wagen. Gehring holte sie gerade noch ein und erteilte ihnen den Auftrag, den Rest der Truppe in der Sedanstraße zusammenzutrommeln, dann setzte er sich in sein Auto und schaltete die Standheizung an, um auf den Staatsanwalt zu warten. Er überlegte einen Moment. Schließlich griff er zu seinem Handy und wählte eine Nummer. Wie zu erwarten, ging sie um diese Uhrzeit nicht an den Apparat. Die Computerstimme des Anrufbeantworters ratterte die Telefonnummer herunter und forderte ihn auf, eine Nachricht zu hinterlassen. Gehring räusperte sich kurz, weil seine Stimme belegt war.

»Guten Morgen, Frau Schwab. Ich bräuchte mal das Retent der Akte Darijo Tudor. Fragen Sie auch beim Sachgebiet Sonderermittlung nach. Gut möglich, dass der Fall mittlerweile dort gelandet ist. Erpresserischer Menschenraub, vielleicht erinnern Sie sich noch daran. Ich befürchte...« Er stockte und überlegte, ob er einer Untergebenen seine Befürchtungen mitteilen sollte. Dann fuhr er fort: »Kommen Sie um zehn zur Lage, wenn Sie es einrichten können.«

2

Gerlinde Schwab kam natürlich nicht um zehn, sondern erst eine halbe Stunde später. Ihr vorsichtiges Klopfen unterbrach Manteuffel, der gerade hinter den hufeisenförmig zusammengeschobenen Tischen stand und die Fotos vom Fundort erläuterte.

Alle wandten die Köpfe zur Tür. Als sie die übergewichtige Frau mit dem gestressten Gesichtsausdruck erkannten, drehten sie sich wieder zurück zu ihrem Kollegen. Angelika neigte sich zu Kramer und flüsterte ihm etwas zu. Sie grinste flüchtig.

Wahrscheinlich ein Scherz über Schwabs BMI oder die Vielzahl ihrer Beschwerden, mit denen sie ihren Kollegen auf die Nerven fiel, weil sie stets ausufernd und larmoyant vorgetragen wurden. Gehring wusste, dass Gerlinde Schwab sich seit einiger Zeit bemühte, ihr Gewicht etwas zu verringern. Er schätzte sie seit dem Moment, in dem sie sich entschlossen hatte, ihm als Vorgesetztem zu folgen und sich nicht länger zu verweigern. Sie hatte sich als eine verschwiegene, loyale, herausragende Mitarbeiterin erwiesen, die mit ihrer Exaktheit und Akribie genau am richtigen Platz saß – in der Aktenführung. Schwab selbst sah das natürlich anders.

Auch jetzt machte sie eine Miene, als hätte man sie zu einer komplizierten Wurzelbehandlung beim Zahnarzt gezwungen. Erst als sie im Halbdunkel der zugezogenen Vorhänge Gehring entdeckte, huschte ein erkennender Gruß über ihre weichen, stets etwas leidend wirkenden Züge. Zu einem Lächeln vor aller Augen konnte sie sich nicht durchringen. So unauffällig, wie es ihre Leibesfülle zuließ, drückte sie sich zwischen Wand und Stuhlreihe zu ihm durch. Gehring entging nicht, dass niemand die Höflichkeit hatte, wenigstens andeutungsweise ein paar Zentimeter näher an den Tisch zu rücken. Allein Dörte Kapelnik nickte der Kollegin freundlich zu. Als Gerlinde Schwab den freien Platz neben ihm erreichte, auf dem Manteuffel gesessen hatte, ließ sie sich auf den Stuhl sinken und schob Gehring ohne ein Wort das Retent zu – die Aktenkopie des Falls Darijo Tudor, deren Original bei der Staatsanwaltschaft lag und dort bis zur Verjährung oder Lösung des Falls auch bleiben würde.

»Danke«, flüsterte er.

Die Schwab nickte schnaufend. Sie roch nach Eau de Cologne und dem Desinfektionsmittel, das seit Neuestem überall in den Gängen und auf den Toiletten bereitstand.

Manteuffel ging gerade auf die Kleidungsreste ein, und Gehrings Truppe lauschte wieder aufmerksam. Das eine oder andere Mal warfen sich zwei Beamte vielsagende Blicke zu. Offenbar war er nicht allein mit seiner Ahnung. Die Älteren konnten sich noch gut an den Fall erinnern. Wenn Haussmann bestätigte, dass es sich bei dem Jungen aus dem Grunewald um Darijo Tudor handelte, dann hatten sie nicht nur einen der spektakulärsten Entführungsfälle der letzten Jahre wieder auf dem Tisch, sondern auch die Geschichte eines schmerzlichen und von niemandem richtig verwundenen Scheiterns.

»Ist er das?«, flüsterte Gerlinde Schwab. Manteuffel zeigte noch einmal eine Totale der Senke. Das halb ausgegrabene Skelett war gut zu erkennen. »Das war Ihr Fall. Einer der ersten, nicht wahr? Und jetzt bekommen ausgerechnet Sie ihn wieder auf den Tisch.«

Gehring schwieg. Dann zog er die Aktenkopie zu sich heran, öffnete sie und betrachtete das Foto von Darijo Tudor. Ein schmaler, sommersprossiger Junge, der viel zu ernst in die Kamera blickte. Das Bild war ein Passfoto, der Kleine war gestriegelt und geschrubbt worden, kein Härchen lag falsch, und der Blick aus seinen braunen Augen war abwartend und aufmerksam. Kein Lächeln, biometrisch einwandfrei. *Klick. Das war's auch schon. Der Nächste bitte.* War er danach aufgesprungen und nach draußen gestürmt? Oder hatte er schüchtern zu seinen Eltern hinübergesehen und darauf gewartet, dass sie ihm das Aufstehen gestatteten?

Er blätterte weiter zu der Vermisstenanzeige, die am Morgen kurz vor dem ersten und einzigen Erpresseranruf aufgenommen worden war. Dunkelblauer Pullover, Jeans, Stiefel. 1,40 Meter groß, schmächtig… Alles passte. Nur eines nicht: Der Junge hatte einen schwarzen Anorak getragen.

An der Wand erschien nun das Foto des Schädels. Obwohl Gehring darauf vorbereitet war, traf ihn der Anblick dieser Metamorphose mitten in die Magengrube. Vom ernsten Gesicht des Kindes war bloß ein Totenschädel übrig geblieben, verkrustet von schwarzer Erde. Manteuffel erläuterte die Lage und die ersten Erkenntnisse, dass Fundort und Tatort höchstwahrscheinlich nicht identisch waren. Der Mörder hatte den Jungen im Wald verscharrt, Jahre waren ins Land gegangen, und wenn er damals irgendwelche Spuren hinterlassen hatte, so war davon zumindest vor Ort nichts mehr zu finden gewesen.

Bevor Manteuffel sich dem lochartigen Bruch und der vermutlichen Tatwaffe zuwandte, vertiefte sich Gehring wieder in die Akte. Das Opfer – er mochte dieses Wort nicht, es machte die Tat zu passiv erduldetem Leid –, der Junge also, Sohn eines Biologen und einer Hauswirtschafterin, war am 10. Oktober 2010 vermisst gemeldet worden. Die Schuld an seinem Verschwinden hatten sich zunächst die Eltern gegeben, und zwar gegenseitig. Bis ein Lösegeldanruf beim Arbeitgeber der Mutter eingegangen war, aus irgendeinem Internetcafé am Kurfürstendamm. Mit verstellter Stimme war eine Million Lösegeld gefordert worden, die die Eltern nie im Leben aufbringen konnten.

Wir haben den Jungen. Keine Polizei. Sie haben vierundzwanzig Stunden. Dann ist er tot.

Gehring erinnerte sich an die Wohnung der Tudors in einem ehemaligen Kutscherhaus in Wannsee. Es stand auf demselben Grundstück wie die Villa des Besitzers, wirkte jedoch im Vergleich zu dem herrschaftlichen Anwesen ziemlich heruntergekommen. Die ehemaligen Ställe im Erdgeschoss waren inzwischen Garagen. Die drei Räume darüber mussten früher einmal den Stallmeister beherbergt haben. Nun wohnten die Tudors dort. In seiner Freizeit half Darko im Garten, Lida hatte wohl einen Vierundzwanzig-Stunden-Job, der neben Putzen, Kochen und Bügeln auch die Verwaltung des Herrschaftshaushaltes umfasste. Eine ziemlich verantwortungsvolle Aufgabe, wie Gehring fand, und eine, die Vertrauen voraussetzte. Er würde jemanden, der für das Wohl seiner Familie zuständig wäre, anders unterbringen. Die schmale Treppe war nachträglich an die linke Außenwand des Häuschens angebaut worden, ohne schützende Wände, der Außenputz rieselte und bildete an vielen Stellen Salpeterausblühungen. Eine uralte, einfache Holztür, abgetretenes braunes Linoleum im Flur. Aber es war warm gewesen, sauber und ordentlich, sehr eng, sehr einfach, mit einem typischen unaufgeräumten Kinderzimmer, für das sich die Mutter unentwegt entschuldigte.

Lida. Eigentlich Lidija Tudor. In Kleidung und Auftreten war sie unscheinbar, fast schüchtern. Doch dann veränderte sich sein Eindruck. Vielleicht war es die Art, wie sie sprach: ein beinahe perfektes Deutsch, an den Endungen zu weichen Vokalen abgerundet. Vermutlich der letzte Rest des donauschwäbischen Dialekts, mit dem sie in ihrer Heimat Kontakt gehabt haben musste oder der in ihrer Familie noch gesprochen wurde. Dazu ein fast katzenhafter, leiser Gang. Ihre geschmeidige Art. Die eleganten Bewegungen, mit denen sie so profane Handgriffe wie das Hinstellen einer Tasse adelte. Von dieser Frau ging eine verstörende, subtile Anziehungskraft aus, die den Beschützerinstinkt weckte. Sie war Anfang dreißig, sehr schlank, fast grazil, mädchenhaft mit ihren schulterlangen braunen Haaren und von einer unbeabsichtigt wirkenden Sinnlichkeit. Dunkle, etwas schräge Augen, volle Lippen. Er erinnerte sich sogar daran, dass sie einen abgetragenen Pullover mit einem Polo-Ausschnitt übergeworfen hatte, der vielleicht einen Knopf zu weit geöffnet war. Als sie sich vorgebeugt hatte, um ihm eine Tasse Tee einzuschenken, war sein Blick auf den Ansatz ihrer Brüste gefallen, verdeckt von einem Hauch Spitze und Seide. Sie trug teure Unterwäsche unter alter Kleidung. In diesem Augenblick erkannte er, dass diese Frau sich ihrer Wirkung auf andere sehr wohl bewusst war.

Darko, ihr Mann. Darijos Vater. Hatte er Gehrings Blick bemerkt? Groß, dunkel, wortkarg. Selten hatte ein Name besser zu seinem Träger gepasst. Nichts Weiches in der Stimme, die so hart und schroff war wie er selbst. Mit zweiunddreißig war er zwei Jahre älter als seine Frau, aber man hätte ihn durchaus auch auf Anfang vierzig schätzen können. Stoppelkurze braune Haare, breite, wahrscheinlich einmal gebrochene Nase, schmaler Mund, kantiges Kinn. Rote, entzündete Augen. Ein unberechenbarer, aufbrausender Typ, der im Laufe der Ermittlungen immer aggressiver und lauter geworden war, der nicht begreifen wollte, dass sie alles Menschenmögliche unternommen hatten, um den Jungen zu finden. Er hatte den Chef seiner Frau tätlich angegriffen und einmal nachts versucht, in dessen Haus einzudringen. Schwer alkoholisiert, musste er von Polizisten abgeführt werden. Selbst die erfahrenen Beamten hatten ihre Not gehabt, ihn zu bändigen. »Er war's!«, hatte er gebrüllt. »Er ist schuld!«

Mit »er« war Lidas Chef gemeint, Dr. Günter Reinartz. Nur einen Steinwurf entfernt von dem Kutscherhaus residierte er in seiner Villa wie auf einem anderen Stern. Mitte fünfzig, groß, kräftig, mit seinem dichten, schulterlangen Haar und der randlosen Brille der Typ hemdsärmeliger Intellektueller, den seine Studentinnen anhimmelten. Lehrauftrag für Baustofftechnik an der TU. Abitur auf dem zweiten Bildungsweg. Einer, der Ochsen am Spieß braten konnte und sie anschließend auf Tafelsilber servierte. Sehr zuvorkommend, um Aufklärung bemüht, sogar mit einem gewissen Verständnis, was Darkos Übergriff und dessen wüste Verwünschungen betraf. Einer, der sich für humanistisch hielt und zu wissen glaubte, wie die Menschen ticken. Gehring erinnerte sich, dass er Günter Reinartz nicht gemocht hatte. Er hatte dem Mann dieses verständnisvolle Getue nicht abgekauft. Erst recht nicht, nachdem er die Vorgeschichte erfahren hatte.

Reinartz hatte den amerikanischen Traum verwirklicht: vom Glaser zum Millionär. Erst solide handwerkliche Ausbildung im Mariendorfer Geschäft seines Vaters, dann Ausbau der Glaserei zum Zulieferbetrieb der boomenden Nachwendemetropole Berlin. Mittlerweile stattete Reinartz nicht nur Regierungsgebäude mit schusssicheren Fenstern aus, er hatte auch ein neues Beschichtungssystem für Schienenfahrzeuge und Busse erfunden und sich damit quasi eine Monopolstellung gesichert. An irgendeiner transsilvanischen Universität hatte er seinen Doktor gemacht, den bis heute niemand ernsthaft unter die Lupe genommen hatte. Er war ein gern gesehener Gast diverser Talkshows, in denen er wirtschaftsliberale und angebotspolitische Thesen verbreiten durfte, was ihm auf Gewerkschaftsseite nicht gerade Freunde bescherte. Verheiratet war Reinartz mit… Gehring blätterte weiter… Eva, einer geborenen Pollinger, die er damals nur am Rande wahrgenommen hatte. Vermutlich weil sie wie alles andere von der Physis ihres Mannes an die Wand gedrückt wurde.

Und dann war Darijo entführt worden, und der Erpresseranruf war nicht bei den Eltern, sondern bei Reinartz eingegangen. Gehring erinnerte sich noch gut, wie eifrig der Mann ihn darauf hingewiesen hatte, dass es sich um eine Verwechslung handeln könnte. Wie er Personen- und Objektschutz verlangt hatte, wie er sich plötzlich aufgeschwungen hatte zum Fürsprecher der Tudors, die, von den Ereignissen völlig überrollt, nicht mehr aus noch ein wussten. Darko, der Vater, rastete aus. Lida, die Mutter, erlitt einen Nervenzusammenbruch.

Eine Verwechslung, konnte das wirklich sein? Reinartz hatte zwei Söhne, einer ungefähr im gleichen Alter wie das Entführungsopfer. Alle drei Jungen, die beiden reichen und der arme, hatten auf einem Grundstück gelebt. Aber warum waren dann die Stunden dahingegangen, die Tage, die Wochen, die Monate, und kein weiterer Anruf war erfolgt? Reinartz hatte sogar angeboten, das Lösegeld zu zahlen. In der *Abendschau* des RBB hatte er sich an die Entführer gewandt, gemeinsam mit der in Tränen aufgelösten Mutter.

Gehring war bei der Aufzeichnung dabei gewesen. Er hatte sie in doppelter Hinsicht als Tiefpunkt empfunden. Zum einen, weil sein Versagen damit nicht öffentlicher gemacht werden konnte, zum anderen, weil für einen bitteren Moment sein Hass auf Reinartz ins Unermessliche gestiegen war. Der hatte sich anschließend den Puder aus dem Gesicht gewischt und war auf den Jahresempfang der IHK geeilt, wo er sich den Pressefotografen als Vorzeigechef präsentieren konnte, der für das Glück selbst der geringsten seiner Untergebenen eine Million aus der Portokasse spendierte.

Gehring atmete tief durch. Die Erinnerung wütete wie ein Messer in seinem Bauch. Er brauchte einen Moment, um sich wieder unter Kontrolle zu bringen. Er blätterte weiter, überflog die Zeugenaussagen, die Vernehmungen, die Protokolle, all das, was letzten Endes die Machtlosigkeit eines ins Leere gelaufenen gigantischen Apparates demonstrierte. Sie hatten Darijo nicht gefunden. Die Entführer mussten den Irrtum bemerkt haben, denn sie ließen die Million Million sein und nie wieder etwas von sich hören.

Reinartz selbst, das musste Gehring widerwillig zugeben, hatte die Ermittler damals auf seine Söhne aufmerksam gemacht. »Das Kind einer Putzfrau, verzeihen Sie mir, ich will nicht zynisch klingen, aber dafür würden Erpresser doch nicht eine solche Summe fordern. Für einen meiner Söhne hingegen durchaus. Oder? Wie sehen Sie das, Herr Kriminalhauptkommissar?«

Die Söhne des Multimillionärs. Tristan und Siegfried. Damals elf und sechzehn Jahre alt. Siegfried, der Ältere, ein vor sich hin pubertierender, verschlossener Gymnasiast. Tristan, lebhaft, interessiert, schmal, blond, wies tatsächlich eine entfernte Ähnlichkeit mit dem Sohn der Putzfrau auf. Keine Jacke. Im Grunewald war keine Jacke gefunden worden ...

Manteuffel verstummte. An den Tischen raschelte Papier. Die Männer und Frauen der Mordkommission 9 sahen zu ihrem Chef hinüber. Er hatte die letzten Sätze nicht mitbekommen. Der Beamer warf eine Luftaufnahme einer Drohne vom Fundort an die kahle Wand. Gehring hörte Schwabs leises Schnaufen neben sich. Kurzatmig selbst im Sitzen – er machte sich Sorgen um sie.

»Danke.«

Der Vortragende nickte knapp und blieb in der Ecke an die Wand gelehnt stehen, um Gerlinde Schwab nicht von seinem Stuhl zu vertreiben. Angelika stand auf und zog die Verdunklungsvorhänge zur Seite.

»So weit die Fakten.« Gehring schlug die Mappe zu. »Frau Schwab, wären Sie so freundlich, für uns alle Kopien hiervon zu erstellen? Dies ist die Akte von Darijo Tudor.«

Beim letzten Satz senkte Manteuffel den Blick. Ein unmerkliches Ausatmen, ein leises Seufzen glitt durch den Raum. Es war, als ob alle auf diesen Namen gewartet hätten. Sogar jene, die damals gar nicht an den Ermittlungen beteiligt gewesen waren. Neun Mordkommissionen. Und ausgerechnet in ihrer Bereitschaft war der Skelettfund gefallen. Gehring glaubte nicht an Menetekel und düstere Omen. Das war kein Wink des Schicksals. Es war Zufall. Eins zu neun. Auf der Rennbahn in Hoppegarten setzte er meist bei viel schlechteren Quoten.

»Laut Professor Haussmann ist der unbekannte Junge seit drei bis vier Jahren tot. Außer dem Fall Tudor gibt es keine uns bekannten Vermisstenfälle, die in dieses Zeitfenster passen. Wir werden erst am Nachmittag das Ergebnis des DNA-Abgleichs vorliegen haben. Es könnte aber schneller gehen. Angelika, kannst du herausfinden, bei welchem Zahnarzt Darijo Tudor in Behandlung war?«

Die Angesprochene nickte.

»Der tote Junge im Wald hat eine Klebebrücke anstelle der oberen Schneidezähne getragen, was ungewöhnlich für dieses Alter sein dürfte. Sein Zahnstatus müsste für die Identifizierung reichen.«

Er wandte sich an Kramer. »Du findest heraus, ob die Eltern noch unter der alten Adresse gemeldet sind. Sobald wir Klarheit darüber haben, ob es sich bei dem Skelett um die sterblichen Überreste von Darijo Tudor handelt, müssen wir mit ihnen reden. Die Aktenführung wird Frau Schwab übernehmen.«

Er sah seine Sitznachbarin an, die unter den prüfenden Blicken der Kollegen noch eine Schattierung röter wurde und sich räusperte.

»Ich hab aber schon so viel…«, begann sie mit ihrer dünnen Stimme, die klang, als hätte man einem kleinen Mädchen den Lutscher weggenommen und in den Spielplatzsand geworfen.

Gehring unterbrach sie. »Ich werde den Kriminaldirektor bitten, Sie von Ihren anderen Aufgaben zu entbinden. Wenn der Fall Tudor tatsächlich wieder aufgerollt wird, dann brauche ich die Besten der Besten an genau dem Platz, an dem sie das auch beweisen können.«

Sein Blick wischte Angelika das kaum aufgesetzte spöttische Lächeln vom Gesicht. Es war bekannt, was die ganze Dienststelle von Gerlinde Schwab hielt. Keiner wollte freiwillig mit ihr zusammenarbeiten. Sie war nicht nur anstrengend und zeitraubend, sondern auch kaum belastbar. Er und seine Leute würden noch einmal ganz von vorne anfangen müssen. Längst erkaltete Spuren ausgraben, alte Wunden aufreißen, sich der Niederlage von damals erneut stellen, noch einmal alles Menschenmögliche mobilisieren. Da konnte und wollte er nichts, was auch nur den Ansatz von Mobbing in sich trug, in seinem Umfeld dulden.

Gerlinde Schwab öffnete den Mund, was bei ihr immer an

einen Karpfen im Abfischbecken erinnerte, und schloss ihn dann wieder. Ihr Glück.

Gehring wandte sich erneut an die Runde. »Ich erwarte von allen, die damals *nicht* dabei waren, ein ganz besonderes Input. Sehen Sie sich das Bewegungsprofil des Jungen an, die Zeugenaussagen, die operative Fallanalyse. Hinterfragen Sie. Prüfen Sie. Schenken Sie uns, die wir damals nicht weitergekommen sind, einen frischen Blick auf diesen Fall. Wer sich noch an die Geschehnisse erinnert...« Er nickte Manteuffel und Großjohann zu.

Letzterer, ein ehrgeiziger Mann mit akkurat geschorenem Bart und einem fast grafischen Haarschnitt, der seine wie gemeißelt wirkenden, römisch anmutenden Gesichtszüge noch betonte, ernst, humorlos, manchmal zu verbissen – vielleicht lag es daran, dass Gehring und er gleich alt waren, aber nur einer Leiter der Mordkommission sein konnte. Großjohann also starrte auf die Tischplatte, während sein Unterkiefer mahlte. Manteuffel vermied es, irgendjemandem in die Augen zu sehen. Beide waren damals gemeinsam mit Gehring bis ans Äußerste ihrer Belastbarkeit gegangen. Sie hatten die Nächte durchgearbeitet, waren jeder noch so winzigen Spur nachgegangen, hatten selbst die aberwitzigsten Zeugenaussagen überprüft, wochenlang.

Der Fall Tudor war schließlich zu einer länderübergreifenden Sache geworden, als gleich zwei Fernsehmagazine ihre ganz eigene Sicht auf die Unfähigkeit der Berliner Polizei verbreitet hatten. Doch sie hatten sich nicht beirren lassen. Sich immer wieder den bohrenden, verzweifelten Fragen der Eltern gestellt, sich vom Zynismus der Presse, die von Polizeiarbeit so gut wie keine Ahnung hatte, nicht anstecken lassen. Bis die Staatsanwaltschaft irgendwann die Reißleine gezogen hatte. Nein, in einem Fall wie dem von Darijo Tudor wurden die Ermittlungen nicht eingestellt. Aber es hatte bald andere Delikte gegeben. Weitere Morde. Überfälle. Erpressungen. Gewaltexzesse. Bandenkriege. Häusliche Gewalt, misshandelte Kinder. Berlin war arm, hatte noch nicht einmal genug Beamte für die neuen Fälle. So wurde Darijo ganz langsam von anderen, aktuelleren Ermittlungen an den Rand gedrängt. So weit, bis sie ihn in der alltäglichen Arbeit aus den Augen verloren, bis sie dieses nagende Gefühl der Enttäuschung nicht mehr spürten oder gelernt hatten, es zu ignorieren. Doch es verschwand nicht, genauso wenig wie ein Mensch verschwinden konnte. Etwas blieb. Die Erinnerung. Der Schmerz der Eltern. Der Schatten einer ungesühnten Tat. Ein Skelett im Wald.

»Immerhin haben wir einige neue Erkenntnisse«, fuhr Gehring fort. »Es hat Kraft gebraucht, den Jungen in den Wald zu bringen. Das Grab auszuheben, die Spuren zu verwischen. Vermutlich wurde ein Auto benutzt. Wir kennen nun den Ort, an dem Täter und Opfer definitiv ein letztes Mal zusammen waren.«

Gehring spürte den Unwillen der Kollegen. Ein kalter Fall. Ein ungelöster Mord. Vier Jahre Vergessen. Das war wie eine Einladung zum Abendessen, bei dem man abgelaufene Dosenrouladen vorgesetzt bekam.

»Die Leichenschau übernehme ich. Lage unmittelbar im Anschluss. Dann werden wir mehr über den Tod des Jungen wissen. Danach gehen wir an die Presse, im Fokus dieses Mal die Havelchaussee. Vielleicht erinnert sich jemand noch daran, dort rund um den zehnten Oktober zweitausendzehn etwas Ungewöhnliches oder Auffälliges bemerkt zu haben. Den Namen im Fall einer zweifelsfreien Identifizierung geben wir erst heraus, wenn ich mit den Eltern gesprochen habe. Ich danke euch.«

Stühlescharren, leise Gespräche. Die Kollegen von der Spurensicherung eilten zurück ins Labor. Angelika, Kramer und

Manteuffel verließen gemeinsam den Raum. Schließlich blieben nur noch Gehring und Gerlinde Schwab übrig. Sie kramte in der Tasche ihres zeltförmigen Blazers und holte einen Kaugummi hervor, den sie ihm reichte. Verblüfft nahm er ihn an.

»Sie haben eine Fahne.«

Er wickelte den Streifen aus und schob ihn sich in den Mund. Er hätte gerne das Fenster geöffnet, doch die Kälte saß ihm immer noch in den Knochen.

»Die Eltern des Jungen sind Kroaten«, sagte sie.

Gehring kaute. »Arbeitserlaubnis, EU, alles in Ordnung.«

»Damals war kein Dolmetscher dabei.«

Er warf ihr einen scharfen Blick aus zusammengekniffenen Augen zu. »Sind Sie deshalb zu spät gekommen? Weil Sie sich das alles schon vorher durchgelesen haben?«

»Ich dachte, Sie wollten einen frischen Blick.«

Ja, den wollte er. Aber nicht in diesem besserwisserischen Ton. »Es war nicht nötig. Die Eltern haben hervorragend Deutsch gesprochen. Die Mutter zumindest.«

»Die ganze Zeit?«

Er kaute weiter. Lange. Schließlich stand er auf. »Frau Schwab, worauf wollen Sie hinaus?«

»Es wäre vielleicht besser gewesen, wenn jemand bei den Vernehmungen dabei gewesen wäre, der ihre Sprache spricht. Hier drin«, sie tippte auf das Retent, »sind die Aussagen, die in einem Vernehmungsraum vor einem Mikrofon bei der Polizei gemacht wurden. Alles Dinge, die Leute einschüchtern. Sie waren doch damals bei den Tudors zu Hause. Haben die da auch nur Deutsch gesprochen?«

Jede andere hätte Gehring zum Wagenwaschen geschickt. »Nein, natürlich nicht.«

»Sehen Sie?« Mühsam erhob sie sich und griff nach der Akte. »Mit dem Vater ist nicht gerade gut Kirschen essen, meine ich.

Diese Entführung war, wie soll ich es sagen, in meinen Augen keine normale Entführung.«

»Was ist in Ihren Augen eine normale Entführung?«

Sie zwängte sich an den zurückgeschobenen Stühlen vorbei Richtung Ausgang. »Jemand will Geld, späht sein Opfer aus, kidnappt es, vereinbart eine Übergabe, hält sich daran, lässt das Opfer frei und wird geschnappt.«

»Ja.« Gehring unterdrückte ein Stöhnen und folgte ihr. Der Kollegin Schwab beim Kombinieren zu folgen war ähnlich spannend wie Gartenschach. »Wir haben eine Aufklärungsquote von fast neunzig Prozent. Das heißt im Umkehrschluss, zehn Prozent kommen davon. Sind das dann alles keine normalen Entführungen?«

Sie öffnete die Tür. Der Geruch von Teppichkleber, der durch die Heizungsluft und die geschlossenen Fenster im Winter stärker wurde, stieg ihm in die Nase.

»Mir ist nur aufgefallen, dass die Eltern des Jungen selbst bei der Vernehmung sehr emotional reagiert haben.«

»Ich bitte Sie. Ihr Kind ist verschwunden.«

»Ja, natürlich.«

Er musste nach rechts, sie nach links. Abwartend blieb Gehring stehen.

»Frau Schwab, wir haben damals alles, wirklich alles Menschenmögliche unternommen. Gibt es irgendetwas, auf das Sie mich hinweisen möchten?«

Sie sah ihn lange an mit ihren hellgrauen Augen. »Ja. Auf Medea.«

Sie wandte sich um und ging mit den wiegenden Schritten einer schwer beladenen Marktfrau davon.

3

Haussmann hatte die Leichenschau für 14:00 Uhr angesetzt. Während der Fahrt zur Rechtsmedizin rief Gehring sich die wenigen halbherzigen Theaterbesuche ins Gedächtnis, zu denen ihn Susanne überredet hatte. Der *Arturo Ui* am Berliner Ensemble, an den konnte er sich erinnern. Mit dem grandiosen Martin Wuttke, der sogar einen Fernseh-*Tatort* geadelt hatte. Medea… die große Tragödiengestalt spielte auch in der Forensik eine Rolle. Das Medea-Syndrom. Töten, was man liebt, nur weil man es einem anderen nicht gönnt. Wie kam die Schwab darauf? Darko und Lida Tudor waren vielleicht nicht wie liebende Eheleute miteinander umgegangen. Aber er hatte die beiden auch nur ein- oder zweimal außerhalb des Vernehmungsraumes gesehen, dazu noch in einer emotional hochexplosiven Situation. Er wünschte, er könnte sich daran erinnern, was ihm vor langer Zeit in einem Hörsaal über dieses seltene, unbegreifliche Motiv vorgetragen worden war. Eine riesige Wand voller Blut… Kassandras verzweifelte Klage… nein, das war *Aischylos* gewesen, am Deutschen Theater. Eine der wenigen Inszenierungen, die ihn atemlos gemacht hatten, denen er gefolgt war von der ersten bis zur letzten Minute. Vielleicht müsste er mal wieder ins Theater gehen. Oder in ein Konzert. Irgendetwas unternehmen, das seine Zeit nicht raubte, sondern ihr etwas gab. Selbst wenn es nur das befriedigende Gefühl war, zwei Stunden in einem engen, unbequemen Theatersessel ausgeharrt zu haben.

Er fuhr auf den Parkplatz der Rechtsmedizin und wunderte sich. Er war kein Theatertyp. Kein Operngänger. Kein… Ihm fiel auf, dass er eigentlich alles, was im weitesten Sinne des Wortes mit Kultur zu tun hatte, mied wie der Teufel das Weihwasser. Haussmann war so ein Typ. Hatte wahrscheinlich Bücherregale bis unter die Decke und besuchte jede Premiere und jedes zweite Konzert in der Philharmonie. Manchmal pfiff er bei der Arbeit. So kam Gehring das eine oder andere Mal in den Genuss einer gefälligen Melodie, die der Rechtsmediziner knapp mit »Freischütz-Ouvertüre« oder »Liebestod« betitelte.

An diesem Nachmittag pfiff Haussmann nicht. Als Gehring wie immer mit einem beklommenen Gefühl den Sektionsraum betrat, war der Professor gerade dabei, seine Erkenntnisse leise, aber überdeutlich und akzentuiert in das Mikrofon zu sprechen, das von seinem Hals baumelte. Er nickte dem Ermittler kurz zu und beugte sich, eine Pinzette in der Hand, über Darijos skelettierten linken Unterarm, an dem noch einige Stofffetzen, Erde und Reste der Muskulatur zu erkennen waren.

»Kommen Sie, kommen Sie.« Er schaltete das Gerät aus und winkte Gehring heran. »Sehen Sie? Hier, zweite und dritte Rippe, Serienfraktur.«

Haussmann deutete auf den kleinen Brustkorb. »Da der Junge weder an Altersschwäche noch an Osteoporose gelitten hat, kommt nur ein Unfall oder Gewaltanwendung infrage. Er hat sich die Brüche ungefähr zwei, drei Monate vor seinem Tod zugezogen.«

Haussmann richtete sich auf. »Ich habe den Zahnstatus mit dem des vermissten Darijo Tudor verglichen.«

»Und?«

»Er ist es. Mit an Sicherheit grenzender Wahrscheinlichkeit. Das Ergebnis der DNA-Analyse wird das bestätigen.«

Gehring atmete tief durch. Das Wissen um den Tod eines Opfers war immer noch etwas anderes als die Ahnung.

»Ich habe übrigens mit dem Zahnarzt des Jungen telefoniert.« Haussmann zog einen der hölzernen, altmodischen Rollstühle heran und deutete auf einen zweiten. Gehring nahm Platz. »Ein Weddinger Alleskönner von altem Schrot und Korn. Er hat dem Kleinen die Klebebrücke nicht gemacht. Als der Junge das letzte Mal bei ihm war, ein paar Monate vor seinem Verschwinden, war noch alles in Ordnung mit dem Gebiss.«

Die Röntgenaufnahmen des Skeletts hingen vor einem Lichtkasten. Haussmann deutete auf die Fotografie des Oberkiefers.

»Eine Füllung, handwerklich okay, Kassenstatus. Mit acht hat er eine Zahnspange bekommen, die wir am Fundort nirgendwo entdeckt haben. Ebenfalls ein Kassenmodell. Nichts dagegen zu sagen. Eine absolut ordentliche Durchschnittsversorgung.«

Gehring holte sein Notizbuch hervor und schrieb *Zahnspange* auf. Haussmann zog einen blauen, offenen Kunststoffkasten zu sich heran und nahm mit der Pinzette zwei verblockte Schneidezähne heraus.

»Aber das hier, das ist die Königsklasse. Ich schätze zwei- bis dreitausend Euro.«

Gehring stieß einen leisen Pfiff aus. Der Rechtsmediziner legte die Brücke vorsichtig in den Kasten zurück.

»Wenn ein Neunjähriger seine Schneidzähne verliert, ob durch einen Unfall oder Gewalteinwirkung, bekommt er normalerweise eine Prothese. Ein Teilgebiss. Nicht schön, aber als Provisorium absolut okay, bis der Kiefer ausgewachsen ist. Eine Klebebrücke statt einer Teilprothese ist natürlich viel schöner. Allerdings auch viel teurer.«

Hatten die Tudors das Geld für so einen Luxus? Zahnersatz für einen Neunjährigen im Wert von mehreren tausend Euro?

»Was ist denn der Vorteil einer solchen Brücke?«

»Sie muss nicht herausgenommen und gereinigt werden. Sie sitzt fest, man lebt damit fast so gut wie mit den echten Zähnen.«

»Sie fällt also nicht auf.«

»Im Gegensatz zu einer Prothese, die der Junge zum Beispiel beim Sportunterricht herausnehmen müsste, nein.«

»Und der Zahnarzt des Jungen hat sie definitiv nicht gemacht?«

»Ganz genau.«

Gehring nickte und notierte sich *Zahnarzt, Labor, Privatpatient*, das Letzte mit einem Fragezeichen.

»Wie ist Darijo Tudor gestorben?«

»Durch äußere Gewaltanwendung mit einem stumpfen Gegenstand.«

Haussmann stand auf und ging zurück zum Sektionstisch. Gehring folgte ihm. Gemeinsam betrachteten sie das, was von dem aufgeweckten Neunjährigen übrig geblieben war. Wieder dieses Gefühl, wie eine geballte Faust in der Magengrube. Der Junge wäre jetzt dreizehn. Wäre vielleicht zum ersten Mal verliebt, wahrscheinlich in eine hübsche Referendarin. Sammelte Panini-Bilder. Rauchte heimlich die erste Zigarette irgendwo hinter einem Busch auf dem Schulhof. Stöberte mit roten Ohren auf irgendwelchen Internetseiten herum, die erst ab achtzehn waren, und rief nervös durch die zum ersten Mal abgeschlossene Tür seines Kinderzimmers, dass er bloß Hausaufgaben mache. Stand noch mit einem Bein in der Kindheit und mit dem anderen, unsicher, tastend, immer bereit zum sofortigen Rückzug, schon in der wilden, berauschenden Welt der Heranwachsenden. Zählte die ersten Haare unter den Achseln, probierte den Rasierer des Vaters aus. Lag nachts wach und lauschte auf die fernen, gedämpften Geräusche der Großstadt, die lockten und verführten und ihm zuwisperten: Alles wartet auf dich. Alles ist bereit, dich aufzunehmen. Das ganze Leben brennt darauf, von dir, Darijo Tudor, empfangen zu werden wie ein Heiliges Abendmahl.

»Immer wieder stehe ich vor Kindern«, sagte Haussmann leise. »Misshandelte, erschlagene, verhungerte, zu Tode geschüttelte Kinder. Manchmal kann man das Martyrium, das sie hinter sich haben, noch an ihren Körpern ablesen. Ich bekomme viel zu hören. Die Phantasie der Täter ist beinahe unerschöpflich. Kinder drücken ihre Hände angeblich freiwillig zehn Sekunden lang auf eine glühende Herdplatte. Eltern kugeln ihnen versehentlich den Arm beim Spielen aus. Die dummen Kleinen rennen mit gesenktem Kopf gegen Betonwände. Sie schlucken Rohrreiniger, statt ihn auszuspucken, weil sie ihn mit Limo verwechselt haben. Sie fallen aus Betten, die nach meinen Berechnungen fünf Meter hoch sein müssten. Darijo Tudor hatte zwei Rippenbrüche, die ihm sicher starke Schmerzen bereitet haben. Das kommt vor. Eine Sportverletzung, ein Fahrradunfall. Vielleicht ist er die Treppe hinuntergestürzt oder unglücklich an einer Tür hängen geblieben. Es kann durchaus eine harmlose Erklärung dafür geben.«

In der Stimme des Rechtsmediziners klang die Skepsis mit, die im Lauf von über zwanzig Berufsjahren gewachsen war. Gehring erinnerte sich an den Prozess gegen die Mutter eines Dreijährigen. Haussmanns Gutachten hatte bewiesen, dass die kleine Hand des Kindes mit voller Kraft eine Ewigkeit auf die glühende Herdplatte gedrückt worden war. Doch der Richter hatte die Mutter freigesprochen, aus Mangel an Beweisen. Sie hatte behauptet, ihr Sohn sei »unglücklich auf den Herd gefallen« und hätte sich nur »abgestützt«. Zehn Sekunden lang. Noch immer lief Gehring ein eiskalter Schauer über den Rücken, er konnte sich die Qualen des Kindes kaum ausmalen. Auch nicht die abgrundtiefe Verworfenheit einer Mutter, die das ihrem Sohn antat.

Er räusperte sich, weil ihm die Kehle eng geworden war. »Abseits einer harmlosen Erklärung und all Ihre Erfahrung zusammengenommen – was sagen Sie?«

Haussmanns Antwort war klar und ohne jeden Zweifel. »Dieser Junge war Monate vor seinem Tod massiver Gewalt ausgesetzt. Gab es Hinweise oder Verdachtsmomente auf Misshandlungen?«

Gehring, der die Akte inzwischen auswendig kannte, verneinte. Sie hatten damals mit Schulfreunden gesprochen, mit den Lehrern, den Eltern, mit den Söhnen von Reinartz. Niemandem war etwas aufgefallen. Natürlich konnte es Zufall sein. Aber Darijos Leiden hatten im Verborgenen begonnen und sich gesteigert: Rippenbrüche. Ausgeschlagene Zähne. Getötet und verscharrt.

Fachwörter spukten in seinem Kopf herum. Altruistischer Filizid. *Retaliating killing.* Das Münchhausen-Syndrom. *Fatal battered child syndrome.* Medea... Hatte er es mit einer Vertuschungstat zu tun? War diese ganze Erpressergeschichte, an der schon damals so viele Zweifel gehaftet hatten, letzten Endes nichts anderes als das Ergebnis eines aus dem Ruder gelaufenen Falles von häuslicher Gewalt?

»Aber ich halte mich an die Fakten, nicht an Mutmaßungen.« Haussmann legte die Pinzette ab. »Sie haben meinen Bericht bis heute Abend auf dem Schreibtisch. Der Täter war Rechtshänder, Eintrittskanal von oben nach unten, das Opfer war klein, es musste nicht knien. Wenn ich Täter sage, schließe ich damit eine Frau nicht aus. Dafür war nicht sehr viel Kraft nötig.«

»Die Waffe?«

»Ein Baumarkthammer, nehme ich an. Ein Vierkanteisen, ein Bolzen. Schwer zu sagen nach so langer Zeit.«

»Danke.« Gehring reichte dem Professor die Hand und verstaute sein Notizbuch. Haussmann streifte sich bereits wieder die Gummihandschuhe über, als er den Raum verließ.

Draußen im Wagen wartete Gehring noch einen Moment, bis er losfuhr. Zum einen, um der Heizung eine Chance zu geben, zum anderen, um das zu verarbeiten, was er gerade gehört hatte. Eine Welle von Liebe flutete sein Herz, als er an seine Kinder dachte. Niemals, selbst in den schlimmsten Zeiten – und es hatte sie gegeben, wer anderes erzählte, der log – wäre es weder ihm noch Susanne in den Sinn gekommen, die Hand gegen diese kleinen, ihnen anvertrauten Wesen zu erheben.

Dabei hatte es die Versuchung, das Kind als Pfand zu missbrauchen, durchaus gegeben. Er war nicht frei von hinterhältigen Gedanken. Es war keine einfache Trennung gewesen. Er hatte Susanne nicht verstanden und tat es bis heute nicht. Er war immer noch davon überzeugt, dass sie ihre Ehe hätten retten können – wenn der andere nicht aufgetaucht wäre. Bei allem Schmerz, aller Wut, sie hatten es irgendwie geschafft, den Kindern das Gefühl zu geben, dass sie weiterhin von ihren Eltern geliebt wurden. Dennoch beschlichen Gehring von Zeit zu Zeit boshafte Anwandlungen. Er fragte seine Kinder aus, heimtückisch und unehrlich. Tat so, als ob er sich für ihr Leben zwischen den zwei Wochenenden im Monat interessierte. Ging es ihnen gut? War der andere nett zu ihnen? Er spürte rasende Eifersucht, wenn sie seine Frage mit leuchtenden Augen bejahten und erzählten, dass sie gemeinsam im Zoo gewesen waren, im Kino, dass sie gegrillt hatten, im Garten draußen in Kaulsdorf... In *seinem* Garten, auf *seinem* Grill, der vor *seinem* Haus stand, das noch immer nicht abbezahlt war und an dem er sich noch zwanzig Jahre abarbeiten würde, während Susanne im gemachten Nest saß und ihr neuer Lover mehr und mehr die Rolle des Mannes im Haus einnahm, während er, der Vater, an die Peripherie ihres Lebens gedrängt wurde und nichts, rein gar nichts dagegen unternehmen konnte.

Doch dann zwang er sich ein Lächeln ins Gesicht, weil er sich daran erinnerte, wie selten er Zeit für solche Unternehmungen gehabt hatte und wie sehr seine Kinder sie vermisst haben mussten. Wenn sie sich an ihn pressten zum Abschied, ihn umarmten, wenn sie *Papa, ich hab dich lieb* flüsterten, dann versuchte er sich damit zu beruhigen, dass sie den anderen Axel nannten. Und dass er in zwei Wochen wieder genau achtundvierzig Stunden Zeit mit ihnen verbringen durfte. Das war, wie er sich in bittern Momenten der Selbsterkenntnis eingestand, mehr Zeit, als er während seiner Ehe erübrigt hatte.

Gehring fuhr sich mit den Händen übers Gesicht. Er brauchte eine Frau. Für Susanne war es ja auch einfach gewesen, sofort von der einen in die nächste Beziehung zu springen. Bei ihm hingegen dauerte dieses Gefühlsprovisorium inzwischen mehr als drei Jahre. Flüchtig dachte er an Angelika. Aber ihr Wunsch nach mehr war so offensichtlich, dass es ihn abschreckte.

Er löste die Handbremse und rollte langsam auf das Tor Richtung Invalidenstraße zu. Sie mussten mit Darijos Arzt sprechen, mit seinem Zahnarzt, der Schulleitung, vor allem aber mit den Eltern.

Damals, unmittelbar nach seinem Verschwinden, hatte man ihnen Darijo als einen glücklichen, etwas stillen, keinesfalls wagemutigen Jungen präsentiert. Die erste große Lüge. Entweder hatte der Neunjährige die Veranlagung eines Raufboldes, oder es war schon lange vor seinem Tod etwas Schreckliches mit ihm geschehen, das das Glück in seinem Leben pulverisiert hatte. Gehring wusste, dass es weitere Lügen gab.

Er war ein guter Spurensucher, ein Faktenjäger. Doch ihm fehlte die innere Stimme der Intuition, eine Art Lügen-Seismograf. Er brauchte jemanden an seiner Seite, der Informationen nicht nur nach ihrem Wahrheitsgehalt abtastete, sondern auch die Nuancen erspürte, das Ungesagte, das Verheimlichte, das Unterbewusste. Einen unerschrockenen und wagemutigen Menschen, der seiner inneren Stimme mehr vertraute als dem offensichtlichen Sachverhalt oder irgendeinem Vorgesetzten.

Nur für den Anfang, redete er sich ein. Nicht für die eigentlichen Ermittlungen. Bloß, um uns einen Überblick zu verschaffen, um was es bei diesem Fall geht: um eine Entführung oder einen viel tiefer reichenden Racheakt. Es muss jemand sein, der Darijos Umfeld versteht.

In diesem Moment beschloss er, dass es Zeit für eine zweite Chance war.

4

Sanela Beara, Beamtin auf Probe im ersten Jahr des Masterstudiengangs Gehobener Polizeivollzugsdienst an der Hochschule für Wirtschaft und Recht, versuchte verzweifelt, nicht einzuschlafen. Das Seminar *Der polizeiliche Planungs- und Entscheidungsprozess in Theorie und Praxis* beschränkte sich hauptsächlich auf Theorie, die Professor Wittekind auch noch mit dem Temperament einer Weinbergschnecke vortrug. Der Blick des blassen, etwas rundlichen Mannes im grauen Anzug glitt teilnahmslos über die rund dreißig Studenten, während er mit monotoner Stimme und auf dem Rücken ineinandergelegten Händen den Stoff repetierte, wobei er zwischendurch sacht auf den Füßen wippte.

»Die beiden Phasen des Prozesses bestehen aus der kognitiven Erfassung der Zusammenhänge und dem daraus folgenden systematischen Handeln...«

Sie kaute auf den Spitzen ihrer schulterlangen dunkelbraunen Haare herum, die sie seit jenem Tag, an dem sie ihre Uniform abgelegt hatte, wieder offen trug. Mitschreiben war sinnlos. Wittekind hatte seinen Text im Lauf der Jahre auswendig gelernt, er fand sich fast eins zu eins in den Beiträgen des Fachbereichs wieder, die jeder im Intranet abrufen konnte. Der Professor begann nun, mäßig interessiert durch die Bankreihen zu gehen. Sanela kritzelte Kringel und Kästchen aufs Papier, übte »Das ist das Haus vom Nikolaus« und ärgerte sich, als ihr die Zeichnung nicht auf Anhieb ohne abzusetzen gelang.

»Die kognitionspsychologische Erfassung bei der Beurteilung der Lage beinhaltet zum einen die assoziative Reproduktion von gesammelten Erfahrungen und Wissenstransfer, zum anderen…«

Peer rechts neben ihr hatte schon aufgegeben. Mit halb geschlossenen Augen, den schweren Kopf auf die Hand gestützt saß er da, und es war nur noch eine Frage von Minuten, bis er vornüber auf die Tischplatte fallen würde. Taifun zu ihrer Linken tat wenigstens noch so, als ob er sich Notizen machen würde. Seine schlanken Finger spielten mit dem Kugelschreiber. Er sah zu ihr herüber, als er bemerkte, dass sie ihn beobachtete, und lächelte flüchtig. Sanela spürte, wie ihr Haaransatz kribbelte. Sie hatten noch nie mehr als drei Worte miteinander gewechselt. An diesem Tag saß sie auch nur deshalb neben ihm, weil sie zu spät gekommen war und nicht darauf geachtet hatte, wo sie erst ihre Tasche und anschließend sich selbst fallen ließ.

Taifun. Die Haare raspelkurz, ein scharf geschnittenes Gesicht mit einem erstaunlich weichen, vollen Mund, der meistens spöttisch lächelte. Seine Augen erinnerten sie an Khal Drogo in *Game of Thrones,* und was sich unter seinem Rollkragenpullover abzeichnete, ließ vermuten, dass er auch vom Hals abwärts eine gewisse Ähnlichkeit mit dem Krieger aufwies.

Wittekinds monotone Ausführungen erreichten die Zuhörenden mal mehr, mal weniger. Wie träge Wellen eines Binnensees. Wie Ahornsirup, in dem sie langsam ertranken.

»…vor jedem polizeilichen Einsatz sind stets zu aktualisierende Planentscheidungen festzulegen und die erforderlichen organisatorischen wie personellen Maßnahmen…«

Sie radierte das misslungene Hausdach weg und wischte die dunklen Gummireste vom Papier. Taifun sah blendend aus, war smart, lässig, cool, also all das, was sie nicht war. Das Grundstudium absolvierten sie noch gemeinsam, später würden sie dann in verschiedene Laufbahngruppen gehen. Sanela hatte sich für die Kripo entschieden, Taifun für die Schutzpolizei, das trennte ihre Wege. Im Übrigen himmelten ihn sämtliche Frauen ihres Jahrganges an, mit denen Sanela überhaupt nichts anfangen konnte. Die meisten waren in ihren Augen oberflächlich und zu einer Unterhaltung über die wirklich wichtigen Dinge des Lebens nicht fähig. Sie wusste selbst nicht ganz genau, was diese Dinge sein konnten. Aber sie fühlte sich nicht wohl in der Gesellschaft von Menschen, die das leichte Geplänkel beherrschten, bei dem sie selbst sich immer hölzern und unbehaglich fühlte. Vielleicht verstellte Arroganz den Blick auf die Erkenntnis. Wenn sie über sich und ihre Position in der Welt nachdachte, dann sah sie sich immer am Rande einer Gruppe, niemals mittendrin. Früher hatte das manchmal geschmerzt. Heute hatte sie ihre Außenseiterrolle akzeptiert. Als einen kräftigen Motor, der sie ansportne, besser zu sein als der Durchschnitt. Auch wenn sie höllisch aufpassen musste. Sie durfte die anderen nicht schlechter machen, als sie waren, nur um vor sich selbst besser dazustehen. Egal. Blöde Gedanken kurz vorm Einschlafen in einem sterbenslangweiligen Seminar. Sie riss das Blatt von ihrem Block ab.

Taifun wechselte die Sitzposition. Dabei streifte sein Ärmel ihr Handgelenk und verursachte an dieser Stelle ein leichtes, angenehmes Kitzeln. Wittekind hatte inzwischen das Ende des Raumes erreicht. Er blieb einen halben Meter vor der Wand stehen und redete ungerührt weiter. Sanela war selten Menschen begegnet, die direkt mit einer Wand sprachen.

»Die allgemeine Planungskonstellation verfügt über drei kritische Dimensionen: erstens Dynamik, zweitens Umfang und drittens Transparenz. Im Einzelnen...«

Ihr Blick schweifte ab von Wittekinds Rücken und dem Smartboard, glitt aus dem Fenster und verlor sich im grauen

Dunst des eiskalten Winterhimmels. Sie dachte an Sven, der wahrscheinlich wieder die Frühschicht erwischt hatte und Verkehrsunfälle aufnehmen durfte oder Streife fuhr. Sie vermisste ihren alten Job nicht. Sven, der einzige Kollege, mit dem sie so etwas wie eine Arbeitsfreundschaft verbunden hatte, hatte sich seit ihrem Weggang nicht mehr gemeldet. Manchmal kam es Sanela vor, als wären Jahrzehnte vergangen, seit sie die Wache in der Sedanstraße verlassen hatte. Dabei waren es noch nicht einmal fünf Monate. Sie stellte sich vor, wie sie in drei Jahren über den Hof gehen und Sven flüchtig grüßen würde, um die Wache rechts liegen zu lassen und auf der linken Seite die Treppe zur Mordkommission zu nehmen. Dorthin, wo ihr neues Büro auf sie wartete. Wie er ihr mit offenem Mund hinterherstarren würde. Das hättest du nicht gedacht, was? Die Quotenmigrantin wird Kriminalkommissarin…

»Die wichtigsten Bestandteile des polizeilichen Planungs- und Entscheidungsprozesses?«

Taifun räusperte sich leise. Sanela fuhr zusammen. Wittekind stand direkt vor ihr, in die Brust geworfen, ein Napoleon im Anzug von der Stange. Wie das? Eben hatte er doch noch…

»Ähm…«

»Meine Frage lautete, was für eine erfolgreiche Lagebewältigung erforderlich ist.«

Shit. Was war das noch mal? »Also, ich denke, eine erfolgreiche Lagebewältigung… Sie hängt von mehreren Faktoren ab. Oder?«

»Das frage ich *Sie*, Frau Beara.«

Mehr fiel ihr dazu nicht ein. Wittekind wartete. Alle sahen sie an. Warum zum Teufel hatte er immer sie auf dem Kieker? Er wippte wieder, ungeduldiger jetzt.

»Die, also, ich glaube, die Lagebilderstellung, also die Beurteilung der Lage… Ja. Entschlussfassung, Durchführungsplanung, Befehlsgebung.« Jetzt war sie wieder da. Aber das half nicht. Wittekind war allenfalls ein übertriebenes Nicken zu entlocken, mit dem er quittierte, dass sie in letzter Sekunde die Kurve gekriegt hatte.

»Wie gut, wenn man sich im Unterricht Notizen macht.« Sein Blick fiel auf das Papier mit den Kritzeleien. Er drehte es zu sich herum. »Kreise und Quadrate. Interessant. Die Psychologin Jackie Andrade behauptet, sinnleeres Zeichnen fördere die Aufnahme von Informationen. Oder steht dieses Kunstwerk in einem mir nicht ersichtlichen Zusammenhang mit meinem Unterricht?«

Sanela grinste unsicher. So verpeilt Wittekind auch wirkte, immer wieder konnte Ironie aus seinem Geist schnellen wie ein Fisch aus dem Wasser. Zwar ging sie meistens auch genauso flott wieder unter. Trotzdem war ihm jetzt die Aufmerksamkeit aller Studenten sicher. Er genoss es, denn es kam selten genug vor. Die Anwesenden waren gespannt, was noch kommen würde.

»Wissen Sie auch, wie diese Symbole gedeutet werden?«

Sanela schüttelte den Kopf.

»Quadrate: Wer Quadrate oder Rechtecke zeichnet, ist ein rationaler Mensch, der seine Entscheidungen kopfgesteuert trifft.« Hatte irgendjemand mal erwähnt, dass Wittekind Hobbypsychologe war? Nein. »Die Kreise allerdings, die Kreise ... Verhaltene Leidenschaften, glaube ich mich zu erinnern. Haben Sie diese Spiralen von innen oder von außen begonnen?«

Sanela starrte auf das Papier. »Ich ... also, ich weiß es nicht.«

Taifun stieß ein leichtes Schnauben aus. Sanela hoffte, dass es sich auf die Frage des Professors und nicht auf ihre verhaltenen Leidenschaften bezog.

»Nun, von außen nach innen deutet auf unbewältigte Probleme hin.«

Da könnte er durchaus richtigliegen. Ihre Hausarbeit zum Thema *Kriminaltaktische Bekämpfungskonzeptionen für den großstädtischen Bereich* sollte sie am Ende der Woche abgeben, und sie hatte noch nicht einmal damit angefangen.

»Ich glaube, von innen nach außen.«

Jetzt kicherte auch Peer.

»Dann sind Sie äußerst sensibel und erspüren die Stimmungslage Ihres Gegenübers beinahe intuitiv.«

Offenes Lachen. Merkte Wittekind denn nicht, was er hier tat? Wenn er jetzt noch in ihr schlecht ausradiertes Nikolaushaus einen heimlichen Kinderwunsch hineinfabulierte, würde sich die gesamte Gruppe gleich brüllend am Boden wälzen.

Endlich fiel es ihm auf, und er drehte sich zu seinen Studenten um. »Nun, ich freue mich über Ihre Anteilnahme.« Er schob das Papier wieder zu Sanela. »Vielleicht haben Sie eines Tages jemanden im Verhörraum sitzen, der nichts anderes zum Zeitvertreib hat als einen Bleistift und ein Blatt Papier. Falls Sie dann Fragen zu Schlangenlinien, Kreuzen, Gittern oder grafischen Symbolen haben, wenden Sie sich jederzeit vertrauensvoll an mich.«

Sein Zeigefinger legte sich auf Sanelas krummes und schiefes Haus vom Nikolaus. Sie schloss die Augen. Bitte nicht, flehte sie stumm.

»Harmoniebedürftig, aber klar strukturiert. In diesem Sinne wenden wir uns dem Umstand zu, dass weite Teile der polizeilichen Taktik aus der militärischen Taktik heraus entwickelt worden sind…«

Er wandte sich ab und setzte ohne Punkt und Komma dort wieder an, wo er vor seinem Weckruf an Sanela aufgehört hatte. Taifun strich sich mit dem Daumen übers Kinn, was ebenso nachdenklich wie lässig aussah, und schüttelte mit einem ironischen Lächeln ganz leicht den Kopf. Sanela wäre am liebsten im Erdboden versunken.

Nach Ende des Seminars stopfte sie ihre Bücher in die Tasche, nahm ihren Wollmantel von der Stuhllehne und stand hastig auf. Dabei segelte der verräterische Zettel auf den Boden.

»Verhaltene Leidenschaften«, murmelte Taifun, hob ihn auf und reichte ihn ihr mit einem amüsierten Grinsen.

»Was?« Wütend funkelte sie ihn an.

Er stand auf, streckte sich und sah auf sie herab. Alle sahen auf sie herab. Sie war die Kleinste.

»Na ja, ich wiederhole nur, was der Professor gerade im Unterricht zum Thema gemacht hat.«

»Sinnleeres Zeichnen. Das sagt doch schon alles. Es ist ohne Bedeutung.«

»Weiß nicht. Ich hab gehört, es sagt tatsächlich was aus.«

»So?« Sie stopfte den Zettel in ihre Manteltasche. »Klar. Und ich hab gehört, dass die Art, wie du dir die Schnürsenkel bindest, auf eine gespaltene Persönlichkeit und Paranoia hinweist.«

»Echt?« Überrascht blickte er auf seine gefütterten Sneakers. Als er wieder hochsah, stand ein breites Grinsen auf seinem Gesicht. »Du verarschst mich.«

»Niemals.«

Mit einem Mal ging alles ganz leicht. Vielleicht bestand das große Geheimnis darin, sich erst einmal ein paar Frechheiten um die Ohren zu hauen. Gemeinsam mit den anderen ließen sie sich vom trägen Strom hinaus auf den breiten, cleanen Flur Richtung Glasbrücke tragen, die Haupt- und Nebengebäude miteinander verband.

»Wie viele wäre ich denn dann? Zwei? Vier? Eine ganze Fußballmannschaft?«

Sie liefen die Treppe hinunter, und die Sätze flogen zwischen ihnen hin und her, leicht wie ein Papierflieger. Taifun zog ein Päckchen Zigaretten aus der Brusttasche seiner Jacke. Er steuerte an der Mensa vorbei auf die Glastür zu, die hinaus in den Hof führte, und hielt sie ihr auf.

»Magst du Fußball?«, fragte sie.

Er schüttelte bedauernd den Kopf. »Nein. Ich mache gemeinsam mit meiner Großmutter einen ostanatolischen Klöppelkurs.«

Sanela prustete los und merkte, wie einige ihrer Mitstudentinnen sie beobachteten. Taifun war das Alphatier des Jahrgangs. Wer sich in seiner Nähe aufhielt, war interessant. Sie knöpfte sich den Mantel bis zum Kragen zu. Ihr fiel nichts ein. Jetzt hätte eigentlich der nächste Spruch kommen müssen, aber in ihrem Kopf war nur gähnende Leere. Der Typ sah einfach zu gut aus.

»Und du?« Er zündete sich die Zigarette mit einem Zippo an und hielt dabei ihren Blick fest. Dann ließ er das Feuerzeug mit einem Klicken zuschnappen. »Deine Familie kommt aus Serbien, oder?«

»Kroatien«, antwortete sie. »Aus Vukovar. Da wird nicht geklöppelt.«

»Schade. Du hättest mir den Balkantwist beibringen können. Woher kommt dein Name?«

»Von meiner Mutter. Sie war Bosnierin.«

Taifun nickte, und der imaginäre Papierflieger segelte zu Boden. Es gab nicht viele Leute, die hinter ihrem ungewöhnlichen Vornamen mehr sahen als die Gelegenheit zu einem billigen Witz.

»Sie ist tot«, sagte Sanela, ohne zu wissen, warum. Es gab auch nicht viele, denen sie das offenbart hätte.

»Das tut mir leid.«

»Ist lange her.«

»Willst du deshalb zur Kripo?«

Sanela zuckte mit den Schultern. Der kleine Hof vor der

Hochschule füllte sich mit weiteren Rauchern, die selbst bei der Eiseskälte nicht von ihrem Laster lassen konnten. Kein guter Ort für gute Gespräche. Der kleine Schmerz verschwand. Er hatte hier nichts zu suchen.

»Möglich. Und du? Sicherheitsmanagement?«

Katastrophenschutz, Konzern- und Umweltsicherheit, Objektschutz, Sondereinsätze.

»Rate mal.«

Sie hob den Flieger wieder auf. »Damit du umsonst zu den Spielen der Hertha kannst?«

Ernst schüttelte er den Kopf. »Damit liegst du so was von daneben. Es geht viel tiefer. Es ist viel ernster.« Er beugte sich zu ihr herab. »Erster FC Union.«

Und dann grinste er sie an. Ihr Herz tanzte, weil sie glücklich war. Sieh an, Sanela Beara, du lernst es ja doch noch. Sie war es nicht gewohnt, lockere Unterhaltungen mit Männern ihres Alters zu führen. Wahrscheinlich noch so eine Bürde ihres Vaters, der ständig mit Gleichungen wie junger Mann + unbeweibt = Gefahr um sich warf. Mit Älteren kein Problem. Aber Taifun war jung und unbeweibt und offenbar doch irgendwie Gefahr, sonst wäre sie in seiner Gegenwart nicht derart unvorsichtig und leicht, fast schwebend. So kannte sie sich nicht. Am liebsten hätte sie eine Pirouette gedreht, doch das war albern. Eine Erinnerung an ihre Kindheit. Erstaunlicherweise war sie früher ein süßes, kleines Ding gewesen, mit großen Kulleraugen und langen Zöpfen und einer unbändigen Lust zu tanzen. Du tanzt gar nicht mehr, dachte sie. Mit ihm hätte ich Lust.

»Was sind deine verhaltenen Leidenschaften?«, fragte er und musterte sie einen Tick zu lange. Ein Blick wie eine Drehung beim langsamen Walzer, bei der einem schwindelig wurde.

Sie sah auf ihre Stiefel – Moon Boots, wie aus den Achtzigern, vor ihrer Zeit. So out, dass sie schon wieder angesagt waren. Billig und warm. Sie grinste. »Erlaube mal. Die werde ich doch Professor Wittekind nicht erzählen.«

»Mir vielleicht?«

»Bestimmt nicht.«

Er nahm einen Zug und sah an ihr vorbei in die breite Straße, die schnurgerade und leer auf sie zuführte.

Der Campus Lichtenberg war ein riesiges, eingemauertes Gelände mit einem Dutzend Gebäuden, die früher zum Ministerium für Staatssicherheit der DDR gehört hatten. Hochmodern, ansprechend renoviert, technisch auf dem neusten Stand – doch wer genau hinsah, erkannte in einigen Ecken noch die sozialistische Vergangenheit. Hier eine ungewöhnliche Kachelwand, klassisch siebziger Jahre, dort eine stilisierte Rose im Mauermosaik.

Die Unterhaltung geriet ins Stocken. Das war immer so, wenn Leute den Blickkontakt verloren und sich nach anderen umschauten. Aber je länger Taifun über ihre Schulter starrte, desto ungewöhnlicher wirkte die Unterbrechung. Sie drehte sich um.

»Und dem da?«

Quer über den Hof kam ein Mann auf sie zu und ließ sie nicht aus den Augen. In dem Moment, als sich ihre Blicke kreuzten, grüßte er mit einem knappen Nicken. Er war groß, breitschultrig, trug eine etwas zu enge Hose zu einem wattierten Anorak und bewegte sich über die zugefrorenen Pfützen und beiseitegeschippten Schneeberge mit der Behändigkeit eines Sportlers. Ihr Herz begann zu jagen, und das war kein gutes Zeichen.

»Bestimmt nicht.«

Der Mann stand mehrere Dienstgrade über ihr und war mindestens zehn Jahre älter. Trotzdem war es ihr nie gelungen, auch nur drei Sätze mit ihm zu reden, ohne dass er in die Luft ging. Er war der schlimmste, borniertste Esel, den die Kriminalpolizei des Landes Berlin besoldete. Und er fixierte sie mit einem Blick, als ob er in der nächsten Sekunde einen Haftbefehl zücken würde.

»Wer ist das?«, fragte Taifun.

Doch da war er schon bei ihnen.

»Frau Beara? Hätten Sie ein paar Minuten Zeit für mich?«

Er griff nach ihrem Arm und führte sie ab, noch bevor sie protestieren konnte.

Die Mensa war um diese Zeit fast leer. Während Kriminalhauptkommissar Lutz Gehring zwei Kaffee holte, setzte sich Sanela ans Fenster. Sie hatten bisher kaum ein Wort miteinander gewechselt. Fast war es wieder so wie in Hoppegarten, wo sie sich im Herbst einmal getroffen hatten, um so etwas wie einen stillschweigenden Waffenstillstand zu schließen. Leider hatte Gehring nicht im Mindesten auf ihre Ratschläge gehört, weshalb sie sich nach dem dritten Rennen ziemlich in die Haare geraten waren. Den Fehler, in seiner Gegenwart fünfzig Euro auf Sieg zu setzen und zu gewinnen, würde sie garantiert nicht noch mal begehen. Es war offensichtlich, dass er beim Zocken eine absolute Niete war. Der Abschiedsgruß »Bis bald« hatte nach »Auf Nimmerwiedersehen« geklungen.

»Mit Milch?«, rief er von der Theke herüber.

Sie nickte. »Kein Zucker.«

Noch nicht mal daran erinnerte er sich. Lächerlich, sich darüber zu ärgern. Aber Gehring hatte sie vom ersten Moment an auf die Palme gebracht. Diskutieren war bei ihm genauso sinnlos wie das Vorbringen von logischen Argumenten. Weniger robuste Naturen hätten sich daraus einen soliden Minderwertigkeitskomplex geschnitzt. Sanela hingegen war sich sicher: Wäre sie damals keine Streifenpolizistin gewesen, hätte er sie anders behandelt. Dass sie in diesem unheimlichen Dorf –

Wendisch Bruch – mit dem Leben davongekommen war, hatte sie bestimmt nicht Lutz Gehring zu verdanken. Oder, falls doch, dann erst, als es schon fast zu spät gewesen war. Das war schwer zu vergessen und noch schwerer zu verzeihen. Trotzdem… etwas in ihr hatte ihn bewundert. Nein. Falsches Wort. Respektiert, vielleicht. Es hatte nichts mit seinem Dienstgrad zu tun. Der Platz innerhalb einer Rangordnung war ähnlich aussagekräftig wie ein Doktortitel, wenn es um den Charakter eines Menschen ging. Gehring war eitel, selbstgefällig und rücksichtslos. Aber er hatte etwas, das er nur wenigen zeigte, und sie war unfreiwillig zu einer der Auserwählten geworden: Mitgefühl. Er war keineswegs der hartgesottene Hund, für den er sich hielt. Wahrscheinlich würde er jeden, der ihm das unter die Nase rieb, sofort auf Streife an die polnische Grenze versetzen. Doch Sanela hatte es einmal gespürt, und es war wie eine Absolution für sie gewesen. Wie Sonne im Gesicht nach einer Ewigkeit fröstelnd im Schatten. Es war ihr Geheimnis. Er hatte ihr damals das gegeben, was sie am meisten gebraucht hatte. Und er wollte ganz sicher nie daran erinnert werden.

Auf dem Weg zurück verschüttete er die Hälfte. Sanela stand auf, holte zwei Servietten aus dem Spender auf dem Tresen und wischte die Tischplatte und die Becherböden ab. Damit war alles erledigt, was noch erledigt werden konnte, weshalb er nun endlich mit der Sprache herausrücken musste. Sie erwartete einen verdammt guten Grund, weshalb er an der Hochschule aufgetaucht war und ihre bisher einzig nennenswerte Unterhaltung mit Taifun abgewürgt hatte.

»Wie geht es Ihnen?«, fragte er.

»Gut«, antwortete sie kurz angebunden.

»Und das Studium?«

»Alles okay.«

Gehring trank einen Schluck. Wahrscheinlich war mit diesen beiden Fragen sein Vorrat an Privatinteresse aufgebraucht.

»Es ist nicht okay.« Er setzte den Becher ab. »Sie sind hervorragend. Ihre Leistungen liegen weit über dem Durchschnitt, und wenn Sie jetzt noch lernen, dass Abgabetermine dafür erfunden wurden, um eingehalten zu werden, kann aus Ihnen mal eine ganz Große werden.«

Sie öffnete den Mund und schloss ihn wieder.

»Kurz: Nach Rücksprache mit dem Direktor der Hochschule dürfte es kein Problem sein, wenn Sie den Rest des Tages freinehmen.«

Sie legte die Arme auf die Tischplatte und beugte sich vor. »Sie haben mit dem Direktor über mich gesprochen?«

»Ja. Wie gesagt, er sieht…«

»Dürfte ich erfahren, warum?«

»Selbstverständlich. Sie sind Kroatin. Wir arbeiten gerade an einem Fall, bei dem wir Ihre Sprachkenntnisse gut gebrauchen können.«

Sanela versuchte, ihren Ärger zu sortieren. Okay, da war Taifun. Dafür konnte Gehring nichts, dumm gelaufen. Aber erst monatelang Funkstille und dann einfach so hier auftauchen und alles über ihren Kopf hinweg entscheiden, das war eine Spur zu viel. Sie atmete tief ein, um nicht durch ihren Tonfall zu verraten, wie wütend er sie schon wieder machte.

»Ihr Vertrauen in meine Sprachkenntnisse ehrt mich. Erstens bin ich Bundesbürgerin. Zweitens gibt es eine Menge vereidigter Dolmetscher, die diesen Job erledigen können. Und drittens stecke ich zufälligerweise mitten im ersten Semester, das, wie Sie sich vielleicht noch erinnern können, das schwierigste von allen ist. Danke für den Kaffee.« Sie wollte aufstehen.

»Nein«, sagte er. Und dann leiser: »Bitte.«

Sie hob die Augenbrauen, weil sie dieses Wort als letztes in seinem aktiven Sprachschatz vermutet hätte, und blieb sitzen. Vorerst.

»Der Fall ist etwas kompliziert. Es geht nicht um eine Vernehmung, sondern darum, eine Todesnachricht zu überbringen. Die Eltern des Jungen sind Kroaten. Vor vier Jahren...« Er brach ab und umfasste seinen Becher mit beiden Händen, als ob er sich daran wärmen wollte. »Vor vier Jahren, als das Kind vermisst wurde, haben wir versäumt, einen Dolmetscher einzusetzen. Es schien nicht nötig, da die Eltern fast perfekt Deutsch sprechen. Zunächst war es ein Vermisstenfall. Dann wurde eine Erpressung daraus. Und nun haben wir den Verdacht, dass noch etwas anderes dahinterstecken könnte.«

Dieses *Wir*. Gehring benutzte es wie ein Vorhängeschloss zu einer Tür, die nur Befugte öffnen durften. *Wir* hieß, seine Mordkommission biss sich bereits die Zähne an dem Fall aus, und sie brauchten jemanden wie Sanela Beara nur, um einen damals begangenen Fehler nicht noch einmal zu machen.

»Aus diesem Grund möchte ich gerne jemanden dabeihaben, der Kroatisch versteht. Gestern früh wurde im Grunewald das Skelett eines Kindes gefunden. Heute Morgen hat Professor Haussmann die Identität des Jungen bestätigt. Es ist Darijo Tudor.«

»Darijo?«, entfuhr es Sanela.

Der Fall des Neunjährigen hatte die kleine kroatische Community seinerzeit erschüttert. Alle wussten davon, egal ob man den Jungen gekannt hatte oder nicht. Gehring musterte sie scharf.

»Jeder hat davon gehört. Es hieß, die Entführer hätten es eigentlich auf den Sohn des Hauses abgesehen gehabt, Darijo sei das Opfer einer Verwechslung geworden. Stimmt das?«

Gehring zuckte vage mit den Schultern. »Wir wissen es nicht. Die Ermittlungen wurden irgendwann eingestellt.«

»Ja, klar.« Sie lächelte bitter. »Die Staatsanwaltschaft kümmert es wenig…«

Er hob die Hand und unterbrach sie, bevor sie etwas hinzufügen konnte, das sie bereuen würde. »Vier Jahre«, erwiderte er nur. »Irgendwann sind alle Spuren kalt.«

Sie schwiegen. Schließlich sagte Sanela: »Ich wollte eigentlich ausdrücken, dass Eltern so etwas nie vergessen. Ämter schon.«

»Auch Ämter nicht. Und Ermittlungsbeamte erst recht nicht.« Er vermied ihren Blick, trank den Kaffee. »Es war mein Fall. Einer meiner ersten als Leitender. Und gleich in den Sand gesetzt. Ich erwähne das nicht aus einer plötzlichen Affinität zur Offenheit heraus. Sie werden es früher oder später sowieso erfahren.«

Sanela lehnte sich zurück. Zwei Mitarbeiterinnen kamen aus dem Küchentrakt herein und schoben einen Wagen mit warmen Speisen vor sich her. An der Mittelinsel begannen sie, die einzelnen Wannen ins Wasserbad zu stellen. Ein sanfter Geruch nach mild gegartem Essen breitete sich aus. *Plötzliche Affinität zur Offenheit.* Nein. Niemand würde die bei Gehring vermuten.

»Und jetzt ist es wieder Ihr Fall? Wie denn das?«

Gehring warf einen Blick aus dem Fenster, an dessen Rändern das Kondenswasser wie ein Weichzeichner wirkte.

»Komischer Zufall.«

Er schwieg.

»Was ist mit den Eltern?«

»Ich gebe Ihnen eine Aktenkopie mit den Vernehmungs- und Ermittlungsprotokollen zum Nachlesen mit. Die Eltern sind damals fast aufeinander losgegangen. Einer verdächtigte den anderen, das Kind entführt zu haben. Natürlich lagen die Nerven blank. Wir sind allen Hinweisen nachgegangen. Vielleicht nicht genau genug…«

Sanela glaubte, sie hätte sich verhört. Hatte Gehring etwa gerade noch einen Fehler zugegeben?

»Was heißt das?«

»Als die Möglichkeit einer Verwechslung im Raum stand, wurde der Verdacht gegenseitig zurückgenommen. Die beiden rauften sich wieder zusammen. Keiner weiß, wie er in so einer Situation reagiert, bevor er sie selbst erlebt. Ich wage allerdings zu behaupten, dass jemand in einer vertrauensvollen Partnerschaft anders damit umgegangen wäre.«

»Damals auch?«

»Was?«, fragte er irritiert.

»Haben Sie damals auch schon *gewagt zu behaupten*?«

Er dachte kurz nach, ignorierte jedoch ihre Ironie. »Nein. Wir haben uns voll auf die Suche nach den Entführern konzentriert.«

»Es gab also einen Anfangsverdacht, dass ein Elternteil das Kind dem anderen entzogen haben könnte. Trotzdem haben Sie ihn fallengelassen?«

Er atmete scharf ein.

Prima. Gehring zu ärgern war leicht, wenn man seinen *trigger point* kannte.

»Ja. Aber wie gesagt, Mutter und Vater waren in einer Ausnahmesituation. Wenig später, als der Erpresseranruf einging, schien uns und ihnen klar, dass wir es nicht mit der Entziehung eines Minderjährigen zu tun hatten, sondern mit einem Kapitalverbrechen.«

Sanela versuchte sich weitere Einzelheiten von Darijos tragischem Verschwinden ins Gedächtnis zu rufen. Sie erinnerte sich an die Schlagzeilen in den Boulevardzeitungen, die gepixelte Fotos der beiden fast gleichaltrigen Jungen abgedruckt hatten und Interviews mit dem Vater des deutschen, einem Millionär mit Villa und Chauffeur. Was hatte ihr eigener Vater Tomislaw damals noch erzählt? Wenig. Es war ein ungutes Gefühl zurückgeblieben. Ja, die Community bangte um das Kind – aufrichtig und ehrlich. Und ja, man hatte auch Mitleid mit den Eltern. Aber irgendetwas Unausgesprochenes, schwer zu Definierendes hatte diese Regung überschattet. Sie würde ihren Vater danach fragen.

»Warum haben Sie Ihre Meinung geändert?«, hakte sie nach und hoffte, damit ordentlich weiter in seiner Wunde zu bohren.

»Darijo ist zweifelsfrei identifiziert. Heute Nachmittag gibt es eine Pressekonferenz. Wir müssen es den Eltern vorher mitteilen.«

»Aha. Und Sie wollen diesmal jeden Ausruf, jede Klage wortwörtlich übersetzt bekommen? Sie haben den oder die Mörder nie gefunden, Ihnen fehlt jeglicher Ermittlungsansatz, also verlegen Sie sich einfach auf Ihre Anfangstheorie, dass es vielleicht doch eine Familiensache war? Nur um irgendetwas in Ihre Protokolle schreiben zu können?«

Sie war lauter geworden. Die Kantinenhelferinnen wuchteten gerade eine Wanne Gulasch ins Warmhaltebecken und sahen dabei zu ihnen herüber. Unwichtig. Gerade hatte sie noch geglaubt, aus irgendeinem Grund Respekt vor Gehring zu haben.

»Tut mir leid«, zischte Sanela. »Nehmen Sie sich einen Dolmetscher.«

»Der kennt die Faktenlage nicht.«

»Ich will sie auch nicht kennen.«

Sanela stand auf, schnappte sich ihren Mantel und die Tasche und verließ die Mensa. Gehring war irre. Was verlangte er da von ihr? Natürlich wusste sie, dass das Überbringen einer Todesnachricht für einen Ermittler ebenso aufschlussreich sein konnte wie Tatortfotos. Aber der Verdacht gegen die Eltern war aus der Welt geräumt worden. Das Versagen des Kriminalhauptkommissars lag einzig und allein darin, dass er und sein Team damals den oder die Täter nicht geschnappt hatten. Jetzt, vier Jahre später, war es so gut wie aussichtslos. Sie würde den Teufel tun und sich zum Handlanger seines Aktionismus machen lassen.

Noch im Treppenhaus vor dem breiten Aufgang zu den Hörsälen hatte er sie eingeholt. Das Gebäude war leer, wie ausgestorben. Alle saßen längst wieder im Unterricht.

»Frau Beara! Warten Sie!«

Sie blieb stehen. Wenn sie richtig viel Pech in ihrem weiteren Leben hatte, würde Gehring eines Tages ihr Vorgesetzter sein. Oder, schlimmer noch, der zuständige Kriminaldirektor. Überhaupt – was sagte der eigentlich zu der abstrusen Idee, eine Studentin in die Ermittlungen einzubeziehen?

Ehe sie diese Frage stellen konnte, sagte Gehring: »Bevor Sie ablehnen, müssen Sie noch etwas wissen.«

»Ich muss gar nichts.« Sie versuchte, die Absage so freundlich wie möglich und zugleich so bestimmt wie nötig klingen zu lassen. Irgendjemand sollte Gehring seine Grenzen aufzeigen. Sie würde es nicht sein. Aber er würde nicht darum herumkommen zu lernen, ein Nein zu akzeptieren. Das hatte er schließlich auch oft genug von ihr verlangt.

»Darijo Tudor wurde vor seinem Tod aller Wahrscheinlichkeit nach misshandelt. Haussmann hat eine Rippenserienfraktur festgestellt. Außerdem hat der Junge die oberen Schneidezähne durch Gewalteinwirkung verloren. Ungefähr drei Monate vor seinem Tod ist das passiert. Das hat damals niemand erwähnt.«

Sanela starrte ihn an.

»Der Junge wurde mit einem stumpfen Gegenstand getötet. Wir wissen nicht, ob dieser Mord letzten Endes eine Folge der Misshandlungen war. Aber wir müssen es herausfinden. Das sind neue Erkenntnisse. Ich suche nicht nach dem Weg des geringsten Widerstandes. Mein Ermittlungsansatz ist heute ein ganz anderer.«

Sie versuchte zu begreifen. »Sie meinen... die Entführung war gar keine Verwechslung und auch kein Kindesentzug, sie war... ein Fake?«

»Ich meine, dass wir es vielleicht mit einer Vertuschungstat zu tun haben könnten.«

Er sah sie an, und sie hielt seinem Blick stand. Eine Erkenntnis blitzte in ihren Augen auf. Sie waren sich ähnlicher, als sie gedacht hatte. Gehring nahm ein Nein ebenso wenig hin wie sie.

Sanela schlüpfte in ihren Mantel und ging nach draußen. Sie drehte sich nicht um, denn sie wusste, dass er ihr folgte.

5

Im Auto war es warm. Während Gehring sich im Stau Richtung Stadtautobahn abquälte, las Sanela die Akte von Darijo Tudor. Als sie die Aussagen der Eltern durchgearbeitet hatte, befanden sie sich schon auf der Avus Richtung Wannsee. Sie verstand nun, was Gehring meinte. Die Eltern, Lida und Darko Tudor, hatten am zehnten Oktober vor vier Jahren beide eine Vermisstenanzeige aufgegeben, nachdem sie festgestellt hatten, dass der Junge in der Nacht nicht nach Hause gekommen war. Der Vater lebte damals unter der Woche in der brandenburgischen Lausitz, eine knappe Stunde von Berlin entfernt. Er arbeitete dort an einem Forschungsprojekt, das sich mit der Rückkehr der Wölfe nach Sachsen und Brandenburg beschäftigte. An jenem Tag war er zunächst draußen in den Wäldern gewesen, um eine Fotofalle zu überprüfen. Später hatte er in der Wolfsstation die eingehenden GPS-Signale der besenderten Wölfe in die Landkarte übertragen und anschließend in der Station übernachtet. Es gab immer wieder Streit zwischen den Eheleuten, wer sich um den Jungen kümmern sollte. Darko gab zu Protokoll, er habe seiner Frau mehrfach erklärt, an jenem Wochenende in der Lausitz bleiben zu wollen. Im beginnenden Herbst legten die Rudel unglaubliche Strecken zurück, um zu überleben. Er war Biologe, fasziniert von der Rückkehr dieser Tiere in die brandenburgische Wildnis. Lida Tudor behauptete, nichts von den Plänen ihres Ehemanns gewusst zu haben. Sie war davon ausgegangen, dass Darko den Jungen am Freitagnachmittag abgeholt und mitgenommen hatte, deshalb war auch erst so spät aufgefallen, dass etwas nicht stimmte.

Merkwürdig. Der ganze Fall strotzte schon beim ersten Lesen vor Ungereimtheiten. Sie klappte die Akte zu.

»Wo war Lida Tudor in der Nacht von Freitag auf Samstag?«

Sie hatten die Avus verlassen und fuhren über eine kopfsteingepflasterte Straße, in der entlaubte Kastanien Spalier standen wie Soldaten. Schnee lag auf dunklen Fichten. Stolze, alte Häuser mit Fachwerk, Erkern und kleinen Türmen tauchten ab und zu hinter hohen Zäunen auf. Eine teure Gegend für eine Einwandererfamilie.

Gehring sah kurz auf die geschlossene Akte auf Sanelas Schoß, entschied sich dann aber, weil er in eine Seitenstraße abbog und sie vermutlich kurz vor dem Ziel waren, für eine Zusammenfassung.

»Sie hat bis Mitternacht Wäsche gebügelt, dann ist sie hinüber ins Kutscherhaus und ohne Licht anzumachen ins Bett gefallen. Schließlich ist sie davon ausgegangen, dass ihr Sohn bei seinem Vater war.«

»Hm. Sagt sie. Hat jemand das mit der Wäsche überprüft?«

Er schüttelte kurz den Kopf.

»Warum nicht?«

An der Art, wie er die Lippen zusammenpresste, konnte sie einiges ablesen. Zum Beispiel, dass er gerade überlegte, ob es vielleicht doch keine so geniale Idee gewesen war, sie mitzunehmen.

»Warum nicht?«, hakte sie nach. »Lida Tudor war irgendwann verdächtig. Nicht offiziell, klar. Bei ihrem Mann hat man das Alibi gecheckt. Warum nicht bei ihr?«

»Weil ein Stapel Wäsche nichts beweist.«

»Eben. Sie war an dem Abend nicht zu Hause. Sie war bei einem anderen Kerl.«

Gehring hielt am Straßenrand. Weit und breit stand kein einziges Auto. Er wies mit dem Kopf auf ein kunstvoll gestaltetes schmiedeeisernes Tor, das bestimmt hundert Jahre alt war und den Zugang zu einem riesigen, sanft ansteigenden Grundstück verschloss.

»Wie kommen Sie darauf?«

Sanela verstaute die Akte in ihrer Tasche. »Lida und Darko Tudor sind wie Hund und Katz. Einer schiebt die Verantwortung für das Kind auf den anderen. Die Mutter erzählt, sie müsse rund um die Uhr arbeiten, während der Vater draußen durch die Wälder streift. Keine Kommunikation mehr, Absprachen werden nicht eingehalten oder bewusst sabotiert. Die beiden haben ihr Kind geliebt, ganz sicher haben sie das. Aber sie haben sich nicht um den Jungen gekümmert.«

»Lida Tudor hat angenommen, ihr Sohn sei bei seinem Vater«, sagte Gehring so langsam und deutlich, als hielte er die Studentin für leicht beschränkt.

»Möglich. Trotzdem glaube ich, sie hat die Zeit für einen kleinen ... na ja, Sie wissen schon.«

»Gut. Wir werden den gesamten Zeitablauf sowieso noch einmal Minute für Minute abrollen müssen. Jetzt möchte ich Sie allerdings bitten, sich im Hintergrund zu halten und das Fragen mir zu überlassen.«

»Aye, aye, Sir«, antwortete sie spöttisch.

Die Heizung war abgestellt. Noch hielt sich die Wärme im Wageninneren, aber der Frost kroch bereits durch das Blech.

»Die beiden sollen sich sicher fühlen.«

Stirnrunzelnd betrachtete Sanela den hohen Zaun und die dichte Buchsbaumhecke, die das Grundstück zur Straßenseite hin abriegelten. »Darko Tudor wird nicht da sein. Er wird irgendwo da draußen mit den Wölfen heulen.«

»Das denke ich auch. Aber vielleicht ruft seine Frau ihn an. Oder wir nehmen sie mit zu ihm. Wir werden sehen. Nur sprechen Sie kein Kroatisch mit ihr. Kann ich mich darauf verlassen?«

Sanela nickte und stieg aus. Sie wartete, bis Gehring zu ihr kam und auf die blankpolierte Messingplatte rechts neben dem Tor zuging, in die eine Klingel eingelassen war. Er beugte sich vor und studierte den Namen. Dann drehte er sich zu ihr um und sah sie verblüfft an.

»Was ist?«

»Die Tudors wohnen hier nicht mehr.«

6

Gehring griff zu seinem Handy und wählte eine Nummer.

»Kramer? Sie sollten doch die Adresse der Tudors überprüfen.«

Der Kollege am anderen Ende erwiderte etwas, das Gehring nicht gefiel.

»Sie sind aber…«

In diesem Moment öffnete sich wie von Geisterhand das Tor. Mit dem leisen Knirschen von Gummi auf Kies kam ein dunkler Wagen die Auffahrt heruntergerollt und hielt vor ihnen an. Sanela warf einen schnellen Blick auf das Klingelschild. Zwei Namen. Reinartz, groß, eingraviert, darunter hinter einem

Kunststoffschild Th. Wagner. Gehring unterbrach das Gespräch und ging auf den Wagen zu, Sanela folgte ihm. Die Seitenscheibe glitt herunter. Zum Vorschein kam das freundliche, runde Gesicht eines älteren Herrn. Er trug eine Schirmmütze und Lederhandschuhe, die klassische, altmodische Ausstaffierung eines Chauffeurs.

»Entschuldigen Sie bitte«, sagte Gehring und zeigte seinen Ausweis. »Arbeitet Frau Tudor noch hier?«

Der Mann schien einen Moment nachzudenken und antwortete dann: »Nein.«

»Könnten Sie mir vielleicht sagen, wo ich sie finde? Es ist wichtig.«

»Warum, wenn ich fragen darf?«

Sanela musterte ihn genauer. Etwas in seiner Stimme klang fremd und zugleich vertraut.

»Wir sind von der Mordkommission. Es geht um ihren Sohn.«

Der Chauffeur warf einen schnellen, unsicheren Blick in den Rückspiegel.

»Frau Tudor...«

Aus dem hinteren Teil des Wagens, verborgen von dunklen Scheiben, erklang eine Frauenstimme, freundlich und neutral. »Einen Moment.«

Die Scheibe glitt eine Handbreit herab. Gehring beugte sich vor – und fuhr überrascht zurück.

»Sie?«, fragte er.

Die Tür öffnete sich, und eine Frau Mitte dreißig in einem knöchellangen Pelzmantel stieg aus. Sie reichte Gehring die Hand und schenkte ihm ein flüchtiges Lächeln, das sich schon bei Sanelas Begrüßung verloren hatte. Ihre Handschuhe waren aus feinstem Wildleder. Sie duftete teuer.

»Ich heiße nicht mehr Tudor«, sagte sie. Ihr Tonfall war weder erklärend noch entschuldigend. »Ich heiße jetzt Reinartz.«

Gehring schien kurz nach Luft zu schnappen. Die Überraschung war perfekt. Bei ihrer letzten Begegnung war sie noch eine Putzfrau gewesen. Und nun fuhr sie in einem Rolls-Royce oder Bentley oder Jaguar oder was auch immer, hatte einen Chauffeur samt Mütze und Uniform und sah aus, als wäre sie in ewigem Reichtum geboren. Das mittelmäßig hübsche Gesicht hatte durch gekonnten Farbauftrag tatsächlich so etwas wie Klasse bekommen. Die kinnlangen Haare glänzten dunkelbraun und waren sorgfältig zu einem cleanen Bob geföhnt. An den Ohrläppchen glitzerten kleine Diamanten. Ihr herzförmiges, etwas flächiges Gesicht mit den vollen, kirschrot geschminkten Lippen wirkte blass, aber durchaus gesund – vielleicht war es auch nur das Rouge, das einen Hauch von Apfelbäckchen zaubern sollte.

Sie beugte sich zu dem Fahrer hinab und gab ihm leise die Anweisung, im Wagen auf sie zu warten, es werde sicher nicht lange dauern. Als sie sich wieder zu ihrem Überraschungsbesuch umdrehte, wandte sie sich direkt an Gehring.

»Kommen Sie bitte ins Haus.«

Lida ging voran. Sie trug turmhohe Schnürstiefel mit Plateausohlen und bleistiftdünnen Absätzen. Die Freitreppe zum Eingangsportal war exzellent geräumt. Hinter ihr schwebte in der eiskalten Winterluft eine Ahnung von Pfingstrosen und Ylang-Ylang.

Sie öffnete die schwere, dunkelgrün gestrichene Tür und lief, ohne sich umzusehen, in die holzgetäfelte Eingangshalle voraus. Eine Treppe führte hinauf zu einer Galerie, von der aus es vermutlich in die Privaträume der Familie ging. An den Wänden hingen Elchköpfe und Hirschgeweihe. Das Schachbrettmuster des Bodens schimmerte im Licht eines gewaltigen bronzenen Kronleuchters. Ein Haus, das in Würde und Wohlstand gealtert war.

»Möchten Sie ablegen?«

Lida Reinartz, ehemalige Tudor, zog ihre Handschuhe aus, steckte sie in die Seitentasche ihres Mantels, streifte ihn dann ab und blieb abwartend stehen. Sie trug einen Hosenanzug, der an jeder anderen Frau maskulin gewirkt hätte – aber nicht an ihr. Sanela wusste aus der Akte, dass sie vierunddreißig war, doch sie wirkte älter. Es lag nicht an dem sorgfältig geschminkten Gesicht und auch nicht an ihrer fast mädchenhaften Figur. Vielleicht war es die antrainierte Eleganz oder der kühle Blick ihrer braunen Augen. Beherrschung und Disziplin hatten die Jugend vertrieben.

»Nein danke«, sagte Gehring.

Sie warf den Mantel achtlos über das Treppengeländer, wo er hängenblieb wie ein ausgeweidetes Tier. Mit einer Handbewegung forderte sie den Besuch auf, ihr zu folgen. Wie zu erwarten, ging es nicht die Stufen hinauf, sondern quer durch die Halle zu einer doppelflügeligen, hohen Tür, hinter der sich eine Bibliothek mit mehreren locker gruppierten Ledersesseln im Chippendale-Stil befand. Das Haus wirkte, als sei es seit Generationen in Familienbesitz. Wie ein Ableger von *Downton Abbey*, dachte Sanela. Sie war einmal im Schlosshotel Grunewald gewesen, weil dort ein betrunkener Gast randaliert hatte. Schon damals hatte sie die düstere Pracht dieser Bauten fasziniert – schwer zu sagen, warum. Vielleicht, weil man sich hinter den dicken Mauern beschützt fühlte vor den Anforderungen einer immer moderner werdenden Welt. Weil Stein, Holz und blasser Marmor ein anderes Gefühl von Geborgenheit hervorriefen als Beton und Raufasertapete. In diesem Raum gab es keinen Fernseher, keine Stereoanlage. Ein Grammophon hätte gepasst, stattdessen stand auf einem niedrigen Beistelltisch ein Schachspiel.

Im Marmorkamin brannte kein Feuer, trotzdem war es warm. Die Fenster gingen nach Westen, doch der Baumbestand auf dem Grundstück schluckte das wenige Licht. Die schweren dunkelgrünen Samtvorhänge hatte jemand zurückgezogen, was den Raum aber auch nicht heller machte. Zwei Wände bestanden aus Bücherregalen, die bis an die Decke reichten, hohe Schreinerkunst, wie Sanela feststellte, die anderen waren ebenfalls holzgetäfelt. Lidas Parfum vermischte sich mit dem Geruch von verbranntem, kaltem Holz, der in jeder Ritze dieses Raumes klebte.

»Leider kann ich Ihnen nichts zu trinken anbieten. Wir sind personell dramatisch unterbesetzt.« Lida wischte ärgerlich über ein Fensterbrett. »Letzte Woche hat unsere Putzfrau gekündigt und ist einfach gegangen. Von einem Tag auf den anderen! Aber vielleicht erwarte ich einfach zu viel«, setzte sie mit einem Schulterzucken hinzu. »Dabei stelle ich nur die gleichen Ansprüche, die ich auch an mich selbst habe. – Nehmen Sie doch Platz, bitte.«

»Danke. Es wird nicht lange dauern.«

Sie setzte sich links neben den Kamin, Gehring ließ sich ihr gegenüber in den rechten Sessel fallen. Sanela blieb stehen und sah hinaus in den winterlichen Garten. Hübsch angelegt, dreißiger Jahre vielleicht, Steintreppen, ein paar nicht ganz so dekadente Statuen. Einige Wege waren geräumt, unberührter Schnee lag auf den Rasenflächen.

»Sie sagten, es gehe um Darijo.«

»Frau Tu... Frau Reinartz, ja. Es tut mir sehr leid, Ihnen das sagen zu müssen. Aber wir bringen leider keine guten Nachrichten. Wir haben Ihren Sohn gefunden. Er ist tot. Mein aufrichtiges Beileid.«

Sanela riss sich vom Anblick einer nackten Grazie los, deren bekränztes Haupt von Schnee bedeckt war, und drehte sich um. Lida Reinartz saß da wie versteinert und blickte in die leere Feuerstelle. Die Hände in den Schoß gelegt, aufrecht und gerade wie eine Balletttänzerin, die die Schritte einer komplizierten Partitur im Geist repetierte.

»Tot?«, flüsterte sie.

»Er wurde ermordet. Es muss kurz nach seinem Verschwinden passiert sein.«

Langsam wandte sie den Kopf in seine Richtung. »Was? Was muss passiert sein?«

»Die Tat. Ihr Sohn wurde aller Wahrscheinlichkeit nach erschlagen. Frau … Frau Reinartz, die Untersuchung seiner sterblichen Überreste wirft neue Fragen auf. Wichtige Fragen.«

»Mord? Sie meinen … Mord?«

»Ja. Es tut mir sehr leid.«

Sanela wartete auf Tränen, einen Seufzer, einen jähen Ausbruch von Trauer. Doch Lida schien sich noch mehr hinter das Gemälde ihres Gesichts zurückzuziehen. Lediglich ihre Augen wirkten mit einem Mal wie tot. Erloschen.

»Ich hab's gewusst«, sagte sie leise. »Kurz nach Darijos Verschwinden, sagen Sie?« Gehrings zögerndes Nicken nahm sie kaum wahr. »Ich kann gar nicht beschreiben, was ich damals empfunden habe. Die Hoffnung ist natürlich geblieben, bis heute. Aber etwas in mir wusste, dass er weggegangen ist. Darijo ist in den Schnee gegangen. Jeden Tag ein wenig mehr.«

Sanela wollte fragen, was Lida damit meinte. Aber Gehrings Blick erinnerte sie an ihr Versprechen. Sie stand immer noch mitten im Raum und beobachtete die verwaiste Mutter. Konnte das wirklich sein, dass man den Tod seines Kindes spürte? Etwas an dieser Frau löste in Sanela jähe Trauer aus, gleichzeitig bestürzte sie diese glatte, kühle Unnahbarkeit.

»Sie sind sicher, dass er umgebracht wurde? Kein Unfall oder so etwas Ähnliches?«

»Leider nein.«

»Hat er leiden müssen?«

»Wahrscheinlich nicht. Jedenfalls nicht bei seinem Tod.«

Die Atmosphäre änderte sich. Lida Tudor oder vielmehr Lida Reinartz schlüpfte zurück in ihr Gesicht. Sie war wieder wach und spürte, dass Gehrings Zusatz etwas zu bedeuten hatte.

»Könnten Sie das etwas genauer erklären?«

»Später gerne. Wir müssen weitere Untersuchungen abwarten. Bis dahin bitte ich Sie um Geduld. Und um die Beantwortung einiger Fragen.«

Sie nickte, nahm einen Schürhaken aus dem Kaminbesteck und begann in den Ascheresten herumzustochern.

»Warum heißen Sie nicht mehr Tudor?«

»Ich habe geheiratet.«

Gehring zog ein Notizbuch aus der Manteltasche und schlug es auf. Er strich eine unbeschriebene Seite glatt.

»Wen?«

»Doktor Günter Reinartz.«

»Wann?«

»Ist das wichtig?«

Er ließ den Kugelschreiber klicken und notierte sich etwas. Die Stille dauerte so lange, bis Lida begriff, dass er hier die Fragen stellte.

»Wann?«, wiederholte er.

»Vor drei Jahren.«

»Seitdem sind Sie … die Dame des Hauses?«

Die minimale Pause entging ihr nicht. »Ja.«

»Und Ihre Vorgängerin?« Sie ließ den Schürhaken fallen. Nicht aus Ärger oder weil sie sich erschrocken hatte, sondern aus purer Lustlosigkeit. »Diese Fragen müssen Sie meinem Mann stellen. Soweit ich weiß, lebt seine Exfrau in außerordentlich gesicherten Verhältnissen am Tegernsee. Ist das wichtig? Ist das wirklich wichtig? Wo ist Darijo? Kann ich ihn sehen?«

»Nein, Frau Reinartz. Erstens sind seine sterblichen Überreste noch nicht freigegeben, und zweitens würden Sie ihn nicht mehr erkennen.«

Sanela fragte sich, ob er immer so kühl war, wenn er einer Mutter vom Tod ihres Sohnes erzählen musste. Allerdings benahm sich auch Lida nicht gerade sehr gefühlsbetont. Das Gespräch der beiden hätte genauso gut auf einer Theaterbühne stattfinden können. Diese Frau würde in ihrer Gegenwart kein Wort Kroatisch sprechen. Mit wem auch? Ihren Mann hatte sie kurz nach Darijos Verschwinden entsorgt. Der Chauffeur, vermutlich ein Landsmann, war weit unter ihrem Stand. Hoffentlich hatte Gehring einen Abhörbeschluss besorgt, dann wüssten sie wenigstens, wen Lida Reinartz gleich anrufen würde.

Sie wandte sich wieder um und blickte hinaus in den Garten. Der dunkle Wagen fuhr gerade rückwärts die Auffahrt hinauf, in Richtung eines kleinen Hauses, das im Sommer sicher über und über mit Efeu bewachsen war. Unter seinem Dach hatten früher die Tudors gewohnt, als sie noch eine Familie gewesen waren. Von der Bibliothek hatte Lida einen guten Blick auf ihr altes Leben.

Eine der drei Garagen im Erdgeschoss ging auf. Der Chauffeur parkte die Limousine exakt ein, stieg aus und kam auf das Haupthaus zu. Hinter ihrem Rücken ging das Gespräch weiter.

»Wie ... wie genau ist Darijo umgekommen?«

»Er wurde erschlagen.«

»Erschlagen?«

»Ich fürchte, dass ich Ihnen vorerst nichts Näheres über die genauen Todesumstände sagen kann. Aber es gibt einige Details, zu denen wir Ihre Auskunft benötigen. Ihr Sohn hatte mehrere Rippenbrüche. Außerdem fehlten ihm zwei Zähne, obwohl sein Gebiss sonst einwandfrei war. Auch in diesem Fall gehen wir von Gewalteinwirkung aus.«

Schnell drehte sich Sanela wieder zu den beiden um, gerade

noch rechtzeitig, um zu sehen, wie zum ersten Mal echte Emotionen bei dieser glatten Anziehpuppe sichtbar wurden. Lidas Augen weiteten sich entsetzt. Sie legte kurz die Hand auf den Mund, dann auf die Wange, als ob sie plötzlich erhitzt wäre und die Haut kühlen müsste.

»Diese Verbrecher. Was haben sie mit Darijo gemacht? Was haben sie meinem kleinen Engel angetan?«

»Frau Reinartz, ich habe mich vielleicht falsch ausgedrückt. Diese Verletzungen müssen Ihrem Sohn Wochen, wenn nicht gar Monate vor seinem Tod zugefügt worden sein.«

Ihre Schultern kippten nach vorne, als hätte jemand einer Marionette die Fäden durchgeschnitten. »Das kann nicht sein«, flüsterte sie. »Das hätte ich doch gewusst. Er war mein Sohn. Darijo war mein Sohn!«

»Zwei Rippenbrüche und zwei ausgeschlagene Vorderzähne. Die Versorgung dieser Verletzung mit einer Klebebrücke hat mindestens zweitausend Euro gekostet. Wie kann das alles hinter Ihrem Rücken geschehen sein?«

Lida schüttelte den Kopf, als könnte sie durch pures Verneinen eine Tatsache aus der Welt schaffen. Ihr Sohn war schwer misshandelt worden, und sie wollte es nicht bemerkt haben. Sanela war sich nicht sicher, ob sie eine Blinde oder eine Lügnerin vor sich hatte.

»Das ist Ihnen nicht aufgefallen?«

»Was?« Ihr Kopf ruckte hoch. »Was soll mir aufgefallen sein? Die Zähne hat er sich beim Hockey ausgeschlagen. Was noch? Worauf wollen Sie hinaus?«

»Wann und wo beim Hockey?«

»Ich… ich weiß es nicht mehr. Da müssen Sie in seiner Schule nachfragen. Darijo war ein Tollpatsch. Nicht sehr sportlich. Natürlich hatte er ab und zu blaue Flecken. Einmal kam er mit Schmerzen nach einem Spiel nach Hause.«

»Was ich in der Rechtsmedizin gesehen habe, lässt auf ziemlich hartes Hockey schließen.«

Lida stand auf und begann ziellos im Raum auf und ab zu gehen. Sie redete, als ob sie ein Selbstgespräch führen würde. »Ich habe gearbeitet. Von morgens bis abends. Gebügelt, gewaschen, geputzt, alles alleine. Danach bin ich ins Bett gefallen wie tot und am nächsten Morgen aufgestanden, alles tat weh. Einkaufen, kochen, den Jungs Pausenbrote schmieren, Staub wischen. Darko hatte nichts anderes als seine Wölfe im Kopf. Wir wollten ein Häuschen, irgendwo am Stadtrand. Dafür haben wir gespart. Aber ich hab die ganze Zeit geschuftet, und er hat sich abgesetzt.« Sie blieb abrupt stehen. »Fragen Sie ihn«, warf sie Gehring entgegen. »Das muss in den Herbstferien passiert sein, da war Darijo bei ihm.«

»Bei welchem Arzt war Ihr Sohn in Behandlung?«

»Bei keinem!«

»Frau Reinartz, er hatte Schmerzen. Wahrscheinlich hat er auch einige Zeit unter Atemnot gelitten.«

»Fragen Sie Darko. Ich weiß nichts davon. Das mit den Zähnen hatte ich vergessen. Das war kurz nach Beginn des Schuljahres. Herr Reinartz, mein jetziger Mann, hat die Kosten für die Behandlung übernommen.«

»Warum?«

»Weil ... weil es hier im Haus passiert ist. Auf der Treppe.«

Sie ging zu ihrem Sessel zurück und ließ sich hineinfallen, als ob diese wenigen Schritte sie körperlich erschöpft hätten. Auch das Lügen war anstrengend. Niemand war in diesem Haus eine Treppe hinuntergefallen. Außer man hatte ihn gestoßen.

Sanela trat von einem Bein aufs andere und räusperte sich leise.

»Ja?«, fragte Gehring unwillig.

»Gibt es irgendwo ein Gästebad?«

Lida zuckte mit den Schultern und machte sich noch nicht einmal die Mühe, den Kopf zu wenden. »Draußen, die zweite Tür links.«

Sanela nickte und versuchte, so leise und schnell wie möglich den Raum zu verlassen. Als sie die Tür hinter sich schloss, sah sie auf ihre Armbanduhr. Sie hatte fünf Minuten.

Die Treppe zur Galerie war mit einem dicken roten Läufer ausgelegt. Lidas Bemerkung über das fehlende Hauspersonal ließ darauf schließen, dass niemand sie überraschen würde. Im ersten Stock befanden sich das Schlafzimmer der Eltern, eine Art Büro, ein begehbarer Kleiderschrank und ein Gästezimmer. Sie lief die Galerie entlang, vorbei an drei verschlossenen, dunkel glänzenden Eichentüren, bis sie am Ende vor einer vierten stand und sie vorsichtig öffnete. Das Treppenhaus.

Kinder schliefen in solchen Villen niemals auf derselben Etage wie die Eltern. Sie hatten ihr eigenes Reich unterm Dach, allenfalls war dort noch ein Raum für das Au-pair-Mädchen. Mit klopfendem Herzen stieg Sanela die Holztreppe hoch und stand in einer hübschen, cremefarben gestrichenen Diele, über die man in ein winziges Bad und drei Zimmer gelangte.

Das erste gehörte offensichtlich einem Teenager. Poster, Skateboard, Unmengen von Computerspielen und Klamotten, unaufgeräumt, alles wahllos aufeinandergetürmt. Da tanzte jemand der neuen Frau Reinartz aber ziemlich auf der Nase herum, falls sie jemals unterm Dach auftauchte und Ordnung verlangte. Wahrscheinlich tat sie das erst gar nicht. Das musste das Zimmer von Tristan sein, der jetzt fünfzehn oder sechzehn Jahre alt war und den Aufstand probte.

Hinter der nächsten Tür öffnete sich ein Raum, der beinahe unbewohnt wirkte. Das Bett vor dem kleinen Fenster war gemacht, die Decken hatte jemand sorgfältig glattgestrichen. Ein Schreibtisch links – Sanela zog ein paar Schubladen heraus, fand aber nichts weiter als Stifte, Papier, Radiergummi und andere Arbeitsutensilien. Der Ethernet-Stecker verriet, dass Siegfried hier wahrscheinlich seinen Laptop anschloss. Rechts der Kleiderschrank, von einem Schreiner in die Dachschräge eingepasst. Pullover, Anzüge, Sweatshirts, alles ordentlich gestapelt. Wo steckte der älteste Sohn von Reinartz? Warum waren die beiden Jungen so unterschiedlich? In diesem Raum war nicht Anarchie, sondern Kontrolle spürbar. Der Läufer genau in der Mitte des Zimmers. Die Socken nach Farben geordnet. Ein vereinzeltes Bild an der Wand. Sie betrachtete es genau, denn es war der einzige Gegenstand, der etwas Persönliches verriet.

Es zeigte eine Rugby-Mannschaft mit einem Pokal. Nicht die übliche Aufstellung fürs Klassenfoto, sondern den Moment des Sieges. Jubelnde Spieler, die alle versuchten, den Pokal zu berühren. Begeisterte Fans, die das Spielfeld stürmten. In der Mitte ein junger Mann, schön wie ein griechischer Gott. Groß, muskulös, die hellen Locken schweißnass im erhitzten Gesicht. Er stemmte das Gefäß mit beiden Armen hoch über den Jubel der anderen, höher als alle Begeisterung, als gehöre die Trophäe ihm allein und dieser Moment sowieso. Er sah irgendwohin, in den bleigrauen Himmel, der Blick entrückt und trunken wie der eines Gladiators, der gerade einen Löwen mit bloßen Händen erwürgt hatte. Der Augenblick des Triumphs. Ein Bild wie geschaffen für silberne Rahmen auf viktorianischen Kaminen.

Sanela wandte sich ab und ging zurück in den engen Flur. Ganz hinten gab es noch ein drittes Zimmer. Vorsichtig öffnete sie die Tür. Die eingebauten Regale waren leer, das Bettgestell trug keine Matratze. In der Mitte des kleinen Raumes standen Umzugskartons. Sanela öffnete einen davon. Jeans, Schuhe, Pullover. Sie holte ein T-Shirt heraus. Ein Pokémon grinste sie an. Größe 140. Wahrscheinlich Darijos Sachen. Er hatte den

Einzug in die Villa nicht mehr miterlebt. Sie sah auf ihre Uhr – die Zeit war um.

Als sie die Bibliothek wieder betrat, war Gehring bereits im Aufbruch. Lida geleitete ihn gerade zur Tür.

»Wo erreiche ich Ihren Mann?«, fragte er und warf Sanela einen misstrauischen Seitenblick zu.

Verlegen fuhr sie sich durch die Haare. Hoffentlich klebten keine Spinnweben darin.

»Günter? Auf einer Baustelle. Ich kann ihn anrufen, wenn Sie das möchten.«

»Das wäre sehr freundlich.«

Sanela brannte die Frage auf der Zunge, seit wann genau Lida schon in diesem Haus wohnte. Wie die Affäre begonnen hatte, ab wann sie zu etwas Ernstem geworden war, ob Darijo mit den Söhnen von Reinartz klargekommen war und was all die Ereignisse in diesem Haus ausgelöst hatte. Sie wunderte sich, dass Gehring so zurückhaltend war. Nun gut, noch saß Lida nicht im Verhörraum. Anlass genug, fand Sanela, gab es mittlerweile.

»Wo sind die Söhne Ihres Mannes?«

»Tristan ist in einem Internat in Mecklenburg. Er geht in die zehnte Klasse und steckt mitten in den Vorbereitungen für den mittleren Schulabschluss. Siegfried studiert in Cambridge. Er hat früher dieselbe Schule besucht. Es gibt ein Patenschaftsprogramm mit der Universität.«

Gehring öffnete die Tür und trat hinaus in die Empfangshalle. Lidas Augen folgten ihm. Wie ein Tier auf dem Sprung, dachte Sanela. Sie hofft, es geht gleich in die Freiheit, aber es könnte auch noch etwas nachkommen. Wachsam war sie. Zum Zerreißen gespannt wie eine Bogensehne.

»Wir danken Ihnen, dass Sie sich die Zeit genommen haben. In den nächsten Tagen müssen wir allerdings noch einmal miteinander reden. Rufen Sie mich an, dann machen wir einen Termin aus.«

Er reichte ihr eine Visitenkarte. Lida nahm sie an, betrachtete sie, drehte sie um, entdeckte auf der Rückseite nichts und behielt sie in der Hand. Das alles tat sie mit ruhigen, sehr koordinierten Bewegungen. Gleich geht es los, schoss es Sanela durch den Kopf. Wir dürfen sie nicht allein lassen.

»Ich will Darijo sehen«, sagte Lida leise.

Sanela machte ihren ersten Fehler. »Nein«, sagte sie. »Tun Sie sich das nicht an.«

Lidas Blick ging durch sie hindurch. Gehring zog die Stirn kraus, sagte jedoch nichts.

»Aber er ist mein Sohn. Es ist meine Pflicht als Mutter, ihn noch einmal zu sehen. Egal was mit ihm passiert ist. Egal was… von ihm übrig ist.«

Gehring reichte Lida die Hand und ging dann ein paar Schritte Richtung Ausgang, nicht ohne Sanela am Ärmel zu greifen und mit sich zu ziehen.

»Wir reden darüber. Beim nächsten Mal. Auf Wiedersehen.«

Er ließ sie erst los, als er die Tür zur Bibliothek hinter ihnen schloss und sie am anderen Ende der großen Halle standen.

»Entschuldigung, das ist mir so rausgerutscht. Wir sollten…«

»Schon gut. Ihr Temperament ist mir bekannt. Dafür haben Sie sich erstaunlich gut gehalten. Kommen Sie.«

Vor dem großen Eingangsportal blieb sie stehen und knöpfte sich den Mantel zu. Sie wollte nicht unvorbereitet in die Kälte hinaustreten.

»Frau Reinartz spricht fast perfekt Deutsch«, fuhr sie fort. »Sie hat sich unglaublich unter Kontrolle. Aber das wird nicht…«

Gehring unterbrach sie wieder und legte die Hand auf die Türklinke. »Nicht hier«, sagte er nur.

Und in diesem Moment erschütterte ein Schrei das Haus. So hoch, so durchdringend, so unmenschlich, dass Gehring die Klinke losließ und Sanela schon halb durch die Halle zurückgelaufen war, bevor er sich aus seiner Erstarrung löste und ebenfalls losstürmte. Sie riss die Tür zur Bibliothek auf. Lida kauerte zusammengekrümmt auf dem Boden und schlug mit beiden Fäusten in den Sessel, in dem sie eben noch gesessen hatte.

»Frau Reinartz!« Sanela eilte zu ihr und versuchte, die Frau in den Arm zu nehmen. Da begann sie, wild um sich zu schlagen. Dabei traf ihre Faust Sanelas Mund, es war, als hätte sie einen Kinnhaken bekommen. »Beruhigen Sie sich!«

»Mein Sohn! Mein Sohn!«

Lida schrie weiter. Weinte. Kratzte, biss. Schließlich konnte Gehring sie von Sanela wegziehen und mit eiserner Kraft umklammern, damit sie sich und andere nicht mehr verletzte.

»Den Notarzt!«, rief er Sanela zu. »Rufen Sie den Notarzt, verdammt noch mal!«

Die Studentin kam auf die Beine. Blut lief ihr warm übers Kinn, ihre Unterlippe begann anzuschwellen. Mit fliegenden Fingern suchte sie ihr Handy und wählte die Nummer.

Es dauerte fast eine Viertelstunde, bis der Arzt eintraf. Wenig später folgte ein Krankenwagen. Lida lag wimmernd auf dem Boden. Gehring saß neben ihr und legte ihr immer wieder eine Hand auf den Arm, wenn sie aufheulte. Von ihrer Maske war nichts mehr übrig. Schwarze Mascaraschlieren verschatteten ihre Augen, der hübsche rote Mund war verschmiert. Ihr markerschütterndes Weinen wurde erst leiser, als die Spritze zu wirken begann und die beiden Männer sie auf der mitgebrachten Trage festschnallten.

Sanela und Gehring folgten ihnen über die Auffahrt bis auf die Straße. Der Chauffeur hatte seine Mütze abgesetzt und drehte sie hilflos in den Händen. Es war zu kalt, um Gaffer anzuziehen. Doch die wenigen Autos, die vorüberfuhren, verlangsamten unwillkürlich ihr Tempo, als sie den Krankenwagen mit den rotierenden Lichtern bemerkten. Lida wurde auf das Trottoir hinausgetragen, dann klappten die Sanitäter das Gestell aus und öffneten die Türen des Transporters. Sie winkte Gehring mit einer schwachen Bewegung zu sich heran. Da holperte ein Mini über die Fahrbahn und bremste ab. Sanela erkannte das Gesicht einer jungen Frau, die interessiert das Geschehen beobachtete.

»Mein Mann«, sagte Lida mit schleppender Stimme. Ihre Augenlider flatterten.

»Sollen wir ihn benachrichtigen?«, fragte Gehring.

Lida nickte. Ihr Kopf kippte zur Seite.

Der Mini stand immer noch da, keine fünf Meter von dem Krankenwagen entfernt. Die Straße war breit genug, um zu überholen. Warum starrte die Fahrerin weiterhin so unverhohlen herüber? Sie war vielleicht Anfang zwanzig. Alles, was Sanela erkennen konnte, war ein hübsches Gesicht, von einem dieser flauschigen Fellkragen umrahmt, die jetzt alle an ihren Kapuzen trugen. Langsam schlenderte sie auf den Mini zu. Dabei berührte sie noch einmal die Wunde an ihrer Lippe – sie blutete immer noch. Vielleicht dachte die Fahrerin, es hätte einen Überfall oder eine Schlägerei gegeben. In diesem Moment fiel der jungen Frau wohl auf, dass sie sich ziemlich ungeniert benahm. Sie setzte den Blinker, fuhr los und verschwand an der nächsten Kreuzung. Sanela kehrte zu Lida zurück.

»Welchen von Ihren Männern meinen Sie?«, fragte sie.

»Darko«, flüsterte Lida.

Dann schoben die Sanitäter sie in den Wagen und fuhren davon.

7

In der Matterhornstraße fuhr Diana Jessen an den Straßenrand und wartete, bis sie den Krankenwagen im Rückspiegel auftauchen sah. Was war passiert? Sie platzte beinahe vor Neugier. Lida Reinartz musste einen Zusammenbruch erlitten haben. Nichts Ernstes offenbar, sie konnte ja noch reden. Ein Mann und eine junge Frau waren bei ihr gewesen, nie gesehen. Die Frau sah aus, als hätte sie sich geprügelt. Merkwürdig. Am liebsten hätte sie Siegfried angerufen, aber sie wusste, dass er um diese Zeit nie ans Telefon ging. Die Neuigkeit brannte in ihr, wollte erzählt und gedeutet werden. Sie war wertvoll, denn sie würde ihr seine uneingeschränkte Aufmerksamkeit schenken.

Sie hätte nicht weiterfahren sollen, sondern einfach anhalten und fragen. Das war die normale Reaktion unter Nachbarn. Jetzt musste sie warten, bis die Straße leer war und sie zurück konnte. Dort wohnten sie, die Jessens von gegenüber. Seit Jahrzehnten war das so. In Wannsee, diesem schönen grünen Ortsteil von Steglitz-Zehlendorf, idyllisch zwischen der Havel und seinem namengebenden Gewässer gelegen, lebte man anders. Das Nomadentum der Großstadt mochte sich keinen Steinwurf weit entfernt abspielen. In der Savoyer Straße hingegen blieb man, von der Wiege bis zur Bahre. Nur der eigenwillige Lauf der Geschichte oder ein Bankrott konnte das ändern. Oder eine Scheidung, dachte sie bitter.

Der Krankenwagen brauste an ihr vorbei, glücklicherweise ohne Martinshorn. Sie wartete noch etwas, wendete dann und fuhr zurück. Das Auto der beiden Besucher war verschwunden. Sie hatten die andere Richtung gewählt, zur Avus, nicht zum Waldkrankenhaus. Also gehörten sie definitiv nicht zum engeren Familienkreis, denn dann wären sie der Ambulanz gefolgt.

Während Diana darauf wartete, dass das automatische Tor

zur Tiefgarage weit genug zur Seite gerollt war, tastete sie nach dem Handy. Sie war versucht, eine Nachricht auf Siegfrieds Anrufbeantworter zu hinterlassen. *Deine Stiefmutter wurde gerade mit dem Krankenwagen abgeholt.* – Und weiter? Sonst noch was? Mehr konnte sie ihm nicht sagen. Das reichte nicht. Den Rest würde er problemlos mit einem Anruf zu Hause erfahren. Sie ärgerte sich maßlos über ihre kopflose Flucht. Aber die junge Frau hatte sie angesehen, so durchdringend, so kalt ... Sie wäre sich ja vorgekommen wie eine Spannerin, wenn sie ausgestiegen wäre.

Über die asphaltierte Einfahrt fuhr Diana in die Tiefgarage eines modernen Anbaus. Der Golf ihrer Mutter war weg, vermutlich war sie beim Einkaufen. Nein, Dienstag. Da ging sie immer zu ihrem Friseur nach Charlottenburg, der ihren Haaren jene Aufmerksamkeit widmete, die reiche Damen brauchten, um sich jenseits der fünfzig nicht völlig unsichtbar zu fühlen. Als sie den Zündschlüssel abzog, warf sie einen flüchtigen Blick in den Rückspiegel.

Sie war nicht schön. Sie war außergewöhnlich schön. Hellbraune Augen, dunkelblonde, kräftige Haare, die voluminös und seidig glänzend auf ihre Schultern fielen. Ein Teint zum Niederknien. Schmale Nase, hohe Wangenknochen, ein kräftiger, dennoch graziler Körperbau. Sie strich sich eine Haarsträhne aus dem Gesicht, die sich beim Abstreifen der Kapuze gelöst hatte, und spürte die Anmut dieser Geste bis in die Fingerspitzen. Zehn Zentimeter mehr, und sie könnte als Model über die Laufstege schweben. Aber Modeln war nichts für sie. Sie hatte Besseres vor – und Besseres verdient.

Siegfried ... der Stich im Herzen, wenn sie an seinen Namen dachte. Die Sehnsucht nachts, wenn sie allein in ihrem Zimmer lag und das Licht der Straßenlaterne Muster durch die Gardine an die Decke warf. An Weihnachten war er zum letzten

Mal zu Hause gewesen. Wenn man die Villa gegenüber noch als Zuhause bezeichnen konnte, seit sich diese Frau dort breitgemacht hatte. Vier Jahre ging das nun schon. Diana wusste, was die Leute tuschelten. Was alle als vorübergehende Verwirrtheit, als übertriebenen Exzess einer Midlife-Crisis betrachtet hatten, vielleicht sogar als Folge der traumatischen Ereignisse, wurde von Jahr zu Jahr, von Monat zu Monat, von Woche zu Woche tiefer in Stein gemeißelt. Die Neue würde ewig die Neue bleiben, da mochte Reinartz mit der Hochzeit alle Welt noch so sehr vor vollendete Tatsachen gestellt haben. Aber sie hielt sich. Gemieden von allen, gegrüßt nur, wenn es sich nicht vermeiden ließ. Lief man sich aus Versehen mal über den Weg, gab es ein kaltes, falsches Lächeln. Guten Tag, Frau Reinartz... Niemand hatte vergessen, dass dieser Name eigentlich einer anderen gehörte. Diesen Diebstahl würde man der Neuen nie verzeihen.

Diana hatte ihre eigene Theorie. Aber sie konnte mit Siegfried nicht darüber reden. Immer wenn sie ihn danach gefragt hatte, war sie in ihre Schranken verwiesen worden. Von Mal zu Mal unfreundlicher, also hatte sie es irgendwann aufgegeben. Was sich drüben bei den Reinartz abspielte, war seit vier Jahren ein großes Rätsel.

Sie stieg aus dem Mini und machte sich nicht die Mühe, den Wagen abzuschließen. Das ganze Grundstück war bestens gesichert und rund um die Uhr bewacht. In dieser Straße konnte noch nicht einmal eine Katze husten, ohne dass es irgendwo auf einer Festplatte landete. Die wenigen Wannseevillen, die es überhaupt auf den freien Markt schafften, hatten sich irgendwelche Russen und Araber geschnappt, die ganz neue Maßstäbe in Sachen Sicherheit setzten. Seitdem passierte hier nichts mehr.

Dennoch war vor vier Jahren etwas geschehen... Ein Kribbeln strich über ihre Schulter, als stünde jemand in der Tiefgarage hinter ihr. Sie verdrängte den Gedanken, als sie den Zahlencode eintippte und die Tür öffnete. Schon auf der Treppe nach oben war es hell und warm. Das Haus empfing sie wie ein Freund. Durch die großen Fenster fiel das Winterlicht, eine gestreute, fast gedämpft wirkende Helligkeit. Es roch ein wenig nach Lavendel, also war Polina schon da gewesen. Die offene Küche im Erdgeschoss glänzte wie in einem Ausstellungskatalog. Das merkwürdige Kribbeln verschwand. Diana stellte ihre Vuitton auf der Kochinsel aus Marmor ab und ging über nobel knarrendes Parkett ins Esszimmer. Von dort aus hatte man den besten Blick hinüber auf die andere Seite der Straße.

Gerade kam Theodor heraus und sah sich um. Vielleicht wollte er sich überzeugen, ob die Luft rein war und die beiden Fremden endlich Leine gezogen hatten. Mit den müden Bewegungen eines alten Mannes wischte er den Schnee von der Zeitungsröhre, blieb einen Moment unschlüssig stehen und verschwand dann wieder. Das große Tor schloss sich hinter ihm wie der Zugang zu einem verwunschenen Märchenreich, das mit dem Ende der Kindheit für immer verschwindet. Sie wollte die Vorhänge zuziehen, doch dann schoss ihr ein Gedanke durch den Kopf.

Theodor.

Natürlich, Theodor. Wenn jemand Bescheid wusste, dann er. Sie musste sich beeilen, bevor er die ganze Familie benachrichtigte. Nur dann würde sie die Erste sein, die mit Siegfried sprach. Nur dann besaß ihre Neuigkeit einen Wert. Vielleicht war Lida krank. Richtig krank. Todkrank. Lag im Sterben …

Diana verließ das Haus durch den Haupteingang und erreichte die stille Straße gerade noch rechtzeitig, bevor das Tor sich ganz geschlossen hatte.

»Theodor!«, rief sie.

Seinen Nachnamen kannte sie nicht. Theodor irgendwas. Sprach man seine Putzfrau mit Nachnamen an? Bat man seinen

Chauffeur mit von und zu, den Wagen vorzufahren? Er musste Anfang sechzig sein, ein mittelgroßer Mann mit eisgrauen, stoppelkurzen Haaren, stets freundlich, stets höflich. Schon seit ewigen Zeiten bei den Reinartz, als es noch *die Reinartz* waren statt *der Alte* und *die Neue*. Einer von den Angestellten, die man nicht hergab, weil sie einem Haus jene Aura aus Tradition und Loyalität verliehen, die man einfach nicht kaufen konnte. Einer, der mit den Kindern der Herrschaft spielte und ihnen später beinahe väterlich verbunden blieb. Bei den Jessens dagegen hatten die Angestellten ständig gewechselt. Diana war froh, dass sie sich Polinas Namen merken konnte. Ein Fehler, dass es ihren Eltern nie gelungen war, diese Leute zu halten.

Er blieb abwartend hinter dem Spalt stehen. »Guten Tag, Fräulein Jessen.«

Sie sprang über die Schneewehe am Rande des Bürgersteigs, die die Räumfahrzeuge hinterlassen hatten. Der Rollsplitt knirschte unter den Sohlen ihrer fellgefütterten Winterstiefel. Sie hatte den Parka in der Eile nicht zugemacht, deshalb kroch die Kälte durch den Pullover langsam in ihren Körper.

»Für Sie immer noch Diana, Herr Theodor.« Sie lächelte ihm zu, und sie wusste, dass ihr Lächeln umwerfend war. Süß, offen, ihrem Gegenüber zugewandt, das sich dadurch mehr als von anderen wahrgenommen fühlte. Ihr Lächeln war ihre stärkste Waffe. Das war schon seit Kindertagen so und würde sich hoffentlich nie ändern. »Was ist denn passiert? Ich habe einen Krankenwagen gesehen. Ist etwas mit Frau Reinartz?«

Warum stand er immer noch hinter dem Tor? Früher war sie in diesem Haus aus und ein gegangen. Sie hatte schon fast dazugehört. Sie war mit Siegfried aufgewachsen, sie hatten dieselbe Klasse der Kennedy-Schule besucht, sie hatte in der Bibliothek mit ihm gefummelt, während seine Mutter dachte, sie würden für die Mathe-Klausuren büffeln…

Der Mann sah zu Boden. Natürlich. Der Alte war nicht da, und ohne seine Anweisung würde sie keinen Fuß über die Schwelle bekommen.

»Kann ich irgendetwas für Sie tun?« Sie hörte die Besorgnis in ihrer Stimme und wusste, dass sie aufrichtig klang. »Herr Theodor, nun sagen Sie endlich was. Sie wissen doch, dass ich …«

Sie brach ab, strategisch genau richtig. *… dass ich mal fast zur Familie gehört habe.* Der nicht ausgesprochene Halbsatz lag in der Luft, erinnerte daran, dass sie ältere Rechte hatte als diese Frau, die es aus dem Dienstbotentrakt ins Haupthaus geschafft hatte, und dass diese Frau daran schuld war, dass Diana ihre Position verloren hatte. »Dass ich mir Sorgen mache«, vollendete sie den Satz.

Das war das Sesam-öffne-dich.

Theodor spähte noch einmal kurz die Straße hinauf und hinunter. Doch die meisten anderen Häuser verbargen sich hinter zu hohen Buchsbaumhecken oder waren zu weit entfernt vom Geschehen, um von dort aus etwas sehen zu können. Die Savoyer Straße lag da wie ausgestorben. Die wenigen Autos am Straßenrand gehörten den Hausangestellten. Kein Mensch, der hier lebte, brauchte einen Laternenparkplatz. Er drückte auf einen Knopf, und das Tor öffnete sich.

Diana folgte ihm in die Villa. Doch statt weiter in die Bibliothek zu gehen, blieb er in der Halle stehen. Es war kein Affront. Es war reine Unsicherheit. Sie war sich sicher, dass Theodor nicht wusste, warum die Jessens und die Reinartz' schon lange mehr trennte als nur eine stille Wohnstraße.

»Was ist passiert? Ist etwas mit Siegfried?«

Er schüttelte den Kopf und fuhr sich mit den Pranken übers Gesicht. Ihr fiel auf, dass seine Fingernägel Trauerränder hatten.

»Oder mit Tristan? Mit Herrn Reinartz?«

Mühsam ging er auf die Treppe zu, die hinauf zur Galerie und den oberen Räumen führte. Früher einmal war sie einfach hochgestürmt bis unters Dach, hatte die Tür zu Siegfrieds Zimmer aufgerissen und war ihm um den Hals gefallen. Früher… Sie befahl sich, nicht nach oben zu sehen. Theodor setzte sich mühsam auf die Stufen. Er ist alt geworden, dachte sie.

»Darijo«, flüsterte er.

Erst verstand sie nicht.

»Darijo?«

Dann traf sie die Erinnerung wie ein Schlag. Sie riss die Augen auf, legte instinktiv die Hand aufs Herz – das musste gut aussehen, betroffen. Nur eine Sekunde später schoss es ihr durch den Kopf, dass sie durchaus betroffen war und es gar nicht spielen musste.

»Was ist mit Darijo?«

»Er ist tot.«

Ein trockenes Schluchzen kam aus der Kehle des Chauffeurs. Sie spürte, wie ihre Knie anfingen zu zittern. Sie setzte sich neben ihn. Er rückte zuvorkommend zur Seite, damit sie sich nicht berührten.

»O mein Gott.«

»Sie haben ihn gefunden. Er ist tot, der kleine Junge…«

»Dann war das die Polizei vorhin?«

Der Alte nickte. Sie legte die Hand auf seinen Arm, aber er wandte sich ab. Vielleicht war sie zu viel des Guten, diese Geste.

»Was ist passiert?«

»Ich weiß es nicht. Sie waren von der Mordkommission. Vier lange Jahre. Und jetzt keine Hoffnung mehr, alles aus und vorbei.«

»Aber es war damals schon…« Sie brach ab. Es war damals schon klar, dass Darijo niemals wiederkehren würde, wollte sie sagen. Doch das war kein Trost. Kein Mitgefühl. »Es bestand wenig Hoffnung«, schloss sie lahm.

»Eine Mutter hofft immer.«

»Ja, natürlich. – Deshalb der Krankenwagen, nicht?«

»Sie ist zusammengebrochen. Kein Unfall. Keine Entführung. Ein Mord.« Der Alte rang die Hände. »So ein kleiner Junge. So ein kleiner, lieber Junge.«

Diana suchte nach einer Erinnerung, die diesem Moment gerecht wäre. Der Garten im Sommer. Hinter der Garage die Kaninchenställe. Ein Junges, keine zwei Wochen alt. Darijo trug es auf dem Arm und küsste es sanft. *Mein Häschen*, sagte er. *Das ist mein Häschen.*

Das Bild berührte ihr Herz. Mit einem Mal kamen ihr die Tränen. Sie merkte, dass Theodor sie ansah. Schnell wischte sie sich über die Augen.

»Sie sind ein guter Mensch, Fräulein Jessen.«

»Diana«, sagte sie. »Sie sollen Diana zu mir sagen. So war es doch schon immer. Die Dinge ändern sich so schnell. Man kommt manchmal gar nicht mehr richtig mit.«

Er nickte.

»Ich hatte ihn sehr lieb«, fuhr sie fort. »Wir alle hatten ihn lieb. Es ist alles so furchtbar.«

Sie wusste nicht, wohin mit ihren Händen. Zu der plötzlichen Trauer, die sie nicht kannte und die für sie ein völlig verwirrendes Gefühl war, gesellte sich Nervosität. Eine vibrierende, kaum zu bändigende Nervosität. *Das* war eine Neuigkeit. *Das* war ein Grund für einen Rückruf. Mehr noch: Es würde eine Beerdigung geben. Kein Staatsakt, sicher nicht. Dafür war Darijos Status zu ungewiss, seine Anwesenheit in einem Hinterhaus in der Savoyer Straße zu kurz gewesen. Aber der Junge war so etwas wie Siegfrieds Halbbruder, zumindest nach heutigem Stand der Dinge. Das reichte bestimmt für einen kurzen Heimaturlaub.

Weihnachten war einige Wochen her, und bei diesem Besuch hatten sie sich nur einmal flüchtig getroffen. Ein schnelles Hallo auf der Straße, als Siegfried mit Theodor die Koffer ins Auto geladen hatte. Skiurlaub in Tirol, alle Jahre wieder im selben Hotel.

Bis Silvester bleiben sie immer dort. Wie viele Silvester sind seit dem letzten gemeinsamen vergangen? Sie will nicht daran denken. Ein Erdbeben erschüttert nicht nur das Epizentrum, sondern auch alles darum herum. Sie fühlt sich immer noch am Boden eines Kessels, eines tiefen Lochs, dort wo einmal ihre Zukunft so festgemauert gestanden hatte wie dieses Haus. Mit hinabgerissen von den Ereignissen, eine vergessene Kombattantin, die Angst hat, bei jedem Schritt eine neue Lawine auszulösen. Sie hat auf ihn gewartet, drüben am Fenster, so wie heute. Jeden Tag. Um dann mit anzusehen, wie er das Gepäck verlädt und sich davonmachen will, ohne mit ihr auch nur ein Wort zu wechseln. Darijo. Immer wieder Darijo. Seit seinem Tod steht hier kein Stein mehr auf dem anderen, mochten die Mauern dieses alten Hauses auch noch so unversehrt aussehen.

Sie rennt hinüber. Überrascht sieht er hoch. Wie sie ihn liebt. Seine widerspenstigen Haare, kürzer sind sie jetzt, seine wachen, schmalen Augen, das sanfte Lächeln um den schmalen Mund…

Diana, sagt er und schließt hastig den Kofferraum. Eine schnelle Umarmung, Küsschen links, Küsschen rechts. Wann sehen wir uns mal wieder? – Bald. Ich stecke mitten in den Klausuren. Stress, nichts als Stress. Ein Blick zum Haus. Lida taucht auf. Pelzmantel, Nerzkappe. Hinter ihr Reinartz, polternd und laut. Ein Lachen, ein kurzer Gruß, als er sie sieht. Frohe Weihnachten, Diana!

Bis bald, flüstert er. Zwei Worte wie flüssiges Blei.

Sie winkt dem Auto hinterher. Am liebsten hätte sie es zerschossen.

Diana stand auf. Sie musste zurück nach Hause und sich über die Worte Gedanken machen, die sie Siegfried auf die Mailbox sprechen würde.

»Weiß Herr Reinartz schon Bescheid?«

»Das übernimmt die Polizei.«

»Gut. Ich werde Siegfried und Tristan anrufen. Ich weiß nicht, ob Lida… also ob Frau Reinartz das kann.«

Sie hatte den Vornamen bewusst benutzt. Eine Hausangestellte blieb eine Hausangestellte, eine Putzfrau eine Putzfrau. Mochte sie Nerzmäntel tragen bis zum Umfallen. Theodor schien den absichtlichen Versprecher nicht zu bemerken. Er nickte dankbar.

Sie ging in die Hocke. Er sollte sie ansehen.

»Was ist mit Eva Reinartz? Wer wird es ihr sagen?«

Eva, die erste Frau. Eine liebevolle, etwas zur Rundlichkeit neigende Person. Diana hatte sie nie für wichtig gehalten. Bis ein großer Witz des Lebens sie eines Besseren belehrt hatte. Eva war zurück nach Bayern gegangen. Nicht in Bayreuth, von dem sie immer geschwärmt hatte, sondern irgendwo am Tegernsee lebte sie jetzt, sagte man. Was sollte sie auch hier? Ihr Platz war besetzt. Hätte sie etwa ins Kutscherhaus ziehen sollen?

Theodor wich ihrem Blick aus. Einen Moment lang hatte sie ihn so weit gehabt, dass er ihr das Zepter reichte. Doch beim Namen seiner ehemaligen Chefin war Schluss.

»Ich denke, das wird Herr Reinartz erledigen. Da sollten wir uns nicht einmischen.«

»Natürlich. Es war nur so eine Idee. Kann ich sonst noch etwas für Sie tun?«

Er schüttelte den Kopf und sah sich in der Empfangshalle um. »Jetzt ist es leer, das Haus.«

Diana stand auf. »Ja, jetzt ist es leer.«

Keine Minute später eilte Diana über die Straße zurück und

verbrachte die nächste halbe Stunde damit, aufgeregt mit verschiedenen Entwürfen für den einen, den einzigen Satz herumzuexperimentieren, den sie Siegfried auf die Mailbox sprechen würde. Als sie hörte, wie ein Wagen die Einfahrt zur Garage hinunterfuhr, schreckte sie hoch. Ihre Mutter kam vom Friseur zurück, früher als erwartet. Meistens ging sie im Anschluss noch mit ein paar Freundinnen zum Lunch irgendwo rund um die Schlüterstraße. An diesem Tag nicht. Mist!

Sie wühlte in ihrer Handtasche nach dem Handy und entschied sich, die Sache einfach spontan zu handhaben. Am Ende würde sie noch künstlich und gestelzt klingen, und das wollte sie auf jeden Fall vermeiden. Unkompliziert. Fröhlich. Der Sonnenschein aus Haus Nummer siebzehn. Das Mädchen, mit dem Siegfried groß geworden war. Dem er hinter einer Hecke die ewige Liebe versprochen hatte, mit klopfendem Herzen und schweißfeuchten Händen. Wie alt waren sie gewesen, neun, zehn Jahre? So alt wie Darijo… Sie schluckte. Das Häschen. Ihre Augen brannten. Sie wählte Siegfrieds Nummer. Lauschte dem knappen Text seiner Ansage. Genoss sie wie eine streichelnde Hand.

»Dies ist die Mailbox von Siegfried Reinartz. Sie können eine Nachricht hinterlassen.«

»Siegfried? Hier ist Diana. Es ist…« Das Häschen war so klein gewesen, so unschuldig. Er hatte es so geliebt. »Es geht um Darijo.«

Sie legte auf.

Schritte klangen an ihr Ohr. Sie kamen von der Kellertreppe, die in den Garagenanbau führte. Ihre Mutter tauchte auf, die blondierten Haare zu einer Sturmhaube geföhnt, ein Kaschmirtuch um den Hals, das sie im Gehen löste.

»Diana?«

Sie blieb stehen und betrachtete erstaunt ihre Tochter. »Was ist los?«

Diana ließ das Handy fallen. Tränen schossen ihr in die Augen.

»Diana!«, rief ihre Mutter.

Sie stürzte in ihre Arme. »Darijo«, stammelte sie. »Darijo ist tot.«

8

Diese Ehe...«

Sanela richtete das Heizgebläse auf das beschlagene Seitenfenster. Gehring hatte die Avus erreicht und fädelte sich in den Verkehr stadtauswärts ein.

»War Lida in der Nacht bei Reinartz?«

Er zuckte mit den Schultern. »Steht alles da drin. Von einem Verhältnis mit Reinartz kein Wort.«

Er wies auf die Akte, die Sanela noch einmal herausgeholt und durchgeblättert hatte. Mit einem resignierten Seufzer legte sie die Mappe zurück ins Handschuhfach.

»Der Vater hat erst am nächsten Morgen angerufen, um sich zu entschuldigen, dass er den Jungen vergessen hatte. Schon merkwürdig.«

»Aus heutiger Sicht, ja. Damals gab es zunächst keinen Grund, die Aussagen in Zweifel zu ziehen. Wir hatten zwei besorgte Eltern, eine Vermisstenanzeige, und dann begannen die Vorwürfe. Sie haben sich gegenseitig beschuldigt, den Jungen nicht herauszurücken. Offenbar hatte Darko einige Zeit zuvor gedroht, mit seinem Sohn zurück nach Kroatien zu gehen.«

»Und Lida? Womit hat sie gedroht?«

»Mit Scheidung und alleinigem Sorgerecht.«

»Alles auf dem Rücken des Kindes.«

»Ja. Aber dann ging der Erpresseranruf ein, und andere Dinge standen im Fokus.«

»Schon praktisch, so ein Anruf zur rechten Zeit.«

Er warf ihr einen kurzen Blick zu, ärgerlich, wie sie meinte, und gab Gas. Sie hatten die Stadtgrenze von Berlin passiert. Der bronzene Bär auf seinen Hintertatzen schien ihnen nachzuwinken.

Sanela musterte Gehring von der Seite. »Was war mit Darijo? Was haben Sie über den Jungen herausbekommen? Zu wem hatte er Kontakt in dieser Zeit?«

»Er war wohl lieber bei seinem Vater als bei der Mutter. Zumindest klang das mal kurz durch. In der Schule war er ein Außenseiter. Keine Freunde, nie Besuch. Unsportlich. Ein kleiner Träumer.«

In Sanelas Herz erwachte eine heiße, traurige Zuneigung für den Jungen. Ein kleiner Träumer mit ausgeschlagenen Zähnen und gebrochenen Rippen. Wie konnte das niemandem aufgefallen sein?

»Sie müssten noch mal in die Schule.«

Gehring nickte. Wenn sie ihn mit ihren Vorschlägen nervte, ließ er es sich nicht anmerken.

»Und zu Reinartz. Immerhin hat er die Zahnarztrechnung bezahlt.«

»Wir klären das gerade.«

Sanela nickte. Nicht sehr gesprächig, der Herr Kriminalhauptkommissar. Ihre Unterlippe pochte.

»Wie sehe ich aus?«

Gehring wandte kurz den Kopf, verblüfft von der Frage, die in keinem Zusammenhang mit den Ermittlungen stand.

»Es geht. Die Schwellung wird abklingen. Morgen ist sicher kaum noch was davon zu sehen.«

Sie nickte, klappte die Sonnenblende herunter und musterte stirnrunzelnd die Wunde. Lida hatte sie voll erwischt. Ein Glück, dass sie kein Veilchen geerntet hatte.

»Wohin genau fahren wir?«

»Richtung Spremberg. In die brandenburgische Lausitz. Zu einer wildbiologischen Forschungsstation.«

Die Lausitz. Hin zwei Stunden, zurück zwei Stunden. Sanela sah auf ihre Armbanduhr, ein grellgelbes Plastikmodell vom Kassenregal eines Discounters: 13:30 Uhr. Sie musste ihren Vater anrufen und Bescheid sagen, dass sie heute später kommen würde.

»Und was machen wir da?«

Typisch Gehring. Ließ sich jeden Satz wie Würmer aus der Nase ziehen. Lidas Kollaps hatte ihn mitgenommen, das war ihm deutlich anzusehen. Darauf war er nicht vorbereitet gewesen. Sanela hingegen hatte ein Gespür für den Moment, in dem ein Mensch zerbrach. Sie wollte nicht wissen, woher, dazu hätte sie ihren Vater befragen müssen, der bei allem, was die Vergangenheit betraf, sehr wortkarg wurde und nur dürftige Tatsachenberichte von sich gab. Aber dass diese perfekte Fassade einer perfekten Frau in einem perfekten Haus Risse hatte, war ihr spätestens bei dem Gespräch in der Bibliothek klargeworden.

»Dort wohnt Darko Tudor, der Vater des Jungen. In Spreebrück.«

»Weiß er, dass wir kommen? Er ist doch Wolfsforscher oder so etwas Ähnliches. Vielleicht biwakiert er gerade auf irgendeinem verlassenen Truppenübungsplatz.«

»Bei dieser Kälte wohl kaum. Frau Schwab hat ihn angerufen und informiert.«

»Aha.« Sanela klappte die Sonnenblende hoch. »Auch über…«

»Nein. Er weiß nur, dass wir wegen Darijo kommen.«

Sie nickte, lehnte den Kopf gegen die Stütze und blickte träge auf die vorüberziehende Winterlandschaft. Erstaunlich. Jetzt war es so kalt, und trotzdem schneite es nicht. Fast schien es, als hätte der Wind die dünne weiße Decke auch noch fortgetragen. Erst als der Wald wieder näher an die Autobahn heranrückte, wurde die Landschaft weißer. Sanela dämmerte weg, obwohl der Schmerz in ihrer Unterlippe pochte, und wachte erst auf, als Gehring die Autobahn verließ und auf eine hoffentlich gestreute Landstraße einbog. In der Ferne erkannte sie gewaltige Schornsteine. Weiße Wolken stiegen aus den Kühltürmen. Braunkohle. Die Lausitz war durchlöchert wie ein Schweizer Käse.

Sie wurde aufmerksam, als Gehring den weitläufigen Industriepark hinter sich ließ und dabei geblitzt wurde.

»Scheiße!«, entfuhr es ihm. Erst ein paar hundert Meter weiter in der Einöde tauchte das durchgestrichene gelbe Ortsschild auf. Er hatte geglaubt, längst wieder in freier Natur zu sein.

Die Dörfer wurden kleiner. Spreebrück bestand aus einer Kirche, die oberhalb des Ortes auf einer Anhöhe stand, und einer Hauptstraße mit älteren, durchaus charmanten Ziegelbauten. Das Navigationsgerät lotste sie fast wieder hinaus aus dem Ort, bis an den Waldrand, dann endete die Routenführung, und sie hatten ihr Ziel erreicht.

Die Kälte war eine andere als in der Stadt. Trockener, nicht so aggressiv, obwohl sie unweit der Neiße und der polnischen Grenze sein mussten. Sanela verzichtete darauf, ihre Mütze aufzusetzen, und bereute es schon nach wenigen Schritten. Ihre Wangen brannten, als hätte Lida ihr auch noch zwei schallende Ohrfeigen versetzt.

Das Büro der Wolfsstation befand sich im ehemaligen Pfarrhaus, das etwas geräumiger und großzügiger gebaut worden war als der Rest der Siedlung. Ein mehrere tausend Quadratmeter großes Grundstück dahinter ging in den Wald über. Entlaubte Bäume, ein paar letzte rote Beeren in den Sträuchern. Noch bevor sie die wenigen Stufen zum Eingang hochgestiegen waren, roch Sanela Kaffeeduft. Vielleicht wurden sie erwartet. An der Tür klebte ein etwa fußballgroßer Aufkleber: ein Dreieck mit dem Kopf eines Wolfes.

In dem kleinen Windfang stand die lebensgroße Pappfigur eines Wolfes. Er reichte Sanela bis zur Hüfte. Noch bevor sie sich fragen konnte, wie eine Begegnung in der Realität aussehen würde, ertönte der Türsummer. Gehring ging ihr voraus in einen mit hellem Linoleum ausgelegten Flur. Rechts ein Ständer mit Prospekten und Broschüren, alles Aufklärungsmaterial über die Rückkehr der Wölfe, daneben eine Garderobe, an der ein schwerer Parka, mehrere Schals und ein Mantel hingen, danach der Eingang zur Küche. Sie warf einen Blick hinein. Ein großer Tisch, eine altmodische Spüle und ein mit Holz zu beheizender Herd. Der Wasserkocher summte und schaltete sich just in dem Moment aus, in dem Sanela ihn bemerkte.

»Guten Tag.«

Die Stimme war dunkel und freundlich, dennoch reserviert.

Sanela verließ die Küche. In einer geöffneten Tür am Ende des Ganges stand ein Mann in Jeans und Pullover. Er war gut einen halben Kopf kleiner als ihr Begleiter. Wenn Gehring sportlich wirkte, dann war Darko zäh. Ausdauernd. Geschmeidig. Ein markantes Gesicht mit schmalen Wangen, dunklen Augen, drahtigen schwarzbraunen Haaren, die ihm etwas zu lang ins Gesicht fielen. Seine Haltung verriet die Skepsis bei Überraschungen wie dieser. Besuch von der Kripo. Es geht um Darijo. Sie suchte nach Neugier in seinen Augen, entdeckte aber nur die abwartende Höflichkeit eines allzu oft enttäuschten Mannes. Er reichte ihr zuerst die Hand. Sie war warm, trocken, schwielig, rau. Der Händedruck ließ sie beinahe in die Knie gehen, aber sie ließ sich nichts anmerken.

»Hauptkommissar Lutz Gehring, meine Kollegin Sanela Beara. Unser Besuch wurde Ihnen angekündigt.«

Bei der Erwähnung ihres Namens blitzte etwas in Darkos Augen auf. »*Dobar dan*«, sagte er, während er ihren Blick festhielt.

»Guten Tag«, erwiderte Sanela. Damit war klar, dass die Unterhaltung auf Deutsch geführt werden würde. Sie fragte sich, warum Gehring sie überhaupt mitgenommen hatte.

Darko Tudor nahm den Gruß zur Kenntnis, ohne mit der Wimper zu zucken. »Wir gehen in die Küche. Ich habe Teewasser aufgesetzt.«

Er hatte am Computer gesessen. Der Schreibtisch war bedeckt mit einem Durcheinander aus Ausdrucken, Broschüren, Aktenordnern und Notizen. Er schien ein System zu haben, auch wenn es auf den ersten Blick nicht zu erkennen war.

»Mein Büro.« Der Kroate zog die Tür hinter sich zu und ging ihnen voran wieder Richtung Küche. Unterwegs kamen sie an einer weiteren geöffneten Tür vorbei, die Sanela zunächst nicht beachtet hatte.

»Hier ist das Besprechungszimmer.« Ihr Blick fiel in einen nüchternen Raum. Auf dem Tisch standen eine Thermoskanne, Becher und ein großer Teller mit Keksen. Doch bevor sie sich freuen konnte, war Darko auch schon weitergegangen. »Wir haben noch weitere Räume, aber nur ein Teil davon ist besetzt. Zurzeit arbeiten wir zu dritt. Moment bitte.«

Er klopfte an eine geschlossene Tür, die wenige Augenblicke später von einer Frau Mitte dreißig geöffnet wurde. Kein »Herein«, kein eigenmächtiges Eintreten, wie Sanela registrierte. Hier herrschten klare Grenzen. Die Frau war hübsch, auf eine natürliche Art, die nach gesunder Ernährung und viel frischer Luft aussah. Sie hatte kurzgeschnittene braune Haare und ein fein gezeichnetes, fast koboldhaftes Gesicht.

»Julia Venneloh, die Leiterin der Station. – Julia, die Leute von der Kripo.«

Die Frau lächelte vorsichtig. Sie wusste nicht, was diese Leute wollten, also hielt sie sich lieber zurück.

»Unser Besprechungsraum ist leider besetzt«, sagte sie. Ihre Stimme klang hell und klar akzentuiert. Sie war Unterredungen mit Behördenvertretern gewohnt. »Wir erwarten Besuch von der Jagdbehörde. Seit der Wolf nicht mehr dem Naturschutzgesetz unterliegt, sondern ins Jagdrecht aufgenommen wurde, gibt es immer wieder Klärungsbedarf zu wichtigen Fragen.«

»Wir gehen in die Küche.« Darko wollte sich abwenden. Im Gegensatz zu Julia schien er eher der wortkarge Typ zu sein. Er der Macher, sie die Kommunikationsexpertin.

»Kommst du später dazu?«, fragte sie hastig. »Kühne ist auf hundertachtzig und würde am liebsten die Bauern bewaffnen.« Sie schenkte den beiden Polizisten ein entschuldigendes Lächeln. »Eine der größten Fehlentscheidungen der Politik. Zumal sich die Jäger und die Tierschützer in schöner Regelmäßigkeit in die Wolle kriegen.«

Gehring nickte. »Ich habe davon gehört. Die Statistiken verzeichnen einen Rekordanstieg bei den Waffenbesitzkarten in Brandenburg.«

»Ein Schelm, wer Böses dabei denkt.« Julia erkannte in Gehring offenbar einen Gleichgesinnten, denn sie lehnte sich entspannt gegen den Türrahmen. »Mir ist zumindest nicht wohl bei dem Gedanken, dass jeder Kaninchenzüchter mittlerweile mit einer Knarre herumlaufen kann.«

»Mir auch nicht.« Der Kommissar sah auf seine Armbanduhr.

Julia verstand. Sie nickte Darko zu. »Bis nachher. Lass mich nicht allein.«

Sie entfernten sich weiter von Kaffee und Keksen und gingen

in die Küche. Sanela hätte brennend gerne mit Gehring über das Verhältnis zwischen Julia und Darko gesprochen. Steppenwolf und Kobold. Klar verteilte Rollen. Darko wirkte nicht wie jemand, der sich unterordnete, deshalb ihre Bitte um Hilfe. Man musste ihm also um den Bart gehen. Vielleicht war es deshalb zu Spannungen zwischen den Eheleuten gekommen. Vielleicht hatte Lida das nicht bedacht in ihrer Ehe mit einem Macho. Darko begann sie zu interessieren.

»Tee?«, fragte er. Whisky hätte besser zu ihm gepasst. Er musterte die Verletzung an ihrer Unterlippe, sagte aber nichts dazu.

»Gerne«, antwortete Sanela.

Auch Gehring nickte. Ihr Chef trat ans Fenster und sah hinaus auf das mit dünnem Schnee bedeckte Stück Land hinter dem Pfarrhaus.

»Sie wohnen hier?«, fragte sie. Warum sagte Gehring nichts? Immerhin hatten sie eine Aufgabe, eine Mission. Vielleicht suchte er auch nur nach den richtigen Worten.

»Oben.« Darko nahm Teebeutel aus einer Pappschachtel und warf sie lieblos in drei Becher. Dann goss er Wasser auf. »Unterm Dach.«

Er stellte die Becher auf den Tisch, ließ in jeden einen Löffel fallen und schob ein geöffnetes Marmeladenglas mit Zucker dazu. Dann setzte er sich und schwieg. Sanela nahm ebenfalls Platz. Sie warteten auf Gehring. Der riss sich schließlich vom Anblick der Einöde los und drehte sich um.

Darko, den Kopf gesenkt, die kräftigen Hände um den Becher geschlossen, rührte sich nicht. Man konnte das Ticken der Uhr über der Spüle hören und das Rauschen der Heizung in den alten Rohren. Irgendwo draußen krächzte ein Vogel. Durch geschlossene Türen drang das melodische Klingeln eines Telefons, dann die gedämpfte Stimme der Stationsleiterin, die den Anruf entgegennahm.

Gehring holte Luft. »Herr Tudor, wie Sie wissen, sind wir wegen Darijo gekommen.«

Keine Reaktion, keine Bewegung. Der Mann saß da wie versteinert.

»Wir haben die traurige Pflicht, Ihnen mitzuteilen, dass Ihr Sohn tot ist. Wir haben seine sterblichen Überreste im Berliner Grunewald gefunden und ihn zweifelsfrei identifiziert. Mein Beileid.«

Ein Wangenmuskel zuckte. Darko biss die Zähne zusammen. Mehr ließ er nicht durch. Wie alt war er? Ende dreißig? Zwei tiefe Falten hatten sich neben seinen Mund gegraben, der schmal war wie ein Strich.

»Wir haben neue Erkenntnisse. Und neue Fragen. Sind Sie bereit, uns einige davon zu beantworten?«

Ein schwaches, kaum merkliches Nicken. Gehring nahm Platz. Noch bevor er fortfahren konnte, fragte Darko: »*Kakay?*«

Sanela blieb stumm. Die Frage nach dem Wie sollte Gehring beantworten, und das würde er nicht auf Kroatisch tun.

»Wie?«, fragte Darko schließlich. Er saß immer noch da wie aus Beton gegossen. Doch er schien zu verstehen, dass er mit seiner Sprache bei ihr nicht weiterkam.

Gehring zog einen der Becher zu sich heran. »Darijo wurde vermutlich erschlagen und im Wald vergraben. Kurz nach seiner Entführung. Er trug noch dieselbe Kleidung. Aber genau können wir es nach so langer Zeit natürlich nicht sagen.«

»Vier Jahre«, murmelte Darko. Seine Hand um den Becher verkrampfte sich. Sanela spürte, dass er drauf und dran war, das Ding an die Wand zu werfen. Wut und Trauer. Genau wie damals. Lida brach zusammen, Darko rastete aus. Instinktiv wollte sie nach ihrem Holster tasten, aber sie trug keines mehr. Sie war Studentin. Für die Dauer der Ausbildung auf den Status einer Beamtin auf Probe zurückgestuft. Die Waffe fehlte ihr wie eine Armbanduhr, die man täglich trug und dann ein Mal vergessen hatte.

»Wer hat ihn gefunden?«

»Ein Förster.«

»Wo genau?«

»Im Grunewald, unweit der Havelchaussee.«

»Kann ich ihn sehen?«

»Das wäre nicht gut, nach all der Zeit.«

»Zeit, die Sie haben verstreichen lassen.« Darko hob den Kopf. Seine Augen waren gerötet, doch er weinte nicht. Er fixierte Gehring. Sanela saß wie unsichtbar am Tisch. »Aber es war ja nur ein kroatischer Bastard. Da gab es sicher wichtigere Dinge, um die man sich kümmern musste.«

»Wir haben seinerzeit alles, wirklich alles unternommen, um Ihren Sohn zu finden. Nach heutiger Erkenntnis gehen wir davon aus, dass Darijo unmittelbar nach seinem Verschwinden getötet wurde. Der Erpresseranruf war fingiert, eine Vertuschungstat.«

»Also keine Verwechslung mit dem Sohn von diesem reichen Sack? Ja? Völlig auszuschließen? Warum hätte jemand meinen Sohn töten sollen? Warum? Er hat nie jemandem etwas zuleide getan. Er war unfähig zu Hass und Gewalt.«

Aber in irgendjemandem hat er Hass und Gewalt ausgelöst, dachte Sanela. Darijo war zur Zielscheibe verschiedener Kriegsparteien geworden. Sie war noch nicht gewillt, Lida und Darko als die einzigen Beteiligten auf diesem Schlachtfeld verratener Liebe anzusehen.

Die Türklingel ertönte, ein melodischer Gong. Sie hörte, wie Julia Venneloh in den Flur ging und öffnete. Begrüßungsfloskeln wurden ausgetauscht. Dann kehrte sie mit zwei Männern zurück und führte sie in den Besprechungsraum. Im Vorübergehen hatte sie kurz zu Darko gesehen, der sie jedoch gar nicht zu bemerken schien. Er fixierte Gehring. Ausdauernd. Ruhig. Und gefangen in einem Käfig von tiefglühender Wut.

»Das müssen wir herausfinden«, antwortete Gehring. »Welches Auto haben Sie damals gefahren?«

»Was?«

»Welche Marke? Wir suchen nach Zeugen, die etwas Ungewöhnliches an der Havelchaussee bemerkt haben können. Ihr Wagen...«

»Sie wollen allen Ernstes wissen, welchen Wagen ich damals gefahren habe?«

»Ja. Bitte beantworten Sie meine Frage.«

»Einen... Ford Pick-up. Wir haben ihn vor zwei Jahren verschrottet.«

»Wir?«

»Frau Venneloh. Wir. Das Wolfsbüro. Er wäre nicht mehr durch den TÜV gekommen. Jetzt fahren wir einen Toyota RAV.«

»Das heißt, Sie besitzen kein eigenes Auto. Hatten Sie damals eins? Einen Privatwagen?«

»Nein.«

»Wenn Sie Darijo aus Berlin zu sich geholt haben, war das dann auch mit dem Pick-up?«

»Ja. Was soll das?«

Gehring hielt dem wütenden Blick stand. »Wir brauchen diese Angaben. Sie sind nötig.«

»Sie verdächtigen mich. Mich?«

»Wir ermitteln, Herr Tudor. Wussten Sie, dass Darijo vor seinem Tod mehrere Unfälle hatte?«

Der Biologe senkte den Kopf, griff nach dem Marmeladenglas und rührte einen Löffel Zucker in seinen Tee. Bis jetzt war er aufrichtig gewesen. Sanela war gespannt, wie er diese Frage beantworten würde.

»Nein.«

Er log. Schade.

»Zwei angebrochene Rippen, zwei fehlende Schneidezähne. Was ist passiert?«

»Das weiß ich nicht. Davon höre ich gerade zum ersten Mal.«

»Ihre Frau meinte, die Verletzungen habe der Junge sich in den Herbstferien bei Ihnen zugezogen.«

»Meine Frau.« Ein sarkastisches Lächeln umspielte seinen Mund. Es hätte ihn hässlicher machen müssen. Doch es stand ihm. Passte zu ihm. Besser als diese Starre. »Darijo hatte mal Probleme mit ein paar blauen Flecken. Er hat sich beim Sportunterricht verletzt.«

Es klang ehrlich.

»Welcher Arzt hat ihn behandelt?«

»Das weiß ich nicht. Fragen Sie *meine Frau*.« Er lehnte sich zurück und sah Sanela an. »Was hat sie Ihnen noch erzählt? Dass ich unzuverlässig war? Verabredungen nicht eingehalten habe? Den Jungen entführen wollte? Ja? Alles Lügen. Lida lügt, wenn sie den Mund aufmacht.«

»Ihre Frau will Sie sehen«, sagte Sanela. »Sie liegt im Waldkrankenhaus Zehlendorf. Ich glaube, sie hat es ernst gemeint.«

Darko stand auf, nahm seinen Becher und schüttete den Inhalt ins Waschbecken.

»Sie kann mich mal. Noch Fragen?«

Gehring stand auf. »Bitte halten Sie sich zu unserer Verfügung.«

»Aber gerne doch.« Wieder dieses spöttische Lächeln, das seine Augen nicht erreichte. »Sie wissen ja, wo es hinausgeht.«

Sie standen auf. Gehring trat auf den Flur.

Als Sanela ihm folgen wollte, sagte Darko zu ihr: »Warte. Ich meine, warten Sie.«

Sie blieb stehen. Er griff sanft nach ihrem Kinn und betrachtete die Wunde an ihrer Lippe.

»Ich möchte etwas darauf geben. Einen Moment.«

Er ging zu einem Erste-Hilfe-Kasten, der über der Spüle hing, öffnete ihn und wühlte darin herum. Währenddessen versuchte Sanela das Gefühl abzuschütteln, das die unerwartete Berührung in ihr ausgelöst hatte. Wärme. Nähe. Sorge. Ruhe. Gehring hatte gemerkt, dass sie ihm nicht gefolgt war, und kam zurück. Abwartend blieb er im Türrahmen stehen. Darko stellte sich mit einer kleinen Dose und einem Pflaster vor sie hin.

»Das ist eine Salbe, die bei der Wundheilung hilft. Ich habe sie selbst hergestellt.« Er drehte den Verschluss auf.

»Was ist da drin?«

»Ringelblume, Arnika und drei Kräuter, die man nur bei Vollmond schneiden darf.«

Er lächelte sie an, dann tupfte er etwas Salbe auf die Verletzung. Sanela schreckte kurz zurück, doch dann merkte sie, dass es nicht wehtat.

»Danke.«

Er legte die Dose auf dem Küchentisch ab, riss die Plastikstreifen von dem Pflaster und klebte es auf die Wunde. Vorsichtig tastete Sanela danach.

»Lassen Sie es bis morgen früh drauf. Eine Schlägerei?«

Gehring räusperte sich. »Können wir?«

»Danke«, sagte sie noch einmal. Und dann: »*Hvala.*«

»Gern geschehen«, antwortete er übertrieben deutlich und räumte die Sachen weg, ohne sich noch einmal nach ihr umzusehen.

Komischer Typ. Unfreundlich, vielleicht sogar brutal. Und dann von einer solchen Sanftheit… Sanela folgte Gehring zum Wagen. Bis sie saßen und die Türen hinter sich zugeschlagen hatten, sagte keiner ein Wort. Nahm er ihr übel, dass sie den Biologen an ihr Gesicht gelassen hatte?

»Er kennt sich aus mit dem Versorgen von Wunden«, sagte sie schließlich, als hätte dieser kleine Akt tatsächlich einen Beitrag zur Erkenntnisgewinnung geleistet.

Als ob ich mich entschuldigen müsste, dachte sie trotzig.

»Und?«, fragte sie schließlich, als Gehring das Industriegebiet erreichte und den Wagen vorsichtshalber im Schritttempo über die Straße lenkte. Hatte er jetzt vor, überhaupt nicht mehr mit ihr zu reden? »Was war Ihr Eindruck?«

»Darko Tudor war sehr beherrscht. Ich hatte es mir schlimmer vorgestellt.«

»Einer schiebt die Verantwortung auf den anderen.« Sanela betrachtete die gewaltigen Kühltürme. In der einbrechenden Dämmerung glitzerte das Kraftwerk wie ein gewaltiges Raumschiff. »Aber irgendjemandem muss doch aufgefallen sein, wie dreckig es Darijo ging.«

»So ist das, wenn aus Liebe Gleichgültigkeit und Verachtung wird.«

Sanela schüttelte den Kopf. »Das glaube ich nicht. Nicht in diesem Fall. Brauchen Sie mich eigentlich noch?«

Sie passierten den Blitzer, Gehring gab wieder Gas. »Im Moment nicht. Vielleicht später. Kann ich Sie irgendwo absetzen?«

»An irgendeiner S-Bahn Richtung Schöneberg.«

Sie suchte ihr Handy heraus, um ihren Vater anzurufen. »Sie sind auf dem Holzweg.«

»Womit?«

»Wenn Sie denken, zwischen Lida und Darko wäre alles vorbei.«

Er antwortete nicht, konzentrierte sich auf die dunkle Straße. Vielleicht war er ja der Typ, der wirklich einen Schlussstrich ziehen konnte. Lida war es nicht. Und Darko erst recht nicht.

9

Julia Venneloh hörte, wie Darko sein Büro verließ, hinaus in den Flur ging und die Treppe ins Obergeschoss hochstieg. Je mehr sich seine Schritte entfernten, desto lauter klopfte ihr Herz. Mit angehaltenem Atem lauschte sie. Eine Tür quietschte, dann fiel sie laut ins Schloss. Sie zuckte zusammen, obwohl sie all diese Geräusche kannte und sie ihr vertraut waren. Aber heute hatte sie sich etwas anderes gewünscht. Heute waren zwei Polizisten da gewesen. Der letzte Rest Hoffnung war zerstört.

Er hatte es ihr gesagt, als er aus dem Keller hochgekommen war. Voller Staub und Dreck, mit Spinnweben in den Haaren und einem Blick, vor dem man Angst bekäme, wenn man ihn nicht kennen würde.

»Darijo ist tot.«

Er steht in der Küche an der Spüle, lässt sich ein Glas Leitungswasser einlaufen und trinkt es in einem Zug aus. Sie sieht sein Gesicht, die Muskeln an seinem Hals, einen Tropfen, der ihm übers Kinn rinnt und den sie am liebsten abgewischt hätte.

»Das tut mir leid.«

Er knallt das Glas auf die Spüle. Es zerbricht, sie zuckt zusammen. Darko starrt auf die Scherben, als würde er die Metapher zu seinem Leben darin erkennen.

»Ich mach das.« Hastig öffnet sie die Unterschranktür und wischt die Scherben in den Mülleimer.

Sie steht so nah neben ihm, dass sie den dumpfen Kellergeruch in seiner Kleidung riechen kann, dazu seine Verzweiflung, scharf, abschreckend, und schließlich auch ihn. Wald. Tier. Laub. Erde. Schweiß. Efeu. Farn. Er riecht nach Herbst. Nicht nach Frühling oder Sommer wie die Männer, die sie vor ihm kannte. Auch nicht nach Winter wie ihr Vater. Nein. Darkos Geruch ist Herbst. Ein Hauch von Sonne und dunstigem Nebel, von mürben Äpfeln und den letzten Trauben am Rebstock. Nach Ernte. Nach Ruhe. Es sind die Arme, in die man sinken will, wenn alles vollbracht ist. Aber leider wird sie nicht von ihnen aufgefangen. Manchmal fragt sie sich, was möglich wäre, wenn sie beide zusammen wären. Es ist eine erschreckende, großartige Vorstellung von Glück, wie sie es bisher noch nicht erlebt hat.

»Darijo wurde umgebracht. Erschlagen und verscharrt. Und die Polizei hat nichts, gar nichts getan. Ein Jäger hat ihn gefunden. Ausgerechnet ein Jäger.«

Sie hebt die Hand, um ihn am Arm zu berühren, doch er will es nicht. Unwillig tritt er einen Schritt zur Seite. Die Ablehnung ihrer Geste verletzt sie. Doch was sind ihre Gefühle gegen seine?

»Mein Beileid, Darko. Vielleicht ist es ein Trost, dass du ihn jetzt begraben kannst.«

Seine dunklen Augen mustern sie mit Abscheu. »Das ist kein Trost.«

»Ich weiß nicht, was ich sagen soll. Kann ich dir irgendwie helfen? Willst du ein paar Tage frei haben?«

»Nein. Ich muss morgen zu den Fotofallen.«

»Die sind doch jetzt unwichtig.«

»Sag du mir nicht, was wichtig ist und was nicht, ja?«

Damit war er hinausgestürmt und hatte sie allein gelassen vor einem Mülleimer mit Scherben.

Warum erschütterte sie das? Er hatte alles Recht der Welt, so zu trauern, wie er es für richtig hielt. Im Grunde genommen trauerte er schon seit vier Jahren. Von Anfang an hatte Darijo zwischen ihnen gestanden. Als er noch lebte, war er fast jedes zweite Wochenende hier gewesen. Darko hatte seinen Sohn mit in den Wald genommen, ihm die Fährten gezeigt, die Überreste der gerissenen Tiere. Es konnte niemandem entgehen, dass der sensible Junge mit dem, was man gemeinhin natürliche Auslese nannte, überfordert war. Darko wollte ihn zu einem Mann machen. Ihn abhärten. Das Leben ist kein Ponyhof. Sieh hin. Schau dir an, was mit diesem Reh geschehen ist. Der Stärkere triumphiert über den Schwachen. Ihrer Vermutung nach wusste der Junge sehr genau, dass er nie zu den Stärkeren gehören würde, und das machte ihm sicher Angst. Sie hatte einmal versucht, mit Darko darüber zu reden. Er war wütend geworden und hatte damit gedroht auszuziehen.

An seinen kinderfreien Wochenenden war Darko häufig verschwunden. Vielleicht zeltete er da draußen. Weiter nördlich in den Wäldern rund um den Muskauer Landschaftspark. Vielleicht sogar auf der polnischen Seite. Vermutlich hatte er ein Versteck für all die Dinge, die im Lauf der Zeit auf rätselhafte Weise in der Station verschwunden waren. Kescher, Blasrohre, Netze, ein Sender, ein Fernglas, Decken. Wahrscheinlich befand sich dort auch das Luftgewehr, das ihm angeblich gestohlen worden war. An den Papierkram konnte sie sich nur zu gut erinnern. Aber sie war ihm nie gefolgt. Darko war ein Mann, der Geheimnisse brauchte. Ihm hinterherzuschleichen wäre eine doppelte Entblößung gewesen, seine und ihre. Sie wusste, dass sie die einzige Frau in seinem Leben war, deshalb ließ sie ihm die Freiheit.

Julia schaltete die Schreibtischlampe aus und blickte in die tiefe Dunkelheit. Die Winternächte senkten sich herab wie ein dicker schwarzer Vorhang. Wenn der Himmel bedeckt war, konnte man den schwachen Widerschein des Kraftwerks ahnen. Wenn er klar war, sah man die Sterne funkeln. Ihr Arbeitszimmer lag zum Wald. Keine Lichtverschmutzung, nirgends. Sie wartete, bis sich ihre Augen an die Dunkelheit gewöhnt hatten. Ein paar Minuten noch, nach einem Tag voller Arbeit. Ein wenig Ruhe, bevor sie die Station verlassen, zu ihrem Auto gehen und nach Hause ins nächste Dorf fahren würde.

Sie wusste, dass sie sich selbst belog, während sie dasaß und wartete. Vielleicht würde er es sich noch einmal überlegen. Dann, wenn er allein in seiner kleinen Wohnung war, allein mit sich und den Erinnerungen an seinen toten Sohn. Sie wartete schon so lange. Ein Wort von ihm. Nur ein einziges Wort. *Bleib*. Sie würde das ganze potemkinsche Dorf, das sie ihr Leben nannte, mit einer Fackel anzünden und zu ihm kommen. Für immer.

Über ihr knarrten die Holzdielen. Sie spürte, wie die Enttäuschung sie überwältigte und ihr die Kraft nahm, aufzustehen und das Haus zu verlassen. Er war nach oben gegangen, ohne sich von ihr zu verabschieden. Okay, das machte er manchmal, wenn sie einen harten Tag gehabt hatten. Aber heute... nichts als Papierkram und diese endlos lange Besprechung mit den Behördenvertretern. Darko war wie versprochen dazugekommen, schweigend. Die ganze Zeit hatte er wie abwesend gewirkt. Er hatte den Raum anschließend verlassen, um im Keller Ordnung in die Regale zu bringen. Den Geräuschen nach zu urteilen, hatte er nicht nur die Regale, sondern auch gleich noch die Wände verrückt. Später dann waren sie sich in der Küche begegnet, besser gesagt, sie hatte ihn dort abgepasst, und seitdem war Funkstille.

Die Sehnsucht drückte ihr fast die Kehle zu. Die Nacht war wie ein großes, offenes Tor, durch das die Erinnerungen ungehindert hereinspazieren konnten. Seine wilden Küsse, die rauen, heftigen Umarmungen. Sie hatten sich im Wald geliebt und im Auto, in ihrem Büro, im Keller, einmal sogar draußen unter den Apfelbäumen, wissend, dass einer der Kollegen, der aus dem Fenster blickte, oder ein zufällig vorbeischlendernder Wanderer sie entdecken konnte... Aber nie in seinem Bett. Sie kannte die Wohnung – zwei kleine Zimmer, eine Küche auf dem Stand der fünfziger Jahre, über das Bad deckte man besser den Mantel des Schweigens –, eine typische Männerwohnung, die kein Zuhause war. Wenn der Junge ihn besuchte, schlief er in Darkos Bett. Von Anfang an war sie eifersüchtig auf seinen Sohn gewesen. Ihm war gestattet worden, was ihr verwehrt geblieben war.

Sie könnte hinaufgehen und fragen, ob sie noch einen Wein gemeinsam unten in der Küche trinken wollten. Das war der Jammer in diesen kleinen Dörfern: Man ging kaum aus. Die nächste Stadt mit Restaurants und Kneipen war Spremberg. Alkohol war immer nur für einen von beiden möglich, daher waren solche Ausflüge selten und stets mit Verzicht verbunden. Aber es war eine Idee. Mehr als Nein sagen konnte er nicht. Julia stand auf, griff mit schlafwandlerischer Sicherheit nach ihren Sachen und verließ ihr dunkles Büro.

Auf halber Treppe zu Darkos Wohnung fragte sie sich, ob sie das Richtige tat. Sie wollte nicht im Verdacht stehen, ihm nachzulaufen. Eine verdammt schwierige Gratwanderung, wenn man zusammenarbeitete und ab und zu auch noch zusammen schlief. Sie wünschte sich mehr, er war zufrieden. In einem Moment der Klarheit hatte sie erkannt, dass eigentlich alles nach seinen Wünschen lief, er aber noch nie nach den ihren gefragt hatte. Manchmal, wenn die Sehnsucht nach ihm fast übermächtig war, schrie alles in ihr nach dem endgültigen Schnitt. Nach einer Entscheidung. Dem Bekenntnis pro oder contra.

Genauso klar war aber auch, dass er in diesem Moment seine Sachen packen und die Station verlassen würde. Gleich am Anfang, als sie von ihren Gefühlen und dem besten Sex ihres Lebens noch überwältigt gewesen war und am liebsten mit in die kleine Wohnung eingezogen wäre, hatte er seine Grenzen deutlich markiert. Keine Schwierigkeiten. Keine Gefühle. Keine Tränen. Keine Ansprüche. Dann können wir eine Menge Spaß miteinander haben.

Julia stand auf der Treppe und konnte hören, wie die Dusche

lief. Die Vorstellung, dass Darko nur ein paar Meter von ihr entfernt nackt unter dem prasselnden Wasserstrahl stand, brachte ihr Herz zum Jagen. Er schloss nie die Tür ab. Sie könnte hineinschleichen, sich ausziehen und zu ihm in die Dusche steigen... In diesem Moment ertönte der Gong.

Es war kurz vor sieben. Wer zum Teufel wollte jetzt noch ins Wolfsbüro? Wieder klingelte es. Ungeduldig, fordernd. Sie drehte sich um und lief die Treppe hinunter. Hinter dem geriffelten Glas der Eingangstür erkannte sie einen Schatten.

»Julia?«

Sie rang nach Luft. Eine Minute später, sie mit Darko unter der Dusche – und gleichzeitig diese Überraschung vor der Tür... Es gab wohl doch so etwas wie ein Schicksal, das es gut mit ihr meinte. Sie öffnete.

Der Besucher lächelte sie an. »Ich habe dein Auto draußen gesehen. Da dachte ich mir, ich lade meine Frau zu einer Pizza ein.«

»Gute Idee«, sagte sie. »Ich habe einen Wahnsinnshunger.«

10

Tomislaw Beara saß in dem winzigen Wohnzimmer und ließ sich von der alten Katarina die Zukunft aus dem Kaffeesatz lesen. Als Sanela hereinkam, hob er nur kurz den Kopf, denn Katarina murmelte gerade etwas von einem sagenhaften Lottogewinn und einer überraschenden Reise, auf die das launische Schicksal ihn schicken wollte. Da diese Ankündigungen in schöner Regelmäßigkeit aus dem Mund der Nachbarin kamen, achtete Sanela nicht weiter darauf. Sie rief einen kurzen Gruß, wurde von Katarina kichernd gemustert und für zu dünn befunden und ging in die Küche. Auf dem Herd stand eine Pfanne mit kaltem Rührei. Ihr Vater hatte also wieder nichts gegessen. Mit einem Seufzen entsorgte sie die Reste und ließ Wasser in die Pfanne laufen. Was war nur mit ihm los? Er wirkte in letzter Zeit kraftlos und müde, weigerte sich aber, zum Arzt zu gehen.

Sie holte eine Dose weiße Bohnen in Tomatensoße aus dem Schrank und schüttelte den Inhalt in einen Topf. Während sie darauf wartete, dass die Bohnen warm wurden, würfelte sie eine Zwiebel, röstete sie mit Knoblauch an, gab etwas Harissa und Tomatenmark dazu, ein, zwei Tropfen Zitronenöl und zum Schluss ein paar Scheiben Salami. Als die Bohnen endlich kochten, kippte sie sie in die Pfanne, ließ alles noch einmal aufschmurgeln und verteilte das Ganze auf drei Teller. Katarina aß immer mit.

Im Wohnzimmer saß mittlerweile der unsichtbare Dritte mit auf der Couch: ein hübscher, junger Mann für Sanela. Sie wusste es. Jedes Mal las Katarina auch ihre Zukunft aus dem dunklen Brei, obwohl sie den Kaffee weder getrunken noch die Tasse umgekippt hatte.

»Lass es«, sagte sie augenzwinkernd, als sie in die plötzliche Stille hinein auftauchte und die Teller abstellte.

Katarina stand erstaunlich behände auf und kam an den Esstisch gewuselt, ein ums andere Mal beteuernd, das sei doch nicht nötig, sie sei sowieso gerade auf dem Sprung. Tomislaw erhob sich langsamer als sonst, und es versetzte Sanela einen Stich, als sie sah, wie mager er geworden war und wie unsicher er sich bewegte. Dennoch sagte sie nichts. Es war ein leidiges Thema. Manchmal wünschte sie sich geradezu, er möge umkippen und in Ohnmacht fallen. Dann könnte sie einen Krankenwagen rufen.

»Hast du deine Tabletten genommen?«

Niedriger Blutdruck und beginnende Arthrose. Die Diagnose war zwei Jahre alt.

»Ja, ja.« Tomislaw schlurfte an den Tisch und setzte sich vorsichtig.

Das Arrangieren der Papierserviette und des Bestecks dauerte bei ihm Minuten. Sanela wartete nicht. Sie war hungrig. Der Ausflug nach Spreebrück war wie ein Sauerstoffschock gewesen. Nach Wochen in gut geheizten Hörsälen wieder mal draußen an der frischen Luft gewesen zu sein förderte den Appetit.

»Was hast du da?« Ihr Vater deutete auf ihre Unterlippe.

»Ich war heute bei Lida Tudor. Sie hatte einen Nervenzusammenbruch, und dabei ist es passiert.«

»Tudor?« Katarina, den Löffel auf halbem Weg zum Mund, ließ ihn wieder sinken. »Lida Tudor?«

»Jetzt heißt sie Reinartz.« Das waren Tatsachen, keine Dienstgeheimnisse. »Sie hat ihren Chef geheiratet.«

Katarina und Tomislaw wechselten einen bedeutungsschweren Blick. In der kroatischen Community kannte jeder jeden. Sanela hatte nur deshalb nichts von Lidas Heirat gewusst, weil sie sich einfach nicht für Klatsch und Tratsch interessierte. Aber ihr war klar, dass Lidas Werdegang wie unter dem Mikroskop bemerkt, beurteilt und in all seinen Facetten kommentiert worden war.

»Kennt ihr sie?«

Tomislaw hob die Schultern und tastete nach seinem Löffel. »Kaum.«

»Und du?«

Statt zu antworten, schob Katarina sich Bohnen in den Mund.

»Warum warst du bei Lida?«, fragte ihr Vater.

»Wir haben Darijo gefunden.«

Katarinas Löffel fiel ins Essen. Rote Spritzer verteilten sich über die Tischdecke.

»Darijo?«, stieß sie aus und redete auf Kroatisch weiter. »Den kleinen Jungen? Wo? Was ist mit ihm passiert?«

Sanela blieb beim Deutsch. Ihr Vater hatte das irgendwann akzeptiert, für ihre Landsleute hingegen, vor allem für die älteren, war es schwierig. Kein Wunder, sie verharrten ja auch in ihrer Sprache und in ihren Erinnerungen. Sanela hatte kaum welche, und wenn, dann waren sie überschattet vom Tod ihrer Mutter und einer demütigenden, nicht enden wollenden Flucht, die sie als Sechsjährige nach Deutschland gespült hatte. Wenn sie nicht ihr Leben lang Treibgut bleiben wollte, musste sie sich entscheiden. Und so hatte sie in der Schule angefangen, Deutsch zu sprechen. Das hieß nicht, dass sie ihre Muttersprache verleugnete. Genauso wenig wie ihre Herkunft und ihre Wurzeln. Manchmal, wenn sie betete – okay, das kam nicht sehr oft vor, aber ab und zu geschah es –, tat sie es wie als Kind auf Kroatisch. Wo ihre Heimat war, wusste sie nicht. Aber ihr Zuhause war Berlin.

»Der Junge ist tot. Wahrscheinlich ist es direkt nach seinem Verschwinden passiert. Mehr weiß ich auch nicht. Kriminalhauptkommissar Gehring wollte mich dabeihaben, als er mit den Eltern gesprochen hat.«

»Gehring?«, fragte ihr Vater mit einem weit über Neugier hinausgehenden Unterton. »Ihr arbeitet wieder zusammen?«

Katarina spitzte die Ohren.

»Nein, hoffentlich nicht. Das war eine einmalige Sache heute.«

Sanela machte sich über die Bohnen her, um Zeit zu gewinnen. Ihr Vater wartete seit Jahren darauf, dass sie endlich mit einem akzeptablen Heiratskandidaten nach Hause kam. Sie war sich sicher, dass er mittlerweile jeden akzeptieren würde, Hauptsache, es wurde geehelicht und so den gutgemeinten Vorschlägen von Freunden und Nachbarn ein Riegel vorgeschoben. Mit vierundzwanzig näherte sie sich in seinen Augen dramatisch dem Verfallsdatum. Sie dachte kurz an Taifun und senkte den Kopf, um ihr dämliches Grinsen zu verbergen. Natürlich bekam Tomislaw das mit. Und natürlich verstand er es falsch.

»Warum wollte er dich dann dabeihaben?«

»Um Nuancen zu erkennen, die er vielleicht nicht bemerkt hätte.«

»Und?«

Sie sah hoch. Katarina hatte mittlerweile Ohren wie Satellitenschüsseln. Wahrscheinlich nahm sie in diesem Gespräch mehr Nuancen wahr als sie alle zusammen.

»Was war damals mit Darijo?«, fragte Sanela.

Tomislaw zuckte mit den Schultern und legte den Löffel zur Seite.

»Iss, *tata*. Bitte.«

»Soll ich reden oder essen?«

»Beides.«

Er seufzte. Mit großer Mühe gelang es ihm, zwei Bohnen auf seinen Löffel zu bugsieren. »Ein lieber Junge. Zart. Still. Wir haben ihn einmal gesehen, bei Miros Hochzeit. Erinnerst du dich noch?«

»Miros Hochzeit?«

Sanela musste lange in weit zurückreichenden Regionen ihrer Erinnerung graben, bis sie tatsächlich bei einer Hochzeit fündig wurde. Meine Güte… Das Fest war mit derartig großen Mengen Slivovic ausgeklungen, dass sie keinen Schimmer mehr hatte. Außerdem war sie viel zu spät gekommen, weil sie freiwillig die Spätschicht übernommen hatte. Dennoch murmelte sie: »Ja klar. War ziemlich wild, nicht? Aber Darijo? Er war auch da? Ich hab ihn gesehen?«

»Sie sind früher gegangen. Darko und Lida. Und der Kleine. Ja.«

Ihr Vater schob sich die beiden Bohnen in den Mund. Sein

faltiges, zerfurchtes Gesicht, das sie so liebte, bekam einen fast verträumten Ausdruck.

»Damals waren die Tudors gerade erst in Deutschland angekommen. Keine Flüchtlinge. Mit Arbeitsberechtigung. Er im Wald, sie im Haus.«

»Hast du mit ihnen geredet?«

Er schüttelte den Kopf.

»Aber man hat über sie geredet«, bohrte sie weiter.

»Sie waren neu. Außerdem jung und hübsch. Er vor allem. Selbst Katarina hat da zweimal hingesehen.«

»*Nije!*«, protestierte die alte Frau lachend. Sie verstand alles. Ein schlaues Mädchen, das hatte Sanela immer schon gewusst. »Schöner Mann. Starker Mann.«

»Hm, ja«, sagte Sanela. Wie Darko auf Frauen wirkte, selbst auf solche jenseits von Gut und Böse, ahnte sie mittlerweile. »Wie waren sie denn untereinander, Lida und Darko? Kleine Turteltäubchen?«

Das Lächeln auf Katarinas Gesicht verschwand. Sanela sah zu ihrem Vater. Tomislaw runzelte die Stirn und beschäftigte sich mit dem Abzählen seiner Bohnen.

»Was war denn?«, fragte sie.

Wahrscheinlich wäre das mit Katarinas Vertrauen kein Problem gewesen, wenn nicht noch ein Hindernis im Raum gestanden hätte. Sanela war bei der Polizei. Schwierig, schwierig. Kam da nicht alles, was man eigentlich vertraulich am Esstisch erörterte, früher oder später ins gnadenlose Licht der Behörde?

»Katarina?«

Die alte Frau wackelte mit dem Kopf und tat so, als wäre sie plötzlich ertaubt.

»*Tata?*«

Ihr Vater hätte es am liebsten genauso gemacht, aber er wusste, dass er damit nicht durchkommen würde.

»Sie hat ihn dort kennengelernt.«

»Wen?«

»Ihren... Chef. Miro hat eine Ausbildung gemacht als Glaser bei Reinartz. Hat ihn natürlich zur Hochzeit eingeladen. Reinartz kam. Er tanzte mit der Braut, tanzte mit Lida. Das hat Darko nicht gefallen.«

Katarina schüttelte missbilligend den Kopf. Schön, sie verstand also wieder alles. Sanela kramte weiter in ihrer Erinnerung und forschte nach einer Schlägerei, fand aber nichts. Wahrscheinlich hatte sie zu diesem Zeitpunkt volltrunken unter dem Tisch gelegen.

»Er war also eifersüchtig. Normal eifersüchtig oder anders?«

Ihr Vater griff zu seinem Wasserglas. »Ich weiß nicht, was du meinst. Eifersucht ist Eifersucht. Eine Frau gehört zu einem Mann. Kann tanzen, ja. Einmal, zweimal. Aber dann ist Schluss. Dann muss sie wissen, zu wem sie sich setzt.«

»Sie hat sich also nicht zu Darko gesetzt?«

Tomislaw trank und brummte irgendetwas.

»Wann war Miros Hochzeit genau?«

Katarina strahlte. »Hat jetzt schon zwei Kinder. War es... vor fünf Jahren? Im Sommer?«

Sanela rechnete nach. Darijo musste damals acht Jahre alt gewesen sein und ganz neu in diesem fremden Land. Die Einzigen, an die er sich halten konnte, waren seine Eltern. Und die Leute aus der Community. Die Tudors gehen auf eine Hochzeit, ein großes, rauschendes Fest, Lida lernt Reinartz kennen, und schon gibt es Stress.

»Was hat Darko gemacht?«

»Er war wie... ein... Fass voll Pulver. Man musste löschen, viel löschen. Zum Schluss war er sturzbetrunken... Warum willst du das alles wissen? Der kleine Junge ist tot, nicht die Eltern. Erpressung. Lösegeld. Eine Million. Warum hat man die Mörder nie gefunden?«

»Ich weiß es nicht. Ich war nicht dabei, damals habe ich gerade mit dem Streifendienst angefangen. Natürlich haben wir alle auf der Wache darüber geredet, aber keiner von uns war direkt beteiligt. Die Ermittlungen werden noch einmal aufgenommen. Vielleicht gibt es neue Zeugen, die etwas beobachtet haben. Vielleicht war es wirklich eine Verwechslung. Vermutlich hat es etwas damit zu tun, wie es Darijo ergangen ist in dem einen Jahr, das er hier in Deutschland war. Ich glaube, er war nicht glücklich.«

Wieder wechselten Tomislaw und Katarina einen verstohlenen Blick.

»Diese Entführung – was habt ihr damals davon gehalten?«

Katarina bekreuzigte sich, ihr Vater schob den Teller weg. Sanft rückte sie ihn wieder in seine Reichweite. Gottergeben füllte er einen weiteren Löffel.

»Die Sache war merkwürdig. Sehr merkwürdig. Uns hat er leidgetan, der Kleine. War viel allein. Darko war oft im Wald, Lida in Reinartz' Haus. Und dann waren da noch die Söhne, Tristan und...«

»Siegfried?«

»Ja.«

Sanela holte tief Luft. Was sie jetzt vorhatte, durfte sie nicht tun. Gehring würde ihr den Kopf abreißen, wenn er davon erfuhr. Aber die Frage musste gestellt werden. Wenn die Eltern des toten Jungen nicht bereit waren, sie zu beantworten, dann musste man eben zu anderen Mitteln greifen und Wege beschreiten, die einem KHK Gehring nicht offen standen. Zum Beispiel am Esstisch zwei ausgesprochen gut informierten Insidern Informationen aus der Nase locken, die sie niemals offiziell zu Protokoll geben würden.

»Wurde Darijo geschlagen?«

»Ich weiß es nicht.«

»Aber du ahnst etwas. Ihr alle habt etwas geahnt oder gehört oder irgendwie mitbekommen.«

Tomislaw wich ihrem Blick aus. »Gerüchte.«

»Was für Gerüchte?«

»Er soll sich geprügelt haben mit den Kindern von Reinartz.«

»Darijo? Das glaube ich nicht.«

Ein Blick in die Augen ihres Vaters bestätigte ihr, dass er das auch nicht tat.

»Du hast gefragt, ich habe geantwortet.«

»Wurde das irgendwann einmal thematisiert? Hat jemand mit Lida oder Darko über diese Gerüchte gesprochen?«

»Nein. Wir hatten doch kaum Kontakt zu ihnen. Ich hab es auch nur von Katarina gehört.«

Die Nachbarin riss ob dieses Vertrauensbruchs ihre kleinen Augen auf und funkelte Tomislaw böse an.

»Ja?«, fragte Sanela sie ausgesprochen freundlich. »Woher hast du dieses Gerücht?«

Die alte Frau zuckte mit den Schultern. »Weiß ich nicht mehr.«

»Versuch dich bitte zu erinnern. Es ist wichtig!«

Noch ein bitterböser Blick. Da siehst du es, schien er zu besagen. Man darf in Anwesenheit deiner Tochter einfach nicht den Mund aufmachen. Verstockt schüttelte die Alte den Kopf.

Sanela seufzte. »Es geht um den Tod eines kleinen Jungen, Katarina. Er wurde geschlagen und misshandelt. Man hat ihm die Knochen gebrochen und die Zähne ausgeschlagen. Das ist keine Prügelei mehr unter Kids. Das ist Kindesmisshandlung. Sie wurde vertuscht und unter den Teppich gekehrt. Wenn das tatsächlich der Grund dafür war, dass ein kleiner Junge sterben musste, dann will ich herausfinden, wer dafür verantwortlich ist.«

Sie stand auf. Die Bohnen waren kalt, und die Einzige, die ordentlich zugelangt hatte, war Katarina, die nun mit vor der Brust verschränkten Armen an ihr vorbeisah. An diesem Abend würde sie kein Sterbenswort mehr sagen. Aber Sanela hoffte, dass die Saat aufgehen würde, dass die wütenden Worte, die sie gesprochen hatte, ein Echo fänden. Nicht heute. Auch nicht morgen. Jedoch irgendwann, wenn Katarina merkte, dass sie vielleicht den Falschen schützte.

»Also, wenn es dir wieder einfällt, dann sag es mir. Okay?«

Widerwillig nickte die alte Frau.

Während Sanela die Teller zusammenstellte, überlegte sie, ob sie einen Kaffee machen sollte. Katarina hätte das allerdings nur als Einladung für weitere zweifelhafte Blicke in die Zukunft aufgefasst.

Ihr Vater räusperte sich. »Wenn du mehr wissen willst, frag Bozo.«

»Bozo? Wer ist das?«

Katarina nickte ihm unmerklich zu. Sanela setzte sich wieder.

»Das ist der Chauffeur von Reinartz. Bozidar Kolar. Zumindest hieß er mal so. Seine Mutter hat ihn bis zu ihrem Tod Bozo genannt.«

»Moment. Die Familie hat zwar einen Chauffeur, aber der heißt... ich weiß nicht... Theodor, glaub ich.«

»Von dem rede ich.«

»Warum hat er zwei Namen?«

»Er hat ihn eingedeutscht, schon vor langer Zeit.«

Namensangleichung hieß das. Dafür gab es sogar ein Gesetz.

»Wie heißt er denn jetzt?«

»Theodor Wagner.«

11

Es war Gehring gelungen, in der Sedanstraße einen Parkplatz zu ergattern, der aus unerfindlichen Gründen besser geräumt war als der Rest. Zuvor hatte er Sanela Beara an einer S-Bahn-Haltestelle abgesetzt und sich für ihre Hilfe bedankt. Auf ihre Frage, ob sie bei Darkos und Lidas Befragung dabei sein würde, hatte er nur widerstrebend etwas von »erst den Kriminaldirektor fragen« gemurmelt. Er hoffte, sie verstand den Wink mit dem Zaunpfahl. Es war eine Schnapsidee gewesen, sie hinzuzuziehen. Und eine Nachlässigkeit, dass nicht korrekt überprüft worden war, ob das Ehepaar Tudor überhaupt noch unter einem Dach wohnte.

Lidas zweite Ehe hatte ihn völlig überrumpelt. Hätte Kramer sich nicht darum kümmern sollen? Er ärgerte sich, dass ihm dieser Fauxpas vor den Augen einer Streifenpolizistin passiert war. Falsch, einer Studentin. Das war sie ja jetzt. Beara hatte sich entschlossen, die Ochsentour auf sich zu nehmen – mit ungewissem Ausgang. Er hatte sie schon einmal gewarnt. Hierarchien waren dazu da, eingehalten und nicht umgangen zu werden. Sie kam ihm zwar kooperativer vor als bei ihrer ersten, etwas unfreiwilligen Zusammenarbeit, aber noch immer schien sie ein Problem mit seiner Autorität zu haben. Und dann diese Sache mit dem Pflaster ... Er hatte die junge Frau genau beobachtet. Sie war unsicher geworden, hatte ihre Neutralität für einen Augenblick über Bord geworfen. Das war nicht gut, das musste sie sich abgewöhnen. Aber ... warum interessierte ihn das eigentlich? Was hatte diese Person nur an sich, das den Umgang mit ihr jedes Mal verkomplizierte? Selbst in Routinesituationen blieb sie immer irgendwo hängen. Verhaspelte sich, überschritt Grenzen, konnte selbst keine ziehen. Er hatte sie nicht gefragt, was sie im Haus der Familie Reinartz gemacht hatte, als sie für fast fünf Minuten verschwunden war. Es war besser, nicht zu viel über ihre Alleingänge zu wissen.

Auf dem Weg zu seinem Büro stellte er fest, dass alle schon gegangen waren. Verblüfft sah er auf seine Uhr. Kurz vor acht. Natürlich. Die Kollegen wollten heim zu ihren Familien. Nur in Angelikas Büro brannte noch Licht. Er ging vorbei und gab sich Mühe, so leise wie möglich zu laufen.

An seinem Schreibtisch ordnete er seine Gedanken und suchte nach dem, was die kurzen Begegnungen mit den Eltern des kleinen Darijo an Erkenntnissen gebracht hatten.

Zum einen Lidas Beherrschung, als er ihr die Todesnachricht überbracht hatte, konterkariert von ihrem Zusammenbruch. Beides erschien ihm ebenso unpassend wie übertrieben, aber keinesfalls gespielt. Er machte eine Notiz für Angelika, dass sie am nächsten Tag herausfinden solle, wann die Patientin entlassen würde.

Zum anderen Darko. Ein Mann, der anderen das Gefühl gab, dass es eng wurde, sobald er einen Raum betrat. Gehring glaubte, unter der schroffen Oberfläche eine brodelnde Aggressivität zu spüren. Aber reichte das, um ihn der Kindesmisshandlung zu verdächtigen? Wie tief hatte es ihn getroffen, dass er nicht nur sein Kind, sondern auch seine Frau verloren hatte? Hatte beides miteinander zu tun? Dann, für einen kurzen Moment, war Darko sanft geworden. Er hatte ein Pflaster auf die Wunde der Kollegin Beara geklebt, sehr behutsam, fast zärtlich. Es war durchaus vorstellbar, dass er ein kleines Kind zudeckte, ihm eine Gute-Nacht-Geschichte vorlas, es im Arm wiegte, also auch ein Beschützer sein konnte. Gehring wäre es lieber gewesen, er hätte diese Seite Darkos nicht entdeckt. Beara war zu vertraut gewesen mit ihm. Sie hatte sich von diesem Mann in einen geschützten Raum locken lassen und ihn, Gehring, außen vor gelassen. Vielleicht war es das, was er ihr insgeheim vorwarf.

In seinem Posteingangsfach warteten mehrere Nachrichten auf ihn. Großjohann hatte Kontakt zu Darijos Schule aufgenommen und mit der Klassenlehrerin gesprochen, einer gewissen Monika Scholtes. Sie sagte, ihr sei nichts an Darijo aufgefallen. Der Junge habe gut Deutsch gesprochen, sei aber eher still und zurückhaltend gewesen. An Raufereien hatte er sich nicht beteiligt, eher war er allem aus dem Weg gegangen, was nach Konfrontation ausgesehen haben könnte. Gehring machte sich eine Notiz. *Sportlehrer kontaktieren.* Beim Sport mussten Darijos Verletzungen auf jeden Fall aufgefallen sein, und er hätte, plausibel hin oder her, eine Erklärung liefern müssen.

Der Hausarzt hieß Florian Rellermann und hatte eine Praxis in der Uhlandstraße. Die Tudors hatten dort gewohnt, bevor sie hinaus ins schöne Wannsee gezogen waren. Großjohann schrieb, dass Darijo nur wenige Male bei ihm gewesen war, eine Erkältung, ein aufgeschürftes Knie. Im März, ein halbes Jahr vor seinem Tod, hatte er den Jungen zum letzten Mal gesehen. Vermutlich waren die Rippenbrüche von einem anderen Arzt behandelt worden. Den mussten sie finden.

Die weiteren Informationen der Kollegen waren mehr als dürftig. Manteuffel und Kramer hatten die Havelchaussee abgeklappert. Da sie mitten durch das Naturschutzgebiet führte, gab es dementsprechend wenige Anwohner. Ein Wirtshaus, das in der Zwischenzeit nicht nur die Belegschaft, sondern auch den Eigentümer gewechselt hatte. Ein paar Segelclubs und Kleingärten, in denen sich um diese Jahreszeit natürlich niemand aufhielt. Es war eine Sisyphusarbeit, die Pächter und Vereinsmitglieder alle einzeln ausfindig zu machen und aufzusuchen. Gehring beschloss, den beiden Kollegen Angelika als Verstärkung zuzuteilen. Die Pressekonferenz war, wie er einer E-Mail entnahm, routinemäßig abgelaufen. Radio und Fernsehen würden die Bitte der Polizei nach Hinweisen noch am selben Abend, die Zeitungen am nächsten Morgen bringen.

Reinartz selbst war absolut kooperativ und stand in vollem Umfang zur Verfügung, allerdings erst am kommenden Tag. Er war in Stuttgart auf der umstrittensten Baustelle der Republik zugange (abgesehen vom Flughafen BER gab es kaum etwas, das die Gemüter mehr erhitzte als Stuttgart 21), wollte aber die letzte Maschine nehmen und sofort an die Seite seiner Ehefrau eilen. Gehring googelte die Ankunftszeiten in Tegel und fand heraus, dass der Unternehmer vermutlich die Lufthansa-Maschine um 20:30 Uhr gebucht hatte. Jemand wie Reinartz flog mit keiner Billig-Airline. Sie landete um zwanzig vor zehn.

Im Hinausgehen nahm Gehring den Mantel vom Haken. In Angelikas Büro brannte kein Licht mehr, was er erleichtert zur Kenntnis nahm. Sie wäre sicher mitgekommen, und auf eine gemeinsame Fahrt zum Flughafen verspürte er keine Lust. Er musste diese Geschichte endlich klären. Aber wie machte man das? Sorry, kein Interesse? Du bist nicht mein Typ? Ich bin noch nicht so weit, mich auf etwas Festes einzulassen? Ich will... ich will mich vielleicht verlieben? Die Vorstellung, den letzten Gedanken mit Angelika zu teilen, war so absurd, dass er beinahe gelacht hätte. Sie würde ihn missverstehen, egal was er vorzubringen hatte. Also besser schweigen. Irgendwann war die Sache ausgestanden, und so lange musste er ihr eben aus dem Weg gehen.

Im Flughafen herrschte zu dieser späten Stunde eine entspannte Atmosphäre. Die Passagiere der wenigen Maschinen, die bis zum Nachtflugverbot noch abheben würden, verliefen sich in dem sechseckigen Hauptgebäude. Ab und zu ertönte eine Lautsprecheransage, der Coffeeshop vor Flugsteig sechs ließ die Rollläden herunter. Das Terminal schien nach einem langen Tag auszuatmen. Die Gänge wurden wieder breit und menschenleer, auf den Anzeigetafeln erschienen bereits die ersten Flüge des kommenden Tages. Gehring stellte sich ein wenig abseits des Gates, an dem die Ankunft aus Stuttgart mit circa fünf Minuten Verspätung angekündigt wurde, und wartete.

Er erkannte den Mann sofort. Nicht am Gesicht, nicht an der Statur, einfach an der selbstbewussten Art, wie er an einem müden Sicherheitsmann vorbei auf den Ausgang zustrebte. Wahrscheinlich Businessclass und natürlich nur mit Handgepäck, einem leichten Pilotenkoffer, den der hochgewachsene, kräftige Unternehmer hinter sich herzog wie eine Spielzeugente. Reinartz trug einen Kaschmirmantel, maßgeschneidert vermutlich wie der dunkle Anzug, denn für seine Statur gab es wohl kaum etwas von der Stange. Seine Schuhe waren auf Hochglanz gewienert und hatten vermutlich schon lange keine echte Baustelle mehr betreten. Er trug eine Brille, runde Gläser mit schwarzer Fassung, ein Intellektuellenmodell, das nicht zu ihm passte. Mit dem ausdruckslosen Gesicht eines Geschäftsmannes, der in Gedanken noch bei seinen Ablaufplänen war, steuerte er auf die Automatiktür zu, hinter der die letzten, müden Taxifahrer auf Kundschaft warteten. Gehring trat ihm in den Weg und wäre beinahe von ihm umgerannt worden.

»Herr Reinartz?«

»Ja?« Unwirsch verlangsamte der Mann seinen Schritt, drehte sich halb zu Gehring um und warf ihm einen misstrauischen Blick zu, als ob dieser ihm einen Kreditkartenvertrag aufschwatzen wollte.

»Kriminalhauptkommissar Lutz Gehring. Vielleicht erinnern Sie sich.«

Im Gesicht des Unternehmers arbeitete es. Er war ein Mann, der nicht gelernt hatte, seine Gefühlsregungen zu verbergen. In diesem Moment bestanden sie aus einer Mischung von Ratlosigkeit und Ärger.

»Nicht, dass ich… doch. Natürlich. Entschuldigen Sie. Ein harter Tag und eine schlimme Nachricht, da will man nur noch nach Hause.«

Er griff Gehring mit der freien Hand an den Oberarm, was dieser auf den Tod nicht ausstehen konnte, weil ein gewisser Schlag Mann sich das vom amerikanischen Präsidenten abgeschaut hatte. Außerdem war er nicht derjenige, der gerade Trost brauchte. Reinartz wohl auch nicht, denn er wirkte gefasst und ungeduldig zugleich.

»Hatten wir nicht morgen früh einen Termin?«

Die anderen Passagiere gingen durch die mittlerweile offene Tür nach draußen. Kälte strömte herein. Am Zeitungsladen ging das Licht aus.

»Ja, aber wir von der Kripo haben selten pünktlich Feierabend. Ich wollte Ihnen vorschlagen, dass Sie sich das Taxi sparen und ich Sie in die Stadt bringe. Dabei können wir uns unterhalten.«

Reinartz verspürte wenig Lust, diesem Vorschlag zu folgen. Das war ihm deutlich anzusehen. Doch genauso wenig, wie dieser Mann sein Gesicht unter Kontrolle hatte, war er in der Lage, auf die Schnelle eine plausible Ausrede zu erfinden.

»Das ist nicht nötig. Mein Chauffeur hat den Auftrag, mich abzuholen.«

»Es schien mir eine gute Gelegenheit.«

Sie traten hinaus in die dunkle, beißende Kälte. Reinartz blickte mit gerunzelter Stirn zu den parkenden Fahrzeugen, ging ein paar Schritte auf und ab und sah schließlich genervt auf seine Armbanduhr, einen protzigen Klotz aus Gelbgold.

»Er müsste längst hier sein.«

»Wie gesagt, Sie können gerne mit mir fahren.«

Der Kommissar öffnete zuvorkommend die Beifahrertür. In diesem Moment hielt ein großer schwarzer Buick in der Parklücke hinter ihm. Ein Mann sprang heraus, es war Theodor.

»Es tut mir leid, Herr Reinartz. Es gab einen Unfall auf der Stadtautobahn.«

Von diesem Unfall hatte Gehring nichts bemerkt, aber er hielt den Mund.

Der Unternehmer stieß ein ärgerliches Lachen aus. »Um ein Haar hätten Sie mich gezwungen, mit der Kriminalpolizei mitzufahren.«

Der Chauffeur bemerkte Gehring erst jetzt. Unsicher nickte er ihm kurz zu. Mit keiner Gesichtsregung ließ er erkennen, dass sie sich vor ein paar Stunden schon einmal über den Weg gelaufen waren.

»Ich kann mich nur entschuldigen. Darf ich Ihnen das Gepäck abnehmen?«

Reinartz überließ seinem Angestellten den Pilotenkoffer und rieb sich dann die Hände, als fiele ihm die Entscheidung zwischen den beiden Mitfahrgelegenheiten schwer. »Und nun?«

»Steigen Sie ein.« Gehring wurde langsam kalt. »Dann haben Sie es hinter sich.«

Der Aufgeforderte legte die Stirn in Falten und suchte nach dem Hinterhalt, in den er gelockt werden sollte.

»Wollen Sie gleich zu Ihrer Frau ins Krankenhaus? Ich habe auch Blaulicht im Wagen.«

Reinartz grinste. »Ach, mal mit hundertachtzig über die Avus?«

»Nur bei Gefahr im Verzug. Und die sehe ich nicht im Geringsten.«

Der Unternehmer schien beruhigt. Er nickte dem Chauffeur

zu, der sich wieder hinter das Steuer seines Wagens setzte, jedoch nicht losfuhr. Erst als Gehring den Motor startete und die Parkbucht verließ, sah er hinter sich die Lichter aufflammen.

Die Fahrt auf die Autobahn verlief mit einem oberflächlichen Gespräch über den Flug, die Baustelle in Stuttgart und die Verzögerungen, die die Proteste der Anwohner hervorriefen.

»Wenn es wenigstens die Anwohner wären. Aber das meiste sind ja Krawalltouristen«, blaffte Reinartz und starrte aus dem Fenster.

Die Fahrt von Tegel zum Kurfürstendamm war kurz, keine zehn Minuten.

»Wohin darf ich Sie bringen?«

»In die Savoyer Straße, wenn es Ihnen nichts ausmacht. Ich habe mit meiner Frau telefoniert, es geht ihr den Umständen entsprechend. Sie wird schlafen. Die Ärzte haben ihr ein Beruhigungsmittel gegeben.«

Der kräftige Mann holte sein Handy heraus und checkte, ob Nachrichten eingegangen waren. In seinen Händen wirkte das Mobiltelefon wie ein Kinderspielzeug. Keine Nachrichten. Er steckte es wieder weg.

»Wie sind Sie eigentlich zusammengekommen? Sie und Frau Tudor.«

Reinartz stieß ein schwer zu deutendes Schnauben aus. »Sie hat für mich gearbeitet. Und irgendwann war sie mehr als ein Hausmädchen.«

»Ab wann wusste Ihre Frau davon? Ihre erste Frau, meine ich.«

Ein schneller Blick in Gehrings Richtung, als ob der Gefragte überprüfen wollte, wie viel Interesse und wie viel versteckter Neid in dieser Frage verborgen sein könnten.

»Warum wollen Sie das wissen?«

»Weil sich die gravierenden Veränderungen in Ihrem Hause

rund um das Verschwinden und die Ermordung Darijos ereignet haben.«

Wieder ein Schnauben. Mittlerweile war sich Gehring sicher, dass es eine Äußerung tiefen Missfallens war.

»Ich dachte, Sie suchen diese verdammten Erpresser.«

»Wir ermitteln auch in andere Richtungen.«

»In *meiner* Familie. Schönen Dank auch. – Sie können mich da vorne rauslassen.« Reinartz deutete auf die Bushaltestelle vor dem U-Bahn-Eingang am Jakob-Kaiser-Platz, an der zwei frierende, dick vermummte Männer hofften, dass die BVG sie nicht vergessen hatte.

Gehring setzte den Blinker. »Wir können das Gespräch auch im Präsidium fortsetzen. Sagen wir gleich morgen früh um acht?«

Er rollte in die Haltebucht und bremste, ließ aber den Motor weiterlaufen. Der Buick befand sich direkt hinter ihnen, die Scheinwerfer blendeten im Rückspiegel. »Im nächsten Umfeld *Ihrer* Familie hat sich immerhin ein Mord ereignet. Wer wäre ich denn, wenn ich das außer Acht ließe?«

Mit seiner Pranke ergriff Reinartz den Türöffner. Er starrte durch die Windschutzscheibe in die Ferne, ohne einen genauen Punkt zu fixieren. Wahrscheinlich wägte er ab, welchen Vorteil eine Befragung auf dem Präsidium mit sich bringen würde, und fand keinen. Er ließ die Hand sinken.

»Ich habe Eva vor vollendete Tatsachen gestellt.« Mit einem knappen Nicken wies er Gehring an weiterzufahren. »Unsere Ehe war am Ende. Nur noch zusammengehalten durch Gespräche über die Kinder, meinen Job und irgendwelche Einladungen. Sie hat ihr eigenes Leben gelebt. Und ich meines.«

Gehring umrundete den Kreisverkehr und nahm die Auffahrt zurück auf die Stadtautobahn, zuverlässig verfolgt von dem dunklen Wagen hinter ihm. Er ließ Reinartz reden, zwischendurch schweigen, nach Worten suchen. Er war ein Mann, in dessen Gegenwart man sich unweigerlich als besserer Mensch fühlte.

»Dann ging das los, irgendwann. Man geht in den Puff, lernt da ein Mädchen kennen, dort eine junge Frau. Sie wissen ja, wie das ist.«

Gehring wusste es nicht. Reinartz redete, als ob er den Lauf der Dinge schon hundert Mal im Kopf repetiert hätte. Ihn erzählt, nachts an den Bars der Geschäftshotels, irgendjemandem, der stumm nickte und dabei entweder Gläser polierte oder heimlich auf die Uhr sah. Ihn auf dem Gang über eine Baustelle Revue passieren lassen. Sich die Ausreden zurechtgelegt, die Entschuldigungen, die lahmen Erklärungen.

»Vielleicht hofft man, es kommt mal zum großen Knall. Dass sie was sagt. Dass irgendwas passiert. Aber nichts. Eva hat es gewusst. Vielleicht hat sie geglaubt, es wäre die Midlife-Crisis, die früher oder später vorbeigeht. Aber es ging nicht vorbei. Irgendwann kannte sie sogar die Namen der Frauen, mit denen ich gerade zusammen war. Vielleicht dachte sie, es hilft, alles zu akzeptieren. Glauben Sie mir. Es hilft nicht.«

Wieder dieses Schnauben.

»Dann kam Lida. Plötzlich war alles wieder aufregend. Lida... Ich war, was soll ich sagen, ich hatte mich verliebt.«

Gehring und sein stiller Verfolger hatten die Avus erreicht. Die leeren Zuschauertribünen der geschlossenen Rennstrecke rosteten im Licht der Straßenlaternen vor sich hin. *Ich hatte mich verliebt.* Er verspürte einen Stich irgendwo in der Nähe des Herzens. Ausgerechnet dieser Gernegroß, dieser Emporkömmling, dieser derbe, mit nichts als Geld und Erfolg gesegnete Mann an der Schwelle zum Alter hatte sich verliebt. Und er, Lutz Gehring, Mitte dreißig, fragte sich, ob man dieses Selbstwertgefühl schon in die Wiege gelegt bekam oder man es sich erarbeitet hatte auf den Baustellen dieser Welt, mit Ellenbogen und dem unbedingten Willen, überall der Erste und der Größte zu sein. Ob einem die Liebe dann auch so einfach zufiel. Ob es Frauen gab, die einen vergessen ließen, dass es vielleicht das Geld war, das diesem Glück nachgeholfen hatte. Ob er, Gehring, das überhaupt wollte.

»Wo war Darijo zu der Zeit?« Seine Stimme klang gepresst.

»Der Junge war meistens drüben. Manchmal bei uns im Haus, wenn Lida dort länger gearbeitet hat. Unten in der Küche hat er seine Hausaufgaben gemacht. Ab und zu ist er auch mit Tristan und Siegfried auf den Bolzplatz.«

»Ihre beiden Söhne. War Siegfried damals nicht schon in Cambridge?«

»Noch nicht. Er hat auf seinen Aufnahmebescheid gewartet. Die Jungen haben sich gut verstanden. Ich würde lügen, wenn ich behaupten würde, dass sie wie Brüder waren. Das stimmt nicht. Aber Darijo hat dazugehört. Ja.«

Gehring fuhr die erlaubte Höchstgeschwindigkeit. Der Buick hinter ihm ebenfalls. Trotzdem wurden sie ständig von wesentlich schnelleren Fahrern überholt. Auf den vielbefahrenen Straßen war Salz gestreut. Die vorbeibrausenden Autos peitschten Sprühnebel von Salzwasser hoch, die seine Windschutzscheibe verschmierten. Er musste sich gleichzeitig aufs Fahren und auf die Worte des Unternehmers konzentrieren. Darijo hatte also dazugehört. Der Sohn des Hausmädchens. Der Putzfrau.

»Haben Sie ihm die Brücke bezahlt?«

Schweigen.

»Die Brücke. Darijo hat eine teure Prothese anstelle der oberen Schneidezähne getragen.«

»Ja.«

»Warum? Zweitausend Euro sind viel Geld, wenn es auch ein Provisorium getan hätte.«

»Ich wollte nicht, dass die anderen Kinder mit dem Finger auf den Jungen zeigen. Er hat sich die Zähne beim Fußballspielen oder Rollerbladen ausgeschlagen. Blöde Sache in dem Alter. Er war sensibel. Hat sich dauernd die Hand vor den Mund gehalten und sich nicht getraut zu lachen. Das hat mir leidgetan.«

Aha, noch eine Variante. Hatte Lida nicht von Hockey gesprochen? Und hatte sie in ihrer Aussage von damals nicht Baseball erwähnt? Mittlerweile wurde Darijo zu einer richtigen Sportskanone.

»Hat der Junge Ihnen das erzählt?«

Reinartz rieb sich mit der Hand übers Kinn. Obwohl er sich gewiss am Morgen rasiert hatte, stand dort schon wieder der Schatten eines Bartes. Die Berührung verursachte ein schabendes Geräusch.

»Ja, wahrscheinlich.«

»Hat er oder hat er nicht?«

»Das weiß ich nicht mehr. Mein Gott, es ist Jahre her! Warum wollen Sie das so genau wissen? Ich habe dem Jungen die Behandlung bezahlt, weil sie die Kasse nicht übernommen hätte. Wir haben es bei meinem Zahnarzt machen lassen, mit Rechnung und allem Drum und Dran. Sie können das überprüfen.«

»Und die Rippenbrüche?«

»Welche Rippenbrüche?«

»Rippenserienfraktur rechts. Wer hat die behandelt?«

Obwohl Gehring ununterbrochen auf die nasse Fahrbahn starrte, spürte er, wie Reinartz ihn von der Seite musterte. Er hätte gerne den Gesichtsausdruck seines Beifahrers gesehen. Vielleicht war es doch keine so gute Idee gewesen, den Mann vom Flughafen abzuholen. Er war schlau. Gerissen. Das musste man sein in diesem Job. Er wusste genau, was er wann preisgab. Bisher hatte Gehring ihn noch nicht beim direkten Lügen erwischt. Doch Reinartz verbarg etwas. Kein Geschäftsmann seines Kalibers opferte einfach mal zweitausend Euro für den Sohn seiner heimlichen Geliebten. Nicht zu diesem Zeitpunkt, in den ersten Wochen und Monaten der Heimlichtuerei, des Verbergens und Vertuschens. Vielleicht hatten Eva und Darko, die beiden Betrogenen, schon etwas geahnt. Dann wäre es umso wichtiger gewesen, kein Öl ins Feuer zu gießen.

»Ich habe keine Ahnung«, sagte Reinartz.

»Was vermuten Sie?«

»Vielleicht war es der Vater. Ich glaube, er hätte alles getan, um Lida zu schaden.«

»Sie meinen, er misshandelt, entführt und ermordet seinen eigenen Sohn, nur um seiner Ehefrau eins auszuwischen?«

»Nein. Nein! Wie das wieder klingt… Ist das nicht Ihre Aufgabe? Herauszufinden, wer der Mörder ist? Ich will dem Mann nichts unterstellen«, fuhr Reinartz fort, und es klang nach dem genauen Gegenteil. »Ein Choleriker. Einer von denen, die sich für einen einsamen Steppenwolf halten und glauben, die Frauen müssten sich ihnen schmachtend zu Füßen werfen. Hält sich für was Besonderes, nur weil er wie ein Wilder im Wald lebt.«

»Ich muss mir den Ablauf also folgendermaßen vorstellen«, sagte Gehring. »Lida arbeitet bei Ihnen. Es kommt zu Spannungen mit ihrem Mann, die beiden streiten sich oft. Darko zieht sich zurück, Trennung auf Zeit. Da kommen Sie ins Spiel. Ein Mann von Welt, gut situiert…«

Reinartz schnaufte protestierend, sagte aber nichts.

»Eine Schulter zum Anlehnen. Sie leben fast unter einem Dach, Lida ist jung, schön, und sie braucht Hilfe. Sie sind da. Sie beide beginnen ein Verhältnis, das Sie zunächst noch geheim halten.«

»Es war kein Verhältnis. Es war…«

Gehring unterbrach ihn, weil ihm die Liebesschwüre des Unternehmers auf den Geist gingen. »Aber das ist schwer. Darko ahnt etwas. Ihre Frau ahnt etwas. Und dann verschwindet das Kind. Das Einzige, was die beiden noch irgendwie zusammengehalten hat.«

»Was zum Teufel wollen Sie damit sagen?«, brüllte Reinartz. »Haben Sie irgendwo ein Mikrofon? Sind Sie verkabelt? Wollen Sie mich in irgendwas reinreiten?« Wahrscheinlich wäre er auf der Stelle ausgestiegen, wenn Gehring nicht gerade von achtzig auf hundert beschleunigt hätte.

»Nein. Ich suche nach Zusammenhängen.«

»Aber nicht bei mir, ja? Haben Sie mich verstanden? Ich habe diesen Jungen bei mir aufgenommen wie meinen eigenen Sohn! Ich habe alle Rechnungen bezahlt! Ich hätte ihn sogar auf eine Privatschule geschickt!« Schwer atmend sank er zurück in den Sitz. »Ich habe sogar angeboten, das Lösegeld zu zahlen. Ich wollte, dass Lida glücklich ist. Stattdessen… Stattdessen passiert diese Katastrophe. Vier Jahre. Vier Jahre hat es gedauert, bis wir nun endlich Gewissheit haben. Und worüber? Darüber, dass der Junge tot ist. Mehr nicht. Unfassbar. Wenn Sie keine weiteren Fragen haben – ich hatte einen langen Tag.«

Der Rest der Fahrt verlief schweigend. Reinartz holte wieder sein Handy hervor und tat so, als ob er dringende Nachrichten beantworten müsste. Der Widerschein des Displays tauchte das Wageninnere in bläulich kaltes Licht. Erst als sie die Savoyer Straße erreichten, schaltete er das Gerät aus. Ohne ein weiteres Wort verließ er den Wagen. Gehring gab ihm noch seine Visitenkarte, aber Reinartz steckte sie so nachlässig in seine Manteltasche, dass sie vermutlich noch auf dem Weg ins Haus verloren gehen würde.

Der dunkle Buick wartete, bis das Tor sich weit genug geöffnet hatte. Dann rollte er in die Auffahrt und verschwand aus Gehrings Blickfeld. Zu dem Zeitpunkt hatte Reinartz das Haus bereits betreten und die Tür hinter sich geschlossen.

Gehring wendete. Als er das Grundstück passierte, sah er, dass im gegenüberliegenden Haus noch Licht brannte und jemand am Fenster stand. Eine Frau, schemenhaft wie ein Geist hinter den Gardinen. Einen großen Teil des Weges zurück zur Autobahn begleitete ihn die Frage, warum Reinartz nicht ein einziges Mal Darijos Namen genannt hatte.

Dann klingelte sein Telefon, und Großjohann war am Apparat.

»Wir haben einen ersten ernstzunehmenden Hinweis«, fiel er seinem Chef ins Wort, bevor der auch nur seinen Namen ganz sagen konnte. »Wo sind Sie?«

Der Kommissar suchte eine Parkbucht und stellte den Motor aus. Dann ließ er sich von Großjohann die Einzelheiten schildern.

»Aus meiner Sicht«, schloss der Anrufer, »liegen genügend Gründe für eine vorläufige Festnahme vor. Soll ich den Staatsanwalt informieren?«

Gehring stimmte zu und verabredete sich mit seinem Kollegen an der Autobahnraststätte Grunewald.

12

Den ganzen Tag hatte Diana auf einen Rückruf gewartet, vergebens. Jetzt war es kurz vor elf, und gerade war der Alte nach Hause gekommen. Allerdings nicht in seinem Wagen, sondern chauffiert von dem Polizisten, den sie schon am Morgen gesehen hatte. Direkt danach tauchte Theodor mit dem Buick auf. Was war da los? War der Alte bei der Polizei gewesen? Hatte man ihn ... verhaftet? Und gleich wieder freigelassen?

Sie hörte hinter ihrem Rücken, wie ihre Mutter aufstand und in die amerikanische Küche an den Kühlschrank ging. Am Klirren der Flaschen erriet sie, dass es Wein war, den sie sich einschenkte. Das wievielte Glas?

Ab wann wurde man eigentlich zum Alkoholiker? Ab wann durfte man seine eigene Mutter so nennen?

»Auch eins?«

»Nein danke.«

Früher hatte Diana gerne getrunken. Bier, Alkopops, Champagner, Cocktails. Manchmal auch Wein, meistens zum Essen. Es hatte nichts mit ihrem Vater und seinem Abgang zu tun. Alle in ihrer Klasse hatten spätestens mit vierzehn angefangen zu trinken. Einmal hatte Dianas beste Freundin nur noch bewusstlos in der Ecke gelegen. Sie wäre fast gestorben an der Alkoholvergiftung. Diana hatte sie wieder aufgepäppelt. Natürlich heimlich. Den Eltern hatten sie gesagt, Madeleine würde bei Diana übernachten. Es war gut, eine Freundin zu haben, die einem ein Alibi schuldete.

Sie drehte sich um und beobachtete, wie ihre Mutter mit steifen Schritten zurück zur Couch ging und sich in die Polster fallen ließ. Die Frisur saß immer noch. Morgens Kaffee, mittags das erste Glas, abends die ganze Flasche. Und die Frisur hält.

Karin Jessen achtete auf sich. Auf ihre Figur, die sie mal mit Paleo-Küche, mal mit Low Carb, vor allem aber mit Tennis in Schuss hielt. Auf ihre Kleidung – *sophisticated understatement*, wie man es nur im Quartier 205 und allenfalls noch rund um den Gendarmenmarkt kaufen konnte. Auf ihre manikürten Hände, auf die exakt angeklebten falschen Wimpern, auf ihre Falten, die sie unterspritzen und botoxen ließ, auf ihr Make-up und ihren Schmuck. Es war ein Fulltime-Job, den sie da hatte. Nur auf ihre Augen achtete sie nicht. Es waren die Augen einer Verlassenen, einer Hilflosen, die am Abgrund des Alters balancierte, taumelnd, strauchelnd, mit den Armen rudernd, Halt suchend, kurz vorm Fall.

Diana verachtete ihre Mutter. Sie wusste nicht, wann es angefangen hatte. Irgendwann im Lauf der Pubertät. Alle um sie herum hatten ihre Eltern verachtet, irgendwann war sie auf den Zug aufgesprungen, in der Hoffnung, dass er auch mal wieder anhalten würde. Nichts da. Das Gefühl blieb. Es hatte sich in sie hineingebohrt wie ein Parasit in sein Wirtstier. Was war das für eine Frau dort auf der Couch? Ohne Pläne, ohne Zukunft, ausschließlich damit beschäftigt, den eigenen Verfall aufzuhalten. Eine Weile war es ihr Hobby gewesen, ihre Tochter zu einem Mini-Ich zu formen. Das vergaß Diana ihrer Mutter bis heute nicht. All diese Philharmoniekonzerte und Theaterpremieren und Vernissagen, all diese Einladungen und Partys und Grillfeste. Nur zu dem einen Zweck, Diana in die Arme eines passenden Verehrers zu treiben und wenigstens eine Erfüllung zu finden: glückliche Schwiegermutter, glückliche Oma. Aber Diana war nicht die Glücksvollstreckerin ihrer Mutter. Sie hatte eigene Pläne. Auch wenn die nun schon seit über vier Jahren auf Eis lagen.

»Die Polizei war wieder drüben.« Sie musste sich überwinden, auf der Couchgarnitur Platz zu nehmen. Ihre Mutter lehnte sich zurück und schloss die Augen. Sie sah müde aus. Wovon eigentlich?

»Na ja, die werden schon wissen, was sie tun.« Karin Jessen seufzte, und es klang überraschenderweise zufrieden. »Das bringt alles nur Ärger. Ich habe nichts gegen Ausländer, wirklich nicht. Aber wenn ich mir vorstelle, dass Mord und Totschlag durch solche Leute in meine Familie gebracht würden…« Sie ließ offen, worauf diese Vorstellung hinauslaufen würde.

Welche Familie denn?, dachte Diana. Außer dir und mir ist doch niemand mehr übrig. »Lida kann nichts dafür«, widersprach sie.

Ihre Mutter blinzelte ihr unter schweren Lidern zu. »Du hast ein gutes Herz, mein Schatz. Der Tod des kleinen Jungen ist dir wirklich nahegegangen, nicht wahr?«

»Er geht jedem nah, der ein Herz hat.«

Mit einem leisen Stöhnen richtete Karin sich wieder auf. Aus der wohlgeordneten Frisur löste sich die erste Strähne. »Du glaubst, ich bin kalt?«

»Nein. Nur anders als ich.«

Karin Jessen nickte schwer. »Hat Siegfried sich gemeldet?«

Heißer Stich ins Herz.

»Nein. Wahrscheinlich hat er schon mit seinem Vater gesprochen. Ich gehöre ja nicht zur Familie.«

»Ihr habt euch aber einmal sehr nahegestanden.«

Jaja. Durch die ständige Wiederholung wurde es auch nicht besser. Karin nahm ihr Glas und trank einen Schluck, ohne ihre Tochter dabei aus den Augen zu lassen. Es war Dianas wunder Punkt. Wer wollte schon von jemandem, den er insgeheim verachtete, an dieser Stelle seiner Seele berührt werden?

»Damals hätte ich das sehr gerne gesehen. Du hättest meine volle Unterstützung gehabt.«

»Können wir das bitte lassen?« Als ob sie jemals die Unterstützung ihrer Mutter gebraucht hätte. Im Gegenteil, ihr wäre es viel lieber gewesen, wenn alle gegen diese Verbindung gewesen wären. Das hätte die Sache angeheizt, ihr mehr Drive gegeben, dann wäre sie jetzt vielleicht längst drüben oder in Cambridge und müsste nicht das Gefühl haben, an der Seite dieser Frau langsam zu ersticken.

»Hast du mal wieder was von ihm gehört?«

»Weihnachten. Das weißt du doch. Ich hab dich sogar noch von ihm gegrüßt.«

»Ach ja, stimmt.« Karin rollte das Glas zwischen ihren Handflächen. »Aber jetzt wird er ja wohl kommen.«

Genau dieser Gedanke ging Diana seit dem Morgen nicht aus

dem Kopf. »Zur Beerdigung meinst du? Ich weiß nicht. Sie waren ja gar nicht richtig verwandt, Siegfried und Darijo.«

Natürlich würde er kommen. Das gehörte sich einfach so. Wie lange würde es dauern, bis die Polizei die Leiche freigab? Ein, zwei Wochen? Ihr Herz schlug schneller bei dem Gedanken, ihn so bald wiederzusehen.

Ihre Mutter schüttelte den Kopf. Sie hob das Glas und trank es in einem Zug halb leer. »Natürlich nicht. Wenn es sich zeitlich ergibt, dann ja. Aber er muss natürlich mit der Polizei reden. Ich wundere mich, dass sie noch nicht bei uns geklingelt haben. Immerhin gäbe es einiges zu erzählen.«

Das dumme Herz, eben noch in schnellem Galopp, stolperte. »Wie … wie meinst du das?«

Ihre Mutter sah sie an. Ihr Blick war kalt, spitz, geschliffen wie ein nadeldünner Dolch. »Weißt du das denn nicht mehr? Eva Reinartz war meine beste Freundin. Sie hat mir damals alles erzählt. Alles. Nichts kam plötzlich und unerwartet. Ich habe es geahnt. Ich habe es kommen sehen.«

»Was?«, flüsterte Diana.

Wieder dieser Blick. Als ob er sie aufspießen wollte. Als ob er ihr Innerstes aufschnitt wie die Seiten eines noch nie gelesenen Buches.

»Dass man für große Ziele große Opfer bringen muss.«

Ihre Mutter hob erneut das Glas und leerte es.

13

Er hätte Blumen mitbringen sollen. Das wurde ihm bewusst, als er so spät am Abend an die Rezeption der Privatklinik trat. Sich rasieren. Was anderes anziehen. Er wusste es, weil er es in den Augen der Empfangsdame lesen konnte, die ihn von oben bis unten musterte und wahrscheinlich überlegte, den Wachdienst anzurufen.

»Tudor mein Name. Darko Tudor«, setzte er schnell hinzu. Als ob diese freiwillige Auskunft etwas an ihrer schlechten Meinung von ihm ändern könnte. »Meine Frau will mich sehen.«

»Frau ...«

Die superschlanke, perfekt geschminkte Angestellte drehte sich mit stirnrunzelnder Skepsis zu einem Computermonitor.

»Reinartz«, spuckte er aus. Wenn man den Namen richtig betonte, klang er wie ein Fluch in einer fremden Sprache. »Lida Reinartz.«

»Jaaa.« Ihre Augen fanden, was sie suchten. Mit einem falschen Lächeln wandte sie sich wieder an den späten Besucher. »Frau Reinartz hat leider Ihren Namen nicht auf die Liste gesetzt. Kommen Sie bitte morgen wieder.«

Darko wies auf das Telefon. »Rufen Sie sie an.«

»Es ist kurz vor Mitternacht.«

»Egal. Ich bin ihr Mann.«

Er sah sich um. Teuer war es hier, ohne Frage. Viel heller Marmor, kitschige Ziersäulen, ein gewaltiges Blumengesteck in einer extra dafür ausgeleuchteten Nische. Kunstdrucke, die Tautropfen auf Lilienblättern zeigten oder verwitterte meditierende Götter im Regenwald. Jene Leute, die sich diese Klinik leisten konnten, achteten bestimmt nicht auf Dinge wie Besuchszeiten. Und schon gar nicht auf die Einwände einer hochnäsigen Rezeptionistin.

»Tun Sie, was ich sage«, bat er und milderte den Befehl mit einem Hauch sorgender Bedrängnis.

Mit einem Seufzen griff die junge Frau zum Hörer und wählte eine Nummer. 337 konnte er aus den Augenwinkeln mitlesen. Niemand meldete sich.

»Es tut mir leid.« Honigsüß lächelnd legte sie auf.

»Sie haben es doch gar nicht probiert. Versuchen Sie es noch mal.«

»Bitte kommen Sie morgen wieder.«

Darko wusste, dass weiteres Insistieren unweigerlich damit enden würde, dass sie den Sicherheitsdienst rief. Er setzte ein bedauerndes und wie er hoffte charmantes Lächeln auf.

»In Ordnung. Hören Sie, ich bin zwei Stunden aus der Lausitz hierhergefahren. Dürfte ich mal kurz aufs Klo?«

Beim letzten Wort riss sie kurz die dreifach bewimperten Augen auf.

»Sie meinen die Waschräume?«

Okay, dann die Waschräume.

»Den Gang hinunter. Herren rechts, bitte.«

Er nickte ihr zu und durchquerte die Halle, wandte sich nach rechts und fand am Ende des Ganges genau das, was er vermutet hatte: das Treppenhaus. Die Tür war nicht gesichert. Zwei Stufen auf einmal nehmend stieg er hinauf in den dritten Stock.

Die Flure waren mit weichem beigefarbenem Teppichboden ausgelegt. Ein Bewegungsmelder schaltete das Licht ein. Darko entdeckte drei Kameras. Niemand blieb unbeobachtet, egal ob er von den Fahrstühlen oder vom Treppenhaus kam. Wahrscheinlich saß irgendwo ein müder Wachmann, den später Besuch höchstens dann misstrauisch machte, wenn er sich bewegte wie ein Einbrecher. Die Zimmer mit den ungeraden Nummern lagen links. Zielstrebig lief Darko den Gang hinunter, bis er vor der 37 stehen blieb und kurz klopfte. Dann trat er ein.

Lida schlief. Den Tropf hatten sie ihr entfernt, aber sie trug immer noch den Verband mit der Nadel, und sie lag genauso da, wie er sie kannte. Gerade ausgestreckt, den Kopf leicht erhöht, die Hände auf der Decke. Ein Grabrelief auf einem mittelalterlichen Sarkophag, bleich wie der Tod.

Leise schloss er die Tür, um die Stille nicht zu stören und

ihr Gesicht zu betrachten, das er so lange nicht gesehen hatte. Es kam ihm runder vor, madonnenhafter, als ob das Leid der letzten Jahre wie mit einem Weichzeichner über ihre Züge gegangen wäre. Er wusste nicht, wie lange er da stand und Lida betrachtete. Sie hatten sich eine Ewigkeit nicht gesehen. Und wenn, hatten sie gestritten und sich gegenseitig zum Teufel gewünscht. Er setzte sich vorsichtig auf die Bettkante, wollte gerade die Hand ausstrecken und sie berühren, als ihre Lider flatterten und sie die Augen öffnete.

»Darko«, flüsterte sie.

»*Dobra večer*«, sagte er leise.

Als wäre all das nicht passiert. All die Kränkungen, dosiert wie Gift, all die Wunden, unheilbar und tief. All das Elend und die würgende Trauer, all die Verzweiflung, die Resignation, der Tod. Doch der Moment ging vorüber, und noch bevor er ein Wort sagen konnte, stieß sie ihm das glühende Messer in die Brust.

»Darijo ist tot.« Sie sprach Deutsch mit jenem warmen Akzent, den er einmal so geliebt hatte und für den er, nur um ihn hören zu können, diese Sprache fast perfekt gelernt hatte.

»Ich weiß.« War das wirklich seine Stimme? Dieses heisere Krächzen, das sich anhörte, als wäre er ein Greis im letzten Stimmbruch? »Die Polizei war heute da.«

Tränen schossen ihr in die Augen, und sein einziger Wunsch war, sie wegzuküssen.

»Ich hätte es wissen sollen, nicht wahr? Eine Mutter sollte das spüren. Aber das habe ich nicht. Ich hatte Hoffnung, all die Jahre. Dass die Entführer ihn mitgenommen haben, irgendwohin. Dass er vielleicht das Gedächtnis verloren hat und mit einem Zirkus weitergezogen ist. Dass du ihn vielleicht …« Sie wendete sich ab und tastete nach dem Wasserglas auf dem Beistelltisch. »Dass du ihn mitgenommen hast zu deinen Leuten.«

Sie nippte einen Schluck.

»Das traust du mir immer noch zu?«

Sie zuckte mit den Schultern. Ihr Nachthemd war aus Seide, viel zu kalt für diese Jahreszeit. Es musste ein Vermögen gekostet haben. Er betrachtete sie und suchte nach weiteren Gründen, um sie zu hassen, aber es wollte ihm nicht auf Anhieb gelingen.

»Wo ist dein Mann?«, fragte er stattdessen.

»Auf Geschäftsreise. Er kommt morgen früh vorbei. Es ist besser, wenn du jetzt gehst.«

Darko stand auf und trat ans Fenster. Der verschneite Park hinter der Klinik wurde von nachgemachten Gaslaternen beleuchtet. Sie trugen ihr Licht wie Heiligenscheine.

»Bist du gekommen, um mir Vorwürfe zu machen?«, fragte sie.

Darko schob die Hände in die Taschen und fand eine verrostete Schelle, die er am Morgen eingesteckt und vergessen hatte.

»Mein Sohn ist tot. Es gibt nicht viele Menschen, die dieses Leid teilen können.« Er drehte sich zu ihr um. »Ich bin mir noch nicht einmal sicher, ob du zu ihnen gehörst.«

»Was soll das?«

»Wo warst du in dieser Nacht?«

»Darko, wir haben das wirklich oft genug diskutiert. Ich war drüben im Haus. Ich habe gearbeitet.«

Er stieß ein verächtliches Schnauben aus, das sie aus dem Konzept brachte.

»Ich habe gearbeitet«, wiederholte sie trotzig, als ob die Behauptung dadurch wahrer würde. »Als ich zurückkam, war alles dunkel. Also dachte ich, du wärst da gewesen und hättest Darijo abgeholt! Aber das warst du ja nicht. Hättest du es getan, dann wäre er vielleicht noch…«

Er hob die Hand. Genug. Versündige dich nicht.

»Dann wäre er vielleicht noch am Leben!«

»Das ist nicht wahr! Gibst du immer noch mir die Schuld?«

»Wem sonst? Nie hast du deine Versprechen gehalten. Nie.«

Lida warf sich aufs Bett zurück und starrte an die Decke. Damit waren sie exakt wieder an dem Punkt, an dem eine Katastrophe den Streit beendet hatte. Wut stieg in ihm hoch und drängte die Verzweiflung zurück. Er wollte die alten Wunden nicht wieder aufreißen. Aber wenn ein Damm erst einmal gebrochen war, gab es kein Zurück mehr.

»Ich wollte ein besseres Leben für uns. Und während ich dafür geschuftet habe, bist du mit dem alten Reinartz ins Bett gestiegen. Denkst du, das habe ich nicht gewusst? Du hast ihn gefickt! Hinter meinem Rücken! Glaubst du, es war einfach, die Zähne zusammenzubeißen und so zu tun, als wäre nichts?«

»Du, du, du! Immer geht es nur um dich!«

»Nein!«, schrie er. »Mein Sohn wurde umgebracht, während seine Mutter ficken war!«

Ja, ja. Er war zu laut. Sollten sie ruhig aufwachen, die feinen Leute in ihren weißen Laken. Wenn es ans Eingemachte ging, benutzten alle die gleiche Bettpfanne. Darüber sollten sie mal nachdenken. Lida schluchzte auf. Irgendwo schlug eine Tür. Er wollte gegen etwas treten, auf etwas einschlagen, es zerstören. Etwas, das ihr zeigte, wie kaputt sein Leben war seit jener Nacht – und eigentlich schon vielen Nächten zuvor.

»Hat er dich deshalb geheiratet?«

»Was?«

»Weil er ein schlechtes Gewissen hatte? Weil mein Sohn das Opfer war, damit seiner ungeschoren davongekommen ist?«

Lida wischte sich die Tränen ab. »Das glaubst du doch selber nicht. Du bist krank, Darko. Alles musst du unter Kontrolle haben, alle müssen nach deiner Pfeife tanzen. Aber für was? Damit du es dann in der Ecke rumliegen lassen kannst wie ein verstaubtes Spielzeug. Ich wollte nicht mehr dein Spielzeug sein. Ich wollte jemandem etwas bedeuten!«

»Und da suchst du dir so einen alten, fetten Sack aus, ja? Statt dich um Darijo zu kümmern, ja? Wie oft hast du den Jungen allein gelassen?«

»Wie oft hast du ihn allein gelassen und vergessen?«, schrie sie. »Er hat geweint, jedes Mal, wenn er sich auf dich gefreut hat und du ihn sitzengelassen hast, aber deine verdammten Wölfe waren ja wichtiger. Wichtiger als dein Sohn!«

»Das ist nicht wahr!«

»Du bist schuld!«, keifte sie. Er ging auf sie zu, hob die Hand, um sie ihr auf den Mund zu legen, damit sie diese schrecklichen Worte nicht aussprach, doch sie schlug sie weg. »Du ganz allein!«

»Lida…«

Er wollte sie berühren, beruhigen, an sich drücken, doch sie stieß ihn wütend von sich. Wieder und wieder.

»Lass mich. Lass mich! Verschwinde! Hau ab, hörst du nicht? Hau ab!«

Die Tür wurde aufgerissen. Noch bevor Darko sich umdrehen konnte, hatte ihn jemand im Klammergriff und zog ihn von Lidas Bett weg.

»Was soll das? Lassen Sie mich los!«, brüllte er.

Der Nachttisch geriet ins Wanken, das Wasserglas zerschellte auf dem Boden.

»So nicht, Freundchen.« Mit unglaublicher Wucht wurde er an die Wand geschleudert. Reinartz, schoss es durch Darkos Hirn, als er die hoch aufgerichtete Gestalt sah, die sich wie ein Erzengel vor Lidas Bett aufbaute. Reinartz, der Fluch.

Mit einem Schrei stieß er sich ab und rammte dem Mann die Faust in die Magengrube. Reinartz klappte zusammen. Doch mit der nächsten Bewegung fuhr er hoch und legte allen Schwung in einen Kinnhaken, der Darko traf wie ein Vorschlaghammer. Im Fallen zog er seinen Widersacher mit. Weit entfernt schrillte eine Sirene, Schritte kamen den Gang hinunter. Die beiden Männer wälzten sich keuchend auf dem Boden.

»Nein!«, kreischte Lida. »Aufhören! Hört sofort auf!«

Darko umklammerte den Hals des anderen mit beiden Händen und drückte zu. Aber der Mann mobilisierte ungeahnte Kräfte. Er sprengte die Umklammerung, wälzte sich herum, holte aus und schlug Darko ins Gesicht. Sein Kopf wurde auf den Boden geschleudert. Der Aufprall ließ Sterne vor seinen Augen explodieren, Blitze zuckten durch sein Hirn. Doch bevor Reinartz erneut ausholen konnte, gelang es Darko, einen Arm zu befreien. Er schlug sein Gegenüber ins Gesicht, wieder und wieder, bis der massige Mann sich von ihm löste und Darkos Rage ins Leere lief.

Das kleine Zimmer war auf einmal voller Menschen. Jemand zerrte ihn weg, sein Fußtritt ging ins Leere. Darko fühlte sich, als wäre eine Dampfwalze über ihn hinweggerollt. Mit wüster Befriedigung erkannte er, dass auch Reinartz ziemlich ramponiert aussah. Das Hemd hing ihm aus der Hose, die Krawatte war schief, Blut tropfte aus seiner Nase, die auch ohne diesen Schlag schon hässlich genug gewesen war.

»Meine Brille!« Wütend sah sich Reinartz um. Die Brille lag direkt vor Darkos Füßen. Noch bevor der Unternehmer sie aufheben konnte, gab es ein knirschendes Geräusch. Darko hatte die Gläser unter seinen Stiefeln zermalmt.

»Das reicht.« Der Mann, der ihn gepackt hatte, stieß ihn unsanft in die Ecke und stellte sich zwischen die beiden Kombattanten. Darko blinzelte. Der Kinnhaken klang immer noch wie das Echo eines Glockenschlages in ihm nach, ein dumpfes Dröhnen. Wer war der Kerl? Und wer waren die beiden anderen, die im Türrahmen standen und nicht so aussahen, als ob jemand an ihnen vorbeikäme?

»Ich hoffe, Sie nehmen diesen Wahnsinnigen fest, Herr Gehring.« Reinartz sammelte die Reste seines Brillengestells ein und wandte sich an seine Frau. »Alles in Ordnung, Liebes? Hat er dich belästigt?«

Lida schüttelte stumm den Kopf.

»Beruhigen Sie sich erst mal.« Der Mann, den der andere Gehring genannt hatte und den Darko an diesem Tag schon einmal gesehen hatte, blieb immer noch zwischen ihnen stehen. »Ist alles okay? Sind Sie verletzt?«

»Nein«, antwortete Darko widerwillig.

»Das gibt eine Anzeige«, fauchte Reinartz. »Körperverletzung, mindestens. Lida, du solltest über eine einstweilige Verfügung nachdenken. Dieser Mann ist eine tickende Zeitbombe. Die Klinik hat mich informiert, dass er im Anmarsch ist. Ich habe sofort die Polizei angerufen. Zum Glück wohnen wir direkt um die Ecke, da konnte ich gleich bei dir sein, mein Schatz.«

Er wollte sie küssen, und mit unendlicher Befriedigung beobachtete Darko, dass sie unwillig den Kopf abwandte.

Mit einem Ächzen setzte der Unternehmer sich auf Lidas Bett. »Jetzt nehmen Sie ihn schon fest! Worauf warten Sie?«

Gehring. Jetzt fiel es Darko wieder ein. Der Kriminale, der am Nachmittag in Spreebrück gewesen war, zusammen mit der jungen Frau. Sanela. Genau, das war ihr Name. Was sollten diese Spielchen? Wollte die Berliner Polizei damit tricksen, dass sie seit Neuestem ihre Teams nach der Nationalität der Verdächtigen zusammensetzte?

»*Long time no see*«, sagte Darko und versuchte ein abfälliges Grinsen. Sein Kinn fühlte sich an wie ein Backstein. »Wo haben Sie Ihre hübsche Kollegin gelassen?«

Einer der beiden Kerle an der Tür, der aussah wie ein Steuerfahnder, zog ein Paar Handschellen hervor. Gehring sah Darko prüfend an.

»Ich muss Sie vorläufig festnehmen. Sie haben das Recht, über Ihre Rechte belehrt zu werden. Brauchen Sie einen Dolmetscher? Einen Anwalt?«

Darko stieß ein spöttisches Lachen aus. »Er hat mich angegriffen. Vielleicht braucht er ja bald einen Anwalt.«

Gehring gab dem Steuerfahnder an der Tür ein Zeichen, der daraufhin die Handschellen wieder wegsteckte.

»Es geht nicht um Körperverletzung, Herr Tudor. Ich nehme Sie fest wegen des Verdachts, Ihren Sohn Darijo im Oktober zweitausendzehn ermordet zu haben. Sie haben das Recht, die Aussage zu verweigern und einen Anwalt hinzuzuziehen. Alles Weitere dann im Wagen. Bitte folgen Sie uns.«

Darko wollte etwas erwidern. Doch dann spürte er, wie eine Falltür unter ihm aufging und er fiel.

»Herr Tudor?« Sofort war der Kriminale wieder bei ihm. Darko hatte sich in letzter Sekunde fangen können.

»Nein«, sagte Lida. Sie schlug die Decke zurück wie eine Schlafwandlerin, ohne einen Blick nach links oder rechts. Nur ihn hatte sie im Visier. Der Fluch streckte noch die Hand aus, um sie zurückzuhalten, aber sie schlug sie weg, genau wie zuvor seine, als sie das Unverzeihliche gesagt hatte. Auf ihn ging sie zu. »Nein, nein, nein.«

Sie holte aus und wollte ihn schlagen oder umarmen oder beides. Gehring konnte sie in letzter Sekunde stoppen. Der Steuerfahnder eilte herbei, die Handschellen klickten, das Metall fühlte sich kühl an auf seiner Haut.

»Nein!«, schrie Lida, und dieser Schrei war es, der sich in ihn bohrte.

Reinartz sprang auf und nahm sie in die Arme, presste ihr fast die Luft ab, nur um sie zum Schweigen zu bringen. Eine Krankenschwester kam hereingerannt, gemeinsam brachten sie Lida zurück zu ihrem Bett, die sich wehrte, als ginge es um ihr

Leben. Der Raum barst beinahe, er war zu eng geworden für all das, was er fassen musste. Die Befriedigung der Ermittler, einen Täter gefasst zu haben. Reinartz' Verachtung, Lidas schreiende Verzweiflung. Dazu die kühle Beherrschung Gehrings, der all das dirigiert und unter Kontrolle gebracht hatte.

»Können wir?« Der Kriminale sah auf seine Uhr.

14

Es klopfte. Leise.

»Ja?« Sanela sah von dem Buch hoch, mit dem sie sich zurückgezogen hatte. *Psychologische Kompetenz in der Vernehmungspraxis.* Sie wusste, dass sie meilenweit davon entfernt war.

Tomislaw öffnete vorsichtig die Tür und sah sie fragend an. Ihr fiel auf, wie sehr die Verhältnisse sich ins Gegenteil verkehrt hatten. Früher war sie diejenige gewesen, die bei allem um Erlaubnis gefragt hatte. Nun schien es, als ob ihr Vater, dieser stolze, unbeugsame Mann, Zepter und Reichsapfel in eine Kiste gepackt und den härenen Büßermantel angelegt hätte. Sie ahnte, dass es etwas mit dem Alter zu tun haben könnte und der Angst, eines Tages ganz allein dazustehen. Genau würde sie es nie wissen, denn darauf ansprechen wollte sie ihren Vater nicht. Es hätte ihn beschämt.

»Komm rein.«

Sie raffte Hefte, Bücher und Aktenordner zusammen, die sie auf dem Bett ausgebreitet hatte. Mit den vorsichtigen Schritten eines Geduldeten kam er näher und schloss hinter sich die Tür.

»Du arbeitest wieder mit Lutz?«

Es dauerte eine Sekunde, bis der Groschen fiel. Lutz, das war Kriminalhauptkommissar Gehring. Niemand außer ihrem

Vater hatte es bisher gewagt, die personifizierte Arroganz mit Vornamen anzureden.

»Ähm, ja. Nicht richtig zusammen. Er hat mich quasi ausgeborgt.«

»Für Darijo.«

»Ja.«

»Warum?«

»Aber das habe ich dir doch schon erklärt. Er hat geglaubt, dass Lida und Darko nur kroatisch miteinander sprechen, und wollte jemanden dabeihaben, der in diesem Fall dolmetscht.«

»Ist das alles?«

Ja, wollte sie antworten. An diesem Tag hatte sie mehrmals das Gefühl gehabt, dass Gehring sie ernst nahm. Einbezog. Dass er Wert auf ihre Meinung legte. Aber sie hatte sich getäuscht. Sie war sein Alibi gewesen, damit er im Protokoll vermerken konnte, dass eine kroatischstämmige Mitarbeiterin vor Ort gewesen war.

Sie musterte ihren Vater genauer. Seine rechte Hand öffnete und schloss sich unwillkürlich, ein Zeichen für Stress. Sie hatte es lange nicht mehr bei ihm bemerkt.

»Was meinst du damit?«

»Du sollst uns nicht aushorchen?«

Langsam schüttelte sie den Kopf. »Nein. Natürlich wäre es gut, wenn ihr mir sagt, was ihr wisst. Aber das ist nicht der Auftrag.«

»Gut. Du... du erinnerst dich an Petar, unseren Paten?«

»Ja?«, fragte sie langsam.

Petar hatte ihnen beiden damals Unterschlupf gewährt, als sie in Deutschland angekommen waren. Ihm hatten sie zu verdanken, dass sie das Flüchtlingswohnheim so schnell verlassen konnten, dass Tomislaw eine Arbeitserlaubnis bekommen hatte und einen Pass beantragen konnte. Petar war mehr als ein

Pate. Er war eine Instanz. An ihn wandten sich alle, die Probleme hatten, und er saß am Webstuhl, um das Geflecht von Abhängigkeiten dichter und dichter zu kreuzen. Jedes Mal, wenn der Name Petar fiel, wurden die Stimmen leiser, und Sanela bemerkte mittlerweile einen ausgeprägten Reflex in sich wegzuhören. Ihr Vater erwähnte den Namen nur selten. Es war ihm gelungen, sich von Petar zurückzuziehen und dennoch den Eindruck tiefer Dankbarkeit ihm gegenüber aufrechtzuerhalten. Ein echtes Kunststück, wie sie mittlerweile wusste.

»Lida war einmal bei ihm.«

»Lida? Was hatte sie denn mit Petar zu tun? Die Tudors waren doch keine Flüchtlinge.«

»Sie hat wohl einen Rat gebraucht. Petars Frau hat es Katarina erzählt, und anfangs hat sich niemand etwas dabei gedacht. Dann ist Darijo verschwunden. Und dann war er tot. Dann wurde es vergessen. Und heute ist es Katarina wieder eingefallen.«

Sanela machte ein Geräusch, das Aufmunterung und Skepsis vereinte. »Mmmh. Was für einen Rat? Etwa in Bezug auf ihren Mann? Hat es Vorfälle gegeben in der Ehe der beiden, weshalb sie nicht zur Polizei wollte?«

»Nein… siehst du, alles hängt miteinander zusammen.«

Er ging die paar Schritte bis zu ihrem Schreibtisch und setzte sich so vorsichtig, als könnte der Stuhl jeden Moment unter ihm zusammenbrechen.

»Petar. Und Reinartz.«

Es war, als ob ein leises elektrisches Knistern die Luft im Raum unter Strom setzte. Sanela konnte es spüren. Es wanderte über ihre Haut wie die Berührung einer Feder.

»Wie hängen Petar und Reinartz zusammen?«

»Reinartz hat… Arbeitsplätze. Petar hat… Arbeiter. So hängt das zusammen.«

Sie ließ sich aufs Bett sinken. »Ich verstehe. Gab es Probleme? Am Arbeitsplatz?«

»Nein, da nicht.«

»Wo dann?«

Tomislaws Hand begann wieder zu arbeiten. Sie wusste, in welchen Konflikt sie ihn stürzte. Petar war der Mann, der ihnen in den dunkelsten Stunden geholfen hatte, ohne den sie niemals einen Fuß in die Tür des gelobten Landes bekommen hätten. Man schuldete ihm Loyalität. Sie, Sanela, stand mittlerweile auf der anderen Seite eines Systems, von dem die Einwanderer nichts als Schwierigkeiten befürchteten, oft zu Recht. Tomislaw versuchte wohl gerade, auf einem schmalen Seil von der einen auf die andere Seite der Kluft zu balancieren.

»Die Probleme waren im Haus von Reinartz. Was ist da passiert?«, fragte er.

»Lida hatte ein Verhältnis mit ihrem Chef.«

»Ach ja?« Erstaunt sah er sie an.

»*Tata*, sei nicht naiv. Sie ist ja mittlerweile mit ihm verheiratet, also hat sie vorher mit ihm angebandelt. Darko ist ein Wilder. Ein unzuverlässiger, egoistischer Typ. Für eine Weile finden Frauen das klasse. Aber irgendwann wollen sie ein Nest. Sie wollen einen Mann, der abends zu Hause ist.«

»Ja. Ja ...«

Immer noch das stetige Öffnen und Schließen der Hand.

»Und Lida fand Reinartz' Nest wohl ziemlich attraktiv. Kurz vor Darijos Tod muss es zur Trennung gekommen sein. Sie und Darko haben sich um das Kind gestritten. Keiner hat es dem anderen gegönnt. Der Junge wird zum Pfand. Wer ihn hat, hat die Macht über den anderen. Kann ihn verletzen, da treffen, wo es am meisten wehtut. Die Kriminalpsychologie nennt dieses Verhalten Medea-Syndrom. Jason verlässt Medea, und sie rächt sich, indem sie die gemeinsamen Kinder tötet.«

»Ovids Metamorphosen«, murmelte er. Tomislaw liebte griechische Dramen. Außerdem Sophokles, Euripides, Sappho … Bevor er anfangen konnte, einen passenden Vers zu rezitieren, fiel sie ihm ins Wort.

»Erweiterter Mord oder erweiterter Suizid. Das ist es, was mir bei Darijo als Erstes in den Sinn kommt.«

Ihr Vater schüttelte energisch den Kopf. »Nein. Das ist falsch. Die beiden haben ihr Kind geliebt. Niemals hätte einer von ihnen dem Jungen etwas angetan.«

»Weil du von dir auf andere schließt«, sagte sie liebevoll. »Aber so was kommt öfter vor, als du denkst.«

»Das also ist deine Arbeit.«

Sie nickte. »Das wird sie sein, irgendwann.«

Er wandte sich ab. Sie wusste, dass ihr Vater an ihrer Berufswahl mindestens so schwer zu tragen hatte wie an ihrem Dasein als Studentin ohne festen Freund.

»Was wollte Lida damals von Petar wissen?« Sie ärgerte sich, dass sie ihren Vater mit ihren eigenen Spekulationen unterbrochen hatte.

»Es war … es war Monate, bevor das schlimme Unglück passiert ist.«

»Also im Sommer vor vier Jahren.«

»Ja. Lida hat für Reinartz gearbeitet. Darko war oft im Wald. Der Junge hat sich mit den Söhnen angefreundet.«

»Ja? Hat er das?« Ihre misstrauische Frage brachte Tomislaw erneut aus dem Konzept. Sie musste endlich lernen, sich zu beherrschen.

»Sie hat … Sie hat etwas über das Haus gesagt.«

»Welches Haus? Das große? Das von Reinartz?«

»Ja.«

Tomislaw mied ihren Blick, ließ stattdessen die Augen über ihre Unterlagen und Bücher wandern, aber die konnten ihm jetzt auch nicht helfen. Es gab etwas, mit dem er nicht allein sein wollte. Etwas, das Katarina ihm verraten hatte, irgendwann zwischen Tür und Angel nach dem Abendessen, ein beiläufiger Satz vielleicht, eine schnelle Bemerkung.

»Was ist mit dem Haus?«

»Lida sagte, dort wohnt… der Teufel.«

Er wollte noch etwas hinzufügen. Dem Bekenntnis ein Lächeln hinterherschicken, es relativieren. Ist doch Blödsinn, was Katarina erzählt. Gib nichts drauf. Es ist durch vier Münder gegangen, also kommen fünf Wahrheiten dabei heraus oder so etwas in der Art. Die Worte alter Frauen sind wie junger Wein: ungenießbar. Aber er schwieg, und das Einzige, was sich bewegte, war seine sich öffnende und schließende Hand.

Wenn es plötzlich still wird, wenn Schweigen ausbricht, dann sagt man, ein Engel gehe durch den Raum. Es ist eine uralte Redensart, und die Versuche, sie zu erklären, gehen zurück bis auf Plutarch. In seiner Schrift *Über die Geschwätzigkeit* behauptet er, es sei der Götterbote Hermes. Will man noch weiter eintauchen in die Menschheitsgeschichte, in dem Versuch, den Dingen einen Ursprung zu geben, stößt man auf die jüdische Passahnacht, in deren weihevoller, tiefer Stille die Gläubigen auf die Ankunft des Engels warten. Sanela kannte die Version vom Engel auf der Gardinenstange und die vom Todesengel, der ums Haus schleicht (Letzteres gerne von Frauen wie Katarina verwendet). Aber sie war weit davon entfernt, an die Präsenz von Engeln zu glauben, wenn man vom Teufel sprach. Trotzdem war es so, als hätte jemand den engen Raum betreten. Ein Schaudern strich über ihre Schultern, leicht wie ein Tuch aus schwarzer Seide. Auch Tomislaw musste es spüren. Er sah zur Tür und dann schnell wieder auf seine Hände.

»Der Teufel«, wiederholte Sanela. »Im Haus von Reinartz.«

Tomislaw nickte verhalten. Er hatte Angst. Mit dem Teufel

spielte man nicht. Der war ein ernstzunehmender Gegner. Wer ihn rief, musste damit rechnen, dass er auch kam. Wieder ein schneller Blick zur Tür. Den Teufel bemühte man nicht einfach so. Man sprach seinen Namen nicht so locker nebenbei aus wie den Gottes. Gott sei Dank. O Gott. Jesus, Maria und Josef. Der Teufel hingegen ... Zum Teufel wünschte man niemanden, es sei denn, er hatte es wirklich verdient.

»Wen hat sie damit wohl gemeint?«

»Ich weiß es nicht. Katarina wusste es auch nicht«, setzte er schnell hinzu. »Bitte sag ihr nichts.«

»Nein, natürlich nicht. Hatte Lida Angst?«

Natürlich hatte sie Angst. Sonst wäre sie sicher nicht zu Petar gegangen. Ein Teufel im Haus. Das war eine klare Ansage. Damit spaßte man nicht.

»Es ist spät.« Tomislaw stand auf. Er versuchte es allein, ohne Hilfe, und stützte sich dabei an der Kante des Schreibtisches ab. »Wir wissen es nicht. Ich will es auch gar nicht wissen. Warum du?«

»Wer würde Lida helfen, wenn nicht wir?«

Es fühlte sich gut an, dieses *wir*. Es hatte was.

»Ja. Gute Nacht.«

Ihr Vater verließ das Zimmer und schloss leise die Tür. Sanela stand auf und ging die zwei Schritte zu ihrem Schreibtisch, wo sie die Dinge zusammensuchte, die sie für den morgigen Tag brauchte. *Ein Teufel.* Wen könnte Lida damit gemeint haben? Und wo wohnte er? In einem der Zimmer unterm Dach? In der Bibliothek? Im Keller? Im Kutscherhaus? Sie legte das Buch, das sie gerade in der Hand hielt, wieder zur Seite. Es war das Haus. Dort war etwas geschehen, das alle weiteren Dinge ins Rollen gebracht hatte.

15

Die Zeitungen berichteten von der gestrigen Pressekonferenz. Sanela hatte sich am frühen Morgen am Bahnhof Zoo vom linksintellektuellen Snobistenblatt bis zum Rechtsaußen des Boulevards alles Greifbare am Kiosk besorgt, Brötchen geholt und bei dem kurzen Ausflug vor die Tür gemerkt, dass sie später lieber noch einen zweiten Pullover überziehen sollte. Es war immer noch arktisch kalt.

Tomislaw war schon wach. Er schlief immer weniger, tappte mehrmals nachts aufs Klo und erklärte um 05:30 Uhr morgens die Nacht für beendet. Abgesehen von seinen missbilligenden Blicken, wenn sie eine Stunde später schlaftrunken in die Küche stolperte, hatte das den Vorteil, dass der Kaffee bereits fertig und der Tisch gedeckt waren. Sanela hatte eine *Slobodna Dalmacija* für ihn mitgebracht, drei Tage alt und ein wenig mitgenommen, weil viele sie noch am Ständer durchgeblättert, aber dann doch auf den Erwerb verzichtet hatten. Versteckt war sie hinter *De Volkskrant*, *Daily Mail* und *France Soir* gewesen. Nicht ihre Region, aber mit den Rätseln auf der letzten Seite, die ihr Vater so mochte. Er bedankte sich mit einem gutmütigen Brummen und tat, was sie erwartet hatte: sie in Ruhe Zeitung lesen lassen.

Darijos Foto zu pixeln, die Mühe hatten sich nur die wenigsten gemacht. Die Boulevardblätter stürzten sich auf den »Mord in Millionärsvilla« und Lidas Wandlung vom Aschenputtel zur Prinzessin. Der Polizeipressesprecher bat um Mithilfe. Wem war Mitte Oktober 2010 auf der Havelchaussee hinter Schildhorn Richtung S-Bahnhof etwas Verdächtiges aufgefallen? Im Radio lief der Aufruf schon seit gestern. Die Printmedien machten diesen Nachteil wett, indem sie in Ermangelung neuer Fakten den gesamten Fall noch einmal repetierten. Der Junge war verschwunden, es gab einen Erpresseranruf, Reinartz wollte das Lösegeld stellen – guter Mann, guter Mann, danach Funkstille. Bis Montagmorgen, als ein Förster das Skelett des Jungen im Grunewald gefunden hatte.

Keine neuen Fakten. Kein Wort von Gehring. Sie wunderte sich, dass der KHK nicht ein einziges Mal erwähnt worden war, weder im Zusammenhang mit den alten noch mit den neuen Ermittlungen. Sie sah kurz hoch. Tomislaw schien ganz vertieft in sein Kreuzworträtsel. Wenn das Gespräch von gestern Abend ihn immer noch beunruhigte, so ließ er es sich nicht anmerken.

Sollte sie Gehring darüber informieren? Ihr war klar, dass dieser Teufel alles andere als eine neue Spur war. Aber ein erster Hinweis darauf, was unerwähnt geblieben war im Hause Reinartz und dass das nichts mit den fallenden Rosenblättern einer neuen, jungen Liebe zu tun hatte. Der Konflikt, sich zwischen Aufdringlichkeit und Verschweigen entscheiden zu müssen, machte sie nervös und begleitete sie bis hinunter auf die Straße.

Ihr Auto sprang erst beim vierten Versuch an. Mittlerweile war die freigekratzte Scheibe schon wieder beschlagen. Sie schaltete das Radio ein und wischte sie mit dem Ärmel ihres Mantels frei.

»Verdächtiger im Fall Tudor festgenommen«, sagte die Nachrichtensprecherin gerade. »Die Polizei hat bestätigt, dass aufgrund eines Anfangsverdachts gegen den Vater des neunjährigen Jungen ermittelt wird, der wie berichtet vor vier Jahren entführt und dessen Leiche erst Anfang der Woche im Berliner Grunewald gefunden worden war. Die Feinstaubbelastung in der Berliner Innenstadt hat sich nach Angaben der Senatsverwaltung für Umwelt weiter verringert. Das wird zum einen auf die Einführung der Umweltplakette…«

Sanela schaltete das Radio aus. Reglos saß sie in der Kälte

und beobachtete, wie ihr dampfender Atem die Scheibe wieder beschlagen ließ. Innerhalb kürzester Zeit wäre er gefroren. Aber das war egal. Sie hatte gerade das Fallbeil einer Guillotine gehört, und Darkos Kopf polterte in den Korb. Anfangsverdacht gegen den Vater. Sie brauchte morgen früh gar nicht erst zum Zoo zu fahren, sie wusste jetzt schon, wie die Schlagzeilen aussehen würden. Dann fischte sie ihr Handy aus der Manteltasche und wählte Gehrings Nummer. Er ging nicht ran, nur seine Mailbox meldete sich nach dem dritten Rufton. Sie legte auf.

Da Gehring sie gestern höchstpersönlich beim Direktor beurlaubt hatte, war es durchaus plausibel, wenn sie noch einen Tag dranhängte. Sie rief im Sekretariat an und erklärte, die Sedanstraße brauche weiterhin ihre Hilfe... wegen der Festnahme. Gleichzeitig ließ sie durchblicken, dass ihr Einsatz nicht unwesentlich zu dem Erfolg beigetragen hatte, der wohl gerade die Runde machte. Frau Ehrlich beglückwünschte sie, und Sanela dachte nicht weiter darüber nach, dass man eine Frau mit diesem Namen eigentlich nicht belügen sollte.

Die Sedanstraße stand noch, und alles sah genauso aus, wie sie es in Erinnerung hatte. Geradeaus das Ziegelsteingebäude, in dem die Mordkommission untergebracht war, rechter Hand die Wache. Beides über den Hof zu erreichen, sofern es einem gelang hineinzukommen. Sanela entschied sich, es nicht auf die Frage des chronisch schlecht gelaunten Pförtners ankommen zu lassen. Sie klingelte einfach am Vordereingang der Wache, direkt unter dem grünen Schild mit der Aufschrift Polizei. Obwohl die Gegensprechanlage die Stimme verzerrte, erkannte sie Rohloff, ihren früheren Bärenführer.

»Hier ist Sanela Beara. Ich habe ein Date mit Sven.«

»Hallo, Hallöchen. Weiß der Glückliche davon?«

»Noch nicht. Er wollte ein Buch von mir. Ich kann es auch einfach dalassen.«

Der Türsummer brummte. Sie stieg die enge Besuchertreppe hinauf und landete im Vorzimmer der Wache. Rohloff, Ende fünfzig, immer in Lederjacke, umrundete den Tresen und kam mit ausgestreckter Hand auf sie zu.

»Na, Kleine, was macht das Leben?«

»Alles okay«, antwortete sie. Die vertrauten Geräusche passten wie alte Schuhe. Sogar der Geruch war der Gleiche geblieben. Bohnerwachs, versengter Kaffee, Rasierwasser.

»Und die Hochschule?«

»Ein Klacks.«

»Was ist denn mit deinem Gesicht passiert?«

Er war ein agiler, genauer Mann mit grauen Augen in einem wachen Gesicht, das im Winter stets gerötet war. Die Jahre und seine unaufgeregte Art der Führung hatten ihn immer weiter nach oben geschoben, bis er auf der Position des Dienststellenleiters angekommen war. Ihm hatte Sanela den Aufstiegsvermerk zu verdanken. Und Gehring, setzte sie in Gedanken hinzu, aber der zählte nicht. Das war das Mindeste, was er ihr schuldig war.

»Ein Laternenpfahl. Oder ein Stuhl. Die Treppe. Keine Ahnung. Wo man so hinfällt im Dunkeln.«

Kurzes Misstrauen in den grauen Augen. Dann nickte er.

»Biste jetzt der Stolz der Kompanie.« Er lächelte sie an, als wäre ihr Werdegang allein auf seinem Mist gewachsen.

Kollegen kamen vorbei, drehten sich kurz um, grüßten. Hinterm Tresen saß Scheideborn, der auch viel auszuhalten hatte im Leben, den Telefonhörer am Ohr, und machte sich gerade Notizen. Der Gummibaum starb immer noch vor sich hin.

»Und? Sehnsucht?«

»Nur bedingt.« Sie grinste zurück und wühlte pro forma in ihrer Tasche.

Es war klar, dass sie das alles hinter sich gelassen hatte. Aber die Tür zur Umkleide war noch da und vielleicht auch noch ihr Namensschild am Spind. Sie wusste, wo die Eimer standen, wenn jemand nicht schnell genug in die Ausnüchterungszelle kam. Wo die Autoschlüssel hingen. Wie man durch den Keller zur Kantine kam. Dass die Packung mit Karamelltee wahrscheinlich immer noch unberührt im Schrank lag. Wohin sie den Kaugummi geklebt hatte, als überraschenderweise der Polizeipräsident bei ihnen aufgetaucht war, und dass es ein Irrtum gewesen war, nie an das Wir zu glauben. Es war da gewesen, die ganze Zeit. Vielleicht irrte sie sich ja auch und wurde sentimental, denn Rohloff hatte ihr nie die Hand gegeben oder sich danach erkundigt, wie es ihr ging. Das machte die Zeit, die inzwischen vergangen war. Man kannte sie noch, aber sie gehörte nicht mehr dazu.

»Mist, ich hab das Buch vergessen. Ist Sven auf Streife?«

Rohloff trat kurz hinter den Tresen und sah auf die Dienstpläne. »Um zwei hat er Schluss. Soll ich ihm was ausrichten?«

»Nein«, erwiderte sie hastig. Vielleicht zu hastig. »Ich komme ein anderes Mal wieder.«

Er sah ihr nachdenklich hinterher, als sie nicht die Besuchertreppe zum Ausgang wählte, sondern den alten Weg, raus in den Hof. Er öffnete den Mund, vielleicht um sie auf den Irrtum hinzuweisen. Dann sagte er nur: »Man sieht sich.«

»Jep.«

Schon stand sie draußen, schlängelte sich durch die enge Lücke, die die geparkten Einsatzfahrzeuge ließen, überquerte das Areal und stieg die Treppen zum Backsteinhaus hoch, dorthin, wo die neunte Mordkommission von Berlin gerade den Falschen eingebuchtet hatte.

An den Weg zu Gehrings Büro konnte sie sich noch gut erinnern. Sie nahm sich vor, auf den KHK zu warten, falls er nicht da sein sollte. Kurz vor acht. Er war schließlich ein ganz Fleißiger, einer, der bestimmt tipptopp vorbereitet in die Lage ging. Sicher würde er vorher noch einmal alle Vernehmungsprotokolle der Kollegen durchgehen, die ihn wahrscheinlich mitten in der Nacht abgelöst hatten, denn Darko war ein harter Hund. Er würde nicht gestehen. Man musste ihm schon mit Indizien kommen.

Zu ihrem größten Erstaunen hörte sie nach ihrem zaghaften Klopfen ein »Herein«.

Gehring saß an seinem Schreibtisch und tat genau das, was sie erwartet hatte. Nein, falsch. Er sah hoch und lächelte sie an. Das war neu.

»Frau Beara?«

Sie schlüpfte hinein und schloss die Tür. »Es tut mir leid, dass ich Sie störe. Aber ich habe heute Morgen im Radio von Darko Tudors Festnahme gehört.«

»Und da wollten Sie wissen, ob er bereits ein Geständnis abgelegt hat.«

Er bot ihr mit einer Handbewegung den Stuhl vor seinem Schreibtisch an. Sie sah sich um. Der Rennkalender war weg. Stattdessen hing dort ein nichtssagendes Behördenteil, an dem man die einzelnen Wochentage mittels eines Schiebers markieren konnte und das Sanela an die Maßbänder von Bundeswehrrekruten erinnerte.

»Hat er?«

»Nein.«

Das Lächeln, das um ihre Lippen zuckte, ließ sich nicht verbergen. Gehring lehnte sich zurück und trommelte irgendwie ratlos und abwartend auf die Umlaufmappe.

»Das scheint Sie nicht zu überraschen.«

»Ehrlich gesagt, glaube ich nicht, dass Darko Tudor etwas mit Darijos Ermordung zu tun hat.«

»Bauchgefühl?« Gehring mochte sich noch so viel Mühe

geben, aber er konnte einfach nicht ironisch sein. Aus seinem Mund klang jede Bemerkung, die nicht glasklar den Punkt traf, überheblich.

»Nein. Was war der Festnahmegrund?«

»Ein Zeuge hat sich gemeldet. Der Revierförster Egon Schramm. Erstaunlicherweise derselbe Mann, der Darijos Leiche am Montag entdeckt hat.«

»Ach ja?« Zufälle waren das Zwinkern des Schicksals. Fehlte nur noch, dass Schramm morgen den Baumarkthammer auf einem Spaziergang in der Lausitz finden würde. »Derselbe? Wurde er denn nicht befragt?«

»Doch. Selbstverständlich. Was denken Sie eigentlich, was wir hier den ganzen Tag machen?«

Sie hob zaghaft die Schultern. Gehring würde sie rauswerfen, wenn sie noch so eine dämliche Frage stellte.

»Was war denn seine Aussage? Die zweite, meine ich. Die erste kenne ich ja schon.«

Gehring zögerte und überlegte einen Moment. Dann suchte er in einer weiter unten liegenden Mappe nach der Abschrift der Zeugenaussage und reichte sie ihr. Sanela schlug sie auf und begann hastig zu lesen.

… habe ich mich an diese Nacht vor vier Jahren erinnert, weil ich da wirklich Angst hatte, und das kommt nicht oft vor. Bis jetzt war da ja gar kein Zusammenhang zu erkennen, oder? Also, ich war spätabends noch unterwegs, lange nach Einbruch der Dunkelheit. Wir hatten eine verletzte Bache im Revier, Sie wissen ja, wie das ist, die Wildschweine kommen oft bis an die Häuser ran. Also bin ich Streife gelaufen, die Havelchaussee entlang, dort, wo ich das Tier zum letzten Mal gesehen hatte…

»Da sind aber gar keine Häuser«, sagte Sanela. »Ich war im Sommer mal dort. Bis auf die Ruderclubs und das Wirtshaus ist da absolute Pampa. Ich meine Wald. Also Grunewald.«

»Vielleicht ist der Förster ja der Fährte der Bache gefolgt.«

»Nachts? Glaube ich nicht. Da muss es einen anderen Grund gegeben haben. Vielleicht eine Verabredung, oder er hatte vor, in eins der Bootshäuser einzubrechen.«

»Im Moment erscheinen mir die Gründe, weshalb Herr Schramm nachts dort unterwegs war, zweitrangig.«

Sanela lag auf der Zunge, dass eine Zeugenaussage in einer Mordermittlung eigentlich hieb- und stichfest sein sollte, zumindest aber glaubwürdig. Sie konnte sich gerade noch zurückhalten. Gehring sah auf seine Armbanduhr, wahrscheinlich Lage um 08:30 Uhr. Sie musste sich beeilen.

... da fällt mir ein Auto auf, ein Pick-up. Der steht mitten im Wald rum, nicht abgeschlossen, aber keiner am Steuer. Ich geh um den Wagen herum, und da sehe ich etwas auf der Ladefläche. Damals habe ich mir nichts dabei gedacht. Aber heute schwöre ich, dass es ein Körper unter einer Decke war. Eingewickelt, sehr merkwürdig. Meine Rita hat sofort angeschlagen. Die hat gleich geahnt, dass da was nicht stimmt...

»Wer ist noch mal Rita?«

Gehring seufzte. »Der Hund des Försters. Hochbegabt.«

... ich hatte ja mein Gewehr dabei...

»Bewaffnet war er auch noch?«

»Herr Schramm ist Jäger. Er hat einen Waffenschein.«

... Plötzlich höre ich Schritte aus dem Wald, und auf einmal kommt ein Hüne raus, ein riesiger Mann, gefährlich. Das sehe ich auf den ersten Blick. Er geht zum Auto. Eigentlich wollte ich mir die Nummer merken, aber da ist meine Rita auch schon auf ihn los. Ich rufe »Aus! Aus!«, aber sie hört nicht auf. Der Mann geht in die Knie und redet ein paar Worte mit ihr, und von jetzt auf gleich ist der Hund still. Wie hypnotisiert. Lässt sich sogar streicheln. Das war am unheimlichsten. Dann steht er auf und sagt, ich soll aufpassen, er würde Leute wie mich kennen, die

nachts auf der Lauer liegen wegen der Wölfe. Wenn er irgendwo einen finden würde, mit einer Ladung Schrot im Bauch, dann könnte ich mich auf was gefasst machen. Er hat mich bedroht. Erst hypnotisiert er meinen Hund, und dann bedroht er mich.

Sanela sah kurz hoch. Gehring beobachtete sie.

»Und deshalb hatten Sie sofort Darko in Verdacht? Das kann jeder Volltrottel im Umkreis von hundert Kilometern gewesen sein.«

»Nicht nur deshalb.«

… ich zerre meine Rita von ihm weg, und als er einsteigt, sehe ich, dass auf der Seitentür ein Bild ist. Ein Logo, so nennt man das doch. Ein Dreieck mit einem Wolfskopf darin. Der Mann fährt davon. Ich drehe mich um und gehe den Weg in die andere Richtung zurück. Die Straße macht zwei Kilometer weiter oben eine Biegung. Da muss er dran vorbeigekommen sein. Im Wald an der Biegung hat Rita ja am Montag den Schädel gefunden. Ich weiß noch, dass am nächsten Tag was in der Zeitung stand über die Entführung von dem Jungen. Aber das ist weit weg passiert und in einer reichen Gegend. Erst jetzt ist mir alles wieder eingefallen.

Verblüfft ließ Sanela das Blatt sinken. Sie erinnerte sich noch genau an das Logo an der Tür zum Wolfsbüro. An Gehrings Stelle hätte sie Darko auch vernommen. Nicht unbedingt als Verdächtigen, aber erklärungsbedürftig war dieser Ausflug schon.

»Wir haben Schramm ein Foto von Herrn Tudor gezeigt, er hat ihn zweifelsfrei identifiziert.«

»Okay. Darko war in besagter Nacht im Wald. Mehrere Kilometer von der Fundstelle Darijos entfernt. Hat er gesagt, warum?«

»Nein. Dafür hat er für den Körper auf der Ladefläche eine Erklärung.«

Sie sah ihn ratlos an, denn viele Erklärungen für Körper auf Ladeflächen fielen ihr nicht ein.

»Es soll ein toter Wolf gewesen sein. Herr Tudor ist am späten Abend zu einer Unfallstelle gerufen worden. Wir haben das überprüft. Ein Ehepaar hatte das Tier angefahren, es war beim Eintreffen des Biologen verendet. Es gibt dazu ein Unfallprotokoll und eine eidesstattliche Versicherung der beiden. Tudor hat den Kadaver am nächsten Tag nach Berlin in ein Veterinärlabor gebracht, wo er einem Gentest unterzogen wurde. Das hat uns das Labor bestätigt. Seine Geschichte stimmt. Zumindest dieser Teil. Wir werden ihn laufen lassen müssen.«

»Ein Gentest?«

»Um die Herkunft des Tiers zu bestimmen. Das wird wohl mit jedem Wolfskadaver gemacht, den sie finden.«

Sie gab ihm das Blatt zurück. »Sackgasse.«

Hoffentlich hatte ihre letzte Bemerkung nicht zu fröhlich geklungen.

»Ja. Vielen Dank.« Er legte das Papier wieder in die Akte, stand auf und nahm seine Anzugjacke von der Stuhllehne. »Nun, Ihr Interesse an unserer Arbeit ehrt uns, Frau Beara.«

Sie erhob sich ebenfalls. »Ich habe darüber nachgedacht, hier mein Praktikum zu machen«, sagte sie, um ihm einen kleinen Schrecken einzujagen.

Das winzige Zögern, als er mit dem Arm in den Ärmel fuhr, verriet genug.

»Eine gute Idee, aber leider haben wir nicht darüber zu befinden.«

»Was werden Sie jetzt tun?«

»Im Moment gehen wir gefühlten achthundert Hinweisen aus der Bevölkerung nach. Ich muss Sie jetzt leider vor die Tür setzen.«

Es klopfte, und ohne auf ein Herein zu warten, riss eine

blonden Frau Mitte dreißig die Tür auf. Ihr erwartungsfrohes Lächeln erstarb bei Sanelas Anblick.

»Guten... Morgen. Ich wollte dich abholen. Aber wenn du noch zu tun hast?«

»Nein«, antwortete Gehring hastig. Er zog die Ärmel seines Jacketts in die Länge, eine Geste, die Sanela noch nie bei ihm gesehen hatte und die darauf schließen ließ, dass die Situation ihn auf irgendeine Weise in Verlegenheit brachte.

»Sanela Beara.« Die Studentin grinste breit und streckte der Frau die Hand entgegen. »Polizeikommissariatsanwärterin. Ich bin auf der HWR.«

»Angelika Rohwe.« Ihr Händedruck war schlapp. »Sie waren das im Sommer in Wendisch Bruch?«

»Ja.«

»Sind Sie denn schon wieder in Ordnung? Soweit ich weiß, hat der Einsatz Sie damals...«

»Danke«, unterbrach Sanela sie schnell. Sie wollte nicht daran denken, denn jedes Mal, wenn sie es tat, begann ihre Schulter zu schmerzen. »Dürfte ich bitte noch eine Minute haben?«

Wenn Gehring verwundert war, ließ er es sich nicht anmerken. Rohwe hingegen platzte vor Neugier. Statt sich diskret zurückzuziehen, blieb sie an der Tür stehen wie ein vergessener Ficus benjamina.

»Lutz, der Polizeipressesprecher muss noch gebrieft werden.«

»Übernimm du das.«

Gehring schloss die Tür vor ihrer Nase. Das Letzte, was Sanela von Angelika Rohwe sah, war ihr überraschter und gekränkter Blick.

»Ja?«, fragte er und verschränkte ablehnend die Arme vor der Brust. Wahrscheinlich warf er sie in puncto Nervigkeit in einen Topf mit der ausgesperrten blonden Kommissarin.

»Ich habe da was gehört, aus der kroatischen Community. Ich denke, man sollte sich mehr auf das Haus konzentrieren. Das von Reinartz. Wer damals dort gewohnt hat, wer dort ein und aus gegangen ist, wer von den Familienangehörigen vielleicht einen Grund hatte, Darijo nicht zu mögen.«

»Es ist ein weiter Weg von nicht mögen bis töten.«

»Nein. Er ist kurz. Manchmal dauert er nur den Bruchteil einer Sekunde. Und das wissen Sie.«

»Was genau haben Sie gehört?«

»Lida hat sich jemandem anvertraut. Im Sommer war das, ein paar Monate vor Darijos Verschwinden. Sie sagte ... also, sie sagte ihm, es würde ein Teufel im Haus wohnen.«

»Und?«

»Na ja. Sie meinte definitiv die Villa. Zu der Zeit hat die Familie Reinartz noch in relativem Frieden miteinander gelebt. Vater, Mutter, zwei Söhne. Die Tudors waren drüben im Kutscherhaus. Also kann Lida ihren Mann nicht gemeint haben, oder?«

Gehring betrachtete den Schorf auf ihrer Unterlippe. Sie wusste, dass sie beide gerade den gleichen Gedanken hatten: Darkos fast zärtliche Geste, mit der er die Wunde behandelt hatte. Die Salbe war hohe Hexenkunst. In ein, zwei Tagen wäre nichts mehr von der Verletzung zu sehen.

»Wir haben damals alle Familienangehörigen befragt. Niemand hat etwas von einem Mitbewohner namens Teufel erwähnt.«

»Es ist ein erster Hinweis darauf, dass nicht nur bei den Tudors, sondern auch in der Familie Reinartz etwas vorgefallen ist. Dass die Fassade Risse bekommen hat. Jemand muss sich Lida oder ihrem Sohn gegenüber sehr, sehr mies verhalten haben.«

»Lida Tudor hat zu diesem Zeitpunkt gerade ein Verhältnis

mit dem Oberhaupt der Familie begonnen. Es kann durchaus sein, dass jemand das mitbekommen und sich nicht gerade politisch korrekt benommen hat. Das reicht noch nicht für einen Anfangsverdacht.«

»Ich will mit Lida reden.«

»Nein.« Das war ein Befehl. »Sie werden nichts dergleichen tun. Sie haben schon einmal unsere Ermittlungen torpediert. Ich werde nicht zulassen, dass das ein weiteres Mal passiert.« Er legte die Hand auf die Türklinke.

»Dann reden Sie mit ihr!«

»Frau Reinartz redet im Moment gar nicht. Sie liegt mit einem Schock im Krankenhaus, und wir alle können von Glück sagen, wenn diese Festnahme vor ihren Augen nicht noch ein Nachspiel hat.«

Ach, so war das also. Offenbar war Herrn Hochwohlgedient Gehring wieder mal was aus dem Ruder gelaufen.

»Und die Söhne?«

Er nahm die Hand von der Klinke. Gutes Zeichen.

»Frau Beara. Wir haben das alles bereits vor vier Jahren getan. Ich warte derzeit auf den Durchsuchungsbeschluss des Staatsanwaltes, dann werden wir uns die drei Häuser vornehmen, zu denen Herr Tudor Zutritt hatte. Außerdem hoffen wir, noch eine Spur von diesem Pick-up zu finden. Sollte ich irgendwo Hinweise auf das Vorhandensein eines Teufels finden, sind Sie die Erste, die davon erfährt.«

Er riss die Tür auf. Schlechtes Zeichen.

»Sie können sich doch nicht auf vier Jahre alte Aussagen beziehen. Es ist so viel passiert mittlerweile. Sämtliche Vorzeichen haben sich geändert. So wie dieser Förster sich erst jetzt erinnert, werden auch die anderen...«

»Stopp, Frau Beara. Stopp. Ich lasse mir von Ihnen nicht vorschreiben, wie ich meine Arbeit zu tun habe.«

»Würden Sie es mal!«, fauchte sie und wusste im selben Moment, dass es ein Fehler war. Mund halten!, tobte eine Stimme in ihr. Stattdessen versetzte sie sich selbst den ultimativen Todesstoß. »Dann wäre ich damals in Wendisch Bruch nicht um ein Haar verreckt!«

Jetzt war es raus. Das, was immer zwischen ihnen stehen würde, was sie ihm niemals würde verzeihen können, wenn er es nicht endlich zugab. Aber ein Lutz Gehring gestand sich Fehler natürlich nie ein. Dazu war er zu arrogant, zu aufgeblasen und von sich und seinen akademischen Methoden viel zu sehr überzeugt.

»Ich bin keine Streifenpolizistin mehr«, setzte sie lahm hinzu.

In seinem Gesicht arbeitete es. »Das lässt sich sehr schnell ändern«, sagte er leise. Damit schloss er die Tür hinter ihr ab.

16

Das Haus lag in Rudow, in einer Seitenstraße der Waltersdorfer Chaussee. Nicht weit entfernt vom Landschaftspark Glienicke, der zerschnitten wurde von der Autobahn Richtung Dresden. Ein scharfer Wind trug den Verkehrslärm in die Siedlung, er klang wie ein fernes Rauschen, begleitet vom Aufheulen getunter Motoren oder den kreischenden Bremsen schwerbeladener Lkw. Sanela erkannte das Haus sofort wieder, obwohl es sich auf den ersten Blick nicht von den anderen Fertigbauklonen unterschied. Petar hatte es vor zwanzig Jahren günstig gekauft, als das Autobahndreieck Neukölln noch in weiter Ferne gelegen hatte und die Waltersdorfer Chaussee Richtung Schönefeld nach der Wende eine der am dichtesten befahrenen Straßen der Republik geworden war. Die Anwohner flohen daraufhin in Scharen. Petar griff zu, aber das Glück währte nicht lange. Nun hatte er den Lärm der Stadtautobahn am Hals, während vorne an der Waltersdorfer paradiesische Ruhe eingekehrt war.

Die Straße war gut geräumt, den Schnee hatten die Anwohner zu großen Haufen aufgeschichtet. Es war nicht einfach, einen Parkplatz zu finden. Hinter jeder freien Stelle tauchte eine Einfahrt auf, bewehrt mit großen gelben Schildern, die bei Blockade mit drakonischen Strafen drohten. Sanela nahm sie in Kauf und setzte ihren Wagen in die Schneewehe vor Petars Garage. Er musste seit ein paar Jahren in Rente sein. Bei diesem Wetter gingen ältere Herren entweder gar nicht oder nur mit Spikes vor die Tür.

Das Gartentor mit dem Rosenbogen. Sie öffnete es, und es quietschte wie damals in einem heißen Sommer, als sie den Kroaten zum letzten Mal besucht hatte. Er hatte ihr damals abgeraten, zur Polizei zu gehen. Die üblichen Gründe bemüht – kein Job für Frauen, schlimmes Leid als tägliches Brot. Unausgesprochen hinter der gütigen, fast väterlichen Sorge die Warnung, den Rubikon zu überschreiten. Du willst deutscher sein als die Deutschen. Quatsch!

Er öffnete ihr und blinzelte, weil das Tageslicht ihn blendete.

»Morgen, Petar. Darf ich reinkommen?«

Die wenigen Haare waren grau geworden, die klugen Augen trüb. Er war nie ein großer Mann gewesen. Vor vielen, vielen Jahren war er in dieses Land gekommen, als Zahntechniker einer der gesuchten und bevorzugten Facharbeiter. Er hätte auch Uhrmacher werden können, hatte er einmal gesagt und auf seine feingliedrigen Hände geschaut. Aber Uhrmacher wurden schon lange nicht mehr gebraucht. Dass er zu etwas Besonderem und im Laufe der Zeit sogar so etwas wie ein inoffizielles Oberhaupt der versprengten kroatischen Familien geworden war, lag nicht nur daran, wie sehr er vielen Landsleuten bei der Einreise geholfen hatte. Es war die Art, wie er, gewitzt wie ein Pokerspieler, mit Geheimnissen jonglierte. Nicht Geld, nicht Kraft, nicht Gewalt, Petars Macht war seine Verschwiegenheit. Alles, was er hörte, verschloss er im tiefschwarzen Keller seines Gewissens. So kam es, dass die Leute ihm nicht nur ihre eigenen, sondern auch die Geheimnisse der anderen anvertrauten. In der Hoffnung, dass er weise damit umgehen möge, was er bisher wohl auch geschafft hatte. Anders war sein hohes Ansehen nicht zu erklären. Sein Wissen setzte er stets überlegt und wohldosiert ein. Ah, du hast das und das Problem? Lass mich nachdenken. Ich glaube, der und der kann dir weiterhelfen. Grüß ihn von Petar. Alles wird gut.

Diese Verschwiegenheit aufzubrechen war so schwierig, wie ein Fahrradschloss mit bloßen Händen zu knacken. Es ging nicht mit Gewalt. Man musste die richtige Kombination kennen.

»Sanela! Guter Gott! Komm rein, mein Kind, du holst dir ja den Tod.«

Sie betrat einen ordentlichen, engen Flur, und er reichte ihr einen Kleiderbügel. Siebziger Jahre, rotes Kunstleder über bröselndem Schaumstoff.

»Wir haben uns lange nicht gesehen. Ich habe nur Gutes über dich gehört.«

Sprich: Sie zerreißen sich immer noch die Mäuler über dich, all die Katarinas mit ihrem verschütteten Kaffeesatz.

Während die Studentin ihm in das peinlich aufgeräumte Wohnzimmer folgte, in dem das Beeindruckendste ein riesiges Kakteenfenster war, rief er seine Frau Evelin, eine syrmische Schneiderin mit gebeugtem Rücken, zarten Gliedern und einem Lächeln wie ein leuchtend roter Herbstapfel. Ihre Vorfahren hatten angeblich schon Anselm Kasimir von Eltz eingekleidet, beste Voraussetzung, um mit Fleiß und Geschick über viele Jahre hinweg eine sehr angesehene Änderungsschneiderei in der Sonnenallee zu betreiben. Die eisgrauen Haare mit den kleinen Locken trug sie immer noch ordentlich frisiert, und die Freude, die in ihren haselnussbraunen Augen aufleuchtete, war echt.

»Sanela! *Moja Maza!* Meine kleine Katze. Wie schön, dich wiederzusehen. Wie geht es Tomislaw? Was macht sein Herz?«

»Gut«, antwortete Sanela und beschloss, ihren Vater am Abend als Erstes nach seinem Herz zu fragen. Das ging ja gut los. Noch nicht mal hingesetzt und schon erfahren, dass die beiden mehr über Tomislaws Gesundheit wussten als sie.

»Ich habe gerade Kaffee gemacht. Möchtest du einen?«

»Nur wenn du die Tasse hinterher nicht umkippst.«

»Nein«, lachte sie und schüttelte den Kopf. »Nein, nein, nein«, wiederholte sie und lief kichernd zurück in die Küche.

Sanela setzte sich, Petar nahm ihr gegenüber Platz. Kaum dass Evelin verschwunden war, legte er sein freundliches Lächeln ab.

»Nun?«, fragte er. »Brauchst du eine Arbeit?«

»Nein. Ich bin sehr zufrieden. Ich studiere jetzt.«

Er nickte. Alles, was sie ihm erzählen konnte, war längst mit der stillen Post angekommen. Sie plauderte trotzdem weiter, um die Illusion eines interessierten Gesprächs aufrechtzuerhalten.

»Also eigentlich habe ich grade erst angefangen. Ich war ein paar Wochen krankgeschrieben, und dann haben ein paar Leute ein gutes Wort für mich eingelegt. Wahrscheinlich waren sie froh, mich so weit weg wie möglich schicken zu können.«

»Warum?«

Sanela zuckte mit den Schultern. Sein Blick war plötzlich hellwach. Über ihre Arbeit konnte er nichts wissen. Natürlich hatte er auch Kontakte zur Polizei. Zur Sitte, nahm sie an. Oder zur Wirtschaftskriminalität. Aber bestimmt nicht in die Wache in der Sedanstraße.

»Ich war manchen zu neugierig.«

Er nickte verstehend. »Neugier ist auch der kleinen Katzen Tod. Gut, dass du nicht mehr auf der Straße bist.«

»Wie sich das anhört.« Evelin kam ins Zimmer, ein Tablett in den Händen.

Sanela sprang auf und half ihr, es abzustellen. Ein Teller mit Gebäck, nur zwei Gedecke. Petars Frau wusste, wann man sich dazusetzte und wann nicht.

Nachdem sie wieder in der Küche verschwunden war und Sanela den Kaffee eingeschenkt hatte, nahm er den Faden wieder auf.

»Und, was lernst du so alles in diesem Studium?«

»Fallanalysen, Vernehmungstaktiken, Strafrecht, Verfassungsrecht, Ethik, Kriminaltechnik, all so ein Zeug.«

Mit jedem Punkt der Aufzählung wurde Petars Miene undurchsichtiger. Er führte seine Tasse an den Mund.

»Zum Schluss bin ich Kriminalkommissarin.«

»Hm. Und in welches Ressort willst du gehen?«

»Kapitaldelikte.«

Er verschluckte sich an seinem Kaffee.

»Ähm, nicht das, was du meinst. Das wären Eigentums- oder Wirtschaftsdelikte.«

»Ich weiß nicht, was du meinst, was *ich* meine«, sagte er und räusperte sich, um die Kehle freizubekommen.

»Kapitaldelikte sind Brand, Raub, Erpressung und all so was. Schwere Delikte gegen den Menschen. Totschlag. Mord.«

»Soso.« Vorsichtig stellte er die Tasse ab. »Nun, so genau wollte ich es eigentlich gar nicht wissen. Ich werde immer noch nicht schlau aus dir. Warum wählst du diesen Beruf?«

Gut. Kein Geplänkel mehr. Petar wollte etwas wissen. Das war die Währung, mit der man ihn bezahlte. Ein Geheimnis für das andere.

»Weil die Opfer ein Recht darauf haben, Antworten zu bekommen.«

Er faltete die schmalen Hände vor seinem Bauch. Sie konnte spüren, wie er den Pfeil auflegte, den Bogen hob, das Ziel anvisierte, die Sehne spannte, losließ …

»Deine Mutter«, sagte er leise.

… und traf. Es war wie ein Schlag vor die Brust. Sanela holte mühsam Luft.

»Ja. Wahrscheinlich.«

Er schürzte die Lippen, was Mitgefühl vielleicht am nächsten kam. Es konnte aber auch sein, dass er einfach abwog, in welches Regal er diese Information stellen sollte. Mein *trigger point*. Ein Gedanke, schnell wie eine schwarze Libelle.

»Hast du jemals erfahren, wer es war?«

»Nein. Sie haben nur die Offiziere in Den Haag angeklagt. Radić wurde freigesprochen.«

Ruhig, ganz ruhig. Tief durchatmen und im Geist die Mauer entlanggehen, die man zwischen sich und der Vergangenheit errichtet hat. Alles in Ordnung. Kein Riss, kein bröckelnder Stein. Was Petar mit seinem Pfeil getroffen hatte, war ihr Herz. Aber nicht ihre Seele.

»Kennst du ihr Grab?«

»Ja. Wir waren damals dabei, als sie … als die UN-Soldaten kamen und zwei Jahre später … Wir konnten sie identifizieren.«

»Das muss sehr schwer gewesen sein. Verspürst du keine Rache?«

»Rache ist kein guter Helfer.«

»Was dann?«

Sie überlegte. »Geduld.«

»Ich verstehe.« Sein Ausatmen klang wie ein kleiner, bedauernder Seufzer. »Was führt dich hierher?«

War er schon so schnell durch mit ihr? Sein freundliches

Lächeln schien zu sagen, dass er an nichts anderem als ihrem Wohlergehen interessiert war.

»Ich war... ich bin an den Ermittlungen im Fall Darijo Tudor beteiligt.« Das war zwar spätestens seit ihrem Auftritt in Gehrings Büro Vergangenheit, aber würde Petar nach ihrem Besuch zum Telefon greifen und sich das von Gehring bestätigen lassen? Wohl kaum. »Du erinnerst dich an den Jungen?«

Petar lehnte sich zurück und betrachtete seine Kakteen. Es waren einige außergewöhnliche Exemplare darunter. Sie sahen aus wie stachelige, halb vergrabene Fußbälle oder wie krumm gewachsene Gurken. Das Ticken der scheußlichen, walnussfarben furnierten Standuhr hinter ihm machte sie schier wahnsinnig.

»Ja, natürlich erinnere ich mich. Ich habe ihn auf Miros Hochzeit kennengelernt. Erinnerst du dich überhaupt an die Feier?«

»Kaum. Du hast bestimmt die Nachrichten gehört. Darko, der Vater, wurde festgenommen.«

»Hm, ja.« Sein Blick wanderte zu ihr zurück. »War er es?«

Nein, hätte sie am liebsten gesagt. Er leidet wie ein Tier unter dem Verlust seines Sohnes. Aber das war kein Beweis für seine Unschuld. Er hatte sich in der wahrscheinlichen Tatnacht ganz in der Nähe der Stelle aufgehalten, an der die Leiche seines Sohnes verscharrt worden war. Er hatte etwas auf der Ladefläche transportiert, das ausgesehen hatte wie ein Körper. Ein toter Wolf sollte es gewesen sein. Gehring konnte wahrscheinlich besser eins und eins zusammenzählen als sie. Doch es fehlte etwas in der Gleichung, und deshalb war sie nicht austariert.

»Es gibt Vermutungen.«

Herr im Himmel! Wenn irgendjemand erfahren würde, dass sie hier mit ihrem kroatischen Paten über den Stand einer Mordermittlung beim Kaffee plauderte... Er schien es zu genießen.

Informationen aus erster Hand, quasi ofenwarm direkt aus dem Präsidium, das bekam selbst er nicht alle Tage.

»Aber ich bin mir nicht sicher, weil ich etwas gehört habe, bei dem nur du mir weiterhelfen kannst«, fuhr sie fort.

»So?«

»Lida… Darijos Mutter war wohl schon mal hier?«

»Wer behauptet das?«

Aus der Küche drang Geschirrklappern. Sanela antwortete nicht und hoffte, dass ihm dieses Schweigen genug sagen würde. Er verstand. Da konnte ein Mann aus seinem Herzen noch so sehr eine Mördergrube machen – es war alles umsonst, wenn die Frau in der Küche mithörte und es ausplauderte.

»Dabei hat Lida etwas Merkwürdiges gesagt«, fuhr sie fort. »Im Haus der Familie Reinartz würde ein Teufel wohnen. Du kennst den Mann. Du hast vielen Landsleuten einen Job bei ihm besorgt. Was ist er für ein Mensch? Und wer könnte dieser Teufel sein?«

»Ein Teufel?«, fragte Petar erstaunt nach und griff erneut nach seiner Tasse. Sie klapperte auf dem Unterteller. »Bei Reinartz im Haus?«

»Du hörst das nicht zum ersten Mal, Petar. Wie hat Lida das erklärt? Was waren ihre Worte?«

»Warum fragst du sie nicht selbst?«

»Weil sie nicht redet. Und weil ich nicht an sie herankomme. Ich bin keine Kommissarin. Die anderen wissen nichts davon. Auch nicht, dass ich gerade bei dir bin. Das bleibt unter uns.«

»Liebes Kind, ich habe wirklich nichts zu verbergen.« Er trank und hatte den Mund voller Kaffeesatz, den er mit Würde herunterwürgte.

»Dann sag mir endlich, was sie damit gemeint hat.«

»Wann soll das gewesen sein?«

»Im Sommer vor vier Jahren. Du hast ihr den Job bei Reinartz besorgt. Also hat sie wohl geglaubt, du wärst auch so etwas wie ein Ratgeber, wenn es mal schwierig wird. Ist es denn schwierig geworden?«

»Nun ja, Lida war in ihrer Heimat Agraringenieurin. In Deutschland arbeitete sie als Putzfrau. Das kann, muss aber nicht zu Schwierigkeiten führen.«

Sanela beugte sich vor und fixierte ihn so lange, bis er die blöde Tasse abstellte und sie ansah.

»Warum war sie hier? Ich will wissen, was damals in diesem Haus passiert ist. Es hat Darijo das Leben gekostet. Seine Eltern, seine Freunde, wir, vor allen Dingen aber Darijo haben eine Antwort verdient. Wenn Lida zu viel Angst hat zu fragen, dann werde ich es für sie tun. So lange, bis ich weiß, wer ein unschuldiges Kind erst monatelang gequält und dann erschlagen hat.«

Das freundliche Interesse verschwand. Niemand konnte Kaffee trinken und so tun, als ob ihn das Schicksal dieses Jungen nicht berührte. Niemand, der ihn gekannt hatte. Petar sah hinaus in den verschneiten Garten, wo ein paar hilflose Meisen die letzten Sonnenblumenkerne aus der schlappen Hülle eines Futterknödels pickten.

»Alle haben ihn gemocht«, fuhr sie fort. »Jeder, mit dem ich gesprochen habe. Er muss ein lieber Junge gewesen sein. Einer, der früh gelernt hat, dass es auf seine eigenen Wünsche nicht ankommt. Lida hat viel zu spät gemerkt, dass etwas nicht stimmt. Sie hat weggesehen, weil Reinartz' Haus für sie so etwas wie ein Traumschloss war, in das sie gerade einen Fuß gesetzt hatte. Sie wollte weg von Darko, rein in ein besseres Leben. Und auf einmal fällt Darijo aus der Rolle. Eine Weile kann sie es verdrängen, glaubt vielleicht sogar die Ausreden ihres Sohnes, der sich nicht traut, die Wahrheit zu sagen. Der liebe, stille Junge. Er soll sich plötzlich mit den Söhnen von Reinartz prügeln. Keine

Patchwork-Idylle mehr. Kein Traumschloss. Da draußen am Wannsee war Krieg. Es gab Verwundete. Verletzte. Verlassene. Und ich glaube, der Einsamste von allen war Darijo. Also. Was hat Lida dir gesagt?«

»Ich kann mich nicht...« Petar brach ab.

»Verdammt!« Sanela sprang auf. Der Raum wurde ihr zu eng. Sie hatte genug von Petars Ausreden. »Ich dachte... ich dachte, du wärst anders! Du würdest mir helfen. Stattdessen...«

Er nahm sich einen Keks und biss ein Stück ab. Dabei beobachtete er sie wie eine Figur aus einem Theaterstück, das irgendeine Laiengruppe in seinem Wohnzimmer aufführte.

»Stattdessen lässt du alles laufen. Das hast du auch damals getan, als Lida bei dir war. Du hättest zu mir kommen können.«

Er schluckte. »Zu dir?«

»Ja. Du hast doch gewusst, wo ich arbeite. Und dass ich den Mund halten kann.«

»Was hättest du denn unternommen? Das Jugendamt informiert?«

Sie blieb vor ihm stehen. »Ach, sieh an. Ist dir der Gedanke also auch schon gekommen. Überlegst du manchmal, ob es vielleicht auch an dir gelegen haben könnte?«

»Was?«

»Dass Darijo tot ist? Dass offenbar jeder, dem etwas zu Ohren gekommen ist, einfach weggehört hat? Die Lehrer an der Schule, die eigene Mutter, der Vater, Nachbarn, Freunde... und du. Die besorgte Mutter ist zu dir gekommen. Und was hast du getan? Geschwiegen.«

Evelin kam aus der Küche und warf einen besorgten Blick auf ihren Mann. »Was ist denn los?«

»Nichts«, brummte Petar. Er machte eine unwirsche Handbewegung, die sie zurück an den Geschirrspüler schickte. »Setz dich wieder hin.«

Wütend ließ Sanela sich in den Sessel fallen.

»Ich habe keine Schuld an Darijos Tod. Dafür ist sein Mörder verantwortlich, nicht ich.«

»Sehr einfach.«

»Ja. Lida hat mich gebeten, Stillschweigen über unser Gespräch zu bewahren. Wie sollte ich da zu einer Polizistin gehen und alles ausplaudern? Ich war an mein Versprechen gebunden.«

»Also hat es dieses Gespräch gegeben.«

Er überlegte. »Ja«, sagte er schließlich.

»Und es ging um Darijo?«

»Im weitesten Sinne, ja.«

»Was heißt das? Hat sie noch mehr erzählt? Ist es zu Gewalt gekommen im Haus von Reinartz? Gegen den Jungen und gegen Lida vielleicht?«

»Nein. Es war auch nicht so, wie du dir das vorstellen magst. Sie hat nicht bei Nacht und Nebel hier geklingelt und gesagt, dass der Teufel nach dem Leben ihres Sohnes trachtet. Es war anders.« Er schloss die Augen, um sich besser erinnern zu können. »Sie hat mit Evelin und Katarina zusammen in der Küche etwas vorbereitet. Für den Geburtstag eines Freundes. Irgendwann ist sie hinaus in den Garten gekommen und hat meine Rosen bewundert. Ich habe schöne Rosen.« Er öffnete die Augen und blickte sie lächelnd an.

»Ich weiß«, sagte Sanela und versuchte, nicht zu ungeduldig zu klingen.

»Eine Knospe war abgeknickt, noch bevor sie zu blühen begonnen hatte. So sind wir von Rosen auf den Tod gekommen. Wie Gespräche so sind, wenn eine Kleinigkeit ihnen eine andere Richtung gibt. Du kennst das. Plötzlich sieht man sein Gegenüber genauer an, möchte mehr über seine Gedanken erfahren. Mir fiel auf, dass Lida blass war, fahrig, nervös. Ich fragte sie, ob bei Reinartz alles in Ordnung sei. Sie lächelte, jaja, alles wunderbar, eine gute Arbeit. Aber Darijo würde ihr Sorgen machen. Vor ein paar Tagen habe er zwei Schneidezähne verloren, und beim Sport habe er sich verletzt. Seitdem habe er sich zurückgezogen. Dann war sein Hase verschwunden, sein Ein und Alles, ein junges Tier, das sie hinter dem Haus in den Ställen hielten. Nachts weinte er, tagsüber schwieg er. Einmal musste Lida spätabends in der Villa noch eine Arbeit erledigen. Sie kam erst kurz vor Morgengrauen zurück. Darko war zu der Zeit kaum noch in Berlin. Der Kleine war allein im Kutscherhaus zurückgeblieben und hatte außer sich vor Angst im Besenschrank auf sie gewartet. Als Lida kam, klammerte er sich so fest an sie, dass sie glaubte, er würde sie nie wieder loslassen. Was ihm denn solche Angst machen würde, fragte sie ihn immer und immer wieder. Schließlich, ich nehme an, dass ihm nichts Besseres eingefallen ist, antwortete er, im großen Haus würde der Teufel wohnen und nachts manchmal an die Türen klopfen. Es war also nicht Lida, die das behauptet hat. Es war ihr Sohn.«

»Was hast du ihr geraten?«

»Ich sagte ihr, dass ich ihr umgehend eine neue Stelle besorgen könnte.«

»Aber das wollte sie nicht.«

»Nein. Danach habe ich sie nicht mehr gesehen.«

Dieser Sommer vor vier Jahren… Ein nächtliches Klopfen an Türen, Prügel, Todesangst. Wahrscheinlich auch die Ahnung eines Kindes, dass die Mutter sich neu orientierte. Jemand anderen liebte. Verlust, Trauer, unbenannt und unausgesprochen. Keiner durfte etwas erfahren. Der Millionär und die Putzfrau, das gab es höchstens in Kitschromanen, in der Realität hatten solche Verbindungen keine Chance. Außer, es trat etwas Unfassbares, Unvorhergesehenes ein, das dieser Beziehung eine völlig neue Dimension gab.

»Wie war das? Hatte Lida Angst? Oder hat sie das so ganz nebenbei erwähnt?«

»Ich denke, sie hat sich um Darijo gesorgt.«

»Aber nicht so sehr, um die Konsequenzen zu ziehen.«

Petar nickte zögernd. »Wer bin ich, sie zu verurteilen? Sie ist eine Mutter. Sie hat ihr Kind auf barbarische Weise verloren. Sie wird im Geiste jeden Augenblick der letzten Jahre Revue passieren lassen. Habe ich richtig gehandelt? Hätte ich dies und das tun können, um die Katastrophe zu verhindern? Lida ist es, die sich diese Fragen stellen muss. Nicht wir.«

Sanela stand auf. »Danke.«

»Was wirst du jetzt tun?«

»Ich muss herausfinden, wer Darijo so viel Angst eingejagt hat. Ich muss in dieses Haus.«

Das Bild des zitternden Kindes im Besenschrank verfolgte sie. Es war, als hätte Darijo sich ein neues Versteck gesucht, tief in einer dunklen Ecke ihres Herzens, wo er zusammengekauert saß und auf eine Antwort wartete.

Petar erhob sich ebenfalls. Langsam gingen sie in den Flur.

»Wie willst du das anstellen? Einbrechen vielleicht?« Ihn schien der Gedanke zu amüsieren. »Ich habe mehrmals versucht, Lida nach unserem Gespräch zu erreichen. Sie sagte, alles wäre gut und die Sache mit Darijos Zähnen wäre ein bedauerlicher Unfall gewesen. Der Sohn habe sich entschuldigt und sein Vater...«

»Welcher Sohn? Wofür?«

»Das weiß ich nicht.« Er half ihr in den Mantel. »Keiner wird mit einer Polizistin reden.«

»Dann darf ich eben keine sein.«

Der Gedanke war wie aus dem Nichts aufgetaucht. Puff. Plötzlich war er da. Sie spürte, wie das Adrenalin durch ihre Adern schoss und prickelte. Wie eine fiebrige Nervosität Besitz von ihr ergriff, in diesem Moment unmittelbar vor der Entscheidung, etwas ganz und gar Verrücktes zu tun.

»Kennst du Theodor? Theodor Wagner?«, fragte sie. Er trat an ihr vorbei, um die Haustür zu öffnen. »Der Chauffeur von Reinartz. Früher hieß er Bozidar Kolar.«

»Ach, du meinst Bozo?«

Sie trat näher an ihn heran, damit Evelin auch bestimmt nichts hören konnte. »Genau den. Ruf ihn an. Sag ihm, du kennst jemanden, der einen Job für kleines Geld sucht. Vorübergehend. Die Familie Reinartz braucht dringend jemanden fürs Haus, und Lida ist im Moment bestimmt nicht in der Lage, eine Stellenanzeige aufzugeben.«

»Bozo und ich haben uns lange nicht gesehen.«

Aha. Demnach gab es wohl keine Geheimnisse, die Petar über den Chauffeur wissen konnte. Irgendwie beruhigte sie das.

»Aber er wird dir doch einen Gefallen tun?«

»Einfach so?« Ihm war der Gedanke unangenehm, sich ohne Gegenleistung in die Schuld eines anderen zu manövrieren.

»Sag ihm, dass mein Vater in Flensburg arbeitet. Beim Kraftfahrtbundesamt.«

Ein kleines Lächeln hob seine Mundwinkel. »Sanela, es tut mir leid. Ich fürchte, ich kann nichts für dich tun. Ist das überhaupt legal, was du da vorhast? Wenn ja, dann sollten deine Kollegen es für dich arrangieren.«

»Meine Kollegen... Die wälzen bloß alte Akten. Stellen die falschen Fragen. Sie sehen nicht, was ich sehe. Halten sich an die Gesetze.« Sie haben keinen kleinen Jungen in ihrem Herzen. Sie wissen nicht, wie es ist, wenn ein Kind den Tod fürchtet.

»Oh.« Er hob die Augenbrauen. »Sie halten sich an die Gesetze. Tun sie das, ja? Und du?«

»Ich suche mir nur einen Nebenjob. Das machen viele, die bei der Polizei arbeiten. Ich muss es mir bloß genehmigen lassen. Das dauert drei Tage, dann werden sie meinen Antrag ablehnen. Aber diese drei Tage reichen mir. Danach verschwinde ich auf Nimmerwiedersehen, und keiner wird je erfahren, dass ich dort war.«

»Was soll ich dann dem Chauffeur sagen? Dass du vorhattest, mit dem Tafelsilber durchzubrennen?«

Schritte näherten sich. Petar und die Studentin fuhren auseinander. Evelin trug ein Päckchen in der Hand, das sie Sanela überreichte. »Ihr kommt doch nächste Woche?«

»Äh... ja?«

»Zur Taufe! Von Katarinas Enkel! Hat Tomislaw dir denn nichts davon erzählt? Sie feiern hier, weil ihre Wohnung zu klein ist für so viele Gäste.«

»Doch, klar.« Ratlos starrte Sanela auf das in Papier gewickelte Paket.

»Für Tomislaw, *ribana pita*, geriebener Kuchen. Den mag er doch so gerne.«

Seit wann das?

»Danke. Vielen Dank auch für den Kaffee.« Sie wandte sich an Petar. »Denkst du drüber nach?«

»Worüber?«, fragte Evelin, und die Neugier glänzte wie Belladonna in ihren Augen. Ausgeschlossen, jetzt eine Antwort von ihm zu bekommen.

»Ich melde mich«, sagte der Kroate ausweichend.

Mehr konnte sie nicht tun. Der Rest war seine Entscheidung.

»Ich glaube, es wird wärmer«, sagte er mit einem prüfenden Blick in den Himmel.

17

Hinter Velten rissen die Wolken auf. Die graue Decke zerbarst in Fetzen, ab und zu blinzelte die Sonne dahinter hervor. Dichte, schier endlose Wälder schoben sich an die Autobahn, hier und da glitzerte die vereiste Oberfläche eines Sees durch die Bäume.

Angelika Rohwe schlief. Das gehe ihr immer so, wenn eine Person ihres Vertrauens am Steuer sitze, hatte sie erklärt. Gehring wusste diese Feststellung nicht einzuordnen. Seit der überraschenden Begegnung mit Sanela Beara in seinem Büro wirkte sie etwas zurückhaltender. Ihre Fragen nach dem Grund dieses frühen Besuchs hatte er ausweichend beantwortet. Von seiner Seite aus habe es noch einige offene Punkte in Bezug auf das Verhalten der Tudors gegeben. Dass er nicht weiter ins Detail ging und dass eine Studentin der HWR bei den ersten Gesprächen mit den Eltern eines Mordopfers dabei war, überraschte sie. Er überließ sie ihrer Verwirrung und holte sich die mageren neuen Fakten in der Morgenlage.

Die wichtigste Neuigkeit: Staatsanwalt Gram – sein Name hatte nur in der Anfangszeit für eine gewisse Erheiterung gesorgt, die er umgehend mit fordernder Akribie erstickt hatte – hatte den Beschluss für drei Hausdurchsuchungen ausgestellt. Manteuffel und Kramer waren bereits mit der Spurensicherung auf dem Weg in die Lausitz, am Nachmittag würden sie sich das Kutscherhaus und die Villa der Familie Reinartz vornehmen. Gesucht wurde die Tatwaffe. An eine Entführung glaubte keiner mehr.

Alle waren sich über die Erfolgsaussichten vier Jahre nach dem Mord im Klaren. Trotzdem war Gehring froh, dass er Gram nicht überzeugen musste. Allein der Personalengpass war schuld daran, dass die Durchsuchungen nicht zeitgleich stattfanden. In der Nacht hatte es mehrere Einbrüche am Wendenschloss in Köpenick gegeben, am Morgen dann die Durchsuchung eines gewaltigen Reifenlagers – im Bereich »Organisierte Kriminalität« galt es als Umschlagplatz für Drogen. Sie hatten nicht mehr Teams zur Verfügung, und im Moment gab es auch keinen Hinweis auf Gefahrenabwehr. Darko Tudor saß immer noch in U-Haft, und dort würde er auch bis zum Ablauf der Frist bleiben. Es bestand Flucht- und Verdunklungsgefahr. Dierksen, der IT-Spezialist im Team, hatte die Spur des Pickups vom Schrottplatz (der einen schwunghaften Autohandel betrieb) bis nach Polen verfolgt, wo sie sich verlor. Das habe allerdings nichts zu bedeuten, meinte er. Solche Autos blieben oft noch Generationen über ihr natürliches Verfallsdatum hinaus in Gebrauch, die Grenzpolizei in Polen und Tschechien sei informiert. Ob der Wagen nach vier Jahren überhaupt noch einen Hinweis auf den Transport des Jungen ergeben würde, war mehr als fraglich. Darko schwieg. Eine glaubhafte Erklärung, was er in der Nacht vom Verschwinden seines Sohnes in der Nähe des Leichenfundortes zu suchen gehabt hatte, blieb aus. Ihm war klar, dass er sich damit verdächtig machte, aber er hielt aus welchen Gründen auch immer den Mund.

Gehring hatte sich schon vor der Lage entschieden, nach Randelow zu fahren und Tristan Reinartz persönlich zu befragen. Der jüngste Sohn des Glasmillionärs tauchte lediglich als Name in den Ermittlungsakten auf. Elf Jahre war er zum Tatzeitpunkt alt gewesen. Ein Kind, das man nur höchst behutsam hatte befragen dürfen und das damals nichts zur Aufklärung des Falles beitragen konnte. Nun sah die Sache anders aus. Tristan war im Januar sechzehn geworden. Diesmal beschäftigten sie sich nicht mehr mit der Zeit vor Darijos Tod, sondern mit der danach.

Angelika hatte herausgefunden, dass Tristan Anfang November 2010, also kurz nach Darijos Verschwinden, ins Internat gekommen war. Es war eines jener Institute, die mit »Abitur auf internationalem Niveau« warben und in denen die monatlichen Kosten doppelt so hoch waren wie der Bruttolohn einer Verkäuferin. Schloss Randelow, ein altes Herrenhaus an der Mecklenburgischen Seenplatte. Beim Anblick der Fotos im Internet konnte Gehring sich nicht entscheiden, ob die Abgeschiedenheit das Beste oder das Schlimmste war, was man seinen Kindern antun konnte. Da im Schloss selbst kein Platz für die gut zweihundert Schüler samt Pädagogen und weiterem Personal war, fügten sich mittlerweile ein Dutzend hübsche Neubauten auf gefällige Weise in die Landschaft ein. Der nächste Ort mit teenagerkompatiblem Freizeitangebot – Eisdiele, Kino, Spielhalle, Haschisch – war Wittstock an der Dosse, fast fünfzig Kilometer entfernt. Dazwischen lag das, was pubertierende Heranwachsende wahrscheinlich am meisten schätzten in ihrem jungen Leben: Natur.

Die Stimme des Navigationsgerätes, das ihn von der Autobahn hinunterlotste, weckte Angelika. Sie gähnte, rekelte und streckte sich und sah dann aus dem Fenster.

»Wo sind wir?«

»Gerade am Stechlin vorbei. Im nördlichen Rheinsberger Seenland. Noch dreißig Kilometer, dann haben wir es geschafft.«

»Ein Königreich für einen Kaffee.«

»Wir werden in Schloss Randelow einen bekommen, hoffe ich.«

Seine Erwartungen wurden nicht enttäuscht. Nachdem eine korrekt gekleidete ältere Dame sie in Empfang genommen und sich um ihre Mäntel gekümmert hatte, bat sie den Besuch, im Büro des Direktors zu warten. Gehrings Einwand, dass er nicht den Direktor, sondern Tristan Reinartz sprechen wolle, konterte sie mit einem eisernen Lächeln und dem Angebot diverser Kaffeespezialitäten. Sie brachte die Besucher in einen Erkerraum mit schweren, etwas fadenscheinigen Teppichen auf dem Eichenparkett (wir werfen hier nichts weg, was seinen Dienst noch tut), hohen Bücherschränken (alles antiquarische, ledergebundene Originale hinter Glas), einer straff gepolsterten Chippendale-Couchgarnitur (ausgeruht wird sich woanders) und dem unvermeidlichen Schreibtisch mit Lederauflage vor dem Fenster.

Die Tür blieb offen, sodass der Blick hinaus ins Treppenhaus schweifen konnte, dessen Prunkstück ein gewaltiger, fast fünf Meter hoher venezianischer Spiegel war. An den Wänden hingen Ölporträts vergangener Randelower Geschlechter, dazu jede Menge Hirschgeweihe. Das Herrenhaus, ein klassizistischer Bau, verströmte eine Aura von zeitloser Beständigkeit, wuchtiger Strenge und dezentem Vermögen jenseits jeder Verschwendung.

»Es riecht nach Kohle«, brachte Angelika Gehrings Überlegungen auf den Punkt.

Er vermutete, dass sie ein gespaltenes Verhältnis zum Reichtum hatte. In den Händen anderer schien Geld etwas Verwerfliches zu sein. Ihm hingegen waren die Vermögensverhältnisse seiner Mitmenschen egal. Ein Urteil darüber erlaubte er sich erst, wenn er wusste, wie sie zu ihrem Geld gekommen waren.

Die eiserne Lady brachte einen Cappuccino und einen Kaffee und zog sich gleich wieder zurück, wobei sie etwas von viel Arbeit murmelte.

»Was ein Jahr hier wohl kostet?«

»Über dreißigtausend Euro«, antwortete er und goss Milch in seinen Kaffee. »Aber es gibt Stipendien.«

»Aha. Hätte ich das mal eher gewusst.«

Angelika nahm ihren Cappuccino und stand auf, um die Aussicht auf den Randelower See zu bewundern.

»Wärst du dann nicht Polizistin geworden?«

»Ich weiß nicht… Mit so einem Abschluss hat man doch ganz andere Möglichkeiten. Der ältere Sohn, Siegfried, studiert in Cambridge. Allein die Leute, die er dort kennenlernt.«

Gehring musste gegen seinen Willen lächeln und war froh, dass Angelika es nicht bemerkte. Mochten seine Exfrau Susanne und seine Kollegin sich auch etwas ähnlich sehen, im Herzen waren sie grundverschieden. Etwas Geheimnisvolles, Rätselhaftes lag in Susannes Natur, etwas, das er nie hatte ergründen können. Angelika mochte sich vielleicht Mühe geben, aber sie war durchschaubar wie ein Glas Wasser.

»Tja, jetzt sitzt du in der Falle.«

»Sie kommen.« Angelika deutete aus dem Fenster.

Gehring stand auf und trat neben sie. Ein älterer Herr mit schwarzem Hut und dunklem Mantel schritt neben einem jungen Mann, der fast genauso groß war wie sein Begleiter. Das musste Tristan sein. Schlaksige Bewegungen, weite Jogginghose, ein Kapuzenshirt unter der Baseballjacke. Die blonden Haare trug er halblang, und aus der Entfernung wirkte er wie ein hübscher Junge auf dem Weg zum Nachsitzen. Die Hände hatte er in den Hosentaschen vergraben. Er lauschte aufmerksam, was der Direktor ihm zu sagen hatte.

»Letzte Anweisungen vor dem Verhör?« Angelika lachte leise. Sie verlagerte ihr Gewicht aufs rechte Bein, ihre Arme berührten sich.

»Wahrscheinlich.«

Er spürte, dass sie etwas loswerden wollte. Etwas, das privat war und wahrscheinlich mit der Weihnachtsfeier und seinem unpassenden Verhalten danach zu tun hatte. Nicht jetzt, dachte er. Er kehrte zu seinem Kaffee zurück, sie folgte ihm.

»Du glaubst also wirklich, der Junge kann sich noch an die Zeit rund um Darijos Tod erinnern?«, fragte sie.

Ihre Stimme klang neutral, aber er vermutete, dass er sie verletzt hatte.

»Ein einschneidendes Erlebnis. Ich weiß nicht, wie ernst er die Sache damals genommen hat. Aber es war von Entführung die Rede, das wird er nicht vergessen haben.«

»Aber ob ein Elfjähriger Misshandlungen erkennt? Sie wurden ja sehr gut kaschiert.«

Plötzlich wünschte er sich Sanela Beara an seiner Seite. Die Kroatin hatte ein Gespür für Ungesagtes. Angelika würde die Befragung einzig und allein auf die körperlichen Anzeichen von Gewalt lenken. Beara hingegen… idiotisch, ausgerechnet jetzt an sie zu denken. Viel zu impulsiv. Zu unüberlegt. Sie musste noch viel lernen. Ein Glück, dass sie die kommenden drei Jahre mit nichts anderem als ihrem Studium verbringen würde. Er hätte ihr nicht drohen dürfen. Jetzt schämte er sich dafür.

Sie hörten, wie die Eingangspforte geöffnet wurde und sich Schritte näherten. Dann sahen sie, wie die Lady aus ihrem Büro geschossen kam und ihrem Chef mitteilte, wo die Besucher warteten. Der Direktor hörte kaum zu, reichte ihr Hut und Mantel und ging mit einem schnellen Nicken weiter, Tristan folgte ihm.

»Frau Rohwe?« Ganz Herr alter Schule wandte er sich zuerst an die Dame im Raum und reichte ihr die Hand. »Nikolaus von Randelow, ich bin der Leiter des Instituts. Herr Gehring?« Ein verbindlicher Händedruck.

Von Randelow war Anfang sechzig. Etwa eins achtzig groß, überschlank, leicht vornübergebeugt, hatte er etwas von einer biegsamen Gerte. Lebhafte graue Augen funkelten in dem schmalen Gesicht mit der hohen Pädagogenstirn. Ein Lehrer aus einer anderen Zeit. Ein Gehrock hätte ihm sicher gut gestanden. Gehring wusste, dass der Direktor nach der Wende aus Osnabrück nach Randelow gekommen war, weil er den Familiensitz rückübertragen bekommen hatte. Es war eine Ruine gewesen, und Randelow hatte auch in Osnabrück als Lehrer gearbeitet. Die Schule musste ein Vermögen verschlungen haben. Vermutlich lasteten hohe Kredite auf Randelows Konto. Millionäre verbrachten ihre Tage wahrscheinlich anders.

Der Direktor setzte sich nicht hinter seinen Schreibtisch, sondern gemeinsam mit Tristan, Rohwe und Gehring auf die Couchgarnitur. Die Hausdame stand in der Tür und wartete auf Anweisungen.

»Ich sehe, Frau Fiedler hat sich Ihrer schon angenommen. Für mich bitte einen Tee. Tristan?«

»Nichts«, nuschelte der Junge und betrachtete aufmerksam die Schnürsenkel seiner Chucks.

Bei näherem Hinsehen war er nicht mehr ganz so hübsch. Vielleicht lag es auch an dem mürrischen Ausdruck in seinem Gesicht. Von seiner Körperhaltung her war er unübersehbar der Sohn von Günter Reinartz: groß, breitschultrig, Respekt gewohnt. Bei seinem Gesicht hingegen mussten die Gene der Mutter eine entscheidende Rolle gespielt haben. Helle Haut, eine gerade, beinahe schon klassisch römische Nase und – Sommersprossen. Vermutlich verfluchte er sie jedes Mal, wenn er sie im Spiegel sah. Er wollte so gerne ein Mann sein, aber mit den Sommersprossen würde ihm wohl auf ewig etwas Kindliches anhaften.

Frau Fiedler zog sich zurück. Von Randelow beugte sich vor, legte die Unterarme auf die Knie und faltete die Hände. So leitete man Gespräche zum Thema »Was hast du denn jetzt schon wieder angestellt?« ein.

»Wir würden Ihnen gerne ein paar Fragen stellen, Herr Reinartz.« Gehring fiel die Anrede schwer. Am liebsten hätte er Tristan geduzt. »Allein.«

»Es tut mir leid«, widersprach von Randelow freundlich und wie erwartet. »Tristan ist noch nicht volljährig. Er wünscht meine Anwesenheit. Aber ich halte mich selbstverständlich zurück.«

Wer von den beiden was wünschte, war klar. Tristan hätte sich am liebsten überhaupt nicht auf dieses Gespräch eingelassen.

»Gut. Herr Reinartz, wir ermitteln im Mordfall Darijo Tudor.« Irritiert verfolgte Gehring, wie Tristan sich vorbeugte und seine Schnürsenkel neu zu binden begann. »Wie Sie wissen, wurden die sterblichen Überreste des Jungen am Montag im Grunewald nahe der Havel gefunden. Er muss um den Zeitpunkt seines Verschwindens ermordet worden sein. Wir sind hier, weil wir neue Erkenntnisse gewonnen haben und von Ihnen einige Informationen brauchen.«

Nach dem linken widmete sich Tristan nun dem rechten Schuh.

»Wie war die Situation in Ihrem Elternhaus vor Darijos angeblicher Entführung?«

Ein Schulterzucken.

»Anders gefragt: Gab es damals Anzeichen, dass Ihre Eltern sich trennen würden?«

»Keine Ahnung«, nuschelte Tristan.

»Gut, dann erzählen Sie mir etwas über Lida Tudor.«

Schulterzucken.

»Sie war damals seit ein paar Monaten als Hauswirtschafterin bei Ihnen. Wie kamen Sie miteinander aus? Herr Reinartz, wir brauchen schon ein paar klare und wenn möglich zusammenhängende Sätze von Ihnen.«

»Sie hat geputzt und aufgeräumt.«

Immer noch kein Blickkontakt. Wenn Gehring daran dachte, dass ihm dieses Gehabe bei seinen eigenen Kindern noch bevorstand, dann Gute Nacht.

»Und?«

»Und was?« Der erste Blick. Unwillig, fast zornig.

»Was hat sie sonst noch getan?«
»Mann. Sie sind echt der Abschuss. Was wollen Sie? Ich hab nicht durchs Schlüsselloch geschaut, wenn Sie das meinen. Ich denke, Sie haben den Täter? Der Vater war es, dieser Emo. Hätte ich Ihnen gleich sagen können.«
»Warum haben Sie es dann nicht getan?«, fragte Gehring schärfer als beabsichtigt.
»Weil mich keiner gefragt hat.«
»Jetzt frage ich Sie.«
Tristan fläzte sich breitbeinig zurück, schnellte im nächsten Moment wieder vor, rieb sich dann mit beiden Händen das Gesicht. Er vermittelte das Gefühl, in seinem Inneren bis zum Anschlag aufgezogen zu sein wie eine mechanische Uhr.
»Er war ein Arsch. War aber auch kein Wunder. Ich meine, Sie wissen doch, was kurz darauf passiert ist. Da würde jeder ausrasten. Hat er ja auch einmal getan. Heute würde ich ihm die Fresse polieren. Aber damals ging es noch nicht.«
Herr von Randelow räusperte sich leise. Vermutlich ein dezenter Hinweis darauf, dass Tristan auf seine Wortwahl achten sollte.
»Seit wann wussten Sie von dem Verhältnis zwischen Ihrem Vater und Frau Tudor?«
»Keine Ahnung.«
Jetzt war der linke Schuh wieder dran. Gehring ließ Tristan nicht aus den Augen, trotzdem bemerkte er, wie Angelika unruhig zu werden begann.
»Die Obduktion hat ergeben, dass Darijo in den Monaten vor seinem Tod mehrere Rippenbrüche erlitten hat. Außerdem wurden ihm zwei Zähne ausgeschlagen.«
Schulterzucken. Herr von Randelow sah auf seine Hände. Nichts in der Miene des Superpädagogen verriet, was er gerade über seinen Schüler dachte.

»Wie ist es dazu gekommen?«

Ein leises Klopfen, dann kam Frau Fiedler und brachte ihrem Chef den Tee. Die kurze Unterbrechung reichte, um die Spannung zu lösen – sehr zu Gehrings Leidwesen.

»Also?«, fragte er, als die Frau wieder verschwunden war.

»Ich weiß nichts darüber. Ich hab mit Darijo kaum was zu tun gehabt.«

»Wo war der Junge denn dann die ganze Zeit?«

»Bei seiner Mutter, nehme ich an. Oder drüben in der Remis. Keine Ahnung. Bei Siegfried. Wo auch immer.«

»Ist Ihnen rund um den Zeitraum von Darijos Verschwinden etwas aufgefallen? Ein Wagen vorm Haus, zum Beispiel ein Pick-up? Haben Sie jemanden gesehen?«

»Nein. Ich kann mich auch kaum noch daran erinnern.«

»Auch nicht an die Polizei? Die Fotografen vor der Haustür? Alles weg?«

»Jep. – Herr von Randelow, ich muss noch das Geschichtsreferat vorbereiten.«

Der Direktor nickte freundlich, denn Tristans Bemerkung klang wie die eines braven Schülers, der er mit Sicherheit nicht war.

»Wir sind noch nicht ganz durch, Herr Reinartz. Wie hat Ihre Mutter reagiert, als das Verhältnis Ihres Vaters mit der Hauswirtschafterin aufgeflogen ist?«

Die Augen des Jungen wurden schmal. »Was hat das denn mit dem Mord zu tun?«

»War ihr bekannt, was sich hinter ihrem Rücken abspielte? Oder hat sie die Augen davor verschlossen?«

»Woher soll ich das wissen?«

»Weil Eltern ihren Kindern gegenüber eine Trennung rechtfertigen. Meistens jedenfalls.«

»Keine Ahnung. – Herr von Randelow…«

»Haben *Sie* davon gewusst?«

»Wovon?« Tristan starrte Gehring entgeistert an.

»Seit wann war Ihnen klar, dass Lida Tudor eine Gefahr für Ihre Familie war?«

Von Randelow räusperte sich. Das Gespräch schien ihm gerade von einer gepflegten britischen High-Tea-Konversation ins Eingemachte abzudriften. »Ich weiß nicht, was die Frage zur Klärung dieses bedauerlichen Falles beitragen könnte«, sagte er.

Das wissen Sie ganz genau, dachte Gehring. »Also?«

Tristan hob ratlos die Hände, im Gesicht ein Ausdruck ebenso großen wie gespielten Bedauerns. »Ich war damals elf. Ich habe an nichts anderes gedacht als an die Aufnahme ins Hockey-Team. Die Ehe meiner Eltern war kein Thema für mich.«

»Wie ist Ihr Verhältnis zu Lida Tudor?«

»In Ordnung«, log er. »Absolut entspannt.«

»Und zu Ihrer Mutter?«

Seine Hände fuhren ruhelos über die Jogginghose. »Sie ist meine Mutter. Ein bisschen anstrengend, aber okay. Lassen Sie sie in Ruhe, ja? Sie hat eine Menge mitgemacht damals. Alle hatten Angst um Darijo. Sie auch.«

»Und um Sie?«

»Ich verstehe die Frage nicht.«

»Die angeblichen Entführer hätten es genauso gut auf Sie abgesehen haben können. Hatte jemand auch Angst um Sie?«

»Klar. Wir haben Wachschutz bekommen, ich wurde jeden Tag zur Schule gebracht und wieder abgeholt. Dann haben meine Eltern entschieden, dass es sicherer wäre, wenn ich in ein Internat gehe.«

Gehring nickte. »Verständlich.«

»Wissen Sie, ich will, dass Sie den Kerl einbuchten. Das dauert alles schon viel zu lange. Und wenn man grade denkt, jetzt kriegt man die Kurve, dann passiert wieder was.«

»Warum glauben Sie, dass Darko Tudor der Täter ist?«, fragte Angelika.

Wieder zuckte Tristan mit den Schultern. Dieses Mal wirkte es nicht gleichgültig, denn er verzuckerte die Geste mit einem kleinen Lächeln, das er ausschließlich für sie reserviert zu haben schien. Es erhellte sein Gesicht, und zum ersten und einzigen Mal glaubte Gehring, eine Ähnlichkeit der beiden Jungen von damals zu entdecken. Tristan war elf gewesen, als seine Kindheit in den Abgrund gerissen worden war. Ein schmächtiger, fast zarter Junge. Erstaunlich, wie er sich körperlich entwickelt hatte.

»Ich weiß nicht. Ich habe immer an einen Mann gedacht. So eine Entführung zu planen und den Kleinen dann umzubringen… Vielleicht kann ich mir einfach nicht vorstellen, dass eine Frau so grausam sein kann. Lidas Ex war eifersüchtig. Er hatte keine Chance gegen meinen Vater. Ich denke, dieser Honk wollte ihr das Genick brechen.«

»Und?«, fragte Gehring. »Hat er das Ihrer Meinung nach getan?«

»Keine Ahnung.«

Von Randelow nippte an seinem Tee und stellte die Tasse dann auf eine Art und Weise ab, mit der man etwas sagen will. Kommen Sie zum Ende, beispielsweise.

»Hatte Darijo Feinde?«, fragte Gehring ungerührt weiter.

»Gab es jemanden, der ihn nicht gemocht hat?«

»Wir alle haben ihn gemocht. Aber ich habe ihn ehrlich gesagt nicht oft gesehen. Klar, er war manchmal bei uns im Haus und ist überall reingeschneit. Er konnte eine echte Nervensäge sein. Was ist das? Ein Flatscreen. Und das? Eine Espressomaschine. Und das? Und das? Und das? Er war ja noch nicht lange in Deutschland. Und dann gleich in so einem Haus wie unserem, na ja.«

Tristan schickte ein weiteres, fast entschuldigendes Lächeln in Angelikas Richtung. Von Randelow sah demonstrativ auf seine Armbanduhr. Gehring nickte seiner Kollegin kurz zu, dann standen sie auf.

»Danke, dass Sie sich die Zeit genommen haben, mit uns zu reden.«

»Gern geschehen.« Tristan steckte seine Hände in die hinteren Hosentaschen. »Ich fürchte, ich konnte Ihnen nicht viel helfen. Das ist alles so weit weg wie hinter einem Theatervorhang. Ich will es einfach nur vergessen. Darf ich jetzt gehen?«

»Selbstverständlich.« Von Randelow nickte ihm wohlwollend zu und sah ihm hinterher. »Schade, dass wir ihn verlieren. Ein wunderbarer Junge.«

»Warum?«, fragte Gehring.

Der Schulleiter räusperte sich verlegen. »Hat Ihnen sein Vater nichts erzählt? Tristan geht nach dem mittleren Schulabschluss zurück nach Berlin.«

Auf dem Weg hinaus beeilte sich Gehring, Tristan einzuholen. Angelika folgte ihnen mit dem Schulleiter, der einen Kurzabriss der Randelow'schen Familienhistorie zum Besten gab. Auf der breiten Treppe vor dem Portal hatte er den Jungen eingeholt.

»Sie scheinen sich gut eingelebt zu haben.«

Tristan nickte. »Ja. Nettes Volk hier.«

»Schade, das alles wieder zu verlieren.«

»Jep.« Tristan ging die Stufen hinunter. Der Direktor war noch in Sichtweite, daher konnte er Gehring nicht einfach stehenlassen.

»Dann waren Sie nur vier Jahre auf Schloss Randelow? Das ist ungewöhnlich. Die meisten bleiben doch sicher bis zum Abitur.«

»Ich bin nicht die meisten.« Der Teenager blieb auf dem geräumten und geharkten Kiesvorplatz stehen und wartete ungeduldig. Gehring konnte sich kaum vorstellen, dass ein Geschichtsreferat diese Eile hervorrief.

»Hat sich die Situation zu Hause also wieder stabilisiert?«

»Hat das mein Vater gesagt?« Tristan sah hinauf zur Eingangshalle. Von Randelow stand mit Angelika Rohwe vor einem Ölporträt und erläuterte ihr gerade irgendein Detail.

»Ja.«

»Na dann... Die Alte ist schließlich ab Herbst weg. Ich weiß, es wird nie wieder wie früher sein. Aber ich komme damit klar.«

»Lida ist ab Herbst weg?«

Tristan begann zu dämmern, dass Gehring weit weniger wusste, als er befürchtet hatte. »Weiß ich nicht...«, sagte er zögernd. »Keine Ahnung. Sie haben wohl Stress miteinander. Schauen Sie sich die beiden doch an. Mein Vater war immer eine Respektsperson für mich. Mit dieser Frau hat er sich lächerlich gemacht.«

»Weil sie so viel jünger ist als er?«

Langsam lösten sich Rohwe und von Randelow von dem Gemälde und schlenderten wie zwei Museumsbesucher auf den Ausgang zu.

»Der Background. Ihr Ex. Einfach alles. Es hat nicht funktioniert. Alle haben es vorher gewusst, und die beiden tun es trotzdem.«

»Sind Sie deshalb ins Internat gekommen.«

»Ja.«

Tristan log. Es gab noch einen weiteren Grund. Nur welchen?

Angelika hatte sich endlich von dem Schulleiter verabschiedet, und Gehring ließ es dabei bewenden. Gemeinsam gingen sie zum Auto.

»Der arme Junge«, sagte sie.

Gehring nickte zerstreut. Die besten Antworten bekam man immer zum Schluss.

18

Der Anruf kam am späten Vormittag und setzte bei Sanela einen heillosen Aktionismus in Gang.

»Du kannst anfangen. Fahr am besten gleich hin.«

»Petar! Wir hast du das bloß geschafft?«

»Frag mich nicht, dann frag ich dich auch nicht«, knurrte er. Wenigstens konnte sie ihm noch entlocken, wie er sie bei Reinartz Chauffeur angekündigt hatte.

»Du bist Nelli Schmidt, Deutsche. Dein Mann, ein Dorftrottel aus Bobota, der letztes Jahr meine Rosen beschnitten und dabei völlig verhunzt hat, hat dich sitzengelassen, und was anderes außer Putzen hast du nicht gelernt. Bozo hat das Okay von Lida schon eingeholt, du kommst erst mal vorübergehend und arbeitest umsonst, das war das ausschlaggebende Argument. Nach einer Woche werden sie über eine Festanstellung auf Probe nachdenken. Du wirst vorher auf Nimmerwiedersehen verschwinden. Ist das klar?«

»Klar.«

Als Erstes füllte Sanela im Internet das Versäumnisformular für die HWR aus und gab »Krankheit« als Grund an. Das war noch keine Dienstpflichtverletzung. Krank werden konnte jeder, und bei drei Tagen hetzte einem keiner den Amtsarzt auf den Hals. Anders sah die Sache aus, wenn sie gleichzeitig den Antrag auf Genehmigung einer Nebentätigkeit stellte. Das würden penible Aktenreiter übel nehmen, da sich das Datum ihres ersten Arbeitstages mit dem ihrer Krankschreibung überschnitt. Was, wenn beide Anträge bei demselben unterforderten Sachbearbeiter auf dem Schreibtisch landeten? Die Hochschule war keine riesige anonyme Behörde, sondern hatte eine überschaubare Verwaltung.

Also kein Antrag. Sie musste sich ja nicht absichtlich selbst ein Bein stellen. Eine weitere ungelöste Frage war, wie sie Gehring informieren sollte, wenn sie etwas herausfand. Das war ungleich komplizierter, denn vor Gericht und in den Ermittlungsakten durfte kein Schatten von ihr erscheinen, noch nicht einmal der Hauch einer Erinnerung. Darüber würde sie nachdenken, wenn es so weit war. Zunächst musste das größte Problem angegangen werden. Beide, Lida und Theodor, hatten sie schon einmal gesehen. Durch sie hindurchgesehen traf es wohl eher. Trotzdem bestand das Risiko, dass einer von beiden sie wiedererkannte.

Der türkische Friseursalon an der Ecke war die Lösung. Die Angestellte staunte zwar nicht schlecht, als Sanela auf einem Kurzhaarschnitt und strohblonder Farbe, aber mit herausgewachsenem Haaransatz bestand, doch es sollte der hipste Style sein, den man gerade in London zu sehen bekam. Mit einem Seufzen machte die junge Frau sich an die Arbeit. Zwei Stunden später zog sie ihr den Plastiküberwurf von den Schultern, Sanela sah in den Spiegel – und erschrak.

Die Verwandlung war perfekt. Die kurzen Haare machten ihr Gesicht schmaler und vergrößerten ihre dunklen Augen. Blonde Strähnen fielen ihr in die Stirn, die Ohren standen weiter ab, als sie vermutet hatte, und der Hals kam ihr unnatürlich lang vor. Unwillkürlich fuhr sie mit der Hand über den Nacken. Sie fühlte sich ungeschützt, außerdem war es kalt.

»Gefällt's dir?«, fragte die Friseurin und wischte mit einem dicken Pinsel die letzten Haare von Sanelas Schultern.

»Ja, super. Danke.«

Sie bezahlte keine fünfzig Euro. Dann ging sie in den nächsten Drogeriemarkt und nutzte die Tester gnadenlos aus. Am Ende hatte sie gefühlte drei Pfund verklebtes Mascara, ein viel zu dunkles Make-up und türkisgrünen Lidschatten aufgetragen. Die Lippen ließ sie aus, weil sie nicht wusste, wer die verschmierten Teile vorher benutzt hatte. Als sie abschließend zum Nagellack greifen wollte, kam die Kassiererin um die Ecke und wies sie darauf hin, dass man die Ware auch kaufen könne. Sanela entschied sich für einen rosa Perlmuttton, eine Farbe, die in ihr allein beim Anblick leisen Widerwillen auslöste und deshalb perfekt passte. Das Auftragen erledigte sie im Wagen. Anschließend fuhr sie nach Hause.

Tomislaw stand in der Küche und wärmte sich gerade den Rest Bohnen auf. Als er seine Tochter sah, ließ er beinahe den Löffel fallen.

»Was hast du denn mit deinen Haaren gemacht? Und mit deinem Gesicht?«

»Keine Sorge«, sagte sie und küsste ihn auf die Wange. Den Kuchen, den sie um ein Haar im Auto vergessen hätte, stellte sie in den Kühlschrank. »Das ist für einen Einsatz. Undercover.«

»Und wo ist das?« Seine Phantasie gaukelte ihm wohl gerade ein Bild vor, in dem Sanela und der Bordstein eine gleichberechtigte Rolle spielten.

»Es handelt sich um eine verdeckte Ermittlung. Deshalb darf ich dir nichts sagen, und du sagst bitte auch niemandem etwas. Noch nicht mal Katarina. Okay?«

Sie nahm eine Gabel und angelte eine Salamischeibe aus der brodelnden Masse. »Ich muss nur noch ein paar Klamotten zusammenpacken.«

»Du kommst nicht mehr nach Hause?«

»Vorerst nicht. Nächste Woche bin ich wieder da, versprochen. Ich habe mein Handy dabei, falls was ist. Du kannst mich jederzeit anrufen, aber gut möglich, dass ich mal nicht rangehe. Ah!«

Sie hatte sich den Mund verbrannt. Hastig öffnete sie den Wasserhahn und trank aus der hohlen Hand.

»Hat es etwas mit Lutz zu tun?«

Sie griff nach dem Geschirrhandtuch und trocknete sich ab.

»Mit KHK Gehring? Nein.«

»Mit Darijo?«

Sie hängte das Tuch so umständlich auf, dass sie ihren Vater dabei nicht ansehen musste. »Auch nicht. Es ist für die Hochschule. Ein Experiment für meine nächste Hausarbeit. Jeder kann sich dafür eine Aufgabe aussuchen. Ich habe mich für eine verdeckte Ermittlung entschieden.«

Tomislaw nahm den Topf vom Herd und stellte ihn auf einer mehrfach gesprungenen folkloristischen Kachel ab. »Das gefällt mir nicht. Nächste Woche ist die Taufe.«

»Junge oder Mädchen?«

»Sie hat es dir erst neulich erzählt. Sanela, was ist los? Du bist immer noch nicht ganz gesund. Ich sehe, dass deine Schulter manchmal schmerzt.«

Er hatte recht. Mit allem. Sie wusste ja selbst noch nicht einmal, warum sie auf einmal einen solchen Ehrgeiz entwickelte. Es konnte mit vielem zu tun haben: Unterforderung, dem Gefühl, die Einzige zu sein, die Licht in die dunklen Geheimnisse um Darijos Tod bringen konnte, dem magischen Moment, wenn die vielen Fäden, die man lose in den Händen hielt, auf einmal ein Muster ergaben.

»Es ist Lutz«, sagte Tomislaw mit einer Bestimmtheit, die an Katarina erinnerte, wenn sie finanzielle Engpässe damit erklärte, dass das Salz nicht am Fenster stehen dürfe.

»*Tata!*«

»Doch! Kaum taucht er auf, wirst du ... manisch.«

»Manisch?« Sie hatte ihm neulich die dritte Staffel *Homeland* aus der Videothek mitgebracht. Wahrscheinlich ein Fehler. »Noch habe ich nicht angefangen, die Wohnzimmerwand mit Notizen zu tapezieren. Lass es gut sein, ja? In ein paar Tagen bin ich wieder da. Dann schreibe ich meine Arbeit und werde die Beste vom ganzen Seminar.«

Sie schlüpfte aus der Küche und eilte in ihr Zimmer. Hastig suchte sie zusammen, was eine Frau, der nicht allzu viel geblieben war, in eine Reisetasche packen würde. Pullover, Röcke, Hosen, Leggins, T-Shirts, Unterwäsche. Strümpfe, klar. Ein Buch? Sie entschied sich dagegen. Schmuck? Gute Idee. Sie wollte die Kette mit dem Ehering ihrer Mutter aus der Schreibtischschublade holen, doch sie überlegte es sich anders. Zu groß das Risiko, die Kette zu verlieren. Ihren Laptop? Lieber nicht.

Sie wuchtete die Tasche hoch – ganz schön viel Gewicht, obwohl kaum etwas drin war – und wand sich damit durch den engen Flur zurück in die Küche.

»Bis bald, *tata*.«

Er saß am Küchentisch und sah zu ihr hoch. Das Bild würde sich ihr einprägen, eine Momentaufnahme ihres gemeinsamen Lebens. Der Vater, aufgewärmte Bohnen essend, sie ziehen lassend, ohne zu fragen, obwohl er viel mehr über sie wusste, als er zugab. Sie liebte ihn so sehr. Auch wenn er sie für manisch hielt.

»Ist alles in Ordnung mit dir?«, fragte sie.

»Natürlich.«

»Wir sollten mal einen Gesundheitscheck beim Arzt machen. Herz, Kreislauf, all diese Dinge.«

Er nickte. Sie war versucht, ihn auf Evelins Bemerkung anzusprechen. Am Wochenende, dachte sie. Vielleicht bin ich dann ja schon wieder zurück. Wir werden uns warm anziehen und altes Brot mitnehmen, gemeinsam zum Kanal gehen, die Enten füttern, uns auf eine Bank setzen und lange schweigen. Irgendwann wirst du mir erzählen, was los ist mit deinem Herzen.

Sie gab ihm einen Kuss. Erst ließ er es reglos geschehen. Dann schlossen sich seine Arme um sie und hielten sie einen Moment fest. Sanela atmete seinen Geruch ein, das scharfe Rasierwasser, einen Hauch Knoblauch und einen Duft wie aus alten Büchern, Weisheit und Wissen.

»Ich hab dich lieb«, flüsterte sie.

»Ich dich auch, mein Kind. Ich dich auch.«

Als sie die Wohnungstür hinter sich zuzog, schnitt ihr eine Ahnung ins Herz. Dieses kurze, zerbrechliche Leben. Sie atmete tief durch und eilte die Treppen hinunter.

19

»Was soll das werden?«

Julia Venneloh riss Dörte Kapelnik den Durchsuchungsbeschluss aus der Hand. Die Buchstaben tanzten vor ihren Augen. Gegen den Beschuldigten Darko Tudor… geschieden… kroatischer Staatsangehöriger… wegen…

»Totschlag? An Darijo Tudor? Das ist nicht Ihr Ernst.«

»O doch, Frau Venneloh.«

»Sie suchen das Tatwerkzeug? Hier? Jetzt?«

Die Frau, Chefin einer ganzen Brigade von Männern, trat zur Seite, um ihre Mitarbeiter durchzulassen.

»Wohin sollen wir?«

Die Männer drängten sich in dem kleinen Windfang. Einer stieß den Pappaufsteller um.

Julia versuchte, ihr hämmerndes Herz zu ignorieren. »Sie sind hier falsch. Das ist die Wolfsforschungsstation Spreebrück.«

»Schon klar. Und die Meldeadresse von Darko Tudor. Also? Haben Sie Ihren Angestellten mit zehn anderen in einem Kellerraum untergebracht? Oder unterm Herd in der Küche?«

»Hier oben!«, rief einer der Kollegen, der sich hinter ihrem Rücken die Treppe hochgeschlichen hatte. »Da steht sein Name an der Tür.«

»Das dürfen Sie nicht!«

»Natürlich dürfen wir das«, antwortete die Frau. »Deshalb sind wir ja hier.« Sie gab ihren Mitarbeitern einen Wink. »Haben Sie einen Schlüssel? Sonst müssen wir die Tür aufbrechen.«

»Einen ... einen Augenblick, bitte.«

Sie hastete durch den Flur in ihr Büro und zog mit zitternden Händen die Schublade ihres Schreibtisches auf. Darko wusste nichts von dem Zweitschlüssel. Allein der Gedanke, ihm ihre Heimlichtuerei erklären zu müssen, schnürte ihr den Hals zu. Sie schob die Schublade wieder zu.

»Ich finde ihn nicht«, erklärte sie der Frau. Die gab ihren Kollegen oben auf dem Treppenabsatz einen Wink, und Sekunden später hallte das Geräusch von berstendem Holz durch das enge Treppenhaus. Julia zuckte zusammen.

»Das reparieren Sie hoffentlich wieder? Wir sind hier nur Mieter und ein gemeinnütziger Verein. Wir haben nicht das Geld ...«

Die Frau hatte sie einfach stehenlassen. Ratlos blickte Julia ihr hinterher. Dann stieg sie langsam die Treppe hinauf. Die Tür zu Darkos Wohnung stand offen, Holzsplitter kragten aus dem Rahmen. Die Männer fingen gerade an, Schränke, Badezimmer und Bett zu durchwühlen. Da hatte sie sich immer so viel Mühe gegeben, nichts, aber auch gar nichts in Unordnung zu bringen, hatte immer nur im Wohnzimmer gesessen – gut, einmal war sie auch in sein Bett gekrochen, aber nur ein einziges Mal! –, hatte vielleicht den Kleiderschrank geöffnet, um seinen Geruch einzuatmen, und ihn vorsichtig wieder geschlossen, hatte jedoch nie die Schubladen geöffnet, aus Angst, er würde das irgendwie bemerken, und dann das. Kopfkissen wurden hochgehoben und achtlos wieder fallen gelassen. Die Wäsche im Schrank durchwühlt und nachlässig zurückgelegt. Der Inhalt von Küchen- und Badezimmerschränken inspiziert, herausgeholt, völlig durcheinander zurückgestellt oder einfach liegen gelassen. Sie nahm ein Hemd, das von einer Stuhllehne auf den Boden gefallen war, und begann es zusammenzulegen. Sie musste sich beherrschen, das Gesicht nicht darin zu vergraben.

»Wo ist er?«

Die Frau, die sich als Dörte Kapelnik vorgestellt hatte, untersuchte gerade einen Stapel Bücher, den Darko auf einem alten Schemel neben seinem Bett gehortet hatte. Ob sie tatsächlich glaubte, er hätte das Tatwerkzeug als Lesezeichen benutzt?

»Ich muss ihn dringend erreichen. Er geht seit gestern nicht an sein Handy. Ist ihm etwas passiert?«

»Sind Sie eine Angehörige?« Kapelnik warf ihr einen prüfenden Blick zu.

»Nein, ich bin seine Chefin. Und eine Freundin. Eine gute Freundin. Ich mache mir Sorgen.«

»Er sitzt in der JVA Tegel in Untersuchungshaft.«

Julia setzte sich aufs Bett, weil ihre Beine sie auf einmal nicht mehr tragen wollten. »O mein Gott.«

Darko, der am liebsten unter Sternen schlief. Der die Weite brauchte, den rauschenden Wind in den Wipfeln der Bäume, den reißenden Fluss, das Heulen der Wölfe... Darko saß im Knast.

»Wenn Sie so eine gute Freundin sind, wird er es Ihnen bestimmt selbst erklären wollen. Was ist das hier?«

Die Frau hatte die Nachttischschublade aufgezogen und holte zu Julias Erstaunen einen Sender heraus.

Reflexartig streckte die Biologin die Hand aus. »Darf ich mal?«

»Nein.« Aber sie zeigte ihn ihr.

Das schwere, stabile Gummiband war schwarz. Demnach war der Sender älter, denn die Modelle, die sie zurzeit benutzten, waren grau. Julia warf einen Blick auf die Seriennummer. Sie endete auf eine Vier. Dieses Exemplar hatten sie schon vor einigen Jahren abgeschrieben.

»Das ist ein GPS-Sender, wie wir sie den Wölfen anlegen, um ihre Wanderungen zu dokumentieren.«

Die Kripofrau begutachtete das Teil. »Ist es üblich, dass diese Dinger in Nachttischschubladen aufbewahrt werden?«

»Nein, natürlich nicht. Sie sind sehr teuer. Das ist ein ausgemustertes Exemplar.«

»Ist es noch in Betrieb?«

»Nein. Ich weiß genau, wie viele Sender wir am Laufen haben. Der hier gehört nicht dazu.«

»Wofür kann man ihn sonst noch benutzen?«

Julia begriff nicht. Was sollten diese Fragen? Es war kein Verbrechen, das Darko begangen hatte. Höchstens eine kleine Unterschlagung. Vielleicht aus Sentimentalität oder Sammeltrieb oder was auch immer.

»Ich weiß es nicht«, antwortete sie.

»Um jemanden zu überwachen vielleicht? Dafür werden die Sender schließlich gebraucht.«

»Für Wölfe, ja. Aber wer legt sich denn freiwillig so ein schweres Band um?«

»Man könnte das Ding sicher auch in einem Auto verstecken. Wie genau sind diese Sender?«

»Sehr genau«, flüsterte Julia.

Sie hörte Schritte auf der Treppe. Kurz darauf betrat jemand die Wohnung, der hier nicht hergehörte. Jemand, der zwar Teil ihres Lebens war, aber nicht dieses Ortes. Der eine Halluzination sein musste, denn ihn hier zu sehen war einfach unbegreiflich. Ein Mann, kräftig, mit leichtem Bauchansatz, dunkelblonden, kurzen Haaren und weichen Gesichtszügen. Blass im Winter, weil er zu selten an die frische Luft kam, blass im Sommer, weil er die Sonne mied.

»Holger?«

Dörte Kapelnik sah hoch und stand auf. Sie reichte dem Neuankömmling die Hand.

»Sie sind der Bürgermeister der Gemeinde, Holger Venneloh?«

»Ja.« Er reichte der Frau die Hand, sein Blick aber suchte Julia, die, Darkos Hemd immer noch an sich gepresst, auf dem Bett saß.

Sie erhob sich wie in Trance. »Das ist mein Mann.«

»Bis jetzt haben wir noch nichts gefunden, Herr Venneloh.«

»Was machst du hier?«, fragte sie.

Holger blickte sich um. »Die Polizei hat mich als Zeugen dazugebeten. Das ist wohl Teil der Strafprozessordnung, wenn es um Hausdurchsuchungen geht.«

»Paragraph einhundertfünf, Absatz zwei«, sagte Kapelnik und winkte einen ihrer Mitarbeiter heran, um die Matratze hochzuheben.

Holger zog Julia am Arm sanft hinaus in den kleinen Flur. »Das ist ja der reinste Horror«, flüsterte er.

Sie nickte. Dem war nichts hinzuzufügen. Die Tür zum Badezimmer stand offen. Einer der Männer von der Spurensicherung machte sich gerade am Spülkasten zu schaffen.

»Ich habe es gerade erst erfahren«, flüsterte sie hastig. »Ich kann es gar nicht glauben. Es ist so furchtbar.«

»Du musst ihn rauswerfen, dich von ihm distanzieren, sofort. Jetzt kann ich es dir ja sagen. Mir war nie wohl bei dem

Gedanken, dass dieser Mann mit dir unter einem Dach gearbeitet und sogar gelebt hat.«

»Was?« Begriffsstutzig sah sie ihn an. »Wie, nicht wohl bei dem Gedanken?«

»Egal. Jetzt ist sowieso erst mal Schadensbegrenzung angesagt. Draußen stehen zwei Wannen, das ganze Dorf weiß Bescheid. Wahrscheinlich denken sie, es geht um den Verein. Ich muss gleich den *Spreekurier* anrufen und die Sache richtigstellen.«

»Die Zeitung? Aber warum denn?«

Holger betrachtete sie verwundert. »Weil dein Ruf und der deines Lebenswerks auf dem Spiel steht, Dummchen.«

»Nenn mich gefälligst nicht so!«, zischte sie. »Darko ist unschuldig. Das alles ist ein riesengroßer Irrtum.«

»Ah ja. Die Kripo. Die Hausdurchsuchung hier. Alles ein Irrtum. Der Typ sitzt in U-Haft, es ist nur eine Frage der Zeit, bis sie finden, wonach sie suchen. Dieser Mann hat seinen Sohn umgebracht. Seinen eigenen Sohn!«

»Woher willst du das wissen? Warst du dabei?«

Holger trat einen Schritt zurück. Das war auch gut so, sonst hätte sie ihn von sich wegstoßen müssen. Seine Nähe, seine Körperlichkeit, alles an ihm war aufdringlich und massig und viel zu viel.

Verletzt, irgendwie überrumpelt von ihrer Reaktion, sagte er: »Du verteidigst den Kerl immer noch.«

»In diesem Land gilt die Unschuldsvermutung. Darko ist der beste Wildbiologe, den wir je hatten. Er lebt ja fast unter den Wölfen. Er ist unersetzbar.«

»Das ist keiner.«

»Doch, für uns schon.« Sie benutzte den Plural, um von sich abzulenken. »Ich kenne ihn seit Jahren. In dieser Zeit müsste man doch einen Blick für die Menschen bekommen, mit denen man zusammenarbeitet. Ich bin fest von seiner Unschuld überzeugt. Nein, wir alle sind das.«

»Ach, Julia.« Er griff nach ihr und zog sie in eine Umarmung, in der sie zu ersticken drohte.

Der Spurensicherer war fertig im Bad. Lustlos schob er den Duschvorhang zur Seite. Sie schloss die Augen und verbot sich, daran zu denken, was sich unter dem prasselnden Wasserstrahl vor nicht allzu langer Zeit ereignet hatte.

»Du bist einfach zu gut für diese Welt.«

Dörte Kapelnik kam in den Flur. Holger ließ sie los. Julia rang nach Luft.

»Wir wären dann fertig hier oben.« Unter dem Arm trug sie ein Notebook. Da sie keines dabeigehabt hatte, als sie sich Zugang zur Wohnung verschafft hatte, musste es Darko gehören. Julia hatte es noch nie gesehen. Bei ihren heimlichen Stippvisiten wäre es ihr sicher aufgefallen. Also hatte er es versteckt. Die Frage »Wo?« brannte ihr auf der Zunge, aber sie beherrschte sich. Er hatte Geheimnisse vor ihr, so viel war spätestens seit der Sache mit dem Sender klar. Das Warum war viel wichtiger. Es konnte viele harmlose Erklärungen dafür geben. Vielleicht hatte er etwas geahnt und wollte nicht, dass Julia oder jemand anders in seinen privaten Mails herumschnüffelte. Vielleicht streamte er illegal irgendwelche Serien und Filme, bestellte Mittel gegen Haarausfall oder betrachtete irgendwelche Fotos. Sicher gab es einen Grund dafür. Nur – Julia würde ihn nie erfahren.

»Und?«, fragte Holger. »Sind Sie doch noch fündig geworden?«

»Wir stehen noch am Anfang. – Frau Venneloh, würden Sie uns bitte das Büro von Herrn Tudor sowie die weiteren Räume zeigen, zu denen er ungehindert Zutritt hat?«

Sie nickte verwirrt. »Ja. Kommen Sie mit runter, bitte.«

»Sagen Sie, der Pick-up, den Ihr Verein bis vor vier Jahren benutzt hat, Sie wissen nicht zufälligerweise, wo der Wagen gelandet ist?«

»Nein«, antwortete Julia und drehte sich auf halber Treppe zu den anderen um. »Wir haben ihn schon vor Jahren verschrottet.«

»Der mit dem Wolfslogo?« Holger ließ Dörte Kapelnik den Vortritt. »Den habe ich neulich erst gesehen. In Spremberg. Er stand vor dem russischen Supermarkt, der dort vor ein paar Monaten aufgemacht hat. – Julia!«

Sie war gestolpert, irgendwo auf den ausgetretenen Holzstufen hängen geblieben, und konnte sich nur mit Mühe wieder fangen. Holger schob die Kripofrau zur Seite und war schon bei ihr.

»Ist gut. Es geht.« Energisch schob sie seine Hände weg. »Hier entlang, bitte.«

Sie zeigte den Leuten nicht nur Darkos Büro, sondern auch ihr eigenes, die Küche, den Besprechungsraum und das Zimmer der Praktikantin. Die Leiterin der ganzen unsinnigen Aktion steckte überall als Erste die Nase hinein und gab dann knappe Anweisungen.

»Wo ist Ihre Praktikantin jetzt?«

»Auf dem Truppenübungsplatz, sie checkt die Fotofallen.«

»Ist das hier ein Waffenschrank?«

»Ja. Da ist das Luftgewehr für die Betäubungsspritzen drin.«

»Bitte mal öffnen.«

Julia eilte zurück in ihr Büro, holte den großen Schlüsselbund und befolgte den Auftrag. Dann zog sie sich mit Holger in die Küche zurück. Sie wäre lieber allein gewesen. Es kam ihr vor, als müsste sie das Haus gegen feindliche Eindringlinge verteidigen. Während ihr Mann Tee kochte – »Möchten Sie und Ihre Kollegen vielleicht auch einen, Frau Kapelnik?« –, trat sie immer wieder hinaus in den Flur, um zu sehen, wo diese Leute herumwühlten.

»Es ist unerträglich«, sagte sie leise zu Holger, der ihr einen dampfenden Becher entgegenhielt. »Danke.«

Hatte sie oben in Darkos Wohnung etwa zu heftig reagiert? War er misstrauisch geworden? Er legte ihr einen Arm um die Schulter, und obwohl sie am liebsten weggelaufen wäre, zur Tür hinaus und schreiend vor Wut und Angst hinein in den Wald, ließ sie es geschehen. Ließ sogar zu, dass er ihr einen Kuss auf die Schläfe drückte.

»Egal ob an den Vorwürfen etwas dran ist, so kann das nicht weitergehen.«

»Wie meinst du das?«, fragte sie. Holger hatte etwas bemerkt, plötzlich war sie sich ganz sicher.

»Dieser Mann schadet eurem Ruf. Du weißt doch, wie die Leute hier denken.«

»Es wäre weitaus schlimmer, wenn wir uns nur wegen eines dummen Gerüchtes von einem wertvollen Mitarbeiter trennen würden.«

»Wertvoll.« Er schnaubte wütend und nahm den Arm weg. »Du weißt, dass der Kerl eine Hütte in der Luchheide hat. Da sollten sie mal nachsehen. Er trifft sich dort manchmal mit jemandem. Bestimmt irgendwelche Weibergeschichten. Der Schäfer hat es mir erzählt. Der, bei dem eure Wölfe schon mehrere Tiere gerissen haben.«

Es war, als hätte ihr jemand Stickstoff injiziert. Jede einzelne Ader ihres Körpers vereiste. »In der Luchheide?«, fragte sie mit tonloser Stimme. »Wo genau?«

»Ein Stück weiter runter zum Zschornoer Wald hin. Man hat ihn dort immer mal wieder mit einem Wolf gesehen.«

»Mit einem Wolf? Das ist Unsinn. Das weißt du ganz genau.«

Langsam ging er zurück in die Küche und goss sich ebenfalls einen Becher Tee ein. Sie folgte ihm und schloss die Tür hinter sich.

»Mensch und Wolf gehen sich aus dem Weg. Ich bekomme ja selbst nur in den Gehegen mal einen zu Gesicht.«

Er hob die Tasse, blies kurz hinein und trank einen Schluck. »Ich glaube, du musst dich wohl oder übel an den Gedanken gewöhnen, dass du nicht alles über deine Mitarbeiter weißt. Beunruhigt dich das?«

»Mit wem soll er sich da treffen?«

»Das weiß ich nicht. Der Schäfer meinte, es wäre eine Frau. Mir ist es egal, was dieser Kerl treibt, solange er es nur weit genug weg von dir tut.«

Wieder so eine Anspielung. Sie musste vorsichtiger sein. Lügen war eine heikle Angelegenheit für Menschen wie sie, die ihr ganzes Leben in Langeweile und Wahrheit verbracht hatten.

Jemand riss die Tür auf, Julia fuhr zusammen.

»Wir gehen jetzt in den Keller.« Dörte Kapelnik wartete nicht auf eine Erlaubnis.

»Möchten Sie nicht doch einen Tee? Ich habe gerade welchen gemacht.« Holger hielt ihr einen Becher entgegen.

Mit einem zögernden Lächeln kam die Frau näher. Großartig! Vielen Dank, lieber Holger, dass du dich so nett um unseren Besuch kümmerst. Die sollen endlich abziehen und nicht auch noch Tee trinken.

»Oh, das ist sehr aufmerksam.«

Mit dem charmanten, jungenhaften Lächeln, in das sie sich vor vielen Jahren in einem anderen Leben verliebt hatte, schenkte ihr Mann Dörte Kapelnik ein.

»Und? Kommen Sie voran?«

»Ja. Wir sind fast durch.«

»Ich meine, haben Sie schon etwas gefunden?«

»Außer dem Notebook oder dem Sender? Bis jetzt noch nicht. Darf ich?«

Die Kripofrau setzte sich an den Tisch, genau gegenüber von Julia. Sie war mittelgroß und zäh, man sah ihr an, dass ihr Job viel von ihr verlangte.

»Ich hoffe, wir haben Ihren Tag nicht allzu sehr durcheinandergebracht«, sagte sie.

Julia schüttelte den Kopf. »Nein. Ich muss nur irgendwann zurück an den Schreibtisch. Herr Tudor hat das Monitoring übernommen, das muss ich fortsetzen.«

»Was ist das?«

»Die Eingabe der Geodaten der besenderten Wölfe. Wir haben im Moment sechs Rudel in der Region. Wir beobachten, wo sie sich aufhalten und ob sie ihren Lebensraum verlassen. Ich weiß das sehr genau. Der Sender, den Sie gefunden haben, ist uralt und kaputt.«

»Was geschieht dann mit den Daten?«

»Nichts. Also, wir werten sie aus. Beobachten die Wanderung, die Verbreitung und so weiter.«

Holger zog einen Stuhl unter dem Tisch hervor und setzte sich ebenfalls.

»Sosehr ich Julias Arbeit persönlich schätze, aber die Wölfe sind in dieser Region ein großes Problem. Vor allem den Landwirten wäre sehr geholfen, wenn wir eingreifen dürften.«

»Wer ist wir?«

»Die Jagdbehörde. Es geht nicht darum, die Wölfe zu vertreiben. Aber man sollte wenigstens versuchen, sie von den Menschen und den Nutztieren fernzuhalten. Deshalb wäre die Herausgabe der Daten oder wenigstens eine bessere Kooperation sehr hilfreich.«

Julia presste die Lippen aufeinander. Es war das alte Streitthema zwischen ihnen, und sie wollte es nicht vor einer Wildfremden ausbreiten.

»Werden Wölfe gejagt?«

»Nein«, sagte Holger.

Gleichzeitig schoss ein »Ja« aus Julias Mund.

Kapelnik lächelte verwirrt. »Was denn nun?«

»Laut Gesetz«, Julia sah zu ihrem Mann, »also laut dem neusten Unsinn, den sich die Behörden ausgedacht haben, ist es nach wie vor verboten, Wölfe zu erlegen, aber manche Jäger tun es trotzdem.«

»Es musste eine Regelung getroffen werden. Natürlich ist die Jagd auf Wildtiere wie den Wolf verboten. Nur kranke oder verletzte Tiere…«

»Wer entscheidet das? Die Jäger? Die Schäfer? Die Wilderer etwa? Sie tun es und stellen hinterher auch noch ekelhafte Videos ins Internet. Dem letzten Wolf haben sie den Kopf abgeschnitten, erinnerst du dich?« Julias Stimme, verschärft von Trotz und Wut, überschlug sich fast. »Da geht es um viel mehr als ein oder zwei gerissene Schafe. Das ist ein uraltes Ding zwischen Menschen und Wölfen. Unaufgeklärten, borniertem Menschen.«

Die Kripofrau trank ihren Tee und musterte Julia mit einem nachdenklichen Blick. »Ich hätte nicht gedacht, dass Sie so leidenschaftlich sind.«

Wie war das denn nun wieder gemeint?

»Sie wirken so kühl, so beherrscht. Aber bei Ihren Schützlingen sind Sie ganz anders. Kommen diese illegalen Abschüsse oft vor?«

»Sie sind häufiger, als die meisten denken«, brachte Julia heraus.

Holger legte seine Hand auf ihre. Sie wollte das nicht, dieses dauernde Angefasstwerden, dieses Tätscheln, Berühren, Kraulen. Manchmal fühlte sie sich wie ein Haustier. Der Einzige, der sie jemals verstanden hatte, saß derzeit hinter Gittern. Diese Hütte in der Luchheide. Was er dort wohl gebunkert hatte? Der ganze Zweck dieser Hausdurchsuchung lag doch allein darin, ihm etwas unterzuschieben. Wer kontrollierte eigentlich die Spurensicherung? Wer sah Frauen wie Dörte Kapelnik auf die Finger, wenn sie in fremder Leute Sachen herumschnüffelten? Jetzt saß sie freundlich am Küchentisch und trank Tee. Vorhin an der Tür hätte sie sich wahrscheinlich auch mit Waffengewalt Zutritt verschafft.

»Deshalb liebe ich sie ja so«, hörte sie mit halbem Ohr ihren Mann sagen. »Wenn sie etwas macht, dann ganz. Julia hat sich eben den Wölfen verschrieben.«

Eine Frau sollte dort draußen in der Hütte gewesen sein, gemeinsam mit Darko. Wann, zum Teufel? Das Spremberger Rudel ... Letztes Frühjahr hatte der Vorfall die Gemüter erhitzt. Ein Bauer hatte mehrere Schafe vermisst und den Wölfen die Schuld gegeben. Dann hatte Darko also letztes Jahr Besuch von einer Frau gehabt. Auf seinem geheimen Territorium, das sie, Julia, niemals hatte betreten dürfen. Sie fühlte sich abgrundtief betrogen. Natürlich war es lächerlich, so zu empfinden. Immerhin saß sie mit ihrem Ehemann am Küchentisch. Sogar hier, mit Blick über die weite Wiese bis zum Wald, hatten sie und Darko es miteinander getrieben. Auf diesem Tisch, an dem Holger der Frau von der Spurensicherung gerade von seiner Ehefrau vorschwärmte.

»Nicht, Julia?«

Seine Hand fuhr durch ihre Haare. Der Impuls, blitzschnell den Kopf zu drehen und ihn zu beißen, war beinahe übermächtig.

»Was? Ich habe nicht zugehört. Entschuldigen Sie bitte. Ich bin in Gedanken bei der Arbeit.«

»Ja.« Dörte Kapelnik stand auf.

Zwei Männer kamen in die Küche. Einer trug mehrere Plastikbeutel und legte sie auf den Tisch.

»Die sind aus der Werkzeugkiste«, sagte Julia und deutete auf die Hämmer.

»Einer fehlt«, sagte der Mann. »Sie haben drei Aufhänger dafür, nicht? Es sind aber nur zwei Hämmer da.«

»Dann ist der dritte im Wagen. Draußen am Truppenübungsplatz. Obwohl…« Julia betrachtete das Werkzeug genauer. »Den Satz hier haben wir erst letztes Jahr angeschafft. Ich kann Ihnen die Quittung raussuchen, wenn Sie wollen.«

»Danke.« Die Kripofrau wandte sich an Holger. »Könnten Sie kurz mit zu unserem Wagen kommen und das Protokoll unterschreiben?«

»Selbstverständlich.« Eifrig folgte er der Meute.

In der Wolfsstation wurde es wieder still. Julia trug die benutzten Becher zur Spüle und kippte die Reste aus. Sie spülte und trocknete ab, und bei all dem Tun hatte sie das Gefühl, neben sich zu stehen. Darko mit einer anderen Frau in der Hütte…

Als sie die polternden Schritte ihres Mannes im Flur hörte, zwang sie sich ein Lächeln ins Gesicht.

»Na? Hab ich's nicht gesagt?«

»Das Werkzeug beweist gar nichts. Verrenn dich nicht. Und vor allem sei vorsichtig mit dem, was du sagst, wenn du mit der Zeitung redest. Die drehen dir so schnell das Wort im Mund herum, du kannst in Teufels Küche kommen.«

»Du hast recht.« Er beugte sich zu ihr und küsste sie. »Ach verdammt, jetzt habe ich es vergessen.«

»Was denn?«

»Ich wollte den Leuten noch sagen, wo die Hütte ist. Ich rufe sie an.«

»Ich übernehme das«, sagte sie schnell. »Ich muss sowieso nachfragen, wie es mit Darko weitergeht und wann er aus der Haft entlassen wird. So oder so, wir müssen die Arbeit planen.«

»Okay. Was gibt's heute Abend?«

Erst wusste sie nicht, was er meinte. Dann fiel es ihr ein.

»Überbackenen Blumenkohl. Für dich mit Schinken.«

»Du bist ein Schatz.« Er strahlte und warf ihr beim Gehen noch eine Kusshand zu.

Julia Venneloh wartete, bis sie sicher sein konnte, dass alle ungebetenen Besucher endlich das Weite gesucht hatten. Dann griff sie nach Mantel und Autoschlüssel und verließ in großer Hast die Station.

20

Der Nachmittag dieses Tages verschwand hinter den grauen Wolken eines heranziehenden Tiefs. Sanela parkte zwei Querstraßen von der Savoyer entfernt. Sie fuhr zwar nur ein kleines, uraltes klappriges Auto, aber echte Armut geht zu Fuß, dachte sie sich. Der erste Eindruck war entscheidend.

Theodor Wagner hatte Sanela offenbar erwartet. Kaum hatte sie ihren Namen genannt, öffnete sich auch schon das große Tor. Gut versteckt im Giebel des klassizistischen Hauseingangs hing eine Dreihundertsechzig-Grad-Kamera. Da sie nicht wusste, ob sie beobachtet wurde, wartete sie lieber auf dem breiten Kiesweg vor den Stufen zum Haupteingang.

Die Minuten, die vergingen, verrieten Sanela zwei Dinge: Sie musste sich endlich ordentliche Handschuhe anschaffen, und Theodor wusste, wie man sogar bei minus zehn Grad jemanden im Garten grillte.

Er kam schließlich von links um die Ecke, die Hände in den

Hosentaschen, die Mütze in den Nacken geschoben, einen Schal nachlässig um den Hals geknotet. Wie ein Gepäckträger auf dem Bahnhof einer entlegenen Stadt am Rande der einstigen k. u. k. Monarchie musterte er sie abschätzend, wortlos und distanziert, mit der hochmütigen Zurückhaltung des Underdogs, der in den Arbeitspausen seine Unterwürfigkeit abstreift wie eine lästige Uniformjacke.

»Herr Wagner?« Ihre Zähne klapperten vor Kälte. Er schob als einzige Antwort einen Zahnstocher vom rechten in den linken Mundwinkel. »Ich... ähm... Petar hat mir gesagt, Sie erwarten mich.«

Sie trat zwei Schritte vor und streckte ihm die Hand entgegen. »Ich bin Nelli Schmidt. Danke, dass Sie mir eine Chance geben.«

Erkannte er sie? Unmöglich. Der letzte Rest Schorf an ihrer Lippe war verschwunden. Außerdem hatte sie nicht nur ihr Aussehen geändert, sondern auch ihren Status. Bei ihrem ersten Treffen war sie eine Polizistin gewesen. Nun stand sie als Bittstellerin vor ihm. Innere Verwandlungen bewirkten oft mehr als jede Verkleidung.

Endlich ließ er sich dazu herab, wenigstens ihren Gruß zu erwidern. In Anwesenheit seiner Chefin war er flink wie ein Wiesel und devot wie ein Königspudel gewesen. Jetzt ließ er den Larry heraushängen. Das verriet schon mal eine ganze Menge, und Sanela war froh, dass er diesen Charakterzug zeigte, noch bevor er auch nur einmal den Mund aufgemacht hatte.

»Papiere?«, fragte er barsch.

Sanela zuckte hilflos mit den Schultern. »Die Steuerkarte ist noch bei meinem alten Arbeitgeber, die kriege ich erst nächste Woche. Mein Ausweis liegt zu Hause, es geht gerade alles ziemlich drunter und drüber bei uns. Darf ich... darf ich vielleicht reinkommen? Ich erfriere hier draußen.«

Theodor dachte eine Weile über dieses Ansinnen nach, schließlich trat er wortlos zur Seite und machte eine Kopfbewegung, die *einmal um die Ecke* heißen konnte. Sanela bedankte sich mit einem schüchternen Lächeln und ging voran. Es war ein schmaler kopfsteingepflasterter Weg. Anders als die breite Marmortreppe zum Haupteingang stammte er wohl noch aus der Zeit der Erbauung des Hauses. Hohe stachelige Büsche bildeten einen Laubengang und verbargen den Blick zum Kutscherhaus und den Erdgeschossfenstern. Im Sommer musste er wie ein verwunschener Weg wirken, irgendwohin ans Ende des Regenbogens. Rosen, Efeu, wilder Wein. Schattige Winkel, in denen noch die Geheimnisse früherer Generationen nisteten. Kinderlachen. Eine Murmel, eingetreten in die Erde zwischen den Steinen.

»Was ist?«, brummte Theodor, weil sie stehen geblieben war.

Nach ungefähr zwanzig Metern lichtete sich das Gebüsch. Der Weg kreuzte einen zweiten, breiteren, der quer durch den Garten hinüber auf das Kutscherhaus zulief. Sie hatten ungefähr die Mitte des Hauses erreicht. Eine Steintreppe führte rechter Hand drei Stufen hinunter zum Wirtschaftseingang. Sanela öffnete die dunkelgrün gestrichene Holztür. Dumpfe Kellerwärme empfing sie. Fast wäre sie gestolpert, weil noch eine letzte Stufe kam.

Theodor legte einen Kippschalter um. Licht flammte auf und erhellte eine riesige Küche, die in etwa die Abmessung der darüber liegenden Bibliothek hatte. Alte Delfter Kacheln zierten die Wände, doch die Geräte und Schränke waren enttäuschend neu. In der Mitte des Raumes stand ein gewaltiger Marmorblock, der Sanela an die Seziertische in der Rechtsmedizin erinnerte.

»Schön«, murmelte sie.

Der Gasherd, breit wie ein Einachsanhänger, sah aus, als ob

er noch nie benutzt worden wäre. Das Geschirr in den verglasten Regalen – genug für eine Dinnerparty mit dreißig Gästen – ebenso. Mikrowelle, Dampfgarer, mehrere Küchenmaschinen, alles blitzte, als hätte jemand gerade erst die Umverpackung entfernt. Über der Edelstahlspüle hing ein Set unpraktische Kupfertöpfe, die bei Gebrauch ebenfalls anders ausgesehen hätten.

Theodor ging voraus in einen breiten Kellergang. Wie Sanela durch die offen stehende Tür erkennen konnte, führte er in die Waschküche. Zwei voll beladene Plastikkörbe standen auf einem Tisch, der Boden war bedeckt mit einem Haufen Bettlaken und Kleidung. Im Halbdunkel des Ganges gerann dieses Stillleben zu einer Momentaufnahme des Unwillens. Ich will nicht mehr. Lasst mich in Ruhe.

»Bitte.«

Die strenge Stimme geleitete sie nach rechts auf eine stockdunkle Treppe. Wieder ein Kippschalter. Graumatte Wände, ein einfaches, schmuckloses Eisengeländer. Oben die schwere Eichentür, die in die Empfangshalle führte. Der Chauffeur durchquerte sie mit weit ausholenden Schritten, als ob er sich nicht länger als nötig im offiziellen Teil des Hauses aufhalten wollte. Er öffnete eine Tür unter der Galerietreppe und betrat einen hellen, warmen Raum, eine kleine, abgenutzte Kaffeeküche mit Boiler über dem Spülstein und einem rasselnden Kühlschrank in der Ecke. Vor dem Fenster stand ein Holztisch mit mehreren Stühlen. Er bot ihr einen an. Sanela stellte ihre Tasche ab und wand sich aus Mantel und Schal.

»Möchten Sie einen Tee?«

»Oh, das wäre wunderbar.«

Er ging zu einem Hängeschrank, in dem Zucker, Milchdosen, aufgerissene Keksverpackungen und ein halbes Dutzend angeschlagene, mit neckischen Aufdrucken versehene Becher standen.

»Ist das kalt«, sagte sie. »Ich weiß nicht, wann wir das letzte Mal so einen Winter hatten.«

»Vor vier Jahren«, antwortete er und holte eine Packung Butterkekse heraus, die er ihr lieblos auf den Tisch legte.

»Ja, stimmt. Wie viele Leute leben denn im Haus?«

»Der Chef, Herr Reinartz, und seine Frau.«

»Ah ja. Wo und wie soll ich mich denn nützlich machen? Ich könnte in der Waschküche anfangen.«

Theodor ließ Wasser in den Boiler laufen.

»Und danach die Betten beziehen oder Staub wischen, vielleicht auch den Eingangsbereich putzen. Gibt es Räume, um die ich vielleicht erst mal einen Bogen machen sollte?«

»Wie meinen Sie das?«

»Na ja, das Schlafzimmer, bestimmte Schränke und so. Ich respektiere die Privatsphäre meines Arbeitgebers und will nicht gleich am ersten Tag ins Fettnäpfchen treten.«

Sie lächelte. Der Mann entspannte sich etwas. Offenbar stellte sie die richtigen Fragen und hatte einen Plan, mit dem er einverstanden war. Theodor Wagner war Chauffeur. Jemand, der sich um Wagen und Werkstatt kümmerte. Um alles, was mit Haushalt zu tun hatte, machte er einen großen Bogen. Sie hatte freie Hand, wenn es ihr gelang, sein Vertrauen zu erringen.

»Nein«, sagte er und wählte eine Packung schwarzen Beuteltee vom Discounter. »Nicht dass ich wüsste. Oder sagen wir so: Die Frauen vor Ihnen sind gar nicht erst in diese Bereiche vorgedrungen.«

»Da bin ich anders.« Sie stand auf und nahm ihm die Packung aus der Hand. »Setzen Sie sich doch. Ich mach das schon. Ich bin es gewohnt, selbständig zu arbeiten. Schnell und gründlich. Ich will am Ende eines Tages Resultate sehen.«

Genau die, setzte sie in Gedanken hinzu. Das Wasser kochte.

»Sie trinken doch sicher auch einen?«

Er stand immer noch.

»Oder soll ich Ihnen gleich eine Thermoskanne hinüberbringen?«

Shit! Das hätte sie nicht sagen dürfen. Woher sollte Nelli Schmidt wissen, dass Theodors Arbeitsplatz drüben in der Garage des Kutscherhauses war? Aber es schien ihm nicht aufzufallen.

»Nein danke. Ich muss den Bentley innenreinigen, bevor ich Frau Reinartz vom Krankenhaus abhole.«

Langsam ließ Sanela das kochend heiße Wasser über den Teebeutel in den Becher fließen. »Oh. Sie ist ...?«

Er kniff die dünnen Lippen zusammen, als hätte er bereits zu viel gesagt.

»Wann kommt sie denn zurück? Soll ich etwas vorbereiten?«

Sie drehte sich um, griff nach einem Geschirrtuch und legte es auf das Regal neben der Spüle, bevor sie den Becher darauf stellte.

»Ich kann nämlich auch kochen.« Spaghetti mit Tomatensoße, fügte sie stumm hinzu. »Aber dazu brauche ich natürlich eine Erlaubnis und müsste die Vorräte durchgehen. Ist Frau Reinartz denn schon in der Lage, mit mir darüber zu sprechen? Was meinen Sie?«

»Das kann ich nicht sagen«, antwortete er ausweichend. »Sie trinkt nachmittags Tee. In der Bibliothek.«

Sanela hob die Schnur des Teebeutels an und ließ ihn wieder zurücksinken. »Hoffentlich nicht diesen hier, oder?«

»Nein. Ähm, ich weiß nicht.«

Sie lächelte ihn an. »Ich werde den richtigen schon finden, keine Sorge. Sie können mich beruhigt allein lassen. Ich weiß, wie man arbeitet. Und Petars Empfehlung, so sagte er mir zumindest, ist besser als jedes Arbeitszeugnis.«

Es war wichtig, den Namen noch einmal fallenzulassen. Alles

in ihr brannte darauf, das Haus zu inspizieren. Das konnte sie aber erst, wenn sie allein war. Theodor sollte mit gutem Gewissen so schnell wie möglich die Biege machen.

»Ja dann…«

»Wann holen Sie Frau Reinartz ab?«

»Um drei.«

»Gut.«

»Die Geräte…«

»… sind im Besenschrank, hab ich schon gesehen.« Sie zwinkerte ihm zu und hoffte, dass es ebenso patent wie ungeduldig wirkte.

Der Chauffeur nickte und ging.

Mit einem Aufatmen warf sie den Teebeutel unter der Spüle in den Abfalleimer, der auch mal geleert werden müsste. Das hier schien ein Pausenraum zu sein. Dann inspizierte sie die Schränke. Putzmittel, Besen, Schrubber, Lappen, Schwämme. Eine Flasche Holzpolitur. Prima! Man musste nur eine Fensterbank damit abreiben, und der ganze Raum duftete wie frisch gebohnert.

Sanela kippte den Becher aus und stellte ihn in den Spülstein. Dann ging sie hinunter in die Waschküche. Laufende Maschinen hielten ihr den Rücken frei. Sie sortierte den Haufen auf dem Boden nach Farben und Pflegegrad, dann verfrachtete sie die erste Ladung in die Maschine, fand Pulver und Weichspüler auf einem schön geschreinerten alten Holzregal und betätigte den Startknopf. Mit dem befriedigenden Gefühl, gearbeitet zu haben, lauschte sie darauf, wie die Pumpe das Wasser in die Trommel presste und diese zu rotieren begann.

Ein kleiner quadratischer Wandschrank mit Schiebetür weckte ihre Aufmerksamkeit, gleich daneben zwei altmodische Rufknöpfe. Sie öffnete die Tür und spähte nach oben in einen Schacht. Ein Speiseaufzug. Er funktionierte sogar noch. Sie drückte den oberen Knopf so lange, bis der Korb in der Größe einer Brennholzkiste herabgelassen war. Wie praktisch. Damit sparte sie sich wenigstens die Kellertreppe. Sie wollte gerade die Tür zuschieben, als ihr die Fußspuren an der linken Seitenwand auffielen. Sportschuhprofil, Kindergröße. Verdammt. Dieser Korb war viel zu klein, da würde vielleicht ein Fünfjähriger reinpassen... Sie legte den Kopf schräg, ging in die Knie und bedauerte zutiefst, keine Taschenlampe zu haben. Das Licht der Waschküchenlampe reichte nicht aus, und ihr Schatten verdunkelte das Innere des Aufzuges zusätzlich. Ganz eng zusammengekauert, stellte sie schließlich fest, könnte auch ein schmales Kind wie Darijo in dieser Winzkabine verschwinden... Aber warum? Der Speiseaufzug fuhr nur bei geschlossener Tür. Ein Kinderscherz? Ein Abenteuerspiel?

Sie probierte so lange herum, bis sie herausfand, dass der Mechanismus auch ausgelöst wurde, wenn die Tür einige Zentimeter offen stand. Breit genug, dass ein schmaler Arm nach rechts tasten und den Knopf drücken konnte. Sie trat ein paar Schritte zurück. Es konnte auch alles ganz anders gewesen sein. Die Jungen rennen durchs Haus... lachen... die Kellertreppe hinunter... Eckstein, Eckstein, alles muss versteckt sein... Fußgetrappel auf staubigen Fliesen... atemloses, hastiges Keuchen... Da, der Aufzug... schnell hinein, den Knopf drücken, und dann fährt das Ding los und verdammt! Bleibt stecken... Nein. Keine befriedigende Erklärung für zwei Rippenbrüche.

Nachdenklich strich Sanela mit den Fingerspitzen über das alte Holz und machte ein Foto mit ihrem Handy, aber das Resultat war entmutigend.

Der Rest des Kellers war unspektakulär. Außer der Küche gab es noch zwei weitere Nebengelasse. Das kleinere diente als Abstellraum. Auf staubigen Ablagen verrotteten uralte Schwimmtiere, Campingausrüstungen, ein Schlitten mit gebrochener Kufe, zerbröselnde Luftmatratzen, ein Christbaumständer. Das Regal an der hinteren Wand diente zur Aufbewahrung von Mausefallen und Gartenkleingeräten. Das Regal rechts hatte den unteren Boden verloren. Aus der Wand ragten zwei kräftige Vierkantbolzen, die das Brett wohl einmal getragen hatten. Über dem rechten hatte jemand einen Wasserschlauch aufgerollt, ein feuchter Fleck verriet, dass er undicht war. Zwei Blumenkübel mit staubtrockener Erde und den Resten längst vermoderter Pflanzen rundete das Bild einer begrabenen, vergessenen Epoche ab – die Kinder sind aus dem Haus, im Garten wird nicht mehr gespielt, und die Kostbarkeiten jener Zeit sind in Vitrinen gelandet oder auf dem Dachboden. Das hier war der Beifang der vergangenen Tage, der Plunder, der Rest.

Der zweite Raum zeigte noch die Anzeichen einer planvollen Vorratshaltung aus der Zeit von Eva Reinartz. Konservendosen, Eingemachtes – Pflaumenmus 2009, Stachelbeeren 2010. Eva hatte wohl ein Händchen für den Garten gehabt, die Liebe zum Ernten und Verarbeiten. Verschwendung schien ihr fremd gewesen zu sein.

Niemand hatte die Gläser nach ihrem Weggang mehr angerührt. Wer außer ihr hätte auch eingemachte Kirschen und Erdbeermarmelade auf den Tisch bringen sollen. Lida? Schaut mal, was ich ausgegraben habe. Stachelbeerkompott von meiner Vorgängerin, ist das nicht süß? Sanela entschied sich, ein Glas auf den Frühstückstisch zu stellen, um die Reaktionen der Familienmitglieder zu testen. Erdbeermarmelade 2010. Hoffentlich noch kein Schimmel.

Auf dem Rückweg überprüfte sie, ob die Maschine ordentlich lief, schickte den Aufzug noch mal nach oben und machte sich dann, bewaffnet mit Besen, Eimer und jeder Menge Holzpolitur, an die Arbeit. Sie hatte nicht viel Zeit. Alles musste so aussehen, als ob sie stundenlang geschuftet hätte. In der Eingangshalle schüttete sie einen halben Liter Politur auf das Parkett und verteilte sie gleichmäßig. Dann holte sie einen Staubsauger, ließ das Gerät malerisch im Weg liegen und inspizierte den Rest des Erdgeschosses. Geradeaus die Bibliothek, die sie bereits kannte. Rechter Hand ging eine Flügeltür ab, die in eine Art Wohnzimmersalon führte. Moderner als das Kaminzimmer, dennoch von gediegener Spießigkeit. Beigefarbene Sitzgarnitur, großer Flachbildschirm, stapelweise Fachzeitschriften zum Thema Industrieglas auf dem Couchtisch. In der Luft ein Hauch Tabak und Whisky. Eindeutig das Reich von Reinartz. Sanela zog die Gardinen zur Seite: Blick auf die kleinere, unspektakuläre Seite des Grundstücks sowie eine hohe Hainbuchen- und Berberitzenhecke, Sichtschutz gegen neugierige Blicke von nebenan. Sie öffnete eines der Fenster, hieb mit der Handkante tiefe Kerben in die Sofakissen und verließ den Raum.

Linker Hand das Arbeitszimmer. Schlecht angepasste Einbauschränke, ein hässlicher Glasschreibtisch, Aktenordner mit Steuerbescheiden. Alles ziemlich à jour und ordentlich. Reinartz schien seine Finanzen im Griff zu haben. Unmengen Fachliteratur über »Glas – das Fenster zum Himmel«. Drei moderne versilberte Fotorahmen auf dem Tisch. Tristan und Siegfried als kleine Kinder, ein Bild von Lida sowie eine Familienaufnahme, wahrscheinlich in einem Sommer hier vorm Haus gemacht. Eva… eine rundliche, patente Person mit einem offenen Lächeln. Blonde Haare, ordentlich zu einer Lockenfrisur hochgesteckt. Weiße Bluse, Twinset. Die Buben gestriegelt, der Mann rasiert. Sonntagnachmittag in unserem Garten. Dem Alter der Jungen nach vielleicht vor fünf Jahren entstanden, zu einer Zeit also, in der die Familienidylle noch perfekt war. Vorsichtig stellte sie den Rahmen zurück zu den anderen und betrachtete das Stillleben.

Es standen noch mehr Fotos auf einem Sideboard, in dem Reinartz ältere Firmenunterlagen aufbewahrte. Tristan – oder war es Siegfried? – auf einem Trampolin. Die Familie unterm Weihnachtsbaum. Ein Porträt zeigte Eva, mindestens zehn Jahre jünger, den Blick in freudiger Erwartung links am Fotografen vorbei in die Zukunft gerichtet. Siegfried mit einem Rugbypokal, eine schöne Unbekannte an seiner Seite. Hübsches Ding. Sie war die Einzige, die es gemeinsam mit einem Reinartz auf ein Familienfoto geschafft hatte. Irgendetwas an ihr kam Sanela bekannt vor. Stünde nicht Lidas Bild auf dem Schreibtisch, kein Fremder käme auf die Idee, dass sich in diesem Hause viel geändert hatte.

Neben der Bibliothek war noch ein Raum, vermutlich das Speisezimmer. Zumindest stand ein ovaler Tisch mit Platz für zwölf Personen darin, und es lag direkt neben der Treppe, die hinunter zur Küche führte. Wenn sie an die ganze Schlepperei dachte, war es kein Wunder, dass dieses Zimmer so unbenutzt aussah. Eine Nussbaumanrichte, in den Schubladen Leinenservietten, Besteck, noch mehr Besteck, das irgendwelchen ihr unbekannten Zwecken dienen musste. In den Schrankfächern darunter Bain-Maries, Bowlengefäße, Kristallkaraffen, außerdem Tischwäsche in rauen Mengen. Sanela holte ein mattglänzendes Damasttuch hervor. Die Bügelkanten waren grau. Dieser Raum wurde seit Jahren nicht mehr benutzt. Also weiter.

Im Obergeschoss zwei Schlafzimmer. Eines nüchtern: dunkler Teppichboden, Spiegelschrank, nachlässig gemachtes Bett mit einem Überwurf in marine-weiß gemustertem Ikat. Ein altmodischer Wecker auf dem Nachttisch aus Walnussholz. Schwere Cordsamtvorhänge in Mitternachtsblau. Eindeutig Reinartz.

Das andere: Pastelltöne, Rüschenvorhang, verspielter chinesischer Teppich als Bettvorleger. Ein Schminktisch am Fenster, ungemachtes Bett, weißer Landhauskleiderschrank. Lida. In den Schubladen der kleinen Nachttische Schlaftabletten, Ohrstöpsel, Gleitcreme (aha), Haargummis, eine angebrochene Packung Zigaretten und ein kleiner Aschenbecher mit Deckel. Auf dem Deckel der Eiffelturm. Ein Prospekt, Immobilien. Sanela blätterte ihn durch. Stadtvillen in Dubrovnik. Keine unter einhalb Millionen Euro. Traum oder Plan? Unter dem Bett ein Teddybär.

Sanela legte die Unterlagen zurück, ging auf die Knie und angelte das Spielzeug hervor. Es hatte den Anschein, als wäre es irgendwann aus dem Bett gefallen und aus Versehen unters Bett gekickt worden. Niemand hatte es aufgehoben. Ein hübscher kleiner Bär mit einem Knopf im Ohr, nicht billig, diese Dinger. Sie entfernte ein paar Staubflusen. Wie lange er wohl schon dort gelegen hatte? Bestimmt keine vier Jahre. Sie beschloss, den Teddy zurückzulegen. Alles zu seiner Zeit. Rasch schüttelte sie Bettdecke und Kissen auf, zog das Laken glatt, breitete den riesigen seidenen Überwurf aus und betrachtete für einen Moment zufrieden ihr Werk.

Aus Lidas Zimmer hatte man einen Blick über die ganze linke Seite des Grundstücks bis hinüber zum Kutscherhaus. Sie öffnete das Fenster und spähte hinaus. Von Theodor war nichts zu sehen und zu hören. Vielleicht war er schon losgefahren?

Der Kleiderschrank. Teuer, noch teurer, am teuersten. Aber äußerst geschmackvoll. Nie getragene Schuhe, feinste Unterwäsche, Luxusweib. Allein für den Inhalt dieser Fächer würden manche Frauen morden, dachte sie, als sie ein seidenes Nachthemd herausholte und der Stoff kühl und fließend wie eine Kaskade über ihre Hände glitt. Sie schnupperte daran. Pfingstrose und Ylang-Ylang. Träume dufteten so, Träume von endlosen Sommern in alabasternen Palästen, untermalt vom trägen Plätschern verspielter Springbrunnen und dem Summen der Bienen über einem wogenden Blütenmeer. Stattdessen: getrennte Schlafzimmer. Beim Sex ein paar kleine Tricksereien, damit er sich gut fühlte. Das Paradies sollte anders aussehen.

Sie legte das Nachthemd zurück und warf noch schnell einen Blick ins Badezimmer: beigefarbener Travertin, zwei Waschplätze, eine Dusche wie aus einem Science-Fiction-Film, allerdings schon seit einiger Zeit nicht mehr geputzt, in den geräuschlos aufgleitenden Schubladen jede Menge Cremes, Flaschen, Tiegel, Schwämme, Bürsten. Später. Das alles war unwichtig.

Das Starten eines Motors. Sie lief zurück ans Fenster von Lidas Schlafzimmer. Das eine der beiden Garagentore öffnete sich gerade. Der schwarze Wagen glitt hinaus, bog auf dem mit Kies bestreuten Vorplatz nach links und rollte gemächlich die Auffahrt hinab. Ab jetzt lief die Zeit.

Sanela eilte ins Dachgeschoss. Es war das Zimmer ganz hinten. Jenes, das am niedrigsten war, wie eingequetscht unter den schrägen Wänden. Als sie die Hand ausstreckte, spürte sie wieder das leichte Kribbeln zwischen den Schulterblättern. Als ob jemand hinter ihr stünde und sie beobachtete. Sie atmete tief durch und drückte die Klinke herunter. Nichts. Die Tür war abgeschlossen. Sie versuchte es noch einmal, rüttelte, warf sich dagegen – sinnlos. Jemand war seit ihrem letzten Besuch hier oben gewesen und hatte dafür gesorgt, dass niemand mehr Zutritt bekam. Blaubarts Zimmer. Sie hatte es gefunden.

Vor Wut und Enttäuschung hätte sie am liebsten die Tür eingetreten. Sie fühlte sich, als hätte Lida sie persönlich beleidigt. All die Mühe, all das Risiko... Sanela lachte bitter auf. All die Arbeit, die sie sich bis jetzt gemacht hatte. Und wofür? Nur damit sie jetzt dastand wie der buchstäbliche Ochse vorm Scheunentor.

Die anderen Zimmer waren nicht abgeschlossen. Lustlos durchsuchte sie die Schreibtische in der minimalen Hoffnung, irgendwo einen Schlüssel zu finden. Vielleicht hatten Tristan und Siegfried bemerkt, dass jemand bei ihnen herumgeschnüffelt hatte? Unsinn. Die beiden Jungen waren seit der Wiederaufnahme der Ermittlungen nicht mehr in Berlin gewesen.

Sie setzte sich auf Siegfrieds Bett und betrachtete das Rugby-Foto an der Wand. Und wenn doch einer von ihnen heimlich zurückgekehrt war? Was verbarg sich hinter dieser Tür am Ende des Ganges? Warum war das Zimmer über einen langen Zeitraum hinweg frei zugänglich gewesen und erst nach dem Besuch der Kripo abgeschlossen worden? Siegfrieds breites Lachen. Diese Siegerpose, die ihm allein gehörte. Das rauschhafte Blau des Himmels, der Jubel des einen, unwiederbringlichen Augenblicks. Das Mädchen, das auch auf einer anderen Aufnahme unten im Arbeitszimmer auftauchte. Eine blonde Schönheit, göttergleich, seiner würdig. Wo hatte sie die junge Frau schon einmal gesehen? Sanela stand auf, nahm das Foto ab und betrachtete es genauer. Sie konnte sich täuschen, aber dieses Gesicht...

In diesem Moment hörte sie den Türgong. Vorsichtig schlich sie zurück zur Galerie und spähte hinunter ins Erdgeschoss. Erneut klingelte es. Sollte sie öffnen? Wahrscheinlich gehörte das jetzt auch zu ihren Aufgaben. Schade, dass sie keine Schürze oder eine Uniform trug. Sie sah aus wie jemand, der in dieses Haus eingestiegen und gerade beim Klauen erwischt worden war. Ein ungeduldiges Klopfen. Sie verbarg das Foto unter ihrem Sweatshirt.

»Ja!«, rief sie. »Ich komme!«

Der Besucher wartete nicht, er öffnete ohne Aufforderung die Tür. Der Luftzug strich durchs Haus. Oben im Dachgeschoss knallte Siegfrieds Zimmertür mit aller Wucht zu. Sanela hatte den ersten Stock erreicht und wollte gerade den Fuß auf die Treppe setzen, als sie mitten im Lauf stockte. Der Besucher, der nun mit zielsicheren Schritten in die Mitte der Eingangshalle trat, war Gehring. Er sah hoch zu ihr, vielleicht weil der Schall seinen Blick gelenkt hatte, vielleicht auch, weil er noch den letzten Ruck ihrer abrupten Bewegung wahrgenommen hatte, mit der sie zum Stehen gekommen war. Für den Bruchteil einer Sekunde hoffte sie flehentlich, er würde sie nicht erkennen. Am liebsten hätte sie auf dem Absatz kehrtgemacht, um sich irgendwo vor diesem Blick zu verkriechen, mit dem er sie gerade musterte. Interessiert zunächst, dann irritiert. Im nächsten Moment konnte sie spüren, dass etwas geschah, von dem sie gehofft hatte, es würde nie eintreten: Wie ihn die Erkenntnis traf, wer da auf der Treppe im Haus der Familie Reinartz stand und ihn anglotzte wie ein Mondkalb.

»Frau ... Beara?«

Sie steckte die Hände in die Hosentaschen und schlenderte so lässig, wie es ihr fliegender Atem und ihr trommelndes Herz zuließen, die Stufen hinunter.

»Was machen Sie denn hier? Wie kommen Sie in dieses Haus?«

»Guten Tag, Herr Gehring«, piepste sie. Die Erschütterung drückte ihr die Kehle zu. »Darf ich Ihnen zunächst einen Tee anbieten?«

»Einen was?« Er sah sich um, als ob er aus Versehen im falschen Film gelandet wäre.

»Einen Tee. Ich, nun ja, also... ich arbeite hier. Ich denke, Frau Reinartz erwartet von mir, dass ich mich in ihrer Abwesenheit um die Gäste kümmere. Sind Sie angemeldet?«

Er musterte sie von oben bis unten. »Ob ich *was* bin?«

»Angemeldet. Theodor holt die gnädige Frau gerade vom Krankenhaus ab. Ich weiß nicht, ob Ihr Besuch sie vielleicht inkommodiert.«

»*Inkommodiert?*«

»*Die Leiden des jungen Werther.* Unannehmlichkeiten oder Mühe bereiten. Ich spreche manchmal ein ziemlich altmodisches Deutsch, weil die gespendeten Bücher im Flüchtlingswohnheim nicht gerade die letzten Burner waren.«

»Frau Beara, was tun Sie hier?«

Gut. Er hatte sich entschieden, das Streichholz noch nicht an die Zündschnur zu halten. Das verschaffte ihr Zeit, sich eine passende Erklärung zurechtzulegen, was nichts anderes als die nonchalante Umschreibung für eine fette Lüge war. Dumm nur, dass ihr keine einfallen wollte. Sie hätte sich besser vorbereiten müssen und bereute dieses Versäumnis bitter.

Sanela ging zu Eimer und Schrubber und hob beides demonstrativ in seine Richtung hoch. »Ich habe mir einen Nebenjob gesucht. Von der Kohle als Studentin kann ich nicht leben.«

»In diesem Haus?«

»Man kann es sich nicht aussuchen, sage ich immer.«

»Und Sie meinen, Sie kommen damit durch?«

»Bei wem?«, fragte sie und durchquerte die Halle in Richtung Kaffeeküche. »Kommen Sie mit.«

Er blieb stehen.

»Bitte. Nicht hier. Sie können jeden Moment reinplatzen.«

Er folgte ihr ohne ein Wort. In dem kleinen Raum angekommen, ließ sie Wasser in den Eimer laufen, schüttete viel zu viel Reinigungsmittel hinein, suchte einen Putzlappen und schwenkte ihn eine Weile in der grünen, nach Zitrone duftenden Suppe. Die ganze Zeit über beobachtete Gehring sie. Sein Schweigen war schlimmer als alles andere.

»Ich...« Sie wrang den Lappen aus. »Ich weiß, es ist ungewöhnlich. Aber ich dachte, solange mich keiner verpfeift...«

Er schnaubte.

»Ich musste noch mal in dieses Haus. Ich weiß auch, wohin. Unters Dach.«

Sie warf den Lappen zurück ins Spülwasser. Es schwappte über, und ein riesiger feuchter Fleck breitete sich auf ihrem Sweatshirt aus.

»Letzte Tür hinten, abgeschlossen. Darijos Zimmer. Besser gesagt, es sollte seines werden. Aber er konnte nicht mehr einziehen. Jedenfalls sind alle seine Sachen da drin, in Umzugskartons. Als wir das letzte Mal hier waren, habe ich nachgeschaut.«

Er verschränkte die Arme vor der Brust und starrte auf den Teebecher im Spülbecken.

»Vorhin wollte ich noch mal rein, aber es ist abgeschlossen. Sie brauchen einen Durchsuchungsbeschluss.«

»*Sie* wollen *mir* sagen, was ich brauche?«, fragte er leise und sah sie mit einem Du-bist-tot-Blick an.

»Nein. Natürlich nicht. Ich dachte nur …«

»Was ist das hier? Eine nicht genehmigte verdeckte Ermittlung?«

»Ein Nebenjob.«

»Im Haus der Familie eines ermordeten Kindes?«

»Das weiß ich, Herr Gehring. Ich habe Sie gebeten, mich auf irgendeine Weise weiter in die Ermittlungen einzubinden. Es wäre ein Leichtes für Sie gewesen.«

Er lief die wenigen Schritte zum Tisch, stützte sich mit den Handflächen auf der Platte ab und sah hinaus auf die Hainbuchen und Berberitzen. Schneekrusten auf dürren Zweigen. Alles Leben erfroren unter Eis. Sie wusste, dass er diesen Moment brauchte, und schwieg. Sag ja, flehte alles in ihr. Sei einmal mutig und sag ja.

»Ich kann Ihre Eigenmächtigkeit nicht ignorieren. Es fällt mir schwer, Frau Beara, aber ich werde versuchen, Ihnen alles Gute auf Ihrem weiteren Lebensweg zu wünschen.« Damit drehte er sich um, ging mit versteinertem Gesicht an ihr vorbei und wollte die Tür öffnen.

»Nur, wenn Sie mich verpfeifen.«

Er öffnete die Tür.

»Immerhin haben Sie mich angefordert. Letzten Endes ist es Ihre Schuld.«

Er fror jede Bewegung ein und blieb mit dem Rücken zu ihr stehen. »Was? Was genau soll meine Schuld an dieser... an diesem Mist sein, in den Sie sich da selbst hineinmanövriert haben?«

»Dass ich mir den Job besorgt habe, um Augen und Ohren offen zu halten.«

Langsam drehte er sich zu ihr um. »Nötigung? Amtsanmaßung? Hochstapelei?«

»Ich bitte Sie. Ich bin die neue Putzfrau. So tief habe ich noch nie gestapelt.«

Er schloss die Tür. Gutes Zeichen.

»Frau Beara, wenn Sie es innerhalb von einer Minute schaffen, dieses Haus für alle Zeiten zu verlassen, dann will ich über das, was Sie mir gerade in Ihrem jugendlichen Leichtsinn gesagt haben, schweigen. Aber nur dann.«

»Warum sind Sie eigentlich hier?«, hielt sie dagegen.

Er hob die Augenbrauen und sah aus wie einer dieser Typen, die man selbst kurz vor dem Verhungern nicht um einen Euro anbetteln würde.

»Lassen Sie mir etwas Zeit. Ein, zwei Tage. Niemand wird erfahren, wer ich bin und warum ich hier war. Wenn ich etwas entdecke, werde ich es Ihnen auf jeden Fall so zukommen lassen, dass es gerichtsverwertbar ist.«

»Wie wollen Sie das anstellen? Per anonymem Brief?«

»Zum Beispiel. Mir wird schon was einfallen.«

»Sie sind naiv. Mit Verlaub gesagt, ich dachte, Sie wären klüger. Selbst wenn ich eine verdeckte Ermittlung nachträglich beantragen würde...«

»Ja?«, fragte sie hastig.

»... wären Sie definitiv nicht der VE.«

»Warum nicht? Meine Legende ist perfekt.«

»Welche Legende?«, fragte er wütend. »Wie haben Sie sich hier überhaupt eingeschlichen?«

»Ich bin Nelli Schmidt. Sitzengelassen von einem Eisenbieger aus einem kleinen kroatischen Dorf. Ich arbeite die erste Woche umsonst. Danach blacky unter Mindestlohn. Deshalb wird auch kein Hahn nach mir krähen, wenn ich wieder verschwinde.«

»So. Sie sind also einfach hier reinspaziert und haben nach Arbeit gefragt?«

Sie hievte den Eimer auf den Boden. »Ich hab Verbindungen.«

Gehring rang sichtlich damit, sie nicht nach diesen Verbindungen zu fragen.

»Wie dem auch sei, jetzt ist Schluss damit«, befahl er. »Ich mache diesen Kindergarten nicht länger mit. Gehen Sie freiwillig, oder soll ich tatsächlich einen Ihrer früheren Kollegen bitten, Sie in Handschellen abzuführen?«

Er zog die Tür auf. »Hier entlang.«

Sanela setzte den Eimer wieder ab, trocknete sich die Hände umständlich an dem Geschirrtuch und folgte ihm mit hängenden Schultern. Dieser arrogante, überhebliche, von sich und seinen hyperkorrekten Ermittlungsmethoden maßlos überzeugte... Bulle durchquerte die Eingangshalle so schnell, als wäre er auf der Flucht. Er hatte die Haustür noch nicht ganz erreicht, als sie aufging, und Lida, gestützt auf Theodors Arm, eintrat. Abrupt blieb er stehen.

Wenn Sanela schon eine Verwandlung mitgemacht hatte, dann Lida erst recht. Ihr Gesicht, das die Studentin bei ihrer ersten Begegnung noch an ein Gemälde erinnert hatte, glich nun einer leeren weißen Leinwand. Das einzig Lebendige darin schienen ihre Augen zu sein: dunkel und verhangen wie Gewitterwolken an einem Nachmittagshimmel. Darijos Tod hatte seine Mutter gebrochen, hatte alle Farbe und das Leben von ihr abgewischt und ein blasses Gespenst übrig gelassen.

»Oh«, sagte Lida matt. »Besuch.«

Sie trug ein Seidentuch statt eines Hutes, der Pelzmantel hing schlaff an ihr herab. Ihre Schritte waren unsicher und tastend, als ob der Boden unter ihr tückisches Geröll wäre. Sanela trat zurück in den Schatten der Treppe. Lidas Anblick verstörte sie. Sie empfand Mitgefühl für diese Frau, egal welche Rolle sie beim Tod ihres Sohnes gespielt hatte. Wenn sie Schuld trug, dann hatte sie in den letzten zwei Tagen wohl zum ersten Mal ihr Gewicht gespürt. Auch Gehring trat zur Seite, um die beiden vorbeizulassen. Noch schwieg er. Vielleicht war er ebenso erschüttert, vielleicht wartete er auch nur auf einen würdigen Moment, um die nächste Bombe hochgehen zu lassen.

»Gibt es etwas Neues von Darko?«, erkundigte sich Lida mit schleppender Stimme.

Sanela tippte auf starke Beruhigungsmittel.

»Nein. Er ist noch in Gewahrsam.«

»Wer ist das?«

Noch bevor Gehring antworten konnte, griff Sanela nach der Holzpolitur und dem Lappen und machte einen devoten Knicks. »Ich bin die neue Haushaltshilfe. Nelli Schmidt. Sie können mich gerne Nelli nennen.«

»Sie kommt von Petar«, sagte Theodor leise.

Lida hob die Hand, erst dann kam die Information in ihrem Hirn an, wo sie nicht weiter hinterfragt wurde. Sie ließ die Hand kraftlos wieder fallen. »Ich muss mich hinlegen. Warum sind Sie hier?« Die Frage richtete sie an Gehring. Sie war sichtlich mit der Situation überfordert.

»Ich warte noch auf meine Kollegen. Wir haben einen Durchsuchungsbeschluss für das Kutscherhaus sowie alle anderen Räume, zu denen Herr Tudor vor vier Jahren Zugang hatte. Ich dachte, sie wären schon da.« Sein Handy klingelte. »Verzeihen Sie bitte.«

Das Telefon am Ohr, ging er auf Sanela zu, die nun emsig begann, den unteren Lauf des Treppengeländers zu polieren. Lida und Theodor schritten an ihr vorbei die Stufen hinauf. Langsam und bedächtig, mit längeren Pausen dazwischen, wie ein Touristenpaar auf der Akropolis, das seine Kräfte überschätzt hatte. Als Lida die Hälfte geschafft hatte, drehte sie sich zu Sanela um.

»Könnten Sie mir bitte einen Tee bringen?«

»Sehr gerne, Frau Reinartz.«

»Ja«, sagte Gehring. »Das dachte ich mir schon. Luminolreagenz und Phenolphthaleinprobe positiv? Ja. Überführen Sie den Wagen. Gut.«

Er legte auf und steckte das Handy weg. Lida und Theodor waren verschwunden.

»Blut?«, flüsterte Sanela. »Wo? In welchem Wagen?«

Er sah sie lange an. Seine Wangenmuskeln arbeiteten, er stand sichtlich unter Stress. Sein Blick glitt hinauf in die Galerie, um zu prüfen, dass sie niemand belauschte. »Sie sind damit durchgekommen. Hätte ich nicht gedacht.«

»Natürlich«, antwortete sie ebenso leise und wischte weiter über das Geländer. »Die beiden haben mich beim letzten Mal kaum beachtet.«

»Wer ist Petar?«

»Nicht hier.«

»Okay. Damit wir uns verstehen: Ich lasse mich nicht erpressen. Das war ein hinterhältiger Versuch, der mein Vertrauen in Sie nachhaltig erschüttert hat.«

Sanela putzte weiter und schämte sich.

»Deshalb kann ich Sie auch nicht hierlassen. In ein paar Minuten kommt die Spurensicherung. Bis dahin sind Sie verschwunden. Wenn nicht, sind Sie morgen exmatrikuliert.«

»Warum haben Sie mich dann nicht gleich hochgehen lassen?«

»Weil es eine Blamage gewesen wäre. Für mich. Für uns alle. Verstehen Sie das? Soll ich es noch mal wiederholen, in welche Lage Sie uns, meine … Ihre Kollegen gebracht haben?«

»Okay.« Sie schob ihr Sweatshirt hoch und holte das leicht zerknautschte Foto hervor.

»Was ist das?«, fragte er konsterniert.

»Nicht *was* ist interessant, sondern *wer*. Dieses Mädchen hier«, sie tippte auf das Gesicht der Blonden, »ist hier am Haus vorbeigefahren. Just in dem Moment, als die Sanitäter Lida in den Krankenwagen geschoben haben.«

»Und?«

»Ihr Blick.«

»Sie freut sich«, sagte er. »Warum?«

»Weil Siegfried Reinartz gerade einen Rugby-Pokal gewonnen hat. Wahrscheinlich ist sie mit ihm zusammen oder himmelt ihn an. Jedenfalls scheint sie ihn gut zu kennen, so wie sie an seinem Arm hängt. Er ist der Mann ihrer Träume, beide sind allein von der Optik her füreinander geschaffen, und sie ist die Einzige, die auf einem weiteren Familienfoto auftaucht. Ich habe sie wiedererkannt. Diese Frau ist ganz sicher am Krankenwagen vorbeigefahren, als Lida abgeholt wurde. Wenn sie immer noch eine Freundin der Familie wäre, hätte sie angehalten, wäre ausgestiegen und hätte irgendein Zeichen von Gefühl gezeigt, egal ob geheuchelt oder nicht. Aber sie ist einfach in ihrem Auto geblieben, hat sich nicht gerührt und Lida angesehen wie jemanden, der gerade der himmlischen Gerechtigkeit zugeführt wird.«

Gehring betrachtete das Bild, immer noch ohne Regung in seinem Gesicht. »Woher haben Sie das?«

»Aus Siegfrieds Zimmer. Es hing über seinem Schreibtisch.«

Er drehte das Foto um. *Vici! August 2010* stand darauf.

»*Vici* – ich habe gewonnen«, flüsterte sie. »Das war zwei Monate vor Darijos Verschwinden. Wir können anfangen, die Zeit einzugrenzen. Irgendetwas muss zwischen August und Oktober 2010 passiert sein. Die Dinge sind irgendwie aus dem Ruder gelaufen.«

Kleine rhetorische Pause. Hatte sie ihn an der Angel?

»Ja?«

Er hing dran. Am liebsten hätte sie ihn umarmt, wenn das nicht eine noch größere Blamage für ihn gewesen wäre.

»Wann hat Reinartz noch mal die Scheidung eingereicht? Darijo ist am zehnten Oktober verschwunden. Wir sind uns doch darüber einig, dass das wahrscheinlich auch der ungefähre Todeszeitpunkt ist. Wahrscheinlich. Okay?«

Gehring nickte widerstrebend.

»Ich bin mir sicher, dass es kurz danach war. In einer Phase, in der eine Familie eigentlich zusammenstehen sollte, reißt sie auseinander. Warum?«

»Liebe?«, fragte Gehring skeptisch. »Vielleicht hat Lidas Kummer den Beschützer in Reinartz geweckt. Ritterlichkeit. Fürsorge. Midlife-Crisis. Viele ziehen Bilanz. Fragen sich, ob das alles war. Hoffen, dass noch etwas nachkommt. Er trennt sich, schickt seine Söhne ins Internat, um Zeit für die junge Liebe zu haben, wer weiß.«

»Ich denke, in diesem Haus ist innerhalb von zwei Wochen im übertragenen Sinne kein Stein mehr auf dem anderen geblieben. Hier sagt niemand die Wahrheit. Erst recht nicht, wenn er von Liebe spricht.«

Sie spähte nach oben. Theodor konnte jeden Moment zurückkommen. »Dieses Mädchen weiß vielleicht mehr. Finden Sie heraus, wer sie ist.«

»Ich darf noch nicht einmal mit Ihnen reden. Das Foto ist nicht gerichtsverwertbar, da Ihre Anwesenheit hier illegal ist.«

»Dann machen Sie sie legal! Das ist eine echte Chance. Sie haben mich genommen. Sie werden mir vertrauen. Ich arbeite hinter den Linien. Ich komme an ganz andere Informationen als Sie.«

Er schwieg. Just in dem Moment, als sie dachte, sie hätte ihn herumgekriegt, reichte er ihr das Foto.

Durchaus mit Bedauern, das musste man zugeben. Langsam hob sie die Hand und nahm es an. Okay, vielleicht hatte sie noch keine Beweise. Aber sie war ja auch gerade erst zwei Stunden hier. Für diese kurze Zeit fand sie ihre Ausbeute phänomenal.

»Bringen Sie es wieder an seinen Platz«, sagte er.

Wortlos steckte sie das Foto in ihren Hosenbund. Was hieß das jetzt?

»Ich warte draußen in meinem Wagen. Und wenn es Ihnen nichts ausmacht, Frau Schmidt – ich würde mich auch über einen Tee freuen.«

21

Was ging da vor sich? Diana Jessen sah auf ihre Armbanduhr, ein schmales, sportlich-elegantes Exemplar aus Rotgold. 16:10 Uhr. Drei Wagen standen mittlerweile vor Siegfrieds Haus, einer davon ein Transporter. Ein halbes Dutzend Männer und eine Frau waren ausgestiegen, klobige Koffer in der Hand, und zunächst ins Kutscherhaus gegangen. Auch wenn sie vom Wohnzimmerfenster aus einen erhöhten Blick auf das Grundstück gegenüber hatte, blieb das weitere Vorgehen der Truppe hinter den hohen Büschen verborgen.

Ein Mann trat aus dem Vordereingang. Ihn hatte sie schon einmal gesehen. Der Polizist. Aber wer war die schlampige blonde Frau neben ihm, mit der er noch ein paar Worte wechselte?

Diana lief in die Diele und holte aus dem alten Bauernschrank ihren Parka hervor. Gerade wollte sie in ihre Stiefel schlüpfen, als sie hörte, wie oben eine Tür zuschlug. Bitte nicht, dachte sie. Doch ihre Mutter kam schon die Treppe hinunter.

»Du gehst noch mal weg? Du hast doch um halb deinen Termin bei Wolfram.«

»Ja.« Sie zog die Reißverschlüsse hoch und pustete sich eine Strähne aus der Stirn. »Ich will bloß einen kurzen Spaziergang machen. Ich habe Kopfschmerzen.«

»Willst du eine Tablette?«

»Nein. Nur frische Luft.«

Kaum war Diana vor der Tür, schlug sie die Kapuze hoch. Die Kälte schmerzte in der Lunge, und der kurze Gang über die Straße war mühselig und kräftezehrend. Dieser Winter war wirklich eine Herausforderung. Alle waren am Ende. Erkältet, depressiv, ausgelaugt. Wenigstens wurde es nicht mehr ganz so früh dunkel. Licht, dachte sie. Wir alle brauchen Licht.

Durch die getönten Scheiben versuchte sie ins Innere des Transporters zu spähen, konnte aber nichts erkennen. Das Gartentor war angelehnt. Sie drückte gar nicht erst auf die Klingel, sondern lief gleich links um die Ecke zum Wirtschaftseingang. Dort blieb sie mit klopfendem Herzen stehen und spähte hinüber zum Kutscherhaus.

Gerade kam Theodor aus der Garage und wischte sich mit einem Lappen die Hände ab. Diana stieß einen leisen Pfiff aus, der ihn auf sie aufmerksam machte. Zu ihrer Erleichterung kam er auf sie zu.

»Herr Theodor, was ist hier los?«

Er steckte den Lappen in die Tasche seiner weiten Hose, zuckte mit den Schultern und wickelte den Schal noch fester um seinen Hals. »Hausdurchsuchung«, sagte er knapp.

»Und... was suchen sie? Vier Jahre nachdem das alles passiert ist?«

»Ich weiß es nicht, Fräulein Jessen. Es richtet sich auch gar nicht gegen uns.«

»Gegen wen denn dann?«

»Die Polizei hat Darko Tudor festgenommen.«

Sie nickte knapp. Sie hatte die Nachrichten gehört und selten eine derart beunruhigende Mischung aus Genugtuung und Nervosität gespürt.

»Die Beamten suchen, glaube ich, die Tatwaffe.«

»Die liegt doch längst auf dem Grund des Wannsees. Oder ist auf dem Müll gelandet. Das ist doch purer Aktionismus. Schikane. Wie geht es Lida?«

»Schlecht«, sagte er mit einer Stimme rau wie ein Reibeisen. »Sie hatte einen Zusammenbruch, und dann ist auch noch Darko im Krankenhaus aufgetaucht. Er war sehr wütend, sehr aufgebracht. Sie haben ihn dort festgenommen.«

»An ihrem Bett? *Holy shit.*«

Theodor sah zu Boden. Es ärgerte sie, dass er nicht einer Meinung mit ihr war. Oder dass er seine einfach hinterm Berg hielt. Sie fand, dass sie etwas mehr Vertrauen verdient hatte. Egal was geschehen war, Katastrophen sollten doch zusammenschweißen. Zumindest diejenigen, die das Gleiche über die Ursache dachten.

Sie hörte Schritte, und im nächsten Moment trat die schlampige blonde Frau aus dem Hinterausgang, in der Hand eine Thermoskanne und einen Becher. Sie stockte einen Moment, als ob sie den Chauffeur im Gespräch nicht unterbrechen wollte, gab sich dann jedoch einen Ruck. Schüchtern *und* hässlich, meine Güte.

»Herr Theodor, ich habe Ihnen einen Tee gemacht. Frau Reinartz hat sich hingelegt. Soll ich den Polizisten auch etwas anbieten?«

»Bloß nicht«, entfuhr es Diana. »Ich meine, man sollte sie nicht von der Arbeit abhalten. Je eher sie damit durch sind, umso schneller sind sie weg.«

Die Frau legte den Kopf schief und grinste sie an. Wahrscheinlich war sie auch noch ein bisschen blöde und hatte den Satz auf sich bezogen.

»Aber ich könnte eine Tasse gebrauchen«, sagte Diana leutselig. »Das wäre sehr nett.«

»Möchten Sie vielleicht hereinkommen?«

Diana warf Theodor einen belustigten Blick zu. Doch der schien die Übergriffigkeit dieses merkwürdigen Wesens gar nicht zu bemerken.

»Sie sind …?«, fragte Diana kühl. Egal woher die Frau kam, sie sollte lernen, wie man sich Leuten gegenüber verhielt, die nicht zu ihresgleichen gehörten.

»Nelli Schmidt. Ich bin das neue Hausmädchen.«

Diana ließ den Blick über das Sweatshirt – fleckig –, die Jeans – an den Säumen ausgetreten – und wieder hoch zu dem blonden Haarschopf wandern – grässlicher Ansatz, gelb wie Stroh.

»Haben Sie nichts anderes zum Anziehen?«

»Das ist meine Arbeitskleidung«, antwortete Nelli.

Sie schnatterte vor Kälte, und Diana machte es Spaß, sie in diesem Zustand vom Gehen abzuhalten.

»Seit wann sind Sie hier?«

»Seit heute. Darf ich fragen, wer Sie sind?«

Das war eine Unverschämtheit. Wo bekamen die Leute eigentlich ihr Personal her? Wurde es nicht mehr gebrieft? Nicht mehr eingearbeitet?

»Nur damit ich weiß, wer zu den engen Freunden der Familie gehört.«

Ach so. Ja. Das könnte wichtig sein. Diana lächelte. »Zu denen gehöre ich, nicht wahr, Theodor?«

Er nickte. Nicht gerade übereifrig, aber immerhin.

»Das ist das Fräulein Jessen. Sie und der junge Herr Reinartz sind miteinander aufgewachsen.«

»Oh.« Der Wischmopp riss die Augen auf. »Mit Tristan? Waren Sie der Babysitter?«

Diana hielt die Luft an. Sie sah zu Theodor, aber der hatte nur Augen für das, was gerade im Kutscherhaus vor sich ging. Allerdings war davon hier draußen nicht viel zu sehen.

»Nein«, antwortete sie mit samtener Liebenswürdigkeit. »Ich bin Siegfrieds… Freundin.« Das kurze Zögern vor dem letzten Wort war hoffentlich niemandem aufgefallen.

»Ja, dann… Ich hole Ihnen noch einen Becher.«

Die Göre verschwand.

»Wo kommt die denn her?«, fragte Diana.

Theodor knackte gerade eine imaginäre Nuss mit seinem Unterkiefer, er antwortete nicht.

»Egal. Ich weiß, es ist schwierig heutzutage. Aber könnte sie sich nicht etwas anderes anziehen, gerade jetzt? Immerhin gibt es in diesem Haus einen Trauerfall.«

Er nickte. »Ich werde mit ihr reden. Aber sie ist fleißig und aufmerksam.«

»Hm.«

Oben am Fenster in der Kutscherwohnung tauchte ein Mann auf und sah hinter die Vorhänge. Lächerlich. Als ob Theodor vier Jahre nach dem Auszug der Tudors dort ein blutbeflecktes Tatwerkzeug aufbewahren würde. Eine Frau kam jetzt langsam die Außentreppe herunter. Dunkelhaarig, kompakt, flink. Sie gehörte zum Team, Diana erkannte sie wieder.

»Ich geh dann mal lieber«, sagte sie schnell. »Haben Sie schon was von Siegfried gehört?«

Theodor sah sie verwirrt an. Er war mit seinen Gedanken ganz woanders gewesen. »Siegfried? Ja. Er kommt heute am frühen Abend. Ich hole ihn in Tegel ab.«

Diana versuchte, sich nicht anmerken zu lassen, was diese Neuigkeit in ihr auslöste. »Wann? Das kann ich übernehmen. Sie dürfen hier doch erst mal nicht weg, oder?«

»Nein, nein. Er wollte, dass ich komme. Verzeihen Sie bitte, Fräulein Jessen.«

Damit ließ er sie stehen und ging auf die Frau zu, die anfing, ihm irgendwelche unwichtigen Fragen zu stellen, während rings um Diana der tote, raschelnde Winter in unfassbaren Farben erstrahlte.

22

Gehring hatte sich Dörte Kapelniks Rapport mit unbewegter Miene angehört. Darkos Notebook war bereits in der kriminaltechnischen Untersuchung, ebenso der alte Sender, den der Biologe in einer Nachttischschublade aufbewahrt hatte und bei dessen Anblick seiner Chefin die Kinnlade heruntergeklappt war. Die beste Nachricht aber kam zum Schluss: Darkos Wagen oder vielmehr der Pick-up, den die Wolfsstation über Jahre hinweg benutzt hatte, war auf geradezu unerklärliche Weise nicht verschrottet worden. Mehrfach von begabten Schrauberhänden zusammengeflickt, hatte er einen kurzen Ausflug zu einem polnischen Gebrauchtwagenhändler überstanden und war danach über die Grenze nach Deutschland zurückgekehrt, wo er als Lieferfahrzeug eines russischen Supermarktes in Spremberg im Einsatz gewesen war. Bis Dörte Kapelnik den entscheidenden Hinweis vom Spreebrücker Bürgermeister bekommen hatte, einem gewissen Holger Venneloh, verheiratet mit Julia, der Leiterin der wildbiologischen Außenstelle.

»Warum wusste die Frau nichts davon?«

»Sie kommt kaum nach Spremberg. Frau Venneloh lebt quasi in der Station.«

»Wie Darko Tudor«, hatte er nachdenklich gemurmelt. »Sie wissen, dass wir ihn nicht mehr lange in U-Haft behalten können. Seine Aussage stimmt. Diesen Unfall mit einem toten Wolf in der Nacht von Darijos Verschwinden hat es tatsächlich gegeben. Die Polizei hat ihn aufgenommen, Tudor hat den Kadaver beseitigt und am nächsten Tag im Labor abgeliefert. Wenn wir keine Hinweise finden, dass er seinen Sohn einige Stunden früher oder später, ob tot oder lebendig, mit diesem Wagen transportiert hat, müssen wir ihn laufen lassen.«

Kapelnik hatte in ihrer knappen, stets rationiert wirkenden Freundlichkeit genickt. »Sicher. Deshalb hat die Blutspurenuntersuchung auch absolute Priorität. Vielleicht finden wir ja noch Darijos DNA. Aber wir dürfen nicht vergessen, dass mit dem Pick-up über Jahre hinweg tote Tiere transportiert worden sind. Die Ladefläche wurde zwar gereinigt, aber nicht professionell.«

Gehrings Handy vibrierte. Eine Nachricht von Sanela Beara. *Nebeneingang. Ein junges Mädchen, steht da mit dem Chauffeur. Sie heißt Jessen und wohnt in der Nähe.*

Gehring blickte auf, doch weit und breit war niemand zu sehen. Er schnaubte ärgerlich. Wahrscheinlich würde sie noch anfangen, über tote Briefkästen mit ihm zu kommunizieren. Jessen... der Name sagte ihm etwas. Es dauerte einen Moment, bis es ihm einfiel. In den alten Ermittlungsakten gab es eine Zeugenaussage von einer gewissen Karin Jessen. Manteuffel hatte sie damals befragt. Die Frau wohnte in der Nachbarschaft, hatte jedoch nichts gesehen und nichts gehört, Darijo kaum gekannt. Eine reine Routinebefragung, unter ferner liefen abgelegt. Das Mädchen war vermutlich ihre Tochter.

»Was Neues?«, fragte Kapelnik.

»Ja. Können Sie Ihre Leute kurz zusammenrufen?«

»Selbstverständlich«, antwortete die Kollegin.

Sie trafen sich in der Werkstatt. Theodor Wagner fuhr gerade den schwarzen Buick hinaus auf die Auffahrt. Ein tiefergelegter Golf GTI mit Ledersitzen und extravaganten Alu-Felgen wartete noch darauf, ebenfalls seinen Platz zu räumen. Gehring wies mit einem knappen Nicken in Richtung des Chauffeurs.

»Herr Wagner hat sich gerade mit einer jungen Dame unterhalten.«

»Mit zweien, um genau zu sein. Ich habe es zufällig gesehen, oben vom Fenster.« Markus Reutter trat vor, ein junger Mann, gutaussehend, sportlich, mit dunklen Haaren, die ihm in die Stirn fielen und die er jetzt mit einer verlegenen Geste nach hinten strich. »Die eine klein, blond und hässlich, die andere größer, auch blond, aber ein gerade erblühendes Wunder der Natur.«

»Das Wunder«, antwortete Gehring. »Ihr Name ist Jessen. Rufen Sie Frau Schwab an und lassen Sie sich die Kontaktdaten einer Zeugin von damals geben, Karin Jessen. Oder fragen Sie gleich den Chauffeur. Wenn er nicht gerade unter Absencen leidet, wird er sich wohl noch erinnern.«

»An diese Braut bestimmt.«

Amüsiertes Lachen. Reutter war nur ein paar Jahre jünger als Gehring, doch es war, als würden sie Generationen trennen. Als bliebe diese jungenhafte Sorglosigkeit, die einen bei Feierabend nicht nach Hause, sondern hinaus in die Stadt und ihre Millionen ungelebten Möglichkeiten lockte, Menschen wie Gehring verwehrt. Reutter sah aus, als hätte er in der harten Schule des Lebens jede Menge Freistunden gehabt, während Gehring aus irgendeinem Grund das Nachsitzen erwischt hatte. Der Gedanke machte ihn unzufrieden. Er verbannte ihn aus seinem Kopf.

»Ich will mit ihr reden. Schnell.«

»Aye, aye, Sir.«

Schon war Reutter weg. Vielleicht hoffte er, das schöne Kind noch im Haupthaus anzutreffen. Gehring sah ihm mit einem, wie er hoffte, amüsierten Blick hinterher. »Schon irgendwelche verwertbaren Beweismittel?«

Kopfschütteln, Seufzen. »Nach vier Jahren?«, fragte Kapelnik. »Ein Wunder, dass Gram den Beschluss überhaupt ausgestellt hat.«

»Also dann, bitte zurück an die Arbeit.«

Dörte Kapelnik trat vor die Garage und nestelte eine Packung Zigaretten aus der Oberarmtasche ihres Parkas. Gehring folgte ihr und wunderte sich. Er hatte nicht gewusst, dass die Kollegin rauchte. Sie zündete sich eine Zigarette an und betrachtete die Reinartz'sche Villa mit leicht zusammengekniffenen Augen.

»Er hat nicht renoviert, als er eingezogen ist.«

»Wagner? Der Chauffeur?«

Die Kollegin nickte und stieß den Rauch aus, der sich mit ihrem Atem zu einer nebelweißen Wolke verdichtete.

»Er benutzt lediglich das Wohn- und das Schlafzimmer. Das Kinderzimmer steht leer.«

»Darijos Sachen sind schon im Haupthaus, drüben unterm Dach.«

»Woher wissen Sie das?«

Er lächelte müde. »Ich habe einen Tipp bekommen. Bitte behalten Sie das für sich.«

»Selbstverständlich. Nun ja, vielleicht sollte sich mal jemand vom Jugendamt Darijos altes Zimmer hier im Kutscherhaus ansehen.«

Er trat näher zu ihr. »Warum?«, fragte er leise.

»Wenn mich nicht alles täuscht, sind innen vor der Tür Urinflecken. Nicht nur einer, sondern mehrere. Jemand hat einen Fußabtreter darauf gelegt.«

»Das heißt?«

»Das Kind wurde wohl öfter eingeschlossen.« Sie nahm wieder einen Zug. Gehring wusste, dass Kapelnik auch für die sechste Mordkommission arbeitete. Wenn sein Job das Fegefeuer war, dann gingen die Leute dort durch die Hölle. Kindesmisshandlung. Oft mit Todesfolge. Sie kannte die Anzeichen von Vernachlässigung. Kaum Essen im Kühlschrank, aber Alkohol. Heruntergelassene Rollläden. Fliegenschwärme. Urinflecken auf dem Boden, wenn das Kind tagelang in seinem Zimmer eingesperrt war und nicht auf die Toilette konnte.

»Sind Sie sicher?«

»Ach«, sie zuckte mit den Schultern, »sicher sind wir doch immer erst, wenn es jemand zugibt, oder? Bis dahin haben sich die Kinder selbst eingeschlossen, waren zu faul, um nachts rauszugehen, sind süße kleine Tollpatsche, die ständig irgendwo dagegen laufen, oder Spätentwickler.«

»Ich frage mich, warum nicht wenigstens die Lehrer nachgehakt haben. Immerhin hatte Darijo schwere Verletzungen.«

»Das kann ich Ihnen sagen.« Kapelnik trat die Zigarette aus. »Bei Familien mit Migrationshintergrund wird das gerne heruntergespielt. Das ist doch so üblich in diesem Kulturkreis, heißt es dann. Da rutscht schon mal die Hand aus. Ist doch nicht so gemeint.«

Die Kollegin kehrte zurück ins Dunkel der Garage. »Sie können jetzt rein. Und würden Sie Herrn Wagner bitte sagen, er soll den Golf rausfahren? Sonst werden wir hier nie fertig.«

23

Sorgfältig strich Sanela das Foto glatt. Siegfried würde sicher sofort auffallen, dass jemand es in der Hand gehabt hatte. Vielleicht sollte sie es ganz verschwinden lassen oder bügeln. Dann hörte sie Schritte und pinnte es hastig wieder an die Wand.

Mit jagendem Herzen stürzte sie sich auf das Bett, riss die Decke herunter und schüttelte wild das Kissen auf. Dabei machte sie so viel Lärm wie nur möglich. Mit dem Erfolg, dass kurz darauf Lida in der offenen Tür auftauchte, müde, abgekämpft, ein wenig schwankend. Sie trug einen seidenen Morgenmantel, der sie nicht wirklich wärmen konnte. Es war kurz vor fünf, vielleicht wollte sie einfach nur schlafen. Sie sah so müde aus, als ob sie gleich umfallen würde.

»Was ... was machen Sie hier?«

»Das Bett, Frau Reinartz.« Oder sollte sie gnädige Frau sagen? »Hier oben ist lange nicht mehr geputzt worden. Wenn es für Sie in Ordnung ist, hole ich den Staubsauger und richte alles her.«

»Ja.« Lida stieß sich vom Rahmen ab und trat ins Zimmer. »Er kommt ja bald. Gut, dass Sie da sind. Ich kann das alles nicht im Moment.«

Wieder schwankte sie. Sanela eilte an ihre Seite und führte sie sanft zu dem Drehstuhl vor dem Schreibtisch. Lidas Arm war mager, ihr Gesicht verhärmt. Es war, als ob sie hinter einen staubigen Vorhang getreten wäre und man nur noch ihren Schatten ahnen konnte.

»Kann ich irgendetwas für Sie tun?«

»Nein, es geht schon.«

Lidas Blick fiel auf das Bild, und sie nahm es herunter. Dabei fiel die Reißzwecke hinter den Schreibtisch, aber sie achtete nicht darauf und betrachtete es schweigend. Währenddessen zog Sanela ein letztes Mal die Bettdecke glatt.

»Ist er das?«, fragte sie. »Siegfried?«

»Ja.« Lida legte das Foto auf den Schreibtisch.

»Ist Tristan genauso hübsch?«

»Tristan?« Sie wirkte einen Moment verwirrt, als ob sie sich nicht an den Namen erinnern könnte. »Oh, ja. Nein. Er ist noch, wie soll ich sagen? Im Winterschlaf. Sein Frühling kommt noch.«

Sanela war fertig. Unschlüssig blieb sie im Raum stehen. Auch Lida erhob sich, ohne das Foto wieder anzupinnen. Gut. Nun hatte es außer ihr noch jemand in der Hand gehabt.

»Könnten Sie... könnten Sie kurz mitkommen?«, fragte Lida.

»Aber selbstverständlich.«

Sanela ging voran in den Flur. Lida holte einen Schlüsselbund aus der Tasche ihres Morgenmantels und schloss Darijos Zimmer auf. Nachdem sie die Tür geöffnet hatte, verharrte sie für einen Moment. Dann erst trat sie ein. Sanela folgte ihr.

Die Kisten standen im Raum wie beim letzten Mal. Die oberste war geöffnet, das T-Shirt mit dem Pokemon-Aufdruck lag noch genauso da, wie Sanela es hastig zurückgelegt hatte. Lida nahm es in die Hand und hielt es sich mit geschlossenen Augen vor die Nase, als ob sie Darijos Duft darin noch riechen könnte.

»Weichspüler«, sagte sie leise und resigniert.

Sie hob den Karton herunter und begann ihn zu durchwühlen.

»Kann ich Ihnen irgendwie helfen?«

Lida achtete nicht auf sie, sondern nahm sich den nächsten vor, und Sanela legte die Kleidungsstücke ordentlich wieder zusammen. Es waren viele abgetragene, billige Sachen darunter, aber auch einige recht teure Stücke.

»Was suchen Sie denn?«

Lida hockte sich vor den offenen Karton auf den Boden, der mit einem grauen, recht neuen Filzteppich bedeckt war. Der Raum roch wie ein Billigschuhladen. Sanela hätte gerne das Fenster geöffnet.

»Sie kommen also von Theodor«, sagte die müde Frau.

Aha. Es war bisher alles ein bisschen zu glatt gegangen.

»Ja.«

»Er ist schon sehr lange in diesem Haus. Extrem loyal. Deshalb habe ich zugestimmt, als er mir von Ihrer prekären Lage erzählt hat.«

»Ja?«, fragte Sanela vorsichtig und hoffte, dass der Mann nicht hinter ihrem Rücken vier minderjährige Kinder oder eine drohende Gefängnisstrafe hinzuerfunden hatte.

»Trotzdem möchte ich natürlich wissen, wer Sie sind und was ihn dazu gebracht hat, sich so für Sie einzusetzen.«

»Ich bin seine Nichte. Nicht offiziell. Ich bin… seine Schwester hat… Nun ja, in Theodors Familie herrschen strenge Grundsätze, was Moral und Sitte angeht.«

Ob Lida wusste, dass er seinen Namen eingedeutscht hatte? Bestimmt. Dies wäre der Moment, sich zu outen. Lida, du und ich, wir haben doch die gleichen Wurzeln. Komm, lass uns Freundinnen werden… oder so ähnlich. Aber Sanela wusste, dass das ein Fehler wäre. Lida hatte zu lange allein gekämpft. Allianzen gleich welcher Art waren ihr fremd. Sie war eine Frau ohne Freunde, ohne Familie. Verbunden mit dem Leben, das sie führte, durch nichts anderes als den schmalen goldenen Ring an ihrem Finger. Die Stadthäuser in Dubrovnik, der glänzende

Prospekt in Lidas Schublade fiel Sanela ein. Bereitete Lida heimlich einen Neuanfang vor?

»Moral und Sitte«, wiederholte Lida ausdruckslos. »Und was heißt das genau?«

Sanela war sich sicher, dass Lida kaum etwas über Theodors Privatleben wusste. Wahrscheinlich hatte er gar keines. Er war ein ehrgeizloser Eigenbrötler und zufriedener mit seinem Leben als viele andere.

»Ich bin ein Kind der Liebe.« Sanela hob lächelnd die Schultern, als wolle sie sagen: Ich kann nichts dafür. »Ich glaube, Theodor mag mich noch nicht mal. Aber wir stehen zusammen, wenn es hart auf hart kommt.«

Lida lächelte dünn. »Ja, so kenne ich ihn. Loyalität, nicht wahr? Sie ist besser als Liebesschwüre und Freundschaftsbeteuerungen. Das sind alles bloß Worte, Gefühle. Loyalität dagegen ist ein Charakterzug. Treue. Stärke. Wissen, wohin man gehört…«

Sie holte einen leichten Sommerpullover aus der Kiste. Dann einen Stapel T-Shirts und einen billigen Fußball aus Plastik, bedruckt mit dem Werbelogo einer Bank. Wühlte sich durch bis zum Boden.

»Wenn Sie mir sagen, was Sie suchen…«

Lida wollte aufstehen, doch es gelang ihr nicht. Sie taumelte, wahrscheinlich war ihr Kreislauf völlig im Keller. Sanela half ihr auf.

»Ich weiß nicht, was ich davon aufheben soll und was…« Sie brach ab und fuhr sich mit der Hand über die Stirn, als ob sie sich an etwas Wichtiges erinnern müsste. »Manchmal… Er geht weg von mir. Jeden Tag ein Stückchen mehr. Ich möchte ihn festhalten, aber es ist, als ob er immer heller und blasser würde, als ob er verschwindet, mitten in einer weißen Landschaft. Als ob er hinaus in ein weißes Nichts geht, bis er verschwunden ist. Ein Schneegänger. Ich kann ihn bald nicht mehr sehen.«

Es war eine Lüge, wenn die Menschen behaupteten, in der Erinnerung würden die Toten weiterleben. Es zog sie unweigerlich ins Vergessen. Sie gingen hinein in die bleichende, verzehrende Zeit, die man Vergangenheit nannte.

»Bei meiner Mutter ist es Licht«, sagte Sanela. »Ein helles Licht. Ich kann sie kaum noch erkennen, weil es so sehr blendet. Ich war noch ein Kind, als sie gestorben ist. Aber manchmal, wenn ich die Augen schließe, sehe ich ihre Silhouette mit einem Sonnenuntergang verschmelzen.«

Warmes Licht, kalter Schnee. Wie unterschiedlich selbst das Verschwinden war. Eine Weile schwiegen sie miteinander. Lida hob ein Hemd auf, strich zärtlich über den Stoff und legte es mit einem Seufzen zurück in den Karton.

»Könnten Sie mir beim Auswählen helfen? Die hier…« Lida zog eine Jeans hervor. »Die hat er oft getragen. Kinder wachsen ja so schnell. Die meisten Sachen werden gar nicht richtig benutzt.«

Sanela betrachtete die Hose. Sie war schmutzig, vor allem an den Knien, als ob Darijo darin stundenlang auf dem Boden herumgerutscht wäre.

»Soll ich sie waschen?«

»Nein, nicht waschen. Nur… mir ist so komisch. Wo Günter bloß bleibt?«

»Haben Sie Ihren Mann angerufen wegen der Hausdurchsuchung?«

»Ja. Er muss mit diesen Leuten reden. Was suchen sie hier? Darko hat doch nicht… Er hat doch nicht seinen eigenen Sohn…«

Sie stützte sich am obersten Karton ab, und der ganze Stapel geriet ins Wanken.

»Sie müssen sich jetzt ausruhen«, sagte Sanela. »Ich gehe die Sachen später durch und lege einen kleinen Stapel zum Aufheben in Ihr Zimmer.« Sie begleitete Lida zur Tür. »Haben Sie schon Pläne für die Trauerfeier?«

Lida stutzte, blieb stehen. Wo eben noch Schmerz gewesen war, breitete sich Ärger aus, so schnell und wolkig wie Tinte in einem Glas. »Ich will keine Trauerfeier.«

Sanela musste sich noch nicht einmal Mühe geben, verdutzt auszusehen. »Ich dachte, Sie wollen Ihren Sohn doch bestimmt endlich beerdigen?«

»Natürlich will ich das! Was soll diese Frage? Aber ich habe nicht vor, ein rauschendes Fest für die gesamte Nachbarschaft zu geben. Die Beisetzung wird im engsten Familienkreis stattfinden. Günter muss das Institut noch beauftragen…« Sie wandte sich ab.

»Das kann ich Ihnen gerne abnehmen«, sagte Sanela hastig. »Und die ganzen Vorbereitungen auch. Sagen Sie mir einfach, was Sie sich vorgestellt haben, und ich erledige das.«

Lida dachte nach und nickte dann. »Das ist sehr nett von Ihnen. Aber ich muss das erst mit meinem Mann besprechen.«

»Darf ich Sie etwas fragen?«

»Ja?«

»Ich glaube, es wäre gut, wenn ich vorübergehend rund um die Uhr für Sie da wäre. Sie können sich im Moment unmöglich um alles kümmern. Ich würde mir hier ein Feldbett aufstellen, wenn das für Sie in Ordnung wäre. Es ist… also, es war ja noch nicht Darijos Zimmer. Zumindest noch nicht lange, oder?«

Lidas Blick schweifte über die kahlen Wände und die Dachschräge. »Nein. Es war nie sein Zimmer. Das hier war nie sein Haus.«

»Vielleicht wäre es das ja eines Tages…«

»Nein.« Lida unterbrach sie schroff, schenkte ihr dann aber ein verwehtes Lächeln. Die Medikamente gewannen wieder die Oberhand. »Es ist kein Problem, wenn Sie sich hier einrichten.

Theodor soll Ihnen die Matratze vom Dachboden holen. Sie müssten sich allerdings mit Tristan und Siegfried ein Badezimmer teilen.«

»Wenn es den jungen Herren nichts ausmacht?«

Lida schien Gefallen an diesem Szenario zu finden. »Nun ja...« Es war, als ob die Frau kurz hinter dem Vorhang hervorlugte. »Seien Sie unbesorgt. Keiner der beiden wird etwas dagegen haben.«

Kaum war Lida gegangen, durchwühlte Sanela die Kisten. Checkte jede Falte, jede Hosentasche, jedes Spielzeug. Die meisten Dinge waren abgenutzt und sahen aus wie secondhand. Ein Sweatshirt hatte einen Riss im Ärmel, sie legte es zu der schmutzstarrenden Jeans. Wo um Himmels willen machte man sich so dreckig? War Darijo etwa die Straße entlanggerobbt? Oder auf dem Dachboden damit gewesen? Vielleicht konnte die KTU noch herausfinden, ob die Kleidung, die Darijo bei seinem Tod getragen hatte, frisch gewaschen oder ähnlich verschmutzt gewesen war.

Nein, das konnte sie nicht. Das war nach vier Jahren unter der Erde nicht mehr möglich. Warum hatte Lida diesen Raum abgeschlossen? All die Jahre über war es ihr offenbar egal gewesen. Erst die Nachricht vom Tod ihres Jungen und dem Fund seiner Leiche hatte etwas in ihr ausgelöst. Nein, es war nicht der Tod. Es war der Mord. Der hatte alle aus der Fassung gebracht.

Längst vergessene Dinge fielen einem wieder ein. Gefrorene Gefühle tauten auf. Menschen setzten sich in Bewegung. Die Angst ging um. Auf leisen Sohlen, wie ein verstohlener, unbeachteter Gast. Doch bald würde sie sich offener zeigen. Im Weg stehen. Hartnäckig auf ihre Anwesenheit pochen. Sanela hoffte nur, dass sie sich damit nicht zu viel Zeit ließ.

Ein weiterer Wagen fuhr auf das Grundstück, ein schwerer

Mercedes. Wie viele Autos brauchte der Mensch eigentlich? Sie ging zu dem kleinen Fenster unter der Schräge, öffnete es und musste sich sehr weit hinauslehnen, um einen Blick in den Garten zu werfen, wo sich die Leute von der Spurensicherung gerade vor dem Kutscherhaus versammelten. Reinartz stieg aus, eine Laune wie eine geballte Faust. Er schnappte sich Gehring und hielt ihm einen Vortrag, wahrscheinlich darüber, welche Rechte freie Bürger in einem freien Land hatten. Der KHK ließ ihn reden. Dann begleitete er den Unternehmer ins Haupthaus. Obwohl Sanela viel dafür gegeben hätte, Ohren- und Augenzeugin zu sein, wenn Reinartz Gehring zusammenfaltete, ging sie das Risiko lieber nicht ein. Sie wartete kurz, dann rief sie ihn an.

»Ja?«, bellte er.

Im Hintergrund die polternde Stimme des Hausherrn, der irgendetwas von Stasi-Methoden und Opfer zu Tätern stempeln faselte.

»Ich habe eine Jeans von Darijo. Die wäre was für die KTU.«

»Wo?«

»Im Dachzimmer, hinten links. Direkt neben dem von Siegfried. Ich lege sie auf den oberen Karton. Lida wollte, dass ich mit ihr die Sachen ihres Sohnes durchsehe. Eine Tatwaffe war nicht dabei.« Sie hörte ihn leise stöhnen. Was hätte sie denn tun sollen? Etwa Lida die Wahrheit sagen? »Es ging nicht anders, glauben Sie mir. – Haben Sie schon was gefunden?«

»Wir sind noch nicht fertig.«

Also *nada*. Sanela sah auf ihre Uhr. 17:30 Uhr. »Wie lange sitzt Darko noch in U-Haft? Nur zu meiner eigenen Sicherheit. Ich bleibe heute Nacht hier. Lida braucht mich.«

Darko wäre der Einzige, der sie erkennen würde. Nicht wegen dem kaum noch sichtbaren Kratzer an ihrer Lippe. Dieser Mann hatte ihr Gesicht sehr genau betrachtet.

»Wir müssen ihn um zweiundzwanzig Uhr dreißig entlassen.«
»Okay. Vielleicht kommt er ja her.«
»Wahrscheinlich nicht. Passen Sie trotzdem auf sich auf.«
Sie beendete das Gespräch. Gehring machte sich Sorgen um sie. Das war ja ganz was Neues. Wieder drang das satte Starten eines Motors an ihre Ohren. Dieses Mal war es Theodor, der mit dem Buick vorsichtig an dem mitten im Weg geparkten Auto seines Chefs vorbeimanövrierte. Er fuhr los, um Siegfried abzuholen.
»Frau Schmidt! Hallo?«
Die Stimme des Unternehmers polterte durchs Treppenhaus bis zu ihr herauf. Langsam wurde ihr Job wirklich stressig. Sanela rannte hinunter zur Galerie und beugte sich über das Geländer.
»Ja? Ich komme!«
Gehring war verschwunden. Reinartz wartete ungeduldig auf sie und überreichte ihr wortlos Mantel, Handschuhe und Hut. Dann begutachtete er sie von oben bis unten.
»Sie sind die Neue?«, fragte er schließlich.
Sanela unterließ es, einen Knicks zu machen. »Nelli Schmidt. Aber ich bin es gewohnt, dass alle mich Nelli rufen.«
»Wo ist meine Frau?«
»Sie hat sich hingelegt. Ich glaube, es geht ihr nicht gut.«
Er ging ins Arbeitszimmer und knallte die Tür hinter sich zu. Ratlos blieb Sanela mit seinen Sachen zurück. Wohin damit? Sie warf sie kurzerhand auf die Couch im Wohnzimmer, mit dem festen Vorsatz, sich gleich darum zu kümmern. Erst musste sie erfahren, wie Reinartz Lida gegenübertrat.

24

So schön alte Häuser sind, sie haben einen großen Nachteil: Man kann sich so gut wie gar nicht geräuschlos in ihnen bewegen. Irgendwo knarrt immer eine Diele. Irgendwo quietscht immer eine Tür.

Sanela war dankbar, dass zumindest die Treppe und die Galerie mit einem dicken Läufer bedeckt waren. Das dämpfte ihre Schritte. Es war kurz vor sechs, draußen wurde es dunkel. Vorsichtig, damit das Klirren sie nicht verraten würde, balancierte sie ein Tablett vor sich her. In diesem Hause trank man mehr Tee als bei den Windsors. Aus einem der Glasregale in der Küche hatte sie eine Kanne und zwei Tassengedecke geholt, Kurland, KPM. Eines Beuteltees vom Discounter wahrlich nicht würdig, aber darauf konnte sie jetzt keine Rücksicht nehmen.

Ob Absicht oder nicht, die Tür zu Lidas Schlafzimmer stand einen Spalt breit offen. Reinartz tigerte monologisierend auf und ab. Natürlich war die Durchsuchung in seinen Augen eine Farce und reine Schikane. Die Tatwaffe, versteckt von Darko Tudor, der nach dem Verschwinden seines Sohnes nur noch einmal erschienen war, um sich mit Reinartz zu prügeln? Absurd. Er war den Männern in den Keller gefolgt und hatte ihnen einen Vortrag über Bürgerrechte gehalten. Auf den Dachboden waren sie gar nicht mehr gekommen, zu ihm hatte Darko keinen Zutritt gehabt. Wenig später hatten sich die Beamten ausgesucht höflich verabschiedet und sich für seine Kooperation bedankt. Kaum hatte Sanela die Tür hinter ihnen geschlossen, war Reinartz wie erwartet hoch zu seiner Frau gestürmt.

»Ich werde mich beim Polizeipräsidenten beschweren. Wie kommen die nur darauf, hier eine Hausdurchsuchung zu machen? Das ist eine Zumutung, nach allem, was wir in den letzten Tagen zu verkraften hatten. Du vor allem. Ich habe mich übrigens entschlossen, einen privaten Wachdienst anzuheuern. Nur vorübergehend, keine Panik. Ich weiß, das haben wir schon einmal durchgemacht, und es war für alle Beteiligten nicht einfach. Aber ich sehe keine andere Möglichkeit. Dieser Mann ist gemeingefährlich. Lida, keine Widerrede! Ich war dabei. Ich habe mit eigenen Augen gesehen, wie er auf dich losgegangen ist.«

»Du hast gar nichts gesehen«, widersprach sie mit matter Stimme, doch ihr Einwand wurde von seinem Furor fortgetragen wie dürre Blätter im Herbststurm.

»Mit meinen eigenen Augen. Er wollte dich umbringen, Lida. Warum nimmst du ihn immer noch in Schutz?« Reinartz blieb stehen. »Du hast mir geschworen, dass ihr nichts mehr miteinander zu tun habt.«

»Hör auf, bitte! Darijo war sein Sohn!«

»Und du warst seine Frau! Da läuft doch etwas hinter meinem Rücken. Wenn ich herausfinde, dass ihr mich verarscht, Lida, dann gnade dir Gott. Dann sind alle unsere Absprachen null und nichtig.«

»Willst du mir drohen? Mir?«

Absprachen? Sanela hoffte, dass Reinartz deutlicher werden würde. Doch leider merkte er gerade, dass er sich in seiner Rage zu etwas hatte hinreißen lassen, das leicht nach hinten losgehen konnte.

»Nein, natürlich nicht. Es tut mir leid. Ich weiß ja, dass wir alle zusammen durch diese Zeit müssen. Aber Darko ist unberechenbar.«

»Ich verstehe dich nicht.«

»Er hat nie aufgehört, dich zu lieben. Deshalb wird er dich auch nie ganz aus den Augen verlieren. Er ist eine Gefahr.«

»Günter...«

»Du musst dich von ihm trennen. Endgültig.«

»Aber das habe ich doch schon getan!«

»Wie kommt er dann ins Krankenhaus? Woher hat er überhaupt davon gewusst? Hast du ihn angerufen? Ich frage dich zum letzten Mal: Habt ihr noch Kontakt? Wenn ja, dann hast du mich all die Jahre getäuscht und mich zum Narren gehalten. Nicht mit mir. Das darf keiner. Du nicht und erst recht nicht so ein dahergelaufener, unzurechnungsfähiger Balkan-Bastard. Sag die Wahrheit!«

»Es ist die Wahrheit! Da läuft nichts hinter deinem Rücken.«

»Du lügst!«

Ein Klatschen, ein Aufschrei, gefolgt von einem erstickten Schluchzen. Sanela trat ein paar Schritte zurück und klapperte ordentlich mit dem Geschirr. Augenblicklich war Stille. Reinartz riss die Tür auf.

»Verzeihen Sie die Störung. Ich habe Ihnen noch einen Tee gemacht.«

Er starrte auf das zerbrechliche Ensemble. Die Vorstellung, dass seine breiten Hände je etwas anderes halten würden als eine Flasche Bier oder Korn, war absurd.

»Das ist… sehr aufmerksam von Ihnen. Aber wenn wir etwas wollen, sagen wir es.«

»Sehr wohl, Herr Reinartz.«

Lidas Stimme drang gedämpft aus dem Boudoir. »Lass sie herein.«

Widerwillig trat er zur Seite. Sanela schlüpfte an ihm vorbei und stellte das Tablett auf dem Nachttisch ab, wo ein halb voller Becher mit kaltem Tee stand. Lidas rechte Wange zierte ein knallroter Handabdruck. Am liebsten hätte Sanela Reinartz am Kragen gepackt und aus dem Zimmer geworfen. Sie ließ sich Zeit damit, das benutzte Geschirr abzuräumen und den frischen Tee in die Tasse zu gießen. Der Hausherr lief so lange ungeduldig am Fenster auf und ab, blieb einmal kurz stehen, um hinauszusehen, und mied Sanelas Blick.

»Darf ich fragen, welche Vorkehrungen für heute Abend getroffen werden sollen?«, fragte Sanela so unbefangen wie möglich. »Soll ich etwas kochen oder liefern lassen?«

Lida zuckte mit den Schultern, sie schien das alles nicht zu interessieren. Auch Reinartz war der Gedanke an ein gemeinsames Essen offenbar fremd. Beide mussten sich erst einmal beruhigen.

»Keine Ahnung«, knurrte er.

»Ich müsste die Vorräte durchgehen und könnte Ihnen dann einen Vorschlag unterbreiten.«

Himmel hilf! Was, wenn er nach Kalbsblanquette oder Beef Wellington verlangte? Würde ihm wieder die Hand ausrutschen, wenn es ihm nicht schmeckte?

»Machen Sie einfach irgendwas.«

»Sehr wohl. Frau Reinartz, kann ich noch etwas für Sie tun?«

Lida schüttelte kurz den Kopf, wobei sie einen Moment beruhigend die Augen schloss. Alles in Ordnung, schien sie damit sagen zu wollen. Ich habe die Situation im Griff.

»Soll ich Ihnen das Bett neu beziehen? Oder das Zimmer kurz saugen?« Also irgendetwas tun, damit du nicht allein mit ihm bleiben musst?, fügte sie stumm hinzu.

Aber Lida lächelte schon wieder, und es kostete sie keine Überwindung. Offenbar war es für sie normal, dass Reinartz seinen Ausführungen hin und wieder ein paar schlagkräftige nonverbale Argumente hinzufügte.

»Es ist alles in Ordnung. Sie können gehen.«

»Rufen Sie mich, wenn Sie mich brauchen. Ich habe noch in der Nähe zu tun.«

Jetzt war es Reinartz, dessen Wangen rot anliefen. Sanela schenkte ihm einen kühlen Blick, dem er mit einer Winzigkeit schlechtem Gewissen auswich. Zuschlagen war nicht sein

Problem. Dabei von Dritten beobachtet zu werden, das war es, was ihm gegen den Strich ging.

Sie schlüpfte hinaus und lief leise die Stufen ins Dachgeschoss hoch. Am Ende der Treppe setzte sie sich auf die Stufen und wartete. Es dauerte nicht lange. Reinartz war kein Teetrinker, Lida war müde, die Unterhaltung schien beendet, und es kehrte die Ruhe nach dem Sturm ein. Er kam aus dem Zimmer seiner Frau und wollte hinunter in die Eingangshalle, vielleicht zur Bibliothek, vielleicht ins Büro. Nach ein paar Schritten stutzte er, blieb stehen, und für einen Augenblick fürchtete Sanela, dass er sie im schattigen Halbdunkel bemerkt hätte. Doch dann ging er in sein Schlafzimmer. Langsam stand sie auf und schlich hinunter auf die Galerie. Die Tür war zu, also spähte sie durchs Schlüsselloch. Natürlich war durch diesen winzigen Ausschnitt so gut wie nichts zu erkennen, gerade mal das Fußende des Bettes und ein Teil des Fenstervorhangs. Dafür hörte sie etwas. Ein leises, kaum vernehmbares Klicken. Reinartz öffnete gerade das Zahlenkombinationsschloss eines Tresors. Vielleicht ein Wandsafe. Wie hatte sie den nur übersehen können? Er kramte herum, dann schloss sich mit einem leisen Quietschen die Tür eines Schranks. Dort also war das Ding verborgen. Jetzt trat er in ihr Blickfeld. In den Händen hielt er eine Brünner M75, eine halbautomatische Selbstladepistole. Er steckte sie hinten in den Hosenbund, probierte herum, wie sie am besten saß, und Sanela wusste, dass sie jetzt besser verschwinden sollte.

Als Reinartz hinunter in sein Arbeitszimmer ging, stand sie immer noch mit klopfendem Herzen im Badezimmer. Erst nach zwei Minuten wagte sie es, den Raum zu verlassen und in die Halle zu spähen.

Es konnte nicht sein, dass Reinartz mit diesem Ding im Hosenbund herumlief und darauf wartete, dass Darko auftauchte. Oder schlimmer noch, dass er Lida damit an ihre geheimnisvollen Absprachen erinnerte. Sanela überlegte fieberhaft, was sie tun könnte, hatte jedoch keine Idee. Ihn darauf ansprechen? Wahrscheinlich bekäme sie unmittelbar nach einer saftigen Ohrfeige ihre Kündigung. Nicht von seiner Seite weichen? Unmöglich. Sie lief hinunter ins Erdgeschoss und riss die Haustür auf. Die Kälte schlug ihr entgegen wie eine Wand aus Eis, sie musste nach Luft schnappen.

Die Wagen der Spurensicherung waren verschwunden. Aber Gehrings Auto stand noch da. Wo war er? Sie zog ihr Handy aus der Hosentasche, sah sich hastig um – niemand in der Nähe – und wählte seine Nummer. Nach dem dritten Klingeln legte sie auf. Er würde sich melden, wenn er sah, dass sie angerufen hatte.

Langsam ging sie zurück ins Haus. Natürlich würde er das tun. Aber hundertprozentig sicher war sie sich nicht. Zur Sicherheit tippte sie noch eine SMS.

Reinartz hat eine Brünner. Halten Sie Darko vom Haus fern. Oder buchten Sie ihn gleich wieder ein. Die beiden dürfen sich NICHT über den Weg laufen. Sonst geschieht ein Unglück.

25

Sie möchten sicher einen Tee. Bei diesem Wetter.«

Gehring steckte sein Handy weg. Karin Jessen war eine gutaussehende Frau Mitte fünfzig, sehr geglättet, sehr schlank, sehr nervös. Sie trug ein Kaschmir-Twinset, dazu einen Bleistiftrock, und ihre Haare lagen, als wäre sie erst kürzlich beim Friseur gewesen. Ein Wesen, in dessen Gegenwart jeder Mann, der nicht zweimal täglich duschte, Minderwertigkeitskomplexe bekommen musste.

»Nein danke.« Gehring wollte keinen Tee, keine Kaschmir-Twinsets, Buicks oder rugbyspielende Helden. Er hatte nach diesem langen, harten Tag genug von Leuten, deren Leben einfach so weiterging, während vor ihren Augen ein Kind durch sämtliche Raster gefallen war. Vielleicht hatte er am meisten genug von sich selbst, weil er immer noch auf der Stelle trat.

»Wo finde ich Diana? Ich möchte sie gerne sprechen.«

»Sie hat einen Termin bei ihrem Therapeuten.«

Es war eine Frage von Minuten gewesen, bis Reutter die Adresse der Jessens, Mutter und Tochter – der Exmann war schon vor acht Jahren ausgezogen –, herausgefunden hatte. Savoyer Straße 28, so eine Überraschung. Genau gegenüber. Nachdem er sich bei Reinartz noch einmal für die Unannehmlichkeiten entschuldigt und sich von ihm verabschiedet hatte – zwecklos, der Mann *wollte* auf hundertachtzig sein –, hatte Gehring Frau Jessen ohne große Umschweife seinen Ausweis unter die Nase gehalten und nach ihrer Tochter gefragt. Bei seiner Trefferquote in der letzten Zeit war es vorhersehbar, dass der Vogel ausgeflogen war.

Frau Jessen schien nicht oft Besuch zu bekommen. Sie hatte Gehring freundlich hereingebeten, fast zu freundlich, sodass er die Einladung schlecht ausschlagen konnte. Immerhin saß er jetzt im Warmen, in einem Kokon aus beige- und eierschalenfarbenen Seidenstoffen, mit zweiflammigen Lampen auf den Fensterbrettern, Beistelltischen aus Plexiglas, Gebirgen von Kissen und freiem Blick auf eine amerikanische Küche, in der eine hilflose Person gerade versuchte, mit dem Wasserkocher klarzukommen.

»Einen Darjeeling? Oder lieber einen Earl Grey? Obwohl… für den ist es ja wohl schon zu spät.«

»Für mich bitte nicht. Warum braucht Ihre Tochter eine Therapie?«

»Muss ich die Frage beantworten?«

»Über kurz oder lang, ja. Lassen Sie es uns kurz machen.« Er schloss für einen müden Moment die Augen. »Bitte.«

Karin Jessen lächelte, schaltete den Wasserkocher aus und schloss den Hängeschrank. »Sie hat eine Zeit lang sehr wenig gegessen. Nun ist sie auf einem guten Weg. Die Sitzungen helfen ihr. Aber sagen Sie ihr bitte nicht, dass Sie das wissen, wenn Sie mit ihr sprechen.«

»Selbstverständlich nicht.«

»Dann ... vielleicht einen Wein? Es wird ja schon dunkel draußen.«

»Danke, ich bin im Dienst. – Leider«, setzte er hastig hinzu, weil seine Ablehnung barsch geklungen hatte. Er fühlte sich wie ein Fremdkörper in diesem Haus. Als ob er Flecken hinterlassen würde oder Fußabdrücke, schwarzer Rollsplitt auf schlagsahnefarbenem Teppichboden. »Aber schenken Sie sich ruhig ein Glas ein. Wann kommt Ihre Tochter denn wieder?«

Dianas Mutter holte eine bereits geöffnete Flasche aus dem Kühlschrank, nahm zwei Gläser aus dem Regal und kam zu ihm herüber. Glücklicherweise besaß sie genug Instinkt, um sich nicht neben ihn zu setzen. Sie nahm in dem Sessel rechts von ihm Platz, stellte die Gläser ab und goss ein.

»Um halb sieben. Es ist nur um die Ecke. Sie haben gesagt, es geht um Darijo?«

»Ja.«

»Was hat meine Diana denn mit dem armen, kleinen Jungen zu tun?«

Sie hob ihr Glas und wartete darauf, dass Gehring seines nahm. Er schüttelte mit einem bedauernden Lächeln den Kopf. »Wirklich. Ich darf nicht. So gern ich es täte.«

»Salute.« Sie nippte nicht, sie trank. Sie hatte leicht gerötete Augen. Gehring vermutete, dass sie schon am Mittag anfing.

»Ihre Tochter war meines Wissens mit Siegfried Reinartz eine Zeit lang sehr eng befreundet.«

»Ja, das war sie.« Karin Jessen betrachtete nachdenklich ihr Weinglas.

»Warum jetzt nicht mehr?«

»Ach, bei den jungen Leuten weiß man wirklich nicht, woran man ist, nicht wahr?« Sie lachte unecht und kippte den Rest des Weines herunter.

»Soweit ich weiß, studiert Siegfried in Großbritannien. Das ist sehr weit weg.«

»Ja.« Sie schenkte sich nach. »Aber die beiden sind immer noch befreundet. Eine Sandkastenliebe, wissen Sie? Wie bei mir und meinem Mann. Wir haben uns auch so jung kennengelernt.«

Gehring hatte nicht vor, sich länger als absolut nötig mit Karin Jessens Eheleben zu beschäftigen. »Diana und Siegfried sind also miteinander aufgewachsen.«

»Da hat einfach alles gepasst, wissen Sie? Ich meine nicht den gesellschaftlichen Hintergrund. Der ist so was von unwichtig, glauben Sie mir.« Gehring glaubte ihr nicht. »Die Interessen müssen stimmen, nicht? Beide sind begeisterte Sportler und so offen, kommunikativ. Ein schönes Paar. Ein wirklich schönes Paar.«

»Ja«, gab er zu und bereute, nicht gleich wieder gegangen zu sein. »Ich habe ein Foto von den beiden gesehen. In Siegfrieds Zimmer.«

»In seinem Zimmer? Das wird Diana aber freuen.«

Er schob den Fauxpas auf seine Müdigkeit. Er hätte es ihr nicht sagen dürfen.

»Nur ein Schnappschuss. Siegfried hatte gerade einen Pokal gewonnen.«

»Ja, ich erinnere mich. Da waren sie noch zusammen. Und

so glücklich! Aber dann... Die Dinge verändern sich, und eines Tages ist nichts mehr so, wie es war, und dann ist es doch Schicksal, oder?« Sie trank wieder, und Gehring fragte sich, wo eine Frau wie sie solche Sätze aufschnappte. »Mein Mann hat mich verlassen.«

Sie warf ihm einen Blick zu, als ob sie prüfen wollte, wie er auf dieses Geständnis reagierte. Ihm war nicht wohl in ihrer Gegenwart. Er verlagerte sein Gewicht von der einen auf die andere Seite und lockerte die Krawatte, nur um etwas zu tun zu haben.

»Wenigstens konnte ich in dem Haus bleiben. Eva Reinartz hatte Pech. Sie musste gehen. Wegen der Kinder, hat er gesagt. Die sollen ihr Zuhause nicht verlieren. Vier Wochen später waren die beiden im Internat. Das war doch nur ein Vorwand. Warum ist *er* nicht ausgezogen? Ich sage Ihnen, warum: Weil die Neue das so hingebogen hat. Reinartz hat dieser Frau aus der Hand gefressen. Alles hat er für sie getan. Alles aufgegeben. Seinen Ruf, sein halbes Vermögen, die gesamte Reputation der Familie. Hier hat Eva gesessen und es mir erzählt. Genau da, wo Sie jetzt sitzen.«

Sie deutete mit dem Glas in seine Richtung, und es hätte nicht viel gefehlt, dass ihr Wein auf seinen Anzug geschwappt wäre.

»Verzeihung. Ich bin manchmal ein bisschen ungeschickt.«

Sie lächelte und strich sich das Haar zurück. Ihre Bewegungen wurden geschmeidiger, ihr Blick direkter.

»Demnach hat Eva Reinartz nicht freiwillig in die Scheidung eingewilligt?«

Karin Jessen warf den Kopf zurück und lachte, als ob Gehring einen gar nicht so üblen Scherz gemacht hätte. »Freiwillig«, wiederholte sie kopfschüttelnd und immer noch amüsiert. »Welche Frau über fünfzig, die ihr ganzes Leben lang nichts anderes getan hat, als *an seiner Seite* zu stehen, lässt sich schon freiwillig scheiden?«

Womit Karin Jessen das gesamte Elend ihres eigenen Daseins beschrieben hatte. Dass Gehring nicht einfach aufstand und ging, lag zum einen daran, dass es draußen kalt und mittlerweile dunkel war und ihn diese Couch langsam in sich hineinzog, geradezu aufsaugte und es ihm unmöglich machte, sich zu erheben. Die Carnivore unter den Couchen. Vielleicht klappte sie in einem unbeobachteten Moment zusammen und begann ihn zu verdauen. Die Horror-Couch. Er verkniff sich ein Grinsen, das er hätte erklären müssen, da es thematisch nicht zu Karin Jessens Katastrophen passte. Zum anderen fing sein Gegenüber gerade damit an, über das Leben in der Savoyer Straße zu reden. Das konnte interessant werden. Er beschloss, sich im Dienst der Sache kooperativer zu zeigen.

»Ein Rosenkrieg?« Er nahm sein Glas und hielt es ihr entgegen.

Einen Moment blickte Karin Jessen ihn verwirrt an, dann begriff sie. Der Rest aus der Flasche reichte noch zwei Finger breit. »Ich dachte, Sie sind im Dienst.«

Gehring sah auf seine Uhr. »Feierabend. Seit drei Minuten. Nur einen kleinen Schluck zum Abschalten. So eine Mordermittlung kann ziemlich anstrengend sein.«

»O ja. Das kann ich mir vorstellen. Dann führen wir also ein außerdienstliches Gespräch?«

»Von meiner Seite aus ja.«

Sie stießen an. Karin Jessens Blick bekam etwas Verschwörerisches, das Gehring alarmiert zur Kenntnis nahm.

»Und wie ist die Sache weitergegangen?«, fragte er.

»Eva war außer sich. Jahrelang hat sie ihm alles verziehen. Seine Seitensprünge, seine Liebschaften, einfach alles. Irgendwann wird er sich die Hörner abgestoßen haben, hat sie sich gedacht. Und dann ist diese Frau aufgetaucht.« Sie machte eine bedeutungsschwere Pause.

»Lida Tudor«, sagte Gehring.

Karin Jessen nickte. »Sie müssen sich vorstellen, dass Günter ganz andere Frauen hätte haben können. Diese Kroatin war bestenfalls eine Affäre. Eine von vielen. Trotzdem hat er sich vor aller Welt für sie und gegen Eva entschieden. Wir sehen nicht in die Herzen, nicht in die Köpfe und erst recht nicht in die Schlafzimmer.«

Sie dachte wohl gerade an Lack, Leder, Gummi, Folterkeller. Gehring kam die Liebe in den Sinn. Darauf hatte Reinartz so vehement bestanden.

»Gibt es dafür eine Erklärung? Hat er sich jemals vor seiner Frau für diesen radikalen Schnitt gerechtfertigt?«

»Es hängt wohl mit dem Tod des kleinen Jungen zusammen. Das hat Herrn Reinartz sehr erschüttert. Er wollte reinen Tisch machen und das Verhältnis zu seiner Putzfrau legalisieren. Putzfrau hat er sie natürlich nie genannt. Die Hausdame war sie angeblich. Er hat Eva einfach vor vollendete Tatsachen gestellt.«

Gehring stieß einen leisen Pfiff aus. »Nicht schön. Trotzdem... immerhin war es die Wahrheit. Oder?«

Karin Jessen sah ihn an, als würde sie an seinem Verstand zweifeln. »Er hat ein Gelübde abgelegt. In guten wie in schlechten Tagen. Und es war ja nicht sein eigener Sohn. Ich meine, also... verstehen Sie mich bitte nicht falsch. Aber es war der Sohn der *Hausdame*, nicht der eigene.«

»Stimmt. Sie haben natürlich vollkommen recht.«

Sie stand auf und ging zum Kühlschrank, holte eine weitere Flasche Weißwein und einen Korkenzieher aus einer Schublade. Beides reichte sie an ihren Besucher weiter, bevor sie sich wieder in den Sessel fallen ließ.

»Eva ist ausgezogen, ins Schlosshotel. Sie konnte das alles nicht glauben. Aber es war ihm wirklich ernst. Als sie nach zwei

Wochen zurückkam, um ihm zu verzeihen, hatte sich diese … diese Frau bereits in der Villa breitgemacht.«

»Wann genau war das?« Er öffnete die Flasche und gönnte ihr den Showeffekt, einmal kurz am Korken zu schnuppern. Mit einem zufriedenen Nicken schenkte er ihr ein und gab sich selbst noch einen Schluck ins Glas. »Können Sie sich daran noch erinnern?«

»Ja. Sehr genau sogar.«

»Wirklich?«, fragte er überrascht. Vielleicht gehörte sie ja zu diesen Überfliegern mit fotografischem Gedächtnis.

»Warten Sie.«

Karin Jessen sprang auf und lief, frisch und fröhlich wie ein junges Fohlen, an der offenen Küche vorbei um die Ecke, vermutlich in einen anderen Raum. Gehring trank einen Schluck Wein. Nicht schlecht. Er dachte an Reutter, den jungen Kollegen, der sich wahrscheinlich auf dieser Couch ins Koma trinken würde. Warum war er immer so streng mit sich?

Da kam sie zurück, in der Hand eine Klappkarte aus Bütten, bedruckt mit silbernen Lettern. »Darum weiß ich es so genau.«

Eine Einladung zur Silberhochzeit am 22.10.2010 im Hause Reinartz. 18:30 Uhr Sektempfang, anschließend Dinner. Er atmete tief durch. Was hatte Sanela Beara gesagt? Innerhalb von zwei Wochen war im Hause Reinartz im übertragenen Sinn kein Stein mehr auf dem anderen geblieben. Ein Erdrutsch unter Ausschluss der Öffentlichkeit, erklärt mit einem vagen *reinen Tisch machen*. Ein galliges Gefühl stieg in ihm hoch. Warum hatte diese Frau bloß so oft recht?

»Darf ich die mitnehmen?«

Sein Gegenüber überlegte. »Bekomme ich sie wieder?«

»Selbstverständlich.«

Immerhin kam er mit legalen Mitteln an genau die gleichen Informationen. Es dauerte nur etwas länger.

»Eva hat von hier aus allen abgesagt.« Karin Jessen setzte sich wieder. »Sie war am Boden zerstört. Nach dem Drama da drüben war ja an eine Feier nicht mehr zu denken. Sie bekam Panik, weil sie befürchtete, nicht alle zu erreichen. Stellen Sie sich das mal vor!« Sie beugte sich vor, wie mitgerissen von den Abgründen ihrer eigenen Phantasie, und berührte sein Knie. »Sie stehen mit Blumen und Präsenten vor der Tür, und dann sagt Ihnen das Hausmädchen, die Party ist abgesagt, und bei der nächsten Hochzeit spiele ich die Braut? Na?«

Ihre Augen funkelten bei dem Gedanken. Skandal.

»Nicht schön«, murmelte er. Sie nahm die Hand wieder weg.

»Glücklicherweise war es ein überschaubarer Kreis. Alles ihre Leute. Reinartz hat ja, wie die meisten Männer, keine Freunde. Wir haben alle auf Evas Seite gestanden. Bis heute.«

Er wollte erst fragen, wie sie das meinte. Keine Freunde. Dann ließ er es bleiben, weil er auch keine hatte. Kollegen, ja. Kumpels aus der Studienzeit, zu denen er schon lange den Kontakt verloren hatte. Ihm fehlte jemand wie Markus Reutter. Einer, der ihn hinaustrieb in die Großstadtlichter, die Verheißungen, die nie gehaltenen Versprechungen... Jetzt dachte er schon so, wie diese Frau redete. Der absurde Gedanke, mit ihr um die Häuser zu ziehen, gab ihm den Rest. Susanne. Der Name schoss durch sein Herz und hinterließ eine brennende Spur aus Feuer.

»Ja?«, fragte er. Sein Gegenüber hatte ohne Punkt und Komma weitergeredet.

»Keiner will etwas mit ihr zu tun haben. Am besten wäre es, sie würden das Haus verkaufen und irgendwo hinziehen, wo sie niemand kennt. Verbrannte Erde, sag ich nur. Verbrannte Erde. Wir wollen so jemanden hier nicht haben.«

»Wer ist wir?«

Karin Jessen drehte die Einladungskarte auf dem Tisch einmal um sich selbst. »Na, wir eben. Freunde. Gute Freunde. Nette Menschen mit denselben Interessen und Wertvorstellungen. Na schön, ich bin auch geschieden. Ich weiß. Aber mein Mann hat sich anständig getrennt. Er hat mich wenigstens nicht öffentlich bloßgestellt.«

Ihre Kiefermuskeln arbeiteten. Gehring vermutete weit mehr Verletzungen, als sie offenbaren wollte. Aber Hauptsache, der Schein und der Lebensstandard blieben gewahrt. Und die Freundinnen grüßten im Tennisclub, und zu Dianas Geburtstagspartys kamen immer noch alle Klassenkameraden. Er hätte Tristan fragen sollen, ob er Freunde verloren hatte.

»Wie hat Ihre Tochter die Veränderungen aufgenommen?«

»Ich hätte sie gerne aus der Sache rausgehalten, aber das ging nicht. Für sie ist ja schon eine Welt zusammengebrochen, als Oliver uns verlassen hat. Oliver war mein Mann. Diana war damals zwölf, und es hat sie sehr mitgenommen. Aber wir haben das wieder in den Griff bekommen. Und dann erlebt sie hautnah das ganze Drama da drüben mit. Eva zieht aus, die Neue zieht ein, ab da war alles anders. Meine Tochter hat das Haus seitdem kaum noch betreten.«

»Aber Frau Tudor... also Lida Reinartz konnte Ihrer Tochter doch nicht den Umgang mit Siegfried verbieten?«

Eben noch hatte Karin Jessen ihm erzählt, dass der geheime Club der Savoyer Straße die ganze Familie Reinartz geschnitten hatte. Und nun kam heraus, dass die offenbar den Spieß umgedreht hatte und Diana außen vor bleiben musste. Wahrscheinlich war das der Grund, weshalb die anderen den Unternehmer und seinen Clan von der Liste gestrichen hatten: Er und seine neue Frau hatten es gewagt, als Erste die Straßenseite zu wechseln. Wenn radikal, dann richtig.

Karin Jessen zuckte ratlos mit den Schultern. »Ich weiß nicht, was vorgefallen oder wie es zu der Trennung gekommen ist. Vielleicht hat ... *sie* ... meine Tochter rausgeworfen. Diana redet nicht darüber. Ich habe ihr gesagt, sie soll Siegfried Zeit geben. Er musste sich ja auch erst mit der neuen Situation arrangieren. Aber es sind jetzt schon vier Jahre. Irgendwann sollte er doch mal zur Besinnung kommen, oder?«

Irgendetwas an dieser Geschichte stimmte nicht. Entweder wusste Karin Jessen nicht über alles Bescheid, oder Diana hatte Geheimnisse vor ihr. Er versuchte, die folgende Frage mitfühlend klingen zu lassen.

»Wir haben damals versucht, alle Personen, die mit Darijo Kontakt hatten, ausfindig zu machen. Warum war Diana nicht dabei?«

»Ich kann es Ihnen nicht sagen. Ich habe Ihren Kollegen alles erzählt, was ich wusste. Das war ja praktisch nichts zu dem Zeitpunkt.«

»Sie haben die Beziehung zwischen Ihrer Tochter und Siegfried verschwiegen.«

»Nein, nein, nein, nein, nein!« Sie drohte scherzhaft mit dem Zeigefinger. »Mich hat keiner danach gefragt, das ist ein Unterschied. Außerdem hatten die beiden sich da gerade getrennt. Was hat das mit dem kleinen Jungen zu tun?«

»Ich muss mit Diana darüber reden.«

Das gefiel ihr nicht. Auf ihrer Stirn bildete sich eine kleine Falte. »Mir wäre es lieber, wenn diese alte Sache endlich ruhen könnte.«

»Mir nicht, Frau Jessen. Zumindest nicht, bis wir den Täter haben.« Gehring deutete auf die Karte. »Am Tag der Silberhochzeit war also, salopp gesagt, der Drops gelutscht. Der Krach zwischen Diana und Siegfried, Evas Rauswurf, das Geständnis von Günter, Lidas Erhebung in den Stand der neuen Frau an seiner Seite – das alles ist in kaum zwei Wochen passiert?«

»Mehr oder weniger ja. Wenn die Dinge erst mal ausgesprochen sind...«

»Noch dazu so kurz nach dem Verschwinden von Darijo, Lida Tudors Sohn.«

Karin Jessen lehnte sich zurück und stieß einen tiefen Seufzer aus. »Wissen Sie, wenn sie damals noch das Hausmädchen gewesen wäre, wenn sie nicht eine ganze Familie zerstört hätte – vielleicht sogar die Zukunft meiner Tochter gleich mit –, wir alle hätten ihr bei der Sache mit ihrem Sohn zur Seite gestanden. Eva mochte diese Frau. Sie war anfangs ganz begeistert, sogar von ihrem Mann, diesem Halbwilden, den Sie jetzt verhaftet haben. War er es?« Kurzes Blinzeln zu Gehring hinter schweren Lidern.

»Ich darf Ihnen dazu leider keine Auskunft geben.«

»Ja, natürlich nicht. Aber da sehen Sie mal, was das für Leute sind. Skrupellos in jeder Beziehung. Und Günter Reinartz...« Sie richtete sich wieder auf und trank ihren Wein aus. »Reinartz ist blind. Er sieht nicht, was um ihn herum passiert. Verstehen Sie?«

Gehring nahm die Flasche und goss Karin Jessen wieder ein. Das Gespräch war sowieso nicht gerichtsverwertbar. Er hoffte, dass sie keinen schlauen Anwalt hatte oder in ihrem eigenen Interesse bei einer Vernehmung unterschlagen würde, wie viel sie und vor allem mit wem sie getrunken hatte.

»Nein. Helfen Sie mir auf die Sprünge.«

»Er müsste endlich mal ein klares Wort mit Siegfried sprechen. – Danke, danke, nicht so viel!« Sie lachte. »Oder wollen Sie mich willenlos machen?«

»Keineswegs«, antwortete Gehring hastig.

Das Funkeln in ihren Augen wurde intensiver. Es war nicht ihr Alter. Gut zwanzig Jahre, schätzte er, lagen zwischen ihnen. Schönheit und Begehren hatten für ihn nichts mit Jugend zu tun.

Was er schätzte, war Esprit. Lebensfreude. Klugheit. Charme. Karin Jessen hatte nichts davon. Sie hatte ihrem Leben Jahre, aber keine Inhalte gegeben.

»Worüber sollte Reinartz mit seinem Sohn reden?«

»Zum Beispiel darüber, dass man ein Mädchen nicht einfach so hinhalten kann. Diana ist jetzt zwanzig. Siegfried war ihr erster Freund. Die Liebe ihres Lebens. Und er lässt sie am ausgestreckten Arm verhungern. Warum gibt er sie nicht frei? Warum bindet er sie an sich, ohne verbinn... ohne verbindlich zu sein? Meine Tochter vergeudet ihre Jugend.«

Gehring sah auf seine Uhr. »Oh«, stieß er überrascht aus. »Schon so spät. Frau Jessen, ich habe Sie viel zu lange aufgehalten.«

Sie schüttelte trotzig den Kopf. »Nein. Ich lasse Sie noch nicht gehen. Sie müssen wenigstens Ihren Wein austrinken.«

»Okay«, sagte er und trank. »Nun, Diana hat noch viel Zeit im Leben, nicht wahr?«

Karin Jessen sah ihn lange an. »Sie verstehen nicht. Es ist Dianas Aufgabe, dieses Haus zu halten. Glauben Sie, mit ihren Praktikantenstellen und ihrem BWL-Studium schafft sie das?«

»Nun, wenn sie so schlau und schön ist wie die Mutter...«

Sein Handy klingelte. Gerlinde Schwab. Und das lange nach Feierabend.

Gehring lächelte Karin Jessen entschuldigend an. »Ich muss jetzt wirklich gehen. Sagen Sie Diana, sie soll mich anrufen.«

Er legte eine Visitenkarte auf den Tisch. Sie sah sie noch nicht einmal an. Stattdessen lehnte sie sich wieder zurück und starrte an die Decke.

»Und«, fuhr er fort, »ich werde Siegfried mal auf den Zahn fühlen.«

Sie hob den Kopf. »Das würden Sie tun? Verstehen Sie mich bitte nicht falsch. Wenn er nichts mehr mit meiner Tochter zu tun haben will, ist das absolut in Ordnung. Aber er muss es ihr sagen. Deutlich sagen.« Ihre Stimme hatte bei den letzten Worten etwas Drängendes bekommen.

Diese verkorkste Romeo-und-Julia-Geschichte sollte wohl endlich ein Ende haben, damit sich Diana vielversprechenderen Kandidaten zuwenden konnte. Gehring nickte ihr beruhigend zu.

»Das bleibt aber wirklich unter uns. Ich darf das gar nicht.« Sie kam wieder hoch, nahm die Visitenkarte und kniff die Augen zusammen, um den kleingedruckten Text zu lesen. »Kriminalhauptkommissar. Wie viel verdient man denn da so?«

»Nicht genug, um so ein Haus zu halten.« Er stand auf und reichte ihr die Hand. »Einen schönen Abend noch. Bleiben Sie sitzen, bitte. Ich finde den Weg allein.«

Er steckte die Einladungskarte ein. Im Hinausgehen sah er, wie sie den Rest Wein aus seinem Glas in ihres kippte.

26

Während Sanela die Küchenschränke im Keller durchsuchte – Mehl, Öl, Nudeln, Reis, im Kühlschrank Milch, ein paar Eier und eine angebrochene Dose Thunfisch in Öl, dazu eine ungewöhnlich große Menge an Diätjoghurts: Was um Himmels willen sollte man daraus kochen? –, überlegte sie, ob Gehring Darko direkt nach Spreebrück bringen lassen würde. Auch wenn sich dieser Mann aller Wahrscheinlichkeit nach durch nichts davon abhalten ließ, irgendwo ein Auto zu besorgen und wieder bei der Familie Reinartz aufzutauchen. Gehring sollte checken, wann Lidas Mann sich einen Waffenschein besorgt hatte. Wahrscheinlich nach Darijos Verschwinden. Sonst hätte er Darko wohl schon vor vier Jahren mit der Knarre in Schach gehalten. Aber – sie fand ein Netz verrottete Zwiebeln in einer Porzellanschale mit Deckel, auf der »Kartoffeln« stand – vielleicht verschwand Darko auch einfach in den Wäldern und tauchte die nächsten Wochen nicht mehr auf. Wer geriet hier in Panik? Sie, Darko oder Reinartz?

Die Erleichterung war groß, als sie eine Tube Tomatenmark und zwei Packungen Spaghetti fand. Theodor musste jeden Moment mit Siegfried zurückkommen. 19:00 Uhr war eine gute Zeit zum Abendessen. Sie würde den Tisch im Speisezimmer decken. Vielleicht hätte sie sich doch mal eine Staffel *Downton Abbey* ansehen sollen. Sie musste sich noch umziehen. Sie musste das Wasser heiß machen. Sie musste… Multitasking war wirklich nicht ihre Sache.

Das Knirschen von schweren Reifen auf Kies. Sanela lief zum Kellerfenster, das ebenerdig eingelassen war und von dem aus sie einen hervorragenden Blick auf das Kutscherhaus hatte. Die Straßenlaterne und die Scheinwerfer gaben genug Licht, um alles deutlich zu erkennen. Das rechte Garagentor hob sich, Theodor fuhr den Wagen langsam hinein. Zur gleichen Zeit hörte sie, wie die Haustür geöffnet wurde. In fliegender Hast trocknete sie sich die Hände ab und eilte nach oben.

Sie wurde Zeugin einer außergewöhnlichen Begegnung. Siegfried, groß und schlank wie ein nordischer Krieger, blieb in der Mitte der Halle stehen und füllte sie aus wie ein Thronfolger. Die Welt hatte sich vor ihm zu verneigen. Das forderte er, und die Erfahrung hatte ihn offenbar gelehrt, dass selten eine seiner Forderungen auf Ablehnung stieß. Hatte er auf dem Foto noch so ausgesehen wie ein unverschämt vom Glück begünstigter Teenager, bekam ihm das Erwachsenwerden noch besser. Das Gesicht war schmaler geworden, das Kinn kräftiger. Die blonden Haare hielt er extrem kurz, was ihm im ersten Moment eine fast asketische Aura verlieh. Den langen schwarzen Mantel trug er offen, darunter einen Anzug, der ihm trotz oder wegen seiner Jugend unfassbar gut stand. Um den Hals hatte er einen Schal aus feinster italienischer Wolle in Dunkelgrün geschlungen, den er gerade löste. Er vereinte Kraft und Eleganz mit Unantastbarkeit, der *splendid isolation* einer autarken, unabhängigen Existenz.

Sein Blick glitt durch Sanela hindurch, als ob er sie gar nicht wahrnehmen würde. Er wandte den Kopf nach links, stellte einen sündhaft teuren, mittelgroßen Koffer ab und verharrte abwartend.

»Guten Abend«, sagte er. Seine Stimme war überraschend tief und angenehm.

Die Tür zum Arbeitszimmer öffnete sich. Sein Vater erschien, blieb mit gesenktem Kopf im Rahmen stehen, und beide warteten darauf, was der andere tun würde.

Gerade als Sanela dachte, dass es nun langsam peinlich wurde, sagte Siegfried: »Vater.«

Er ging langsam auf Günter Reinartz zu. Der nahm die Hände aus den Hosentaschen, umarmte seinen Sohn, hieb ihm mit der Hand auf die Schulter und brachte immer noch kein Wort heraus. Vielleicht stellten sie sich beide vor, dass Männer sich auf diese Art begrüßen sollten. Schweigend, mit kräftigem Schulterklopfen und vielsagenden Blicken. Als sie fertig waren, drehte Siegfried sich zu Sanela um, die auf der letzten Stufe stehen geblieben war und nicht wusste, wohin mit sich.

»Wer ist das?«

»Das neue Mädchen. Nelli heißt sie, glaube ich.«

»Ah. Gut, dass wir das geklärt haben.« Siegfrieds Augen wanderten über Sanelas strohige Haare, ihr erhitztes Gesicht und die ziemlich in Mitleidenschaft gezogene Kleidung. »Ich dachte schon, wir hätten Sie bei einem Einbruch überrascht. Herzlich willkommen in unserem trauten Heim.«

»Guten Abend.« Sanela, die bis eben am Ende der Kellertreppe gestanden hatte, durchquerte die Halle. »Darf ich Ihr Gepäck nach oben bringen?«

Siegfried hob die Augenbrauen und verzog den Mund zu einem Lächeln. Hätte sie ihn unter anderen Umständen kennengelernt, spätestens jetzt wäre sie anbetend auf die Knie gesunken.

»Das macht Theodor. Danke sehr.«

Reinartz ging voran ins Arbeitszimmer, Siegfried wollte ihm folgen.

»Ich habe das Abendessen für neunzehn Uhr avisiert, wenn es Ihnen recht ist. Im Speisezimmer.«

»Ja, ist recht«, warf Reinartz ihr zu. Die beiden wollten allein sein. Kein Wunder. Es gab ja auch eine Menge zu besprechen.

»Und«, warf sie ein, bevor ihr die Tür vor der Nase zugeschlagen wurde, »Frau Reinartz hat mich gebeten, in den nächsten Tagen hier zu übernachten. Sie hat vorgeschlagen, dass ich in das kleine Zimmer unter dem Dach ziehe.«

»Ach ja?« Reinartz tat so, als wäre er verblüfft.

Dafür wurde Siegfrieds Lächeln um einige Nuancen kühler. »Bei uns?«, fragte er.

Sanela spürte, wie ihre Wangen heiß wurden. »Ich … ich weiß nicht, wo sonst. Wenn Sie vielleicht eine andere Idee haben?«

Siegfried wandte sich an seinen Vater. »Ist nicht noch Platz im Kutscherhaus?«

Sanelas Bewunderung fiel in sich zusammen wie ein angepiekster Bovist. Arroganter Mistkerl.

»Ich werde die gnädige Frau fragen, wenn es recht ist«, antwortete sie schnell. »Ich gehe dann mal wieder in die Küche.«

»Prima. Ich habe einen Bärenhunger.« Er zwinkerte ihr zu, ohne dass sein Vater es bemerkte. »Übrigens: Wenn Sie im Speisezimmer decken, ziehen wir uns alle vor dem Essen um. Das war zumindest früher so.«

»Ähm, ja. Danke für den Hinweis«, flüsterte sie und machte auf dem Absatz kehrt. Der Thronfolger war zurück. Harte Zeiten für die Königin.

Um kurz vor sieben trug Sanela schwarze Leggins, einen grauen Blazer und zum Schutz ein großes Geschirrhandtuch, das sie sich um den Leib gebunden hatte. Die Spaghetti waren fertig, die Tomatensoße schmurgelte auf dem Herd. Der Tisch im Speisezimmer war für drei gedeckt. Was nun? Gab es irgendwo einen Gong?

Als Erster kam Siegfried herein. Er trug einen dunklen Rollkragenpullover, ein weites Hemd aus mattblauer Rohseide, dazu Jeans und Slipper. Obwohl er absolut auf der Höhe der Zeit gekleidet war, umgab ihn die Aura eines viktorianisch-blasierten Salonliteraten.

»Kein Wein?«, war seine erste Frage.

Sanela hob ratlos die Schultern. Sie hatte Leitungswasser in Krüge abgefüllt. »Ich wusste nicht, welchen und wo.«

Er sagte »Einen Moment«, lief in den Keller und kam wenig später mit zwei Flaschen zurück, wühlte in den Schubladen herum und tauchte mit einem Instrument wieder auf, das Sanela fatal an die Besuche beim Frauenarzt erinnerte. Damit öffnete er die Flaschen.

»Mein Vater rot.«

»Und Frau Reinartz?«

Siegfried ließ es sich nicht anmerken, doch die Temperatur sank gerade um ein Grad. »Sie kann wählen. Holen Sie den Dekanter.«

»Den... was?«

»Schon gut.«

Nachdem er die Flaschen auf einen kleineren Tisch gestellt hatte, suchte er eine weitere aus dem unteren Fach der Anrichte hervor. »Und legen Sie noch ein Gedeck auf.«

»Oh. Ja, sicher. Kommt noch Besuch?«

»Für eine Hausangestellte sind Sie ziemlich neugierig.«

»Das tut mir leid. Ich will doch nur einen guten Job machen.« Er nahm eine Serviette und schlang sie um den Hals der ersten Flasche. »Wer hat Sie empfohlen?«

»Theodor.«

»Warum?«

»Weil ich gut bin«, antwortete sie.

Schritte waren von der Treppe zu hören. Es war Lida. Sanela hatte nicht damit gerechnet, dass sie herunterkommen würde. Sie trug ein einfaches Wollkleid, das bei näherem Hinsehen aus feinstem Kaschmir war und aussah, als hätte man es ihr auf den Leib gestrickt.

»Siegfried«, sagte Lida leise und blieb an der Tür stehen. Noch zwei Grad kälter. Sanela fröstelte. »Es wäre nicht nötig gewesen.« Sie ging auf ihren Stiefsohn zu und reichte ihm die Hand.

»Schön, dich zu sehen.« Siegfried küsste sie leicht auf beide Wangen. »Mein Beileid. Diese Tage müssen hart für dich sein.«

»Ich danke dir. Wie war der Flug?«

»Etwas holprig. Mein Vater hat mir gesagt, Darijos sterbliche Überreste seien freigegeben. Er will die Beerdigung auf Dienstag legen. Ich wollte euch in dieser schweren Stunde nicht allein lassen.« Sein Mitgefühl war wärmend wie ein nasser Schal in kalter Nacht.

»Das ist sehr freundlich.« Lida betrachtete den gedeckten Tisch und setzte sich dann auf die linke Seite.

Sanela räusperte sich leise. »Rot oder Weiß?«

»Wasser, bitte. Danke. Sie haben gekocht?«

»Eine Kleinigkeit. Essen und Trinken hält Leib und Seele zusammen, sagt mein Vater immer.« Sie biss sich auf die Lippen.

In diesem Haus hatte sie keinen Vater. Aber Lida schien sich nicht mehr an ihren Lebenslauf zu erinnern.

»Ich hole deinen Mann.« Siegfried ging hinaus.

Als Sanela das Wasser aus dem Krug in Lidas Glas goss, legte sich die Hand der Frau sacht auf ihren Unterarm.

»Danke für Ihre Hilfe. Und Ihre Diskretion.«

»Kein Problem. Ich habe ein paar Sachen herausgesucht. Um den Rest kann ich mich gerne kümmern. Dann bricht Ihnen nicht noch mal das Herz.«

»Danke.«

»Sie müssen sich nicht ständig bedanken. Es ist mein Job. Und vielleicht auch ein bisschen mehr als das.« Sanela holte den vierten Teller aus der Anrichte. »Wer wird denn heute noch erwartet?«

»Tristan«, sagte Lida. »Ich habe es eben erst erfahren.«

»Hoffentlich reicht das Essen. War Tristan Darijos Freund?« Sanela legte Besteck und eine angegraute Serviette dazu.

»Sein ... was?«

»Die beiden waren doch etwa im gleichen Alter. Das muss schön für Darijo gewesen sein. Ein Spielkamerad im Haus.«

Lida lächelte bitter. »Ja. Es herrschte eitel Freud und Sonnenschein.«

»Also ... haben sich die beiden nicht so gut verstanden?«

Sanela ließ sich vorsichtig auf einem der Stühle nieder, bereit, sofort aufzuspringen, wenn sich von draußen jemand nähern würde. Lida achtete nicht weiter darauf.

»Wissen Sie, dass Wölfe in der Freiheit in Familien leben? Die Eltern und die Nachkommen bilden jeweils ein Rudel. Stößt ein Jungtier in der Wildnis dazu, wird es aufgenommen und in den Verband integriert.«

Sanela lächelte. »Da haben die Wölfe den Menschen wohl so einiges voraus.«

»Das hat Darko auch immer gesagt.« Lida drehte das Glas in ihren Händen. »Mein Exmann. Er ist Wildbiologe in der Lausitz. Er sagt, Wölfe sind sehr soziale Tiere. Er liebt sie sehr.« Sie trank einen kleinen Schluck. »Ich habe manchmal Beklemmungen. Kennen Sie das? Wenn einem die Luft wegbleibt?«

Sanela verneinte.

»Nach Darijos Verschwinden hat es angefangen, und zwar immer wenn Siegfried und Tristan in der Nähe waren. Irgendwann wurden Panikattacken daraus. Deshalb ist es besser, wenn die beiden nicht hier im Haus leben.«

Sie sah zur Tür. Noch war alles still.

»Für die Jungen war es sicher auch nicht ganz leicht«, sagte Sanela schließlich.

Lida schüttelte in einer Mischung aus Resignation und Ärger den Kopf. »Das war es für niemanden. Ich habe ja auch nicht mehr klar gesehen. Alles lief ab wie in einem Film. Darko war nicht mehr Herr seiner selbst. Günter stellte sich an meine Seite. Frau Reinartz verließ das Haus. Irgendwann dann die Heirat, standesamtlich. Ich habe mich gefühlt wie in einem Schneewittchensarg, wie hinter Glas, in einem Block Eis eingefroren. Aber jetzt weiß ich, dass Darijo keinen Unfall hatte. Dass er nicht weggelaufen ist. Jemand hat ihn ermordet. Seit ich das weiß, denke ich immer wieder diese Tage vor seinem Verschwinden durch, Stunde um Stunde, Minute um Minute.« Sie griff sich an die Kehle und atmete tief ein.

»Ist alles okay, Frau Reinartz? Brauchen Sie Medikamente?«

»Nein danke. Bitte vergessen Sie, was ich gerade gesagt habe.« Lida legte ihre kühle Hand auf Sanelas Unterarm. Die Berührung verursachte ein Frösteln. »Letzten Endes ist es die Summe der Verluste, nicht wahr? Das, was uns davon abhält, glücklich zu sein.«

Schritte. Sanela sprang auf. Lida stellte das Glas ab und erhob sich ebenfalls, als ob ihr Mann ein Würdenträger wäre. Er kam herein und rang sich ein halbes Lächeln ab.

»Schön, dass du aufgestanden bist. Nelli, können wir anfangen? Ich muss gleich wieder an die Arbeit.«

»Sicher.«

Sanela eilte hinunter in den Keller. Die Spaghetti hatten die Wartezeit einigermaßen überstanden. Sie erhitzte eine Handbreit Wasser in einem Kochtopf, gab die erkalteten Nudeln hinzu und wärmte sie auf. Die Tomatensoße war noch heiß genug. Schade, dass es keinen Parmesan gab. Sie mischte alles der Einfachheit halber zusammen, kippte es in eine große Servierschüssel und hastete wieder nach oben.

Siegfried beugte sich interessiert vor. »Was bitte ist das?«

»Spaghetti mit Tomatensoße. Es war nichts anderes im Haus.«

»Schon gut.«

Ehe Sanela zur Tat schreiten konnte, griff Reinartz nach dem Vorlegebesteck und bemühte sich, die Nudeln ohne Verluste auf Lidas Teller zu manövrieren, die nach den ersten zehn Gramm bereits abwehrend die Hand hob.

»Haben die Herrschaften noch einen Wunsch?«

»Nein. Sie können uns jetzt allein lassen.«

Sanela verschwand. Allerdings nicht in die Küche, sondern in den Raum mit dem Speisenaufzug. So leise wie möglich öffnete sie die Schiebetür und steckte den Kopf in die Kabine. Es klappte. Sie konnte fast jedes Wort verstehen.

»*You get what you pay for*«, ließ sich gerade Siegfried vernehmen. Sein Ton war neutral. Er traf eine simple Feststellung. »Was nichts kostet, ist auch nichts wert. «

»Sie hat sich immerhin bemüht«, sagte sein Vater. »Gibt es hier irgendwo Salz?«

»Oder Ketchup?«

»Wann kommt Tristan?«, fragte Lida. Es klang harmlos und interessiert. Sie war eine verdammt gute Schauspielerin.

»Theodor holt ihn gerade vom Hauptbahnhof ab.« Reinartz versuchte, diesen Satz ebenfalls bedeutungslos klingen zu lassen.

Schweigen.

»Ich finde, du übertreibst«, sagte Lida.

»Ich will, dass wir das hier gemeinsam durchstehen«, polterte Reinartz im Ton eines Brigadekommandanten los, der gerade die letzten Überlebenden in einer aussichtslosen Schlacht um sich scharte. »Als eine Familie.«

»Ich war dagegen«, sagte Siegfried. »Er steckt mitten im MSA. Die Prüfungen für den mittleren Schulabschluss sind entscheidend für sein weiteres Fortkommen. Aber da die Familie seit Neuestem einen so hohen Stellenwert in diesem Haus…«

Rumms. Jemand hieb mit der Faust auf den Tisch, dass die Gabeln auf den Tellern tanzten. Das konnte nur Reinartz sein.

»Egal wie sich die Dinge entwickelt haben, wir werden am Dienstag nebeneinander an diesem Grab stehen und um Darijo trauern.«

»Vater…«

»Keine Widerrede.«

»Ich will das nicht«, sagte Lida leise. »Niemand soll an ein Grab befohlen werden.«

Eine Weile war nur das Klappern des Bestecks zu hören. Jemand ließ eine Gabel auf seinen Teller fallen.

»Ich kann dieses Zeug nicht essen«, sagte Siegfried. »Seid ihr sicher, dass die Neue kochen und uns nicht vergiften sollte? Meine Güte!«

»Er kommt. Der Zug war wohl pünktlich.«

Jemand, vermutlich Reinartz, schob seinen Stuhl zurück und verließ den Raum.

Sanela wollte sich gerade aus dem Aufzug zurückziehen, als Siegfried sagte: »Jetzt reiß dich zusammen. Es dauert ja nicht mehr lange.«

Was? Sie lauschte mit angehaltenem Atem. Was meinte Siegfried damit? Er ließ sich Zeit. Schließlich fügte er hinzu: »Zählst du nur die Wochen? Oder schon die Tage?«

»Die Stunden, Siegfried.«

»Ich finde, du hältst dich bewundernswert.«

»Was soll das? Willst du mich beleidigen? Bist du nur hergekommen, um zu sehen, ob ich zusammenbreche? Das habe ich hinter mir. Als die Polizei hier war und mir gesagt hat, dass Darijo ermordet wurde.«

»Mein Vater hat es mir erzählt. Unfassbar.«

»Hat er dir auch verraten, dass Darijo erschlagen wurde? Ja? Dass sie von einem Mord ausgehen? Ja? Mord! Verstehst du nicht? Kein Unfall. Darijo wurde umgebracht!«

»Irgendetwas müssen sie ja ermitteln. Er ist tot, und du hast unser aller tief empfundenes Mitgefühl.«

»Ich habe die Nase voll von euren Lügen.« Das war Lida.

Ein Stuhl fiel um. Offenbar wollte sie den Raum verlassen, denn nun hörte Sanela es poltern, als ob jemand aufgesprungen wäre, um ihr den Weg zu verstellen. Ein Glas fiel klirrend um.

»Lass mich los! Lass mich! Günter wird dich …«

»Ich bin hier, weil ich Darijo meinen Respekt zollen will. Wie wir alle.«

»Respekt ist für euch doch ein Fremdwort.«

»Das ist nicht wahr.« Siegfried sprach langsam und deutlich, als ob er ein unvernünftiges Kind zur Besinnung bringen wollte. »Wir haben Darijo gemocht. Ich möchte dir dringend raten, dich an deinen Teil der Abmachung zu halten.«

Schon wieder diese Abmachung. Sie war also nicht nur den

Eheleuten, sondern auch den Söhnen bekannt. Zu Sanelas Bedauern wurde Siegfried nicht konkreter. Ein hastiges Schweigen erstickte das Gespräch. Wenige Sekunden später wusste sie, warum.

»Erst mal was essen«, polterte Reinartz von draußen. »Rein mit dir. Setz dich. – Was ist hier los? Ihr wolltet doch nicht etwa gerade gehen? Kommt nicht infrage. Es ist eine Ewigkeit her, seit wir alle zusammen an einem Tisch gesessen haben.«

Jemand zog einen Stuhl scharrend über den Boden.

»Hallo.« Eine junge Stimme, die gewollt sorglos klingen sollte. Das musste Tristan sein.

»He, bist du gewachsen, Mann? Und warum hast du so viele Pickel?«, fragte ihn sein älterer Bruder.

Der Rest des Essens verlief erzwungen zwanglos. Günter Reinartz erkundigte sich nach Tristans Fortschritten in der Schule, Siegfried erzählte von seiner Rugby-Mannschaft in Cambridge, und jedes Mal, wenn ihr Mann versuchte, Lida in die Unterhaltung einzubeziehen, scheiterte es an ihren einsilbigen Antworten.

Das Essen dauerte nicht mehr lange, was vielleicht auch an den Nudeln lag. Nach zehn Minuten war das Intermezzo beendet, und alle verschwanden in ihren Zimmern. Sanela ging nach oben, räumte den Tisch ab und beschloss, alleine auf dem Dachboden nach einer Matratze zu suchen.

Die Hunde schliefen gerade so schön, da wollte sie sie nicht wecken.

27

Lutz Gehring hatte eigentlich nicht vor, an diesem Abend noch in der Sedanstraße vorbeizufahren. Ausgerechnet Gerlinde Schwab, die er von seinen Kollegen am wenigsten auf dem Schirm hatte, brachte ihn dazu, seine Meinung zu ändern.

»Ich finde, das müssen Sie sich ansehen«, sagte sie. Über die Freisprechanlage klang ihre Stimme verzerrt. »Darko Tudors Laptop und der sichergestellte Sender weisen Gemeinsamkeiten auf.«

»Welche?«

»Das haben wir noch nicht herausgefunden. Dierksen sagt, dass einiges gelöscht worden ist. Er macht gerade einen Tiefenscan der verschwundenen Partitionen.«

Gehring fragte nicht, was Schwab um diese Uhrzeit in der KTU zu suchen hatte, erst recht nicht bei Dierksen, einem hochintellektuellen Soziopathen und Meister der digitalen Forensik, der mit Sicherheit eines Tages beim Militärischen Abschirmdienst oder im BKA landen würde.

»Ich komme«, sagte er knapp und vermied es, bis zu seiner Ankunft auf die Uhr zu sehen.

Die Flure, nur durch Notbeleuchtung erhellt, lagen verlassen da. Spätabends war es, als ob man ein anderes Haus betreten würde. Die Geräusche, Bewegungen und Stimmungen des Tages hatte die Stille geschluckt. Das Echo seiner Schritte wurde hart von den leeren Wänden zurückgeworfen und kündigte sein Kommen lauter an, als ihm lieb war.

Schwab und Dierksen saßen nebeneinander vor Darko Tudors Laptop und aßen Kekse.

»Guten Abend«, sagte Gehring und wand sich aus seiner Winterjacke. Es war stickig und warm.

Die Kollegen reichten ihm kurz die Hand. Er zog einen dritten Drehstuhl heran und ließ sich zwischen den beiden nieder.

Dierksen deutete auf den Monitor, wo sich unendliche Zahlenkolonnen aneinanderreihten. »Das sind Geodaten, die mehrmals am Tag aktualisiert werden und Standorte anzeigen. Frau Kapelnik hat mir gesagt, dass es sich dabei um GPS-Sender handelt, die von Wölfen getragen werden.«

Der Forensiker war ein schmaler junger Mann, immer leicht gekrümmt wirkend, als hätte man ihn erst vor kurzem aus einem niedrigen Keller befreit. Er trug eine dieser hässlichen Brillen mit breiter schwarzer Fassung, die jetzt modern waren. Gehring hatte ihn noch nie in der Kantine gesehen. Auch nicht am Eingang oder auf dem Parkplatz. Eigentlich immer nur hier in diesem Raum. Vielleicht lebte Dierksen ja hier.

»Insgesamt hat Darko Tudor auf diesem Laptop die aktuellen Bewegungen von sechs Wölfen oder vielmehr Wolfsrudeln dokumentiert. Ich nehme an, dass Sie die Daten auch in den Bürocomputern der Wolfsstation finden werden. Im Internet beschreiben die Angestellten der Station die Erhebung solcher Daten als einen Hauptbestandteil ihrer Arbeit. Unterstützt und verifiziert werden die Standortbestimmungen durch ehrenamtliche Helfer, die im Wald nach Spuren wie Kot oder gerissenen Tieren suchen, und durch Fotofallen.«

Gerlinde Schwab deutete auf ein Ding in einer Asservatentüte, das man für ein Sklavenhalsband hätte halten können, wenn es nicht aus modernem Kunststoff gefertigt worden wäre. An der Seite befand sich ein kleiner Kasten. Gehring nahm es in die Hand. Es war schwer.

»Das ist so ein Sender?«

»Ja«, sagte Dierksen. »Eine ältere Generation, wurde vor acht Jahren auf den Markt gebracht und vor fünf durch jene ersetzt, die jetzt im Gebrauch sind. Sehen Sie die Nummer?«

Auf dem Deckel des Kastens war eine Zahlenfolge eingestanzt. Dazu auf Deutsch, Englisch und Polnisch die Bitte, beim Auffinden des Halsbandes eine Telefonnummer anzurufen.

»Die Seriennummer konnte ich noch finden.« Dierksen tippte etwas in die Tastatur des Laptops. Eine leere Datei mit Kopfzeile erschien. »Ebenso den Namen, unter dem die letzte Registrierung abgeschlossen wurde.«

»Nera«, las Gehring. »Ist das ein Wolf?«

»Gute Frage.« Schwab nahm sich noch einen Keks. »Wir haben die Nummer angerufen. Sie wird weitergeleitet auf das Telefon der Wolfsstation in Spreebrück und von dort auf eine Handynummer, die einer gewissen Julia Venneloh gehört. Mit der habe ich gesprochen. Sie sagt, sie habe noch nie etwas von einem Wolf namens Nera gehört. Und sie kenne die Tiere alle, auch die in Polen und Tschechien, denn so viele seien es nicht.«

»Hm.« Gehring legte den Sender zurück auf Dierksens Arbeitsplatz, auf dem sich Festplatten, Kabel und Hardware zu einem lockeren Chaos türmten.

»Aber Darko Tudor hat jemanden mit diesem Namen überwacht.«

»Was zunächst nicht verboten ist, wenn es sich um einen Wolf handelt«, nuschelte Schwab etwas undeutlich, weil der Keks so trocken war. »Obwohl es merkwürdig ist, dass er es heimlich getan hat. Was meine Vermutung stützt, dass der Codename Nera vielleicht jemanden ganz anderen meint.«

»Wen denn?«

Gehring fühlte sich nach dem heutigen Tag nicht mehr in der Lage, Schwabs verschlungenen Gedankenpfaden zu folgen. Er wollte Ergebnisse, übersichtlich auf einem Silbertablett präsentiert. Stattdessen griff sie in den Stoffbeutel, der neben ihrem Stuhl lag wie ein abgerichtetes Haustier, holte wortlos einen Kaugummi hervor und reichte ihm den Streifen.

»Einen Menschen. Diesen Sender einfach irgendwo in einem Auto versteckt, und man kann zwei Jahre lang rund um die Uhr den genauen Standort verfolgen.«

Schwab lächelte. Gehring kannte dieses Lächeln. Sie zeigte es selten und nur, wenn sie sich absolut sicher war. Er wickelte den Kaugummi aus und schob ihn in den Mund. Augenblicklich überfiel ihn ein brüllender Hunger. Er hatte seit dem Morgen nichts mehr gegessen.

»Frau Schwab, möchten Sie und Herr Dierksen mir nicht sagen, worauf Sie zu so später Stunde gestoßen sind?«

Die Kollegin und der Disk-Master wechselten einen kurzen Blick. Die beiden schienen sich auch ohne Worte zu verstehen. Zwei Außenseiter, die miteinander klarkamen. Dierksen tippte wieder.

»Diese Dateien hier wurden gelöscht. Glücklicherweise nicht sehr professionell.«

Wieder erschien eine Zahlenkolonne, die allerdings breite Lücken aufwies, gefolgt von einer Grafik. Eine Landkarte des südlichen Berliner Umlands, über die sich wie ein Netz zahllose sich überkreuzende Fährten spannten. Dierksen klickte eine Stelle an. In einem Fenster erschienen Datum, Uhrzeit und die Geodaten.

»Es gibt eine Meldung des Senders vom 10. 10. 2010, einundzwanzig Uhr siebenundvierzig. Südlicher Stadtrand von Berlin.« Dierksen zog die Maus weiter. »Jetzt wird's spannend. Das nächste Signal kommt von der Havelchaussee, eine Minute vor elf. Dort, wo Darko Tudor nachts dem Jäger begegnet ist. Die Aufzeichnung ist lückenhaft, sicher. Aber zwischen den beiden Signalen liegt eine Stunde. Das Wesen, das diesen Sender bei sich hatte, stromert ziemlich viel herum, kommt in Darijos Todesnacht nach Berlin und ist später ganz in der Nähe des Leichenfundortes.«

»Ganz in der Nähe stimmt nicht«, gab Schwab zu bedenken. »Der Jäger hat Tudor circa zwei Kilometer entfernt getroffen, zwölf Minuten nach der letzten Peilung.«

»Tudor könnte aber dort gewesen sein.«

Gehring schüttelte den Kopf. »Er hat sich doch so ein Ungetüm nicht selbst um den Hals gelegt.«

»Sicher nicht«, antwortete Schwab. »Aber er könnte jemandem gefolgt sein, den er überwacht hat. Warum sonst hätte er so ein teures Gerät unterschlagen sollen? Julia Venneloh hat gesagt, das Ding ist vor Jahren verlorengegangen. Darko Tudor hat jemanden damit verfolgt. Und besagte Nera hat sich in Darijos Todesnacht genau in der Gegend aufgehalten.«

Er lehnte sich zurück und verschränkte die Hände hinter dem Kopf, um seine Wirbelsäule zu dehnen. »Nera, die Schwarze«, sagte er fast gedankenverloren und kaute noch ein paarmal. »Nehmen wir mal an, sie war der Täter. Dann lebt er oder sie in den Wäldern der Lausitz. Wir können doch nicht nach einem zweiten Kaspar Hauser suchen. Wo hat sich der Sender danach gemeldet?«

Dierksen scrollte die Karte Richtung Süden. »In Spreebrück. Ab dann war er abgeschaltet.«

Gehring betrachtete den Monitor. »Ich verstehe das nicht. Was soll uns dieses Bewegungsprofil sagen?«

Der Forensiker drehte sich entschuldigend zu Gerlinde Schwab um. »Ich bin der Meinung, Tudor hat heimlich einen Wolf besendert.«

»Warum heimlich? Noch dazu einen, der offenbar nicht menschenscheu war und mitten in der Stadt aufgetaucht ist?«

»Vielleicht war's ja der Frankenstein-Wolf«, grinste Dierksen. »Tudor hat im Keller seines Labors gentechnisch verwerfliche Experimente durchgeführt und ist darüber zum Wolfsmenschen geworden.«

»Keine Ahnung«, fuhr Schwab ungerührt fort. »Solche Spekulationen sind übrigens nicht sehr hilfreich.«

»Wie könnte man das feststellen?«, fragte Gehring. »Ich meine, ob dieses lückenhafte Profil zu einem Menschen oder zu einem Tier passt. Nicht Ihre Frankenstein-Theorie.«

Dierksen zuckte mit den mageren Schultern. »Dazu müsste man einen Biologen befragen. Es könnte natürlich auch ein irrer Naturliebhaber sein, der sich oft draußen aufhält.«

»Wenn dem so wäre«, Gehring deutete auf die Grafik und die Uhrzeit, »dann hätte diese unbekannte Nera am Abend von Darijos Verschwinden Zeit genug gehabt, in die Savoyer Straße zu fahren, den Jungen zu entführen, ihn umzubringen und zu vergraben? Das ist alles ganz schön knapp.«

»Nicht, wenn Darijo noch ein paar Tage gelebt hat«, erwiderte Schwab. »Gibt es irgendwo da draußen ein Versteck? Tudor muss wissen, wer diese Nera ist. Fragen Sie ihn. Halten Sie ihn so lange fest, bis er Ihnen eine Antwort gibt.«

»Das reicht nicht.« Gehring stand auf und begann ruhelos auf und ab zu gehen. »Darko Tudor wird einfach behaupten, dass er den Sender im Wagen hatte. Dieses Profil entspricht ziemlich genau seinen Bewegungsabläufen in dieser Nacht.«

»Nein. Der Sender war nicht in der Nähe des Unfallorts. Also dort, wo das Ehepaar den Wolf überfahren hat.«

»Dann hatte er ihn zu der Zeit vielleicht nicht im Wagen?«

Schwab und Dierksen wirkten unzufrieden. Vielleicht hatten sie einen Durchbruch in den Ermittlungen erwartet, und nun hatte er sie enttäuscht.

Die Kollegin sah ihn mit großen Augen an. »Ein Mann überwacht sich selbst per GPS und gibt diese Daten auch noch von Hand in das System ein?«

»Vielleicht hat er sie für eine Kilometergeldabrechnung gebraucht?«

Sie schnaubte.

»Frau Schwab, was soll ich tun? Wir unterstellen Tudor, dass er einer unbekannten Person einen GPS-Sender untergeschoben und sie bei der Entführung und Ermordung seines Sohnes beobachtet hat?«

»Vielleicht waren sie ja zu zweit?«, überlegte Dierksen, während er seine Brille abnahm und sie umständlich mit einem Putztuch säuberte.

Schwab sah auf ihre Armbanduhr. »Sie müssen rauskriegen, was es mit der Operation Nera auf sich hatte. In einer halben Stunde wird Tudor entlassen. Was werden Sie tun?«

Gehring trat hinter Dierksen und betrachtete die rätselhafte Karte. »Wir müssen die Daten analysieren lassen«, sagte er schließlich. »Im Moment können wir nur spekulieren. Wir wissen nicht, wer diesen Sender getragen hat oder bei wem er versteckt wurde. Für Gram und den Haftrichter reicht das nicht.«

»Bekommen Sie eine Observierung durch, wenn Sie ihn rauslassen?«

»Ich weiß es nicht. Ich werde es versuchen. Herr Dierksen, könnten Sie mir das bis morgen früh so idiotensicher wie möglich zusammenstellen?«

»Sie meinen, wie immer?«

Gehring unterdrückte einen Seufzer und nickte. »Danke.«

»Moment.« Gerlinde Schwab drehte sich ächzend auf ihrem Stuhl zu ihm um und reichte ihm einen Packen Ausdrucke. »Werfen Sie bitte noch einen Blick darauf.«

»Was ist das?«, fragte er und erkannte im selben Moment, was er da in den Händen hielt.

Die beiden Kollegen sahen sich an.

»Nichts, was Sie offiziell verwerten dürfen.«

Gehring blätterte die Seiten durch. Was er da vor sich hatte, war der Albtraum eines jeden Datenschutzbeauftragten. »Ich kann es nicht glauben.«

»Ja«, nickte Schwab eifrig. »Mir ging's genauso. Aber dann...«

»Das ist illegal!«

Dierksen seufzte. »Ich habe Frau Schwab gewarnt. Aber sie hat mir gegenüber die Weisungsbefugte rausgekehrt.«

Fassungslos starrte Gehring auf die Ausdrucke. »Das ist... absolut großartig.«

28

Jemand schob die Sichtklappe auf, dann rasselten Schlüssel. Die Tür öffnete sich quietschend.

»Herr Tudor? Sie können gehen.«

Darko setzte sich mühsam auf. Eine Gestalt erschien neben dem Schließer im Türrahmen, die ihm vage bekannt vorkam. Der Kriminale. Gehring.

»Guten Abend. Ich dachte, ich begleite Sie noch hinaus.«

Wie überaus freundlich. Der Mann wich ihm nicht von der Seite. Nicht beim schweigenden Gang durch die JVA, nicht auf dem Weg die Stahltreppen hinunter zum Ausgang, noch nicht einmal, als ein Vollzugsbeamter ihm die Sachen zurückgab, die sie ihm abgenommen hatten. Darko zog den Gürtel durch die Schlaufen seiner Hose und setzte sich auf eine Bank, wo er begann, die Schnürsenkel in seine Schuhe einzufädeln.

Der Kriminale nahm neben ihm Platz. »Wie kommen Sie nach Hause?«

»Ich nehme den letzten Regionalzug nach Cottbus und dann ein Taxi.«

»Darf ich Sie zum Bahnhof bringen?«

Darko sah kurz hoch. »Was wird das?«

Der Mann versuchte ein müdes Lächeln. »Nicht, dass Sie den letzten Zug nicht mehr schaffen.«

Es war 22:32 Uhr. Darko sagte nicht, dass es noch eine Direktverbindung um 00:40 Uhr gab. Ihn interessierte, welche Fragen Gehring an ihn als freien Mann jetzt noch hatte.

Der Kriminale ging als Erster durch die Doppelschleuse. Wahrscheinlich befürchtete er, Darko könnte sich doch noch aus dem Staub machen. Vor der JVA, vom Lichtkegel einer Straßenlaterne beleuchtet wie ein Ausstellungsstück, stand sein Wagen. Mittelklasse. Darko hätte sich niemals einen Mittelklassewagen angeschafft. Dann lieber einen Ochsenkarren oder einen durchgerosteten Moskwitsch.

Der alte, trockene Schnee quietschte unter ihren Sohlen. Er sah hoch in den sternenlosen Nachthimmel. Verwaschenes Grau, ausgebleicht vom Licht der Stadt. Atmete tief durch. Freiheit. Grenzenlos. Am liebsten wäre er losgerannt, aber dann würde der Bulle ihn bestimmt von hinten erschießen.

Im Vergleich zu den Außentemperaturen war es im Auto warm. Der Kriminale musste eine längere Strecke gefahren sein, bevor er es abgestellt hatte. Autos kühlten schnell ab, aber in diesem hatte sich die Wärme in den Sitzpolstern gehalten.

»Waren Sie bei ihr?«, fragte Darko.

Gehring startete den Motor und fuhr los. Die Richtung verriet Darko, dass er zum Hauptbahnhof und nicht zum Zoo gebracht wurde. Zum Zoo wäre die Strecke kürzer gewesen.

»Bei wem? Ihrer Exfrau? Ja, auch. Es war ein langer Tag.«

Darko wartete auf die Fragen. Doch sie kamen nicht. Er wusste, dass der Kriminale etwas im Schilde führte. Sonst würde er ihn nicht persönlich abholen und ihn auch noch in den Zug setzen.

»Nichts gefunden, was?«

Sein Fahrer war nicht sehr gesprächig. Darko hatte seine Nervosität so gut im Griff wie einen abgerichteten Jack Russel. Sitz. Platz. Aus. Ruhe jetzt. Wenn Gehring nicht fragte, dann wollte er auch nichts wissen. Die heimliche Freude, Berlin als Sieger zu verlassen, hob seine Stimmung beträchtlich. Er schaute aus dem Fenster. Die Straßen waren geisterhaft leer. Er hatte die Stadt wegen der vielen Menschen immer gehasst. Doch beim Anblick der grauen Schneeberge, der triefäugigen Hochhäuser, der grellen Leuchtreklamen wusste er: Sie war lebensfeindlich wie ein fremder Planet. Irgendwo hatte er gelesen, dass Freiwillige sich für eine Marsstation gemeldet hatten. Eine Reise ohne Wiederkehr. Dabei brauchte man gar nicht bis zum Mars, um als Mensch zu verschwinden. Die Stadt reichte schon. Wer sich ihr auslieferte, kam nicht mehr zurück. In der Zelle hatte er sich an Bilder und Stimmungen erinnert, um seine Lage erträglicher zu machen: die erhabene Einsamkeit und die kristallene Kälte der Wälder, das zersplitterte Spiegelbild des Mondes im Fluss, die Stille der zugefrorenen Seen, die Vogelzüge im Herbst – magische, unerklärliche Choreographien voller Schönheit. Helle, kurze Sommernächte, die man in einem seltsamen Zustand der Klarheit durchwachte, weil sich im Rauschen des Windes und im fernen Glitzern der Sterne Antworten auf nie gestellte Fragen verbargen.

Sie hatten ungefähr die Hälfte der Strecke zurückgelegt, als der Kriminale wohl glaubte, er hätte Darko lange genug in Ruhe gelassen.

»Wir sind auf eine gelöschte Datei auf Ihrem Laptop gestoßen.«

Darko merkte, dass sein tiefes Unbehagen gegen diesen Mann berechtigt gewesen war. Damit war der Punkt erreicht, an dem er seine Siebensachen packen musste. Es war überfällig.

Nichts hielt ihn hier mehr. Lida hasste ihn, Julia stalkte ihn, und irgendwann würden diese Schnüffler etwas finden, das ihnen reichte, um ihn endgültig hinter Gitter zu bringen.

»Und?«, fragte er. Wenn der Kriminale neue Erkenntnisse wollte, dann sollte er gefälligst selbst danach suchen.

»Es handelt sich um Geodaten von dem Sender, den wir in Ihrer Wohnung gefunden haben. Warum haben Sie die gelöscht?«

Eine Straßenbahn fuhr links neben ihnen, genauso schnell wie Gehrings Wagen. Sie war leer. Eine Geisterbahn.

»Herr Tudor, wollen Sie mir nicht sagen, was Sie tatsächlich in der Nacht vom zehnten auf den elften Oktober in Berlin getan haben?«

Ich habe etwas getötet, das ich geliebt habe.

Er zwang sich zur Ruhe. »Das habe ich bereits. Ich hatte einen überfahrenen Wolf aufgelesen. Das bringt mich immer durcheinander. Auf einmal war ich im Grunewald. Ist ja nicht verboten.«

»Aber der Sender.«

Darko spürte, wie die Nervosität in ihm zu scharren begann. Sitz. Platz. Aus. Sie konnten nichts wissen. Sie stocherten im Dunkeln. Sie würden nie erfahren, was sich wirklich im Wald abgespielt hatte, in jener Nacht des Todes, in der so viel unschuldiges Blut geflossen war.

»Ich weiß nicht, was Sie meinen. Keine Ahnung, wie viele Wölfe wir damals am Sender hatten. Ist alles dokumentiert.«

»Ja. Nur dieser eine nicht. Er hat seine GPS-Daten trotzdem übermittelt, und der Empfänger war die Wolfsstation. Frau Venneloh war überrascht, davon zu hören. Für sie war dieser Sender verschollen, sie hat ihn abgeschrieben.«

Darko schwieg.

»Wen haben Sie damit überwacht?«

»Niemanden!« Darko stieß ein schnaubendes Lachen aus. Er hatte alles gelöscht. Und er wünschte sich, es gäbe eine solche Funktion auch für die eigene Erinnerung. »Was soll das? Es gehört zu meiner Arbeit, diese Dinger einzusetzen. Wissen Sie, wie viele Rudel wir mittlerweile da draußen haben? Ich kann mich nicht an jeden einzelnen Wolf der letzten Jahre erinnern.«

»Frau Venneloh sagte uns, Sie würden die Namen der Tiere sogar im Schlaf kennen.«

Was? Was zum Teufel hatte Julia der Polizei noch alles erzählt? Hatte diese Frau sich etwa heimlich nachts an sein Bett gesetzt und seine Albträume belauscht? Er bereute nicht zum ersten Mal, dass er schwach geworden war. Die Nächte in Spreebrück konnten kalt und lang sein. Er war ein Mann. Ab und zu brauchte er das. Er hatte geglaubt, mit Julia auf der sicheren Seite zu sein. Sie war verheiratet, noch dazu mit dem Bürgermeister, einem grandiosen Langweiler und *Mittelklassewagenfahrer*. Sie hatte es genauso nötig gehabt. Es war wild, animalisch, einfach und befriedigend gewesen. Bis sich etwas geändert hatte. Minimale Anzeichen. Was machst du heute Abend? Hast du morgen Zeit? Wann sehen wir uns denn mal wieder? Er hatte sich zurückgezogen, und sie war ihm hinterhergepirscht. Und jetzt hatte er sie am Hals.

»Julia übertreibt. Sie mag mich.«

»Was ist mit Ihnen?«

»Sie ist meine Chefin.«

Der Rest der Fahrt verlief wieder schweigend. Der kleine Hund blieb auf seinem Platz. Zwar zitterte seine Schwanzspitze ab und zu, aber er gehorchte. Als sie den Glaspalast des Hauptbahnhofs erreichten, stellte Gehring den Wagen im Halteverbot ab.

»Danke«, sagte Darko knapp.

»Sie halten sich bitte zu unserer Verfügung.«

»Wie lange denn noch?«, fragte Darko. »Wie viele Jahre werden Sie brauchen, bis Sie dieses Schwein endlich geschnappt haben?«

Der Kriminale drückte auf einen Knopf und entriegelte damit die Tür. Eine Horde betrunkener Jugendlicher stürmte lachend an ihnen vorbei. Darko wartete, bis sie den Bahnhof geentert hatten wie feindliches Stammesgebiet.

»Nicht mehr lange.«

Darko nickte überrascht. Er hatte nicht mit einer so konkreten Antwort gerechnet.

»Eine Frage noch.«

»Ja?«

Gehring sah ihn an. »Wer ist Nera?«

Der Hund sprang auf und wurde zu einer Hyäne, die wie eine tollwütige Bestie sein Innerstes zerfleischte.

»Keine Ahnung«, brachte Darko gerade noch heraus.

Dann verließ er den Wagen und knallte dem Kriminalen die Tür vor der Nase zu.

29

Sanela hatte die Matratze vom Dachboden durch die Luke nach unten geschafft. Bettwäsche fand sie in einem Einbauschrank in der Diele, außerdem Kissen und Decken. Sie war gerade dabei, den Bezug auseinanderzufalten, als Siegfried in der offenen Tür auftauchte.

»Also doch«, sagte er. »Dann auf gute Nachbarschaft.«

»Danke.«

»Wo haben Sie eigentlich kochen gelernt?«

»Auf dem Campingplatz.«

Sanela streifte den Bezug über die Decke und schüttelte sie auf.

»Dachte ich mir. Ich überlege, ob ich mir eine Pizza kommen lasse. – Tristan?«

Er beugte sich in den Flur. »Willst du Pizza?«

»Nein«, kam die Antwort zurück, und eine Tür knallte zu.

»Und Sie?«

Pizza mit Siegfried ... das hieß, einen Karton lang miteinander reden und dafür auch noch einen guten Grund haben.

»Das wäre sehr nett.« Sie kramte in ihrer Hosentasche und zog einen zerknüllten Fünf-Euro-Schein hervor. »Margarita.«

»Vegetarierin?«

»Nein, ist die billigste.«

Er lächelte. »Sie sind natürlich eingeladen. Extrawünsche? Doppelt Knoblauch vielleicht?«

»Äh, nein. Danke.«

Er verschwand wieder in seinem Zimmer, das Handy in der Hand, um die Bestellung abzuschicken. Sanela bezog das Kissen, dann spähte sie in den Flur. Seine Tür stand offen. Sie fand ihn vor dem Computer.

»Kommen Sie rein. Und machen Sie die Tür zu.«

Sie befolgte seine Bitte, schlenderte zum Bett und setzte sich. Siegfried zog eine Schreibtischschublade auf, kramte darin herum und holte ein Päckchen Zigarettenpapier hervor.

»Wir können uns auch duzen«, sagte er. »Ich find's affig. Wie alt bist du?«

»Vierundzwanzig. Ich glaube nicht, dass das geht.«

Er zog zwei Blättchen hervor, leckte eines ab und klebte sie vorsichtig aneinander.

»Doch. Es ist ganz einfach.«

Er sah kurz hoch. Hellgraue Augen, leicht gerötet, kleine Pupillen. Das war nicht sein erster Joint an diesem Abend. Es war warm im Raum, nur die Lampe auf dem Schreibtisch brannte. Als er sich zu ihr umdrehte, gaben die Schatten seinem Gesicht Kontur und Tiefe. Er sah wesentlich älter aus als …

»Und du? Wie alt bist du?«

»Irrelevant. Das haben wir doch gerade geklärt.« Er stand auf und öffnete den Kleiderschrank, wühlte in seinen Jacken herum und kam mit einem Päckchen Zigaretten wieder, das er achtlos auf den Tisch warf. »Sie brauchen länger als eine halbe Stunde bei diesem Wetter. Mann, hab ich einen Hunger.«

»Tut mir leid. Ich koche schrecklich.«

»Kein Problem. Soweit ich weiß, bist du zum Putzen hier. Oder hast du noch andere Aufgaben?«

»Bis jetzt nicht. Aber vielleicht kommt ja noch was dazu.«

Er klebte ein drittes Blatt an die Längsseite und fischte dann eine Zigarette aus dem Päckchen, die er der Länge nach fachmännisch öffnete und den Tabak gleichmäßig auf dem Papier verteilte. Dann griff er in die vordere Hosentasche und holte eine kleine Tüte mit Gras heraus, von dem er zwei Prisen auf den Tabak streute. Vorsichtig nahm er das fragile Konstrukt hoch und begann es zu drehen.

»Du verstehst dich gut mit Lida.«

Er war geschickt. Seine Hände hatten im Nu einen Trichter geformt, in den er am dünneren Ende den Filter der Zigarette einbaute. Er leckte über das Papier, rollte alles zusammen und strich zum Schluss beinahe zärtlich über sein Werk. Dann drehte er einen Knopf an einem Lautsprecher, der mit seinem Laptop verbunden war. Die ersten Takte von »Papa Was a Rolling Stone« züngelten heraus. The Temptations. Uralt und immer noch hinreißend. Das glitzernde Zischen des *Hi-Hats*, untermalt von den lakonischen drei Noten der Bassgitarre, die sich durch das ganze Stück ziehen würden. Die Violinen stiegen ein wie in einem Thriller, gefolgt von treibenden, schwitzenden

Bluesgitarren. Als die Trompete erklang, verlockend, cool und sexy wie der Gesang einer Sirene auf dem Grund eines verwunschenen Sees, zündete Siegfried den Joint an, nahm einen tiefen Zug und reichte ihn weiter an Sanela.

Der Rauch kratzte im Hals, sie musste husten.

»Langsam, langsam«, sagte er grinsend. »Du kiffst nicht oft, was?«

»Eher selten«, keuchte sie und reichte ihm den Joint zurück. Sie hatte es ein paarmal probiert und wusste seitdem, dass sie damit nicht klarkam. Zu viele Fragen, zu viele Gedanken. Und eine bodenlose Hilflosigkeit in Gegenwart anderer.

»Bist du eine Freundin von Lida?«

»Ich? Nein.«

Interessiert wanderte sein Blick an ihrem T-Shirt und den schwarzen Leggins entlang, den Blazer hatte sie für ihren Gang auf den Dachboden abgelegt. Sie war nicht Siegfrieds Typ. Aber sie war das einzige weibliche Wesen in der Nähe, das in seinen Augen etwas Abwechslung bot. Sanela war gespannt, wie weit er gehen würde.

»Hätte mich auch gewundert.«

Er rauchte. Glut fraß sich zischend in Papier. Die Trompete verschwand, ein verjazztes Elektropiano schmiegte sich an die *Wah-Wahs* der Elektrogitarre.

»Ich bin über euren Chauffeur hierhergekommen. Er hat mir einen Gefallen geschuldet. Ich brauche Geld. Und ein Dach über dem Kopf. Beides schnell.«

Siegfried reichte ihr den Joint zurück. Eigentlich sollte sie ablehnen. Schließlich nahm sie ihn doch. Eine zwingend erforderliche vertrauensbildende Maßnahme. Dieses Mal kratzte es nicht so sehr. Siegfrieds Blick wurde direkter, als er in den Ausschnitt ihres T-Shirts sah, während sie sich nach vorne beugte.

»Bist du nicht ein bisschen zu jung für so was?«, fragte sie und wies auf die Boxen. Der Bass kam zurück. Rhythmisch, federnd, getrieben.

Er zuckte nur mit den Schultern. »Eines der geilsten Stücke der Musikgeschichte. Für dieses Intro haben sie Norman Whitfield von den Temptations beinahe gelyncht. Sie wollten weniger Arrangement, mehr Gesang. Im Gegenzug hat Whitfield Dennis Edwards drei Tage lang im Studio gefangen gehalten, um ihm den Motown-Schmelz auszutreiben und ihn zu einem richtig bösen Jungen zu machen. Es geht schließlich nicht um *endless love*.«

»Nein.«

It was the third of September. That day I'll always remember, yes I will. Cause that was the day, that my daddy died.

Asche fiel auf den Teppichboden.

»Drei Tage? Echt?«

»Ja. Aber was sind schon drei Tage für die Ewigkeit.«

»Können auch lang werden«, sagte sie, zog noch einmal und reichte ihm den Joint zurück. »Verdammt lang.«

»O ja.«

Plötzlich musste sie kichern. Ohne dass sie es wollte, wippten ihre Füße mit. Siegfried ließ sie nicht aus den Augen. Im Moment überlegte er wohl noch, wie lange es dauern würde, bis er sie ins Bett bekam. Seine schlanken Finger tanzten über die Stuhllehne, nahmen nervös und vibrierend den Takt auf. Er rauchte, dann stand er auf, trat ans Fenster, öffnete es und warf den Stummel hinaus. Eiskalte Luft drang ins Zimmer. Sein Handy vibrierte, vielleicht die Pizzeria.

»Komm her.«

Sanela dachte, er wolle ihr etwas zeigen, rappelte sich mühsam auf, stolperte beinahe über ihre eigenen Füße und wurde, fast im Fall, von ihm aufgefangen. Sein Griff war fest. Er zog sie hoch und mit der gleichen Bewegung an sich. Sie musste über ihre eigene Ungeschicklichkeit lachen. Plötzlich lachte er auch. Das Handy vibrierte weiter.

»Willst du nicht rangehen?«

Er warf einen Blick auf das Display. Darauf zu sehen: das Foto vom Fräulein Jessen. Diana, stand darunter.

»Nein.«

Der Bildschirm wurde dunkel, sie hatte aufgelegt.

Papa was a rollin' stone. Wherever he laid his head was his home. And when he died, all he left us was alone.

Der Rhythmus war einfach, alles war einfach. Siegfried bewegte sich geschmeidig wie ein Torero, Sanela fühlte sich linkisch. Musik und THC prickelten in ihren Adern. Sie war aus der Übung, und er war ein Meister. Das Zimmer war eigentlich zu klein, um ausgelassen zu tanzen. Aber in den dunklen Clubs von Berlin war auf der Tanzfläche genauso wenig Platz.

Heard them talking Papa doing some store front preachin'. Talked about saving souls and all the time reaching. Dealing in debt, and stealing in the name of the law.

Mit einer jähen Bewegung zog er sie an sich. Beugte sich zu ihr, sein Atem kitzelte ihr Ohr, als sie sich schnell abwandte.

»Hey, hey, hey«, flüsterte er. Seine Augen glitzerten gefährlich. »Wer versteckt sich da vor mir?«

Jemand riss die Tür auf. Tristan, im Schlafanzug, schlug auf den Lichtschalter. Geblendet stolperte Sanela aus der Musik und aus Siegfrieds Armen.

»Bist du irre?« Wütend starrte der Junge auf seinen Bruder. Er war die nicht halb so hübsche kleinere Ausgabe von Siegfried. Kräftiger, kompakter, geradeheraus. Kein eleganter Schmeichler, eher ein kantiger Brocken, der sich einem gerne in den Weg legte. »Mach die Musik leiser! Wer ist das?«

Siegfried schlenderte zu den Lautsprechern und drehte das Volumen etwas herunter.

»Hi, ich bin Nelli.« Sanela streckte Tristan die Hand entgegen.

Der Junge ignorierte die Geste. »Habt ihr gekifft?«

»Willst du auch was?« Mit provozierender Freundlichkeit hielt Siegfried die Grastüte hoch.

Der Jüngere schüttelte unwillig den Kopf. »Wenn Papa das mitkriegt, bist du tot. Hier oben Party machen, während … während …«

»Während was?« Die Augen des Siegers flackerten vor Freude über die unerwartete Provokation. »Während das Haus in Trauer ist, meinst du? Vielleicht tun wir das ja auch. Jeder auf seine Weise. Nelli, im Keller neben der Spüle steht ein Kasten Bier. Holst du uns was zu trinken? Für dich auch, Tristan? Willst du mit uns feiern? Die Lebenden und die Toten?«

Tristan drehte sich um und ging mit schweren Schritten zurück in sein Zimmer. Siegfried schloss das Fenster und ließ sich auf seinen Drehstuhl fallen.

»Ich würde es auch selber holen, aber ich fürchte, ich finde den Weg zurück nicht mehr. Verdammt gutes Zeug.«

»Kein Problem.«

Es war ein guter Moment, um zu verschwinden. Sie wusste genau, wie Siegfried sich den weiteren Verlauf des Abends vorstellte.

Er drehte die Musik wieder auf. Dennis Edwards' Stimme begleitete Sanela bis hinunter in die Eingangshalle. Dort setzte sie sich auf die letzten Stufen und atmete tief durch.

Du meine Güte. Das *verdammt gute* Zeug riss ihr gerade die Beine weg. Sie lehnte den Kopf an das Holzgeländer. Im Arbeitszimmer brannte noch Licht. Der Gedanke, Günter Reinartz in diesem Zustand über den Weg zu laufen, brachte sie schon wieder zum Kichern. Und wenn Lida sie hier fände … nicht gut. Gar nicht gut. Sie hätte sich nicht darauf einlassen dürfen. Die größte Sabotage an ihrer Arbeit betrieb sie selbst. Gab es irgendeine Möglichkeit, schnell wieder nüchtern zu werden? Wohl kaum.

Sanela stand auf. Dabei nahm sie aus den Augenwinkeln durch das schmale Fenster zur Straße hin eine Bewegung wahr. Vorsichtig und schwankend trat sie näher. Nichts. Sie hatte sich getäuscht. Die Stufen hinauf zur Eingangstür waren leer, die Straße, soweit sie das erkennen konnte, ebenfalls. Sie wollte sich gerade abwenden, da hörte sie einen Pfiff. Leise wie der verschlafene Schrei eines Vogels. Dann landete ein Schatten auf der Einfahrt, leise, geduckt, wie über den Zaun geworfen. Jemand richtete sich auf. Trat einen Schritt zurück. Sah die Fassade hoch, pfiff noch einmal.

Sanela riss die Tür auf. Darko.

»Ich will zu Lida.« Er kam die Treppe hoch.

»Nichts da.« Sie stellte sich ihm in den Weg. Es war mehr die Überraschung als ihre Kraft, die ihn stoppte. Sie machte die Tür zu, packte ihn am Arm und wollte ihn die Stufen hinunterziehen.

Er riss sich los. »Was soll das? Lida? Lida!«

»Schnauze!«, zischte sie. »Sind Sie wahnsinnig, hier aufzutauchen?«

»Lida! Komm raus!«

»Er hat eine Knarre! Reinartz. Und er wartet nur darauf, sie zu benutzen. Sie müssen weg hier!«

Drinnen schlug eine Tür.

»Verschwinden Sie! Auf der Stelle!«

»Ich will zu Lida. Ich muss mit ihr reden.«

»Später. Ich arrangiere das. Bitte!«

Sanela zerrte ihn die Treppe hinunter, obwohl er sich nach wie vor wehrte.

»Ich lasse mich nicht abweisen. Ich werde doch wohl noch mit meiner Frau sprechen dürfen.«

»Lida ist nicht mehr Ihre Frau. Kapiert?«

Sie erreichten das Tor zur Straße – glücklicherweise ließ es sich von innen öffnen. Sanela riss es auf und zog den widerstrebenden Darko mit sich. Während sie sich hinter dem gemauerten alten Stützpfeiler verbarg, blieb er immer noch unschlüssig mit einem Bein auf dem fremden Grundstück stehen. Oben im Haus wurde die Eingangstür geöffnet. Günter Reinartz kam heraus, in der Hand seine Pistole.

»Wer ist da?«, brüllte er in die Dunkelheit.

Darko starrte ihn an. Es war eine Farce. Reinartz wusste genau, wer dort unten am Tor stand.

»Bitte«, flüsterte Sanela. »Lassen Sie sich nicht abknallen.«

Darkos Hand ballte sich zur Faust. Einen Moment lang befürchtete sie, er würde die Stufen zu seinem Widersacher hinaufstürmen. Dann wandte er sich ab. Das Tor fiel krachend ins Schloss, und Sanela, in Leggins und T-Shirt, stand auf der Straße.

»Verschwinden Sie!« Die Stimme des Unternehmers echote über die leere Straße. »Kommen Sie nie wieder! Haben Sie verstanden? Nie wieder!« Die Eingangstür donnerte so laut ins Schloss, dass vermutlich alle in der Savoyer Straße senkrecht in ihren Betten standen.

Darko drehte sich grußlos um und setzte sich in Bewegung.

»Wo ... wo wollen Sie hin?«

Unwillig blieb er stehen. »Nach Hause. Was machst du überhaupt hier? Du bist doch die Polizistin, oder?«

Verlegen strich sie sich über die kurzen Haare. »Ja. Aber das wissen die da drinnen nicht. Können Sie ein Auto kurzschließen?«

»Was?«

»Ich komme nicht mehr rein. Da vorne an der Ecke steht mein Wagen. Wenn Sie den irgendwie zum Laufen kriegen, fahre ich Sie nach Spreebrück.«

»Ist das ein Trick? Autos knacken und dann wieder ab in den Bau?«

Sie umschlang ihren Körper mit beiden Armen. Lange würde sie es hier draußen nicht mehr aushalten.

»Es ist die einzige Möglichkeit, wie Sie um diese Uhrzeit zurückkommen und ich nicht erfrieren muss.«

Sie wollte Reinartz auf keinen Fall jetzt unter die Augen treten. Nicht auszudenken, wenn er geschossen hätte … Notwehr. Ein Irrtum, begangen in einer emotionalen Ausnahmesituation und aus dem Gefühl der Bedrohung heraus, weil im Garten ein Einbrecher herumschlich. Angeheizt durch die Auseinandersetzung im Krankenhaus. Seine rasende Eifersucht auf Darko, die er nicht mehr unter Kontrolle hatte. Diese düstere, würgende Melange aus Gefühlen würde ihn als unschuldig Verfolgten dastehen lassen. Sanela war die Einzige, die Bescheid wusste. Günter Reinartz hatte einen Mord geplant und durchaus damit gerechnet, ihn auch zu exekutieren.

»Noch ein Tod«, sagte Darko. Er kam zurück zu ihr und streifte sich die schwere Jacke ab. »Das kann ich nicht zulassen.«

Er legte sie Sanela um die Schultern. Sie war warm, kratzte ein bisschen, roch nach alten Autoreifen, Harz und nassem Laub.

»Wo steht es denn?«

30

Sanela musste geschlafen haben. Als sie aufwachte, fühlte sie sich, als wäre ihr Kopf mit Watte gefüllt. Draußen war es stockfinster. Die Scheinwerfer schnitten grauen Asphalt aus dem Dunkel, der auf sie zuzustürzen schien.

»Wo sind wir?«
»Hinter Schwarze Pumpe.«
»Ah ja.«
Das sagte ihr gar nichts. Mit einem Stöhnen versuchte sie sich in eine bequemere Position zu bringen. Ihr Auto war zum Schlafen einfach nicht geeignet. Darko hatte es ohne Probleme mit seinem Schweizer Messer öffnen können. Mit den schlimmsten kroatischen Flüchen auf den Lippen hatte er unter dem Lenkrad in den Kabeln gewühlt und so lange herumprobiert, bis es angesprungen war. Die Heizung lief auf Hochtouren, trotzdem war ihr kalt. Sie starrte hinaus in die vorüberfliegende Dunkelheit, nickte noch einmal ein und fuhr hoch, als Darko scharf bremste und sie nach vorne in den Sicherheitsgurt flog.

»Wir sind da«, sagte er. »Wieder nüchtern?«
»Was?«
»Schon gut.« Er würgte den Motor ab. Mit steifen Fingern löste Sanela den Gurt. Sie sah nichts als Wald.

Darko stieg aus. Er streckte sich und schüttelte mehrmals den Kopf, als wollte er sich den Hals einrenken. Auf allen vieren kletterte sie aus ihrem Sitz und musste sich dabei an der Autotür festhalten. Ihre Schuhe versanken knöcheltief in harschem Schnee. Vorsichtig, damit ihr nicht schwindelig oder schlecht wurde, drehte sie sich um. Sie befanden sich auf einem Parkplatz. Etwa hundert Meter weiter begann etwas, das man wohlmeinend als Dorfstraße bezeichnen könnte.

»Spreebrück«, sagte Darko mit einem Stolz, als hätte er dieses Kirchspiel mit eigenen Händen aus dem Schlamm geschöpft. Er schlug die Tür zu und stapfte los. Sanela folgte ihm.

Das Haus war groß und warm. Im Windfang stand der Pappaufsteller eines Wolfes. Darko schloss auf und ging hinein, ohne Licht anzuschalten. Er nahm eine schmale Stiege, an deren Ende er stehen blieb und einen weiteren, selbst Sanela bis dahin unbekannten Fluch ausstieß.

Das Schloss war aufgebrochen, die Tür stand einen Spalt breit offen. Mit der Fingerspitze stieß er sie auf, dann schaltete er die Flurlampe ein.

Es war eine kleine, aber gemütliche Dachwohnung. Ob Darko ein ordentlicher oder eher nachlässiger Mensch war, ließ sich nicht mehr feststellen. Alles war durchwühlt. Ohne auf sie zu achten, lief er in das winzige Schlafzimmer und zog die Schublade des Nachttisches auf. Was er dort fand oder vielmehr nicht fand, zog ihm die Beine weg. Er setzte sich aufs Bett und fuhr sich mit den Händen übers Gesicht.

»Was ist?«, fragte Sanela, die ihm gefolgt war.

Mit einem wütenden Schlag schloss er die Schublade. »Nichts.«

Er ließ sich nach hinten aufs Bett fallen. Sanela setzte sich neben ihn. Das war zwar nah, aber nicht zu nah.

»Man sollte nichts im Nachttisch verstecken. Da suchen sie zuerst.«

Er reagierte nicht.

»Was war es denn?«

Mit der Faust hieb er auf die Matratze. »Nichts.«

»Dann ist es ja gut.«

Mit einem Seufzen kroch sie neben ihn. Zwei Kopfkissen, aber nur eine Decke. Sie wollte bloß noch schlafen.

»Musst du nicht wieder zurück?«

»Wie spät ist es denn?«, murmelte sie.

»Zwei. Kurz nach zwei.«

»Gleich. Nur eine Minute.« Sie schloss die Augen.

Die Matratze bewegte sich. Er drehte sich zu ihr um, stützte den Kopf auf den angewinkelten Arm und betrachtete sie. Aus irgendeinem Grund machte ihr diese Musterung nichts aus. Sie trug immer noch seine Jacke. Es fühlte sich an wie eine Umarmung.

»Bullenfrau.«

»Mmmmhhh.«

Sie hörte es knistern. Wenig später flammte ein Streichholz auf, und der Duft nach Tabak breitete sich aus. Er blickte einen Moment in die tänzelnde Flamme, dann machte er eine kleine Bewegung, und das Licht erlosch, er knickte das Holz in der Mitte zusammen und steckte es zurück in die Schachtel.

»Warum machst du das?«

»Damit ich im Dunkeln erkenne, welche noch nicht gebrannt haben.«

»Schmeiß die Alten doch weg.«

Er lachte leise und zog an seiner Zigarette. Der Rauch stieg an die Zimmerdecke. Sie streckte die Hand aus, er reichte sie ihr, sie nahm einen Zug und hustete.

»Eine alte Angewohnheit. Noch aus dem Krieg. Was machst du bei Reinartz?«

Sanela blinzelte. »Ich will rausfinden, was damals passiert ist. Undercover. Also verpfeif mich bitte nicht.«

»Ich war es nicht. Auch wenn mir jetzt alle was am Zeug flicken wollen.«

»Warum sollten *alle* das tun?«

»Weil sie *alle* Dreck am Stecken haben.«

Sie drehte sich zu ihm um und schob sich das Kissen unter den Kopf. »Und du nicht?«

»Ich hätte Darijo abholen sollen an dem Abend. Dass ich es nicht gemacht habe, werde ich mir mein Leben lang nicht verzeihen.«

»Was hat dich abgehalten?«

»Ich wurde zu einem Unfall gerufen. Ein überfahrener Wolf. Der konnte nicht auf der Straße liegen bleiben. Aber das habe ich alles schon deinen Kollegen erzählt. Die Geschichte wird durch Wiederholen nicht erträglicher.«

»Wann hast du Darijo das letzte Mal gesehen?«

»In den Herbstferien. Er war hier. Ich habe ihn mitgenommen, in die Wälder und auf die Truppenübungsplätze. Ich wollte ihm gerne einen Wolf in freier Natur zeigen. Aber das ist so selten wie Schnee im August. Wölfe meiden Menschen. Ihr Glück. Von uns gibt's selten Gutes zu erwarten.« Er ließ sich wieder nach hinten aufs Bett fallen, streckte sich aus. »Warum bist du plötzlich so hässlich?«

»Ich wollte nicht, dass sie mich wiedererkennen.«

»Dann sind sie blind. Man muss dich nur einmal richtig ansehen, dann vergisst man dich nicht.«

Sie lächelte ihn an, er grinste kurz zurück. Wie war das möglich, dass sie so entspannt neben einem Mordverdächtigen lag?

Er zog einen Aschenbecher unter dem Bett hervor und drückte die Zigarette darin aus.

»Woher hast du die Narbe?«

Erschrocken zog sie die Jacke zusammen. Das T-Shirt darunter war über die Schulter gerutscht.

»Ein Einsatz. Jemand wollte mich mit einer Schaufel erschlagen.«

»Die meine ich nicht. Ich meine die da oben auf deinem Kopf. Keine Angst, man sieht sie kaum. Die dunklen Haare haben sie besser versteckt.«

Vorsichtig berührte er ihre Schläfe. Dann strich er sanft über die Stoppeln. Es war eine Berührung ohne Erotik, aber von großer Zärtlichkeit. Mit den Fingerspitzen zeichnete er die Linie nach, die die Patrone einer russischen AK-47 in ihren Schädel tätowiert hatte.

»Es war in Vukovar. Ich hatte mir den Arm gebrochen, beim

Spielen in den Trümmern. Meine Mutter besuchte mich im Krankenhaus. Dann... dann kamen die Soldaten. Einer von ihnen war unser früherer Nachbar, ein Serbe. Er hat mich in den Keller mitgenommen und wollte mich gegen seine eigenen Leute beschützen. Er ist dabei gestorben. Ich habe nur einen Streifschuss abbekommen.«

Er beugte sich über sie und sah ihr in die Augen. Mit dem Handrücken streichelte er ihre Wange. »Und deine Mutter?«

»Sie haben sie gefangen genommen und zu einer Schweinefarm deportiert. Dort haben sie sie erschossen, zusammen mit zweihundert anderen.«

Er schwieg, und sie war dankbar dafür. Dankbar, dass seine Berührung nicht durch Worte entwertet wurde, die sowieso nichts anderes als Hilflosigkeit ausdrücken konnten. Als sie die Augen schloss, küsste er sie. Als sie sie wieder öffnete, wusste sie, dass sie ihn wollte. Sie streifte erst die Jacke und dann das T-Shirt ab. Mit den Fingerspitzen strich er über die Narbe an ihrer Schulter.

»Nur Lackschäden«, flüsterte sie.

Er zog sie an sich. Sie rollte zur Seite, lag auf ihm, und nichts als eine reine, große Freude breitete sich in ihr aus.

»Du bist verrückt«, sagte er leise.

Seine Augen waren wie Fenster, hinter denen sich ein zerklüftetes Gebirge aus Leben, Schmerz und einer vagen Sehnsucht ausbreitete. Sie berührte seine Lippen mit ihrem Mund, öffnete ihn, war bereit für alles, was noch kommen würde...

»Darko?«

Freeze. Die Stimme kam von unten.

Vorsichtig, als wäre sie aus zerbrechlichem, dünnem Glas, schob er Sanela von sich.

»Darko? Bist du da?«

Schritte kamen auf der Treppe nach oben. Er legte einen Finger auf Sanelas Mund, schlüpfte aus dem Bett und ging in das kleine Wohnzimmer. Die Tür zog er hinter sich zu.

Mit zitternden Händen griff Sanela nach ihrem T-Shirt. Sie musste für einen Augenblick den Verstand verloren haben. Dieser Mann hatte etwas an sich, das sie zu ihm hinabzog wie auf den Grund eines dunklen Sees. Sie wusste auch, was es war, und das verwirrte sie am meisten.

Eine Frau stürmte ohne anzuklopfen ins Wohnzimmer. »Darko! Gott sei Dank! Ich habe eine SMS vom Bewegungsmelder bekommen und bin sofort hergefahren. Was... was ist los?«

Offenbar nahm er sie nicht gleich in die Arme, was Sanela erfreut zur Kenntnis nahm.

»Du überwachst mich?«, fragte er. Seine Stimme klang kalt und leise.

»Nein. Natürlich nicht. Die Polizei war hier und hat alles durchsucht. Dabei haben sie den Sender gefunden. Warum hast du ihn versteckt?«

»Ich habe nichts versteckt, und ich bin todmüde. Würdest du bitte gehen?«

»Ich kann durchaus Geheimnisse für mich behalten.«

»Julia. Ich komme gerade aus dem Knast. Ich will meine Ruhe. Ist das so schwer zu verstehen?«

»Ich hätte dich doch abgeholt. Wie bist du eigentlich hergekommen?«

Vorsichtig schlüpfte Sanela in ihre Schuhe. Diese Julia war ein neugieriger und hartnäckiger Mensch. Und sie war ganz sicher nicht zum ersten Mal hier oben. Etwas an ihrem Verhalten ließ vermuten, dass sie an ein Recht glaubte, in Darkos Wohnung ein und aus zu gehen.

»Die Polizei hat mich hergebracht.«

»Aha. Waren sie auch schon in deiner Hütte?«

Schweigen. Sanela hielt den Atem an. Was für eine Hütte?

»Ich weiß es nicht«, sagte er vorsichtig.

»Über kurz oder lang werden sie davon erfahren. Da dachte ich, fahre ich doch einfach mal hin, während du im Knast sitzt, und schaue sie mir an.«

»Was?«

»Deine Hütte. Die, von der du mir nie etwas erzählt hast.«

Dielen knarrten leise. Dann ächzte das Korbgeflecht eines Sessels. Einer der beiden hatte sich hingesetzt. Sanela sah sich um. Eine unbemerkte Flucht war nicht möglich. Sie war dazu verdammt, sich in Darkos Schlafzimmer vor dieser Frau versteckt zu halten wie die erste Liebe eines Teenagers, dessen Eltern früher als erwartet nach Hause gekommen waren.

»Woher weißt du von der Hütte?«

»Mein Mann hat es mir erzählt. Du bist mit den Schäfern dort aneinandergeraten... Und dich hat öfter eine Frau besucht.«

Julia war also verheiratet. Warum kreuzte sie dann mitten in der Nacht hier auf? Dass Darko sich an einem geheimen Ort mit einer anderen Frau getroffen hatte, versetzte ihr einen kleinen Stich. Aber nur einen ganz kleinen.

»Mich hat nie jemand dort besucht.«

»So? Ob du es glaubst oder nicht, es ist mir egal.«

Sanela nahm es ihr nicht ab.

»Aber der Polizei wird nicht egal sein, was ich dort gefunden habe.«

An Julias Stelle hätte Sanela nun langsam angefangen, die Sache ein wenig herunterzufahren. Darko wurde sicher gleich sauer. Das wäre sie jedenfalls an seiner Stelle. Die Stimme der Frau hatte einen leicht hysterischen Unterton. Sanela vermutete, dass sie und Darko etwas am Laufen gehabt hatten, das dann in die Brüche gegangen war – eine Entwicklung, mit der Darko zweifellos besser zurechtkam als Julia.

Etwas raschelte. Eine Plastiktüte.

»Sie suchen diese Jacke, nicht wahr?«

Das Rascheln wurde lauter, Plastik rieb an Plastik. Sie packte das Ding offenbar aus.

»Schwarz. Größe 140. Ich erinnere mich noch genau, dass er sie anhatte, als er dich einmal besucht hat. Nach der Entführung gab es diese Personenbeschreibung, und ich weiß noch, wie sehr mir das zu Herzen gegangen ist, weil es die Sachen waren, die er auch hier anhatte. Darijo.«

Sanelas Knie knickten ein. Für einen schrecklichen Moment bekam sie keine Luft mehr. Sie begriff das alles nicht. Wo die Jacke war, dort war Darijos Mörder. Jemand hatte sie in einer Hütte versteckt, die nur Darko kannte und zu der sich Julia heute hinter seinem Rücken Zugang verschafft hatte.

»Gib sie mir«, sagte Darko sanft.

Aber Julia hatte wohl beschlossen, mit Darko zu spielen. Wahrscheinlich erlebte sie sonst nicht viel Aufregendes, und ihren Exlover des Mordes zu überführen schien ihr einen ganz besonderen Kick zu geben.

»Am Ärmel ist Blut, glaube ich. Man kann es nur bei Licht sehen. Du hättest sie wenigstens waschen sollen.«

»Gib sie mir, Julia.«

Eben noch hatte er in Sanelas Armen gelegen. Kurz davor hatte er ihr noch versichert, nichts mit dem Tod seines Sohnes zu tun zu haben. Reflexartig tastete sie nach ihrer Hosentasche, obwohl sie wusste, dass sie ihr Handy in der Dachkammer in Berlin zurückgelassen hatte. Denn da war Siegfried zu ihr gekommen, sie hatten zusammen geraucht und getanzt, und dann war Darko aufgetaucht, und mit ihm gemeinsam war sie hier draußen im Niemandsland aufgeschlagen. Keiner war in der Nähe, der ihr helfen konnte, und nebenan machte eine Irre einem mutmaßlichen Mörder Vorwürfe, dass er die Tat nicht besser vertuscht hatte.

»Warum vergessen wir das nicht alles?«, fragte Julia. Wahrscheinlich glaubte dieses dumme Ding auch noch, was es sagte. »Die Hütte, der Sender, die Jacke, das ist doch alles unwichtig.«

Welcher verdammte Sender?

»Julia …« Darkos Stimme klang rau.

Was hatte er vor? Was um Himmels willen konnte sie, Sanela, schon ausrichten? War Julia eine Hilfe? Oder würde dieser Mann sie beide überwältigen und Gott weiß was tun?

Sie riss die Tür auf.

»Polizei! Bleiben Sie, wo Sie sind!«

Und das alles ohne Waffe. Ohne Ausweis. Ohne Funkgerät, Schlagstock, Handschellen und Handy.

Darko drehte sich verwundert zu ihr um, Julia sprang schockiert hoch, die Jacke fest an sich gepresst.

»Geben Sie sie mir«, sagte Sanela. Ihre Stimme zitterte. »Darko Tudor, ich nehme Sie fest wegen des Verdachts der Tötung Ihres Sohnes Darijo.«

»Bist du jetzt völlig verrückt geworden?«

»Und Sie wegen Beihilfe. Ausweis, Handy, aber ein bisschen plötzlich.«

Julia war ein Hemd. Das Erstaunlichste an ihr waren vielleicht noch die großen Kulleraugen, mit denen sie Sanela fassungslos anstarrte. Dass diese Frau mit Darko und ihrem Ehemann ein erotisches Doppelleben führen sollte, war lächerlich. Trotzdem musste es so sein, denn sie schüttelte nur den Kopf und rückte ein Stück näher an Darko heran, was Sanelas Sympathie für sie nicht gerade vervielfachte.

»Wer ist das? Wie kommt sie in deine Wohnung? Wart ihr … habt ihr …?«

»Nein!«, brüllte Darko. Julia zuckte zusammen. Er riss ihr die Jacke aus den Armen. »Autoschlüssel?«

»Lassen Sie das!«

Sanela blieb immer noch dort stehen, wo sie war, gut zwei Meter von den beiden entfernt. Aber sie war machtlos. Julia griff in die Tasche ihres dick gesteppten Anoraks und holte einen Schlüsselbund heraus.

»Julia! Sie stecken jetzt schon bis zum Hals in dieser Sache drin. Machen Sie es nicht noch schlimmer!«

Darko schnappte sich die Schlüssel und verließ das Zimmer. Sanela hechtete ihm hinterher und bekam ihn gerade noch am Treppenansatz zu fassen.

»Was soll das?«, rief sie. Wütend schüttelte er ihre Hand ab.

»Komm mit. Wir werden das klären. Was auch immer es ist.«

»Das hier«, er hielt ihr die Jacke unter die Nase, »ist ein Beweis. Nicht wahr? Damit bin ich ein Mörder. Du hast es eben selbst gesagt.«

»Bist du einer?«

Ein fast überraschtes Lächeln erschien auf seinem finsteren Gesicht. »Kannst dich wohl nicht entscheiden, was? Wem willst du trauen? Dem Mann, der dir zugehört hat? Oder dem, der dich jetzt gleich bewusstlos schlagen und abhauen wird? Na?«

Sanela hob blitzschnell die Hand, doch sie hatte seine Reaktionsfähigkeit unterschätzt. Er wehrte den Handkantenschlag ab, und die Kraft, mit der er ihr den Arm nach hinten bog, ließ sie vor Schmerz beinahe aufheulen. Sie hatte keine Chance gegen ihn.

»Ich schätze«, keuchte sie, »du wirst auf ewig der Mann bleiben, der mich sogar beim Küssen belogen hat.«

Sie waren sich so verdammt nah. Sanela spürte seinen Atem auf ihrer Haut, sah ihm in die Augen – undurchdringlich, dunkel, wütend. Er stieß sie von sich und eilte die Treppe hinunter. Mit einem Stöhnen lehnte sie sich an die Wand und griff an ihr Handgelenk. Glücklicherweise nicht gebrochen. Dann hörte sie ein ersticktes Aufschluchzen aus dem Wohnzimmer und wenige Sekunden später von draußen das Starten eines Motors.

Mit zusammengebissenen Zähnen stieß sie sich von der Wand ab und kehrte zurück zu Julia, die sich in den Korbsessel gesetzt hatte. Ihr Gesicht war aschfahl. Eine Faust hielt sie an den Mund gepresst, als ob sie sich selbst daran hindern wollte, laut aufzuschreien. Sanela sah sich um. Kein Telefon.

»Handy«, sagte sie barsch.

Mit der freien Hand zog Julia ein Smartphone aus der Innentasche ihrer Jacke. Sanela wählte Gehrings Nummer, aber er ging nicht dran. Sie wartete, bis der Anrufbeantworter ansprang.

»Beara hier. Ich bin in der Wohnung von Darko Tudor. Tudor ist flüchtig. Wiederhole, flüchtig, und zwar mit einem…« Ihr Blick fiel auf Julia, die immer noch die Faust vor den Mund gepresst hielt und verzweifelt den Kopf schüttelte. Sanela beugte sich zu ihr herab. »Das sind sechs Monate Knast zusätzlich, wenn Sie nicht endlich kooperieren.«

»Ein… Dacia Duster, schokobraun.«

Sanela wiederholte die Information.

»Kennzeichen?«

Auch daran konnte sich Julia noch erinnern.

»Tudor hat eine Hütte in der… Wo noch mal?«

»In der Luchheide«, schluchzte die Frau. »Am Zschornoer Wald.«

»Wo?«, fauchte Sanela und ließ sich das Gebiet buchstabieren. »In dieser Hütte hat Darko Tudors Freundin – oder Geliebte oder was auch immer – Julia… Nachname?«

»Venneloh.«

»Julia Venneloh hat dort Darijos Jacke entdeckt. Leider konnte ich das Beweismittel nicht sichern. Darko Tudor ist damit…«

Sie brach ab. Julia hatte etwas in der Hand, das sie aus einer weiteren der schätzungsweise fünfhundert Taschen ihrer Jacke herausgeholt hatte. Es war klein, metallicblau, und man benutzte es zum Fotografieren.

»Er ist damit abgehauen.« Sie legte auf. »Geben Sie her. Haben Sie die auch in der Hütte gefunden?«

»Sie war in Darijos Jacke.«

Julia reichte ihr die Kamera. Sanela versuchte, sie anzuschalten, aber der Akku musste schon lange leer sein. Ohne Ladekabel kam sie nicht weiter. Aber vielleicht hatte sie Glück. Die Buchse sah aus wie ein kleines Trapez. Ein Allerweltsanschluss. Julias Handy hatte auch so einen. Sie verglich ihn mit dem Apparat – Volltreffer.

»Haben Sie ein Ladekabel?«

»Was passiert jetzt mit mir?«

»Keine Ahnung. Ein Ladekabel.«

»Wenn mein Mann das erfährt, das von mir und Darko...«

»Das hätten Sie sich früher überlegen müssen. Sie hätten ihm die Jacke im Ernst freiwillig gegeben, nur damit alles wieder so wird, wie es war? Das wird es nicht! Darko Tudor ist tatverdächtig. Und seine Flucht macht ihn nicht unschuldiger! Ich brauche ein Ladekabel, und zwar schnell.«

»Unten«, sagte die zitternde Frau in dem Korbsessel.

Sanela ging zur Tür. Erst auf der Treppe fiel ihr auf, dass Julia nicht mitkam. Sie kehrte noch einmal zurück.

»Soll ich unten einbrechen, oder was?«

»Er hat alle Schlüssel.«

Julias Handy klingelte. Es war Gehring. Sanela atmete tief durch und nahm den Anruf an.

»Ja?«

»Wer spricht da?«

»Ich bin's, Sanela Beara.«

»Könnten Sie das, was Sie da vorhin auf meinen Anrufbeantworter gesprochen haben, noch einmal wiederholen?«

Eiskalt, an der Grenze zum Zynismus.

»Sie müssen eine Fahndung...«

»Eine Fahndung, ja? Nachdem der Tatverdächtige mit dem einzigen Beweisstück abgehauen ist? Was machen Sie eigentlich um diese Uhrzeit in Spreebrück? Nichts, rein gar nichts von dem, was Sie da angerichtet haben, wird gerichtsverwertbar sein! Ist Ihnen das klar?«

Die letzten Worte drangen verzerrt an ihr Ohr. Er hatte angefangen zu brüllen. In Sanelas Kopf schossen die Gedanken durcheinander wie das Gewehrfeuer eines amoklaufenden Schützen. Kamera. Darko. Beschlagnahme. Gerichtsverwertbarkeit. Verdeckte Ermittlung. Staatsanwaltschaft. Julia.

»... hätte mich nie darauf einlassen dürfen. Es war unverantwortlich! Sie haben es versaut. Vollkommen.«

»Halt. Stopp. Hören Sie. Hören Sie mir zu!« Sanela sah zu Julia hinüber, dieser verhuschten Vollidiotin, die am ganzen Leib zitterte aus Furcht vor den Konsequenzen ihres dämlichen Tuns.

»Ich habe gekifft, mit Siegfried, dem Sohn von Reinartz.« Das Schnauben am anderen Ende klang wie von einem Walross. »Sie löschen jetzt meinen Anruf, haben Sie das verstanden? Sie löschen den Anruf, weil er nichts anderes als Blödsinn war. Siegfrieds Gras haut einen um, das können Sie mir glauben. Und ich werde jetzt auflegen und wieder ins Bett gehen.«

Julia schniefte und sah mit ihren großen, nassen Augen ratlos zu ihr hoch.

»Wenn Ihr Telefon in zwei Minuten wieder klingelt, gehen Sie gefälligst ran.«

»Warum sollte ich das tun?«

»Es tut mir wirklich leid, Herr Gehring. Ich mache manchmal blöde Dinge in meiner Freizeit. Das Einzige, worum ich Sie bitte, ist Ihr Vertrauen. Vertrauen Sie mir. Löschen Sie den letzten Anruf. In der Zwischenzeit wird Julia Venneloh die Polizei alarmieren, und wir sind wieder im Spiel. Gleiches Ergebnis, anderer Weg. Gerichtsverwertbarer Weg. Darauf legen Sie doch so großen Wert.«

»Es sind nicht meine Gesetze.«

»Gut«, sagte Sanela und hatte Mühe, ihn nicht anzuschreien. »Suchen Sie es sich aus. Das ist eine wunderbare Gelegenheit, mir alles um die Ohren zu hauen, was Ihnen an mir nicht passt. Wenn Sie das unbedingt brauchen, dann tun Sie es. Vielleicht haben Sie aber auch die Größe, etwas einzusehen: Ich liefere Ihnen Darko Tudor. Weil ich...« Sie schluckte. »Weil die Ermittlungen für mich wichtiger sind als meine beschissene Eitelkeit. Ich wünschte, Sie würden ähnlich denken wie ich.« Damit legte sie auf.

»Julia?« Ihre Stimme klang entschlossen.

»Ja?«

»Es gibt eine Chance. Für Sie, für mich und vielleicht sogar für Darko. An diese Kamera werden Sie sich nicht mehr erinnern. Nie gesehen. Haben Sie das verstanden?«

Die Frau nickte, allerdings war es eher ein Zeichen absoluter Ratlosigkeit als Zustimmung.

»Sobald ich das Haus verlassen habe, werden Sie den Notruf wählen und darum bitten, sofort den leitenden Ermittler in der Mordsache Darijo Tudor sprechen zu dürfen. Das wird um diese Uhrzeit schlecht möglich sein, deshalb sagen Sie dem diensthabenden Beamten, wer Sie sind und dass Sie die Jacke in Darko Tudors Hütte gefunden haben. Klar?«

»Aber...«

»Sie erzählen alles genau so, wie es war. Nur mich und die Kamera lassen Sie weg. Es hat mich nie gegeben, Sie haben mich nie gesehen.«

»Damit liefere ich Darko doch nur ans Messer!«

»Er wird so oder so gefasst werden. Wenn Sie tun, was ich Ihnen sage, dann kommen Sie mit einem blauen Auge aus der Sache heraus. Ihr Mann wird nichts von mir erfahren. Dafür habe ich noch die Chance herauszufinden, was wirklich passiert ist.«

Manche würden es Erpressung nennen. Für Sanela war es ein Deal.

»Ihnen hat das alles keine Ruhe gelassen, Sie sind zu der Hütte gefahren, haben Darijos Anorak entdeckt und wollten Darko zur Rede stellen. Der hat die erstbeste Gelegenheit zur Flucht genutzt. Diese Kamera hier«, sie hob das kleine, kühle Gerät hoch, »werde ich irgendwo anders finden. Jedenfalls nicht bei Ihnen.«

»Warum ist das so wichtig?«

»Weil ich glaube, dass Darijo vor seinem Tod Fotos gemacht hat. Vielleicht ist da ja sein Mörder drauf.«

»Darko?«

»Vielleicht«, sagte Sanela. Sie wünschte, zwanzig Jahre älter zu sein, ein alter Hase, ein abgebrühter Hund, jemand, der schon viel erlebt hatte, der Vergleiche ziehen und jetzt so etwas wie »In die Köpfe anderer kann man nicht reinsehen« oder »Ich hab schon ganz andere Dinge erlebt« murmeln konnte. Dass es ihr nicht den Boden unter den Füßen wegziehen würde, einem mutmaßlichen Mörder vertraut zu haben. Dass es nicht so gottverdammt wehtun würde, so gottverdammt weh.

»Sie sind wirklich Polizistin?«

»Ja.« Ganz ruhig bleiben, tief durchatmen. »Im Moment arbeite ich als verdeckte Ermittlerin. Das war der Grund, warum ich heute Nacht hier war. Ich habe Darko in meinem Auto hergebracht und bin dabei, sorry, fast eingeschlafen.«

»Es läuft also nichts zwischen ihm und Ihnen?«

»Nein«, antwortete Sanela und spürte einen bitteren Geschmack im Mund. »Wenn Sie meine Tarnung auffliegen lassen, sind Sie geliefert. Und Darko auch. Also vermasseln Sie es nicht.«

»Warum nicht?«

»Weil…«

Weil Gehring sie zwar in Reinartz' Villa gelassen hatte, sie aber immer noch nicht wusste, ob ihr Einsatz nun vom Staatsanwalt abgesegnet worden war oder nicht. Gehring hatte drei Tage Zeit, die Zustimmung nachträglich einzuholen. Aber wenn Julia jetzt nicht langsam in die Hufe kam, würde der Herr Kriminalhauptkommissar vor Wut platzen und nichts dergleichen tun. Wenn es hart auf hart kam, stand seine Aussage gegen ihre. Es war ein deprimierendes Gefühl, dass Gehring ihr nicht vertraute.

»Weil ich eigentlich gar nicht hier sein dürfte und meine Informationen deshalb wertlos sind. So ist das in unserem Land.«

»Das verstehe ich nicht.«

Sanela lief die Zeit davon. »Glauben Sie mir, das geht mir in diesem Fall genauso. Sind wir uns einig?«

Julia vergrub die Hände im Schoß. Sie war immer noch nicht bereit, ihren Lover anzuzeigen. Sanela ging in die Knie, damit sie sich auf Augenhöhe begegneten.

»Wenn Sie es nicht tun, das schwöre ich Ihnen, lasse ich meine Tarnung auffliegen und rufe selbst an. Dann wandert Darko lebenslänglich in den Knast. Wegen Ihnen. Und Sie werden gleich mit eingebuchtet. Aus Ihrer Wolfsstation wird die Absteige Zur Roten Laterne, und die Presse wird Sie schlachten. Was Ihr Mann dazu wohl sagen wird?«

Julia zuckte zusammen, als hätte sie einen elektrischen Schlag bekommen.

»Wenn Sie tun, was ich Ihnen vorgeschlagen habe, kann ich meine Arbeit fortsetzen. Und die besteht aus nichts anderem, als Darijos Mörder zu fassen.«

Julia nickte. »Okay, ich tu's.« Sie streckte die Hand aus.

Sanela gab ihr das Handy und stand auf. »Sie hören von mir. Wer sind Sie?«

»Ich bin die Leiterin der Wolfsstation.«

»Ich erreiche Sie hier?«

»Fast rund um die Uhr. Sonst wird der Anruf auf mein Handy weitergeleitet.«

»Gut. Bis bald.«

Sie war schon fast zur Tür hinaus, als Julia ihr ein schwaches »Viel Glück!« hinterherrief.

»Danke«, sagte Sanela. »Ich kann es brauchen.« Sie ging noch einmal zurück ins Schlafzimmer und schnappte sich Darkos Jacke.

In ihrem Auto suchte sie verzweifelt nach den beiden Strippen, mit denen Darko den Motor gestartet hatte. Ihre Finger waren steifgefroren, als die richtigen Kabel sich endlich berührten und das vertraute leiernde Geräusch erklang. Das Lenkradschloss hatte er mit einer einzigen, knirschenden Bewegung geknackt. Einen Moment lang saß sie da und lauschte. Alles war nur noch ein großer Totalschaden. Sie ließ den Motor aufheulen und betete, ihn nicht in irgendeinem Schlagloch abzuwürgen. Ein Blick auf die Tankanzeige verriet ihr, dass der Sprit noch knapp bis Berlin reichen würde. Langsam rollte sie an der Wolfsstation vorbei. Das Licht in Darkos Wohnung war das einzige in ganz Spreebrück, von den Straßenlampen abgesehen.

Als sie Schwarze Pumpe erreichte, kam ihr ein Streifenwagen entgegen. Sie achtete darauf, so normal wie möglich weiterzufahren. Sie saß in einer winzigen Rostlaube, keinem Duster. Man würde sie nicht anhalten. Ob Darko schon über die nahe Grenze nach Polen war? Wahrscheinlich. Gehring würde sofort die Fahndung auslösen, sobald Julias Anzeige bei ihm eingetrudelt wäre. Mit Glück erwischten sie den Flüchtenden noch vor Weißrussland.

Die Kamera steckte in der Brusttasche seiner Jacke. Sanela schlug den Kragen hoch. Sie würde diese Jacke nie mehr hergeben.

31

Er wusste nicht, wohin er fuhr. Die Nacht war schwarz und endlos, und so hatte er den Dom aus Licht am Horizont zu seinem Ziel erkoren, auf den er zuhalten konnte und der ihm eine Richtung wies. Die Gedanken in seinem Kopf jagten einander so schnell wie spielende Katzen. Sie überstürzten sich, warfen sich aufeinander, umschlangen sich – ein unentwirrbares Knäuel aus Ansätzen und Versuchen, das zu beschreiben, was in seinem Innersten tobte.

Wie hatte er nur auf diese Polizistin hereinfallen können? Er dachte an ihre Narbe und den Blick ihrer Augen, der ihn berührt hatte wie die kühle, tröstende Hand einer Mutter. Für einen kurzen Moment, für einen Augenblick des Luftholens und Innehaltens, hatte er geglaubt, Frieden zu finden. Sie waren sich so ähnlich. Sanela Beara aus Vukovar. Ein Mädchen, das wusste, was Verlust bedeutete. Dann war Julia aufgetaucht und hatte nicht nur diesen Moment entweiht, sondern auch die Hütte und alles, was ihm an Kostbarem geblieben war. Und Sanela Beara aus Vukovar hatte sich wieder in eine eiskalte Polizistin verwandelt.

Selbst schuld, schlängelte sich der Gedanke durch sein Hirn. Du hast doch schon lange bemerkt, dass Julia mehr wollte. Warum hast du nicht rechtzeitig die Reißleine gezogen? Warum bist du überhaupt in diesem Land geblieben, nach allem, was passiert ist? Was hält dich hier? – Lida, zischte die Schlange. Lida! – Nein, flüsterte die Vernunft. Es ist vorbei. Sie geht ihren

Weg und sieht sich nicht mal mehr nach dir um. Such endlich deinen eigenen, statt dich dauernd im Kreis zu drehen...

Erst als er die Abfahrt Wannsee passierte, bekam er mit, dass er instinktiv den alten Weg *zu ihr* gefahren war. Grimmig trat er aufs Gaspedal und preschte weit schneller als die erlaubten achtzig Stundenkilometer weiter.

Auf dem Beifahrersitz lag Darijos Jacke. Er griff nach ihr und knäuelte sie vor seinem Bauch zusammen. Sie wärmte, und er wünschte sich, er könnte seine Empfindungen auf so einfache Dinge wie Wärme, Kälte, Hunger und Müdigkeit reduzieren. Er war müde und gleichzeitig aufgekratzt. Er war auf der Flucht. Und er wusste nicht, wohin.

Die Stadt empfing ihn gleichgültig. Es war vier Uhr morgens, die Kälte hatte den salzigen Matsch mit einer eisigen Kruste überzogen. Er verließ die Autobahn und lenkte den Duster auf den Kurfürstendamm. Das müde Licht der Straßenlampen offenbarte die Einsamkeit dieses Boulevards, der ohne die Menschenmassen seltsam kühl und surreal wirkte. An der Gedächtniskirche stand ein Streifenwagen. Darko unterdrückte den Impuls, auf die Bremse oder aufs Gaspedal zu treten. Im Vorüberfahren sah er, dass die Beamten gerade damit beschäftigt waren, die Personalien eines betrunkenen Autofahrers aufzunehmen.

Wie weit würde er kommen? Wohin sollte er eigentlich? Wenn er das Land verlassen wollte, hatte er eine völlig falsche Richtung eingeschlagen. Als Erstes musste er den Wagen loswerden. Am besten so, dass er damit auch noch eine falsche Spur legte.

Er fuhr zum Hauptbahnhof und stellte den Duster im Halteverbot ab. Dann strich er, Darijos Jacke unter den Arm geklemmt, durch das riesige gläserne Gebäude, warf einen Blick auf die Abfahrtstafel und die ersten Züge, die Berlin im Morgengrauen verlassen würden. Basel. Amsterdam. Warschau. Budapest.

Wieder Polizei. Zwei uniformierte Beamte patrouillierten entlang der geschlossenen Geschäfte und fuhren dann mit der Rolltreppe zu den Gleisen ins Untergeschoss. Er musste untertauchen. Wenigstens vorübergehend. So lange, bis er wusste, wie es weitergehen sollte. Es würde nicht mehr lange dauern, bis sie alles herausgefunden hatten. Alles. Wie bedeutungslos es doch auf einmal war, wenn man alles verloren hatte… Er legte die Jacke in ein Schließfach, bezahlte für vierundzwanzig Stunden und steckte den Schlüssel ein.

Als er den Bahnhof verlassen wollte, kam ihm ein Zeitungsauslieferer entgegen und warf dicke Pakete vor den Läden ab. Im Vorübergehen spähte Darko auf die Titelseite und erkannte seinen Sohn. Sein Herz setzte aus, um gleich darauf mit einer ungeheuren Wucht weiterzuschlagen, die ihm den Atem raubte. Er trat zurück von der großen Glastür und beugte sich über das Paket. Er konnte die Überschrift nicht entziffern, sie interessierte ihn auch nicht. Er sah nur Darijos Foto. Sie hatten das Passbild für die Meldebehörde ausgesucht, und bei seinem Anblick kam es ihm so vor, als hätte er erst gestern die kleine Hand in der seinen gespürt, seine weitausholenden Schritte dem Trippeln des Jungen angepasst, den Jungen an sich gezogen und ihm gesagt: Wir werden hier sehr glücklich werden.

Vorsichtig strich er über die Plastikfolie, mit der der Zeitungsstapel eingeschweißt war. Wie viele Versprechen hatte er im Laufe seines Lebens gebrochen? Sie waren nichts im Vergleich zu diesem einen. Lida, zischte die Schlange. Sie hat alles zerstört. Sie hat dich zu dem gemacht, was du jetzt bist: ein gejagter Schatten. Der Mörder deines eigenen Sohnes. Das war Lidas Werk.

Er trat aus dem Bahnhofsgebäude auf die Straße. Er würde

diese Stadt nicht verlassen, er würde nicht fliehen wie ein Feigling. Er würde Lida zwingen, ihm ins Gesicht zu sehen und zu erkennen, was sie angerichtet hatte. Lass sie, flüsterte die Vernunft. Such dir einen Platz, um dich auszuruhen und zur Besinnung zu kommen.

Er verfluchte Julia. Er verfluchte die Jacke und die Hütte und Lida und alles, was ihn daran gehindert hatte, sich irgendwo ein neues Leben aufzubauen. Er rannte los, rannte, bis ihm die Lunge brannte und seine Beine zitterten. Dann zog er den Schließfachschlüssel aus der Hosentasche, holte weit aus und warf ihn in die Spree. Keuchend beugte er sich vor und stützte die Hände auf den Knien ab.

Lida, zischte die Schlange.

Er wischte sich die Tränen aus dem Gesicht.

Ruh dich aus, flüsterte die Vernunft.

Mühsam wie ein alter Mann richtete er sich auf. Heute Nacht noch würde er auf die Vernunft hören.

32

Vielleicht lag es an der Kamera, diesem unverhofft aufgetauchten Schatz, von dem noch niemand sagen konnte, ob er letzten Endes aus Blech oder aus Gold war. Sanela träumte von Darijo. Sie war in einem leeren, kühlen Haus, das sie nicht kannte. Verwinkelte Flure, knarrende Treppen, uralte Wandschränke, die sie öffnete. Darijo saß darin. Der Junge von dem Vermisstenfoto mit seinem ernsten, aufmerksamen Gesicht. Sie wollte die Hand ausstrecken und ihm über die Haare fahren, da merkte sie, dass er gar nicht echt war. Nur ein lebensgroßes Foto, das sich bei ihrer Berührung blitzschnell zusammenrollte. Jedes Mal geschah das, hinter jeder Tür. Sie wurde schneller, eilte von

Schranktür zu Schranktür, riss sie auf, sah hinein – schnurr, Darijo verschwand. Schließlich war nur noch eine letzte Tür übrig. Langsam ging sie darauf zu. Sie hatte nur diese eine Chance. Sie musste ganz besonders vorsichtig sein. Ein leises Knarren begleitete ihr Öffnen. Da erst erkannte sie: Es war gar kein Wandschrank, sondern der Flur im Dachgeschoss. Und in der Tür stand Tristan.

Mit jagendem Herzen fuhr Sanela hoch und starrte auf die dunkle Gestalt, die schweigend auf der Schwelle zu ihrem Zimmer stand. Er trug einen Pyjama, sein Gesicht konnte sie in der Dunkelheit nicht erkennen. Langsam machte er einen Schritt auf sie zu, dann noch einen. Es war unheimlich, wie diese stumme Gestalt langsam näher kam. Sanela spannte jeden einzelnen Muskel an, bereit, sich sofort zu wehren. In diesem Moment fiel ein schwacher Lichtschimmer vom Fenster auf das Gesicht des Jungen. Sein Blick war seltsam leer, die Bewegungen waren ungelenk und abgehackt. Langsam hob er die linke Hand und berührte die oberste Umzugskiste. Er blieb stehen, als ob er vergessen hätte, was ihn hergeführt hatte, drehte sich um und ging wie in Trance wieder hinaus.

Sanela sank zurück auf ihr Kissen. Ein Schlafwandler. Herr im Himmel! Gab es etwas Unheimlicheres als diese Gestalt mitten in der Nacht vor ihrem Bett? Ihr Herz hämmerte, sie atmete tief durch. Die Angst, dieses flatterhafte Gespenst, hatte sich in ihr eingenistet und wartete nur darauf, in Panik umzuschlagen.

Welcher Albtraum trieb Tristan in diesen Raum? War hier etwas geschehen, über das keiner mehr reden, an das keiner mehr erinnert werden wollte? Die Seele war die stumme Schwester des Geistes. Während der Kopf vergaß, blieb die ganze Arbeit an der Psyche hängen. In der Medizin galt Somnambulismus als Schlafstörung. Aber nach dieser ebenso stummen wie rätselhaften Begegnung war Sanela davon überzeugt, dass bei Tristan mehr dahintersteckte. Hellwach lag sie da, lauschte auf jedes Knacken und Knarren und schlief erst wieder ein, als ein auffrischender Wind winzig kleine Schneekristalle wie Nadeln gegen die Scheiben schleuderte.

Der Morgen kroch mit Spinnenfingern durch den dünnen Vorhang, als Sanela durch ein Klopfen geweckt wurde. Geblendet, desorientiert und aus einem wüsten Traum gerissen, wusste sie zunächst nicht, wo sie war. Erst als sie die Umzugskartons erkannte, dämmerte eine vage Erinnerung.

»Nelli?«

Wer war das? Sie tastete nach ihrem Handy. 06:30 Uhr.

»Mein Vater fragt, wo Sie bleiben. Er muss los.«

Soll er. Was hat das mit mir zu tun?

»Nelli? Sind Sie da?«

Ohne auf eine Antwort zu warten, wurde die Tür geöffnet. Tristan lugte herein. Als er das Hausmädchen auf der Matratze liegen sah, fuhr er erschrocken zurück. Sanela starrte ihn ebenso erschrocken an. Er war nun wieder der maulige Teenager, nicht mehr der schlafwandelnde Geist, der sie zu Tode erschreckt hatte.

»Entschuldigung. Ich dachte... Ich wusste nicht, ob Sie vielleicht verschlafen haben.«

Glücklicherweise trug sie noch das T-Shirt. Sollte sie ihn an seinen nächtlichen Ausflug erinnern? Er wirkte unbekümmert und nicht ganz ausgeschlafen, höchstens etwas verunsichert darüber, sie geweckt zu haben. Wie beschämt würde er sein, wenn er erführe, dass sie sich vergangene Nacht schon einmal begegnet waren?

»Was ist denn los?«, raunzte sie ihn an und setzte sich mühsam auf.

Bemüht diskret wich sein Blick ihrer Gestalt aus, heftete sich aufs Fenster, auf die Kartons, auf die kahlen Wände.

»Siegfrieds Shit?«

»Ähm, ja.«

Die Fahrt von Spreebrück nach Berlin hatte sie irgendwie hinter sich gebracht. Sie war, wie Darko zuvor, über den Zaun geklettert und hatte sich glücklicherweise daran erinnert, dass die Tür zum Kücheneingang nicht abgeschlossen war. Vielleicht gehörte das auch zu ihren Aufgaben. Jeden Abend das Haus abzuschließen und den Hintereingang zu verriegeln. Sie kroch vom Bett auf den Boden und angelte nach ihren Leggins.

»Ist das Bad frei?«

»Ja.«

Tristan kam einen Schritt näher. Vorsichtig und zutraulich zugleich wie ein junger Hund. »Aber ich würde mich vorher um meinen Vater kümmern.«

Würdest du, so. Sie stand auf, stieg in die Hose und zog sie hoch.

»Was will er denn?«

»Frühstück.«

»Schaff ich nicht mehr. Nie ungeduscht vor die Herrschaft. Einer meiner eisernen Grundsätze.«

Er ging zu den Kartons. Das war nicht gut. Hinter ihrer Matratze lag die Kamera, angeschlossen an ihr Handy-Ladekabel. In der Nacht hatte das Gerät keinerlei Reaktion gezeigt. Sie brannte darauf nachzusehen, ob der Akku sich mittlerweile aufgeladen hatte. Tristan durfte die Kamera auf keinen Fall entdecken. Er würde sich vielleicht daran erinnern.

»Was ist das?«, fragte er und hob einen Pullover an.

»Darijos Sachen.«

Er ließ das Kleidungsstück fallen, als hätte er sich verbrannt.

»Du hast gar nichts mitgekriegt, stimmt's?«

Erstaunt drehte er sich zu ihr um. »Was mitgekriegt?«

»Dass damals was gelaufen ist zwischen Lida und deinem Vater.«

»Weiß nicht …« Er sah zu Boden und tat Sanela auf einmal ziemlich leid.

»Vermisst du deine Mutter? Siehst du sie wenigstens ab und zu?«

»Das geht dich nichts an.«

»Stimmt.« Sie deutete auf die Kartons. »Ich soll entscheiden, welche von den Sachen weggeworfen werden. Hilf mir. Schau mal, was ist mit dem Pulli hier, hat er den gerne angehabt?« Sie hielt ihm einen hellblauen Rollkragenpullover hin.

Tristan schluckte. »Weiß nicht.«

»Okay. Kein Problem. Was ist mit dem Sweatshirt? Soll das weg oder …?«

Tristan wandte sich ab. Vielleicht erinnerte er sich gerade an Darijo und einen Tag, an dem der Junge die Sachen getragen hatte.

»Du hast ihn gemocht, nicht wahr?«, fragte sie leise.

Er zuckte mit den Schultern. Erst glaubte sie, es wäre Gleichgültigkeit. Doch dann erkannte sie, dass er eigentlich nur keine Ahnung hatte, wie er mit seinem ganz eigenen Schmerz umgehen sollte.

»Als das mit Darijo passiert ist …«, begann er stockend. »Statt um den kleinen Kerl zu trauern, hab ich ihn gehasst. Weil mein Vater auf einmal durchgedreht ist und plötzlich nichts mehr so war wie vorher.«

»Und deine Mutter?«

»Die hat alles hingenommen. Wir wurden ja auch nicht gefragt.«

»O Mann, das tut mir leid.«

»Ist egal.«

Nein, war es nicht. Tristan verheimlichte ihr etwas. Er wusste mehr. Aber das würde er wohl kaum der Putzfrau anvertrauen. Nelli bekam nur die offizielle Katastrophe aufgetischt.

»Und jetzt?«, fragte Sanela. »Hasst du Darijo immer noch?«

»Nein. Er kann doch nichts dafür. Er ist der Einzige, der für nichts was gekonnt hat.« Er nickte ihr kurz zu und trollte sich dann.

Sanela wartete, bis sie sicher war, dass er das Dachgeschoss verlassen hatte und hinunterging, wahrscheinlich um sich eigenhändig Cornflakes in eine Schüssel zu schütten. Sie spähte in den Flur. Siegfried schlief sicher noch, zumindest war aus seinem Zimmer nichts zu hören. Sie schloss die Tür und lief zurück zur Matratze. Die Kamera funktionierte.

Es war ein einfaches Gerät, trotzdem musste Sanela eine Weile im Menü herumstochern, bis sie das Archiv gefunden hatte. Dann blätterte sie Darijos Leben auf.

Es war ein langweiliges Leben. Er hatte hauptsächlich Blumen, das Kutscherhaus und sein Zimmer fotografiert. Kein einziges Mal sich selbst. Lida beim Wäscheaufhängen im Sommer. Sie trug Jeans und ein Shirt mit Spaghettiträgern. Die Haare offen und zerzaust. Eine andere Lida, jung, schön, gestresst, aber glücklich. Zumindest lachte sie Darijo an und scheuchte ihn auf dem nächsten Foto liebevoll fort.

Ein Kaninchen. Oder ein Hase. Süß und klein. Es saß im Gras, es knabberte Möhren, es hoppelte über die Einfahrt, es guckte aus seinem Stall. Darijo musste dieses Tier geliebt haben, er hatte es bestimmt zwanzig Mal aufgenommen. Die Savoyer Straße. Leer. Ein paar verwackelte Aufnahmen, als wäre er gerannt und hätte dabei aus Versehen den Auslöser betätigt. Ein Bildschnipsel kam Sanela bekannt vor. Die Kellertreppe. Dann war alles dunkel. Vielleicht hatte er die Aufnahmen aus Versehen in der Hosentasche gemacht. Halt, da war etwas zu erkennen. Ein schwacher Lichteinfall, als ob jemand in finsterer Nacht im Flur Licht gemacht hätte. Eine Gestalt am Rand, ein vager Umriss, nicht mehr. Vielleicht konnte die KTU Genaueres herausfinden. Ganz am Rand ein verwischter Streifen Dunkelgrün und eine gelbe Zacke. Darijos Pullover? Sie war sich sicher, diese Farbkombination schon einmal gesehen zu haben.

Lida am Herd. Dann ein Sprung hinaus nach ... Spreebrück? Sanelas Herz schlug schneller. Darkos Wohnung. Darko im Korbsessel, ein Buch in der Hand. Die Wohnung sah aufgeräumt und gemütlich aus.

Sie betrachtete das Gesicht des Mannes, der sie belogen hatte. Hatten die vergangenen vier Jahre Lida zu einer Puppe gemacht, so war die Zeit mit Darko anders umgegangen. Sein Sohn hatte ihn nicht nur in einem entspannten Moment erwischt, sondern auch in einer Phase, in der nach außen hin noch alles in Ordnung war. Darko sah aus wie sein eigener jüngerer Bruder: braungebrannt, muskulös, unwiderstehlich. Ein Mann, der draußen lebte, Holz hackte, Zwölfender mit bloßen Händen erlegte und gerne Bücher las. Das Foto übte einen eigenartigen Zauber auf Sanela aus. Sie wünschte sich, sie hätte diesen Darko kennengelernt. Nicht den Mann, der alles verloren hatte, was er liebte, und der nun auf der Flucht war.

Sie wischte über das Display. Eine Hütte im Wald, wahrscheinlich die, von deren Existenz Julia bis gestern nichts gewusst hatte. Sanela glaubte ihm – die Hütte war kein Ort, um sich mit einer Frau zu treffen. Einfach, rustikal. Ein Einzelbett, eine uralte Couch. Die Blätter gelb gefärbt, die Sonne blass ... Herbst ... Vermutlich Darijos letzte Ferien. Darko, der eine Angel prüfte. Darko, der auf einem Hochsitz saß, ein Fernglas vor den Augen.

War er ein Jäger? Wer Betäubungsgewehre benutzen durfte, musste nicht nur einen Waffenschein besitzen, sondern auch eine Sachkundeprüfung abgelegt haben. Sie vermutete, dass Darko für seinen Job beides brauchte. Vielleicht hatte er seinem Sohn auch nur die Natur zeigen wollen. Äsende Rehe, röhrende

Hirsche. Auf dem nächsten Foto waren der Waldrand und ein Wolf zu sehen.

Gerade kam er vorsichtig auf die Lichtung. Ein schönes Tier. Grau gestromt, vielleicht ein wenig klein. Ein schwarzer Streifen lief von der Krone des Kopfes hinunter bis zur Schnauze. Kein Wunder, dass Darijo diese Aufnahme gemacht hatte. Auch wenn der Wolf weit entfernt war – der Junge hatte offenbar den Zoom noch nicht entdeckt –, war es fast ein Wunder, so etwas in freier Wildbahn zu erleben.

Beim nächsten Foto stockte Sanela der Atem.

Darijo war immer noch auf dem Hochsitz, dieses Mal allein. Sein Vater war hinuntergeklettert und näherte sich dem Wolf. Die beiden waren kaum zwanzig Meter voneinander entfernt. Das nächste Bild zeigte, wie Darko in die Knie ging und dem Wolf den Hals kraulte.

Das war unmöglich. Das ging nicht. Es gab keine zahmen Wölfe. Es war schlicht und ergreifend nicht wahr. Doch die Kamera in ihren Händen bewies das Gegenteil. Darko hatte einen Wolf gezähmt. Und er ließ seinen Sohn auch noch in dessen Nähe. Das nächste Foto war aus höchstens fünf Metern Entfernung geschossen worden, größer war die Distanz nicht. Darko lächelte in die Kamera, der Wolf an seiner Seite. Und Darijo, wahrscheinlich außer sich vor Freude und nicht ahnend, wie gefährlich die ganze Situation war, knipste munter drauflos. Das letzte Foto der Serie zeigte das Tier allein. Trug der Wolf etwa ein Halsband? Schwer zu sagen. Es konnte auch eine außergewöhnliche Fellfärbung sein.

Ratlos wischte Sanela sich durch die restlichen Aufnahmen. Ein See, ein Lagerfeuer, Darko mit einer Bratwurst auf einem Spieß. Dann wieder die Auffahrt zum Kutscherhaus. Auf der Auffahrt lag etwas. Es war Darijos Hase. Er war tot, platt, überfahren.

Das nächste Foto zeigte Siegfried neben einem Quad. Hinter ihm ein Mädchen, das gerade den Helm abgenommen hatte und dabei war abzusteigen. Es war das Mädchen, das gestern hier aufgetaucht war und behauptet hatte, Siegfrieds Freundin zu sein. Diana Jessen.

Die beiden hatten offenbar gerade Darijos Hasen überfahren. Und das Mädchen lachte, als ob gerade etwas furchtbar Lustiges geschehen wäre. Wie konnte man sich amüsieren, wenn man einem Kind gerade das Liebste getötet hatte? Siegfried trug noch den Helm, wenn auch mit aufgeklapptem Visier. Deshalb war sein Gesichtsausdruck nicht zu erkennen. Er hob die Hände zu einer entschuldigenden Geste. Tut mir leid, sorry, kann ja mal passieren... Aber das Mädchen, Diana Jessen, ging zu weit. So viel Heldenverehrung konnte es gar nicht geben. Oder etwa doch?

Sanela schaltete die Kamera aus und schob sie tief unter die Matratze. Während sie ins Bad ging und sich für einen weiteren Tag in diesem Haus voller merkwürdiger Geheimnisse zurechtmachte, versuchte sie die Bedeutung der Fotos für sich einzuordnen.

Erstens: Darko war Der mit dem Wolf tanzt. Ihm war das Unmögliche gelungen. Tolle Sache, außerdem schien er sich mit seinem Sohn gut verstanden zu haben. Hatte ihn sogar in sein Geheimnis eingeweiht. Vielleicht konnte Julia, das Hemd, ihr mehr darüber erzählen. Darko hatte Darijo geliebt. Das schloss jedoch nicht aus, dass er einen Kindesentzug geplant hatte. Es schloss noch nicht einmal einen Mord aus. Trotzdem gefiel ihr dieser Mann, den Darijo fotografiert hatte, auch wenn der Darko von heute offenbar nicht mehr viel mit dem Mann auf den Bildern zu tun hatte.

Zweitens: Siegfried, der Dreckskerl, hatte eiskalt Darijos Hasen überfahren. Sanela war kurz davor anzunehmen, dass Leute, die so etwas taten, auch in der Lage waren, einen Mord zu begehen. Aber ein Beweis war es nicht. Mochte Darijo rätselhafte Unfälle gehabt haben, mochte er gemobbt worden sein, was das Zeug hielt, es war kein Beweis. Gehring, an den zu denken sie sich bis zu diesem Moment erfolgreich verboten hatte, würde sie auslachen. Andererseits: Den Wolf hatte Darijo in den Herbstferien fotografiert, den toten Hasen danach. Also kurz vor seinem eigenen schrecklichen Tod. Sie übersah einen Zusammenhang.

Nackt und nass huschte Sanela aus der Dusche und rannte zurück ins Zimmer. Hatten diese Kameras nicht irgendwo einen Speicher, in dem Datum und Uhrzeit der Aufnahme archiviert wurden? Das Modell war so einfach, dass sie diese Funktion hätte finden müssen, wenn es sie gäbe. Sie probierte alle möglichen Anwendungen aus, schließlich gab sie es auf. Sie musste diese Fotos auf einen Computer rüberladen, erst dann könnte sie sicher sein, dass das, was sie ahnte, auch mit der Realität übereinstimmte.

Sie entschied sich, nicht mehr die Leggins, sondern die Jeans anzuziehen. In einer der Hosentaschen konnte sie die Kamera immer bei sich tragen. Zumindest so lange, bis sie sie dem KHK aushändigte. Nun musste sie nur noch zwei Dinge herausfinden: Wo war Lida in der Zeit nach dem Tod ihres Sohnes gewesen? Und was hatte sie dazu veranlasst, in dieses Haus zurückzukehren?

Sie rief Gehring an. Zu ihrem größten Erstaunen nahm er ab.

33

Der Supermarkt war ein langgestreckter Flachbau am äußeren Rand Zehlendorfs direkt auf dem Weg zum Wannsee. Weit genug vom Einzugsgebiet der Savoyer Straße entfernt und dennoch nah genug, um einen Einkauf gerade noch plausibel erscheinen zu lassen. Um diese frühe Stunde waren nur wenige Parkplätze besetzt. Jogger trabten vorbei, durch ihre In-Ear-Plugs abgeschnitten vom Rest der Welt, vom Knirschen des Schnees und dem Knacken der Zweige, vom Geräusch sich nähernder Autos und dem fernen, monotonen Grollen der Stadt. Spaziergänger ließen ihre Hunde von der Leine, einige verwegene Mountainbike-Fahrer suchten offenbar nach einer Gelegenheit, sich auf den vereisten Waldwegen flachzulegen. Sanela war von der Bushaltestelle an der Königstraße gelaufen und überlegte gerade, sich in der Bäckerei des Supermarktes einen schnellen Kaffee zu gönnen, als Gehrings Wagen auf den Parkplatz fuhr. Sie eilte ihm entgegen und stieg ein. Wärme, war der erste Gedanke, als sie auf den Beifahrersitz glitt. Sie rieb sich die Hände, ihre Finger waren trotz der Handschuhe steifgefroren.

»Sie sind durch«, sagte er. »Als VP, nicht als VE.«

»Oh, Wahnsinn.« Sogar das Lächeln bereitete ihr Mühe. Natürlich wäre sie lieber als verdeckte Ermittlerin im Einsatz. Immerhin – als verdeckte Person konnte sie Gehring nun Informationen zuspielen. »Wie kommt's?«

Er sah in den Rückspiegel, wahrscheinlich nichts anderes als ein antrainierter Reflex, denn niemand lungerte bei diesen Temperaturen auf dem fast leeren Parkplatz herum.

»Darko Tudor ist untergetaucht, obwohl wir sofort die Fahndung ausgelöst haben. Die polnische Grenze ist nur einen Katzensprung entfernt. Wahrscheinlich hat er längst falsche Nummernschilder. Finden Sie mal einen geklauten braunen Duster in Polen.«

»Das tut mir leid. Ich habe versucht, ihn aufzuhalten, aber ich hab's nicht geschafft.«

Gehring schwieg.

»Wirklich!«

Der Kommissar benötigte einen Moment, bis er sich zu einem Nicken durchringen konnte. »Wir brauchen Informationen aus seinem näheren Umkreis. Er scheint immer noch Kontakt zu seiner ehemaligen Frau zu haben. Finden Sie heraus, wo er steckt. Lida Reinartz wird es wissen.«

»In Ordnung.«

»Tudor hatte zum Zeitpunkt des Verschwindens seines Sohnes einen Sender am Laufen.«

»War er Funkamateur? Julia Venneloh hat einen Sender erwähnt. Er hatte das Ding wohl irgendwo versteckt.«

»In seiner Wohnung. Er hat ihn aus der Wolfsstation mitgenommen. Normalerweise wird damit per GPS der Aufenthaltsort von Wolfsrudeln bestimmt. Wir konnten einen Teil der Geodaten rekonstruieren, aber nicht alle. Es gibt zwei Theorien. Die erste: Er hat heimlich einen ganz bestimmten Wolf besendert, von dem niemand etwas wissen durfte. Die zweite: Er hat damit einen Menschen bewacht. Vielleicht seine Ehefrau.«

Gehring drückte den Knopf für die rechte Sitzheizung, was Sanela dankbar zur Kenntnis nahm.

»Es war ein Wolf«, sagte sie und holte Darijos Kamera hervor. »Die hier hat Julia Venneloh in der Hütte gefunden. Ich wollte wissen, was da alles drauf ist. Ich konnte ja nicht ahnen, dass Sie mich in den Stand der Legalität erheben.«

Er nahm ihr die Kamera ab. »Frau Beara...«

»Die Stationsleiterin ist erst damit herausgerückt, nachdem Darko Tudor schon weg war. Ich habe die Kamera konfisziert und Frau Venneloh dazu gebracht, die Polizei anzurufen. Sie war ja kurz davor, mit ihm abzuhauen. Tudor hatte ein Verhältnis mit ihr.«

Er öffnete den Mund, doch sie kam seiner Vermutung zuvor. »Nein, sie hat nichts von der Hütte gewusst. Ihr Mann hat es ihr erst gestern erzählt. Julia Venneloh ist verheiratet, und Tudor war so eine Art dauerhafter Seitensprung. Für ihn, nehme ich an. Für sie war es mehr. Sie ist heimlich in die Hütte und hat die Sachen dort gefunden. Als sie zurückkam, machte sie Darko das Angebot, es könnte doch alles weiterlaufen wie bisher, und das mit der Jacke würde sie vergessen. Da bin ich dazwischen. Er ist abgehauen, und sie war das Elend auf zwei Beinen. Wenigstens habe ich sie dazu gebracht, die Sache zu melden. Denken Sie im Ernst, ich hätte ihr die Kamera überlassen? Können Sie die jetzt eigentlich als Beweisstück annehmen?«

»Mal sehen«, knurrte er.

»Tun Sie es einfach trotzdem. Ich kann ja behaupten, ich hätte sie in Darijos Sachen gefunden. Warum ist das bloß alles so kompliziert?«

»Weil es etwas mit dem Rechtsstaat zu tun hat«, gab er zurück.

»Sehen Sie sich die Fotos mal an.«

Sanela drückte auf die entsprechenden Knöpfe. Während sie ihm die ihrer Meinung nach entscheidenden Bilder zeigte, fiel ihr auf, wie nah sie zusammensaßen. Fast wie ein heimliches Liebespaar, das sich die Schnappschüsse aus dem letzten gemeinsamen Urlaub ansah und sich deshalb auf einem verlassenen Parkplatz am Waldrand verabredet hatte.

»Darko Tudor hat einen Wolf gezähmt. Fragen Sie mich nicht, wie er das angestellt hat. Jeder Wildbiologe wird Ihnen bestätigen, dass das nicht möglich ist. Ihm ist es trotzdem gelungen. Und jetzt, sehen Sie? Er hat diesem Tier so sehr vertraut, dass er sogar seinen Sohn auf ein paar Meter herankommen ließ.«

»Nera«, murmelte Gehring leise.

»Was?«

»Nichts.«

»Kann man die Aufnahme vergrößern?«

»Hier leider nicht. Warum?«

»Weil ich glaube, dass das Tier tatsächlich einen Sender trägt. Sehen Sie das hier? Es sieht aus wie ein Halsband.«

»Undeutlich, ja. Könnte aber auch das Fell sein.«

»Nera«, wiederholte Gehring. »Er hat sie Nera genannt. Das Tier muss ihm sehr viel bedeutet haben.«

Sanela sah Darkos Lachen. Der Stolz, mit dem er durch die Mähne des Wolfes fuhr. Sein Werk. Sein Triumph. Dieser Moment, betrachtet mit den Augen seines Sohnes, festgehalten durch ein paar Millionen Pixel. Aus solchen Begegnungen entstanden jene Geschichten, die man sich noch nach Generationen am Lagerfeuer erzählte. Aber Darkos Lagerfeuer war erloschen. Sein Sohn war tot.

»Darko Tudor ist auf der Flucht«, sagte Gehring sanfter, als sie es erwartet hätte. »Die Beweise sprechen gegen ihn.«

Hatte sie das Foto zu lange angesehen? Sie wandte sich ab und schaute durch die Beifahrerscheibe. Ein Mann, durchaus ordentlich gekleidet, durchwühlte gerade einen der Mülleimer auf der Suche nach Pfandflaschen.

»Aufgrund der Sendedaten und wenn dieser Wolf tatsächlich so ein Ding um den Hals trägt, können wir Tudors Bewegungsprofil am Abend und in der Nacht des zehnten Oktober einigermaßen rekonstruieren.«

Sie räusperte sich. »Sie sind also der Meinung, er ist diesem Wolf gefolgt?«

»Ja. Denn Nera hat, wenn die GPS-Daten stimmen, die Berliner Stadtgrenze überschritten. Damit wäre sie für jeden Jäger zum Abschuss frei gewesen. Unser Zeuge Egon Schramm muss das warum auch immer gewusst haben, sonst hätte er nicht mitten in der Nacht entlang der Havelchaussee auf der Lauer gelegen. Darko Tudor wollte diesen Wolf retten. Deshalb ist er ihm gefolgt. Deshalb sind sich die beiden auch begegnet und auf offener Straße in die Haare geraten.«

»Wie will denn ein Jäger nachts einen Wolf im Grunewald aufspüren?«

»Wölfe haben Hunger. Und ein Jäger weiß genau, wo ein geschwächter Hirsch oder eine Bache mit ihren Jungen unterwegs ist. Das ist wie einen gedeckten Tisch auf die Straße stellen und darauf warten, wer sich als Erstes daran setzt.«

»Damit ist er doch aus dem Schneider, oder? Damit hat Darko Tudor ein Alibi. Die Gründe, weshalb er uns nichts davon erzählt hat, sind der unterschlagene Sender und diese unwahrscheinliche Geschichte vom zahmen Wolf, die ihm keiner abgekauft hätte.«

»Es fehlt eine Stunde.«

»Wo?«, fragte sie. »Wann?«

»Ich habe eben erst die Zusammenfassung unseres IT-Spezialisten bekommen. Die Daten ergeben ein ganz neues Bild: Darko Tudor hat es geschafft, Nera einzufangen, wahrscheinlich mit einem Betäubungspfeil, und zurück in die Wälder um Spreebrück zu schaffen. Aber der Sender war eine Stunde lang nicht zu orten. Und die hätte gereicht, um in die Savoyer Straße zu fahren, seinen Sohn zu holen, auf dem Rückweg kurz in der Hütte vorbeizufahren und ihn dort einzusperren. Er war in der Nähe, Frau Beara. Und die Jacke des Jungen wurde in seiner Hütte gefunden.«

Sie atmete tief durch. »Es kann eine ganz normale Erklärung dafür geben.«

»Die würde uns wirklich sehr interessieren. Nur fürchte ich, es gibt sie nicht.«

Sanela rieb sich über die Stirn. Es klang alles sehr plausibel. Es klang sogar ziemlich beschissen plausibel.

»Aus diesem Grund wurde Ihr Einsatz bewilligt. Sie sollen Lida Tudor im Auge behalten. Vielleicht kann sie Ihnen einen Hinweis geben, wo ihr Exmann sich aufhält.«

Sie nickte. Eigentlich sollte sie jetzt aussteigen. Gehring saß da, als ob er das erwartete. Oder als ob er generell auf etwas wartete.

»Sie glauben nicht daran«, sagte sie. »Ihnen gefällt diese Datentheorie genauso wenig wie mir. Nennen Sie mir das Motiv. Warum sollte ein Vater seinen Sohn töten?«

»Weil er ihn seiner Frau nicht gönnt? Weil sie ihr Glück im Reichtum gefunden hat, an der Seite eines anderen Mannes, und ihm auch noch den Jungen wegnehmen wollte?«

»Dieses Glück gab es nicht. Jedenfalls nicht so schnell. Lida Tudor hat nach Darijos Verschwinden das Haus von Reinartz verlassen. Sie ist erst zwei Wochen später wiedergekommen. Inzwischen hatte er die Scheidung eingereicht und seine Kinder ins Internat geschickt. Das muss Teil irgendeiner seltsamen Abmachung gewesen sein, über die ich noch mehr herausfinden muss.«

»Klingt nach einer Frau, die weiß, was sie will.«

»In dieser Situation? Ich bin mir nicht sicher… Haben Sie die Kontobewegungen von Reinartz überprüft?«

Gehring sah wieder in den Rückspiegel. Es machte Sanela nervös. Zwei, drei Kunden kamen mit vollbeladenen Einkaufswagen aus dem Geschäft und rasselten damit auf ihre Autos zu, die jedoch ein ganzes Stück von Gehrings Wagen entfernt standen.

»Ja, das haben wir.«

»Die ganzen letzten vier Jahre?«

»Nein. Nur die ersten zwölf Monate nach der Entführung. Ich weiß nicht, ob wir für eine weitere Überprüfung einen Beschluss bekommen.«

»Und?«

»Nichts.«

Sie sah ihn kritisch an. »Dieses *Nichts* klingt interessant.«

Er wechselte umständlich die Sitzposition.

»Herr Gehring, wenn ich schon in diesem Haus meinen Kopf hinhalte, dann muss ich alles wissen.«

»Niemand hat Sie darum gebeten.«

»Aber mein Einsatz wurde genehmigt. Ich bin jetzt eine verdeckte Person. Deshalb schulden Sie mir jede Information, die Sie haben. Jede.«

»Es ist nicht ganz … na ja, behalten Sie es für sich.«

Bitte? Hatte sie gerade richtig gehört? Kriminalhauptkommissar Gehring, trocken wie Knäckebrot und korrekt wie ein Briefmarkenautomat, Lutz Gehring hatte sich dazu hinreißen lassen, etwas zu tun, das nicht ganz …

»Ja?«

»Wir haben natürlich nicht nur die zwölf Monate nach Darijos Verschwinden unter die Lupe genommen.«

Sanela grinste. »Hätte mich auch gewundert. Wie haben Sie die Bank dazu bewegt?«

Er räusperte sich und sah hinaus auf den Parkplatz. »Gar nicht.«

»Oh.« Hammer. Sie musste unbedingt herausfinden, wer dieser IT-Spezialist war, der für Gehring arbeitete. Der Mann – oder die Frau – war nicht nur begabt, sondern auch bereit, über gewisse Schatten zu springen. »Und?«

»Nichts. Wie ich schon sagte. Keine außergewöhnlichen Zahlungen, keine größeren Summen auf ausländischen Konten. Er hatte zwei Steuerprüfungen. Seine Bücher sind sauber wie Peking vor den Olympischen Spielen.«

»Aber?«

»Er hat seine Exfrau besucht. Mindestens einmal im Monat, manchmal öfter. Romantische Abendessen zu zweit in Rottach-Egern, Delikatesseneinkäufe, öfter mal ein-, zweitausend Euro in einer Boutique.«

»Kreditkarten?«

Gehring nickte.

»Vielleicht…« Sanela suchte nach einer Erklärung. »Vielleicht hängt er noch an ihr?«

»Urlaub an der Amalfiküste. Wochenenden in Paris. Eine Kreuzfahrt, Karibik. Doppelkabine.«

»Das verstehe ich nicht. Das ganze Drama – war das etwa eine abgekartete Geschichte?«

»Ich weiß es nicht. Das sind Informationen, mit denen wir noch nicht arbeiten dürfen. Aber sie helfen uns, die Lage einzuschätzen.«

»Reinartz hat sich von seiner Frau getrennt, um seine Geliebte heiraten zu können«, sagte Sanela. »Und dann kehrt er hinter Lidas Rücken zu Eva zurück? Er betrügt die ehemalige Geliebte mit seiner ehemaligen Frau? Wie bescheuert ist das denn! Obwohl… Es läuft übrigens nicht so gut im Bett mit Lida und Reinartz.«

»Äh, ja?«, brachte er erstaunt heraus.

»Womit hat er Lida rumgekriegt? Wohl kaum mit heißem, dampfendem Sex.«

»Mit Geld«, antwortete Gehring prompt und erwartungsgemäß. »Wir werden das checken.«

»Nicht nur Reinartz. Auch Lida. Ihre Kreditkarten, ihre Konten. Vielleicht hat er ihr eine Wohnung gekauft. Oder sonst was.«

»Wir bleiben in Verbindung.«

Er streckte die Hand nach dem Zündschlüssel aus. Eine Joggerin kam aus dem Wald und hielt auf den Supermarkt zu. Aus der Entfernung sah sie aus wie Diana Jessen, der Jupitermond. Sanela presste sich in den Sitz.

»Das Mädchen von gegenüber«, sagte sie nur.

Gehring warf einen kurzen Blick zu der jungen Frau. »Ihre

Mutter gäbe sonst was dafür, wenn sie diesen Siegfried endlich vergessen würde.«

»Schon merkwürdig. Die einen wollen mit jemandem aus der Familie zusammen sein und dürfen nicht, und die anderen müssen offenbar dazu gezwungen werden.«

Sie setzte sich wieder auf. Gehring startete den Motor.

»Ich werde heute mit Diana Jessen reden«, sagte er. »Ich will wissen, warum sie damals nicht als Zeugin benannt worden ist. Und Siegfried muss seinen Rückzug ja irgendwie begründet haben.«

»Wohl kaum mit der Wahrheit«, antwortete Sanela. Sie checkte, ob die junge Frau noch zu sehen war, und stieg dann aus.

Den ganzen Weg zurück zum Bus freute sie sich. Zumindest so lange, bis Gehring grußlos an ihr vorüberfuhr. Er hätte sie wenigstens an der Haltestelle absetzen können.

34

Diana hatte die Humboldt-Uni fast erreicht, als sie sich umdrehte und über Unter den Linden zurück zum Bahnhof Friedrichstraße lief. Sie ärgerte sich, dass sie nicht mit dem Auto gefahren war, aber die wenigen Parkplätze kosteten nicht nur Geld, man musste auch ständig einen neuen Parkschein hinter die Scheibe legen. Die Sonne schien, aber ein eisiger Wind fuhr durch die Straßenschluchten und wehte ihr winzige Schneeflocken in die Augen. Die Kälte trieb den Strom der Pendler vor sich her, er versickerte hinter gläsernen Drehtüren und Personaleingängen, in Botschaften, Lobbyisten-Palästen, Einkaufspassagen und den Repräsentanzen von Autohäusern und Verlagen. Diana spürte eine verstohlene Heiterkeit, als sie den entgegenkommenden Menschenmassen am Bahnhofseingang auswich, um wieder nach Hause zu fahren. Wie früher, wenn sie eine Ballettstunde geschwänzt hatte und die zurückeroberte Lebenszeit als heimliche Beute durch einen verbummelten Nachmittag trug.

Die S-Bahn Richtung Wannsee war voll bis Charlottenburg, aber je weiter sie sich vom Zentrum West entfernte, desto leerer wurde sie. Erst am frühen Nachmittag würden die Gezeiten wechseln: Dann verließen die Teilzeitkräfte die City, später die Nine-to-five-Angestellten, danach das mittlere Management und die Freelancer. Sie fuhren heim in die Außenbezirke und Vororte. Ab Savignyplatz war der Waggon fast leer. Müde Sonnenstrahlen, flirrend zerhackt von den vorüberfliegenden Schatten der Bäume. Schulschwänzer, tief gebeugt über ihre Smartphones. Frauen, die Einkaufstaschen auf dem Schoß. Ein älterer Mann mit Schäferhund. Ein Paar mit Fahrrädern. Diana legte den Kopf an die Scheibe, ließ sich durchrütteln und ignorierte das schrille Kreischen der Räder auf den Schienen. Sie war nervös. Eine leise zitternde innere Unruhe, die sich steigerte, je weniger Haltestellen noch vor ihr lagen.

Es war Donnerstag. Gestern am frühen Abend war Siegfried zurückgekommen, und bis jetzt hatte er sich nicht gemeldet. Es konnte viele Gründe dafür geben. Totalamnesie. Virusgrippe. Kontaktallergie. Der wahrscheinlichste war: Er hatte noch keine Gelegenheit gefunden, sich unbeobachtet mit ihr zu treffen. Der unwahrscheinlichste: Er wollte es nicht. Immerhin konnte er sehen, dass sie es bei ihm versucht hatte, und hätte jederzeit zurückrufen können.

Anfangs hatten sie noch häufiger telefoniert. Meistens war sie diejenige, die sich gemeldet hatte. Diana tröstete sich mit dem Gedanken an Wochenenden und Ferien. Doch seine Besuche wurden spärlicher, stets begleitet von der Hast des Heimlichen.

Wenn er doch einmal vorbeikam, reichte die Zeit gerade eben für ein Gespräch über den Gartenzaun hinweg. Und das auch nur, wenn der Alte nicht zu Hause war. Schließlich blieben sie ganz aus.

»Wir müssen geduldig sein«, hatte er ihr geschrieben, in diesen lähmenden, langen Monaten nach Darijos Tod. »Die Situation wird sich auch wieder ändern.«

Nur ob alles wieder so werden würde wie früher? Damals, bevor diese schrecklichen Dinge ihren Lauf genommen hatten, waren sie *masters of the universe*, die Herren der Welt gewesen. Siegfried, Drachenblut. Unverwundbar, bis auf das Lindenblatt… Sie war die Einzige, die seine verwundbare Stelle kannte. Und sie hatte ihm geschworen, dieses Geheimnis zu bewahren. Aber wie lange würde sie die Kraft haben durchzuhalten, wenn er sich ihr weiterhin entzog?

Diana verließ die S-Bahn wie in Trance. Die zehn Minuten Fußweg zogen sich endlos hin. Als sie die Savoyer Straße erreichte, wäre sie am liebsten nach Hause und hätte sich ins Bett gelegt. Der einzige Ort, an dem sie noch etwas Ähnliches wie Geborgenheit spürte. Manchmal, wenn sie nicht einschlafen konnte, erinnerte sie sich an die Zeit, in der ihre Eltern noch unter einem Dach gelebt hatten, und an das Sonntagmorgengefühl. Mit kalten Füßen durchs Haus, ohne anzuklopfen rein ins Schlafzimmer und sich zitternd vor Glück in ihre Arme werfen. Popcorn und Kissenschlachten. Croissantkrümel und Kakao. Es tat weh, daran zu denken. Es war wie eine Sucht, für die sie nach dem Rausch mit einem Kater bezahlen musste.

Wenn sie fertig war mit dem Weinen, kam die Wut auf ihren Vater. Eine grenzenlose Verachtung für den Mann, der sie alleine gelassen hatte, um eine neue Familie zu gründen. Andere Kinder krochen nun unter seine Bettdecke, sammelten mit ihm Kastanien im Herbst, gingen schwimmen im Sommer, durften mit ihm in Urlaub fahren. Er hatte seine erste Familie gelöscht wie eine Bilddatei, an der er sich sattgesehen hatte. Darum war ihre Mutter eine Säuferin. Darum hatte Diana plötzlich nicht mehr funktioniert. Die Psyche des Menschen war ein rätselhaftes Ding. Hochstudierte Fachmediziner arbeiteten sich an ihr ab. Dabei gab es auf Dianas Probleme eine ganz simple Antwort: Sie hatte geliebt und vertraut und war verraten und verlassen worden. In griechischen Dramen war die Rache blutig und furchtbar. Im einundzwanzigsten Jahrhundert hingegen hatte man zu lächeln, zu schlucken, zu funktionieren.

Sie blieb keuchend stehen. Die letzten hundert Meter war sie fast gerannt. Wut und Kälte trieben ihr die Tränen in die Augen. *Fuck you*, Vater. Verrecke unter Schmerzen.

Siegfried war ihr Held geworden. Der Einzige, der in dieser Zeit an ihrer Seite gestanden hatte. Dann war all das Schlimme drüben bei Reinartz passiert, und obwohl Siegfried ein Mann hätte sein müssen, war er davongeschlichen wie ein Feigling. Das Ausmaß des Verrats offenbarte sich in den Verheerungen, die er auslöste. Siegfrieds Verlust war noch schwerer schönzureden als der ihres Vaters. Einmal war das Gespräch beim Doc darauf gekommen. Sein Rat: sich zurückhalten und sich rarmachen. Mit dem Ergebnis, dass sie gar nichts mehr von Siegfried gehört hatte.

Mittlerweile war schon eine kurze SMS von ihm für sie so viel wert wie die Goldene Bulle fürs Abendland. Er wusste, dass sie ihn liebte. Dass sie alles für ihn tun würde. Sie hatte es doch schon einmal bewiesen. Hatte Dinge getan, über die man nie wieder redete, die man gemeinsam vergessen hatte, der eine für den anderen.

Bist du noch für mich da, Siegfried?

Das war die Frage, die er ihr beantworten musste. Erst dann würde sie ihn warnen. Vielleicht, ganz sicher war sie noch nicht.

Das einundzwanzigste Jahrhundert hatte versagt. Man sollte der griechischen Antike eine Chance geben.

35

Sanela tat so, als ob sie die Fenster im Arbeitszimmer putzen würde. Natürlich nur von innen. Schließlich wollte sie nicht wie ein festgefrorener Frosch an der Scheibe kleben bleiben.

Im Haus war es ruhig. Eine brüchige Vormittagsstille, das Abwarten des Tages auf all die Dinge, die noch kommen würden. Reinartz hatte sich auf den Weg zu einer Baustelle gemacht. Tristan brütete über seinen Abschlussprüfungen. Siegfried lag, wahrscheinlich schon wieder zugedröhnt, auf dem Bett und hörte Zola Jesus und Caribou. Sie wusste nicht, was genau sie daran störte. Wahrscheinlich, dass Götter nicht kifften.

Lida hatte einen Termin beim Bestatter. Theodor hatte sie hingefahren, also gehörte das Erdgeschoss Sanela allein. Sie stellte den fast bis zum Rand mit Wasser gefüllten Putzeimer direkt hinter die Tür. Wenn jemand überraschenderweise eintrat, würde er als Erstes den Eimer umwerfen und ihr so Zeit genug geben, blitzschnell zurück in ihre Rolle zu schlüpfen.

Die Steuerunterlagen. Unübersichtliche Tabellen, kiloschwere Ordner. Sollte Gehring sich darum kümmern. Sie suchte etwas anderes. Die privaten Geheimnisse. Die geheimen Absprachen. Die verstohlenen Versprechen. Den mit Blut geschriebenen Pakt. Schade, dass die KTU bei der Hausdurchsuchung nicht auch einen Blick in den Safe von Reinartz geworfen hatte. Aber es war ja um Darko und damit nur die Bereiche des Anwesens gegangen, zu denen er Zutritt gehabt hatte. Darko, immer wieder Darko.

Sie fuhr sich hastig über den Kopf. Ihre Narbe prickelte.

Sie hatte nur einen Moment an seine Berührung gedacht, und schon war sie wieder am Abdriften. Wie er die helle Linie entlanggefahren war, ein behutsamer Pilger auf der Landkarte ihrer Schmerzen. Er war der einzige Mensch, außer ihrem Vater, mit dem sie jemals über den Keller in Vukovar gesprochen hatte.

Tomislaw. Sie musste ihn anrufen. Ihm sagen, dass es ihr gutging und dass er sich keine Sorgen zu machen brauchte. Die Hochschule. Ihre Hausarbeit. Würde Gehring ihr eine Entschuldigung schreiben? Ein absurder Gedanke. Aber ab Montag sollte die HWR etwas vorliegen haben. Sie musste mit ihm darüber reden. Vielleicht wurde ihr VP-Status ja als Praktikum angerechnet... falls Putzen auch zur Ausbildung gehörte. VP – verdeckte Putzfrau. Sollte sie jemals wieder undercover arbeiten und die Wahl haben, würde sie es nicht unter einer Millionärstochter ersten Grades tun.

Sanela gab die Suche bei den Firmenordnern auf und wollte sich der Hängeregistratur unter dem Schreibtisch widmen, als es an der Haustür klingelte.

Was tun? Öffnen? Ignorieren? Sie zog den Aktenwagen heraus. Über dreißig Reiter in verschiedenen Farben. Die erste Mappe: Vertragsentwürfe über irgendwelche doppelschaligen, drahtverstärkten Vertikalverglasungen. In der nächsten bewahrte Reinartz ein paar Prospekte der Konkurrenz auf.

Wieder klingelte es, laut und ungeduldig. Dann klopfte jemand, und sie hörte eine helle Stimme rufen.

»Siegfried? Bist du da? Ich bin's. Diana.«

Sanela schob den Wagen zurück und ging zur Tür. Noch bevor sie den Putzeimer entfernt hatte, betrat das Mädchen die Eingangshalle.

»Jemand da? Vorne ist offen, das Tor steht auf. Hallo? Siegfried?«

Das Tor stand nie auf. Diana musste einen Trick kennen, wie

man trotzdem hineinkam. Sanela öffnete die Zimmertür ein paar Millimeter, gerade weit genug, um in die Halle zu spähen. Diana ging zur Treppe.

»Keiner zu Hause? Ich komme jetzt nach oben.«

»Lieber nicht.«

Die Besucherin trat einen Schritt zurück und sah hinauf zur Galerie. Ein Lächeln verzauberte ihr Gesicht, verklärte es geradezu. Sanela hörte, wie jemand die Treppe herunterkam.

»Oben ist nicht aufgeräumt. Unser neues Hausmädchen ist noch in der Spiel-und-Lern-Phase.«

»Das... das macht doch nichts. Ist nicht wichtig.«

Siegfried hatte die Halle erreicht und ging mit ausgebreiteten Armen auf die Besucherin zu. Diana stürzte in die Umarmung wie Fallobst. Sie küsste ihn, und soweit Sanela erkennen konnte, erwiderte er den Kuss mit nonchalanter Lässigkeit. Er nahm ihre Arme von seinem Hals, drückte ihre Hände zusammen, als ob er sie nie wieder loslassen wollte, und hielt sie sich dadurch sehr geschickt vom Leib.

»Gott, ich hab dich so lange nicht gesehen«, sagte sie mit leuchtenden Augen.

»Weihnachten. Das ist nicht so lange her.«

»Aber nur kurz. Können wir reden? Es ist wichtig.«

Siegfried, der offenbar nur auf einen strategisch günstigen Moment gewartet hatte, um ihre Hände loszulassen, sah diesen nun gekommen. »Ich habe viel zu tun. Wir müssen Darijos Beerdigung vorbereiten, und Lida kann jeden Moment...«

»Es geht um Darijo. Und die Polizei. Ich habe heute Morgen etwas Merkwürdiges beobachtet.«

Sanelas Atem wurde schneller. Dann war es also wirklich Diana gewesen, die auf dem Parkplatz herumgeschlichen war. Das könnten, gelinde gesagt, suboptimale Aussichten für ihre Tarnung sein.

»Diana, lass uns ein anderes Mal darüber reden.«
»Wann?«
Siegfried sah sich vorsichtig um. Blitzschnell trat Sanela einen Schritt zur Seite, um dann, als die Gefahr vorbei war, ihren Beobachtungsposten wieder einzunehmen.
»Ich melde mich bei dir, sobald es möglich ist.«
»Das habe ich schon so oft gehört. Was ist los?«
»Nichts.«
Sie küssten sich. Nicht gerade wie Romeo und Julia, aber mit viel gutem Willen konnte man es als Liebesbeweis durchgehen lassen. Als sie fertig waren, nahm Siegfried Dianas Gesicht in beide Hände.
»Wir haben eine Abmachung. An die sollten wir uns halten.«
Diana trat einen Schritt zurück. Er ließ die Hände sinken.
»Damals waren wir minderjährige Kinder«, sagte sie. »Heute können wir selbst entscheiden, was wir tun.«
»Das ist richtig. Aber wenn wir unser Verhalten ausgerechnet jetzt ändern, könnte das sehr gefährlich werden.«
»Hört das denn nie auf? Irgendwann muss doch endlich mal Gras über die Sache gewachsen sein.«
»Das wird es auch. Ich verspreche es dir. Danach wird alles wieder so wie früher. Aber bis dahin müssen wir uns an das halten, was wir ausgemacht haben. Keinen Kontakt.«
»Das schaffe ich nicht.«
»Doch.« Er nahm sie wieder in die Arme, wobei sie sich pro forma ein bisschen sträubte, und wiegte sie sanft. »Doch, das schaffst du.«
Sie flüsterte etwas, das sich verdächtig nach »Ich liebe dich« anhörte und Siegfried dazu brachte, in einer Art innerer Kapitulation die Augen zum Himmel zu wenden und »Ich dich auch« zu sagen.
Er strich ihr sanft über den Rücken.

»Und wenn wir zur Polizei gehen?«

Die Hand hielt inne. »Was?«

»Ich meine ja nur. Was soll uns schon groß passieren? Ich pfeife auf das, was die Leute reden. Wir gehen weg, irgendwohin. Nach England. Gemeinsam schaffen wir das. Ich will endlich wieder mit dir zusammen sein.«

Siegfried schien fieberhaft nachzudenken. Diana konnte sein Gesicht nicht sehen, weil er sie immer noch umarmte. Aber Sanela erkannte, dass er die Falle bemerkt hatte.

»Keine Polizei«, sagte er sanft. »Wir machen weiter wie bisher.«

Diana stieß ihn von sich. »Wie lange denn noch? Ich glaube dir nicht. Soll ich dir sagen, was ich denke? Du hast eine andere. Mich hältst du bloß hin, weil du Angst hast. Siegfried Reinartz, der Schisser. Du glaubst, auf die Tour funktioniert es, ja? Damit hältst du mich in Schach? Weil du so unwiderstehlich bist und mich vier Jahre lang an der Nase herumgeführt hast? Du bist kein einziges Mal zu mir gekommen. Du rufst nicht an. Meine Nachrichten ignorierst du. Ich will endlich wissen, was los ist.«

Das Mädchen zog die Daumenschrauben an. Siegfried reagierte so, wie jeder Gott auf die Herausforderung eines Sterblichen reagiert: mit Donnergrollen.

»Du steckst bis zum Hals in der Scheiße, wenn du jetzt hysterisch wirst. Das ist los.«

»Ich? Habe ich das richtig verstanden? *Ich?*«

»Wir alle. Aber du am meisten. Du bist allein, wenn du dich gegen uns stellst.«

»Verstehst du mich denn nicht? Ich will mich nicht gegen euch stellen. Ich gehöre dazu!«

»Nein, Diana. Dann würdest du mir jetzt nicht so eine Szene machen und mir in den Rücken fallen.«

»Das tue ich doch gar nicht!«

»Du drohst mir mit der Polizei. Hast du schon mal überlegt, was passiert, wenn ich den Spieß umdrehe? Wenn ich denen erzähle, wie du so drauf warst vor vier Jahren? Falls du es nicht kapierst: Ich schütze uns alle. Dich auch. Allerdings nur, wenn du dich an die Absprache hältst.«

»Und wenn nicht?«

»Dann, Diana, wirst du dir wünschen, wir wären uns nie begegnet.«

Schock, Unverständnis. Schließlich ein ganz, ganz langsames Begreifen. All das spielte sich auf dem Gesicht des Mädchens ab wie auf einer Kinoleinwand. Sanela vermutete, dass Siegfried ihr die Wahrheit noch nie so grausam und direkt vor die Füße geworfen hatte. Ihre Unterlippe zitterte, Tränen stiegen ihr in die Augen. Er begriff, dass er zu hart gewesen und sie drauf und dran war, ihm eine Szene zu machen. Oder Schlimmeres.

»Jetzt sieh mich nicht so an«, schwächte er seine Worte ab. »Wir alle haben gewusst, dass es hart wird und wir stark sein müssen. Sehr stark.«

Er wollte sie wieder in den Arm nehmen, aber Diana wich zurück.

»Versprich es mir.«

»Was?«

»Dass du mich nicht nur hinhältst. Schwör es.«

»Ich schwöre grundsätzlich nicht.«

»Dann…« Verzweifelt fuhr sie sich über die Augen. »Dann lass uns irgendwo hinfahren übers Wochenende. Ich bin heute nicht zur Uni. Und du hast auch frei. Wir fahren zum Flughafen und nehmen die nächste Maschine nach Paris. Oder London. Oder Venedig. Du wolltest doch immer mal nach Venedig. Weißt du das nicht mehr? Wie wir uns Thomas Mann vorgelesen haben, Felix Krull, *Der Tod in Venedig*. Und die *Buddenbrooks*, an Weihnachten… Das kannst du doch nicht vergessen haben?«

»Nein. Es geht trotzdem nicht.«
»Warum nicht?«, schrie sie. »Warum nicht?«
»Weil es unser Untergang wäre.«
»Deiner, Siegfried. Und der von allen anderen in diesem Haus.«
Er sah sie lange an. »Interessant. Eben noch wärst du so gerne eine von uns gewesen.«

Diana wollte noch etwas sagen. Doch sie überlegte es sich anders, lief hinaus und warf die Haustür krachend hinter sich ins Schloss. Siegfried sah ihr hinterher, nachdenklich. Vielleicht überlegte er, ob er zu hart gewesen war. Dann schlenderte er langsam zur Treppe. Sanela wartete einen Moment, bis sie seine Schritte auf den Stufen hörte.

Siegfried hatte Diana eiskalt abserviert. Keinen Kontakt. Trennung. Jeder sollte seiner Wege gehen. Klare Ansage. Doch das Mädchen hielt sich nicht daran. Sie klammerte sich an das, was einmal gewesen war – eine Freundschaft, vielleicht auch eine Liebelei. Und Siegfried, der Göttergleiche, statt sie in die Wüste zu schicken, hielt er sie hin. Vorsichtig, taktierend, mit gerade so vielen vagen Versprechungen, dass sie nicht zur Polizei ging. Diana hatte Siegfried in der Hand, er ihre Gefühle. Eine fragile Balance, an die sie sich gerade gegenseitig mit brillanter Schärfe erinnert hatten.

Leise schloss Sanela die Tür und platzierte den Putzeimer wieder dahinter. Dann schlich sie zurück zur Ablage und setzte ihre Suche fort. Als sie die letzte Mappe durchgesehen hatte – ein noch nicht beendeter Schriftwechsel mit der Sozialversicherung –, schob sie die Registratur enttäuscht zurück unter den Schreibtisch. Also doch der Safe. Vielleicht sollte sie einen Weiterbildungskurs belegen: »Tresore knacken für Anfänger.«

Die Regale. Fachliteratur. Ein paar Bildbände, wahrscheinlich Geschenke zu irgendeinem Firmenjubiläum oder Geburtstag. Ein in rotes Leder gebundener Foliant mit eingeprägter Goldverzierung ohne Titel. Er passte nicht zum Rest. Sie zog ihn heraus. Der Band war überraschend leicht, denn, das erkannte sie, als sie ihn in der Hand hatte, es war eine als Buch getarnte Schatulle. Darin befanden sich die Scheidungsunterlagen von Eva und Günter Reinartz, die Geburtsurkunden der Söhne, das Familienstammbuch, Melderegistereinträge sowie die Kaufverträge für die Häuser in der Savoyer Straße und in Gmund am Tegernsee. Sanela trug alles zum Schreibtisch und begann im Stehen, das Urteil und die Anhänge durchzublättern.

Das Vermögen von Günter Reinartz war vor vier Jahren auf 8,68 Millionen Euro taxiert worden, die Gattin hatte die Hälfte bekommen, außerdem das Domizil in Bayern, das sie wegen Eigenbedarf selbst bezogen hatte. Die Scheidung war Mitte Oktober 2011 rechtskräftig geworden.

Erschrocken sah Sanela hoch. Der Buick fuhr leise über den Kies in Richtung Kutscherhaus. Lida musste gerade zurückgekommen sein. Hastig blätterte sie weiter. Und dann geschahen zwei Dinge gleichzeitig: Die Haustür wurde geöffnet, und sie hielt den Ehevertrag in der Hand, den Günter Reinartz mit Lida Tudor geschlossen hatte.

Lida bekam, wenn sie es drei Jahre mit Reinartz aushielt, bei einer Trennung sagenhafte zweieinhalb Millionen Euro. Bevor Sanela in Versuchung geriet, die Summe auf die Anzahl der beigewohnten Nächte umzurechnen, rollte sie die Vereinbarung zusammen und versteckte sie unter ihrem Pullover. So schnell sie konnte, stellte sie das getarnte Buch zurück ins Regal. Keine Sekunde zu früh, denn die Tür öffnete sich, der Putzeimer fiel um, das Wasser ergoss sich auf den Teppichboden, und Lida und Sanela schrien beide gleichermaßen erschrocken auf.

»Entschuldigen Sie bitte!« Sanela schlug theatralisch die Hände zusammen.

Lida starrte fassungslos auf ihre Wildlederstiefel, die dank des Chauffeurs und der geräumten Straßen bis eben noch makellos gewesen waren.

»Was... tun Sie hier?« Mit einem großen Schritt umrundete sie die Pfütze. »Sie waren am Regal. Ich habe es genau gesehen.«

»Ich wollte staubwischen und dann die Fenster putzen.« Sanela griff nach dem Lappen, der auf den Boden geschwemmt worden war wie ein toter Fisch. »Ich wische das hier schnell auf. Nur eine Sekunde.«

»Lassen Sie das. Das trocknet wieder. Machen Sie oben weiter.«

Sanela nickte, nahm Eimer und Lappen mit und verließ das Arbeitszimmer. »Ist alles okay?«, fragte sie im Gehen.

Ihr Gegenüber blickte sie verwundert an. »Wie meinen Sie?«

»Entschuldigung. Wenn Sie etwas brauchen, rufen Sie mich einfach.«

Lida sah schlecht aus. Bleich, mit dunklen Ringen unter den roten Augen. Es musste schwer gewesen sein, einen Sarg auszusuchen, Blumen, den Grabstein. Müde ging sie zum Schreibtisch, streifte den Pelzmantel ab und legte ihn über den Drucker.

»Einen Tee?«

»Ja«, sagte Lida zerstreut.

Sanela huschte in die Personalküche und widmete sich nervöse fünf Minuten einem Beuteltee. Dann eilte sie mit dem Becher zurück. Lida telefonierte.

»Es ist zu früh«, sagte sie gerade. »Ich kann das noch nicht.«

Am anderen Ende musste Reinartz sein. Seine laute Stimme tönte durch den Hörer, beruhigend und drängend zugleich. Lida nahm ihr den Becher ab und schickte Sanela mit einer Handbewegung hinaus.

Das war gerade noch mal gutgegangen. Der Ehevertrag

kratzte auf der Haut, wahrscheinlich war er schon völlig zerknittert. In ihrem kleinen Zimmer unterm Dach holte sie ihn hervor und begann ihn in aller Ruhe zu studieren. Zweieinhalb Millionen Euro für drei Jahre Ehe. Günter Reinartz hatte keine Zeit verloren und Lida einen Tag nach der Scheidung von Eva geheiratet. Das Datum war festgehalten, ebenso wie der Ablauf der Frist. Im Oktober dieses Jahres, nur noch ein paar Monate…

Sanela starrte auf das in Anwaltsdeutsch abgefasste Schreiben und ahnte, was sie da in der Hand hielt: den Grund, weshalb Lida, die heimliche Geliebte, nach dem Tod ihres Sohnes und zwei Wochen Bedenkzeit zurück in dieses Haus gekehrt war. Den Grund für eine merkwürdige Ehe, für das Verschwinden der Söhne, die Trennung von Darko und ein bleischweres, dunkles Vergessen, mit dem alle Beteiligten die Vergangenheit übertüncht hatten wie eine alte Wand.

Der Drang, Gehring anzurufen, war übermächtig. Sanela wusste, dass sie sich nicht sehr professionell verhielt. Sie hatte einen Auftrag, und den erfüllte sie ziemlich schlecht. Sie sollte Lida überwachen und herausfinden, ob sie Kontakt zu Darko hatte. Stattdessen zauberte sie einen Ehevertrag aus dem Hut. Ein Dokument mit vielen Fragezeichen.

Wusste Darko davon? Wollten die beiden sich das Geld teilen? Hatte er Lida ermuntert oder gar aufgefordert, zu Reinartz zurückzukehren? Unmöglich, war ihr erster Impuls. Es musste Lidas eigene Entscheidung gewesen sein. Der Auftritt von Darko vor vier Jahren erschien nun in einem ganz anderen Licht. Hatte er Lida umstimmen wollen? Sie aus den Fängen des Unternehmers befreien? Das setzte allerdings voraus, dass sie ihm von diesem Angebot erzählt hatte.

Zweite Version: Lida schweigt. Warum auch immer. Zweieinhalb Millionen teilen oder nicht teilen – sie entscheidet sich für Letzteres und verlässt Darko. Der Vertrag bleibt geheim. Siegfried scheint etwas zu wissen. Vielleicht hat auch er im Arbeitszimmer geschnüffelt. Lida nimmt Reinartz' Antrag an, der reicht die Scheidung ein und wirft seine Frau raus. Darko begreift es nicht, rastet aus, wird von beiden vor die Tür gesetzt. Glaubt aber bis heute daran, dass es nicht Liebe war, die seine Frau zurück ins weiche Bett in die Savoyer Straße getrieben hat. Womit er durchaus richtigliegen könnte.

Dritte Möglichkeit: die mit dem größten Fragezeichen. Dieser Vertrag war eine Vereinbarung über das Lösegeld.

Ausgeschlossen. Sanela schob die absurdesten Gedankengänge wie Spielsteine über ein imaginäres Brett. Lida ermordet ihren Sohn – warum sollte sie Geld dafür bekommen? Lida hat Kontakt zu den Erpressern – warum sollten die vier Jahre warten, bis sie endlich das Geld sehen? Lida… Und da war sie, die Lösung. Aberwitzig. Abenteuerlich. Absurd. Abscheulich.

Lida wusste, wer Darijo getötet hatte. Die zweieinhalb Millionen waren keine Abfindung für erduldete Gefühle, sie waren Schweigegeld. Sanela warf sich auf das Bett und starrte an die Decke. Dieser Stein lag richtig. Endlich. Der erste Ansatz, der Sinn ergab. Die Polizei hatte die Konten von Günter Reinartz nach Darijos Entführung durchleuchtet. Jede größere Summe hätte Misstrauen erregt. Aber eine Heirat, ein Ehevertrag, ein nebeneinander gelebtes Leben und dann eine einvernehmliche Scheidung – wer würde anderes dahinter vermuten als den normalen Lauf der Dinge bei so einem Altersunterschied?

Lida war keine Herrin in diesem Haus, sondern nur geduldet. Im Oktober würde sie ihre Sachen packen und verschwinden. Sie würde sich ein Haus in Dubrovnik kaufen, eine Stadtvilla für eine Frau, die einst nach Deutschland gegangen war und es geschafft hatte. Die nie wieder mit leeren Händen dastehen wollte. Die Kroatien als Akademikerin verlassen hatte und als Putzfrau in dieses Land gekommen war, mit einem Rucksack voller Träume und Hoffnungen, der von Station zu Station leerer und leichter geworden war. Ihr Sohn war zu einer Last geworden, ihr Mann hatte sein Versprechen von Wohlstand und Glück nicht gehalten. Doch dann war etwas Unfassbares geschehen. Darijo war umgebracht worden. Statt zur Polizei zu gehen, ließ sie sich auszahlen. Sobald die Frist verstrichen war, würde sie verschwinden. Siegfried und Tristan kämen zurück. Dann, glaubte Diana, würde alles wieder so wie früher werden. Dummchen, dachte Sanela, dann schießt er dich endgültig auf den Mond, aber das nur nebenbei. Dann... würde Eva auch wieder auftauchen? Wo steckte die Frau eigentlich? In Gmund am Tegernsee, wahrscheinlich. Eine komfortable Ecke, um abzuwarten, bis Lida das Geld bekommen und aus dem Leben der Familie Reinartz verschwunden war. Heimlich schaute ab und zu noch ihr Exmann vorbei, und alle zusammen saßen die Zeit ab, bis diese Scharade endlich vorüber war.

Das setzte voraus, dass der Mord in diesem Haus geschehen war und alle unter einer Decke steckten. Lida musste davon gewusst haben. Sie hatte die Version mit der Entführung gedeckt, vielleicht sogar einen Verdacht gehabt, und dann dieses verlockende Angebot bekommen. Die Träume einer Putzfrau waren wahr geworden. Für einen entsetzlichen Preis.

»Was machst du denn hier?«

Erschrocken fuhr Sanela hoch. Tristan hatte die Tür geöffnet und sah sie vorwurfsvoll an. Hastig versteckte sie die Blätter unter der Bettdecke, aber natürlich hatte er sie schon gesehen.

»Pause.«

Er kam herein. Hatte diesen Kindern eigentlich niemand beigebracht, dass auch Hausmädchen so etwas wie eine Privatsphäre hatten?

»Was gibt es denn zum Mittagessen?«

»Keine Ahnung.«

Er umrundete die Kisten, blieb unschlüssig stehen. »Mein Vater hat gesagt, dass er dich wahrscheinlich nicht übernimmt.«

»Oh.« Vorsichtig stand Sanela auf. »Hat er auch verraten, warum?«

»Du hast einen schlechten Einfluss auf Siegfried, und du arbeitest nicht gründlich genug.«

Das waren keine guten Neuigkeiten. Eigentlich hatte sie fest damit gerechnet, dass sie noch ein paar Tage bleiben konnte. Aber Reinartz schaute sogar einem geschenkten Gaul ins Maul.

»Wegen gestern? Das war er, nicht ich.«

»Ich weiß.« Tristan schlich sich wieder zur Tür. »Ich wollte es dir nur sagen. Damit du dich drauf einstellen kannst.«

»Danke. Das ist nett von dir.«

Vorsicht, Vorsicht. Komplimente verunsicherten ihn. Er wollte etwas loswerden. Sie musste behutsamer sein.

»Dann wird es nicht so hart, meine ich«, setzte sie hinzu. »Schade. Ich wäre gerne geblieben. Nicht wegen deinen Eltern, die sind nett. Aber mit euch wäre es sicher lustig geworden.«

»Lustig?« Die Vorstellung musste in Tristan ein ähnliches Befremden hervorrufen wie Go-go-Girls bei einer Priesterweihe. Er war erst sechzehn, dennoch bekam Sanela in seiner Anwesenheit langsam das Gefühl, einem vor der Zeit gealterten Melancholiker gegenüberzustehen.

»Vergiss es. Keine Angst, ich werde deinen Bruder nicht verpfeifen. Aber bei der Nächsten sollte er mit seinem Gras vielleicht ein bisschen vorsichtiger sein.«

»Die Kisten«, sagte er und blickte zu Darijos letzter Habe. »Bist du jetzt durch damit?«

»Warum?«

»Es ist ein komisches Gefühl. So als ob er gleich hier einziehen würde. Dabei ist er tot.«

Sie lehnte sich an den Türrahmen.

»Auf manchen Sachen ist Blut«, behauptete sie spontan.

Tristan zuckte kaum merklich zusammen.

»Darijo hatte wohl mal einen Unfall, hat mir Frau Reinartz gesagt. Kannst du dich noch daran erinnern?«

»Nein«, antwortete er.

Sie war sicher, dass er log. Und dass er vielleicht der Einzige in diesem Haus war, der zu schwer an seinem Geheimnis trug.

»Diese Entführung…«, begann sie. Tristan war schon halb auf dem Rückzug. »Wie kommst du damit klar? Beschäftigt dich manchmal der Gedanke, dass es genauso gut dich hätte erwischen können?«

»Nein.« Die Verblüffung in seiner Stimme klang echt. »Mein Vater hat ja dann alles getan, um mich zu schützen.«

»Indem er dich ins Internat geschickt hat.«

»Ja«, sagte er gedehnt.

Er schien nicht zu wissen, worauf sie hinauswollte, war jedoch zu neugierig, um sie einfach zu ignorieren. Sanela spähte in den Flur. Siegfried war wach, aber durch seine Tür drang der rhythmische Bass einer Techno-Compilation. Er würde kein Wort von ihrer Unterhaltung hören können.

»Wie lange müsst ihr das noch aushalten? Bis Oktober?«

Tristan zog scharf den Atem ein. »Woher weißt du das?«

»Ich weiß mehr, als du denkst. Es ist doch klar, dass Lida auf dem Absprung ist. Was passiert dann? Dürft ihr zurückkommen? Gibt es dafür schon Pläne?«

»Du spinnst«, stieß er hervor und rannte in sein Zimmer.

Sie sah auf ihre Armbanduhr. Gleich elf. Sie musste eine Möglichkeit finden, den Ehevertrag zu fotografieren und an Gehring zu senden. Auf der anderen Straßenseite lebte eine tickende Zeitbombe. Reinartz wollte sie rauswerfen. Und wenn sie noch die Fenster putzen wollte, dann wurde langsam die Zeit knapp.

36

Wütend warf Diana ihre Umhängetasche auf die Couch und ging zum Kühlschrank. Mit einem Glas Wasser in der Hand trat sie an das breite Fenster und starrte auf das Haus gegenüber.

Es war vorbei. Sie legte die Stirn an die Scheibe und schloss die Augen. So fühlte es sich also an, das Nichts. Keiner flaggte Trauerflor. Die Welt drehte sich weiter. Nur sie verharrte in einem katatonischen Schock, unfähig, mehr zu begreifen als das simple: Es war aus. Endgültig. Und dann war Stille.

Sie wusste nicht, wie lange sie dort gestanden hatte. Irgendwann war ihr das Glas aus der Hand gerutscht und auf dem Boden zerschellt. Polina kam wenig später von oben herunter, wo sie an diesem Vormittag die Zimmer aufgeräumt hatte. Sie führte Diana zur Couch, beseitigte die Scherben, fragte nicht, wischte das Wasser auf. Es war die Stunde null. Kein Anfang, nur Ende.

Später ging sie hinauf und legte sich in ihr Bett. Ihre Mutter klopfte einmal, ließ sie dann aber in Ruhe. Diana wusste, dass sie zwei Möglichkeiten hatte: entweder die Schlaftabletten zu nehmen, die sie schon so lange gesammelt hatte, oder den lästigen Vertrag mit dem Leben noch einmal zu verlängern, dann aber richtig. Sie brauchte eine Strategie, um weiterzumachen. Ein Ziel. Eine Aufgabe. Der Gedanke, Siegfried leiden zu sehen, ihn zu zerstören, war verlockend. Ihr Handy vibrierte. Eine SMS von ihm.

Wir müssen durchhalten, egal wie schwer es uns fällt. Mir geht es genauso wie dir.

Zärtlich strich sie über das Display.

Lügner, schrieb sie zurück.

Wenig später kam die Antwort.

Liege im Bett und denke an dich. Wish you were here.

Das war immer der Auftakt zu ganz besonderen Sessions gewesen. Dieses Mal ignorierte sie die Aufforderung.

Im Ernst: Was würdest du tun, wenn alles auffliegt?, fragte sie.

Es dauerte, bis die Antwort kam.

Ich würde mich umbringen.

Ich auch, schrieb sie zurück.

Dann schaltete sie das Handy aus und zog sich die Decke über den Kopf. Das war doch endlich mal ein Plan.

37

Lutz Gehring nahm den Weg in die Kantine hinunter in den ersten Stock auf sich, um an einen guten Kaffee zu kommen. Bis zu seinem Termin mit Diana Jessen, den er mit ihrer hocherfreuten Mutter ausgemacht hatte (»Zwölf ist wunderbar! Möchten Sie vielleicht eine Kleinigkeit essen?«), war noch genug Zeit dafür. Die Morgenlage hatte wenig neue Ergebnisse gebracht. Darko Tudor blieb verschwunden (den Duster vermuteten sie mittlerweile in einem Seitenarm der Oder), die Kontobewegungen von Reinartz verzeichneten keine rätselhaften Millionenüberweisungen, Lida wurde nicht angerufen, es gab keine neuen Ansätze. Eine deprimierende Ernüchterung legte sich wie Mehltau über alle Versuche, doch noch einen Schritt weiter zu kommen. Hauptverdächtiger laut der eidesstattlichen Versicherung von Julia Venneloh war der flüchtige Vater des Jungen.

Gehring wusste, dass sie zumindest diesen Erkenntniserfolg Sanela Beara verdankten. Ohne die Studentin wüssten sie weder von der Hütte noch von der Jacke. Aber er war nicht einverstanden damit, wie sie an diese Ergebnisse herangekommen war. Er musste das ein für alle Mal mit ihr klären. Im Moment allerdings waren andere Dinge wichtiger. Den Pick-up hatten sie Millimeter für Millimeter untersucht, Dörte Kapelnik war außer auf der Ladefläche auch noch im Fahrerraum unter der Fußmatte fündig geworden. Ein paar verdächtige Flecken, eindeutig Blut, doch die DNA-Analyse brauchte Zeit. Zeit, die ihnen durch die Finger rann, denn Darijos Schicksal war nicht zuletzt dank ihrer eigenen Bemühungen wieder in aller Munde. Es wurden Ergebnisse erwartet, zumindest Fortschritte. Der fast verzweifelte Pressesprecher hatte Gehring angefleht, wenigstens die Fahndung nach Tudor rausgeben zu dürfen, gab sich dann aber dem Argument geschlagen, dass jede Art von öffentlicher Aufmerksamkeit im Augenblick kontraproduktiv wäre.

Vage, wie das erste leise Pochen eines kariösen Backenzahns, breitete sich in Gehring ein Gefühl aus, das ihn dazu brachte, über ein zweites Scheitern nachzudenken. Immerhin schienen sie den Fall halbwegs geklärt zu haben, wenn auch nur aufgrund der Beteuerung von Darko Tudors sitzengelassener Geliebten. Das war zu wenig. Nichts, was man in einen Abschlussbericht hineinschreiben konnte. Den überfahrenen Hasen hatte er gar nicht mehr erwähnt. Mochte Beara das wichtig finden, er befürchtete eher, sich damit lächerlich zu machen. Guten Tag, Herr Reinartz, wir ermitteln nun auch in einem Fall von Tierquälerei... Andererseits, und da hatte die Studentin nicht ganz unrecht, war der brutale und mutwillige Tod dieses armen Wesens ein weiterer Hinweis darauf, dass es Darijo in diesem Haus nicht gutgegangen war. Deshalb erwartete er sich etwas von einem Gespräch mit Diana Jessen, obwohl sie Siegfried in Schutz nehmen würde. Er erwartete auch weitere Ergebnisse von Beara, sonst würde er sie abziehen.

Den Einsatz einer verdeckten Person hatten alle zunächst gut gefunden. Niemand wusste, wer es war, nur Angelika Rohwe schien etwas zu ahnen. Er hatte einen fragenden Blick von ihr aufgefangen und ihn geflissentlich ignoriert.

Gehring schreckte zurück, als er mit Schwung den Raum betrat und ausgerechnet sie am Kaffeeautomaten stehen sah, wo sie darauf wartete, dass ein Cappuccino durchlief.

Angelika bemerkte ihn sofort. Da er die schwach besetzte Kantine schon zur Hälfte in ihre Richtung durchquert hatte, wäre es lächerlich, jetzt so zu tun, als hätte er sie nicht gesehen.

»Auch hier?«, fragte er. Dämlicher konnte man eine Unterhaltung wohl kaum beginnen.

Ihre Tasse war voll, sie zog sie vorsichtig vom Gitter und trat einen Schritt zur Seite, um ihm Platz zu machen. »Das ist ja selten.« Vorsichtig trank sie einen kleinen Schluck Milchschaum ab. »Vom Olymp in den Hades des Casinos.«

Er lächelte und steckte eine Münze in den Schlitz. »Wahrscheinlich brauche ich etwas Ablenkung, bevor ich die nächste erfolglose Befragung starte.«

»Diana Jessen.«

Er nickte und drückte aus Versehen auf den Cappuccino-Knopf. Eigentlich hatte es ihn nach einem einfachen, gut gebrühten Kaffee verlangt. Gurgelnd sprang die Maschine an.

»Sie soll wegen Magersucht in Behandlung gewesen sein. Kannst du darüber etwas herausfinden?«

Angelika wich zwei schnatternden Bereitschaftspolizistinnen aus, die sich mit frostroten Gesichtern über die Kuchenauslage beugten. Sie erinnerten Gehring an Beara. Wahrscheinlich nur, weil sie ungefähr im gleichen Alter waren.

»Das wird schwierig.« Angelika starrte in ihre Tasse. »Bis jetzt ist sie Zeugin, oder? Da werde ich wohl kaum an ihre Krankenakten kommen.«

»Versuch es einfach.« Gehring hasste diesen Pessimismus.

Meistens hatte sie recht. Aber vielleicht wäre im einen oder anderen Fall mit ein wenig mehr Verve doch noch etwas herausgesprungen.

Angelika seufzte. »Wo ich dich hier gerade sehe...«, begann sie.

Er ahnte Böses. Gerade spuckte die Brühgruppe röchelnd den Espresso in die Tasse. Er sah sich um. Sie waren nicht gerade allein. Allerdings weit genug von den anderen Besuchern der Kantine entfernt, um nicht gehört zu werden.

»Es tut mir leid«, sagte er hastig. »Wirklich. Ich hätte schon viel früher mit dir reden sollen. Aber es ist immer etwas dazwischengekommen.«

»Dann hast du es also gehört?«

Gerade wollte er fragen, was ihm denn zu Ohren gekommen sein sollte, da trat sie einen Schritt näher zu ihm.

»Das mit Werner und mir«, sagte sie leise.

»Mit Großjohann und dir?«, entfuhr es ihm. Ihre verblüffte Miene verriet ihm, dass er gerade einen Fehler gemacht hatte.

»Ich dachte«, fuhr sie fort und strich sich verwirrt die sowieso schon ordentlichen Haare aus dem Gesicht, »du wüsstest das. Kurz nach Neujahr, es war eher ein Spaß. Mal ins Kino gehen und so. Da ist es dann passiert.«

Die Milch lief dampfend in den Becher, sein Cappuccino war fertig. Er begriff das alles nicht. Angelika hatte ständig versucht, ihn abzupassen, ihn einmal allein anzutreffen, ihn unter vier Augen zu sprechen... nicht etwa, weil sie sich mehr von ihm erhofft hatte, sondern weil sie längst einen anderen datete. Ausgerechnet Großjohann, der Besenstiele zum Frühstück schluckte. Am liebsten hätte er vor Erleichterung laut aufgelacht, doch er beherrschte sich.

»Es tut mir schrecklich leid. Ich wollte dich nicht verletzen. Dass ich es dir ausgerechnet jetzt sage, zwischen Tür und Angel, war auch nicht so geplant. Nur irgendwann musste ich raus mit der Sprache. Es war wunderschön mit dir, bitte glaube mir das.« Sie legte ihre Hand auf seinen Oberarm. Trost sollte es sein, doch in ihren Augen stand die Sorge, er könne ihr jetzt vor allen Kollegen eine Szene machen. »Ich bin froh, dass du es jetzt weißt.«

Er mied ihren Blick, und sie ließ ihn endlich wieder los.

»Und...« Er suchte nach Worten, die seine Erleichterung nicht allzu deutlich machten. »Wie, ähm, also... läuft es so?«

»Es geht ja erst seit ein paar Wochen, aber ich glaube, das wird was Ernstes.«

Er sollte ihr die Wahrheit sagen. Damit würde er sie verletzen. Oder sich geknickt mit seinem Cappuccino hinausschleichen. Dann hätte er für ewig einer Frau das Gefühl gegeben, dass sie ein wichtiger Mensch in seinem Leben gewesen war. Lüge contra Wahrheit. Die Entscheidung fiel ihm, auch im Hinblick auf ihre zukünftige Zusammenarbeit, nicht schwer.

»Ich wünsche euch alles Gute. Aber jetzt muss ich los.«

»Danke.«

Es fehlte nicht viel, und sie wäre ihm um den Hals gefallen. In vorauseilender Abwehr hob er die Hand, nickte ihr freundlich zu, eilte mit dem Pappbecher hinaus und hätte am liebsten einen hackenknallenden Luftsprung gemacht.

Die Euphorie verließ ihn, noch bevor er die Stadtautobahn erreicht hatte. Diana, das Mädchen aus der Nachbarschaft, war der Schwachpunkt im Bollwerk der Familie Reinartz. Wenn es ihm nicht gelang, sie zum Reden zu bringen, war Sanela Beara seine einzige Chance. Darauf wollte er sich lieber nicht verlassen.

Karin Jessen musste neben dem Eingang auf ihn gewartet haben, denn sie riss die Tür auf, kaum dass er geklingelt hatte. Auf der Marmorplatte des Küchentresens standen mehrere Teller mit Salaten und Fingerfood. In freudiger Erwartung bot sie ihm einen Platz an und wurde herb enttäuscht.

»Ich muss mit Ihrer Tochter reden. Wo finde ich sie?«

»Oben.«

Verdattert stand sie da, als er die Treppe, zwei Stufen auf einmal nehmend, hochstürmte. »Erste Tür rechts!«, rief sie ihm noch hinterher.

Ein schmaler Flur, beigefarbener Teppichboden, einige belanglose Blumendrucke an der Wand. Gehring klopfte. Erst beim dritten Mal hörte er eine verschlafene Stimme.

»Ja?«

Als er eintrat, lag Diana in ihrem Bett. Es war ein hübsches Zimmer, sehr beige- und rosalastig, aber die junge Frau hatte dem teuren Massengeschmack ihrer Mutter durchaus etwas entgegenzusetzen. Kleiderhaufen lagen auf dem Boden, halb ausgeräumte Sporttaschen standen auf dem überladenen Schreibtisch. Neben und unter dem Bett Bücher, Jugendzeitschriften, ein Tablet, diverse Aufladekabel in heilloser Verwirrung, halb volle Gläser auf dem Nachttisch. Ein paar verstaubte Eislaufschuhe hingen am Kleiderschrank, dessen Türen wegen der lieblos hineingestopften Kleidung nicht mehr schlossen. Das Leder war brüchig und von einem feinen Craquelé überzogen. Wahrscheinlich hatte Diana sie schon genauso lange nicht mehr benutzt wie die alten, verdreckten Reitstiefel in der Ecke.

Er nahm einen Fellparka, an dem innen noch ein Etikett hing, und mehrere Strickjacken von ihrem Schreibtischstuhl, legte alles sorgfältig auf das Fußende ihres Bettes und setzte sich.

Diana war mittlerweile wach. Das Haar hing ihr wirr ins Gesicht. Sie trank einen Schluck Wasser aus einem der Gläser, rieb sich die Augen und wirkte unausgeschlafen, aufgestört und missmutig. Obwohl ihr Zustand etwas Verwahrlostes hatte – ein Eindruck, den das Chaos ringsum noch verstärkte –, war sie immer noch bildschön. Leicht gerötete Wangen, ein voller Mund mit rosigen Lippen. Die kleine, aristokratisch geschwungene Nase in der ewig kindlichen, Beschützerinstinkte weckenden Proportion zu der hohen Stirn und den großen Augen, mit denen sie ihn prüfend ansah. Sie kannte ihn. Gehring spürte es, als sie nach kurzem Überlegen das Glas auf den Boden stellte.

»Wer sind Sie?«, fragte sie. »Was machen Sie hier?«

»Kriminalhauptkommissar Lutz Gehring. Ich ermittle im Mordfall Darijo Tudor und hätte ein paar Fragen an Sie.«

»Darijo…« Ihre Augen wurden feucht.

Gehring wusste nicht, ob die Rührung gespielt oder echt war.

»Ich hab's gehört. Im Radio und im Fernsehen. Und natürlich von Siegfried. Es heißt, dass es der Vater war. Wie kommen Sie darauf?«

»Dazu darf ich Ihnen keine Auskunft geben.«

»Ich bin ihm einmal begegnet. Ein finsterer Typ, trotzdem irgendwie anziehend. Nachdem Darijo verschwunden war, hätte er Herrn Reinartz mal beinahe zusammengeschlagen. – Da war ich aber nicht dabei«, setzte sie hastig hinzu.

Gehring holte sein Notizbuch hervor, schlug es an der Stelle auf, die der Kugelschreiber markierte, und ließ ihn zur Einstimmung ein paarmal kurz klicken.

Er wartete darauf, dass sie fortfuhr. Dass Mutmaßungen kamen, Verdächtigungen. Die ganze Litanei von »Ich habe es schon immer gewusst« bis hin zu »So einem ist alles zuzutrauen«.

Zu seinem größten Erstaunen sagte sie: »Ich glaube nicht, dass er es war.«

»Nicht?«, fragte er überrascht.

»Seine Ex hat ihm wehgetan. Nicht der Junge. Warum hätte er seine Wut an Darijo auslassen sollen?«

»Es geht nicht nur um Mord, sondern auch um Kindesmisshandlung. Sie sind damals im Hause Reinartz ein und aus gegangen. Ist Ihnen da nichts aufgefallen?«

Mit Augen, blau und unschuldig wie der Himmel im Paradies, sah sie ihn verwundert an. »Wie?«

»Haben Sie etwas bemerkt, das im Nachhinein Rückschlüsse zuließe auf die Art, wie Darijo behandelt wurde?«

»Das hab ich schon verstanden. Ich meinte eher, wie soll er misshandelt worden sein?«

»Er hat zwei Schneidezähne verloren.«

»Oh, das war Siegfried.« Sie nahm ein anderes Glas und trank wieder einen Schluck.

»Tatsächlich? Mal war es Fußball, mal Hockey, mal die Treppe.«

»Es war Siegfried«, bekräftigte sie. »Glauben Sie mir. Ich war dabei.«

»Wie ist es dazu gekommen?«

Gehring machte sich eine Notiz und begann sich zu fragen, was er bei diesem Mädchen übersah. Irgendetwas stimmte nicht mit ihr. Angeblich war sie doch so verliebt in diesen Studenten. Er hatte mit Ausflüchten gerechnet, mit einem vehementen Abstreiten, dass es solche Dinge in den schönen Villen am Wannsee nicht gab. Dass Siegfried, ein Ausbund an Güte und Nächstenliebe, niemals die Hand gegen einen kleinen Jungen erheben würde.

»Siegfried hat ihm einmal eine reingehauen, als er uns überrascht hat. Beim … Na ja, was man halt so macht, wenn man sich liebt und glaubt, man ist alleine.«

»Wann war das?«

»Warten Sie … Ich weiß es nicht. Daran kann ich mich nicht mehr erinnern. Aber die Tudors waren noch nicht lange da. Irgendjemand hat dem Kleinen erzählt, er bekäme ein Zimmer im Haus. Oben unterm Dach, bei den Jungs. Er ist wohl aus Neugierde hoch, denn eigentlich hatten die Kinder von Hausangestellten dort nichts zu suchen. Plötzlich stand er im Zimmer. Siegfried hat ihm dann eine gelangt. Ich wollte das nicht.«

Gehring schrieb mit. Dies war der Durchbruch. Er konnte die Zusammenhänge noch nicht klar benennen, aber Dianas Aussage zog den beinahe steckengebliebenen Karren aus dem Morast. Wie einfach das alles war. Warum hatten sie Diana Jessen eigentlich damals nicht auf dem Schirm gehabt? Niemand hatte sie erwähnt, sie war nicht existent in der langen Liste derer, die Kontakt zu Darijo gehabt hatten. Das war es, was ihn störte. Nicht, dass ihre Mutter versucht hatte, ihre Tochter aus der Sache herauszuhalten. Ihr war die Verbindung zum Haus gegenüber wohl schon immer ein Dorn im Auge gewesen. Aber Günter Reinartz hätte sie erwähnen müssen. Eva. Tristan. Nicht zuletzt Siegfried, mit dem sie so lange zusammen gewesen war. Der Name Diana hätte früher oder später fallen müssen. Vielleicht war die Erklärung ganz simpel: Diana hatte miterlebt, was Darijo passiert war, also am besten so tun, als hätte es sie nie gegeben. Das hatte großartig funktioniert, und Gehring hätte sich dafür ohrfeigen können.

»Sie wollten das nicht?«, hakte er nach. Ob sie die Aussage unter Eid wiederholen würde?

»Darijo hat geblutet und geweint. Ganz schrecklich. Blöd, dass es am Abend passiert ist. Herr Reinartz war zu Hause und hat es mitbekommen. Er hat sich Siegfried vorgeknöpft. Ich war nicht dabei. Ich musste gehen. Aber am nächsten Tag hat Siegfried mir erzählt, dass er das Quad nun in den Wind schreiben kann.«

»Welches Quad?«

»Das, das er dann doch zu seinem Sechzehnten bekommen hat, nachdem er wochenlang zu Kreuze gekrochen ist.«

»Herr Reinartz hat die zahnärztliche Behandlung von Darijo bezahlt. Wissen Sie etwas darüber?«

»Ja, das hab ich damals zufällig mitbekommen. Glauben Sie nicht, dass er das aus reiner Menschenfreundlichkeit getan hat.«

»Aus welchem Grund denn dann?«

»Er hatte gerade angefangen, mit seiner Putzfrau zu vögeln.« Sie sagte es völlig ruhig, allenfalls mit einem Anflug von Bedauern. »Er wollte, dass die Jungs sich verstehen. Je weniger Stress, desto mehr Freude im Bett. Siegfried wusste: Noch ein Vorfall dieser Art, und es geht ab ins Internat.«

Sie legte den Arm aufs Kissen und stützte das Kinn in die Hand. Geduldig wartete sie, dass er mit dem Schreiben nachkam.

»Dann hat es schon vorher Ausraster gegeben?«

»Ja. Aber meistens so, dass Herr Reinartz nichts davon mitbekommen hat. Siegfried hat Darijo gehasst. Siegfried hasst alles, was schwach ist und sich nicht wehren kann. Es macht ihm Spaß, seine Macht zu demonstrieren. Er hat mit Darijo gespielt wie die Katze mit der Maus. Irgendwann gab es Ärger, und das hat ihn zur Weißglut gebracht. Seitdem war er vorsichtig. Er hat zwar nicht aufgehört, Darijo nachzustellen, aber er ließ sich nicht mehr dabei erwischen.«

»Sind Sie sicher?« Gehring sah hoch. Zum ersten Mal redete jemand über die Vorgänge im Hause Reinartz. Und dann auch noch ohne Punkt und Komma.

»Klar. Ich kenne ihn sehr gut. Ich weiß, wie er tickt.«

»Das sind schwere Anschuldigungen.«

»Was wollen Sie?«, fauchte Diana. »Ich erzähle Ihnen nur, wie es war.«

»Warum erst jetzt?«

Unsicherheit und Wut flackerten in ihrem Blick, doch im nächsten Moment hatte sie sich wieder unter Kontrolle. Gehring erinnerte sich an das Foto, das Sanela Beara aufgetrieben hatte, und zählte eins und eins zusammen. Das Mädchen von früher hatte Siegfried verehrt. Das Mädchen von heute wollte ihn vernichten. Etwas war zwischen den beiden vorgefallen. Diana hatte ihm die Loyalität aufgekündigt, und nun sprudelte sie wie ein Wasserfall. Selbst wenn sie maßlos übertrieb – die Essenz ihrer Aussage würde Siegfried und Tristan zumindest in die Enge treiben. Er fragte sich, ob sie bei ihrer Version bleiben würde, wenn es zu einer Gegenüberstellung käme.

»Hat Lida Tudor davon gewusst?«, fragte er.

Diana zuckte mit den Schultern. »Sie hat nicht mit mir darüber gesprochen, falls Sie das meinen. Aber ich nehme mal an, dass einer Mutter auffällt, wenn ihr Kind ständig blaue Flecken hat oder drei Wochen lang rumkeucht, weil es getreten wurde. Aber auch sie wollte keinen Stress.«

»Darijos Rippenfraktur geht auch auf Siegfrieds Konto?«

»Ich habe versucht, mit ihm darüber zu reden, aber er ist jedes Mal stinkwütend geworden. Und... nicht sehr nett.«

Ohne Gehring aus den Augen zu lassen, tastete sie mit der freien Hand nach dem nächststehenden Glas, schnupperte am Inhalt und trank einen Schluck. »Lida hatte gerade den fettesten Fisch ihres Lebens an der Angel. Darijo hat da bloß gestört. Er war der Sand im Getriebe. Ich glaube, sie wäre manchmal ganz froh gewesen, wenn er nicht da gewesen wäre.«

»Sie glauben...«

»Ich glaube gar nichts. Ich erzähle Ihnen nur, was ich mitbekommen habe. Machen Sie daraus, was Sie wollen. Diese Frau war ihrem Sohn nicht gerade eine Stütze.«

»Was ist sonst noch geschehen?«

»Als Siegfried mitbekommen hat, wie machtlos Darijo war, wie wackelig seine Position ganz unten am Ende der Hackordnung, hat er sich ein paar Gemeinheiten ausgedacht. Er hat ihn in den Keller gesperrt. Oder in den Speiseaufzug. Ihn stundenlang unter der kalten Dusche stehen lassen und all solche Sachen.«

»Und Sie?«

»Warum ich dem Kleinen nicht geholfen habe, meinen Sie? Hier.«

Sie schob ihr Sweatshirt hoch und zeigte ihm einige blasse, parallel verlaufende Narben. Stichverletzungen. »Das passiert, wenn man sich Siegfried in den Weg stellt.«

Gehring betrachtete die Narben und fluchte innerlich. Er erkannte auf den ersten Blick, was daran nicht stimmte. Trotzdem hatte Diana ihn gerade gezwungen, ihre Anschuldigungen von Amts wegen ernst zu nehmen. Er konnte gar nicht anders, als alle »unaufschiebbaren Ermittlungshandlungen vorzunehmen«, weil er gerade durch seine eigene Wahrnehmung Kenntnis von einer weiteren Straftat erhalten hatte – so durchsichtig Dianas Versuch auch war. Gehring wusste, dass die Messerattacke vor den Augen eines Rechtsmediziners keinen Bestand haben würde. Dennoch konnte er sie auch nicht ignorieren. Bestehen blieb, dass sie Siegfried beschuldigte. Damit war die Zeit von »bitte« und »danke« vorbei. Er musste den jungen Reinartz vorladen, und er durfte keine Zeit mehr verlieren.

Er nickte. »Frau Jessen, das sieht nicht gut aus. Dürfte ich Sie bitten, mit mir ins Präsidium zu kommen?«

»Warum das denn?«

»Weil Sie eine Zeugin sind. Wir brauchen Ihre Aussage.«

»Ich weiß nicht...« Ihre Unsicherheit war echt.

Es war leicht, im Bett zu liegen und seiner Wut und Enttäuschung Luft zu machen, indem man den verlorenen Geliebten entzauberte. Ein offizieller Vorgang war da schon etwas anderes. Das Verlassen der Anonymität, der Schritt ins Scheinwerferlicht einer Ermittlung. Worte, die nie mehr zurückgenommen werden konnten. Vorwürfe, die ihre Stichhaltigkeit beweisen mussten. Verdächtigungen, die im Feuer eines Verhörs zu wasserdichten, gerichtsverwertbaren Aussagen geschmiedet – oder fallengelassen und als Spinnereien entlarvt werden würden. All das schien Diana eben erst zu begreifen. Er durfte keine Zeit verlieren.

»Selbstverständlich werden wir Ihre Aussage zunächst vertraulich behandeln.«

»Was heißt zunächst?«

Das Mädchen war nicht dumm. »Wenn es zu einer Anklageerhebung kommt, müssen wir natürlich Ross und Reiter kennen.«

»Das mache ich nicht. Nein.«

»Dann lassen Sie uns wenigstens Ihre Verletzungen untersuchen. Wie lange ist das her?«

Sie zog das Shirt vor der Brust zusammen, als hätte er ihr gerade gedroht, es ihr vom Leib zu reißen. »Weiß ich nicht mehr. Ich hätte Ihnen das alles nicht erzählen dürfen.«

Hast du aber, mein liebes Kind. Und du bist schlau genug, damit einen bestimmten Zweck zu verfolgen. Ebenjener Zweck war beinahe noch interessanter als der Inhalt von Dianas Geständnis.

»Es tut mir sehr leid, Frau Jessen. Wenn ich Sie nicht mitnehme, mache ich mich schuldig. Ich bin Kriminalbeamter und habe soeben Kenntnis von einer schweren Körperverletzung erhalten. Ich darf gar nicht sagen, vergessen wir das alles. Ich würde mich strafbar machen. Bitte begleiten Sie mich. Ich verspreche Ihnen, dass ich sehr diskret mit Ihren Informationen umgehen werde.«

Gehring stand auf und verließ den Raum, in dem eine verblüffte Diana zurückblieb. Noch im Flur rief er Haussmann an und erreichte ihn auf dem Weg zu einer Vorlesung in der Charité. Der Rechtsmediziner war nicht sehr angetan von der Aussicht, am Nachmittag noch eine Begutachtung einzuschieben, lenkte jedoch sofort ein, als Gehring ihm den Fall schilderte.

»Probeschnitte, meinen Sie?«

»Ich bin kein Fachmann«, erwiderte Gehring leise. Aus Dianas Zimmer war ein Poltern, gefolgt von einem Fluch zu hören. Wahrscheinlich suchte sie gerade ein passendes Paar Schuhe. »Aber Sie haben uns selbst bei der letzten Fortbildung die Unterschiede per Diavortrag aufgezeigt. Es sind drei, vier parallel verlaufende Narben – also keinesfalls willkürlich angesetzt.«

»Hatte sie schon einmal einen Suizidversuch?«

»Ich weiß es nicht. Wir werden es sicher herausfinden.«

Er legte auf und kehrte zurück in Dianas Zimmer. Das Mädchen knöpfte gerade seine Jeans zu. Er nahm den Parka und reichte ihn ihr.

»Es dauert nicht lange. Sie werden mich ins Präsidium begleiten. Dort werden wir Ihre Aussage aufnehmen und Sie anschließend in der Charité untersuchen lassen.«

»Ich will nicht ins Krankenhaus! Was soll das?«

»Sie haben Siegfried Reinartz beschuldigt, Sie mit einem Messer verletzt zu haben. Sie müssen Anzeige erstatten.«

»Nein!«

»Dann muss ich es tun. Ziehen Sie sich was Warmes an und kommen Sie runter.«

Er lief die Treppe hinab und telefonierte noch im Laufen mit Angelika Rohwe, die einen Streifenwagen losschicken und mitfahren sollte. Unten erwartete ihn Karin Jessen.

»Was ist hier los?«

Diana stürmte aus ihrem Zimmer und brüllte von oben: »Ich werde nicht mitkommen! Mama, ruf unseren Anwalt an. Sofort!«

»Ich verlange eine Erklärung«, fauchte ihre Mutter.

Gehring steckte das Handy wieder ein und wandte sich mit

einer beruhigenden Geste an Karin Jessen. »Ihre Tochter muss mich leider aufs Präsidium begleiten. Wir brauchen ihre Aussage. Es ist wichtig.«

»Nein!« Das Mädchen stürmte die Treppe herunter. »Machen Sie, dass Sie rauskommen! Ich werde nie, nie wieder mit Ihnen reden!«

»Um Himmels willen! Was hast du dem Herrn bloß gesagt?«

»Die Wahrheit«, antwortete Diana. »Er wollte wissen, was drüben passiert ist, und da hab ich's ihm erzählt.«

Karin Jessen hob entsetzt die Hand vor den Mund. »Nein. O nein, das hast du nicht. – Sie bleibt hier«, sagte sie zu Gehring. »Ich werde nicht zulassen, dass das alles noch mal von vorne beginnt.«

»Ihre Tochter hat nichts zu befürchten.«

»Nein? Wirklich nicht? Beim ersten Mal waren es zwei Wochen, beim letzten Mal drei Monate stationärer Aufenthalt. Sie wird nirgendwo hingehen und auch keine Aussage machen. – Diana? Rauf mit dir.«

Diana machte widerspruchslos kehrt und rannte die Treppe hoch. Gehring hörte, wie sich oben ein Schlüssel im Schloss umdrehte.

»Und Sie gehen. Jetzt.«

Karin Jessen riss die Haustür auf. Gehring nickte ihr zu, lief eilig zu seinem Wagen und freute sich auf seine Standheizung. Er würde vor dem Haus warten, bis Angelika Rohwe mit der Verstärkung eintreffen würde. Bis dahin würde er mit Staatsanwalt Gram und dem Kriminaldirektor über den Haftbeschluss gegen Siegfried Reinartz sprechen.

Jemand öffnete die Beifahrertür und ließ sich auf den Sitz fallen. Er blickte in das gehetzte Gesicht von Sanela Beara.

38

Sie sah sich hastig um und reichte ihm dann eine Plastiktüte. »Die Spurensicherung sollte endlich mal einen Blick darauf werfen.«

Misstrauisch bis zum Anschlag blickte Gehring hinein. »Was ist das? Eine Hose?«

»Die Jeans von Darijo«, antwortete sie. »Die vom Dachboden. Hat die Spurensicherung bei der Durchsuchung nicht mitnehmen können.«

Gehrings Wagen stand zwar ein paar Meter weit von der Grundstücksgrenze der Jessens entfernt, aber das war Sanela nicht weit genug.

»Es ist die einzige Hose, die so dreckig ist. Ich vermute, Darijo war irgendwo mal längere Zeit eingesperrt.«

»Im Keller und in einem Speisenaufzug.« Er reichte ihr die Tüte zurück. »Sehen Sie nach, ob Sie dort Hinweise finden, die Diana Jessens Aussage bestätigen.«

Sanela zog scharf die Luft ein. »Diana Jessen… *Die* Diana Jessen?« Sie deutete auf das Haus zwanzig Meter weiter.

Gehring nickte.

»Sie hat Ihnen davon erzählt? Wann?«

»Gerade eben. Ich warte auf den Streifenwagen, um sie ins Präsidium und anschließend zu einer rechtsmedizinischen Begutachtung zu bringen. Sie behauptet, Siegfried Reinartz habe sie angegriffen und mit dem Messer verletzt. Schon vor längerer Zeit, den Narben nach zu urteilen, trotzdem sollten wir der Sache nachgehen. Für mich sind es eher Probeschnitte.«

»Probeschnitte?«, fragte Sanela dämlich. Sie verstand überhaupt nichts mehr.

»Das lernen Sie bestimmt noch in Autopsie und Leichenschau. Selbstmörder jagen sich selten gleich beim ersten Versuch ein Messer in den Körper. Simulanten, die einen Überfall oder einen Mordversuch vortäuschen wollen, machen es genauso. Sie probieren die Schnitte vorher aus. Es gibt einige typische Merkmale, die sich von denen eines echten Angreifers unterscheiden.«

»Also glauben Sie, Diana hat Sie belogen.«

»In dieser Sache, ja.«

»Was ... hat sie über den Keller und den Aufzug gesagt?«

»Siegfried soll Darijo vom Moment seines Auftauchens an gedemütigt und gequält haben.«

Sanela drückte das knisternde Plastik zusammen. Sie brauchte einen Moment, um diese Information zu verarbeiten. »Er allein?«, fragte sie schließlich.

»Sie will versucht haben, ihn daran zu hindern. Leider ohne Erfolg.«

»Und? Glauben Sie ihr das?«

Sein langes Schweigen verletzte Sanela. Und sie hatte gedacht, sie würden *gemeinsam* an diesem Fall arbeiten. Betrachtete er eigentlich alle seine Mitarbeiter als Rädchen in einer Maschine, die nur er allein zum Laufen bringen konnte?

»Ich würde ihr kein einziges Wort abkaufen. Diana weiß, wer ich bin.« Sie versuchte den Ehevertrag aus ihrem Hosenbund zu ziehen, ohne ihn zu zerreißen. »Das Mädchen hat uns heute Morgen zusammen auf dem Parkplatz gesehen.«

»Tatsächlich«, murmelte er gedankenverloren.

»Sie hat es bewusst verschwiegen. Ich habe sie und Siegfried belauscht. Diana hätte Gelegenheit gehabt, es ihm zu sagen. Aber er hat sie abgewürgt und ihr quasi den Laufpass gegeben. Ich würde jedes Wort aus ihrem Mund unter diesem Gesichtspunkt betrachten.«

»Der da wäre?«

»Sie rächt sich an ihm.«

Gehring drehte sich zu ihr um. »Was wollen Sie eigentlich,

Frau Beara? Wir haben einen zweiten Verdächtigen. Das müsste Sie doch froh stimmen.«

»Warum?«, fragte sie vorsichtig.

»Weil Sie Darko Tudor zur Flucht verholfen haben.«

»Das habe ich nicht! Unglaublich, mir so etwas zu unterstellen!«

»Wie zum Teufel sind Sie nach Spreebrück gekommen? Was haben Sie in der Wohnung eines Mordverdächtigen gemacht?«

»Eben haben Sie noch gesagt, dass Siegfried…«

»Sie haben Tudor laufen lassen! Weil Sie wieder auf Ihr Bauchgefühl gehört haben? Oder war es etwas anderes? Ein bisschen tiefer vielleicht?«

Sie biss sich auf die Lippen. Gehring holte tief Luft. Er wusste, dass er zu weit gegangen war.

»Ich hatte keine Waffe, nichts«, sagte sie leise. »Als ich ihn gestellt habe, ist er abgehauen. Ich habe Sie sofort angerufen. Fragen Sie Frau Venneloh. Ich war dort im Einsatz als VP. Ich weiß, auf welcher Seite ich stehe. Wie oft soll ich Ihnen das denn noch sagen? Aber Sie lassen mich da mutterseelenalleine. Was muss ich eigentlich noch tun, damit Sie mich endlich als Kollegin ansehen?«

»Das tue ich«, antwortete er verblüfft. »Und Sie leisten großartige Arbeit. Aber Sie müssen lernen, sich an die Regeln zu halten.«

»Ehrlich. Mit Regeln kommt man in diesem Fall nicht weit. Was hätten Sie denn getan?«

»Ich glaube nicht, dass Herr Tudor mich eingeladen hätte, die Nacht mit ihm in Spreewitz zu verbringen.«

»Nee«, sagte sie und wischte sich mit dem Handrücken über die Nase. »Glaub ich auch nicht. Bei Ihrem Charme.« Ein zaghaftes Grinsen. »Ich hab da noch was für Sie. Als Wiedergutmachung.« Sie versuchte, die Blätter auf ihren Knien zu glätten, dann reichte sie sie weiter. »Das ist der Ehevertrag von Lida und Günter Reinartz.«

»Haben Sie den in der Mülltonne gefunden?«, fragte er ungläubig.

»Nein, in seinem Büro. Es ist sowieso nur eine beglaubigte Abschrift. Sehen Sie den Stempel da oben?«

Mit einem ungeduldigen Seufzen sah er nach links aus dem Fenster, als ob er von dort Hilfe erwartete, die ihn von der Unfähigkeit dieser Studentin befreien würde.

»Es ging nicht anders«, setzte Sanela trotzig hinzu. »Beim letzten Mal haben Sie das Arbeitszimmer ja links liegen lassen. Das hätte *ich* nicht getan.«

Er öffnete den Mund, um eine scharfe Erwiderung loszulassen, die höchstwahrscheinlich etwas mit den klaren Grenzen eines Durchsuchungsbeschlusses zu tun gehabt hätte, riss sich dann aber zusammen und klopfte mit den Seiten einmal ungeduldig aufs Lenkrad.

»Und was steht da drin?«

»Lida Tudor kriegt zweieinhalb Millionen Euro, wenn sie drei Jahre mit Reinartz verheiratet bleibt. Die beiden haben sofort nach dem Trennungsjahr geheiratet, damit läuft die Frist im Oktober ab. Dann kommen Siegfried und Tristan zurück nach Hause, Lida streicht das Geld ein und verschwindet auf Nimmerwiedersehen.«

Vorsichtig hob Gehring die erste Seite an, auf der nichts anderes als Überschrift und Einleitung standen. Er suchte die betreffende Stelle, und als er sie gefunden hatte, las er sie konzentriert durch.

»Das ist …«, murmelte er.

»Das sind ganz neue Erkenntnisse, was?«, ergänzte Sanela. Sollte er nur glauben, ihre einzige Aufgabe wäre, Dreckvergleiche mit Kellern und Aufzügen anzustellen.

»Schauen Sie sich mal das Datum an. Vergleichen Sie es mit der Scheidung von Eva Reinartz. Erinnern Sie sich, dass Lida nach Darijos Verschwinden entsetzt das Haus verlassen hat und zwei Wochen später zurückgekehrt ist? Sie hat diesen Vertrag bekommen.«

»Ist das in solchen Kreisen nicht ganz normal?«

»Zwei Komma fünf Millionen? Für drei, na ja, mit dem Warten auf die Scheidung vier Jahre? Plus Unterhalt und Pelzmantel und den Rauswurf der eigenen Söhne?«

»Vielleicht hat Reinartz sie wirklich geliebt.«

Sanela schenkte ihm ein Nicken nach dem Motto »Träum weiter«.

»Wenn Lida im Oktober das Haus verlässt, bekommt sie das Geld, und es ist die legalste, vor allem aber verständlichste aller Zahlungen. Niemand wird misstrauisch, erst recht nicht die Polizei. Sie haben bei der Überprüfung der Kontobewegungen von Herrn Reinartz bestimmt nichts gefunden, was darauf hinweisen könnte, dass er erpresst wird.«

»Günter Reinartz wird erpresst?«

»Fragen Sie ihn.«

Sanela spähte noch einmal auf die ausgestorbene Straße vor ihnen. »Ich bin mir sicher, dass dieser Vertrag nicht seine Idee war. Auch nicht die Scheidung. Entweder hat er Darijo umgebracht, oder er wusste, wer es war. Lida erpresst ihn.«

»Dann wüsste sie es auch.«

»Ja klar.«

»Und seine Söhne?« Vorsichtig rollte Gehring das Papier zusammen. »Dianas Aussage könnte diese Theorie untermauern. Sie belastet Siegfried, sein Vater schützt ihn, will Ärger vermeiden, er macht Lida ein Angebot, das sie nicht ausschlagen kann.«

»Lida deckt einen Mörder im Haus. Diana rächt sich an Siegfried. Ich bin mir nicht sicher, ob wir es in beiden Fällen mit demselben Mann zu tun haben.«

Für die Dauer eines guten Gedankens herrschte Schweigen. Sanela durchbrach es als Erste. »Sie bauen alles auf Dianas Aussage auf. Das wird nicht reichen. Nehmen Sie sich Lida vor. Die Nachricht von Darijos Tod hat sie erst umgehauen, als sie erfahren hat, dass es ein Mord war.«

»Warum ist das ein Unterschied?«

»Sie muss all die Jahre gedacht haben, dass es ein Unfall oder so etwas gewesen ist. Nur deshalb hat sie sich auf diesen Deal eingelassen. Nicht die Nachricht von Darijos Tod hat sie so heftig getroffen. Sondern das simple Wort Mord. Sie zerbricht in dem Moment, in dem sie erfährt, dass ihr Sohn umgebracht worden ist. Kein Treppensturz, kein Autounfall auf der Auffahrt, kein blödes Herumspielen mit dem Jagdgewehr. Ich glaube, Lida wurde jahrelang hinters Licht geführt und hat nur deshalb geschwiegen. Na ja, und weil sie eine Menge Kohle absahnt.«

»Danke, Frau Beara.«

Bitte, ignoranter Vollpfosten.

Ein Wagen näherte sich, ein schwarzer BMW. Er hielt an der rechten Straßenseite, also direkt vor dem Haus der Jessens. Ein untersetzter, rundlicher Mann mit Glatze stieg aus und bedeckte sein blankes Haupt mit einem Hut.

»Wahrscheinlich der Anwalt«, sagte Sanela. »Diana wird ihre Aussage ja wohl kaum ohne seine Unterstützung machen. Bin gespannt, was am Ende davon übrig bleibt.«

Gehring antwortete nicht. Plötzlich griff er an den Türöffner.

»Das ist Landtgraf, der Chef von der Wannseeklinik.«

»Welche Wannseeklinik?«

Er warf ihr einen stechenden Blick zu. »Die größte private

Nervenklinik im Raum Berlin. Frau Beara, ich ziehe Sie von dem Fall ab.«

»Was?«

»Verlassen Sie das Haus, und zwar sofort. Ich möchte nicht, dass Sie dort weiter als VP arbeiten. Wir werden Siegfried festnehmen, aber erst einmal muss ich dafür sorgen, dass es überhaupt dazu kommt.«

»Aber ich will nicht!«

»Das ist mir egal. Dienstanweisung. Verstanden? Von Vorgesetztem zu Kollegin«, setzte er hinzu.

»Okay«, murrte sie widerwillig.

Er verließ das Auto und pfefferte die Tür zu. Sanela zuckte zusammen. Sie beobachtete, wie Gehring hinter dem dicken Mann mit Hut auf das Haus der Jessens zueilte.

Eine Nervenklinik. Jetzt verstand sie. Diana würde keine Aussage machen. Niemals. Egal, wer Landtgraf gerufen hatte – das Mädchen hatte nichts anderes getan, als Gehring einen vergifteten Apfel unter die Nase zu halten, in den er prompt hineingebissen hatte.

39

Was nun? Das Auto kurzschließen und nach Hause fahren? Zurück in den Hörsaal der HWR? Das Einzige, was diesen Gedanken erträglich machte, war der Name Taifun. Sie hatte sogar seine Nummer, irgendwo in einer Liste, in die sich alle Erstsemester eingetragen hatten.

Sie musste ihre Sachen packen. Viel war es nicht, aber das würde Gehring ihr nicht verbieten können. Sanela sah, wie er kurz nach Landtgraf das Haus der Jessens betrat, und gab der Aussicht, ihn zu einer Rücknahme der Dienstanweisung zu bewegen, die Quote 1 : 78. Mit großem Unwillen legte sie die Plastiktüte mit Darijos Jeans auf den Fahrersitz, verließ den Wagen und wechselte auf die andere Straßenseite.

Aus dem Tor trat Theodor, einen Besen in der Hand. Er sagte nichts. Er beobachtete nur aufmerksam, wie sie näher kam. Das war ihr Glückstag. Zum zweiten Mal innerhalb von wenigen Stunden die Legende schreddern, das musste ihr erst mal einer nachmachen.

»Hallo«, sagte sie, als sie ihn erreicht hatte. »Kalt heute, was?«

Theodor fegte pro forma zwei- bis dreimal über die buckeligen Pflastersteine auf dem Bürgersteig. Wie lange war er schon hier draußen? Hatte er gesehen, aus welchem Auto sie gerade gestiegen war? Sie suchte verzweifelt nach unverfänglichen Gesprächsthemen.

»Kalt, nicht?«, wiederholte sie.

Keine Reaktion.

»Wann kommt Herr Reinartz nach Hause?«

»Das weiß ich nicht«, antwortete er und kehrte seelenruhig weiter.

»Wissen Sie, wann denn jetzt die Beerdigung sein soll?«

»Fragen Sie Frau Reinartz.«

Unschlüssig wartete sie noch einen Moment. Dann fragte sie ihn: »Seit wann sind Sie eigentlich schon hier?«

Er ignorierte es.

»Woher kennen Sie sich? Auch über Petar?«

Es konnte nicht schaden, den Namen fallen zu lassen. Vielleicht hielt ihn das davon ab, sie sofort zu verraten. Falls er wusste, wer sie war. Mit Unbehagen fiel ihr ein, dass er an jenem Tag, an dem sie hier zum ersten Mal mit Gehring aufgetaucht war, den Wagen gefahren hatte.

»Petar ist ein guter Mann«, sagte er nur.

Wenn er in ihr tatsächlich die Polizistin erkannt hatte, wäre es ein Leichtes für ihn, sie hochgehen zu lassen. Jederzeit. Vielleicht war nur noch nicht der passende Moment für ihn gekommen. Und im Grunde genommen war es auch egal. Sie war raus aus dem Spiel.

»Kann ich Ihnen helfen?«, fragte Sanela. »Geben Sie mir den Besen. Diese Arbeit ist zu schwer für Sie.«

»Nein.« Zum ersten Mal funkelte so etwas wie ein Gefühl in seinen braunen Augen auf: Ärger. »Gehen Sie ins Haus und kümmern Sie sich um das, warum Sie hier sind.«

Sie trat einen Schritt näher und senkte die Stimme. »Was denken Sie denn, warum ich hier bin?«

Dieses Mal hielt er ihrem Blick stand und wich nicht aus. Seine Augen wurden feucht, er musste blinzeln. Vielleicht war es die Kälte, aber Sanela hatte einen ganz anderen Verdacht.

»Darijo«, flüsterte sie. »Was wissen Sie über seinen Tod?«

Der Chauffeur presste die Lippen zusammen und schüttelte kaum merklich den Kopf. In seinen runden, von vieler Jahre Arbeit ausgelaugten und ermatteten Zügen stand die reine Resignation. Loyalität hatte große Nachteile. Wahrscheinlich war sie ein Charakterzug. Doch sie hatte nichts mit dem Herzen zu tun. Theodor hatte genau wie Lida gelernt, seine Gefühle zu beherrschen.

»Sie können mir vertrauen.«

Er wandte sich von ihr ab und fing wieder an zu kehren. Er würde nicht mit ihr reden. Kein Wort. Dafür hatte er ihr gezeigt, was ihn sein Schweigen kostete. Sie hob die Hand und legte sie ihm für einen kurzen Moment auf den Arm. Er nickte, aber vielleicht hatte sie sich auch getäuscht. Dann ging sie zurück ins Haus. *Kümmern Sie sich um das, warum Sie hier sind.* Das war ihr Auftrag, auch wenn Gehring sie von ihrem Posten abgezogen hatte.

In der Dachkammer angekommen, begann Sanela damit, die wenigen mitgebrachten Dinge zusammenzusuchen. Dies war ihre letzte Stunde in der Villa. Sie dachte an Darijos Fotos, vor allem an jene, die fast schwarz gewesen waren, und daran, dass sie immer noch nicht herausgefunden hatte, wann und wo sie aufgenommen worden waren oder was sie zeigten. Die verwischten Farben Gelb und Grün. Sie hatte Darijos Sachen Stück für Stück in der Hand gehabt. Diese beiden Farben kamen nicht vor. Trotzdem sagte ihr eine Ahnung, dass sie diese Kombination kannte. Dass sie sie schon mal vor Augen gehabt hatte. Vielleicht ein Gegenstand. Etwas Gewöhnliches, Dutzendware. Im Keller. Es war im Keller.

Sanela lief die Treppe hinunter. Als sie die letzten Stufen erreichte, klingelte es Sturm. Jemand riss die Haustür auf. Theodor versuchte noch, sich dem Eindringling in den Weg zu stellen, aber der Mann schob ihn einfach zur Seite. Es war Gehring. Hinter ihm tauchten zwei Polizisten in Uniform auf. Unbekannte Gesichter, wahrscheinlich von der Wache Wannsee.

»Wo ist Siegfried Reinartz?«

Der Leiter der Mordkommission war auf hundertachtzig. Sanela hatte ihn schon öfter so erlebt, aber noch nie in Action. Wahrscheinlich hatte man ihm gerade auf der anderen Straßenseite symbolisch den Mittelfinger gezeigt.

Theodor hob fragend die Schultern und sah zu Sanela. Die stand da wie versteinert.

Gehring kam auf sie zu und knurrte so leise, dass nur sie es verstehen konnte: »Sie sind ja immer noch hier.«

»Meine Sachen«, stammelte sie. »Ich muss noch packen.«

»Wo ist Siegfried?«

»Oben. Soll ich es Ihnen zeigen?«

Er nickte. Sie drehte sich auf dem Absatz um und lief hinauf zur Galerie, im Rücken der Trittschall von zwei Männern in Vollmontur sowie Gehring. Sie folgten ihr fast ohne Abstand bis ins Dachgeschoss. Vor Siegfrieds Tür blieb sie stehen und klopfte an.

»Siegfried? Hier sind...«

Die Polizisten ließen sie nicht ausreden und stürmten den Raum. Der Gesuchte lag auf dem Bett. Er trug voluminöse Kopfhörer, die den Überraschungseffekt verdreifachten. Noch bevor er überhaupt den Mund aufmachen konnte, hatten sie ihn auf den Boden gezerrt. Unmittelbarer Zwang war nicht nötig – Siegfried leistete keine Gegenwehr. Der Sicherer trat einen Schritt zurück, der Kontrollierende tastete ihn ab und fand erwartungsgemäß keine Waffe.

»Was wird das?«, fragte Siegfried mit roten Augen. Der Raum war verraucht, und das nicht nur von Tabak. Er stützte sich auf die Unterarme. »He, das Zeug wächst bei uns im Garten.«

»Stehen Sie auf und ziehen Sie sich etwas an. Sie begleiten uns aufs Präsidium.« Gehring verzichtete auf das Nachplappern der Miranda-Warnung und ergänzte lediglich: »Ihre Rechtsbelehrung erhalten Sie in schriftlicher Form auf dem Präsidium. Sie werden der Kindesmisshandlung, der Misshandlung Schutzbefohlener und des Totschlags im Fall Darijo Tudor beschuldigt.«

Sanela schnappte nach Luft. War Gehring wahnsinnig? Wie konnte er Dianas Rache auf den Leim gehen? Siegfried schien zu dämmern, dass der Verstoß gegen das Betäubungsmittelgesetz hier nur eine untergeordnete Rolle spielte. Er kam nur schwer auf die Beine. Keiner half ihm. Sein verwunderter Blick traf auf Sanela.

»Ruf meinen Vater an.«

Sie nickte. Eine innere Stimme sagte ihr, dass dies ein sehr geeigneter Moment zum Rückzug wäre. Sie ging zurück in den Flur, wo Tristan gerade völlig verpeilt aus seinem Zimmer spähte. In drei Schritten war sie bei ihm, drängte ihn wortlos zurück und schloss die Tür.

»Was ist denn...?«

Sie legte den Finger an ihre Lippen und zischte: »Schschsch. Dein Bruder wird gerade verhaftet.«

»Was?«

»Wegen Darijo. Ruf deinen Vater an, aber ein bisschen plötzlich.«

Tristan wich zurück, als stünde der Leibhaftige in der Gestalt von Sanela vor ihm.

»Wird's bald?«

Sie ließ ihn nicht aus den Augen. Seine Verwirrung schien echt, das Zittern der Hände auch, als er sein Handy vom Fußboden neben seinem Bett aufhob und eine Kurzwahlnummer wählte. Tristan war damals elf gewesen. Wenn einer in diesem Haus noch zwischen Lüge und Wahrheit unterscheiden konnte und wollte, dann er.

Der Junge sprach halblaut und hektisch mit seinem Vater. Zwischenzeitlich verrieten ihr die schweren Schritte und das Vorüberscheuern einer Jacke an der Tür, dass die Kollegen mit Siegfried auf dem Weg nach unten waren.

Tristan legte auf und warf das Telefon aufs Bett. »Mein Vater informiert den Anwalt. Was ist da los?«, fragte er verzweifelt. »Warum nehmen sie Siegfried mit?«

»Diana hat ihn verpfiffen.«

»Diana?«, wiederholte Tristan und suchte nach einem Zusammenhang, den er nicht fand. »Sie?«

»Was haben die beiden mit Darijo gemacht?«

»Keine Ahnung. Woher weißt du das eigentlich? Das mit Diana?«

»Ich war gerade eben dabei.« Sie öffnete die Tür, lugte kurz hinaus und schloss sie wieder. »Los. Mir kannst du es sagen. Die beiden haben den Hasen überfahren, nicht wahr?«

»Welchen verdammten Hasen?«

»Darijos Häschen. Sie haben es absichtlich überfahren. Was haben sie sonst noch mit ihm gemacht? Ihn geschlagen? Eingesperrt? Getreten? Umgebracht? Sind die beiden pervers, oder was?«

Tristan fuhr sich mit beiden Händen durch die Haare. »Warum sollten sie denn so was tun?«

»Weil sie Lida damit eins auswischen konnten. Frag nicht so blöd.«

Sanela blieb vor der Tür stehen, damit er ihr nicht entkommen konnte. Ihr rannte die Zeit davon. Einer in diesem Haus musste reden. Siegfried würde es nicht sein – egal was Diana ihm unterzujubeln versucht hatte. Reinartz auch nicht und ob Lida eine Unmenge Geld sausen lassen würde, wagte Sanela zu bezweifeln. Tristan war das schwächste Glied in der Kette. Er schnürte nervös auf und ab. Der Junge brannte darauf, hinunterzulaufen und nachzusehen, was mit seinem Bruder geschah. Aber er ordnete sich auch Sanela unter, die so tat, als ob sie abwarten wollte, bis die Luft wieder rein war.

»Hast du das gewusst?« Ihre Stimme wurde schärfer. Vielleicht musste man Tristan mit Strenge kommen.

»Nein. Ich hab doch kaum was von Darijo mitbekommen.«

»Und von der Sache zwischen deinem Vater und Lida?«

Er blieb stehen. »Warum ist das wichtig? Was willst du eigentlich?«

»Dass man den Richtigen verknackt.«

»Das geht dich einen Scheißdreck an. Du bist nichts anderes als eine Putze. Also steck deine Nase nicht in Sachen, die dich nichts angehen! Mein Vater hat dich rausgeschmissen.«

»Noch nicht.«

»Das kommt noch. Verlass dich drauf.«

»So?« Sanela stieß sich von der Tür ab. Sie war kleiner als Tristan und wesentlich leichter. Aber sie hatte eine solide Kampfausbildung, und er war ein drittklassiger Schulsportler. »Was habt ihr Lida eigentlich damals gesagt? Dass Darijo die Treppe runtergefallen ist und sich dabei aus Versehen das Genick gebrochen hat?«

Völlig überrumpelt riss er die Augen auf. Bis eben hatte er sie nicht ernst genommen. Doch nun flackerte eine fahrige Nervosität in seinem Blick.

»Oder ist er beim Schwimmen zufällig ertrunken, weil ihr ihn ein bisschen zu lange unter Wasser gedrückt habt? Ist er im Aufzug erstickt? Habt ihr seinen Kopf zu lange in die Kloschüssel gehalten? Was?«, schrie sie. »Was habt ihr mit ihm gemacht?«

»Du bist irre. Verschwinde!«

»Okay. Dann frage ich eben Lida.«

Sie drehte sich um und wollte die Tür öffnen, da landete seine Faust Millimeter neben ihr auf dem Holz.

»Du bleibst«, sagte er. Es klang nicht mehr nach einem Sechzehnjährigen, sondern nach einem in die Enge getriebenen, wütenden, zu allem fähigen Verzweifelten.

40

Verhör Siegfried Reinartz. Gehring hatte Mühe gehabt, den aufgebrachten Vater in ein Nebenzimmer zu verfrachten. Gemeinsam mit Angelika Rohwe besprach er kurz die Strategie und wartete auf Dierksen, der dabei war, die Fotos aus Darijos Kamera zu vergrößern.

Diana Jessen hatte natürlich keinen Ton mehr gesagt. Aber

sie hatte den ersten Stein aus der Mauer geschlagen, die die Mordkommission nun nach und nach abtragen musste. Landtgraf hatte sie umgehend in die Wannseeklinik mitgenommen. Es war aussichtslos, im Moment mehr von dem Mädchen zu erfahren. Nach Rücksprache mit Gram und entsprechender Schützenhilfe hatte Angelika den Klinikleiter immerhin dazu bekommen, Dianas Suizidversuche zu bestätigen. Zwei waren es bisher, der erste kurz nachdem ihr Vater die Savoyer Straße verlassen hatte, um mit einer fünfzehn Jahre jüngeren Anwaltsgehilfin eine neue Familie zu gründen, der zweite Ende Oktober 2010, wenige Tage nachdem Eva aus- und Lida bei Günter Reinartz eingezogen war.

Siegfried lümmelte entspannt und immer noch leicht high auf dem Stuhl herum, sein Anwalt, ein gewisser Peter Bartels mit Kanzlei in Zehlendorf, war ein integer wirkender, nicht auf Krawall, sondern auf geschmeidige Lösungen hinarbeitender, blasser Endvierziger. Helle Haut, helle Haare, ein wenig durchscheinend, winterbleich, leise, aber bestimmt. Er wollte völlig zu Recht erst einmal die richterliche Anweisung zur zwangsweisen Vorführung sehen, die Großjohann gerade noch rechtzeitig aus dem Faxgerät ziehen konnte. Gehring hatte dafür sein Konto an Wohlwollen bei der Staatsanwaltschaft und dem Haftrichter auf Jahre hinweg überzogen. Bartels studierte das Papier ganz genau, schürzte nur leicht die Lippen, als er auf den Augenscheinbeweis der Messerattacke stieß, und riet Siegfried selbstverständlich dazu, von seinem Recht zu schweigen Gebrauch zu machen.

Gehring ließ die beiden eine halbe Stunde warten, was absolut unnötig war, da er und Angelika übereinstimmten: Sie mussten Siegfried zum Reden bringen. Wenn ihnen das nicht gelang, wäre Günter Reinartz der Nächste. Dann Lida. Dann Tristan. Dann Theodor. Die Aktion würde die Kapazität an Verhörräumen in der Sedanstraße sprengen, aber Gehring war nicht gewillt, sich weiterhin von einer elitären Familienbande und einer durchgeknallten, abservierten Freundin an der Nase herumführen zu lassen.

Als Dierksen mit den Abzügen angerannt kam, betrat er mit Angelika den kargen Raum. Er bot Bartels und Siegfried etwas zu trinken an, was beide ablehnten, und kam, nachdem er das Aufnahmegerät gestartet und Datum, Uhrzeit und Anwesende ins Mikrofon gesprochen hatte, ohne Umschweife auf Diana Jessens Version von Darijos Martyrium.

»Sie kennen Diana Jessen?«

Siegfried sah zu seinem Anwalt, der mit einem Nicken reagierte. »Ja. Klar. Sie wohnt gegenüber.«

»Sie hatten eine Beziehung mit ihr?«

»Nein.«

Gehring runzelte die Stirn und blätterte in seinem Notizbuch. »Nicht nur Diana, sondern auch ihre Mutter Karin Jessen haben eine mehrere Jahre andauernde, mehr als freundschaftliche Verbindung zwischen Ihnen beiden bestätigt.«

»Wunschdenken. Sie glaubt an eine Beziehung, wenn man nur Guten Tag sagt. Die Frau ist nicht ganz richtig im Kopf.«

Gehring sah hoch. »Herr Reinartz, Diana Jessen behauptet, dass Sie Darijo die Zähne ausgeschlagen haben. Sie behauptet zudem, Sie hätten Darijo Tudor so schwer misshandelt, dass er mehrere Rippenbrüche davongetragen habe. Sie sollen ihn außerdem eingesperrt, bedroht, geschlagen und stundenlang unter die eiskalte Dusche gestellt haben.«

Bartels versuchte, nicht schockiert auszusehen. Er war kein Anfänger. Aber nach Gehrings knapper Zusammenfassung wurde auch ihm klar, dass Siegfried nicht zwangsweise vorgeführt worden war, weil er in einem Nichtraucherhaus einen Joint durchgezogen hatte. Trotzdem reagierte er professionell.

»Mein Mandant möchte sich zu diesen Vorwürfen nicht äußern. Sie liegen außerhalb seiner Vorstellungskraft. Hat Frau Jessen diese Anschuldigungen schriftlich niedergelegt?«

»Noch nicht«, antwortete Gehring wahrheitsgemäß. Er war sich sicher, dass Dianas Mutter und Landtgraf von der Wannseeklinik alles unternehmen würden, um eine Anzeige zu verhindern. »Sie wird gerade ärztlich behandelt.«

»Dann vertun wir hier unsere Zeit.«

Er wollte aufstehen, aber Gehring hob die Hand.

»Nicht so schnell. Diana Jessen behauptet darüber hinaus, Sie hätten sie mit einem Messer verletzt.«

»Mein Mandant weist diese Anschuldigung weit von sich«, kam es wie aus der Pistole geschossen aus Bartels' Mund.

Siegfried trommelte einen unbekannten Takt zu einer Musik auf die Tischplatte, die nur er hören konnte.

»Frau Jessen wollte Sie zur Rede stellen, sagt sie. Weil sie gesehen hat, wie Sie Darijo mehrfach misshandelt haben.«

»Noch einmal: Sie haben nichts, aber auch gar nichts gegen meinen Mandanten vorliegen. Mit dieser willkürlichen Vernehmung setzen Sie sich über alle verfahrensrechtlichen Grundsätze hinweg. Wir werden daraus selbstverständlich Konsequenzen ziehen.«

Vielleicht sah Bartels das wirklich so. Schließlich wurde er dafür bezahlt. Gehring kannte seinen Spielraum. Er hatte nicht vor, Siegfried hocherhobenen Hauptes aus diesem Raum spazieren zu lassen. Angelika hingegen wirkte nervös. Er konnte spüren, wie sie die Füße hob und senkte, am liebsten wäre sie wohl aufgesprungen. Der Anwalt schob seine Unterlagen, die Vollmacht, ein paar Notizzettel, die Faxkopie, mit einer raschen Bewegung zusammen.

»Wir sind noch nicht fertig«, sagte Gehring. »Darijo Tudor war im Hause Reinartz schwersten Misshandlungen ausgesetzt.

Dies ist vor den Augen aller Familienangehörigen geschehen. Was ist Ihnen darüber bekannt?«

Siegfried tat so, als ob er intensiv nachdenken würde. »Nichts.«

Gehring nickte Angelika zu. Die zog ein Foto aus der Akte und reichte es ihm, woraufhin er es Siegfried vor die Nase legte. »Erkennen Sie sich und Frau Jessen auf dieser Aufnahme?«

Der junge Mann studierte das Bild. »Ja, das könnten wir sein.«

»Da haben Sie gerade Darijos Hasen überfahren.«

Siegfried stieß einen schnaubenden Laut aus. »Wollen Sie mir jetzt einen Hasenmord in die Schuhe schieben? Das war ein Versehen. Ich habe mich bei ihm entschuldigt.«

Angelika Rohwe holte einen Asservatenbeutel aus ihrer Mappe. Darin befand sich Darijos Kamera.

»Wir haben noch mehr Aufnahmen. Einige hat Darijo in seinem Verlies gemacht, in das Sie ihn eingesperrt haben. Die Bilder sind dunkel, es ist kaum etwas auf ihnen zu erkennen. Aber unser Techniker ist äußerst zuversichtlich, aus einer der Aufnahmen etwas herausfiltern zu können. Eine Person. Ein Gesicht. Wenn Sie das sind, Herr Reinartz, stehen Sie mit einem Bein im Gefängnis.«

»Wir möchten die Aufnahme sehen«, forderte Bartels.

Gehring nickte. Angelika holte eine weitere Vergrößerung heraus. Es war die mit dem schwachen Lichtschein am Rand, auf der man außer einem verschwommenen gelb-grünen Farbstreifen nichts erkennen konnte.

»Das ist lächerlich«, sagte der Anwalt.

»Nicht für unsere Spezialisten. Sie werden erstaunt sein, was die Kollegen aus diesem Schatten alles herausholen können.«

Es war ein Bluff. Aber das wusste Siegfried nicht. Er nagte an seiner Unterlippe, starrte auf das dunkle Rechteck vor ihm auf den Tisch und erweckte den Anschein, als wäre er mühsam dabei, verschiedene Erklärungsversuche gegeneinander abzuwägen.

Das entging auch seinem Anwalt nicht. »Lächerlich«, wiederholte er.

Gehring gab ihm innerlich recht.

»Ich frage Sie noch einmal, Herr Reinartz: Haben Sie von all dem wirklich nichts mitbekommen?«

Bartels schob das Foto zurück zu den beiden Beamten. »Mein Mandant bleibt bei seiner Aussage.«

»Diana war's.«

Der Anwalt verharrte mitten in der Bewegung, mit der er gerade seine Aktentasche aufnehmen wollte.

»Herr Reinartz«, begann er, aber Siegfried kam aus seiner lässigen Haltung hoch und setzte sich aufrecht hin.

»Ich gehe doch nicht für diese Irre in den Knast. Sie war's. Sie hatte irgendein Ding mit Darijo am Laufen.« Er deutete auf das erste Foto. »Sie hat das Quad gefahren, sehen Sie? Ich bin grade abgestiegen, sie hat sogar noch die Hände am Lenker. Es hat ihr Spaß gemacht. Der Hase war erst der Anfang. Sie fand es klasse, den Kleinen zu quälen.«

»Welchen Grund sollte Diana Jessen dafür gehabt haben?«, fragte Angelika ehrlich überrascht.

»Ich habe ihr mal erzählt, was bei uns abgeht. Dass sich diese Kroaten in unserem Haus breitmachen. Ich glaube, Diana wollte ihnen einen Denkzettel verpassen. Und dann ist das mit Darijo aus dem Ruder gelaufen.«

»Mit Ihrer Duldung?«

»Nein! Ich hab den Kleinen mal im Keller gesucht. Das muss die zweite Aufnahme sein. Er hatte sich dort unten verkrochen. Ich wusste nicht, warum. Mir hat er nie was erzählt. Die Sache mit seinen Zähnen war ein Unfall. Auf der Treppe. Fragen Sie meinen Vater. Er war ja sehr großzügig.«

Der letzte Satz klang bitter.

»Warum hätte Darijo sich im Keller verkriechen sollen?«, fragte Gehring. *Es wohnt ein Teufel im Haus.* Wer hatte das noch mal gesagt? Lida? Darijo?

»Weil er Angst hatte. Vor Diana. Jetzt ist es mir klar. Immer wenn sie bei uns war, hatte er Schiss. Der Hase war nur ein Vorfall von vielen. Es muss ihr gefallen haben, wie er geweint hat. Mir tat die Sache sehr leid. Aber Darijo rannte sofort zu meinem Vater und erzählte ihm, wir beide wären es gewesen. Ich hatte davor schon eine Menge Ärger gekriegt, weil Darijo zu blöd war, die Treppe allein runterzulaufen, und sich irgendeinen Mist ausgedacht hat. Der Kleine wusste ganz genau, wie man Leute für sich einnimmt. Was hätte ich denn tun sollen? Mit dem Zeigefinger auf Diana deuten?«

»Wie ritterlich«, kommentierte Gehring die Aussage nicht ohne leisen Spott.

»Erziehung«, konterte Siegfried und verschränkte die Arme vor der Brust.

Bartels holte tief Luft. »Ich denke, das reicht.«

»Sind Sie sicher?«, wiederholte Siegfried. »Diana hat mich beschuldigt, Darijo ermordet zu haben. Sie ist verrückt. Eiskalt auf der einen Seite, auf der anderen völlig überdreht. Sie steigert sich in Dinge hinein. Sie hat einen Stellvertreterhass auf Darijo entwickelt, um mir einen Gefallen zu tun. Wie krank ist das denn?«

Auf der einen Seite war Gehring sehr zufrieden – sein Bluff hatte funktioniert und Siegfried aus der Reserve gelockt. Nur leider hatte er dabei nicht bedacht, dass der Junge den Spieß einfach umdrehte.

»Haben Sie jemals gesehen, wie Diana Darijo misshandelt hat?«

»So direkt nicht. Sie konnte sich ja überall im Haus frei bewegen, und das hat sie auch getan. Sie gehörte dazu wie ein Familienmitglied. Ich hab mir keine großen Gedanken darüber gemacht. Wenn ich gewusst hätte, in was sie sich da hineinsteigert, hätte ich sie natürlich schon viel früher rausgeworfen.«

»Wie ist es zu der Trennung gekommen?«

Siegfried stieß einen ungeduldigen Seufzer aus. »Es war keine Trennung, weil wir nie zusammen waren. Sie hat sich das bloß eingeredet. Für mich war sie immer nur Diana von gegenüber. Wir sind zusammen aufgewachsen wie Bruder und Schwester. Klar, wir haben mal geknutscht miteinander. Es hätte sogar was aus uns werden können. Ich mochte sie. Eine Weile war das durchaus eine Option, sie und ich. Aber es hat mir nicht gefallen, wie sie sich bei uns breitgemacht hat. Wie selbstverständlich alles für sie war. Manchmal hatte ich das Gefühl, sie wollte ohne Rücksicht auf Gefühle etwas durchziehen. Irgendwas, das ihr wieder eine Familie gibt. Sie hatte uns quasi adoptiert. Mir war das zu eng. Ich hatte ja noch gar nicht angefangen zu leben.«

»Wann war das?«, fragte Gehring. »Als Ihnen alles zu eng wurde.«

»Im Sommer vor vier Jahren. Ich wollte Abstand. Mich irgendwie aus ihrem Klammergriff befreien. Ich habe ihr gesagt, wir sollten uns vielleicht eine Weile nicht mehr sehen. Was ist daraufhin passiert? Sie hing noch mehr bei uns rum. Ihre und meine Mutter waren eng befreundet, die haben sowieso dauernd zusammengegluckt. Dann fing das mit meinem Vater und Lida an. Diana hat das mitbekommen. Da hat sie ihren Frust wohl an Darijo ausgelassen.«

»Wie genau hat sich das gezeigt?«

Bartels schüttelte warnend den Kopf. »Herr Reinartz.«

»Sie hat mich beschuldigt! Mich! Was genau hat sie gesagt?« Wütend funkelte Siegfried Gehring an. »Ich soll Darijo umgebracht haben? Geschlagen und misshandelt? Diana ist verrückt. Ich wusste nur nicht, wie sehr. Ich war dabei, wie sie das arme Vieh plattgemacht hat. Ein anderes Mal bin ich grade noch dazugekommen, wie sie den Kleinen zwingen wollte, Rohrreiniger zu trinken.«

»Was?«, entfuhr es Angelika.

»Ich habe sie angeschrien. Sie hat so getan, als wäre es ein Versehen.«

»Haben Sie mit Darijo darüber geredet? Ihn gefragt, ob Diana sich schon öfter an ihm vergriffen hat?«

Siegfried sah sie verwundert an. »Nein. Ich habe ihn gebeten, den Vorfall meinem Vater gegenüber nicht zu erwähnen. Seine Zähne, der Hase, der Rohrreiniger ... das war *too much*, das hätte ja fast so ausgesehen, als ob wir ...« Er lehnte sich kurz zurück. Entsetztes Erstaunen machte sich auf seinem schönen Gesicht breit. »Heute kann ich eins und eins zusammenzählen, und ich sehe eine Irre vor mir, die sich auf diesen Jungen eingeschossen hatte. Aber damals? Ich habe ihr geglaubt. Sie ist ein Mensch, dem man auf den ersten Blick nichts Böses zutraut. Der zu Grausamkeiten nicht fähig zu sein scheint. Ich weiß nicht, was sie mit Darijo sonst noch gemacht hat.«

»Ihnen ist nichts aufgefallen?«, fragte Gehring. Er musste sich zur Ruhe zwingen. »Keine blauen Flecken? Keine Schmerzen beim Gehen oder Atmen, weil er sich die Rippen gebrochen hatte?«

»Nein.«

»Dann verfügen Sie über eine ausgeprägte Fähigkeit zum Wegsehen.«

Bartels griff ein. »Bei allem Respekt, aber das ist eine geradezu widerliche Unterstellung!«

»Entschuldigen Sie bitte. Ich kann nur nicht glauben, dass Sie so eng mit jemandem zusammengelebt haben und Ihnen nichts von seinen Qualen aufgefallen sein soll. Eben haben Sie noch gesagt, Sie hätten die Häufung dieser Vorfälle bemerkt.«

Bartels öffnete den Mund, um eine weitere scharfe Erwiderung loszuwerden, aber Siegfried fiel ihm ins Wort.

»Ja, schon. Aber deshalb macht man doch nicht gleich ein Fass auf. Ich habe Darijo kaum zu Gesicht bekommen. Ich hatte ihn nicht auf dem Schirm. Wenn Sie mich jetzt fragen, dann hatte ich ab und zu schon mal den Gedanken, dass etwas mit ihm nicht stimmen könnte. Als er verschwunden war, hatte ich sogar einen Verdacht. Ich habe damals geglaubt, Diana hätte ihn entführt. Sie mochte ihn nicht und hat ständig über ihn und Lida hergezogen. Einmal sagte sie, es wäre alles besser, wenn diese Leute nicht da wären. Ich habe nichts darauf gegeben, denn ganz ehrlich: Sie hat bloß das ausgesprochen, was wir alle gedacht haben. Außer meinem Vater natürlich. Daran musste ich wieder denken, als es passierte. Nur einmal, ganz kurz. Ich habe es sofort wieder verdrängt, weil es so absurd war. Aber es stimmt: Ich habe einen Moment lang geglaubt, Diana hätte Darijo und seiner Mutter einen Denkzettel verpasst.«

Bartels machte sich Notizen. Er wirkte von Siegfrieds Aussage ebenso überrollt wie Gehring.

»Warum haben Sie diesen Verdacht damals nicht geäußert?«

Siegfried zuckte mit den Schultern. Man konnte seine Geste durchaus so interpretieren: Eine Krähe hackt der anderen kein Auge aus.

»Es war nur ein Gedanke. Allerdings ein plausibler, so abartig die ganze Geschichte auch war. Man spielt in solchen Situationen ja verschiedene Möglichkeiten durch. Das machen Sie doch den ganzen Tag. Ich hab gewusst, dass Dianas Mutter nach der Scheidung finanzielle Schwierigkeiten hatte. Kein Job, aber ein Riesenhaus. Spätestens wenn der Gärtner geht und die Leute den Rasen wieder selbst mähen, wissen alle Bescheid.«

Karin Jessens Bild tauchte vor Gehring auf. Eine Frau, für die Äußerlichkeiten einen hohen Stellenwert besaßen. Hoch genug, um eine Entführung in Auftrag zu geben? Hatte sie überhaupt Kontakte zu solchen Leuten? War sie fähig, sich ein solches Verbrechen auszudenken? Um dann, wenn herauskam, dass der falsche Junge verschleppt worden war, die Sache wieder abzublasen? Nur, warum war Darijo dann nicht freigelassen worden …

»Wieso hätte Diana so etwas tun sollen?«

Siegfried lächelte Angelika spöttisch an. »Weil sie gewusst hat, was Lida meinem Vater mittlerweile bedeutete. Weil die Jessens Kohle gebraucht haben. Weil sie so zwei Fliegen mit einer Klappe schlagen konnte: das Geld abgreifen und diese Kroaten aus unserem Haus jagen. Mein Vater hätte das Lösegeld gezahlt, damit hat sie gerechnet. Wahnsinn, was? Eine Million für den Sohn einer Putzfrau.«

»Ist Tristan Ihrer Meinung mehr wert?«

»Blödsinn. Aber welcher Chef macht das schon? Wer würde für Ihren Sohn zahlen? Und aus welchem Grund?«

Gehring ließ sich nicht auf die rhetorische Frage ein.

Bartels raffte seine Notizen zusammen. »Ich denke, wir haben Ihnen nun lange genug zur Verfügung gestanden. Mein Mandant hat weit über das Nötige hinaus kooperiert.«

Gehring drückte auf die Stopptaste und nickte. Dann stand er auf und öffnete die Tür. Dem Polizisten gab er einen Wink, dass Siegfried dem Haftrichter vorgeführt werden konnte. Es war eine Pro-forma-Handlung, denn sie konnten dem Jungen nichts nachweisen, solange Diana keine offizielle Aussage machte. Großjohann würde das übernehmen. Die beiden gingen hinaus.

Angelika stöhnte auf und fuhr sich mit den Händen durch die Haare. »Was für eine Scheiße«, murmelte sie. »Und jetzt?«

»Reinartz«, antwortete Gehring. »Der Vater, nicht der Sohn. Und schicken Sie jemanden zu Lida Reinartz. Ich will sie alle beide hier haben. Tür an Tür.«

Im Hinausgehen dachte er kurz an Sanela Beara und war froh, dass er ihren Einsatz beendet hatte.

41

Gehörst du zu den Bullen?«

Tristan lehnte sich an den Türrahmen von Sanelas Dachkammer und beobachtete, wie sie ihre letzten Sachen zusammensuchte. Am liebsten hätte er ihre Tasche durchsucht, das wusste sie.

»Blödsinn. Ich hab nur mitbekommen, wie sie Siegfried mitgenommen haben. Das ist ja wohl nicht ohne Grund passiert.«

»Klar. Deshalb suchen sie ja auch diesen Darko Tudor. Glauben die im Ernst, Siegfried würde mit dem gemeinsame Sache machen?«

»Natürlich nicht.« Sie war fertig und sah sich noch einmal in dem Raum um, der ein ewiges Provisorium zu sein schien. »Aber ihr wisst etwas, und ihr haltet zusammen. Alle. Sogar Lida.«

»Woher weißt du das? Dass sie abhauen wird?«

Sanela winkte ab und schulterte ihre Tasche. »Ich hab da was aufgeschnappt.«

Sie ging an ihm vorbei Richtung Treppe. Er folgte ihr. Fieberhaft überlegte sie, ob sie etwas vergessen hatte. Alles Beweismaterial, das sie hatte sichern können, lag bei Gehring. Sie fand ihre Ausbeute gar nicht so schlecht. Der Ehevertrag, die Kamera, Darijos Hose. Leider immer noch kein Geständnis. Wenigstens schien Darko im Moment aus der Schusslinie zu sein.

»Ich sage Theodor noch Tschüss«, erklärte sie, als sie die Eingangshalle erreicht hatte. »Und von Lida will ich mich auch noch verabschieden.«

»Das erledige ich. Ich werde ihr deine besten Wünsche ausrichten.«

Ein Blick in sein finsteres Gesicht verriet Sanela, dass sie lange darauf warten würde.

»Okay.« Sie streckte ihm die Hand entgegen, die er widerwillig ergriff. »Mach's gut. Hast du mir noch irgendwas zu sagen?«

»Dir?« Er zog die Hand zurück.

»Die Frage ist, wie lange ihr damit durchkommt. Oder wer als Erster einknickt. Ich nehme mal an, es wird Lida sein. Sie wird die Kohle nehmen und das Land verlassen. Darko wird sie finden. Das ist so sicher wie das Amen in der Kirche. Sie wird ihm sagen, was wirklich passiert ist. Ich nehme mal an, dass sie die Einzige von euch ist, die nicht wegen Mord vor dem Richter landen wird.«

Tristan starrte sie an, als würde er an ihrem Verstand zweifeln.

»Ihr werdet keine ruhige Minute haben. Sollte Lida irgendetwas zustoßen, dann ist das der zweite Mord, Mister Macbeth.«

Sie drehte sich um und rechnete den ganzen Weg hinaus damit, dass der Junge ihr folgen würde. Ein blödes Gefühl. Erst als die schwere Haustür hinter ihr ins Schloss fiel und sie draußen auf den Stufen stand, atmete sie erleichtert auf.

Das Haus der Jessens lag da wie verlassen. Nichts rührte sich hinter den Gardinen, niemand war draußen im verschneiten Garten. Sanela wandte sich nach rechts und ging zur Garage. Das eine Tor stand offen. Theodor wienerte den Buick.

»Ich bin dann weg«, sagte sie. »Ich habe meine Arbeit erledigt. Leider nicht ganz, der Dreck klebt zu fest in den Ritzen.«

Er ließ den Lappen sinken und nickte dann. »Glück auf dem Weg.«

»Warum bleiben Sie?«

Nachdenklich ging er nach hinten zur Wand, wo ein altes Keramikspülbecken eingelassen war. Darin stand ein Eimer. Sanela dachte mit Grausen daran, dass es Menschen gab, die ihren Lebensunterhalt mit nichts anderem als Putzen verdienen mussten. Sie folgte Theodor, weil er keine Anstalten machte, zu ihr zurückzukehren.

»Zahlt er so gut?«

»Dreißig Jahre«, antwortete er schließlich und ließ Wasser in den Eimer laufen. »Ich habe die Kinder aufwachsen sehen.«

»Aber Sie konnten nicht ahnen, was aus den Kindern wird.«

»Nein«, sagte er, nahm eine Flasche Allesreiniger vom Bord über der Spüle und kippte einen Schwung davon in das aufschäumende Wasser. »Das kann keiner.«

Er würde bei Reinartz bleiben, komme, was wolle. Sie fragte sich, was geschehen würde, wenn sie richtiglag mit ihrem Verdacht und die ganze Familie geschlossen ins Gefängnis käme. Wahrscheinlich würde Theodor so lange den Rasen mähen und die Autos ausfahren, bis einer von ihnen entlassen würde.

»Warum sind Sie nicht zur Polizei gegangen?«

Er drehte den Hahn zu. Sie erwartete keine Antwort und bekam auch keine. Er hatte sie ja schon oft genug gegeben. Ihr Blick fiel auf den zusammengerollten Gartenschlauch neben dem Waschbecken. Der Boden darunter war trocken. Kein Wunder, schließlich war es Winter. Doch je länger sie auf den grünen Schlauch mit der gelben Zickzacklinie starrte, desto klarer wurde ihr, was sie übersehen hatte.

»Alles Gute«, sagte sie hastig und drückte sich an dem Buick vorbei ins Freie.

Die Tür zur Küche war nicht verschlossen. Sanela ließ ihre Tasche auf den Tisch fallen und hastete weiter in den Vorratsraum. Im trüben Schein der schwachen Glühbirne, die noch aus der Zeit vor dem Energielampenwahn stammte, erkannte sie rechts an der Wand den zusammengerollten Schlauch. Darijo war in diesem Keller eingesperrt worden, daran gab es keinen Zweifel mehr. Nur, was war der dunkle Fleck, den sie für Wasser gehalten hatte? Sie ging in die Hocke und strich mit den Fingern über den Boden. Jemand hatte vor langer Zeit versucht, diesen Fleck wegzuwischen. Doch der poröse Betonboden hatte ihn in sich aufgesaugt. War es Blut? Konnte das der Tatort sein?

Sie hörte Schritte, sprang auf, und im nächsten Moment explodierte der Schmerz in einem grell aufleuchtenden Blitz, der direkt in ihren Schädel fuhr. Die dunkle Glut löschte alles aus, trug alles mit sich fort. Kurz glaubte Sanela zu schweben, emporgehoben durch die Druckwellen und hängen gelassen im Nichts, dann stieg die schwarze Göttin Styx aus den Fluten und zog sie hinab in die Stille.

42

Günter Reinartz tobte. Es fehlte nicht viel, und er hätte Schaum vorm Mund gehabt. Bartels gelang es, ihn zumindest dazu zu bringen, sich in Gehrings Büro hinzusetzen und einige Fragen zu seiner Person zu beantworten. Ein Streifenwagen war unterwegs zu Lida, um sie abzuholen. Die Zeit arbeitete zugleich für und gegen Gehring. Er hatte nur diese eine Chance, die wichtigsten Verdächtigen zusammenzutrommeln und gegeneinander auszuspielen.

»Das hier ist der Ehevertrag zwischen Ihnen und Lida Tudor.«

Gehring breitete das Papier vor Reinartz aus und strich es glatt. Der Mann sah aus, als würde er es am liebsten zusammenknüllen und aufessen.

»Woher haben Sie das?«, brachte der Unternehmer schließlich heraus.

»In ein paar Monaten hat Ihre zweite Frau Anspruch auf eine Abfindung in Höhe von zwei Komma fünf Millionen Euro. Neulich haben Sie mir viel von Liebe erzählt. Wie erklären Sie mir dann diese Summe?«

Bartels, der sich aus dem Nebenzimmer einen Stuhl geholt hatte und nun an der Seite von Günter Reinartz vor dem Schreibtisch saß, beugte sich vor und prüfte das Dokument. Gehring hörte seinen pfeifenden Atem. Der Anwalt hatte einiges zu verkraften an diesem Tag, aber er hielt sich vorbildlich.

»Abgesehen davon, dass dies eine absolut übliche notarielle Vereinbarung ist, muss mein Mandant über die Beweggründe keine Auskunft geben.«

»Es wäre in Ihrem Interesse, wenn Sie kooperieren.« Gehrings Geduld war erschöpft. »Ihr Sohn hat erklärt, dass die Misshandlungen von Darijo Tudor in Ihrem Hause stattgefunden haben.«

Er hatte darauf geachtet, dass sich Vater und Sohn nicht begegnet waren. Mit Befriedigung erkannte er die aufkeimende Unsicherheit im Gesicht von Günter Reinartz.

»Haben Sie Lida Tudor diese Summe versprochen, damit sie über die Umstände, wie ihr Sohn zu Tode gekommen ist, schweigt?«

Der Unternehmer wandte sich empört an seinen Anwalt. »Muss ich mir das gefallen lassen?«

»Nein. Herr Gehring, was genau werfen Sie meinem Mandanten vor?«

»Den Tod von Darijo Tudor.«

Bartels hob die Hand. »Einen Moment. Siegfried Reinartz hat nichts dergleichen behauptet. Ich war vorhin schließlich dabei.«

»Er hat gesagt«, Gehring zog eine Schublade auf und holte

einen bis auf wenige Blätter ausgedünnten Notizblock heraus, »Diana Jessen habe sich an dem Jungen vergriffen.«

»Diana?«, fragte Reinartz vorsichtig, als hätte er nicht richtig verstanden.

»Eine Nachbarin, die wohl über längere Zeit in Ihrem Haus verkehrt ist«, sagte Bartels.

Gehring ließ den kräftigen Mann nicht aus den Augen. An die Stelle von Ärger und Sorge trat Überraschung. Mit diesem Namen hatte Reinartz nicht gerechnet.

»Diana ... das kann ich mir nicht vorstellen. Aber es stimmt, sie war oft bei uns. Die Jessens wohnen genau gegenüber.« Er sah schnell zu seinem Anwalt, der gottergeben zur Zimmerdecke blickte. »Wie kommen Sie eigentlich auf die Idee, jemand von uns könnte in diese schreckliche Sache verwickelt sein? Ist Ihnen Lidas Exmann etwa durch die Lappen gegangen?«

»Wir fahnden noch immer nach ihm. Davon unabhängig konnte sich Diana Jessen an Darijos Misshandlungen sehr genau erinnern.«

»Tatsächlich?«

»Sie hat Ihren Sohn Siegfried beschuldigt.«

Reinartz rang nach Luft und griff sich ans Herz. Dann stand er auf und ging ein paar Schritte auf und ab.

»Sie hat Siegfried beschuldigt, Darijo Tudor umgebracht zu haben«, fuhr Gehring fort. »Ihr Sohn hat das von sich gewiesen und im Gegenzug Diana Jessen der Kindesmisshandlung und der Tötung des kleinen Jungen bezichtigt. Egal wie wir es drehen und wenden: Zwei Personen aus Ihrem nächsten persönlichen Umfeld haben gewusst, was Lida Tudors Sohn in Ihrem Hause angetan wurde. Darüber hinaus haben Sie ihm die Klebebrücke bezahlt, nachdem ihm die Zähne ausgeschlagen wurden. Damit hatten Sie zumindest Kenntnis von einem Vorfall und haben ihn gedeckt.«

»Das war ein Unfall.« Die Stimme des Unternehmers klang dumpf. »Darijo ist die Treppe hinuntergefallen. Ich möchte jetzt gehen.«

»Warum treffen Sie sich immer noch mit Ihrer ehemaligen Frau?«

Der Mann fuhr wütend herum. »Ist das verboten? Wollen Sie mich etwa dafür ins Gefängnis stecken? Ich untersage Ihnen diese Schnüffelei in meinem Privatleben!«

»Die Verbindung zwischen Ihnen und Eva Reinartz scheint immer noch sehr eng zu sein.« Gehring deutete auf den zerknitterten Ehevertrag. »Sie zahlen Ihrer Geliebten demnächst zwei Komma fünf Millionen aus. Aber Ihre Ehe mit Eva läuft weiter, wenn auch im Verborgenen. Dieses Geld, diese unfassbar hohe Summe für eine Farce, für ein Possenspiel, mit dem Sie, Eva und Lida uns alle an der Nase herumgeführt haben – zahlen Sie dieses Geld, weil Lida Sie erpresst?«

»Nein!«

»Dann ist es also Schweigegeld? Haben Sie Lida auf diese Weise dazu gebracht, den Mund zu halten?«

»Sie sind ja verrückt!«

Bartels räusperte sich diskret. »Es ist ein Ehevertrag, wie er zu Hunderttausenden...«

»Das ist er nicht!« Gehring atmete tief durch, um nicht ebenso laut zu werden wie Reinartz. »Es ist Erpressung. Nötigung. Vertuschung. Die raffinierteste Geldübergabe, die mir seit langem unter die Finger gekommen ist. Wen schützen Sie, Herr Reinartz? Ihre Söhne?«

Der Mann fuhr sich mit den Pranken übers Gesicht und schickte dann einen für seine Verhältnisse geradezu verzweifelten Blick zu seinem Anwalt.

Es klopfte. Manteuffel steckte den Kopf durch den Türspalt. Er sah gestresst und zugleich schockiert aus.

»Auf ein Wort, Herr Gehring.«

Der Kriminalkommissar stand auf. »Wir sind noch nicht fertig.« Er trat auf den Flur und schloss die Tür hinter sich. Manteuffel war in einem sehr ungünstigen Moment hereingekommen und musste einen guten Grund haben, ausgerechnet jetzt zu stören.

Der große, kantige Mann atmete tief durch. »Geiselnahme in der Savoyer Straße. Im Haus von Herrn Reinartz.«

»Was?«, entfuhr es Gehring, obwohl er wusste, dass sein Kollege weder irrte noch scherzte.

»Tristan Reinartz hat einen Notruf abgesetzt. Ein Mann ist ins Haus eingedrungen und hat ihn und Lida Reinartz als Geisel genommen.«

»Wer? Wann?«

»Vor drei Minuten. Angelika ist gleich vor Ort, wir haben bereits alle verfügbaren Streifenwagen hingeschickt. Das SEK ist auch schon auf dem Weg. Er hat sich mit den beiden im Haus verschanzt und droht, sie umzubringen. Der Beschreibung nach handelt es sich um Darko Tudor.«

Gehring stieß einen gotteslästerlichen Fluch aus. »Was will er?«

»Das konnte Tristan nicht mehr übermitteln. Tudor hat ihm das Handy weggenommen.«

»Telefonkontakt übers Festnetz? Lidas Handy? Das von Darko Tudor?«

»Nein.«

»Sichtkontakt?«

Manteuffel schüttelte bedauernd den Kopf.

Gehring riss die Tür auf. Bartels und Reinartz wandten sich ihm erschrocken zu.

»Darko Tudor ist in Ihrem Haus. Er ist bewaffnet. Sie bleiben hier.«

»Soll das ein Witz sein? Ein Trick? Wollen Sie mich verarschen?« Der Unternehmer kam auf ihn zu. Blieb abrupt stehen, als er Manteuffels Gesicht sah. »Ist das wahr?«

»Ja.«

Gehring schloss das Fach seines Schreibtischs auf, in dem er seine Waffe verwahrte. Er holte sie heraus und checkte sie kurz durch. Die wenigen professionellen Handgriffe reichten aus, um Reinartz vom Ernst der Lage zu überzeugen.

»Ich komme mit.«

»Nein.«

»Sie werden mich wohl kaum daran hindern können!«

Gehring steckte die Waffe ins Holster. »Wir riegeln gerade die Straße ab. Sie kommen gar nicht in die Nähe Ihres Hauses.«

»Das ist mir egal! Holen Sie Tristan da raus! Wenn meinem Sohn auch nur ein Haar gekrümmt wird, dann gnade Ihnen Gott!«

»Wo haben Sie Ihre Waffe zuletzt aufbewahrt?«

Reinartz starrte ihn an, als hätte er nicht richtig verstanden. »Meine Waffe? Woher wissen Sie...« Er brach ab, schluckte. »Ich habe sie auf dem Nachttisch liegen gelassen.«

Gehring nahm seine Jacke vom Haken und verließ hastig den Raum. Auf dem Weg nach unten dachte er kurz darüber nach, warum Günter Reinartz bei all der großen Liebe, die er angeblich für Lida empfand, in dieser Stunde nur an seinen Sohn dachte. Eigentlich hatte Reinartz ihm mit dieser Reaktion schon alle Fragen beantwortet. Kurz darauf waren sie am Wagen. Manteuffel enterte den Beifahrersitz, ließ die Scheibe herunter und stellte das Blaulicht mit seinem Magnetfuß aufs Wagendach. Gehring gab Gas. Über Polizeifunk bekam er eine ungefähre Vorstellung vom Einsatz der Absperrkräfte und der Lage vor Ort. Dann meldete sich Angelika Rohwe. Gehring nahm den Anruf über die Freisprechanlage an.

»Ich bin's. Das Haus ist abgeschlossen und dunkel. In den Garagen war ein Mitarbeiter, wir haben ihn in Sicherheit gebracht. Ich warte auf den Dienstgruppenleiter des Spezialeinsatzkommandos. Ich habe mehrere Ansagen mit dem Megaphon gemacht, aber es rührt sich nichts. Der Mitarbeiter, ein gewisser Theodor Wagner, hat mir bestätigt, dass sich im Haus zwei Personen aufhalten: Tristan und Lida Reinartz.«

Gehring war froh, das zu hören. Offenbar hatte Sanela Beara seine Dienstanweisung befolgt.

»Warten Sie, bis ich vor Ort bin. Sagen Sie das auch dem SEK. Nicht stürmen. Es sei denn, Darko Tudor legt es darauf an.«

»Aye, aye.« Sie beendete das Gespräch.

»Wie konnte uns dieser Kerl bloß durch die Lappen gehen?«, knurrte Manteuffel. »Alle Grenzen haben wir überwacht. Alle Hotels, Tankstellen, Autobahnen.«

Gehring preschte mit achtzig Stundenkilometern Richtung Autobahn.

»Er war die ganze Zeit hier«, sagte er. »In Berlin. Vor unseren Augen. Jemand muss ihn versteckt haben.«

Für einen fürchterlichen Moment schoss ihm der Name Sanela Beara durch den Kopf, bevor er ihn pulverisierte. Das würde sie nicht tun. Die Frau brannte für ihren Job. Sie war unschlagbar darin, auf den Grenzen des gerade noch Erlaubten herumzuturnen. Aber sie würde sie niemals überschreiten. Er deutete auf sein Handy.

»Rufen Sie Frau Beara an. Ich will wissen, wo sie steckt.«

Manteuffel suchte im Telefon seines Vorgesetzten nach dem Namen. Das Freizeichen dröhnte durch die Lautsprecher. Nach dem fünften Klingeln hob jemand ab. Gehring wollte gerade den Mund öffnen, da hörte er ihre helle Stimme.

»Dies ist die Mailbox von Sanela Beara. Nachrichten bitte nach dem Pfeifton.«

»Frau Beara«, sagte er, »rufen Sie mich umgehend zurück.«
Manteuffel beendete das Gespräch. Eine Weile scheuchten sie auf der Avus mit Blaulicht und Signalton verschreckte Pendler aus dem Weg.

»War das die verdeckte Person?«, fragte Manteuffel schließlich.

»Ja.«

»Sie beide haben doch schon mal zusammengearbeitet. Bei dieser Sache in Brandenburg, oder?«

Gehring stieg in die Eisen, weil vor ihm ein verschnarchter Mercedes nicht rechtzeitig die Spur wechselte. Er wollte jetzt weder Kritik noch Vorwürfe hören.

»Sie ist gebürtige Kroatin«, sagte er eisig. »Es war naheliegend, jemand mit diesem Hintergrund bei der Familie Reinartz einzusetzen.«

Sein Kollege stützte sich immer noch am Armaturenbrett ab und tastete dann nach dem Handgriff über der Tür. »Ich fand, sie hat das damals ganz gut gemacht.«

»Rufen Sie noch mal an.«

Bis Wannsee hatten sie fünfmal versucht, Sanela Beara zu erreichen. Ohne Erfolg. Gehring merkte, dass sich die Anspannung in ihm zusammenzog wie ein Tier auf dem Sprung. Er wollte wissen, wo sie war. Hoffte, dass sie sich möglichst am anderen Ende der Stadt befand. Schon von weitem sah er das Blaulicht, die zur Wagenburg zusammengestellten Einsatzwagen, dunkle, massige Gestalten mit schweren Stiefeln und schusssicheren Westen. Großer Gott! Er hatte keine Ahnung, wie er Darko dazu überreden sollte, das Haus zu verlassen. Er konnte ja noch nicht einmal Kontakt mit ihm aufnehmen.

Noch während er den Wagen auf dem Bordstein abstellte und heraussprang, war Angelika Rohwe auf ihn zugeeilt.

»Alles dunkel. Weitere Ansprachversuche ohne Erfolg.

Positionierung von Scharfschützen im Garten und auf den umliegenden Grundstücken. Die Anwohner wurden evakuiert.«

»Die Türen?«

»Alle verschlossen. Dazu kommt, dass Herr Reinartz ein Verbund-Sicherheitsglas in seinem Haus verbaut hat. Schuss-, schlag- und explosionssicher.«

Resigniert wandte sie sich um. Die Funksprüche der Einsatzwagen, die gedämpften Gespräche und die mitten auf der Straße geparkten Wagen belebten das Gelände auf eine unnatürliche, fast geisterhafte Weise.

»Eine Burg«, sagte er.

Angelika nickte. Gehring war froh, dass zwischen ihnen alles geklärt war.

Er entdeckte den Leiter des Spezialeinsatzkommandos in einem Kleinbus. Der Kollege war ein kompakter, hellwacher Mann mit kräftigem Händedruck. Sein Name war Helmut Rösler.

»Im Moment können wir nicht viel tun. Um zu stürmen, brauchen wir anderes Gerät. Das hier ist Reinartz-Glas, nicht wahr? Das steckt auch im Bundeskanzleramt.«

Gehring nickte. »Ich glaube, die vordere Tür ist ein Original. Schweres Holz, aber von einem Spezialisten bestimmt zu öffnen.«

»Der hat sich die Tür schon angesehen. Wir dachten, das könnte die Schwachstelle sein, aber der Geiselnehmer hat sie mehrfach verriegelt.«

So viele Schlösser waren Gehring gar nicht aufgefallen.

»Haben wir Zugriff auf die Videoüberwachung? Da oben hängt doch eine Kamera. Wo ist der Sicherheitsdienst?«

»Es gibt keinen«, antwortete Rösler. Er stieg aus dem Wagen und zog den Reißverschluss seiner Jacke zu. »Das ist bloß eine Alarmanlage. Und die war nicht mal in Betrieb.«

Mit einem leisen Fluch folgte Gehring dem Mann nach draußen. Eine frühe Dämmerung senkte sich herab, die Straßenlaternen gingen an. Aus den Augenwinkeln bemerkte er Dörte Kapelnik und Rütters.

»Was haben Sie vor?«

Rösler überlegte kurz. »Stürmen. Rammbock, Rauchbombe, Tränengas. Es gibt einen Hintereingang zum Keller, schwer einsehbar. Der ist leichter aufzubrechen. Allerdings haben wir keine Ahnung, wo im Haus sich der Kerl aufhält. Lenken Sie ihn ab, wenn das möglich ist. Vorschläge?«

Gehring schüttelte den Kopf. »Vielleicht kriegen Sie das Kellerschloss auch leise auf. Dann hätten wir den Überraschungseffekt.«

Rösler nickte und ging auf einen Trupp Männer zu, die gerade ihre Sturmhauben aufsetzten. Ihre Waffen waren schwer und martialisch. Die Savoyer Straße befand sich im Belagerungszustand. Die Festung Reinartz stand kurz vor der Stürmung. Gehring war noch nicht dazu gekommen, eine Strategie festzulegen. Die Ereignisse verselbständigten sich. Darko Tudor brauchte nur einen Blick aus dem Fenster zu werfen, um zu wissen, dass er keine Chance hatte. Wen würde er mit hinabziehen in den Abgrund? Lida? Tristan? Alle beide?

Die Kollegen vom SEK verteilten sich. Einige von ihnen trugen Rammböcke. Gehring lief zu Angelika Rohwe und ließ sich das Megaphon geben.

»Darko Tudor!«, rief er. Seine Stimme, metallisch verzerrt, hallte über die Hauswand. »Hier ist Lutz Gehring von der Berliner Polizei. Ergeben Sie sich. Sie haben keine Chance. Lassen Sie Lida und Tristan frei und kommen Sie mit erhobenen Händen heraus.«

Er wartete. Nichts rührte sich hinter dem schweren Panzerglas und den blickdichten Gardinen, hinter den schneebedeckten Zaunzinnen und den vereisten, dürren Gebüschen.

»Dann lassen Sie uns wenigstens miteinander reden. Wir müssen eine Lösung finden. Und wir werden Sie finden. Rufen Sie mich an. Wählen Sie die eins-eins-null und lassen Sie sich verbinden.«

Sein Handy klingelte. Angelika starrte ihn an. Hastig suchte er nach dem Apparat und hätte ihn nach einem Blick auf das Display am liebsten in den Schnee geschleudert. Sanela Beara. Sie war in Sicherheit, mehr musste er nicht wissen.

Er drückte den Anruf weg.

»Herr Tudor, wir haben neue Erkenntnisse. Ich möchte mit Ihnen darüber reden. Wenn Sie Ihre Geiseln freilassen ...«

Sein Handy klingelte wieder. Diese Frau machte ihn wahnsinnig. Er sah sich um. Auf der Straße waren nur noch die Einsatzkräfte. Sie standen an den Absperrungen, die mit ausreichend Abstand gezogen worden waren, um Schaulustige fernzuhalten, und vor den Einsatzwagen, mit Blick auf das Haus.

»Wenn Sie Lida und Tristan freilassen, wird der Richter diese Kooperation nicht unberücksichtigt lassen.« Was für einen Mist erzählte er da eigentlich? Er hatte nichts, rein gar nichts in der Hand, das er diesem verzweifelten Vater anbieten konnte. Darko Tudor war ein Mann, der alles verloren hatte und den er, Lutz Gehring, auch noch zum Tatverdächtigen Nummer eins erkoren hatte. Warum sollte Tudor auf ihn hören?

Wieder klingelte sein Handy. Er riss es hoch. »Frau Beara! Danke für den Rückruf. Ich hoffe, Sie sind wohlauf. Falls es Ihnen entgangen ist – Darko Tudor hat das Haus der Familie Reinartz gestürmt und zwei Geiseln genommen. Gibt es etwas, das Sie mir sagen wollen, das wichtiger ist als diese Information?«

Sie schnaufte. Vielleicht keuchte sie auch. Wahrscheinlich der Schreck.

»Ja«, sagte sie dann leise und mit großer Mühe. »Ich bin gleich bei ihm.«

43

Sanela ließ das Handy sinken. Blut lief ihr übers Gesicht. Es schmeckte eisern und salzig. Mit unendlicher Mühe zog sie sich die Kellertreppe hinauf wie eine urzeitliche Amphibie, die aus einem brodelnden Sumpf an Land robbte. Ihr war schlecht und schwindelig. Lichtreflexe tanzten vor ihren Augen: schnelle, scharfe Blitze, orange und blau. Als sie keuchend die letzten Stufen erreichte, verschwand das Orange. Das Blau zuckte über die Wände der Empfangshalle. Es kam von der Straße.

Schnelle Schritte. Dann ein Schrei.

»Bleib hier!« Darko.

Sie hörte ein Klatschen, ein verzweifeltes Wimmern. Tristan.

»Lassen Sie mich raus! Haben Sie nicht gehört? Das Haus ist umstellt! Die Polizei wird es stürmen und Sie an die Wand stellen!«

Sehr einfühlsam, lieber Tristan. Das wird Darko bestimmt beeindrucken. Sie hörte ein heiseres, verächtliches Lachen.

»Du wirst es nicht mehr erleben.«

Sanela drückte sich an die Wand und schob sich um die Ecke, damit sie in die Bibliothek spähen konnte. Tristan lag auf dem Boden, das Gesicht rot und geschwollen. Darko zog ihn am Kragen hoch und verpasste ihm zwei Schellen, die den Jungen aufheulen ließen wie einen getretenen Hund. Lida saß im Sessel vor dem kalten Kamin, die Arme auf der Lehne, den Kopf darin vergraben, ermattet, leblos. Darko stieß Tristan auf die Couch, wo der Junge erst wie in Schockstarre liegen blieb und sich dann in Zeitlupe aufsetzte.

»Was habt ihr mit Darijo gemacht?«

»Nichts!«, schrie Tristan.

Zack, die nächste Ohrfeige. Sie schleuderte ihn wieder in die Waagrechte.

Lida hob den Kopf. Ihre Augen waren verschwollen. Sie hatte Mühe zu sprechen, wahrscheinlich stand sie unter Beruhigungsmitteln.

»Lass ihn. Darko! Lass uns gehen. Nichts bringt Darijo wieder zurück.«

Er drehte sich zu ihr um. Sanela sah, dass Darko eine Brünner in seinen Gürtel geschoben hatte. Es war die von Reinartz.

»Hat er dir das gesagt, ja? Reinartz? Hat er dir gesagt, vergiss das alles, lass dich weiter von mir ficken, da, nimm den Pelzmantel, da, nimm das Auto, da, nimm sogar meinen Namen, aber vergiss dein Kind?« Er ging vor ihr auf die Knie, aber es war keine demütige Geste. Er griff ihr grob ans Kinn und zwang sie, ihn anzusehen. »Darijo war mein Sohn. Ich habe ihn geliebt. Ich war vielleicht kein guter Vater. Aber ich habe ihn geliebt.«

»Ich doch auch!«, stieß Lida schluchzend hervor.

Darko ließ sie los und wischte sich die Hand an seiner Jeans ab, als hätte er etwas Schmutziges angefasst. Er stand auf. »Ich frage euch zum letzten Mal: Was habt ihr mit ihm gemacht? Wer hat ihn umgebracht? Du, Lida? Weil er dir im Weg war? Oder du, du kleiner Wichser, weil es Spaß gemacht hat, jemanden zu treten, der noch schwächer war als du?«

»Keiner«, stammelte Tristan. »Keiner.«

»Dann hat Darijo sich also selbst getötet? Aus reiner Freude am Schmerz? Und wer hat ihn begraben? Ihn verscharrt im Wald wie Dreck, wie Abfall?«

Er hob die Faust. Tristan krümmte sich zusammen und hielt die Hände vor den Kopf, um sich zu schützen.

»Wer?« Darko drehte sich zu Lida um. »Warst du es? Seine eigene Mutter? Hast du die Schaufel mitgenommen und ihn in den Wald geschleppt? Hast du sein Grab ausgehoben und ihn hineingelegt? Hast du die Erde auf ihn geworfen? Auf sein Gesicht? Sein liebes, kleines Gesicht?« Ein Laut kam aus seiner Kehle. Ein abgewürgter, von Schmerz gelöschter Schrei.

»Nein, Darko. Nein.« Lida wollte aufstehen, streckte die Arme in einer liebenden Geste aus, doch ihr Exmann zog die Waffe und richtete sie auf den entsetzten Tristan.

»Sag es«, drohte Darko.

»Runter.«

Der Kroate fuhr herum. Sanela schleppte sich zwei Schritte weiter und hielt sich am Türrahmen fest.

»Tu das Ding weg, du Idiot.«

Verwirrt ließ er die Brünner sinken.

»Nelli!«, schrie Lida auf. »Was hat er mit dir gemacht? O mein Gott!«

Sein Mund verzog sich zu einem ungläubigen, ironischen Lächeln, als hätte er mit Lidas Reaktion rechnen müssen.

»Nichts«, stöhnte sie.

Darko kam auf sie zu. Sanela machte zwei Schritte, und er fing sie auf.

»Das sieht nicht gut aus«, murmelte er. »Was ist passiert?«

»Eigene Blödheit.«

Es war wieder wie in der Wolfsstation. Die Welt schien zu schrumpfen, nur er und sie. Eine Umarmung, kurz, viel zu kurz. Ein besorgter Blick aus seinen Augen, der sie umhüllte wie eine warme Decke. Was er sah, ließ ihn den Kopf schütteln.

»Es sieht schlimmer aus, als es ist. Genau da, wo die alte Narbe war«, sagte er. »Du wirst eine neue kriegen. Aber du wirst an andere Sachen dabei denken. Nicht mehr an Vukovar.«

An dich, du Idiot, wollte sie sagen. Doch sie brachte kein Wort heraus. Sie wollte an seine Brust sinken und die Augen schließen. Behutsam lockerte er den Griff. Hinter ihm bewegte sich etwas.

»Vorsicht!«

Darko fuhr herum, in letzter Sekunde, bevor Tristan nach dem Schürhaken aus dem Kaminbesteck greifen konnte.

»Ein dummer Welpe, der nur sein eigenes Fell retten will.«

Tristan wich ängstlich zurück und setzte sich wieder.

»Lass die beiden gehen«, brachte Sanela mühsam heraus. »Es wimmelt nur so von Polizei rund ums Haus. Sie knallen dich ab wie einen Hund. Sie glauben, du warst es.«

»Natürlich. Was sonst? Weil ich seine Jacke hatte? Die lag seit den Herbstferien in meiner Hütte. Seine Mutter hat es nicht mal bemerkt.« Er wandte sich an Lida. »Weißt du noch? Deine Vermisstenanzeige? Er trägt eine schwarze Jacke... Die lag da schon seit zwei Wochen bei mir. War das eigentlich Absicht? Wolltest du mir seinen Tod in die Schuhe schieben?«

»Nein!«

»Er hat gefroren, bis zu seinem Tod!«

»Nicht nur die Jacke«, mischte sich Sanela wieder ein. »Du hattest einen geheimen Sender. Der hat dich verraten. Du warst in der Tatnacht in Berlin und nicht in Spreebrück.«

»Weil ich einen Hybriden gezähmt hatte!«

»Was?«

»Einen Wolfshund! Eine Mischung aus Wolf und Hund.« Er fuhr sich mit der freien Hand durch die Haare. »Das ist verboten. Daher habe ich es heimlich gemacht. Für Darijo. Ich wollte angeben vor ihm. Schau mal, eine Wölfin. Eine echte Wölfin. Und sie frisst mir aus der Hand. Ich wollte ein Vater sein, der seinem Sohn etwas zeigt, auf das er stolz sein kann.«

Die Fotos. Der mit dem Wolf tanzt. Ein Geheimnis, das Vater und Sohn miteinander geteilt hatten. Was spielte es da für eine Rolle, dass es gar kein echter Wolf war?

»Und... was hast du in dieser Nacht wirklich getan?«

»Ich habe versucht, einen Fehler auszubügeln. Man kann ein Tier nicht an Menschen gewöhnen und dann erwarten, dass es sie meidet. Nera hatte keine Angst mehr. Sie ist über die Stadtgrenze gelaufen. Ich habe …« Er brach ab.

»Was hast du getan?«, fragte Sanela leise.

Lida und Tristan lauschten atemlos – oder sie hatten einfach nur Angst, sich zu rühren. Sanela wusste, dass Darko ihr nichts antun würde. Er würde niemandem etwas antun. Es ging gar nicht um Rache. Es ging um Absolution. Das Leben dieser Menschen konnte nicht weitergehen, ohne dass wenigstens ein Mal die Wahrheit ausgesprochen wurde.

»Ich habe sie getötet.«

»Was?«

»Ich habe Nera erschossen, bevor es ein Jäger tun konnte. Einer von denen, die ihr den Kopf abgeschlagen hätten, um ihn sich als Trophäe an die Wand zu hängen. Sie war für sich selbst die größte Gefahr geworden. Es war mein Fehler, meine Eitelkeit, mein Größenwahn. Ich habe sie erschossen und in die Oder geworfen, damit sie bis in die Ostsee getragen wurde und mir keiner einen Strick aus dieser Sache drehen konnte.« Er drehte sich zu Lida und Tristan um. »Das war es, was ich in jener Nacht getan habe. Ich habe ja geglaubt, mein Sohn würde sicher in seinem warmen Bett liegen. Ich habe einen Wolfshund getötet. Und ihr Monster meinen Sohn.«

»Nein«, sagte Sanela mühsam. »Darijo wurde nicht umgebracht.«

Tristan hob den Kopf. Ein Hauch von Hoffnung schimmerte in seinen geröteten Augen.

»Du lügst.« Darko drehte sich hektisch von einem zum anderen. »Ihr lügt doch alle.«

»Das hier«, Sanela deutete auf ihren blutenden Kopf. »Das ist die Wahrheit. Es hat mich fast so erwischt wie Darijo. Unten im Keller, stimmt's?« Sie wandte sich an den Teenager auf dem Sofa, aber auch an die Frau, die jetzt steif und gerade in ihrem Sessel neben dem Kamin saß und die Vertrautheit zwischen Darko und Nelli nicht begriff. »Das alte Regal. Ihr habt ihn gejagt, du und Siegfried. Bis Darijo vor der Wand stand. Da ist einer von euch Affen auf ihn zu und hat ihn geschubst. Direkt in den Eisenträger. Es war kein Mord. Es war ein Unfall.«

»Ein Unfall?«, fragte Darko ungläubig. »Dieser Mord soll ein Unfall gewesen sein?«

»Schau mich doch an! Ich habe das Teil nicht bemerkt, weil ich etwas auf dem Boden entdeckt hatte. Ich hab mich zu schnell aufgerichtet und nicht aufgepasst. Es war direkt über mir und hat mir fast den Schädel gespalten. Ich weiß nicht, ob die KTU an dem Teil noch genug finden wird. Aber der Fleck auf dem Boden, das ist Darijos Blut.«

Sie lehnte sich an die Wand. Das Sprechen strengte sie an, ebenso die unberechenbare Aggressivität, die im Raum schwebte wie der Geruch von kalter Asche aus dem Kamin.

Darko nahm wieder den Jungen ins Visier. »Ein Scheißunfall. War es so?«

Tristan starrte ihn mit weit aufgerissenen Augen an. Mit seinem verschwollenen Gesicht sah er aus wie ein blonder Hamster. Er nickte.

»Ihr habt Darijo gejagt, geschlagen, an ihm eure ganze Wut ausgelassen. Er war der Schwächste im Haus, und er hatte Angst. Hier lebt ein Teufel, hat er gesagt. Tristan, wer war der Teufel?«

Darko ging auf den Jungen zu. Reflexartig krümmte sich Tristan zusammen. »Es war ein Unfall«, stammelte er. »Ein Unfall! Siegfried war's!«

»Siegfried? Ja?«

Sanela schlug innerlich drei Kreuze, dass Gehring den ältesten Sohn der Familie abgeholt hatte und hoffentlich in sicherer Verwahrung behielt. Zumindest so lange, bis sie diesen Lunatic beruhigt hatten.

Darko wandte sich an Lida. »Hast du das gewusst?«

Sie reagierte erst nicht. Schließlich sagte sie leise: »Ja.«

Die Fassungslosigkeit in Darkos Miene alarmierte Sanela. Bisher war er der Leitwolf gewesen, das Alphatier. Er hatte genau gewusst, was er tat, als er die Wahrheit suchte. Doch er hatte nicht darüber nachgedacht, was er mit ihr anfangen würde, wenn er sie gefunden hatte.

»Warum... warum bist du dann hierher zurück? Wir wollten heim nach Kroatien. Noch mal ganz von vorne anfangen. Die ganze Scheiße hier vergessen. Trauern, Lida. Wir wollten trauern.«

»Ja«, sagte sie verloren, ganz weit weg.

»Trauern um unseren Jungen, den zwei Bestien aus Langeweile zu Tode gequält haben.«

»So war das nicht!«, schluchzte Tristan.

Darko hob die Hand, der Teenager verstummte wieder.

»Warum hast du das getan? Lida? Warum?«

Er wollte keine Rache und keine Rettung. Er wollte verstehen. Er flehte förmlich darum, verstehen zu können, um zu verzeihen. Er würde Lida verzeihen, und sie würde die Chance ergreifen und ihn ertragen wie Günter Reinartz oder einen ihrer Pelzmäntel, den sie irgendwo liegenlassen würde, wenn er ihr nicht mehr nutzte. Lida hatte schon lange einen Weg gefunden weiterzuleben. Sie war Lichtjahre von Darko entfernt, doch er begriff das nicht.

»Weil sie zweieinhalb Millionen Euro dafür bekommen hat«, hörte Sanela sich sagen. »Reinartz hat sie gekauft. Sie sollte den Mund halten, damit Siegfried und Tristan weiterleben können, ohne den Makel eines Totschlags auf ihrer weißen Weste. Sie hat sich kaufen lassen, Darko.«

Sie war eine Denunziantin. Sie erzählte einem Mann, dass die Frau, die er liebte, ihn aufs Schändlichste betrogen hatte.

Nur damit er endlich aufhörte, sich nach ihr zu sehnen. Es ging nicht mehr um die Wahrheit. Es ging um: Ich bin gut, und sie ist schlecht. Er sollte endlich erkennen, wer Lida war. In beflissener, bigotter Rechtschaffenheit rieb sie ihm unter die Nase, dass diese Frau es nicht wert war, geliebt zu werden. Nicht von Darko. Nicht von dem Mann, der Sanelas zerrissene Seele berührt hatte und ihr für einen Augenblick das Gefühl gegeben hatte, heil zu sein.

»Ist das wahr?« Trotz allem sah er nur Lida. Sie war die dunkle Sonne in diesem Raum, das schwarze Licht, die negative Energie, seine Kompassnadel nach unten. »Ist das wirklich wahr? Du hast Geld dafür bekommen, dass du den Mund gehalten hast? Du hast unseren toten Sohn verkauft?«

»Zweieinhalb Millionen.« Sei still, dachte Sanela. Aber es gelang ihr nicht. »Wenigstens hat sie dafür gesorgt, dass Darijos Peiniger das Haus verlassen mussten.«

»Zweieinhalb Millionen Euro?« Darko fuhr sich mit der einen Hand durch die drahtigen Haare, die Pistole in der anderen schien er völlig vergessen zu haben. Etwas geschah mit ihm. Unmerklich, aber verwirrend. Er verlor die Herrschaft über den Raum.

Tristan stand langsam auf. Lida hob den Kopf und sah ihn an.

»Ja.« Ihre Stimme klang warm und mitfühlend. »Ich bekomme Geld. Ich wollte, dass die Leute, die Darijo all das angetan hatten, dafür büßen. Ich habe ihn gesehen, Darko. Er lag im Keller, mit dieser schrecklichen Wunde im Kopf. Ich bin wahnsinnig geworden vor Schmerz. Du hast mich in dieser Zeit gehalten, ohne dich hätte ich das nicht überlebt.«

»Warum hast du mir nichts davon erzählt?«

»Du hättest sie getötet.«

Darkos Blick fiel auf Tristan, der zurück auf die Couch plumpste.

»Wenn du erfahren hättest, was sie unserem Jungen angetan haben, stünde hier kein Stein mehr auf dem anderen. Du hättest Darijo gerächt. Ich wollte dich schützen.«

Sanela hob den Arm. »Darko…«

»Ich habe dich geschützt. Ich habe alles Wissen und allen Schmerz allein getragen.«

Du lügst, wollte Sanela sagen. In eurem kleinen Nest in Kroatien war er der King. Du wolltest raus da, und er war deine Fahrkarte. Kroatische Putzfrauen gibt es wie Sand am Meer. Wildbiologen von Darkos Kaliber dagegen sind selten. Ihr seid hier angekommen, gemeinsam mit eurem Sohn, einem stillen, vielleicht sogar glücklichen Kind, das in diesem Land keine Chance hatte. Du hast mit Reinartz getanzt, damals auf Miros Hochzeit. Alle haben es gesehen, Katarina, Evelin, Petar… und Darko. Es war nicht das erste Mal, dass du ihn eifersüchtig gemacht hast. Aber es war neu für dich, dass seine Eifersucht dir nutzen konnte. Großer, reicher Mann, hilf mir. Gib mir einen Job, damit ich rauskomme aus der Wildnis, hinein in die große, glitzernde Stadt. Großer, reicher Mann, begehre mich. Liebe mich. Vergiss deine Frau, vergiss deine Kinder. Und Darijo, der Junge im Besenschrank? Er war ein Klotz am Bein. Der Sand im Getriebe. Es ist gar nicht schwer, Schatz. Versteh dich mit den Jungs. Komm gefälligst nicht alle naselang an und heule herum, bloß weil sie dich mal geschubst haben. Ja, ich werde mit ihrem Vater reden. Nein, ich bin noch nicht dazu gekommen. Was, du bist auf der Treppe hingefallen? Sie haben dich gestoßen? Nein, Darijo. Das kann nicht sein. Siegfried und Tristan würden so etwas nie tun. Du hast es Herrn Reinartz erzählt? Bist du wahnsinnig? Mach das nie wieder, hörst du? Nie wieder! Ich verliere meinen Job!

Du wolltest deinen Job nicht verlieren, denn du hattest noch viel vor. Du wolltest raus aus dem Kutscherhaus und rein in die

Villa. Du hast deinen Sohn im Besenschrank vergessen. Ich lege meine Hand dafür ins Feuer: Es gab Momente, in denen hast du gedacht, wie einfach doch alles wäre, wenn es Darijo nicht gäbe.

»Warum zum Teufel haben Sie Darijo nicht bei seinem Vater gelassen?« Sanela wankte auf Lida zu und blieb kurz vor ihr stehen. »Hassen Sie Darko so sehr?«

Lida stand auf. Sie war größer als Sanela. Da war es einfach, von oben auf sie herabzuschauen.

»Was willst du, Nelli? Das verstehst du nicht. Geh nach Hause, kleines Mädchen.«

Ihre Augen wanderten an Sanela vorbei. Entsetzt öffnete sie den Mund und stieß einen Schrei aus. Sanela fuhr herum. Tristan hatte den Schürhaken ergriffen und stürzte sich damit von hinten auf Darko. Der Ausruf rettete den Kroaten. Er sprang zur Seite und wehrte den Schlag ab. Tristan konnte nicht schnell genug reagieren. Darko warf ihn auf den Boden und stellte ein Bein auf Tristans Brustkorb.

In diesem Moment explodierte der schwarze Rauch. Vermummte Aliens stürmten die Eingangshalle. Darko hob die Brünner, Sanela wollte »Stopp! Halt!« schreien, ihm die Waffe aus der Hand schlagen, den Leuten mit hocherhobenen Händen entgegenrennen… Doch sie war wie gelähmt, denn sie wusste, welches Bild diese Männer, das Sturmgewehr im Anschlag, vor Augen hatten: Tristan, bedroht von seinem Geiselnehmer, die Waffe im Anschlag.

Einen Moment später erfolgte der Schuss, und die Waffe fiel aus Darkos Hand. Langsam, verwundernd langsam, sank er auf die Knie.

Sanela rannte auf ihn zu, wollte ihn stützen, ihn hochziehen, ihm wieder auf die Beine helfen, denn etwas in ihr ahnte, dass er nicht mehr aufstehen würde, wenn er erst einmal am Boden läge. Darko sah sie an, ein Lächeln auf dem Gesicht, als ob er sie irgendwo in einer Menschenmenge gerade gesehen hätte und sich nicht an ihren Namen erinnern konnte. Dann kippte er zur Seite. Seine Augen verloren ihren Glanz und starrten blicklos in den Kamin.

Lida schubste sie zur Seite, beugte sich über ihn, schrie seinen Namen. Doch sie wurde ebenso wie Sanela von groben Händen weggerissen. Tristan stolperte in den schwarzen Rauch, gebückt und hustend.

Da tauchte Gehring auf und nahm sie in die Arme. »Ruhig«, sagte er. Immer wieder: »Ruhig.«

Ich bin doch ruhig, dachte sie. So lange, bis ihr bewusst wurde, dass die Schreie, die sie hörte, ihre eigenen waren.

44

Nachdem die Spurensicherung gegangen war und die letzten Polizisten das Haus verlassen hatten, blieb Gehring allein zurück. Er betrachtete die weißen Umrisse auf dem Boden, mit denen Darkos Leiche markiert worden war. In der Luft lag noch der Geruch von heißem Waffenöl und Kordit. Langsam vermischte er sich mit dem Duft von Holz und kalter Asche. Er glaubte sogar, einen Hauch von der Holzpolitur wahrzunehmen, die Sanela Beara in der Eingangshalle benutzt hatte, als sie ihm zum ersten Mal wie eine zerzauste Erscheinung in ihrer neuen Rolle gegenübergetreten war.

Er erinnerte sich an seine erste Begegnung mit Lida und warum er die Studentin gebeten hatte, dabei zu sein. Er hatte diesen Weg nicht alleine gehen wollen. Doch er hatte Beara verloren, irgendwo zwischen der Küche einer Wolfsstation in der Lausitz und der Bibliothek einer Wannsee-Villa. Er hätte sie warnen sollen. Sie an die Hochschule zurückschicken. Sie aus der Schusslinie nehmen. Er hätte härter sein sollen, sich nicht blenden lassen dürfen von ihrer verdammt guten Arbeit und ihrem tänzelnden Leichtsinn. Sie war so jung, sie glaubte noch an die Machbarkeit des Unmöglichen. Sie glaubte noch an die Liebe.

Er wusste, was zwischen ihr und Darko passiert war und dass sie etwas missverstanden hatte. Denn Darko war sehenden Auges in seinen Untergang marschiert. Gehring wusste nicht, ob er ihn darum beneiden oder dafür bemitleiden sollte. Sanela Beara hatte ihn dafür geliebt. Eine junge, heißblütige, unvernünftige, uneingestandene – und unerwiderte Liebe.

Aber war es nicht egal? Liebte man denn nur, wenn man als Gegenleistung dafür dieselbe Menge an Zuneigung zurückbekam?

Langsam ging er zum Fenster, seine Schritte über das knarrende dunkle Parkett wurden vom Teppich gedämpft, und sah hinaus in den stillen, kalten Garten.

Sie würde eine Weile brauchen, bis sie darüber hinweg war. Die Sanitäter hatten ihr eine Beruhigungsspritze gegeben und sie ins nächste Krankenhaus eingeliefert. Eine schwere Gehirnerschütterung, noch eine Narbe. Eines Tages würde sie wieder lachen können. Sie war anstrengend, eigenwillig, ziemlich respektlos und für ihr Alter brillant. Vielleicht hätte er ihr das sagen sollen. Ihr letztes Gespräch in seinem Wagen auf dem Parkplatz wäre eine gute Gelegenheit dafür gewesen. Jetzt war es zu spät. Ein merkwürdiger Fall. Einer, in dem Liebe und Kälte die beiden Pole gewesen waren. Er nahm sich vor, Susanne anzurufen und mit diesem Axel mal ein Bier trinken zu gehen. Es war ein Entschluss, wie ihn erwachsene, vernünftige Leute fassen würden. Doch als er sich vom Fenster abwandte, weil er Schritte in der Eingangshalle hörte, wusste er, dass er ihn nicht in die Tat umsetzen würde.

»Lutz?«

Angelika Rohwe stand in der Tür, die Siegel in der Hand. Gemeinsam verließen sie das Haus, und Gehring schloss die Tür zur Reinartz'schen Villa hinter sich.

»Ins Präsidium? In knapp zwei Stunden ist die Pressekonferenz.«

»Nein«, sagte er. »Ins Krankenhaus. Ich möchte bei ihr sein, wenn sie aufwacht.«

45

Ist sie nicht wunderschön?«

Katarina lächelte das Baby an und legte es Sanela in die Arme. Überrascht hielt sie das kleine Bündel fest. Der kleine rosige Mund öffnete und schloss sich, die Fäustchen waren geballt, durch den dunklen Haarschopf schimmerte der letzte Rest von Michschorf.

»Wunderschön«, brachte Sanela heraus.

Die Gäste standen, saßen, drängten sich in Petars Wohnzimmer, die Luft war geschwängert von Kaffee, Slivovic und Kuchen.

»Das Baby steht dir gut«, kicherte die alte Frau und verschwand in der Küche.

Sanela wiegte das Kind und hoffte, während sie die Mutter suchte, dass es nicht aufwachte.

Tomislaw hatte sich neben zwei ältere Herren auf die Couch gezwängt und wirkte ein wenig verloren. Familienfeiern überforderten ihn, viele Menschen auf engem Raum sowieso. Nächste Woche hatten sie einen Termin beim Arzt, und die drohende Untersuchung hatte Tomislaw dazu gebracht, seine Medikamente wieder zu nehmen, die er heimlich abgesetzt hatte.

Verbohrter, alter stolzer Mann, dachte sie zärtlich. Sie wollte zu ihm, wurde aber von den Cousinen der jungen Mutter davon abgehalten, die ihr ein weiteres Stück Buttercremetorte aufdrängen wollten und dann feststellten, dass Kuchen essen und Säugling tragen gleichzeitig nicht zu schaffen war.

»Hier.«

Sanela halste einer der beiden das Bündel auf und fühlte sich augenblicklich Tonnen leichter. Darkos Jacke hing im Flur. Sie zog sie an und wollte das Haus verlassen. Ein Spaziergang vielleicht, lange genug, um ihren Vater anschließend zu erlösen und nach Hause zu bringen. Kurz genug, dass niemand ihr Flucht unterstellen konnte.

»Ah, Sanela.«

Petar kam aus dem Badezimmer. »Du willst doch nicht etwa schon gehen?«

»Nein. Nur mal kurz frische Luft schnappen.«

»Eine gute Idee. Ich komme mit.«

Bevor sie widersprechen konnte, hatte er seinen Schal um den Hals geschlungen und seinen Mantel unter dem Kleiderstapel hervorgezogen. Er öffnete ihr die Haustür, ließ sie als Erste hinaustreten und folgte ihr dann.

Das Rauschen der Autobahn klang wie ein ferner, tosender Wasserfall. Es war tatsächlich wärmer geworden. Die Sonne schien und trieb die Temperaturen ins Plus. Die Stadt taute. Obwohl der Himmel blau war, ein helles, frisches Blau, das eine erste Verheißung von Frühling in sich barg, tropfte es an allen Ecken und Enden. Aus Dachrinnen und Bäumen, von Brücken und Laternen. Schmutziges Wasser lief in die Rinnsteine und gurgelte in das überforderte Abwassersystem. Das dicke Eis wurde mürbe und grau. Der Winter schwächelte. Nachts zog er noch einmal alle Register und verwandelte die nassen Straßen in gefährliche Eisbahnen, doch tagsüber ließ er die Zügel locker und gaukelte den müden, ausgelaugten Menschen seinen Rückzug vor.

Sanela hielt das Gesicht in die blasse Sonne und redete sich ein, dass sie wärmte. Dabei war es nur Darkos Jacke. Immer wenn sie sie trug, hörte das Zittern in ihrem Inneren auf.

»Was macht dein Kopf?«

»Alles in Ordnung.«

In der Chirurgie hatte eine sanfte vietnamesische Ärztin ihr schonend beizubringen versucht, dass eine ziemliche Narbe zurückbleiben würde, und ihr geraten, sich die Haare länger wachsen zu lassen. Den dicken Verband verbarg Sanela unter einer Mütze.

»Und die Uni?«

»Auch.«

Sie hatte nur ein paar Tage gefehlt, eigentlich nur so lange, bis sie wieder aufstehen konnte, ohne sich gleich zu übergeben. Gestern war sie zum ersten Mal wieder an der HWR gewesen. Sie wollte, dass das Leben weiterging. Doch als sie auf den Stufen vor dem gläsernen Eingang gestanden hatte, wäre sie am liebsten fortgelaufen. Sie wusste nicht, wie sie den Menschen begegnen sollte. Es war, als ob eine dicke Scheibe Reinartz-Glas die Welt in ein Vorher und ein Nachher teilte. Alle anderen waren im Vorher geblieben. Sie, Sanela, stand allein auf der Nachher-Seite.

Als Taifun an ihr vorbeigelaufen war und sie überrascht angesehen hatte – Sag mal, stimmt das? Du hattest einen Einsatz? – Ja, nicht der Rede wert –, war er ihr so unglaublich jung erschienen und sie sich so alt vorgekommen. Sie war müde, sie hatte ihr Herz verloren. Ihre vorsichtigen Schritte über den vereisten Gehweg erinnerten sie an gebeugte Frauen mit krummen Rücken, für die die Ampeln viel zu schnell von Grün auf Rot schalteten.

Petar schob seinen Arm unter ihren. Sie ließ es geschehen und war sogar dankbar dafür. Langsam gingen sie nebeneinanderher, das Rauschen der Autobahn wurde lauter, die Grundstücke der Häuser wurden größer, und irgendwann erreichten sie das zerschnittene, zerstückelte Brachland mit seinen Überlandleitungen und illegalen Müllhalden.

Sie schwiegen. Ab und zu sagte Petar etwas, das mit dem Wetterumschwung zu tun hatte oder mit Tomislaw, und Sanela nickte oder antwortete einsilbig. Nach einer Viertelstunde machten sie einen weiten Bogen und kehrten zur Siedlung zurück. Sanela glaubte schon davonzukommen, aber natürlich hatte Petar nur auf einen passenden Moment gewartet.

»Was werden sie mit Lida machen?«

Sie, das waren die Justizbehörden.

»Das kommt darauf an, ob sie wegen Strafvereitelung und Begünstigung einer Straftat oder nur wegen Beihilfe verurteilt wird. Vermutlich wird sie, wenn überhaupt, eine Bewährungsstrafe bekommen.«

Petar nickte. »Und der Junge? Siegfried? Und seine Freundin?«

»Diana Jessen bleibt erst mal in der Psychiatrie. Da Tristan seine Aussage vor dem Haftrichter nicht wiederholt hat, werden sie wohl mich als Zeugin laden.«

Bei diesem Gedanken bekam Sanela Magenschmerzen. Tristan, Siegfried, Günter Reinartz, Theodor – alle diese Leute würden sie wieder in das Vorher zerren. Sie hatte Angst davor. Sie wollte das nicht.

Petar klopfte ihr mit der freien Hand auf den Unterarm, während er sie mit der anderen immer noch hielt und sie auf matschigen Trampelpfaden zurückführte.

»Es war wirklich ein Unfall?«

»Ja. Diana und Siegfried haben Darijo immer wieder spüren

lassen, wie unerwünscht er war. Tristan hat es mitbekommen, sich aber rausgehalten. An jenem Tag im Oktober vor vier Jahren ist es eskaliert.« Sie brach ab. »Mir ist schwindelig.«

Petar sah sich suchend um, aber es gab auf diesem Brachland nichts, worauf man sich setzen konnte. Daher blieben sie eine kleine Weile stehen, und Sanela atmete tief durch.

»Du bist schwach.«

»Ja«, sagte sie. »Aber das geht vorbei.«

Seine braunen Augen blickten sie prüfend an.

»Siegfried«, sie gingen langsam weiter, verharschten Eismatsch unter den dicken Sohlen, »hat Darijo gestoßen. Professor Haussmann von der Charité hat es bestätigt. Der Eisenträger im Keller hatte genau die Vierkantform, die er zunächst für einen Hammer oder Bolzen gehalten hatte. Ein gottverdammter Unfall. Sie wollten ihn nicht töten. Nur quälen.«

»Ja«, bestätigte Petar. »Warum Gott so etwas zulässt...«

»Es ist nicht Gott. Es sind die Menschen, Petar. Die Menschen. Günter Reinartz selbst hat den Erpresseranruf fingiert. Er wollte Siegfrieds Zukunft schützen und hat Lida einen Schweigepakt angeboten.«

»In der Zeitung stand, dass Lida Geld bekommen hat.«

»Nein, das ist falsch. Sie hätte welches bekommen. Sogar sehr viel. Aber der Anwalt von Reinartz behauptet, dass die Vereinbarung ungültig ist. Er will Lida wegen Erpressung verklagen. Wenn sie klug ist, sollte sie so schnell wie möglich das Land verlassen und nie mehr wiederkommen.«

»Ist sie klug?«

»Ich weiß es nicht. Schlau. Gerissen. Egoistisch.«

Sanela hatte von Gehring Einblick in den Abschlussbericht erhalten. Lida hatte ausgesagt, dass sie vor der Leiche ihres toten Sohnes zusammengebrochen sei und sofort die Polizei habe anrufen wollen. Günter Reinartz habe sie unter Tränen bekniet, es nicht zu tun. Er habe ihr alles versprochen, alles. Gemeinsam hatten sie Darijos Leiche später in den Wald gebracht. Reinartz und Siegfried hatten den Jungen begraben, Lida und Tristan waren im Auto geblieben. Diana war des Hauses verwiesen worden, nicht ohne ihr das Versprechen ewigen Schweigens abzunehmen – nicht ahnend, dass sie es mit dem Versprechen ewigen Glücks an Siegfrieds Seite verwechselt hatte.

Und Eva? Eva war im Hintergrund geblieben. Die Frau, die ihrem Mann so viele Jahre schon den Rücken freihielt und alles tat, was er verlangte. Sie schützte ihren Sohn und willigte in den Plan ein. Klaglos hatte sie die Koffer gepackt, ebenso klaglos die Scheidung akzeptiert. Wissend, dass sie nach Ablauf der Frist zurückkehren würde. Denn das Angebot des Unternehmers war für Lida unwiderstehlich gewesen. Den Tod ihres Sohnes konnte sie nicht rückgängig machen. Dann wollte sie wenigstens Kapital daraus schlagen, hinter Darkos Rücken.

Darko...

Sanela krümmte sich zusammen. Wann würde das endlich aufhören? Konnte das dicke Glas sie nicht auch von dem Schmerz abschirmen, den sein Tod in ihr hervorrief?

Petar blieb stehen und wartete besorgt, bis sie sich wieder in der Gewalt hatte. Dann liefen sie weiter. Wenig später waren sie schon wieder in der Siedlung.

»Was ist die Wahrheit?«, wollte Petar noch wissen, als schon der entlaubte Rosenbogen vor seinem Haus in Sicht kam.

»Ich weiß es nicht. Natürlich kann Lida Reinartz erpresst haben. Aber tut man das, vor der Leiche seines einzigen Kindes? Ich glaube, ihre Version stimmt. Wir haben unsere Arbeit erledigt. Der Rest ist die Sache der Staatsanwälte und Richter.«

»Ihr habt sie gut erledigt. Danke.«

Überrascht sah sie ihn an. »Meinst du das jetzt ernst?«

»Ja. Und ich bin froh, dass wir Freunde sind.«

»Sind wir das denn?«

Petar öffnete den Riegel des Gartentores. »Ich denke, ja.«

»Dann kannst du mir ja endlich sagen, wo Darko in den Tagen geblieben ist, als er verschwunden war. Irgendjemand muss ihm geholfen haben. Wir hätten ihn gekriegt. Definitiv.«

Er blieb stehen und dachte nach. »Siehst du, auch dafür braucht man Freunde.«

»Wofür?«

»Um vor Fehlern bewahrt zu werden.«

»Vielleicht wäre alles anders gekommen, wenn wir ihn geschnappt hätten.« Sanela war zu müde, um wütend zu werden. Sie hatte zu viel geweint, um jemals wieder richtig wach zu sein. Trauer und Bitterkeit waren alles, was sie noch fühlen konnte.

»Das weiß nur Gott allein.«

Aus dem Haus klang das Schreien eines Babys. Er lächelte.

»Leben und Tod«, sagte Petar, »ein ewiger Kreislauf. Mögen Darijo und Darko Frieden finden.«

Sie erreichten die Eingangstür. Sanela öffnete die Schnürsenkel ihrer Moon Boots und versuchte sich die Stiefel von den Füßen zu streifen, ohne in den Schneematsch auf der Fußmatte zu treten. Da sah sie es. Ungläubig bückte sie sich und hob es auf. Ein in der Mitte geknicktes Streichholz. Sie betrachtete es. Petar drehte sich um, nahm es ihr vorsichtig aus der Hand und warf es in die ausgezehrten Rabatten.

»Immer diese Raucher.«

Sanela folgte ihm in das überheizte Wohnzimmer. Laute Stimmen und Lachen schlugen ihr entgegen. Sie quetschte sich neben Tomislaw auf die Couch, schenkte sich einen Slivovic ein und dachte, dass man gute Freunde nicht alle Tage fand. Und dass jeder neue Erdenbürger es verdient hatte, mit einem ordentlichen Rausch begrüßt zu werden.

Danke

Monate sind vergangen, seit ich dieses Buch begonnen habe. Jetzt, fast am Ende angelangt, ist der Rückblick auf den Anfang schon fast so etwas wie eine kleine Zeitreise und ein wunderbarer Grund, sich an all jene zu erinnern, die mir dabei geholfen haben.

Es war im Frühjahr, als ich Gesa Kluth in Spreewitz besucht habe. Spreewitz – ist das etwa das kleine Dorf Spreebrück in *Der Schneegänger*? Stimmt! Und Darkos Wolfsbüro heißt in Wirklichkeit LUPUS Institut für Wolfsmonitoring und -forschung in Deutschland.

Gesa Kluth und Ilka Reinhardt dokumentieren dort die Rückkehr der Wölfe, wahrscheinlich um einiges wissenschaftlicher, als ich es Darko zugestanden habe... Gesa Kluth hat sich viel Zeit für meine Fragen genommen und mir geduldig erklärt, wo sich die Rudel aufhalten, wie sie besendert werden und mit welchen Schwierigkeiten und Vorurteilen sie und ihre Mitarbeiter manchmal zu kämpfen haben. Vielen Dank für die wunderbare Zeit und die Pfannkuchen!

In diesem Zusammenhang erkläre ich gerne noch einmal: ALLE Figuren in meinem Roman sind frei erfunden. Julia Venneloh hat mit der echten Gesa Kluth nichts zu tun. Es gibt auch leider keinen Darko dort, bedauerlicherweise... Und Reinartz-Glas wird man ebenso vergeblich suchen wie einen Dozenten namens Wittekind an der HWR...

Was meine Recherche an der Hochschule für Wirtschaft und

Recht sowie über die Arbeit der acht Berliner Mordkommissionen angeht (in meinem Buch habe ich extra für Lutz Gehring eine neunte erfunden), hat mir der Berliner Polizeipräsident Klaus Kandt viele Türen geöffnet. Danke für die Unterstützung und das Interesse an meiner Arbeit!

Doreen Häsner, die die Öffentlichkeitsarbeit der HWR leitet, zeigte mir den Campus Lichtenberg und beantwortete mit so viel Freude, Engagement und Geduld alle meine Fragen, dass ich schon nach meinem ersten Besuch große Lust hatte wiederzukommen. Danke auch an Professor Marcel Kulmey, Dekan am Fachbereich 5, der mir die Recherche ermöglicht hat.

Kriminaldirektor Stefan Redlich, Pressesprecher der Berliner Polizei, hat mir geduldig alles über Retenten, Drohnen und Unbekanntfälle erklärt. Sollte ich in diesem Buch die eine oder andere Nachlässigkeit begangen haben, so gehen diese allein auf mein Konto. Danke für die Geduld und die Zeit!

An einem heißen Sommertag in einem verwunschenen Garten hat Silvija Hinzmann mir einen Blick in die kroatische Seele geschenkt. Zur hohen Kunst des Kaffeesatzlesens kamen wir nicht mehr, dafür war der Slivovic zu gut. Glücklicherweise habe ich noch einiges mitbekommen über die Kultur und die Geschichte dieses wunderschönen Landes, und ich möchte an dieser Stelle den Verlag Znanje in Zagreb und seine Leser herzlich grüßen. Dass Sanela Bearas eigenwillige Ermittlungsmethoden auch in Kroatien gelesen werden, macht mich sehr glücklich.

Auch dass Michael Tsokos, einer der profiliertesten Rechtsmediziner Deutschlands und Professor an der Charité, außerdem Leiter der Gewaltschutzambulanz und des Landesinstitutes für gerichtliche und soziale Medizin, mir für meine Fragen zur Seite gestanden hat. Sein gemeinsam mit Saskia Guddat geschriebenes Buch *Deutschland misshandelt seine Kinder* hat eine breite Diskussion über das private und amtliche Wegschauen ausgelöst. Danke, dass du immer für mich Zeit hast, ebenso für die schönen Abende bei dir und deiner wunderbaren Frau Anja.

Ein riesengroßes Dankeschön geht an all die vielen, vielen Menschen, die bei Random House und Goldmann dafür arbeiten, dass aus einer Idee eines Tages ein Buch wird, das dann auch noch in den Buchhandlungen landet. Ihr seid klasse! Ganz besonders möchte ich mich bei einer Person bedanken: bei Manuela Braun, die meine Lesungen organisiert. Du bist wunderbar! Immer bist du da, wenn ich dich brauche (ich erinnere mich noch an den Tag, an dem mein Auto… du weißt schon…). Du behältst den Überblick und selbst im größten – von mir angerichteten! – Chaos deine Liebenswürdigkeit. Du machst einen tollen Job!

Danke Angela Troni für das Lektorat und die sanfte, aber unbeugsame Genauigkeit, mit der du meine Schludrigkeiten aufspürst. Und »auf den Knien meines Herzens«, liebe Claudia Negele, es war eine Freude und Ehre, mit dir gemeinsam *Der Schneegänger* zu machen! Du und Georg Reuchlein, mein Verleger, seid mein Dream-Team.

Und last but not least: Danke an Sie, meine Leser. Ihr Interesse, Ihr Zuspruch, vor allem aber Ihre Geduld mit meinen manchmal gar nicht so einfachen Figuren und Geschichten sind großartig. Ich verneige mich vor Ihnen und hoffe, dass wir noch viele spannende Stunden miteinander erleben werden.

Berlin, im November 2014

PS: Mehr über meine Arbeit erfahren Sie auf meiner Facebook-Seite »Elisabeth Herrmann und ihre Bücher«.